国家社科基金
后期资助项目

唐五代两宋
诗法著述研究

Research on the Writings of
Poetry Methods in Tang Dynasty,
Five Dynasties and Song Dynasty

张　静　著

社会科学文献出版社
SOCIAL SCIENCES ACADEMIC PRESS (CHINA)

国家社科基金后期资助项目
出版说明

　　后期资助项目是国家社科基金设立的一类重要项目，旨在鼓励广大社科研究者潜心治学，支持基础研究多出优秀成果。它是经过严格评审，从接近完成的科研成果中遴选立项的。为扩大后期资助项目的影响，更好地推动学术发展，促进成果转化，全国哲学社会科学工作办公室按照"统一设计、统一标识、统一版式、形成系列"的总体要求，组织出版国家社科基金后期资助项目成果。

全国哲学社会科学工作办公室

序

　　这已是张静的第三部专著了！虽然我从来不以数量来评价学术，但是也很看重数量，不断有著作出版，起码说明作者很努力，写作很勤奋。写作勤奋对于提升学术水平和能力都是很有帮助的。因为在我看来，写作绝不是想法的简单表达，写作本身就是思想形成、丰富和深化的过程。我自己常有这样的体会，一篇论文在动笔写作时往往只有一个粗略的想法，写作中仔细品读文献，不断激发出新的想法，产生新的问题，有困惑难解的苦恼，也有思路大开的兴奋。等到论文杀青，所有内容和想法已和动笔之初相去甚远，不可以道里计了。写作是能增长学问、提升能力的，我深信这一点，因此平时总是要求学生多写作。

　　张静在北京师范大学攻读博士学位的时候，就显示出很强的写作能力，写文章极快。这是才思敏捷的表现，我甚至觉得她的思维比笔还要快很多。每见年轻学人，聪明的不用功，用功的又不聪明，而张静却是聪明而又能下笨功夫的。我还很少见到女生这么勤奋读书、写作的。她在上海大学攻读硕士学位时，由特聘教授王兆鹏兄指导。我当时正任北京师范大学"京师学者"特聘教授，她来投考时，兆鹏兄的推荐信用"学习狂"来形容她，给我印象很深，我想象不出现在的研究生学习能狂到什么程度。事实上，三年下来我也没看到她狂到哪里，只是作业都完成得毫不费力，还参加兆鹏兄的项目，写了不少字数。凭借硕士阶段的积累，她的博士学位论文以《北宋书序文研究》为选题。这方面我没有研究，论文内容都是她自己构思、写作的。旁人忙到五六月要答辩了，还在突击，张静好整以暇的，寒假过年后返校，没多久就完稿了，写了35万字。我也提不出什么意见，只建议有一些小地方略做调整，以至于答辩时坐在导师的位置上，听她陈述论文，就好像在听别人指导的论文，自己没教过她什么。

　　博士毕业后，张静到北京语言大学随韩经太教授做博士后研究，选择诗法作为研究对象，两年写成出站报告《器中有道：历代诗法著作中的诗法名目研究》，后来成为她的第二本专著。我还在为她这一成果感到欣慰，她的第三部书稿又已杀青。最让我惊异的是，若非眼看着这些专著一本一本出来，根本就不会感到她在用功。张静性情开朗，爱热闹，喜爱影视，又热心于环保公益活动，救助流浪猫狗等，微信上的她经常出现在学校的各种活动中。平时在群里也很活跃，常用极尽夸张的方式称赞别人。在群里赞扬老师，每让我有一种"日月神教"教主的感觉，明知是玩笑，也很有喜剧感很开心。所以我想，她的用功不是一般意义上的那种焚膏继晷、矻矻不休式的用功，而是做研究时能非常专注和投入，一种拼命三郎式的全身心投入。这样，她的颖悟就总能源源不断地给学术注入活力。

张静从宋代文章学研究跨界到诗学的田野里耕作，虽然与在韩经太教授门下做博士后研究有关，但她以诗法名目研究作为出站报告的选题，直接动因可能出自精读《文镜秘府论》。有若干年头，我苦于学术活动较多，不能每周按时上课，就在七月初集中十几天带研究生们读书。有一年读《文镜秘府论》，其中讲到一种"生杀回薄势"，讨论时张静马上就想到一个诗例，大家都觉得很有意思，我说可以再找一些例子，写成一篇文章。当时只是随便一说，没想到她不久就写成一篇短文交来，我觉得很适合于《古典文学知识》，就推荐到该刊发表。或许就是这篇短文引发了她的兴趣，后来说想申请个课题，专门考究古代诗论中有关诗法的各种名目。这倒确实是一个挺有意思的课题，而且还没有人涉猎，我甚是赞同。

很快地《器中有道：历代诗法著作中的诗法名目研究》就成了她的博士后出站报告的题目。这项工作需要爬梳大量的诗学文献，而类似的集中翻阅文献的工作最容易激发理论思考，产生独特的理论问题。张静在整理诗法资料时，又发觉目前的古代文论研究较多关注形而上的理论命题，对诗法这类形而下的诗学问题缺乏研究，于是萌生继续写作《唐五代两宋诗法著述研究》的念头。这正是聪明人下笨功夫的效应。诗法在古典诗学体系中属于文本范畴的内容，基本到唐代诗学中才开始讨论。张伯伟教授曾将唐代诗学界定为规范诗学，这一判断就初唐到晚唐诗格的主流而言，当然是符合事实的。但从《文镜秘府论》保留的王昌龄诗论来看，盛唐时期诗学的着眼点已开始由讲格式病犯的诗格向讲文本内部构成的境象论和讲意指关系的意象论过渡，到中晚唐发展为阐明心物关系从而总结取象立意原则的中级诗学，到宋代进一步在造句、用典及修辞学的层面拓展，形成古典诗学中属于诗法范畴的丰富内容。这是古典诗学历史上理论体系和言说方式变化、发展、丰富程度最剧烈的时期，不仅古典诗学体系的理论框架基本奠定，古典诗学在技术层面上的丰富内容也基本得到充实。张静这部专著，在严格辨析"诗法"概念的前提下，取唐代诗法著述35种、五代诗法著述12种、宋代诗法著述21种，在充分吸收前人成果的基础上做了更细致的研究，逐一讨论了各书涉及的诗法内容，并对失传的22种诗法作了钩沉、发掘性的论述，使我们对唐宋间诗法的著述和流传有了较完整而细致的认识。在这番工作之上，张静最后对诗法著述的编纂特征和体系建构提出了一些总结式的论断，并通过前人对诗法著述的正面肯定和负面批评揭示了诗法著述的理论、批评价值和不可避免的缺陷。这些从扎实的文献研究中获得的结论，对于我们辩证地认识诗法著述的独特价值，理解它们对于古典诗学体系建构的参与意义，无疑是很有帮助的。

　　这是我读书稿的一点印象，顺便写在这里。先师程千帆先生不给自己指导的学位论文写序，只有曹虹《阳湖文派研究》是个例外，因为只有她一个女弟子。我秉承师门遗规，也不给自己指导的学位论文写序，现在女弟子多了，更连女弟子也没有例外。张静的诗法研究不是我指导的，做得如此有成绩，忝为一日之师，当然非常欣慰，也很引以为骄傲。程先生在我们读书期间基本上不表扬学生，我们都习惯了；我自己指导学生也很少表扬，以至于学生们常以为自己不副老师的期望，而不免自愧自责。面对这种情形，我不得不反思，学生们是不是太缺乏表扬了？张静大概也是表扬匮乏症的患者之一吧？现在我很想追补一剂表扬，为她的优秀和努力，以及对诗法研究的贡献。相信学界终会意识到，她的工作是对中国诗学研究的一个重要补充。对诗法的关注，将与近年学界对诗学辅助书籍如韵藻、典故、类书的关注一道，将古典诗学研究推向一个新的层面。这方面的研究是大有可为的。

蒋　寅

二〇二〇年元月五日于信可乐斋

目 录

绪 论 ……………………………………………………………… 1

第一章 诗法著述的界定 …………………………………………… 10
 第一节 诗法著述的判定标准 …………………………………… 10
  一 专门总结诗歌写作方法 …………………………………… 10
  二 主体为诗学条目与诗法名目的罗列 ……………………… 15
  三 形式上具有琐屑性 ………………………………………… 17
 第二节 诗法著述的书名与作者 ………………………………… 19
  一 诗法著述书名的变迁 ……………………………………… 19
  二 诗法著述的作者构成 ……………………………………… 22
 第三节 诗法著述的成书形式 …………………………………… 29
  一 自著类 ……………………………………………………… 29
  二 辑录类 ……………………………………………………… 31
  三 汇编类 ……………………………………………………… 33
 第四节 诗法著述与诗话的辨析 ………………………………… 35
  一 诗话对诗法著述的吸收与发展 …………………………… 36
  二 诗法与诗话的写作动机不同 ……………………………… 39
  三 诗法与诗话的小标题设置不同 …………………………… 43
  四 诗法与诗话的内容与体系不同 …………………………… 44
  五 诗话与诗法的联系与交叉 ………………………………… 46

第二章 唐代诗法著述三十五种 ………………………………… 50
 第一节 唐代诗法著述个案研究 ………………………………… 50
  一 上官仪《笔札华梁》二卷 ………………………………… 50
  二 佚名《文笔式》二卷 ……………………………………… 55
  三 杜正伦《文笔要决》一卷 ………………………………… 58
  四 旧题魏文帝《诗格》一卷 ………………………………… 60
  五 元兢《诗髓脑》一卷 ……………………………………… 61

六　僧辞远《诗式》十卷 …………………………………… 64
七　崔融《唐朝新定诗格》一卷 …………………………… 68
八　旧题李峤《评诗格》一卷 ……………………………… 72
九　王昌龄《诗格》二卷 …………………………………… 73
十　旧题王昌龄《诗中密旨》一卷 ………………………… 78
十一　僧皎然《诗议》一卷 ………………………………… 80
十二　僧皎然《诗式》五卷 ………………………………… 83
十三　日僧空海《文镜秘府论》六卷 ……………………… 90
十四　日僧空海《文笔眼心抄》一卷 ……………………… 94
十五　旧题白居易《金针诗格》一卷 ……………………… 96
十六　旧题白居易《文苑诗格》一卷 ……………………… 102
十七　旧题贾岛《二南密旨》一卷 ………………………… 105
十八　王叡《炙毂子诗格》一卷 …………………………… 113
十九　李洪宣《缘情手鉴诗格》一卷 ……………………… 116
二十　司空图《二十四诗品》一卷 ………………………… 118
二十一　郑谷、齐己、黄损《今体诗格》一卷 …………… 143
二十二　齐己《风骚旨格》一卷 …………………………… 147
二十三　僧虚中《流类手鉴》一卷 ………………………… 152

第二节　唐代诗法著述佚书考 ……………………………… 156
一　元兢《沈约诗格》一卷 ………………………………… 156
二　王维《诗格》一卷 ……………………………………… 157
三　徐隐秦《开元诗格》一卷 ……………………………… 157
四　佚名《诗赋格》一卷 …………………………………… 157
五　王起《大中新行诗格》一卷 …………………………… 158
六　许文贵《诗鉴》一卷 …………………………………… 158
七　姚合《诗例》一卷 ……………………………………… 159
八　任藩《文章玄妙》一卷 ………………………………… 159
九　任藩《诗点化秘术》一卷 ……………………………… 160
十　郑谷《国风正诀》一卷 ………………………………… 161
十一　齐己《玄机分别要览》一卷 ………………………… 161
十二　李嗣真《诗品》一卷 ………………………………… 162

第三节　唐代诗法著述的总体特征 ………………………… 163
一　书多残佚不全、篇幅短小 ……………………………… 163
二　曾被质疑为伪书伪撰 …………………………………… 166
三　顺应了唐代社会的需要 ………………………………… 167
四　确定了独特的书籍命名方式 …………………………… 170
五　确立了独特的小标题形式 ……………………………… 172
六　承担了论诗评诗的诗学功能 …………………………… 174

第三章　五代诗法著述十二种 ………………………………… 177
第一节　五代诗法著述个案研究 …………………………… 177
一　徐夤《雅道机要》一卷 ………………………………… 177
二　徐衍《风骚要式》一卷 ………………………………… 185
三　王玄《诗中旨格》一卷 ………………………………… 186
四　王梦简《诗格要律》一卷 ……………………………… 191
五　僧神彧《诗格》一卷 …………………………………… 192
第二节　五代诗法著述佚书考 ……………………………… 196
一　倪宥《金体律诗例》一卷 ……………………………… 196
二　徐蜕《诗律文格》一卷 ………………………………… 197
三　佚名《骚雅式》一卷 …………………………………… 197
四　佚名《吟体类例》一卷 ………………………………… 197
五　佚名《诗林句范》五卷 ………………………………… 198
六　佚名《杜氏十二律诗格》一卷 ………………………… 198
七　徐三极《律诗洪范》一卷 ……………………………… 198
第三节　五代诗法著述的总体特征 ………………………… 199
一　创作时代多难以判断 …………………………………… 199
二　佚书较多，篇幅更为短小 ……………………………… 200
三　喜谈美刺与诗教 ………………………………………… 201
四　继承晚唐余绪中也有创新 ……………………………… 203

第四章　宋代诗法著述二十一种 ……………………………… 206
第一节　宋代诗法著述个案研究 …………………………… 206
一　僧保暹《处囊诀》一卷 ………………………………… 206
二　僧景淳《诗评》一卷 …………………………………… 209

  三 李淑《诗苑类格》三卷 ……………………………… 213
  四 梅尧臣《续金针诗格》一卷 …………………………… 219
  五 佚名《诗评》一卷 ………………………………………… 225
  六 张商英《律诗格》二卷 …………………………………… 227
  七 阎苑《风骚格》五卷 ……………………………………… 229
  八 释惠洪《天厨禁脔》三卷 ………………………………… 232
  九 郭思《瑶溪集》十卷 ……………………………………… 239
  十 曾慥《诗说》一卷 ………………………………………… 243
  十一 姜夔《白石诗说》一卷 ………………………………… 247
  十二 陈应行《吟窗杂录》五十卷 …………………………… 257
  十三 孙奕《诗说》二卷 ……………………………………… 263
  十四 魏庆之《诗人玉屑》二十一卷 ………………………… 268
  十五 严羽《沧浪诗话》五卷 ………………………………… 280
  十六 周弼《唐诗三体家法》三卷 …………………………… 291
  十七 谢维新《诗律》一卷 …………………………………… 298
  十八 佚名《诗宪》三则 ……………………………………… 303
 第二节 宋代诗法著述佚书考 …………………………………… 305
  一 林越《少陵诗格》一卷 …………………………………… 305
  二 夏侯籍《诗评》一卷 ……………………………………… 307
  三 胡源《声律发微》一卷 …………………………………… 307
 第三节 宋代诗法著述的总体特征 ……………………………… 308
  一 诗法著述进入衰微期 ……………………………………… 308
  二 诗法著述在宋代的新变 …………………………………… 310
  三 诗法著述"一书而兼二体" ………………………………… 314

第五章 总论 ……………………………………………………… 316
 第一节 诗法著述的编著特征 …………………………………… 316
  一 伴随着一定的神秘性 ……………………………………… 316
  二 诗法名目的命名自有其特点 ……………………………… 318
  三 也有一些理论的探索 ……………………………………… 320
 第二节 诗法著述的体系建构 …………………………………… 322
  一 唐五代尚未重视诗法体系的建构 ………………………… 323

二　宋元时期开始尝试体系建设 …………………………… 325
　　三　明代诗法的体系设置加强 …………………………… 328
　　四　清代以来诗法体系设置的多样化 …………………… 330
第三节　历代对诗法著述的肯定 ……………………………… 332
　　一　唐代对诗法著述的重视 ……………………………… 332
　　二　宋元对诗法著述的肯定 ……………………………… 333
　　三　明清对诗法著述的需求 ……………………………… 335
第四节　古人对诗法著述的批评 ……………………………… 336
　　一　批评之一：穿凿附会、妄立格法 …………………… 336
　　二　批评之二：浅稚谬误、品格低下 …………………… 340
　　三　批评之三：假托名人、伪书伪撰 …………………… 344
　　四　批评之四：画地成牢、书塾死法 …………………… 348

参考文献 …………………………………………………………… 353
后　记 …………………………………………………………… 360

绪　论

　　法，存在于社会生活的各个方面，在诗歌创作中自然也有一个技巧与方法的问题。中国传统诗学有诗选、诗评、诗话与诗论等多种不同形式，但"就现有文献来看，中国诗学的主要内容是诗法，即关于诗歌写作的法则和技巧"①。中国古代诗学著作中有一大类就是诗格、诗式等诗法著述。

　　在唐五代时期，那些专门归纳总结诗歌写作技巧的著作一般被命名为"诗格"或者"诗式"。从宋代开始，"诗法"一词在诗论话语中逐渐兴起。到了元代以后，人们在撰著诗歌写作方法的专书时，开始在书名中大规模地使用"诗法"一词。因为"诗法"一词具有明确的含义、宽泛的涵盖范围、广泛的认知和传播基础，所以本书就以"诗法著述"来统指总结诗歌具体写作方法的这类著作。在本书中，诗法著述就是那些以总结诗歌写作具体方法与技巧为内容的专门诗学之书。

　　因为诗歌写作在古代生活中占据着重要的地位，所以古人非常热衷于诗法著述的编纂，史上传承下来的诗法著述篇帙浩大。目前，仅笔者接触到的诗法著述就有一百五十余部。一般认为唐代上官仪的《笔札华梁》、元兢的《诗髓脑》、崔融的《唐朝新定诗格》、王昌龄的《诗格》是存世较早的诗法作品。随后，中唐的诗法著述有僧皎然的《诗式》、日僧空海的《文镜秘府论》、题名白居易的《金针诗格》和《文苑诗格》等。晚唐五代是诗法著述的繁荣期，这时出现了旧题贾岛的《二南密旨》、王叡的《炙毂子诗格》、齐己的《风骚旨格》、徐夤的《雅道机要》、徐衍的《风骚要式》、僧神彧的《诗格》等作品。宋代的诗法著述有僧保暹的《处囊诀》、李淑的《诗苑类格》、题名梅尧臣的《续金针诗格》、僧惠洪的《天厨禁脔》、阎苑的《风骚格》、陈应行的《吟窗杂录》、魏庆之的《诗人玉屑》、周弼的《唐诗三体家法》等。随后的元明

---

① 蒋寅：《至法无法：中国诗学的技巧观》，《文艺研究》2000年第6期。

清三代，诗法著述的编撰越来越兴盛。元代的重要诗法之书有题名元人杨载的《诗法家数》、题名范德机的《木天禁语》等。"明初诗话以诗法为主。"① 如朱权的《西江诗法》、谢天瑞辑《诗法》、释怀悦编《诗法源流》等。明代最有代表性的诗法著述是梁桥的《冰川诗式》，其篇章安排是明代以来诗法著述发展乃至专门化的重要结果。清代的诗法著述在乾隆二十二年（1757）科举恢复试诗后，如雨后春笋般涌现，如徐文弼的《诗法度针》、李锳的《诗法易简录》、朱绍本的《定风轩活句参》等，都是篇帙巨大的诗法著述。近代以来，诗法著述的编纂依然绵续不绝，比较知名的有刘铁冷的《作诗百法》、谢无量的《诗学指南》、徐英的《诗法通微》等。一千多年来，历代诗人亲身写作，众多诗学家们前赴后继地编纂，大小书坊反复翻刻，后人又对前朝的诗法著述不断汇编，形成了蔚为大观的诗法之学。

但令人遗憾的是，大量诗法文献长期被归入诗话范畴之中，没有被单设一类进行共性研究，使得这批史料的价值远不如"纯正"诗话类更受学人关注，沦落为"边缘史料"。本书就以这些"边缘史料"为对象，尽可能地搜集它们在唐、五代、两宋的存世之作，研究它们的作者与成书、内容特征、体系设置和诗法内涵、理论特征以及版本与流传情况，并对它们在中国诗学史上的地位与价值给予客观的总结与评价。

现当代以来，古典诗法著述的文献搜集与整理工作，可以追溯到郭绍虞1934年完稿的《中国文学批评史》上册（商务印书馆1934年版），在该书中他曾以"论格论例之著"为标题探讨了唐五代的诗文赋格类作品，书中分为存、佚两类情况对这些著作做了叙录，这是诗法著述第一次被近现代学界所认识。1936年，罗根泽的《五代前后诗格书叙录》（《文哲月刊》1936年第1卷第4期）一文又对晚唐五代的诗格著作做了系统的整理。1975年，周维德点校出版了日僧空海的诗法著述《文镜秘府论》，该书中汇编的都是国内失传许久的初盛唐诗法著述，得到了国内诗学研究者的普遍欢迎。1983年，王利器校注出版了《文镜秘府论校注》，其中注释详细、卓有新见，大大推动了唐代诗法文献的研究。到了

---

① 周维德集校《全明诗话》，齐鲁书社，2005，第6页。

90年代，张伯伟《全唐五代诗格校考》（陕西人民教育出版社1996年版）①一书是对唐五代诗格文献的辑录和考释，是书首次将目光投向了历来不为人注意的诗格文献的汇辑、考订，为唐五代时期的诗法研究提供了文献保障。此外又有张健《元代诗法校考》（北京大学2001年版）一书，编集、考证了元代的二十五部诗法，为系统了解元代诗法提供了文献支持。蒋寅《清诗话考》（中华书局2005年版）将作者搜集经眼的清代诗学著述作了目录与提要，其中第三类即是"专讲诗格诗律之诗法"。再有张寅彭《民国诗学书目辑考》（载《中国诗学》第七辑，人民文学出版社2002年版）、孙小力《明代诗学书目汇考》（载《中国诗学》第九辑，人民文学出版社2004年版）等文章，在对现存明代、民国诗学著述做全面考索的过程中，都涉及了对部分诗法著述的论述与评价。卢盛江《文镜秘府论汇校汇考》（中华书局2006年版）一书，"全面系统地总结了半个多世纪以来汉字文化圈《文镜秘府论》的研究成果，所用版本最全，注释最详尽，资料最完备，考释最精确，是国际汉学研究的又一典范性成果"②。此外，范新阳、杨颖整理的《诗法三种》（河南文艺出版社2015年版）中收录了民国时期的《诗法捷要》《诗钥》《诗法通微》三种讲述诗歌作法的著作。汪梦川主编的《民国诗词作法丛书》（凤凰出版社2016年版）十二册汇编了游子六《诗法入门》、朱宝莹《诗式》、谢无量《诗学指南》、刘铁冷《作诗百法》、徐谦《诗词学》等四十部诗法著述，基本上将这一时期的诗法著述囊括无遗，为研究民国诗法的纂集与传授提供了丰厚的文献基础。

  关于古典诗法著述的研究专著方面，20世纪以来有罗根泽40年代在《中国文学批评史·晚唐五代文学批评史》中对唐五代的诗法著述进行了详细的探讨。"毋庸置疑，罗根泽是对晚唐五代诗格进行全面整理与深入研究的第一人。"③ 70年代，台湾地区学者王梦鸥《初唐诗学著述考》（台湾商务印书馆1977年版）、许清云《现存唐人诗格著述初探》（东吴大学中国文学研究所1978年硕士学位论文）等著作也是关于唐代

---

① 该书后修订易名为《全唐五代诗格汇考》，于江苏古籍出版社2002年出版。
② 曹旭、杨赛：《新经典与新批评——读〈文镜秘府论汇校汇考〉》，《书品》2006年第6期。
③ 李江峰：《晚唐五代诗格研究》，人民出版社，2017，第21页。

诗法著述的研究。90年代，王运熙、杨明《中国文学批评通史·隋唐五代卷》（上海古籍出版社1996年版）中对晚唐五代的诗法著述有专门的章节进行讨论。21世纪以来，诗法研究以其独特的魅力依然吸引着学人。易闻晓《中国古代诗法纲要》（齐鲁书社2005年版）一书，从题意、篇法、字法、句法、属对、用事、脱化、声律、用韵、手法等十方面对古代诗法进行了系统研究。陈如江《中国古典诗法举要》（人民文学出版社2016年版）一书将诗法按感情、意象、语言、结构、诗趣、声韵六个方面大致分类，然后分别列出细目进行论述与阐释。张静《器中有道——历代诗法著作中的诗法名目研究》（凤凰出版社2017年版）一书，以历代诗法著述中所载的具体"诗法名目"为研究中心，将古典诗法体系建构为结体法、命意法、声法、字法、句法、章法六大层面，然后在每一层面，选择经典的诗法名目按照历史梳理、语言技巧与美学内蕴三个维度展开论述。再有李江峰《晚唐五代诗格研究》（人民出版社2017年版），是书以晚唐五代为中心，将四十种诗格作品作为研究对象，从文献考释和理论诠解两个方面进行研究；其中，理论篇对研究对象从著作环境、作者群体构成以及诗论宗旨等方面进行了整体把握，文献篇是对《二南密旨》《风骚旨格》的考辨和绎解。此外，还有一批硕士、博士学位论文，也是围绕着诗法著述展开，例如许连军《皎然〈诗式〉研究》（上海师范大学2004年博士学位论文）、刘伏玲《佛教对全唐五代诗格影响之研究》（江西师范大学2008年硕士学位论文）、李悦《〈诗人玉屑〉之诗法考论》（华中师范大学2009年硕士学位论文）、任家贤《〈沧浪诗话〉诗法性质新探》（中山大学2009年硕士学位论文）、杨星丽《唐五代诗格理论研究》（南京大学2013年博士学位论文）、高晓成《从"法之格"到"意之格"——唐五代"诗格"理论核心的转移》（中国社会科学院研究生院2014年博士学位论文）等。

研究诗法著述的单篇文章有王增斌《唐末宋初"诗格书"综论》（《文史知识》1993年第2期），文中对存世的唐末宋初十一家诗格著作的理论特征进行了总体分析。张伯伟《唐五代诗格丛考》（《文献》1994年第3期）一文对唐五代的诗格作品进行了全方位的钩稽。张伯伟《古代文论中的诗格论》（《文艺理论研究》1994年第4期）对诗格这种文艺批评著述进行了全局式的把握。张伯伟《论〈吟窗杂录〉》（《中国文化》1995年第2期）一文认为《吟窗杂录》是一部汇编唐宋诗格、句图及诗论的总集；由于早期的同类著作大多已经亡佚，所以这部书具有难得的文献价值。王发国、曾明《李淑〈诗苑类格〉考略》（《西南民族学院学报》2000年第1期）考察了《诗苑类格》的成书年代和佚文。李江峰《唐五代诗格南北宗理论探析——以王昌龄〈诗格〉和贾岛〈二南密旨〉为中心》（《长江学术》2007年第3期）指出：从王昌龄《诗格》到贾岛《二南密旨》、虚中《流类手鉴》，南北宗理论的美学内涵经历了一定的发展演变后趋于定型。谢琰《论徐夤〈雅道机要〉的理论意义及实践品格》（《中州学刊》2009年第3期）认为：《雅道机要》与晚唐五代的相关批评、创作皆有千丝万缕的联系，也是徐夤个人咏物诗创作的理论总结。王德明《从诗法传授的角度看〈沧浪诗话〉》（载《新国学》第八辑，四川出版集团·巴蜀书社2010年版）认为严羽《沧浪诗话》乃是一部阐述诗法传授的理论著作。卢盛江《〈文笔式〉——初唐一部重要的声病说著作》（《文学遗产》2012年第4期）认为《文笔式》中有些内容可能保留了隋以前乃至齐梁遗说甚至沈约遗说。此外还有陈斐《〈三体唐诗〉版本考》（《齐鲁学刊》2010年第2期）等考证诗法著述版本流传的文章。

　　以上这些学术成果，为学界能够进行全面的诗法著述研究提供了坚实的基础。但同时也可以看到，学界还没有将研究的范围扩展并集中到整个诗法著述史上。首先是对诗法著述没有统一的判定标准，对诗法著述的书名变迁、作者群体与成书形式没有综合的研究。其次，没有将诗格、诗式与诗法著述进行辨析，将诗法著述与诗话著作进行比较，尚未有系统研究历代诗法著述之特征的相关成果。再次，缺乏概括唐代、五代、两宋诗法著述的总体特征、总结诗法著述的编著特征、分析历代诗法著述的体系建构、梳理历代批评家对诗法著述的态度与评论等研究成果。最后，相对于唐五代的诗格著作来说，宋代诗法著述的文献研究和理论研究还没有得以系统展开。例如，尚未对宋代具有诗法性质的著述进行辨析，尚未对两宋现存诗法著述进行全面考述，尚未对两宋的诗法佚书进行钩沉等。

　　而本书的研究对象即唐代、五代与两宋存佚的六十八种诗法著述。其中唐代三十五种、五代十二种、宋代二十一种，是对唐五代两宋的诗法著述全面系统的考察与研究。本书在个案研究部分，主要按照时代顺序客观详细地考察这些"边缘文献"的著者情况、著述年代、存佚情况、在历代书目中的著录情况,并考察其编纂特征、内容构成与体系设置。这部分还会重点论述诗法名目在历代诗法著述中的总结、辑录、流传与发展变迁,考察诸多诗法著述版本的刊刻与传播情况、馆藏地情况等。在具体的论述过程中,本书注重同一朝代中诗法著述的异同点(横向比较),例如唐代题名白居易的《金针诗格》中的小标题为"诗有内外意""诗有三本""诗有四格""诗有四得""诗有五忌"等,采用的是"诗有某某"这种唐代的小标题命名方法,而旧题白居易《文苑诗格》中却是以"创结束""依带境""菁华章""宣畅骚雅""影带宗旨""雕藻文字""联环文藻""杼柣入境意""招二境意""精颐以事"等诗法名目来做小标题的,这说明此二书很可能不是同出于一人之手,或者不是一个时期的作品。本书同时注重各个朝代诗法著述的发展与变化(纵向比较)。例如南宋魏庆之《诗人玉屑》全书整体结构安排明显继承了中唐皎然的《诗式》,《诗人玉屑》前十一卷的结构安排又启发了明代《冰川诗式》等诗法著述。本书也重视诗法著述在历代的传播与影响情况,考察了诗法著述在域外(尤其是日本与朝鲜)的传播与接受情况。例如唐代佚名的《文笔式》、杜正伦《文笔要决》、元兢《诗髓脑》、崔融《唐朝新定诗格》等诗法之书,在中国历代的书目著作中都未见著录,而在日本的书目如《日本国承和五年入唐求法目录》《日本国见在书目录》中则有所记载。再例如《诗人玉屑》在日本、朝鲜是作为"诗学指南"而获得很高评价的。还例如朝鲜人崔滋《补闲集》卷上多次提到了北宋诗法佚书《风骚格》。本书还进一步考察了《二十四诗品》与唐五代诗格著作之间的联系,认为司空图写过"诗格"类的著作,将之看成是《二十四诗品》是没有问题的;再根据唐五代诗格发展历程,认为《二十四诗品》产生于晚唐是完全有可能的。另外,本书对一些长期归类在诗话、诗选中的著述如宋代姜夔《白石诗说》、魏庆之《诗人玉屑》、严羽《沧浪诗话》、周弼《唐诗三体家法》等,进行正本清源的辨析,还原其诗法著述的本来面目。

通过对唐五代两宋共六十八种诗法著述进行个体考察,本书总结出唐代、五代、两宋三个阶段诗法著述的总体特征。现存的唐代诗法著述大多残佚不全,篇幅短小;因为依托名人的问题,很多唐代诗法著述曾被怀疑为伪书伪撰；唐代诗法著述的繁荣和发展，乃是由于初唐律诗定型、晚唐兵乱中诗教观兴盛、整个唐代诗赋取士等；唐代诗法著述独特的命名方式和小标题形式，深刻地影响了后世诗法著述的成书形式。在宋代诗话产生之前，唐代的诗法著述除了有总结作诗技巧的主要任务之外，也承担了论诗评诗的诗学功能。

  五代诗法著述的具体创作时间大多难以判定，本书中十二种诗法著述的创作时代并不能完全确定为五代，不少作品乃是笔者姑且系时于此。五代诗法著述佚名和佚书较多，这个时期的诗法著述，都是靠被南宋陈应行的《吟窗杂录》收录才得以保存下来。但即便是存世的诗法之书，其保存下来的内容篇幅较之唐代更为短小不全。继承晚唐诗法著述的遗风，五代的诗法著述更喜欢谈论诗道政教与美刺观，这跟五代时期混乱的政治现实背景是分不开的。但五代诗法著述在继承晚唐余绪中，也有不少创新。例如，五代时出现了"某某范"这种新式书题，如《诗林句范》《律诗洪范》；"物象"之说，在徐夤《雅道机要》中又有新的技巧阐释；王梦简《诗格要律》中首次将诗歌门类与六义结合在一起；神彧《诗格》中又有"风动势""离合势"这种三个字的势名。这些都算得上是新创造。

  相比于唐五代，宋代诗法著述进入了衰微期，一些诗法著述只能依附于类书或者大型学术笔记才得以行世。但宋代诗法著述出现了很多新变，例如诗法之书的题名中首次出现了"法"字，严羽《沧浪诗话》已经专辟一章为"诗法"，魏庆之《诗人玉屑》中也有明确的大小标题记载诗法，如"诚斋翻案法""诚斋又法""赵章泉诗法""沧浪诗法"等，这些都反映了宋人对"诗法"概念认识的加深；诗法名目的命名不断深化成熟；诗法著述的内在形式越来越完备；首次出现了诗法汇编著作《吟窗杂录》。此外，宋代的诗法著述往往一书而兼二体：或是将诗法著述与诗话著作杂糅，如姜夔《白石诗说》；或是将诗法与品评合编，如魏庆之《诗人玉屑》；或是将诗法与诗选结合，如周弼《唐诗三体家法》。

  收束全文，笔者对唐五代两宋的诗法著述进行了综合性、系统性的总论。首先总结其编著特征。诗法著述在编著时，会伴随一定的神秘性。古典诗法著述的主体内容是一个个诗法名目。诗法名目的命名显示出形象性的特征。一些作者为了追求新颖性，可能会穿凿附会，以至于不少诗法的命名也具有模糊性。另外，在历代诗法著述中，由于著书者的理解不同，同一诗歌技巧会有不同的诗法名称。与之相对的另一种情况是，同一名称也可以指示不同的诗歌技巧，这反映的是人们对同一事物的不同理解。虽然诗法著述以总结罗列技巧为主，但其中也有一定的理论探索与突破。如王昌龄《诗格》中的"三境"说①是中国古代意境论形成过程中的奠基性学说。皎然《诗式》中关于"物象"和"取境"的理论，在诗论史上影响深远。还有著名的"磨炼"理论，便是来源于唐五代诗格著作。诗论中的南北宗理论，就形成于唐代的诗法著述。宋代江西诗派著名理论纲领的"换骨法""夺胎法"即应来自北宋惠洪的诗法著述《天厨禁脔》。著名的"起承转合"之说，其实来源于元代题名杨载的《诗法家数》与傅若金的《诗法正论》，后来人所共知的八股文法就是出自诗法中的这一结构论。② 元代佚名《诗家模范》中就有初唐、盛唐、中唐、晚唐的论述，要早于明人高棅。由此看来，诗法著述虽为"器用"一端，但对诗歌之"道"，也有不少理论贡献。

其次，笔者发现，诗法著述在著述形式上零缣散珠、琐屑繁复，难免显得"丛脞冗杂"③，但中国古典诗法著述在从唐代到民国的漫长发展过程中，逐渐地实现了诗学体系的设置与建构。具体表现为：唐五代尚未重视诗法体系的建构；宋元时期开始尝试体系建设；明代诗法的体系设置加强；清代以来诗法体系设置呈现多样化的局面。

最后，书中考察了古人对于诗法著述的各色评价。中国古代对于诗法著述有不少肯定与推崇的评价，但这些肯定之语最终还是很大程度上被淹没于批评的洪潮之中。笔者梳理了历代对诗法著述的批评，其主要观点无外有四：曰穿凿附会、妄立格法；曰浅稚谬误、品格低下；曰假

---

① 王昌龄《诗格》："诗有三境：一曰物境。二曰情境。三曰意境。物境一。欲为山水诗，则张泉石云峰之境，极丽绝秀者，神之于心。处身于境，视境于心、莹然掌中，然后用思，了然境象，故得形似。情境二。娱乐愁怨，皆张于意而处于身，然后驰思，深得其情。意境三。亦张之于意，而思之于心，则得其真矣。"（张伯伟：《全唐五代诗格汇考》，江苏古籍出版社，2002，第172~173页。）

② 具体论述可参见蒋寅《起承转合：机械结构论的消长——兼论八股文法与诗学的关系》，《文学遗产》1998年第3期。

③ 纪昀等：《钦定四库全书总目》，中华书局，1997，第2766页。

托名人、伪书伪撰；曰画地成牢、书塾死法。笔者认为这些批评有一定的道理，但也值得进一步商榷。实际上，我们对待诗法应该有正确的态度。正如赵昌平在《上官体及其历史承担》中所言："要想将唐诗研究推向深入，必须重视这部分著作。……其一，虽然成熟后的诗人必不按图索骥，但唐人学诗却多从此类著作入门，因此后人在研究中就不能因其难读而简单摈斥。其二，诗格类著作讲述的其实是诗歌的语言结构。……语言的结构问题，诗歌语言不同于日常语言的特殊结构研究，是诗学的中心问题。"① 诗歌是艺术性的存在，但不能否认写诗是有一定的技术要求与操作手段的。诗法之学本来就有其存在的必然性与合理性，它和诗的艺术之"道"并不矛盾。当然，诗法的研究需要形成"悟不废法""由法开悟"的正确认识，"善用法而不为法所困""有法而不拘泥于法"的态度，是中国古典诗法研究中必须要明确的。②

---

① 赵昌平：《赵昌平自选集》，广西师范大学出版社，1997，第54页。
② 具体论述可参见张静、唐元《古典诗法的方法、规则及其研究价值》，《中国文化研究》2013年春之卷。

第一章　诗法著述的界定

诗法著述在中国诗学史上有源远流长的传统，从初唐一直延续到民国时期。这批数量庞大的专门著作有其独特的主体内容、命名方法与著述目的，它们和其他诗学著作有很大的差别。但长期以来，它们却被归为诗话一类，丧失了其独立的品性，并为学界的研究所忽略。实际上诗法著述值得单设一类进行专门的研究，本章即对诗法著述进行界定，并论述诗法著述与诗话著作的区别与联系。

第一节　诗法著述的判定标准

所谓诗法著述，是指以总结诗歌写作技巧为主体内容，以罗列诗学条目与诗法名目为主要形式的诗学专书。它们以具体作诗技巧的总结与记载、揭示与传授作为主体，其中记载的是关于诗体、格律、对仗、用典、修辞、下字、句式、章法等诸多方面的诗法名目，这些诗法名目一般配合着诗例加以说明，注重的是可操作性，其写作目的是向读者传授作诗方法。

一　专门总结诗歌写作方法

"诗法，从某种意义上说，是运用语言的手法。"① 诗法，既包括写诗的法则，例如诗的性质、功用、指向等重要方面的认识与观念；也包括作诗的技巧，如格律、属对、用事、修辞、章法、命意、体裁等方面的具体操作技巧。从中国古典诗法著述的撰述实际来看，诗法著述的主体内容，主要是诗法的"形而下"层面，也就是具体的诗歌写作技巧。

初唐上官仪的《笔札华梁》，是现存最早的诗法著述，内含"八阶""六志""属对""七种言句例""文病""笔四病""论对属"七部分。

---

① 林东海：《诗法举隅》，上海文艺出版社，1981，第162页。

"八阶"乃是论八种诗歌写作的题材,如咏物、赠物、述志、写心等。"六志"探讨的是作诗的立意之法。"属对"部分列九种对:的名对、隔句对、双拟对、联绵对、异类对、双声对、叠韵对、回文对、同类对。"文病""笔四病"主要论及平头、上尾、蜂腰、鹤膝、大韵、小韵、傍纽、正纽等诗歌声律的病犯。对于初学律诗者来说,这些方法非常具有可操作性。例如《笔札华梁》中解释对仗的方法云:

> 第三,双拟对。
>
> 双拟对者,一句之中所论,假令第一字是"秋",第三字亦是"秋",二"秋"拟第二字,下句亦然。如此之类,名为双拟对。诗曰:"夏暑夏不衰,秋阴秋未归。炎至炎难却,凉消凉易追。"又曰:"议月眉欺月,论花颊胜花。"
>
> 春树春花;秋池秋日;琴命清琴;酒追佳酒;思君念君;千处万处。如此之类,名双拟对。
>
> 第四,联绵对。
>
> 联绵对者,不相绝也。一句之中,第二字第三字是重字,即名为联绵对。但上句如此,下句亦然。诗曰:"看山山已峻,望水水仍清。听蝉蝉响急,思乡乡别情。"又曰:"嫩荷荷似颊";"残河河似带";"初月月如眉"。
>
> 朝朝;夜夜;灼灼;菁菁;赫赫;辉辉;汪汪;落落;索索;萧萧;穆穆;堂堂;巍巍;诃诃。如此之类,名联绵对。①

随后,佚名的《文笔式》、旧题魏文帝的《诗格》、元兢的《诗髓脑》、王昌龄的《诗格》、僧皎然的《诗式》、旧题白居易的《金针诗格》、旧题贾岛的《二南密旨》、王叡的《炙毂子诗格》、齐己的《风骚旨格》等书在唐代接连问世,都是以记载具体的诗歌写作方法为著述宗旨的,它们都是唐代名副其实的诗法著述。例如王昌龄《诗格》"十七势"中讲诗歌的开头如何写作:

---

① 张伯伟:《全唐五代诗格汇考》,江苏古籍出版社,2002,第59~60页。

第一，直把入作势。

直把入作势者，若赋得一物，或自登山临水，有闲情作，或送别，但以题目为定；依所题目，入头便直把是也。皆有此例。昌龄《寄驩州诗》入头便云："与君远相知，不道云海深。"又《见谴至伊水》诗云："得罪由己招，本性易然诺。"又《题上人房》诗云："通经彼上人，无迹任勤苦。"又《送别诗》云："春江愁送君，蕙草生氤氲。"又《送别诗》云："河口饯南客，进帆清江水。"又如高适云："郑侯应栖遑，五十头尽白。"又如陆士衡云："顾侯体明德，清风肃已迈。"

第二，都商量入作势。

都商量入作势者，每咏一物，或赋赠答寄人，皆以入头两句平商量其道理，第三、第四、第五句入作是也。皆有其例。昌龄《上同州使君伯诗》言："大贤本孤立，有时起经纶。伯父自天禀，元功载生人。"（是第三句入作）又《上侍御七兄诗》云："天人俟明略，益、稷分尧心。利器必先举，非贤安可任。吾兄执严宪，时佐能钩深。"（此是第五句入作势也）①

这些方法可以说是分门别类、循循善诱，能够直接为初学者指示写作门径。

五代时，诗法著述的撰著热情不减，这一时期出现了徐夤的《雅道机要》、徐衍的《风骚要式》、王玄的《诗中旨格》、王梦简的《诗格要律》、神彧的《诗格》等一系列诗法著述。例如神彧的《诗格》今内容共存八论，分别为"论破题""论颔联""论诗腹""论诗尾""论诗病""论诗有所得字""论诗势""论诗道"，解释律诗首联、颔联、颈联、尾联等的写法与避忌等，例如：

论颔联

诗有颔联，亦名束题，束尽一篇之意。其意有四到：一曰句到意不到；二曰意到句不到；三曰意句俱到；四曰意句俱不到。《中秋

---

① 张伯伟：《全唐五代诗格汇考》，江苏古籍出版社，2002，第152~153页。

月诗》:"此夜一轮满,清光何处无。"是句到意不到也。《咏扇诗》:"汗流浃背曾施力,气爽中秋便负心。"是意到句不到也。《咏柳诗》:"巫娥庙里低含雨,宋玉宅前斜带风。"是意句俱到也。《除夜诗》:"高松飘雨雪,一室掩香灯。"是意句俱不到也。

论诗腹

诗之中腹亦云颈联,与颔联相应,不得错用。《咏菊诗》:"晚成终有分,欲采未过时。"此两句是咏物而寄意。《送人下第》:"晓楚山云满,春吴水树低。"此是送人所经之处,失意可量。《别同志》:"天淡沧浪晚,风悲兰杜秋。"此两句别所经之景,情绪可量。①

虽然名为"论",但是每论均有简要解释,并引诗为例,和诗话著作中的"论"截然不同。

到了宋代,据笔者钩沉,存世的诗法著述共有十八部,比较知名的有李淑《诗苑类格》、梅尧臣《续金针诗格》、释惠洪《天厨禁脔》、陈应行《吟窗杂录》等。例如释惠洪《天厨禁脔》"是编皆标举诗格,而举唐、宋旧作为式"②,全书都是写诗方法的汇编,先解释技巧,再配以诗例来说明,能够给初学写诗者提供实实在在的指导与帮助。

古典诗法著述中技巧的总结,有时又以诗病的形式出现。如唐佚名《文笔式》中有"文病"十四条:第一,平头;第二,上尾;第三,蜂腰;第四,鹤膝;第五,大韵;第六,小韵;第七,傍纽;第八,正纽;第九,水浑病;第十,火灭病;第十一,木枯病;第十二,金缺病;第十三,阙偶病;第十四,繁说病。在诗法著述中,这些诗病和诗法一样,除了有具体的命名,也有点明症结的解释,同时也配以诗例来说明:

第十三,阙偶病。
谓八对皆无,言靡配属。由言匹偶,因以名焉。假作《述怀

---

① 张伯伟:《全唐五代诗格汇考》,江苏古籍出版社,2002,第490~491页。
② 纪昀等:《钦定四库全书总目》,中华书局,1997,第2763页。

诗》曰:"鸣琴四五弄,桂酒复盈杯。"又曰:"夜夜怜琴酒,优游足畅情。"

第十四,繁说病。

谓一文再论,繁词寡义。或名相类,或名疣赘。即假作《对酒诗》曰:"清觞酒恒满,绿酒会盈杯。"又曰:"满酌余当进,弥瓯我自倾。"①

古人所谓"喻其诗病而得针医,其病自除。诗病最多,能知其病,诗格自全也"②(白居易《金针诗格》),诗病其实也就是一种应该避开的错误诗法。

"中国古代诗法论有两种形态,一是对具体创作经验的指陈,一是对诗法作用机理的辨析。"③ 前者是具体的技巧方法,后者是中国诗法理论中的形而上层次,即"法则"。不可否认,诗法著述中也会有关于诗歌艺术总体性的"法则""规律"层面的论述。例如王昌龄《诗格》"诗有三不"中提出:"一曰不深则不精。二曰不奇则不新。三曰不正则不雅。"④ 白居易《金针诗格》"诗有三本"中论诗的审美要素云:"一曰有窍。二曰有骨。三曰有髓。以声律为窍;以物象为骨;以意格为髓。凡为诗须具此三者。"⑤ 齐己《风骚旨格》"诗有三格"论诗的高低品次云:"一曰上格用意。二曰中格用气。三曰下格用事。"⑥ 以上这些见解都是整体性的经验与理论,并没有什么具体的技巧可供参用。虽然古典诗法著述的主要内容是具体的技巧,但"法则"层面的内容也会涉及。随着诗法著述的成熟,到明清之后,一般的诗法著述都将这些"法则"的内容,单独作为"总论"、"综述"或"统论"一卷而置于书首,体现出鲜明的诗法体系意识。

---

① 张伯伟:《全唐五代诗格汇考》,江苏古籍出版社,2002,第 89~90 页。
② 张伯伟:《全唐五代诗格汇考》,江苏古籍出版社,2002,第 351 页。
③ 段宗社:《叶燮〈原诗〉的诗法论》,《青海师范大学学报》2009 年第 5 期。
④ 张伯伟:《全唐五代诗格汇考》,江苏古籍出版社,2002,第 173 页。
⑤ 张伯伟:《全唐五代诗格汇考》,江苏古籍出版社,2002,第 352 页。
⑥ 张伯伟:《全唐五代诗格汇考》,江苏古籍出版社,2002,第 415 页。

二 主体为诗学条目与诗法名目的罗列

诗法著述的构书形式为罗列条目。但诗法著述的条目和诗话著作的并不相同，早期诗法著述的条目一般是"数词+名词"，后来发展成为"诗有+数词+名词""某某体（例）+数词"，宋代以后一般是具体的诗法名目。

早在初盛唐时代，诗法著述在形式上就是由若干小标题构成。"这些小标题往往是以一个数词加上一个名词或动词而构成的片语，如'十七势'、'十四例'、'四得'、'五忌'之类。"① 例如初唐上官仪《笔札华梁》中有"八阶""六志""七种言句例"等。盛唐王昌龄《诗格》中有"十七势""六义"等。同时又出现了"诗有+数词+名词""某某体（例）+数词"的小标题形式，如王昌龄《诗格》中还有"诗有三境""诗有三思""诗有三不"，又有"起首入兴体十四""常用体十四""落句体七""势对例五"等小标题。

初盛唐时，以这几种固定格式构成条目、罗列成书的撰写形式，深刻影响了后世的诗法著述。例如晚唐齐己的《风骚旨格》中有"诗有六义""诗有十体""诗有十势""诗有二十式""诗有四十门"等条目。宋代梅尧臣《续金针诗格》便是由"诗有三本""诗有四得""诗有五忌"等小标题排列成书。直到元代，还有人采用这种小标题形式罗列条目成书，如陈绎曾、石柏撰的《诗谱》，全书主要内容包括"一本""二式""三制""四情""五景""六事""七意""八音""九律""十病"等。

另外一种诗法著述的构书形式是以各种诗法名称作为条目罗列成书，这种形式大约起源于中唐时题名白居易的《文苑诗格》。《文苑诗格》中的小标题是"创结束""依带境""菁华章""宣畅骚雅""影带宗旨""雕藻文字""联环文藻"等，每一个标题都在指示一种诗法，例如"依带境"：

> 为诗实在对属，今学者但知虚实为妙。古诗云："日暮碧云合，

---

① 张伯伟：《诗格论》，载《全唐五代诗格汇考》，江苏古籍出版社，2002，第7页。

佳人殊未来。"此上句先叙其事，下句拂之。古诗："昏旦变气候，山水含光辉。"此并先势，然后解之也。①

此种先标示诗法名目，再给予解释，最后附上诗例的构书形式在后世获得了更为普遍的使用。例如晚唐王叡《炙毂子诗格》中有"三韵体""连珠体""侧声体""六言体""三五七言体""一篇血脉条贯体""互律体"等。北宋景淳《诗评》中依次列举了"象外句格""当句对格""假色对格""璞玉格""雕金格"等诗法名目。再例如北宋释惠洪的《天厨禁脔》卷上标举的诗法名目有：近体三种颔联法、四种琢句法、江左体、含蓄体、用事法、就句对法、十字对句法、十字句法、十四字对句法、诗有四种势、诗分三种趣、错综句法、折腰步句法、绝弦句法、影略句法；卷中包括：比物句法、造语法、赋题法、用事补缀法；卷下包括：古诗押韵法、破律琢句法、顿挫掩抑法、换韵杀断法、平头换韵法、促句换韵法、子美五句法、杜甫六句法、比兴法、夺胎句法、换骨句法、遗音句法、古意句法、四平头韵法、分布用事法、窠因用事法等。全书完全是由四十多个小标题组成的，这些小标题都是一个个具体的诗法名目。

宋代以后，罗列诗法名目作为构书形式是诗法著述的主流选择。例如元代题名范德机《诗学禁脔》内容包括七言律诗十五格，分别是：颂中有讽格、美中有刺格、先问后答格、感今怀古格、一句造意格、两句立意格、物外寄意格、雅意咏物格、一字贯篇格、起联应照格、一意格、雄伟不常格、想像高唐格、抚景寓叹格、专叙己情格。

明清乃至近代以来，即便诗法著述越来越具有体系性，在大而全的体系下罗列诗法名目仍是诗法著述的最重要特征之一。例如明代梁桥的《冰川诗式》十卷，清代李锳撰、李兆元补《诗法易简录》十四卷，民国7年（1918）中华书局印行的谢无量《诗学指南》等，其中罗列的诗法名目越来越丰富且越来越成熟规范。这种情况一直在近现代的诗法著述中仍不曾改变。上海中华书局民国7年（1918）印行的谢无量《诗学指南》仍使用"诗眼用实事式""诗眼用响字式""练字次第式""诗眼

---

① 张伯伟：《全唐五代诗格汇考》，江苏古籍出版社，2002，第362页。

用拗字式""子母字妆句式""句中自对式""巧对式""交股对式""借字对式""错综句式""折腰句式""古诗每句用韵式""古诗用古韵式""古诗二叠促句换韵法""古诗三叠促句换韵法""古诗平头换句法""五言绝句平仄正格""五言绝句平仄偏格""失粘格""拗句格""各为平仄格""四句平仄不变格""五言律重韵""七言律变格"等条目来构成全书。所以,从历代诗法著述的撰著实际来看,诗法名目的确是这些著作的核心内容。

三 形式上具有琐屑性

因为诗法著述以总结技巧为主要内容,以诗学条目与诗法名目的罗列为构书形式,所以容易显得零缣散珠、琐屑繁复。

这一特点早在诗法著述兴起的唐代就已经显现,例如王昌龄《诗格·论文意》云:

> 诗有无头尾之体。凡诗头,或以物色为头,或以身为头,或以身意为头,百般无定。任意以兴来安稳,即任为诗头也。
>
> 凡诗,两句即须团却意,句句必须有底盖相承,翻覆而用。四句之中,皆须团意上道,必须断其小大,使人事不错。
>
> 诗有上句言物色,下句更重拂之体。如"夜闻木叶落,疑是洞庭秋","旷野饶悲风,飀飀黄蒿草",是其例也。
>
> 诗有上句言意,下句言状;上句言状,下句言意。如"昏旦变气候,山水含清晖","蝉鸣空桑林,八月萧关道"是也。
>
> 凡诗,物色兼意下为好。若有物色,无意兴,虽巧亦无处用之。如"竹声先知秋",此名兼也。①

这几段话没有什么体系可言,上下段之间也没有逻辑关系,呈现出琐屑繁复的形式特点。大约是早期的诗法著述都是即兴而作,咳唾成珠,有纂集、杂录的创作特点,例如释空海《文镜秘府论·天卷序》就认为从唐朝携归的诸家诗格、诗式"卷轴虽多,要枢则少,名异义同,繁秽

---

① 张伯伟:《全唐五代诗格汇考》,江苏古籍出版社,2002,第164~165页。

尤甚"，所以他才要"即事刀笔，削其重复，存其单号"。①

愈到后世，诗法著述的篇幅愈为庞大，所以更显得"丛脞冗杂"②。例如旧题范德机的《木天禁语》云："唐人李淑有《诗苑》一书（笔者按：应指宋人李淑的《诗苑类格》），今世罕传，所述篇法，止有六格，不能尽律诗之变态。今广为十三格，骤括无遗。"③《木天禁语》认为十三格就可以"骤括无遗"了，但是明人王昌会的《诗话类编》广为五十四格，而明人梁桥的《冰川诗式》达到一百多格，名目的罗列如阿房宫殿，千门万户，使初学者只见树木不见森林。

而且个别著述往往理论不清，眉目不明，未能登堂，遑论入室，部分名目的总结与归纳也有重复和缺陷，使得笔下方法的总结更加穿凿附会、琐屑无聊。例如晚唐齐己《风骚旨格》中首次列出了十种"诗势"，随后五代徐寅《雅道机要》列"八势"。五代神彧《诗格》则列"诗有十势"云：

> 诗有十势：一曰芙蓉映水势。诗曰："径与禅流并，心将世俗分。"二曰龙潜巨浸势。诗曰："天下已归汉，山中犹避秦。"三曰龙行虎步势。诗曰："两浙寻山遍，孤舟载鹤归。"四曰狮子返掷势。诗曰："高情寄南涧，白日伴云闲。"五曰寒松病枝势。诗曰："一心思谏主，开口不防人。"六曰风动势。诗曰："半夜长安雨，灯前越客吟。"七曰惊鸿背飞势。诗曰："龙楼曾作客，鹤氅不为臣。"八曰离合势。诗曰："东西南北人，高迹此相亲。"九曰孤鸿出塞势。诗曰："众木又摇落，望君君不还。"十曰虎纵出群势。诗曰："三间茅屋无人到，十里松门独自游。"④（神彧《诗格》）

北宋佚名的《诗评》又有"诗有四势"。各种难以索解的"势"横行诗坛，而为后世一些诗学家所批评，例如《蔡宽夫诗话》云："唐末

---

① 参见〔日〕遍照金刚撰，卢盛江校考《文镜秘府论汇校汇考》，中华书局，2006，第24页。
② 纪昀等：《钦定四库全书总目》，中华书局，1997，第2766页。
③ 张健：《元代诗法校考》，北京大学出版社，2001，第142~143页。
④ 张伯伟：《全唐五代诗格汇考》，江苏古籍出版社，2002，第493页。

五代，俗流以诗自名者，多好妄立格法，取前人诗句为例，议论锋出，甚有狮子跳掷、毒龙顾尾等势，览之，每使人拊掌不已。"①

第二节 诗法著述的书名与作者

一 诗法著述书名的变迁

（一）唐五代诗法著述多被命名为诗格或诗式

诗法著述在书名上有一定的共同点。唐五代的诗法著述多被命名为"诗格"或者"诗式"，命名为"某某格"或者"某某式"的情况也很多。

"诗格"这一名字最先起源于唐代，"格"也就是"法"的意思。"所谓'诗格'，就是作诗标准、法式。"② 唐代出现的大量诗法著述，多被命名为"诗格"，例如旧题魏文帝《诗格》、崔融《唐朝新定诗格》、旧题李峤《评诗格》、王昌龄《诗格》、旧题白居易《金针诗格》、旧题白居易《文苑诗格》、王叡《炙毂子诗格》、李洪宣《缘情手鉴诗格》、郑谷等《今体诗格》、元兢的《沈约诗格》、题名王维《诗格》、徐隐秦《开元诗格》、王起《大中新行诗格》等。因为唐代使用"诗格"来命名的诗法著述的比例很高，所以，"唐代诗学的核心就是诗格"③。

唐代之后，很多诗法著述依然用"诗格"或者"格"来命名，如五代的王玄《诗中旨格》、神彧《诗格》、徐蜕《诗律文格》、佚名《杜氏十二律诗格》，宋代的李淑《诗苑类格》、梅尧臣《续金针诗格》、阁苑《风骚格》、张商英《律诗格》、林越《少陵诗格》等。所以南宋目录学家陈振孙用"诗格"这个词代指宋前的诗法著述。在著录唐代任藩的《文章玄妙》之下，陈振孙云："凡世所传诗格，大率相似。余尝书其末云：'论诗而若此，岂复有诗矣。唐末诗格污下，其一时名人，著论传后

---

① 胡仔纂集，廖德明校点《苕溪渔隐丛话·前集》，人民文学出版社，1962，第 375～376 页。
② 蔡镇楚：《唐人诗格与宋诗话之比较》，《中国文学研究》1994 年第 3 期。
③ 张伯伟：《隋唐五代文学批评总说》，载《中唐文学会报》2000 号，日本好文出版公司，2000，第 1 页。

乃尔，欲求高尚，岂可得哉？'"① 在著录《吟窗杂录》之下云："取诸家诗格、诗评之类集成之。"② 这两处中，陈振孙所言的"诗格"当是以之代指宋前的诗法著述。

在唐代的诗法著述中，一些著作还被命名为"某某式"或者"诗式"。"式"，也是"法"的意思。《说文解字》卷五："式，法也。从工，弋声。"③ 和诗格一样，所谓"诗式"，也还是诗法的意思。例如唐代佚名的《文笔式》、僧辞远的《诗式》、僧皎然的《诗式》。五代又有徐衍的《风骚要式》、佚名的《骚雅式》等，都是标准的诗法著述。除了"诗格"，"诗式"也成为诗法著述的专有名称。明代梁桥编纂的大型诗法著述，在命名上取唐人古意，就命名为"冰川诗式"。

于是我们看到这样一个现象：在唐五代的时期，用"格""式"来命名诗法著述的现象非常普遍。唐五代目前可考的共有四十七种诗法著述，其中以"格"或"式"来命名的共有二十四种，占到51.1%之多。在"诗法"概念明确形成之前，"诗格""诗式"就是"诗法"的代名词。

宋代以后，题名为"格""式"的著作逐渐没落，整个宋代仅有李淑《诗苑类格》、梅圣俞《续金针诗格》、张商英《律诗格》、林越《少陵诗格》等少数几本，元代只有于济和蔡正孙《连珠诗格》、佚名《作诗骨格》、佚名《杜陵诗律五十一格》，明代只有梁桥《冰川诗式》、佚名《诗文要式》等个别作品。应该说，宋代以后诗法著述的题名呈现出多样化的局面，或曰"诗评"，或曰"诗说"，或曰"杂录"，或曰"家法"，各有自家之特色，但在丰富多彩的命名中，最常见的还是命名为"某某诗法"。

（二）元明清时期"诗法"一词代替了"诗格"与"诗式"

在初盛唐时期，诗法的意识已经存在，但是还没有产生"诗法"这一概念。所以，初盛唐的不少诗格、诗式著作中大量谈及作诗之法，但这些技巧仍未被命名为"法"。直到在宋人那里，"诗法"一词才获得了

---

① 陈振孙撰，徐小蛮、顾美华点校《直斋书录解题》，上海古籍出版社，1987，第645页。
② 陈振孙撰，徐小蛮、顾美华点校《直斋书录解题》，上海古籍出版社，1987，第647页。
③ 许慎：《说文解字》，中华书局，1963，第100页。

较多的使用。严羽《沧浪诗话》专辟一章为"诗法",魏庆之《诗人玉屑》中也有明确的标题如"唐人句法""风骚句法"等。宋代以后,"诗法"一词在各种诗学著作中层出不穷,其内涵和外延不断扩充丰富,最终成为中国古代文论中的核心概念。① 明确题名为"诗法"的著作,直至元代才首次出现。"较早出现的是(旧题)杨载的《诗法家数》,这部诗法著述体现出对前人诗格与'论诗及辞'诗话之体的双重继承。"② 元代其他命名为"诗法"的作品有旧题傅与砺述范德机意的《诗法源流》、旧题虞集《虞侍书诗法》、旧题揭曼硕《诗法正宗》、黄清老《诗法》、题傅若川《傅与砺诗法》等。

到了明代,命名为"诗法"的作品就更多了,例如朱权《西江诗法》、杨成《诗法》、释怀悦《诗法源流》、黄子肃《诗法》、史潜刊刻《新编名贤诗法》、黄省曾《名家诗法》、熊迻《清江诗法》、王檟《诗法指南》、吴默《翰林诗法》、朱之蕃《诗法要标》、谢天瑞《诗法大成》、胡文焕《诗法统宗》、汪彪《全相万家诗法》等。清代则有叶弘勋《诗法初津》、陈美发《诗法入门指规》、游艺《诗法入门》、郎廷极《集唐要法》、张潜《诗法醒言》、蔡钧《诗法指南》、徐文弼《汇纂诗法度针》、李锳《诗法易简录》、叶葆《应试诗法浅说详解》、郑锡瀛《分体试帖法程》、张涛《诗法浅说》、许印芳《诗法萃编》等,都是影响力很大的诗法著述。近代以来,又有刘子芬《诗家正眼法藏》、刘铁冷《作诗百法》、徐英《诗法通微》等诗法专书。

可以见得,元明清三代,人们开始将"诗法"一词代替唐五代的"诗格"和"诗式"。张伯伟云:"(宋代以后)许多书有诗格之实,而无诗格之名。仅以我所寓目的元代诗格为例,如杨载的《诗法家教(数)》、《诗法源流》,范梈的《诗学禁脔》、《木天禁语》、《诗家一指》,傅若金的《诗法正论》、《诗文正法》,揭傒斯的《诗法正宗》、《正法眼藏》,黄子肃的《诗法》,以及佚名的《沙中金集》等等。就其体例、内容来看,都属于诗格。"③ 实际上,这是因为宋元之后,"诗法"之名兴

---

① 具体论述可参见张静《"诗法"的概念、载体与内涵》,载《中国诗学》第十七辑,人民文学出版社,2013。
② 胡建次、王金根:《中国古代"诗法"的承传》,《江西社会科学》2005 年第 9 期。
③ 张伯伟:《古代文论中的诗格论》,《文艺理论研究》1994 年第 4 期。

起，代替了"诗格""诗式"这种唐人的名称。"格"、"式"与"法"，就其实质而言并无区别。例如明代代表性诗法著述《冰川诗式》虽然名字叫作"诗式"，但文中的百余种诗法，都是明确用"法"字来叙述的，例如"上接下下接上句法""上下接连句法""上接下句法""下连上句法""两句一意法"等。

胡正伟认为："就具体的法则而言，诗格与诗法可以相通；若就系统理论而言，则只可称之为诗法，而不能谓之以诗格。由于诗法的范围较诗格为宽泛，所以人们多把诗法、诗格著作统称为诗法。"① 但笔者认为诗法著述与诗格著作之间的分野，相对来说难以严格界定。它们其实是不同时代的体现：在唐五代时期，那些归纳总结诗歌写作技巧的专门著作一般被命名为"诗格""诗式"；宋代以后，"诗法"一词逐渐兴起，人们在撰著诗歌写作方法的专书时，便抛弃了"诗格""诗式"这两个词，而大规模地使用"诗法"一词。这是因为"诗法"一词具有明确的含义、宽泛的涵盖范围、广泛的认知和传播基础。所以，本书所谓的诗法著述，既包括大量的题名为"诗法"的专书，也包括唐五代大量题名为"诗格""诗式"的诗学著作。

二 诗法著述的作者构成

（一）名人创作经验的自我呈现

诗法著述的创作群体多为名人，这一特点从唐代开始就已经显现。

例如《笔札华梁》的作者上官仪、《诗髓脑》的作者元兢、《唐朝新定诗格》的作者崔融、《诗格》的作者王昌龄、《诗式》的作者皎然、《二南密旨》的作者贾岛、《诗例》的作者姚合等，都是文坛名宿。再例如《大中新行诗格》的作者王起、《今体诗格》的作者郑谷和黄损、《诗格要律》的作者王梦简、《炙毂子诗格》的作者王叡等，都是进士出身。这些优秀的诗人在创作实践中会有很多宝贵的经验，将自己的心得体会总结记录下来传之于世，乃在情理之中。《诗中旨格》的作者、约五代时人王玄就云：

---

① 胡正伟：《〈诗法源流〉与元人诗法》，《北京化工大学学报》2011年第2期。

> 予平生于二南之道，劳其形，酷其思，粗著于篇。虽无遗格之才，颇见坠骚之志。且诗者，在心为志，发言为诗，时明则咏，时暗则刺之。今具诗格于后。①

元代《诗法家数》的作者杨载在《自序》中云：

> 予于诗之一事，用工凡二十余年，乃能会诸法而得其一二。②

这些自述都说明了诗人自己作诗充满甘苦，经验有所积累，愿意把写诗的技巧传之于世。

宋代诗法著述《诗苑类格》虽然已经亡佚，但由于是李淑所著，这本书的质量想来也不会差到哪里去。李淑年十二时，就献文行在。真宗奇之，命赋诗，赐童子出身。后召试，赐进士及第。知制诰，除翰林学士，累官户部侍郎，出知河中府。李淑还是北宋有名的大藏书家，其藏书活动在宋人的著述中多有提及。李淑著述颇丰，纂修各种著作等百余卷。在北宋，他的确是很有名望的政治人物、诗人和学者。

明代刊刻诗法著述的多为名人与学者。例如宣德年间朱元璋之子朱权编刊《西江诗法》，其在《序》中云："今又得元儒所作诗法，皆吾西江之闻人也，其理尤有高处。"③ 朱权（1378～1448）是朱元璋第十七子，他嗜好戏曲音乐，著有《太和正音谱》《臞仙文谱》《诗谱》《诗格》等多种著作。重刊《诗法》的杨成是进士，曾任扬州知府。校刊《新编名贤诗法》的史潜，刊刻《清江诗法》、重刊《傅与砺诗法》的熊迻，以及编刊《诗法源流》的王用章等都是进士出身。刊刻《名家诗法》的黄省曾以李梦阳为师，与王守仁、湛若水交游，是明代的著名诗人与学者。④

清代撰写诗法著述的大家与学者更多，例如黄生撰《诗麈》二卷、

---

① 张伯伟：《全唐五代诗格汇考》，江苏古籍出版社，2002，第456页。
② 张健：《元代诗法校考》，北京大学出版社，2001，第13页。
③ 周维德集校《全明诗话》，齐鲁书社，2005，第63页。
④ 具体论述可参见张健《元代诗法校考·前言》，载《元代诗法校考》，北京大学出版社，2001，第9页。

王士禛撰《律诗定体》一卷、翁方纲撰《王文简古诗平仄论》一卷、赵执信撰《声调谱》三卷、翁方纲评定《赵秋谷所传声调谱》一卷、翁方纲撰《五言诗平仄举隅》一卷、翁方纲撰《七言诗平仄举隅》一卷、蔡钧撰《诗法指南》六卷、顾龙振撰《诗学指南》八卷、许印芳撰《诗法萃编》十五卷等。

诗法著述的主要内容是写诗的技巧与方法,如果是一个不懂得写诗的人、不精通于诗艺的人,又怎么能够撰写出诗法著述呢?再者,诗法著述的写作目的是教育后学,它所设定的读者群是诗歌创作的初学者,这就需要作者是一位有一定诗学影响力的人物,这样他写的诗法著述才能产生一定的影响力。如果诗法著述的作者是默默无闻的小卒,又有谁会对他的诗法著述感兴趣呢?所以,纵观历代诗法著述的作者,都是有一定知名度的人物。

(二) 依托名人达到传播目的

事实上,一些古典诗法著述可能并不是名人撰著,却被题名为名人,不少失名的著述往往也以名人为依托。诗法之书的写作目的是教育后学与科举应试,所以这类书很重视名人效应。将诗法著述的创作权归于名人或大家,为的是提高其书度人金针的说服力。

将诗法之书依托于名人的情况,自唐代以来就很明显了,例如《诗格》旧题魏文帝撰,《评诗格》旧题李峤撰,《诗格》题王维撰等,当今学界一般认为这些作者署名并不可靠。例如旧题魏文帝《诗格》中"俱不对例"条下所举的诗例乃是南朝沈约的《别范安成》,"八病"条中的平头、上尾、蜂腰、鹤膝等是南朝齐梁时期才发现并运用于诗歌创作的声律要求,所以将该书作者题名为魏晋时代的魏文帝曹丕可见其荒谬。对此,张伯伟认为:"《笔札华梁》约亡佚于北宋中叶,其后伪托者杂取散佚文字,拼凑成帙,并诡题'魏文帝'之名。惟此书题名虽伪,内容则皆有所本,实可以初唐人诗论视之。"[①] 为何好事之徒要托名魏文帝呢?其实就是想要利用魏文帝的名号来达到传播著作的目的。众所周知,魏文帝是写诗的好手,与曹操、曹植并称"三曹",又写有最早的文艺理论批评专著《典论》,而且是一代帝王,有人将编纂的诗法著述题上

---

① 张伯伟:《全唐五代诗格汇考》,江苏古籍出版社,2002,第99页。

魏文帝的名字，正是希望借助魏文帝的名声增加其诗法著述的影响力。

此外，旧题白居易撰著的诗法著述有两种，一是《金针诗格》，二是《文苑诗格》。南宋陈振孙在《直斋书录解题》中著录《文苑诗格》时云："称白氏，尤非也。"① 著录《续金针格》时云："梅尧臣撰。大抵皆假托也。"② 《金针诗格》卷首云：

> 居易贬江州，多游庐山，宿东西二林，酷爱于诗。有《闲吟》云："自从苦学空门法，销尽平生种种心。惟有诗魔降未得，每逢风月一闲吟。"自此味其诗理，撮其体要，为一格目，曰《金针集》。喻其诗病而得针医，其病自除。诗病最多，能知其病，诗格自全也。金针列为门类，示之后来，庶览之者犹指南车，而坦然知方矣。③

不论这段话是否真的出于白居易，其用意都是希望此书能够显示出一定的权威性，也就是希望书中的诗法能够为人所重、为人所用。

这种托名于名人的情况，在后世还一直延续着。例如北宋的《续金针诗格》托名于梅尧臣，《律诗格》托名于名臣张商英。方回就认为《律诗格》的作者是张商英并不可靠："予故曰此决非无尽（按：张商英号无尽居士）所作也。无尽好为人题画像赞，言博而肆，以此推之，岂肯作此等《律诗格》哉？"④ 元代的诗法著述大多假托于名人，题名杨载的有《诗法家数》《诗解》两部，题名虞集的有《虞侍书诗法》《诗法正宗》两部，而题名范德机的有《木天禁语》《诗学禁脔》《诗家一指》三部，再有《总论》《吟法玄微》《诗法源流》，旧题为"范德机门人集录""傅与砺述范德机意"，其实也是在利用范德机的影响力。

元代题名杨载的《诗解》卷首有《序》一篇，言杨载少年时从叔父杨文圭游西蜀，从杜甫九世孙杜举处得到此书：

> 予年少从叔父杨文圭游西蜀，间抵成都，过浣花溪，求工部杜

---

① 陈振孙撰，徐小蛮、顾美华点校《直斋书录解题》，上海古籍出版社，1987，第642页。
② 陈振孙撰，徐小蛮、顾美华点校《直斋书录解题》，上海古籍出版社，1987，第645页。
③ 张伯伟：《全唐五代诗格汇考》，江苏古籍出版社，2002，第351页。
④ 方回：《桐江集》，《宛委别藏》本，江苏古籍出版社，1988年影印版，第438页。

先生之祠而观焉。有主祠者,曰工部九世孙杜举也,居于祠之后,予造而问之曰:"先生所藏诗律之重宝,不犹有存者乎?"举曰:"吾鼻祖审言,以诗鸣于当世。厥后言生闲,闲生甫,甫又以诗鸣,至于今源流益远矣。然甫不传诸子,而独于门人吴成、邹遂、王恭传其法。故予得传之三子者,虽复先世之重宝,而得之亦不易也。今子之自远方而来,敢不以三子所授者为子言之?子其谨之哉!"余遂读之,朝夕不置,久之恍然有得,益信杜举所云非妄也。京城陈氏子有志于诗,故书举之传余戒余者以贻之。时至治壬戌初元四月既望杨仲弘序。①

对于著者不惜远借杜甫旗号的做法,明人许学夷《诗源辩体》卷三十五批评道:"此宋人伪撰相欺,而举不知,仲弘又深信而传之。宋元人浅陋,大率类此。或疑仲弘论诗,多有可观,此序当为伪撰,盖因文圭曾游西蜀故也。当时虞、杨、范、揭俱有盛名,故浅陋者托之耳。"②《四库全书总目·诗法源流》也认为这一故事"极为荒诞"。即便是真实的,杨载这样记录下来其实也是看重名人的作诗成就与文坛影响力,为的是增加内容的权威性,以便推动传播。例如明代怀悦刊行《诗法源流》在其《后序》中就强调云:"今观此诗,乃老杜九世孙杜举所传,得之非易,知者亦尠。苟藏之不传,实为累德。遂锓诸梓,以便学者。"③周廷征《诗法源流后序》亦谓:"仲弘杨君少游蜀得之工部裔孙举,每一诗著一体格,起承转合之间,注释甚明,足以该杜律之全,玩辞索义,如亲侍工部,受其指南者。"④

元代诗法失名的情况不少,例如《杜陵诗律五十一格》《沙中金集》等都作者信息不存,所以张伯伟认为元代诗法"这类书的真正撰者,却往往不是冠于书首的名字,他们大多是书商出于牟利的目的,假托名人以利销售"⑤。明清两代皆不乏书商为了牟利而假托名人,各种诗法著述

---

① 张健:《元代诗法校考》,北京大学出版社,2001,第48~49页。
② 许学夷著,杜维沫校点《诗源辩体》,人民文学出版社,1987,第345页。
③ 张健:《元代诗法校考》,北京大学出版社,2001,第457页。
④ 张健:《元代诗法校考》,北京大学出版社,2001,第458页。
⑤ 张伯伟:《元代诗学伪书考》,《文学遗产》1997年第3期。

层出不穷地被重订、翻印，反映出社会对这一类书籍的热衷程度，当然也就不可避免地出现了一些粗制滥造的诗法书籍。

（三）僧人撰著的情况较多

另外，唐五代诗法著述中僧人撰著的情况比较多，如释皎然撰《诗议》《诗式》、僧齐己撰《风骚旨格》、僧虚中撰《流类手鉴》、僧神彧撰《诗格》、僧保暹撰《处囊诀》、僧景淳撰《诗评》等。在晚唐至宋初的诗格中，僧人撰著的比例上升到37%以上。① 宋代僧人撰著诗法之书的有僧保暹《处囊诀》一卷、僧景淳《诗评》一卷、僧惠洪《天厨禁脔》三卷。

屏除俗务的修行僧人有充足的时间和精力从事诗歌技巧的研究与琢磨，于诗歌劳心日久，自然会有很多的领悟与见解，而他们又身在深山，与外界的交流不多，无法把自己的作诗经验和他人及时地交流，日积月累写成一本诗法之书，也是很可以理解的。皎然《诗式》卷一"中序"大体交代了此书的创作编定过程，从中可见皎然的创作心理：

> 贞元初，予与二三子居东溪草堂，每相谓曰：世事喧喧，非禅者之意。假使有宣尼之博识，胥臣之多闻，终朝目前，矜道侈义，适足以扰我真性。岂若孤松片云，禅坐相对，无言而道合，至静而性同哉？吾将深入杼峰，与松云为侣。所著《诗式》及诸文笔，并寝而不纪。因顾笔砚笑而言曰："我疲尔役，尔困我愚。数十年间，了无所得，况你是外物，何累于我哉？住既无心，去亦无我。予将放尔，各还其性。使物自物，不关于予，岂不乐乎？"遂命弟子黜焉。至五年夏五月，会前御史中丞李公洪自河北负谴遇恩，再移为湖州长史，初与相见，未交一言，恍然神合。予素知公精于佛理，因请益焉。先问宗源，次及心印。公笑而后答，温兮其言，使寒丛之欲荣；俨兮其容，若春冰之将释。予于是受辞而退。他日言及

---

① 具体论述可参见李江峰《晚唐五代诗格的著作群体》，《广西师范学院学报》2009年第2期。

《诗式》，予具陈以凤昔之志。公曰："不然。"因命门人检出草本。一览而叹曰："早岁曾见沈约《品藻》、惠休《翰林》、庾信《诗箴》，三子之论，殊不及此。奈何学小乘褊见，以凤志为辞邪？"再三顾予，敢不唯命。因举邑中词人吴季德，即梁散骑常侍均之后，其文有家风，予器而重之。昨所赠诗，即此生也。其诗曰："别时春风多，扫尽雪山雪。为君中夜起，孤坐石上月。"公欣然。因请吴生相与编录。有不当者，公乃点而窜之，不使琅玕与斌珉参列。勒成五卷，粲然可观矣。①

从中可见，皎然苦心研究诗歌数十年，写成《诗式》一书。虽然皎然对弟子说，诗歌对于僧人来说是"外物"，但是他并没有将书稿废弃。后来，他又把《诗式》向御史中丞李洪展示，李洪认为这本书胜于沈约《品藻》、惠休《翰林》、庾信《诗箴》，所以请皎然将《诗式》流传于世。从皎然自谦的叙述中，可见他的自得之感，也可见他对《诗式》的珍惜。

皎然《诗式》成书后，一直流传于世且受人重视，是现存唐五代诗法著述中篇幅最大的一本。他的成功，也吸引了其他僧人在编纂诗法著述事业上努力。所以张伯伟在《诗格论》中说：

> 一方面，皎然因作诗、论诗而得到莫大的荣耀，另一方面，通外学、修文章又便于广大佛门。所以，晚唐至宋初的僧人受其影响，纷纷步皎然的后尘，撰作诗格或诗句图著作，这也就造成了当时的诗格以僧人所写为多的现象。②

又有学人认为这一现象与禅宗的迅猛发展关系很大。③ 著作群体的变迁也为晚唐五代诗格著作注入了佛教文化与禅宗思维方式，是使文学

---

① 张伯伟：《全唐五代诗格汇考》，江苏古籍出版社，2002，第 243~244 页。
② 张伯伟：《全唐五代诗格汇考》，江苏古籍出版社，2002，第 15 页。
③ 具体论述可参见李江峰《晚唐五代诗格的著作群体》，《广西师范学院学报》2009 年第 2 期。

与佛教结下缘分的先驱之一。

第三节　诗法著述的成书形式

诗法著述的成书方式主要分为三种：自著类、辑录类与汇编类。

一　自著类

唐五代诗法著述的自著性质明显，如上官仪《笔札华梁》、王昌龄《诗格》、皎然《诗式》等，它们都是作者自我发明的优秀之作。

例如上官仪在《笔札华梁》中对律诗的声律和对仗问题倾注了很多的心力。随后的不少诗格、诗式作品中都经常会提到上官仪，如元兢《诗髓脑》"文病"条云："兢于八病之（外）别为八病。自昔及今，无能尽知之者。近上官仪识其三，河间公义府思其余事矣。"① 又"龃龉病"下云："此例文人以为秘密，莫肯传授。上官仪云：'犯上声是斩刑，去入亦绞刑。'"② 可见上官仪《笔札华梁》其书在后辈人心中的重要地位。初盛唐的不少诗法著述就是在《笔札华梁》的基础之上做进一步阐释的。

王昌龄《诗格》中结合个人诗例总结了不少诗法。关于这本书的创作时间，卢盛江《王昌龄〈诗格〉考》认为："一些内容作于为江宁丞时，但有些内容当作于贬龙标之后，包括语录体和书面体。以前我们只认为它作于贬江宁丞时，是不对的。王昌龄《诗格》的注文也可能为王昌龄自注。"③《诗格》中谈诗歌开头的做法——"直把入作势""都商量入作势"，结尾的方法——"含思落句势""心期落句势"，句法——"迷比势""相分明势"，立意法——"生煞回薄势""景入理势"等，这些后世屡被运用的诗法都是来自王昌龄的首次概括与命名。

僧惠洪的《天厨禁脔》算得上是宋代自著类诗法著述的经典之作，

---

① 张伯伟：《全唐五代诗格汇考》，江苏古籍出版社，2002，第120页。
② 张伯伟：《全唐五代诗格汇考》，江苏古籍出版社，2002，第121页。
③ 卢盛江：《王昌龄〈诗格〉考》，《江西师范大学学报》2008年第2期。

此书虽然在严羽《沧浪诗话》①和纪昀等《四库全书总目提要》②中多被批评，但其著作权不容置疑，后世备受关注的"夺胎法""换骨法"的总结与提炼，就首次出现在这本书中。元明清较知名的自著类诗法著述有杨载的《诗法家数》，范德机的《木天禁语》，梁桥的《冰川诗式》，蔡钧的《诗法指南》，李锳撰、李兆元补的《诗法易简录》等。其中梁桥《冰川诗式》十卷，乃作者积三十余年学诗之功而成。此书虽从自唐至元的诸家诗法中摘言标式，在其时有集大成之功。梁桥还亲自拟创了不少诗法，如他对五言律诗的章法探索道："管见欲将中二联亦作扇对法，更是一奇格。但未之前闻，不敢强拟。"③ 书后附录梁桥的"创拟诗体"有五平回文、五仄回文、合五平五仄回文、五平反复体并回文、五仄反复体、合五平五仄二首反复等数体。又云："张锦衣兄临溪小圃，杼成五言扇对律一首，首尾扇对，中联扇对。古无此格，今创拟之。"④ 梅鼎祚《刻冰川诗式序》认为此书可与《谈艺录》《解颐新语》《艺苑卮言》《诗薮》等相提并论。近现代"自著类书则以蒋兆燮《诗范》、徐英《诗法通微》（正中书局，1943 年）为代表，要之都是从教习的立场出发，祖述前人定论而很少有发明"⑤。

但一些依托于名人的自著类著述，实乃拼凑之书。例如旧题魏文帝的《诗格》，其书最早出现于北宋陈应行所编的《吟窗杂录》卷一。今本魏文帝《诗格》，计有"句例""对例""六志""八对""八病""杂

---

① 严羽《沧浪诗话·诗体》："字谜、人名、卦名、数名、药名、州名之诗，只成戏谑，不足法也。又有六甲十属之类，及藏头、歇后等体，今皆削之。近世有李公《诗格》，泛而不备，惠洪《天厨禁脔》，最为误人。今此卷有旁参二书者，盖其是处不可易也。"（严羽著，郭绍虞校释《沧浪诗话校释》，人民文学出版社，1961，第 101 页。）
② 《四库全书总目·天厨禁脔》："是编皆标举诗格，而举唐、宋旧作为式。然所论多强立名目，旁生支节。如首列杜甫《寒食对月诗》为偷春格，而谓黄庭坚《茶词》叠押四山字，为用此法，则风马牛不相及。又如苏轼'芳草池塘惠连梦，上林鸿雁子卿归'句；黄庭坚'平生几两屐，身后五车书'句；谓射雁得苏武书无'鸿'字，故改谢灵运'春草池塘'为'芳草五车书'，无'身后'字，故改阮孚'人生几两屐'为'平生'。谓之用事补缀法，亦自生妄见。所论古诗押韵换韵之类，尤茫然不知古法。严羽《沧浪诗话》称'《天厨禁脔》最害事'，非虚语也。"（纪昀等：《钦定四库全书总目》，中华书局，1997，第 2763 页。）
③ 周维德集校《全明诗话》，齐鲁书社，2005，第 1607 页。
④ 周维德集校《全明诗话》，齐鲁书社，2005，第 1645 页。
⑤ 蒋寅：《学术的年轮（增订本）》，凤凰出版社，2010，第 131 页。

例""头尾不对例""俱不对例"等八目，除"杂例"以外，均见于《笔札华梁》和《文笔式》中。"校以《文镜秘府论》，十之八九出于《笔札华梁》和《文笔式》，并能与李淑《诗苑类格》引述上官仪之说相印证。"① 元代不少自著类诗法著述都显示出与魏文帝《诗格》一样的成书特征。

二 辑录类

因为诗法著述具有琐屑重复的特点，所以后世的很多著书者在博览诗法著述的过程中，往往会产生将现存的诗法著述进行一番整理与归纳，以方便他人搜寻与学习的想法。正是这种著述欲望，使得辑录体成为后来许多诗法著者的首选。诗法著述辑录成书的传统，在唐代时就已经形成。

中唐时，日僧空海将唐朝大量诗法著述携归东瀛。为了在日本传播这些诗歌写作方法，他"即阅诸家格式等，勘彼同异"②，将诸书重新编排组织，对诸多的诗法名目进行总结整理，套入到他精心设计的诗法体系中，成为《文镜秘府论》一书，全书呈现出鲜明的辑录体特征。

再如南宋魏庆之编写《诗人玉屑》时，也是杂取百家论诗之书。黄升《原序》云：

> 诗话之编多矣，《总龟》最为疏驳，其可取者惟《苕溪丛话》；然贪多务得，不泛则冗，求其有益于诗者，如披砂简金，闷闷而后得之，故观者或不能终卷。友人魏菊庄，诗家之良医师也，乃出新意，别为是编。自有诗话以来，至于近世之评论，博观约取，科别其条；凡升高自下之方，繇粗入精之要，靡不登载。③

从序言中可见，魏庆之博采诸家论诗之说，并根据他自己对诗歌理论的见解，将之进行分类排比以成卷。辑录之书一般会将材料的出处标明，《诗人玉屑》中注明采录的诗法之书有题名白居易的《金针诗格》、

---

① 张伯伟：《全唐五代诗格汇考》，江苏古籍出版社，2002，第55页。
② 〔日〕遍照金刚撰，卢盛江校考《文镜秘府论汇校汇考》，中华书局，2006，第24页。
③ 魏庆之著，王仲闻点校《诗人玉屑》，中华书局，2007，第1页。

北宋惠洪的《天厨禁脔》、北宋李淑的《诗苑类格》、南宋陈永康《吟窗杂录》等。例如《诗人玉屑》卷五"四不"下注云："下八条并释皎然述。"① 即其后八条内容正是来自皎然的《诗式》。

南宋谢维新在《古今合璧事类备要》前集卷四四"儒业门"中编撰《诗律》一卷，其中种种诗法的记载，也是来自辑录诸家：

蜂腰
沈约曰：诗有八病，三曰——（蜂腰）。谓第二字不得与第五字同声。如"闻君爱我甘，切欲自修饰"，君、甘皆平声，欲、饰皆入声也。（《诗苑类格》）

鹤膝
四曰——（鹤膝）。谓第五字不得与第十五字同声。如"客从远方来，遗我一札书。上言长相思。下言久别离"，来、思皆平声。（同上）②

元代佚名的《沙中金集》中的诗格与诗例大多来自宋人的诗话与笔记。清代游艺《诗法入门》四卷乃是辑前人论诗之法而成，更加编排有度。又有清代张潜《诗法醒言》十卷，"此书采辑前人之说甚富，编次亦颇严谨，各注名氏，后以己意平章之，体例于清人同类书中为善"③。现代则有刘子芬《诗家正法眼藏》等书亦是辑录体，如此书《自序》云："乃复检阅书籍百余种，搜集古人名言笃论可为作诗法则者，纂成《诗家正法眼藏》一书。"④

辑录体的价值在于一统前贤著作，一编在手，不劳翻阅。如空海编《文镜秘府论》的目的便是"庶缁素好事之人、山野文会之士，不寻千里，蛇珠自得，不烦旁搜，雕龙可期"⑤。其价值又在于删其繁复，能够

---

① 魏庆之著，王仲闻点校《诗人玉屑》，中华书局，2007，第148页。
② 谢维新：《古今合璧事类备要》，《文渊阁四库全书》第939册，台湾商务印书馆，1983，第356页。
③ 蒋寅：《清诗话考》，中华书局，2005，第323页。
④ 刘子芬：《诗家正法眼藏》，《中国诗话珍本丛书》本，北京图书馆出版社，2004，第401页。
⑤ 〔日〕遍照金刚撰，卢盛江校考《文镜秘府论汇校汇考》，中华书局，2006，第24页。

第一章 诗法著述的界定

存其精髓。空海当年便是感于"卷轴虽多,要枢则少,名异义同,繁秽尤甚",所以"即事刀笔,削其重复,存其单号"①,而成《文镜秘府论》一书。再有日本人宽永本在《诗人玉屑》卷后题识云:"古之论诗者多矣,精炼无如此编,是知一字一句皆发自锦心,散如玉屑,真学诗者之指南也。"② 这里称赞的正是《诗人玉屑》精炼之特点。

辑录体诗法著述的另一个重要价值就是保存文献。《文镜秘府论》一直得到高度评价,最重要的原因在于"首先是它保存了中国久佚的中唐以前的论述声韵及诗文作法和理论的大量文献"③。初唐佚名的《文笔式》、上官仪的《笔札华梁》、元兢的《诗髓脑》、崔融的《唐朝新定诗格》等书,中国古代书目或未提及,或云已佚,而在《文镜秘府论》中却得以重现人间。正如日本人市河宽斋《半江暇笔》曰:"唐人诗论,久无专书,其数虽见于载籍,亦仅仅如晨星。独我大同(806~809)中,释空海游学于唐,获崔融《新唐诗格》、王昌龄《诗格》、元兢《髓脑》、皎然《诗议》等书而归。后著作《文镜秘府论》六卷,唐人卮言尽在其中。是编一经出世,唐代作者秘奥之发露,殆无所遗。洵有披云雾睹青天之概。实可谓文林之奇籍,学海之秘箓。"④

三 汇编类

汇编类的诗法著述主要的编写体例是存其全篇、次之以类。

目前保存下来的最早的汇编类诗法著述就是南宋陈应行的《吟窗杂录》。这是一部汇集从初唐到北宋诸家诗法著述、吟谱、句图的总集。《吟窗杂录》卷首有浩然子所作之《吟窗杂录序》:

> 余于暇日,编集魏文帝以来,至于渡江以前,凡诗人作为格式纲领以淑诸人者,上下数千载间所类者,亲手校正,聚为五十卷。胪分鳞次,具有条理,目曰《吟窗杂录》。……此皆诗人剖肝析胃、

---

① 〔日〕遍照金刚撰,卢盛江校考《文镜秘府论汇校汇考》,中华书局,2006,第24页。
② 魏庆之著,王仲闻点校《诗人玉屑》,中华书局,2007,第699页。
③ 卢盛江:《文镜秘府论汇校汇考·前言》,载《文镜秘府论汇校汇考》,中华书局,2006,第15页。
④ 转引自〔日〕池田胤《日本诗话丛书》,东京文会堂书店,1921,第215页。

呕心倾胆而后仅得，今皆登载焉，岂易得哉？学者诚能以心源为炉，锻炼元本，以笔端为刃，雕斲群形，于此集也，随取随得，若入沧溟，万宝萃聚，莫不充其所欲。①

可见《吟窗杂录》的内容为"编集魏文帝以来，至于渡江以前，凡诗人作为格式纲领以淑诸人者，上下数千载间所类者，亲手校正，聚为五十卷"，则该书是一部诗法汇编总集。其中收录了魏文帝《诗格》、贾岛《二南密旨》、白乐天《文苑诗格》、王昌龄《诗格》、王昌龄《诗中密旨》、李峤《评诗格》、僧皎然《诗议》、僧皎然《中序》、僧皎然《诗式》、李洪宣《缘情手鉴诗格》、徐衍《风骚要式》、齐己《风骚旨格》、文彧《诗格》、保暹《处囊诀》、释虚中《流类手鉴》、淳大师《诗评》、王玄《诗中旨格》、王叡《炙毂子诗格》、王梦简《诗要格律》、徐夤《雅道机要》、白居易《金针诗格》、梅尧臣《续金针诗格》、梅尧臣《诗评》等多达二十三种前人诗法之书。因为《吟窗杂录》在收录诸书时，都是完整收入，不做删削和篇章的调整，因而具有重要的诗学文献价值，也正是此书开后世诗法、诗话汇编之体的先声。

明代的诗法著述汇编类的比较多，这和明代雕版印刷与图书市场的繁荣有很大关系，当然也是诗法书籍经过历代积累，越来越兴盛的结果。例如明人怀悦刊《诗家一指》，收录《诗家一指》《诗代》《品类之目》《当代名公雅论》《木天禁语》《严沧浪先生诗法》等六种宋元旧编。怀悦刊《诗法源流》，收《诗法正论》《诗法家数》《诗解》《诗格》四种元人著作。明人杨成编《诗法》（又题《群公诗法》）五卷，亦为宋元诗法论著汇编，卷一为范梈《木天禁语》，卷二为《诗家一指》，卷三为《严沧浪先生诗法》、杨载《诗法家数》，卷四为《金针集》、范梈《诗学禁脔》，卷五为《沙中金集》。明代胡文焕的《诗法统宗》三十六册，编排大致以时代先后为序，包括《魏文帝诗格》、贾岛《二南密旨》、白居易《文苑诗格》、王昌龄《王少伯诗格》《诗中密旨》、李峤《评诗格》、皎然《诗议》《中序》《诗式》、李洪宣《缘情手鉴》、徐衍《风骚要式》、齐己《风骚旨格》、释文彧《诗格》、保暹《处囊诀》、释虚中

---

① 陈应行编，王秀梅整理《吟窗杂录》，中华书局，1997，第9~14页。

《流类手鉴》、桂林淳大师《诗评》、王玄《诗中旨格》、王叡《炙毂子诗格》、王梦简《诗要格律》、徐夤《雅道机要》、白居易《金针诗格》、梅尧臣《续金针诗格》《梅氏诗评》、张镃《诗学规范》、唐庚《文录》、佚名《诗家一指》《严沧浪诗法》、魏庆之《诗人玉屑》、佚名《沙中金集》、傅与砺《诗文正法》《诗法正论》、黄子肃《黄氏诗法》、揭曼硕《诗法正宗》《诗宗正法眼藏》、范德机《木天禁语》《诗家禁脔》、杨载《诗法家数》、徐祯卿《谈艺录》、佚名《诗文要式》、佚名《诗家集法》、李攀龙《诗学事类》《韵学事类》、胡文焕《诗韵》《辞韵》等诗法著述凡四十五种。清代顾龙振《诗学指南》八卷也是大型汇编类著作，收录从唐至元的诗法著述四十三部。当代以来，张伯伟《全唐五代诗格汇考》、张健《元代诗法校考》也是断代型的诗法汇编类著作。

  汇编类著作的共同特点就是求全求大，保存了书籍原貌，文献价值较之辑录类更大。例如元代诗法文献得以保存，幸得自大量明初诗法著述的辑录体制，如佚名《重刊杨成诗法后序》谓此书有"范德机秘旨之通确，严沧浪体制之要妙，杨仲弘《家数》之广备，《金针集》之意格纯正，《沙中金集》之字眼响健，《一指》《普说》之论辩精博"，所以可以"反复沉潜，朝夕不厌。每抚卷叹曰：学诗之法，莫备于此"。[①] 明初徐骏编的《诗文轨范》、明宣德年间朱权编的《西江诗法》、明正统年间史潜刊的《新编名贤诗法》、明成化年间怀悦刊的《诗法源流》《诗家一指》以及明成化年间杨成刊的《诗法》等都是保存元代诗法著述的重要著作，今人张健的《元代诗法校考》中的二十五种元代诗法著述就是辑自以上诸书。汇编类著作的缺陷就是整书全收，需要阅读者去粗取精、沙里淘金。

第四节　诗法著述与诗话的辨析

  既已明确诗法著述的判定标准，则本书的研究对象就不包括那些以挖掘诗歌本事、记录诗人轶事、进行诗歌鉴赏、选取相关诗作、考证诗歌正误、汇集诗歌评论、探讨诗歌理论、彰显某一诗派、批评某些诗风为主体内容的诗学之书。所以本书的研究对象不包括诗选类著作，如殷

[①] 参见杨成刊《诗法》，明正德十一年（1516）刻本。

璠《河岳英灵集》、高仲武《中兴间气集》等；也不包括各种秀句、句图类著作，如张为《唐诗主客图》、林逋《句图》、僧定雅《寡和图》、强行父《唐杜荀鹤警句图》等；不包括赋法、字法等文法类的著作，例如冯鉴《修文要诀》《四六格》、王瑜卿《文旨》等；亦不收吟谱类著作，如《历代吟谱》等。但最容易和诗法著述混淆的是诗话类著作，此节便专门辨析这一问题。

一 诗话对诗法著述的吸收与发展

何谓诗话？吴文治《宋诗话全编》云："诗话，就其狭义而言，本指我国古代诗歌理论批评的一种专著形式。"① 蔡镇楚《诗话学》说："所谓'诗话'，就是诗之'话'，即诗歌的故事。这样看来，'诗话'的本义，按其内容来说，就是关于诗的'故事'；按其形式来说，就是关于诗的漫谈；按其体制来说，就是关于诗的随笔。"② 诗话是指那些评论诗歌、诗人、诗派及记录诗人、诗歌故实的诗学著作。

欧阳修的《六一诗话》是第一部以"诗话"命名的著作。它不仅首标"诗话"之名，而且开创了"诗话"之体。《六一诗话》之后，各种诗话作品在两宋蔚为风尚，所以《四库全书简明目录·六一诗话》称："诗话莫盛于宋。"③ 据郭绍虞《宋诗话考》，宋代的诗话著作"现尚流传者"有四十二种，"部分流传，或本无其书而由他人纂辑成之者"有四十六种，"有其名而无其书，或知其目而佚其文，又或有佚文而未及辑者"有五十一种，共一百三十九种。④ 元明清三代的诗话写作也很兴盛。史上比较知名的诗话作品有：司马光《温公续诗话》、刘攽《中山诗话》、许顗《许彦周诗话》、陈师道《后山诗话》、陈岩肖《庚溪诗话》、杨万里《诚斋诗话》、胡仔《苕溪渔隐丛话》、吴师道《吴礼部诗话》、瞿佑《归田诗话》、李东阳《麓堂诗话》、谢榛《四溟诗话》、陆时雍《诗镜总论》、王夫之《姜斋诗话》、冯班《钝吟杂录》、袁枚《随园诗话》、宋翔凤《乐府余论》、赵翼《瓯北诗话》、潘德舆《养一斋诗话》、

---

① 吴文治：《宋诗话全编·前言》，载《宋诗话全编》，江苏古籍出版社，1998，第 1 页。
② 蔡镇楚：《诗话学》，湖南教育出版社，1990，第 21~22 页。
③ 永瑢等：《四库全书简明目录》，上海古籍出版社，1985，第 872 页。
④ 参见郭绍虞《宋诗话考·序一》，载《宋诗话考》，中华书局，1979，第 1 页。

翁方纲《石洲诗话》、冯煦《蒿庵论词》、王国维《人间词话》等。

随着诗话著作在宋代的崛起，一度繁荣的唐五代诗法著述渐趋衰微。即使元代以后诗法著述又重新兴起，数量上也始终不能和诗话著作相提并论。之所以形成这种局面，一方面是因为作为一种新生的著述之体，诗话具有内容灵活、体例简易、篇幅简短等特点，为"论诗风气开了一个方便法门"①；而另一方面，也如章学诚《文史通义·诗话》所云，"以不能名家之学，入趋风好名之习，挟人尽可能之笔，著惟意所欲之言，可忧也，可危也"②，诗话也有泛滥的趋势。所以，诗话兴起之后，很快就超越了诗法著述，成为宋元明清时最主要的一种诗学著述。

而且，随着诗话著作的发展，其慢慢又将本来独立成类的诗法著述收入麾下。这是因为诗话的内容有一定的丰富性和开放性。在北宋末年，许顗《许彦周诗话》就云："诗话者，辨句法，备古今，纪盛德，录异事，正讹误也。"③这其中"辨句法"便是直指古典诗学中的"诗法"领域。这说明了在北宋人那里，诗话已经可以包含诗法的内容。所以明代李梦阳《缶音序》直接说："作诗话教人。"④再后来，晚清林昌彝《射鹰楼诗话》卷五云："凡涉论诗，即诗话体也。"这已经将诗话的概念大大泛化，只要是论诗谈艺的著作，都可以"诗话"笼括之。⑤

郭绍虞在《诗话丛话》中细分了诗话的多种类型，现整理如下。

1. 论诗及事类：

(1)"通于史部之传记"者，如孟棨《本事诗》、计有功《唐诗纪事》之类；

(2)"通于经部之小学"者，如蒋超伯《通斋诗话》等诠释名物、考证故实之作；

(3)"以阐扬名教为主"者，如黄彻《䂬溪诗话》之类；

---

① 郭绍虞辑《宋诗话辑佚》，中华书局，1980，第4页。
② 章学诚撰，叶瑛校注《文史通义校注》，中华书局，1985，第560页。
③ 许顗：《许彦周诗话》，《丛书集成初编》本，商务印书馆，1939，第1页。
④ 李梦阳：《空同集》，《文渊阁四库全书》第1262册，台湾商务印书馆，1983，第477页。
⑤ 具体论述可参见蒋寅《清诗话考·自序》，载《清诗话考》，中华书局，2005，第1页。

（4）"通于子部之杂家"者，如欧阳修《六一诗话》等"以资闲谈"类的著作。

2. 论诗及辞类：

（1）"衡量作品之高下，以为作家之等第"者，如钟嵘《诗品》；

（2）"以韵语体貌其妙境"者，如旧题司空图之《二十四诗品》；

（3）"用象征的方法，以形容作家之所诣"者，如敖陶孙《诗评》；

（4）"摘取佳语以资欣赏"者，如高似孙《选诗句图》；

（5）"讨论作法，分别体格"者，如齐己《风骚旨格》；

（6）"类聚诸家明其源流，选摘佳构以为例证"者，如张为《诗人主客图》；

（7）"寻诟索瘢，好为诋诃文章，掎摭利疾"者，如严有翼《艺苑雌黄》；

（8）"推究声律，勒为定谱"者，如王士禛《古诗平仄论》；

（9）"不论其辞而论其题"者，如吴兢《乐府古题要解》。①

这一分类方法现在已经被学界所肯定。从中我们发现，诗话已经海纳百川，例如纪事类的诗学作品、评传类的诗学著作，再如诗谱、诗考、诗体、诗句图、本事诗等纷纷被囊括在内。这其中，"论诗及辞类"的第五条与第八条说的就是标准的诗法著述。这就将诗话产生之前的谈诗论艺的各种形式，都纳入了诗话的范畴，所以唐五代的各种诗法著述也可以统而言之为诗话。

清人沈涛《匏庐诗话·自序》指出："诗话之作起于有宋，唐以前则曰品，曰式，曰例，曰格，曰范，曰评，初不以话名也。"② 随着诗话的发展，唐五代命名为诗格、诗式的作品如中唐皎然的《诗式》等，也被"追认"为了诗话。如明代胡应麟在《诗薮》中列开了"唐人诗话入宋可见者"二十种，并强调说："近人见宋世诗评最盛，以为唐无诗话者，非也。"③ 稍后胡震亨在《唐音癸签》中也列有"唐人诗话"之目，著录唐人诗学著作二十八种。对此，周振甫在《中国历代诗话选·序》

---

① 参见郭绍虞《照隅室杂著》，上海古籍出版社，1986，第227~228页。
② 沈涛：《匏庐诗话》，《中国诗话珍本丛书》本，北京图书馆出版社，2004，第263页。
③ 胡应麟：《诗薮》，上海古籍出版社，1958，第272页。

中曾指出：

> 不过欧阳修和司马光的诗话，引起读者注意的，是在他们论诗的部分。这样，诗话的重心就从讲诗的故事转到诗论，从说部转到诗评，转到文学论和美学论了。到了严羽著《沧浪诗话》，分《诗辨》《诗体》《诗法》《诗评》《诗证》，完全论诗，不再讲故事了。这样，钟嵘的《诗品》和其他论诗的书，象皎然《诗式》、司空图《诗品》等都可归入诗话了。①

元代以后命名为"诗法"的著作，渐被诗话涵盖了进去。至清代何文焕编《历代诗话》丛书，更将南朝梁钟嵘的《诗品》列为开卷之作。近代以来整理出的诗话全集，例如丁福保《清诗话》、郭绍虞《清诗话续编》等卓有影响力的著述，再例如吴文治《宋诗话全编》（江苏古籍出版社 1998 年版）、周维德《全明诗话》（齐鲁书社 2005 年版）等著作，都将诗法著述入编在内。这样造成的结果就是人们只知道诗话，而不知道诗法。本来在漫长的历史长河中独立成类的诗法著述失去了其独立品格，沦落成边缘史料。

二　诗法与诗话的写作动机不同

实际上，诗法和诗话有很大的不同。这首先表现在二者的写作动机不同。

熙宁四年（1071），欧阳修退居颍州汝阴，在闲适的日子里，他将从前所知道的关于诗人、诗作的轶事，还有他关于写诗、论诗的一些观点，一条一条地集录在一起。《六一诗话·小序》云："居士退居汝阴而集以资闲谈也。"② 史上第一本诗话的写作动机是供日后的闲谈之用，"便可知其撰述宗旨，本不严肃"③。随后，诗话著作的写作动机越来越多样，蒋寅曾经考察过清代诗话的写作目的，他总结道：

---

① 王大鹏等编选《中国历代诗话选》，岳麓书社，1985，第 1 页。
② 欧阳修著，郑文校点《六一诗话》，人民文学出版社，1962，第 5 页。
③ 郭绍虞辑《宋诗话辑佚》，中华书局，1980，第 2 页。

或以"资谈柄"(查为仁《莲坡诗话》),或以消永日(王夫之《夕堂永日绪论》),或以娱读者(伍涵芬《说诗乐趣》),或以示后学(钱良择《唐音审体》),或与学侣印证(翁方纲《石洲诗话》),或供习举业者参考(顾龙振《诗学指南》),或追怀故旧(王士禛《渔洋诗话》),或辨讹正谬(顾嗣立《寒厅诗话》),或为备惩劝,昭法戒(周春《辽诗话》),或为盛世元音之前导(黄子云《野鸿诗的》),……概而观之,则主要是交际、报恩和发潜阐幽三类。①

相对于诗话著作繁多的写作动机,诗法著述的写作目的则非常单纯:总结归纳诗法,提供创作技巧,从而设置梯航,使学诗者有法可依、有规可循,以便通入创作之门。具体来说,一个是教育后学,一个是应试科举。

(一) 教育后学

不排除早期有的诗法著述是作者当成随身册子自己使用,但从现存诗法作者的言说中可见,诗法著述多为初学者所作,著述目的就是提供创作方法,设置梯航,使学诗者有法可依、有规可循,以便通达创作之门。

比较早地直陈这一著述目的的可数初唐杜正伦的《文笔要决》,该书篇首即云:"新近之徒,或有未悟,聊复商略,以类别之云尔。"② 即其著述目的是传递诗法、启发后学。类似的表述在历代诗法著述中经常出现,例如中唐皎然在《诗式·序》云:"今从两汉已降,至于我唐,名篇丽句,凡若干人,命曰《诗式》,使无天机者坐致天机。若君子见之,庶几有益于诗教矣。"③ 再有晚唐徐夤《雅道机要》亦云:"以上略叙梗概,要学诗之人,善巧通变,兹为作者矣。"④ 又有宋代旧题梅尧臣的《续金针诗格》云:

> 予游庐山,宿西林,与僧希白谈诗,极有玄理。常鄙学者不知

---

① 蒋寅:《清诗话的写作方式及社会功能》,《文学评论》2007 年第 1 期。
② 张伯伟:《全唐五代诗格汇考》,江苏古籍出版社,2002,第 541 页。
③ 张伯伟:《全唐五代诗格汇考》,江苏古籍出版社,2002,第 222 页。
④ 张伯伟:《全唐五代诗格汇考》,江苏古籍出版社,2002,第 448 页。

意格，徒摘叶搜奇，而不能入雅正之奥阃。希白评唐贤诗，讽诵乐天数联，言乐天之诗，尤长于意理。出乐天在草堂中所述《金针诗格》，观其大要，真知诗之骨髓者也。乐天寄元微之云："多被老元偷格律，苦教短李伏歌行。"乃知乐天《诗格》自有理也。且诗之道虽小，然用意之深，可与天地参功、鬼神争奥。予爱乐天作《金针诗格》，乃续之，以广乐天之用意，得者宜绎而思之。①

《天厨禁脔》中惠洪自序亦曰："予以谓子美岂可人人求之，亦必兼法诸家之所长。故唐人工诗者多专门，以是皆名世，专门句法，随人所去取。然学者不可不知，凡诸格法，毕录于此。"②

以教育后学作为著书目的，贯彻了诗法著述发展的整个历程。明人黄溥的《诗学权舆》就是家塾刻本，其《自序》云："是编盖自早岁已尝著之，以课家塾，名曰《诗学权舆》，每患其疏略未详，至是重加纂集，颇为明白，仍其旧名而不改者，良以后先所述，虽有详略不同，而其为初学行远升高之助，初亦未尝异也。"③ 明人汪彪《全相万家诗法》也是一本专供模拟的课儿读物。清人徐文弼《汇纂诗法度针》二十三卷乃是作者于府学教授诗学的课本。清人叶弘勋《诗法初津》三卷"分类编排，纯为初学启蒙而作，是现存清代最早之蒙学诗法"④。直至近现代，诗法著述的编著目的还是"示后生以楷范，亦先士之遗则"⑤。可见，诗法著述面向的主要读者是社会大众，是应俗性的，是普及性的。明末《绿牡丹》传奇第二十四出村学究范虚云："学生范虚……如今年老，村学也无人请了，新近买得一本秘书，是《诗学大成》，看了便好做诗。"⑥ 从中即可看出明代诗法著述的受众和流通情况。

（二）应试科举

另外，诗法著述在古代的繁荣也是有一味催化剂的，那就是应试

---

① 张伯伟：《全唐五代诗格汇考》，江苏古籍出版社，2002，第519页。
② 张伯伟：《稀见本宋人诗话四种》，江苏古籍出版社，2002，第110页。
③ 黄溥：《诗学权舆》，明天启五年（1625）复礼堂刻本。
④ 蒋寅：《清诗话考》，中华书局，2005，第237页。
⑤ 徐英：《诗法通微·自序》，载《诗法通微》，黄山书社，2011，第2页。
⑥ 吴炳：《绿牡丹》，《古本戏曲丛刊三集》本，商务印书馆，1957，第35~36页。

科举。

　　唐代诗格著作的兴盛，就是在唐代科举试诗赋的大环境中发生的。①唐人科举以诗赋为考试内容，始于唐高宗调露二年（680）。这在客观上就要求举子必须熟练掌握律诗的韵律以及属对技巧。直到五代后唐时，考察考生的卷子，依然是在格律上找错误，例如《册府元龟》卷六四二载长兴二年六月中书门下奏曰："敕新及第进士所试新文，委中书门下细览详覆……李飞赋内三处犯韵，李谷一处犯韵，兼诗内错书'青'字为'清'字，并以词翰可嘉，望特恕此误。今后举人词赋属对，并须要切，或有犯韵及诸杂违格，不得放及第。其李飞……等六人，卢价赋内'薄伐'字合使平声字，今使侧声字，犯格；孙澄赋内'御'字韵，使'宇'字，已落韵，又使'膺'字，是上声'有'字韵，中押'售'字，是去声，又有'朽'字犯韵，诗内'田'字犯韵……"② 如此看来，科举考试中诗歌写作的属词韵律等问题，不仅影响举子的考试成绩，而且会牵连到阅卷考官。王梦鸥《晚唐举业与诗赋格样》（《东方杂志》1983年第9期）一文中举了大量的史实分析了唐五代科举考试与诗格著作之间的关系。既然考试，就需要指导书，就需要练习册子，而诗法著述就充当了唐代科举考试的指导书、练习题的功用。

　　乾隆二十二年（1757）科举恢复试诗，诗法著述又应时而盛。蔡钧《诗法指南·序》中便点明了自己著书的契机："天子春秋试士，诏二场端用经义及诗，一时诗学之兴，遂与制义、对策同为举子要业。"③ 浦起龙《诗学指南·序》亦云："我国家中和化洽，自上下下，奉诏自今取士兼用诗，一时选帖四起，然未有以条别宜忌为世正告者。顾君苓窗乃版行其手撮丛话曰《诗学指南》者。"④ 于是坊间纷纷编写、刊刻诗法之书，如徐文弼《诗法度针》八集三十三卷、李锳《诗法易简录》十四卷、朱绍本《定风轩活句参》十一卷等，都是这一时期涌现出的部帙巨大的诗法著述，他们的写作宗旨皆是为应试者"备陈法律"。清人郑锡

---

① 具体论述可参见张伯伟《诗格论》，载《全唐五代诗格汇考》，江苏古籍出版社，2002，第12页。
② 王钦若等编纂，周勋初等校订《册府元龟（校订本）》，凤凰出版社，2006，第7412页。
③ 蔡钧：《诗法指南》，乾隆二十三年（1758）匠门书屋刊本。
④ 顾龙振：《诗学指南》，民国11年（1922）文兴书局本。

瀛的著作直接命名为"分体试帖法程",内分十九类:描景、写情、诠意、刻画实字、刻画虚字、双关、串合、繁碎、板实、枯窘、空阔、铺叙、映衬、典制、冠冕、咏古、性理、学问、政治,明显即为应试实用而著。①

综上,与"闲谈""记事"类诗话不同,诗法类著作直抵写诗技巧本身,主要讲述诗歌的体式格律、写作方法、病犯避忌等,尤其重视对仗的方法、声律的病忌,这都体现出诗法著述为初学者和考试服务的特点。

三 诗法与诗话的小标题设置不同

诗法和诗话在体例上都是分则安排的,通常一则就是独立的一段,每段皆短小精炼。但诗法与诗话每则设置的小标题有很大的不同。

诗话的小标题一般就是概括每则的主要段意和核心内容,格式上没有一定之规。如宋代《洪驹父诗话》的小标题依次为:太白赠杜甫诗、李白《蜀道难》本事、杜诗注、杜诗黑暗解、杜韩诗用歇后语、杜甫送惠二诗、柳子厚郑谷诗格高下、常建诗、一方明月可中庭、乐天诗草、唐彦谦诗、木兰诗、未零何龙、丁晋公属对律切、不借、山谷父亚夫诗、山谷记梦诗、王荆公绝句、鬼诗、萱草与黄莺、天棘解、欸乃。再例如王直方《诗话》的小标题依次为:西池唱和、诗备四景、顾屠、长白山主、扫愁帚醒酒冰、动人春色不须多、晁无咎时文、陈无己诗启、山谷论诗、软红香尘、书法诗格、反舌有声、陶渊明诗、鬼作人语人作鬼语、寻常百姓、王逢原诗等,共三百零六个。可见这些小标题并没有固定的格式和规律。

但诗法著述的小标题却是有一定的规律性的。如前文所言,或者是"数词+名词",如"十七势"等;或者是"诗有+数词+名词""某某体(例)+数词",如"诗有三境""常用体十四"等;或者是具体的诗法名目,其结尾之字一般为"法"或"格"或"势",如"折腰步句法""理入景势"等。

---

① 本段的部分内容修改扩充为《论古典诗法著作的编著特征》,发表于《兰台世界》2015年5月下旬刊。

这是因为诗话著作在写作风格上讲究轻松活泼、亲切平易。朱光潜《〈诗论〉抗战版序》云:"诗话大半是偶感随笔,信手拈来,片言中肯,简炼亲切,是其所长。"① 郭绍虞云:"在轻松的笔调中间,不妨蕴藏着重要的理论,在严正的批评之下,却多少又带些诙谐的成分。"② 所以诗话著作的小标题也是随意拈来,不需要按照某种固定的格式进行设计。而诗法著述为了表现它指导后学、服务科举的重要性,笔调则要严肃得多,将其中的小标题统一来命名,有助于显示其正确性与指导性。

四 诗法与诗话的内容与体系不同

诗话涵盖的内容十分广泛,明代胡道《归田诗话序》中说诗话"大略似野史"③。《四库全书总目提要》认为刘攽《中山诗话》与欧阳修《六一诗话》"体兼说部"④。章学诚《文史通义》认为诗话既"通于史部之传记",又"通于经部之小学""子部之杂家"⑤。清代钟廷瑛在《全宋诗话》小序中较为详尽地罗列了诗话可以包含的内容:

> 诗话者,记本事,寓品评,赏名篇,标隽句;耆宿说法,时度金针;名流排调,亦征善谑;或有参考故实,辨正谬误;皆攻诗者所不废也。⑥

这其中主要有记事、品评、鉴赏、秀句、诗法、轶事、故实、考证、纠谬等方面,可以说已经包含了诗学的方方面面,并且把诗法的内容也包含在内。

诗话著作的内容越来越兼收并蓄,而诗法著述的内容则越来越纯粹,那就是总结诗歌写作的方法。古人在命名"诗法"的著述中,还是有目的地将之和诗话类著作进行区分。如明代题名为"诗法"的黄子肃《诗法》、解缙《诗法》、王用章《诗法源流》、黄省曾《名家诗法》、梁桥

---

① 朱光潜:《诗论》,上海古籍出版社,2001,第1页。
② 郭绍虞辑《宋诗话辑佚》,中华书局,1980,第3页。
③ 丁福保辑《历代诗话续编》,中华书局,1983,第1234页。
④ 纪昀等:《钦定四库全书总目》,中华书局,1997,第2736页。
⑤ 参见章学诚著,叶瑛校注《文史通义校注》,中华书局,1985,第559页。
⑥ 孙涛:《全宋诗话》,清嘉庆二十二年(1817)抄本。

《冰川诗式》、茅一相《欣赏诗法》、汪彪《全相万家诗法》等,其中没有一句"以资闲谈"的内容,显然是在诗话之外另起炉灶。有学者明确指出诗话著作和诗格、诗法著述在内容上的区分:

> 中古唐宋以来诗学论著可分为两大类,一是诗话系统,一是诗法、诗格系统。大致说来,诗话中相当一部分作品以叙事、品藻为其要务,以资闲谈,间或体现著者的诗学意旨;诗法、诗格类著作则多从诗歌文体具体的创作方法入手,通过分析篇章字句的法度技巧,总结规律,以指导创作。二者在编写意图、风格倾向上可谓判然有别。①

诗话著作的写作体例是随笔之体。郭绍虞《宋诗话辑佚·序》说:"诗话之体原同随笔一样,论事则泛述闻见,论辞则杂举隽语,不过没有说部之荒诞,与笔记之冗杂而已。"②诗话是谈诗的笔记体,它的写作过程是随意的、漫谈式的,前后条目之间既没有先后顺序,也没有逻辑关系。所以,诗话著作一般没有体系可言,那些认为比较有体系的著作如《诗人玉屑》《沧浪诗话》等,恰恰是具有诗法属性的诗学作品。③

而诗法著述越到后来就越显示出苦心安排的体系性。从中唐皎然《诗式》的结构安排看来,皎然头脑中已经存在一个诗法的体系,曰:体势、作用、声对、义类。五代僧神彧的《诗格》分类规整,可见作者对诗法内容的清晰认识与整合。旧题范德机的《木天禁语》是元代诗法著述中最具有建构诗法系统意义的作品。明代诗法的体系设置加强,其中最引人瞩目的是梁桥《冰川诗式》十卷,作者有意要建立一个诗法体系,以便统摄古来诗法。清代以来诗法体系设置呈现多样化的局面,或按照诗歌体裁分类,或按照题材来分类,或按照诗歌构成层面分类。

---

① 胡正伟:《〈诗法源流〉与元人诗法》,《北京化工大学学报》2011年第2期。
② 郭绍虞辑《宋诗话辑佚》,中华书局,1980,第2页。
③ 详细论述可参见本书第四章第一节"魏庆之《诗人玉屑》二十一卷""严羽《沧浪诗话》五卷"部分。

五 诗话与诗法的联系与交叉

在宋代之前，诗法著述也行使了诗话著作的一些功能，例如总结诗歌史、评论诗人等。例如王昌龄《诗格》"论文意"中云：

> 古诗云："日出而作，日入而息。凿井而饮，耕田而食。"当句皆了也。其次《尚书》歌曰："元首明哉，股肱良哉，庶事康哉。"亦句句便了。自此之后，则有《毛诗》，假物成焉。夫子演《易》，极思于《系辞》，言句简易，体是诗骨。夫子传于游、夏，游、夏传于荀卿、孟轲，方有四言、五言，效古而作。荀、孟传于司马迁，迁传于贾谊。谊谪居长沙，遂不得志，风土既殊，迁逐怨上，属物比兴，少于《风》、《雅》。复有骚人之作，皆有怨刺，失于本宗。乃知司马迁为北宗，贾生为南宗，从此分焉。汉魏有曹植、刘桢，皆气高出于天纵，不傍经史，卓然为文。从此之后，递相祖述，经纶百代，识人虚薄，属文于花草，失其古焉。中有鲍照、谢康乐，纵逸相继，成败兼行。至晋、宋、齐、梁，皆悉颓毁。①

这段话总结了唐前诗歌发展的历史，评价了历代诗歌的风格与面貌。再有皎然《诗议》中的"论文意"部分，也是对唐前诗歌发展史的梳理，且颇为中肯。将这两段文字互参，可以帮助我们了解唐人对唐前诗歌史的认识。

唐代诗法著述中还有对诗人诗风的评论。例如皎然《诗议》"论文意"中有"论人"部分，乃是对六朝诸家的评论：

> 论人，则康乐公秉独善之姿，振颓靡之俗。沈建昌评："自灵均已来，一人而已。"此后，江宁侯温而朗，鲍参军丽而气多，《杂体》、《从军》，殆凌前古。恨其纵舍盘薄，体貌犹少。宣城公情致萧散，词泽义精，至于雅句殊章，往往惊绝。何水部虽谓格柔，而多清劲，或常态未剪，有逸对可嘉，风范波澜，去谢远矣。柳恽、

---

① 张伯伟：《全唐五代诗格汇考》，江苏古籍出版社，2002，第160页。

王融、江总三子，江则理而清，王则清而丽，柳则雅而高。予知柳吴兴名屈于何，格居何上。中间诸子，时有片言只句，纵敌于古人，而体不足齿。或者随流，风雅泯绝。①

《诗式》卷二、卷三、卷四、卷五主要是对重要诗人诗作或诗歌问题发表评论，例如：

李少卿并古诗十九首
评曰：西汉之初，王泽未竭，诗教在焉。仲尼所删诗三百篇，初传卜商，后之学者，以师道相高，故有齐、鲁四家之目。其五言，周时已见滥觞，及乎成篇，则始于李陵、苏武。二子天予真性，发言自高，未有作用。《十九首》辞精义炳，婉而成章，始见作用之功。盖东汉之文体。又如"冉冉孤生竹"、"青青河畔草"，傅毅、蔡邕所作。以此而论，为汉明矣。

邺中集
评曰：邺中七子，陈王最高。刘桢辞气偏，王得其中，不拘对属，偶或有之，语与兴驱，势逐情起，不由作意，气格自高，与《十九首》其流一也。②

其他如"文章宗旨""王仲宣《七哀》""三良诗""西北有浮云""律诗""论卢藏用《陈子昂集序》"等，从小标题到内容到形式，放在宋代的诗话著作中完全没有问题。李江峰说："宋人论诗，以诗话为主要形式，这是一种断想式的诗论形式，这种形式，在诗格中也早已出现：王昌龄《诗格》'论文意'、皎然《诗议》《诗式》无不具有这样的诗论形式。"③ 所以，在诗话没有产生之前，评诗论人的内容都被放在了诗法著述之中。可以说，唐五代的诗法著述是诗话著作的滥觞。

后来，随着诗话著作在宋代崛起（以北宋欧阳修的《六一诗话》开其端，随后蔚为风尚），评诗论人的内容便被诗话所包揽，诗法著述便主

---

① 张伯伟：《全唐五代诗格汇考》，江苏古籍出版社，2002，第203~204页。
② 张伯伟：《全唐五代诗格汇考》，江苏古籍出版社，2002，第227~228页。
③ 李江峰：《晚唐五代诗格研究》，人民出版社，2017，第19页。

要谈作诗方法。所以罗根泽说："'诗话'是对于'诗格'的革命。"①但即便是诗话著作产生之后，元明清的诗法著述中也会杂糅一些理论性内容，例如元代署名傅与砺述范德机意的《诗法源流》，虽然题目上明确是讲"诗法"，但内容依然驳杂，其中除了具体的诗歌创作法则，不少是关于诗歌史的论述、诗人的比较、诗歌的评论等。这种内容一直到民国时的诗法著述中依然小部分存在着。

与此同时，诗话著作中也有一些总结诗法的内容。例如翻案诗的创作古已有之，最早可以追溯到《诗经·邶风·谷风》中的那句"谁谓荼苦？其甘如荠"②；到唐代之时，从李白、杜甫到韩愈，再到杜牧、李商隐和晚唐诸家，大量的翻案诗作层出不穷。然而"翻案"作为一种诗法术语提出却不见于诗法著述，而首见于杨万里的《诚斋诗话》：

> 老杜有诗云："忽忆往时秋井塌，古人白骨生青苔，如何不饮令心哀。"东坡则云："何须更待秋井塌，见人白骨方衔杯。"此皆翻案法也。予友人安福刘浚字景明，《重阳诗》云："不用茱萸仔细看，管取明年各强健。"得此法矣。③

随后，"翻案"一词频繁地出现于诸家诗话之中，如明代谢榛《四溟诗话》、清代袁枚《随园诗话》等。④ 其他如张戒《岁寒堂诗话》、明代徐祯卿《谈艺录》、王世贞《艺苑卮言》、胡应麟《诗薮》、单宇《菊坡丛话》及王昌会《诗话类编》等，大量题名为"诗话"的著作中都包含着许多关于诗法的总结与讨论。

综上可见，诗法著述与诗话著作有明显的不同：诗法著述有独特的主体内容、著述目的、成书方式与体系建构，其内容集中在"讨论作法，分别体格"上，罗列诗法名目乃是主体内容，和诗话著作有很大差别。所以《四库全书总目提要》在集部诗文评类的类序中，把历来的诗文评

---

① 罗根泽：《中国文学批评史》，上海书店，2003，第517页。
② 褚斌杰注《诗经全注》，人民文学出版社，1999，第36页。
③ 丁福保辑《历代诗话续编》，中华书局，1983，第141页。
④ 具体论述可参见张静《翻案诗与宋代诗学关系的辨析》，《上海大学学报》2013年第6期。

著作分为五类：

> （刘）勰究文体之源流，而评其工拙；（钟）嵘第作者甲乙，而溯厥师承：为例各殊。至皎然《诗式》，备陈法律；孟棨《本事诗》，旁采故实；刘攽《中山诗话》、欧阳修《六一诗话》，又体兼说部。后所论著，不出此五例中矣。①

从四库馆臣的分类中，可以明显见出皎然《诗式》与欧阳修《六一诗话》具有明显的不同，一个是"备陈法律"的诗法类，一个是具有"闲谈"诗学逸闻佚事的记事类。郭绍虞也曾明确指出："唐人论诗之著多论诗格与诗法，或则摘为句图，这些都与宋人诗话不同。"② 罗根泽亦说："五代前后的诗学书率名为'诗格'，欧阳修以后的诗学书率名为'诗话'，已显然的说明了'诗话'是对于'诗格'的革命。所以诗话的兴起，就是诗格的衰灭，后世论诗学者，往往混为一谈，最为错误。"③但诗法与诗话又有一定的联系与交叉：早期的诗法著述并非单纯总结诗歌写作方法，也有小部分诗歌史论述、诗人比较、诗歌评论的内容；而诗话著作中也会包括一些诗歌写作技巧的总结。

---

① 纪昀等：《钦定四库全书总目》，中华书局，1997，第 2736 页。
② 郭绍虞辑《宋诗话辑佚》，中华书局，1980，第 2 页。
③ 罗根泽：《中国文学批评史》，上海书店，2003，第 517 页。

第二章 唐代诗法著述三十五种

第一节 唐代诗法著述个案研究

一 上官仪《笔札华梁》二卷

《笔札华梁》，唐代上官仪著。上官仪（约607~664），字游韶，陕州陕县人。贞观初擢进士第，授弘文馆直学士，累迁秘书郎。上官仪善诗，《旧唐书》本传称其"本以词彩自达，工于五言诗，好以绮错婉媚为本。仪既贵显，故当时多有效其体者，时人谓为'上官体'"①。太宗每属文，遣上官仪视稿，作诗又令其继和。高宗时迁秘书少监，龙朔二年（662）为相。麟德元年（664），为武后所诛，事见新旧《唐书》本传。

《笔札华梁》约作于初唐律诗定型的过程中，中唐时，此书依然流传。日僧空海（遍照金刚）曾于唐贞元二十年（804）至元和元年（806）在中土留学，应当时日本人学习汉语和汉文学的要求，他从唐朝搜集了大量诗格、诗式著作，回国后，将这些著作排比编纂而成《文镜秘府论》。今存《文镜秘府论》的各种抄本上往往有不少"《笔札》云"等旁注，此《笔札》便是上官仪的《笔札华梁》。

北宋仁宗宝元年间李淑撰《诗苑类格》时，还引用了上官仪《笔札华梁》中的"六对""八对"之说。但约编于南宋绍兴年间的《宋秘书省续编到四库阙书目》"文史类"下著录"上官仪《笔九花梁》两卷"，日本学者小西甚一《文镜秘府论考》中曾论证"九"为"札"之误，"花"与"华"相同，所以《宋秘书省续编到四库阙书目》中著录的

---

① 刘昫等：《旧唐书》，中华书局，1975，第2743页。

《笔九花梁》即《笔札华梁》。但其下亦注明："阙。"① 这说明到南宋时，《笔札华梁》在中土已经亡佚。其后，有人杂取其书残存的散佚文字，拼凑成帙，题名为《诗格》，假托魏文帝之名以行世。王梦鸥《初唐诗学著述考》② 中就专列一节，将魏文帝《诗格》与《文镜秘府论》所载内容一一做了对比校证，证明了题名魏文帝《诗格》的内容也就是上官仪《笔札华梁》中的散佚文字。

日僧空海携《笔札华梁》于中唐东渡后，是书曾在日本流传。日本学者藤原佐世于宽平年间（889~897）编纂的《日本国见在书目录》"小学家"类著录有"《笔札华梁》二卷"③，但未题撰写人。随后，《笔札华梁》在日本的流传亦不详。今其佚文散见于空海的《文镜秘府论》中，目前较好的辑本是张伯伟的《全唐五代诗格汇考·笔札华梁》（江苏古籍出版社2002年版），该本以《定本弘法大师全集》第六卷《文镜秘府论》为底本，并以《文笔眼心抄》、王梦鸥《初唐诗学著述考》、王利器《文镜秘府论校注》、兴膳宏《文镜秘府论译注》参校。《笔札华梁》目前内含"八阶""六志""属对""七种言句例""文病""笔四病""论对属"七个短小的部分，原书面貌已经难以寻觅。

"八阶"乃是论八种诗歌的写作题材与写作方法，每一阶下举一二诗句为例，如咏物、赠物、述志、写心等为写作题材，返酬、赞毁、援寡、和诗为写作方法，但一些诗法难以理解，例如：

第五，返酬阶。诗曰："盛夏盛炎光，燋天燋气烈。"又曰："清阶清溜泻，凉户凉风入。"④

第七，援寡阶。诗曰："女萝本细草，抽茎信不功。凭高出岭上，假树入云中。"又曰："愁临玉台镜，泪垂金缕裙。"⑤

---

① 《宋秘书省续编到四库阙书目》，《丛书集成续编》本，台湾新文丰出版公司，1985，第270页。
② 王梦鸥：《初唐诗学著述考》，台湾商务印书馆，1977。
③ 〔日〕藤原佐世：《日本国见在书目录》，日本内阁文库藏写本。
④ 张伯伟：《全唐五代诗格汇考》，江苏古籍出版社，2002，第57页。
⑤ 张伯伟：《全唐五代诗格汇考》，江苏古籍出版社，2002，第57页。

这里的"返酬阶""援寡阶"并没有相关的解释，而是直接附上了诗例，读者仅仅根据诗例又很难准确地考察出"返酬阶""援寡阶"的准确技巧，是为遗憾。

"六志"是据《文笔式》增补而来，因为《文镜秘府论》地卷"六志"节题下注云："笔札略同。"① 从《文笔式》的"六志"——"一曰直言志。二曰比附志。三曰寄怀志。四曰起赋志。五曰贬毁志。六曰赞誉志"② 看来，这里探讨的是作诗的立意之法。

"属对"部分列九种对：的名对、隔句对、双拟对、联绵对、异类对、双声对、叠韵对、回文对、同类对。"从这些资料来看，上官仪对语言的组合运用进行了深入分析，概括出了一整套分类细致、富于变化的对偶格式，具有极强的实用性。"③ 其中的"双声对""叠韵对"比较引人注目：

    第六，双声对。
    诗曰："秋露香佳菊，春风馥丽兰。"
    奇琴、精酒；妍月、好花；素雪、丹灯；翻蜂、度蝶；黄槐、绿柳；意忆、心思；对德、会贤；见君、接子。如此之类，名双声对。
    第七，叠韵对。
    诗曰："放畅千般意，逍遥一个心。漱流还枕石，步月复弹琴。"
    徘徊；窈窕；眷恋；彷徨；放畅；心襟；逍遥；意气；优游；陵胜；放旷；虚无；覆酌；思惟；须臾。如此之类，名曰叠韵对。④

上官仪提出的"双声对""叠韵对"等，"将诗歌中词义词性的相对扩展到了声韵相对的新范围，这也是诗学理论中首次提出声律在对偶中的运用，是对律诗规则确定的一大推进"⑤。再者，《笔札华梁》中的

---

① 〔日〕遍照金刚撰，卢盛江校考《文镜秘府论汇校汇考》，中华书局，2006，第510页。
② 张伯伟：《全唐五代诗格汇考》，江苏古籍出版社，2002，第70页。
③ 李娟：《初唐诗学理论著述论析》，《浙江工业大学学报》2012年第4期。
④ 张伯伟：《全唐五代诗格汇考》，江苏古籍出版社，2002，第61页。
⑤ 李娟：《初唐诗学理论著述论析》，《浙江工业大学学报》2012年第4期。

"隔句对"，在后来题名白居易的《金针诗格》中被总结为"扇对"："诗有扇对格：第一句对第三句，第二句对第四句。"① 这反映了在唐代不同诗法著述中相同的诗学技巧会有不同的诗法命名。

"七种言句例"主要讨论了一言诗句、二言诗句、三言诗句、四言诗句、五言诗句、六言诗句、七言诗句七种形式：

> 一曰一言句例。二曰二言句例。三曰三言句例。四曰四言句例。五曰五言句例。六曰六言句例。七曰七言句例。
>
> 一曰一言句例。一言句者：天，地，阴，阳，江，河，日，月是也。
>
> 二曰二言句例。二言句者："天高，地下"；"露结，云收"是也。
>
> 三曰三言句例。三言句者："斟清酒，拍青琴"；"寻往信，访来音"是也。
>
> 四曰四言句例。四言句者："朝燃兽炭，夜秉鱼灯"；"宋腊已歌，秦姬欲笑"是也。
>
> 五曰五言句例。五言句者："雾开山有媚，云闭日无光"；"燥尘笼野白，寒树染村黄"是也。
>
> 六曰六言句例。六言句者："讶桃花之似颊，笑柳叶之如眉。""拔笙簧而数煖，促筝柱而劝移。"
>
> 七曰七言句例。七言句者："素琴奏乎五三拍，绿酒倾乎一两卮。""忘言则贵乎得趣，不乐则更待何为。"②

早在西晋时代，挚虞在《文章流别论》里就首先注意到诗句不同字数的构成形式：

> 诗之流也，有三言、四言、五言、六言、七言、九言。古诗率以四言为体，而时有一句二句杂在四言之间，后世演之，遂以为篇。古诗之三言者，"振振鹭，鹭于飞"之属是也；五言者"谁谓雀无

---

① 张伯伟：《全唐五代诗格汇考》，江苏古籍出版社，2002，第356页。
② 张伯伟：《全唐五代诗格汇考》，江苏古籍出版社，2002，第62~63页。

角，何以穿我屋"之属是也；六言者"我姑酌彼金罍"之属是也；七言者"交交黄鸟止于桑"之属是也；九言者"泂酌彼行潦挹彼注兹"之属是也。①

随后，关于这一问题的论述有萧统《文选序》、刘勰《文心雕龙·章句》等，这说明到南北朝时期，文论家们已经充分认识到诗句字数的不同，可以形成不同的诗体形式。② 上官仪这里只不过是总结了魏晋南北朝的诗学成果，而加以条目化而已。

"文病""笔四病"也是据《文笔式》增补而来，因为三宝院本《文镜秘府论》"笔四病"下注云："《笔札》《文笔》略同异本。"③ 内容主要论及平头、上尾、蜂腰、鹤膝、大韵、小韵、傍纽、正纽等诗歌声律上的病犯。四声八病早在南朝时就由沈约等人提出，但到了唐代初年，依然是人们热衷讨论的对象。上官仪时代正是初唐律诗声律规范形成的关键时期，此时的人们对律诗的声律和对仗问题倾注了较多的心力。再加之上官仪本就"工于五言诗，好以绮错婉媚为本"④，形成了以个人名义命名的"上官体"，这跟他非常注重声律与对仗是有莫大关系的，所以《笔札华梁》里讨论声律和对仗等问题正是题中之义。应该说，上官仪的《笔札华梁》"上承齐、梁以来探求音律之遗风，而又下开元兢、崔融等人之先河"⑤，在初唐律诗形成时期发挥了重要的作用。

从目前的存世文献来看，上官仪的《笔札华梁》大约开唐人诗格之先河。随后不少的唐人诗格、诗式著述都经常提到上官仪，并在他的基础之上进行阐释。张伯伟就认为："从目前可考之内容来看，《笔札华梁》所涉论题，在《文笔式》、元兢《诗髓脑》及崔融《唐朝新定诗格》中有进一步发展。"⑥ 如元兢《诗髓脑》"文病"条云："兢于八病之（外）别为八病。自昔及今，无能尽知之者。近上官仪识其三，河间

---

① 欧阳询撰，汪绍楹校《艺文类聚》，上海古籍出版社，1982，第1018页。
② 具体论述可参见张静《器中有道——历代诗法著作中的诗法名目研究》，凤凰出版社，2017，第56~59页。
③ 张伯伟：《全唐五代诗格汇考》，江苏古籍出版社，2002，第65页。
④ 刘昫等：《旧唐书》，中华书局，1975，第2743页。
⑤ 张伯伟：《全唐五代诗格汇考》，江苏古籍出版社，2002，第55页。
⑥ 张伯伟：《全唐五代诗格汇考》，江苏古籍出版社，2002，第55页。

公义府思其余事矣。"① 又"龃龉病"下云:"此例文人以为秘密,莫肯传授。上官仪云:'犯上声是斩刑,去入亦绞刑。'"② 从这些叙述中,可见上官仪与《笔札华梁》在后辈心中的地位与影响力。

二 佚名《文笔式》二卷

《文笔式》一书作者不详,在中国历代的书目著作中也未见著录。其书仅在日本学者藤原佐世于宽平年间(889~897)奉敕编纂的《日本国见在书目录》"小学家"类著录:"《文笔式》二卷。"③ 然而如今,《文笔式》在日本也未见存书,但其佚文散见于日僧空海(遍照金刚)的《文镜秘府论》一书中。

该书目前较好的辑本是张伯伟的《全唐五代诗格汇考·文笔式》(江苏古籍出版社2002年版),该本以《定本弘法大师全集》第六卷《文镜秘府论》为底本,以罗根泽《文笔式甄微》、小西甚一《文镜秘府论考》和其他《文镜秘府论》整理本参校。

《文笔式》的产生年代是中外学界的研究热点,学者对此意见也多有不同。罗根泽《文笔式甄微》根据书中所引及诗句无唐代作品,以及称温子升、邢邵、魏收诸人为"近代词人"等线索,推断作者为隋时人。④ 王利器《文镜秘府论校注》据文中引徐陵文有"诚臣",以为当为作者避隋高祖杨坚之父杨忠讳而改,遂谓"此书盖出隋人之手"。⑤ 小西甚一《文镜秘府论考·研究篇》则根据《文笔式》与《笔札华梁》内容近似,认为虽无确证可说明其为隋时人,但可以断言其为盛唐前作品。张伯伟在《全唐五代诗格汇考》中认为:"《文笔式》产生时代当稍后于《笔札华梁》,即武后时期。"⑥ 卢盛江在《〈文笔式〉——初唐一部重要的声病说著作》中认为:"《文笔式》当成书于李百药(565~648)之后

---

① 张伯伟:《全唐五代诗格汇考》,江苏古籍出版社,2002,第120页。
② 张伯伟:《全唐五代诗格汇考》,江苏古籍出版社,2002,第121页。
③ 〔日〕藤原佐世:《日本国见在书目录》,日本内阁文库藏写本。
④ 参见罗根泽《文笔式甄微》,《国立中山大学文史学研究所月刊》1935年第3卷第3期。
⑤ 参见〔日〕弘法大师原撰,王利器校注《文镜秘府论校注》,中国社会科学出版社,1983,第475页。
⑥ 张伯伟:《全唐五代诗格汇考》,江苏古籍出版社,2002,第69页。

或者《笔札华梁》之后，元兢《诗髓脑》之前，但其中可能原原本本保存有隋代一些史料的原貌。"①

《文笔式》现存"六志""八阶""属对""句例""论体""定位""文病""文笔十病得失"八部分，内容多同于隋人刘善经的《四声指归》及上官仪的《笔札华梁》，应是承用前人之说而略加补充编排。例如上官仪《笔札华梁》中总结了"七种言句例"，而《文笔式》又接着总结了其他几种句例：

> 八言句例。八言句者："吾家嫁我兮天一方，远托异国兮乌孙王。"
> 九言句例。九言句者："嗟余薄德从役至他乡，筋力疲顿无意入长杨。"
> 十言句例。
> 十一言句例。《文赋》云："沉辞怫悦，若游鱼衔钩而出重渊之深；浮藻联翩，犹翔鸟缨缴而坠曾云之峻。"下句皆十一字是也。②

《文笔式》中的"论体""定位"部分也比较有特色，其中"论体"涉及的是文章体貌与文体的关系问题，指出"凡制作之士，祖述多门，人心不同，文体各异"③，归纳出"博雅""清典""绮艳""宏壮""要约""切至"等不同的文章体貌，并将这些文章体貌与颂、论、铭、赞、诗、赋、诏、檄、表、启、箴、诔等文体一一对应起来。《文笔式》"论体""定位"中的论述相对于刘勰《文心雕龙》中的《体性》篇和《定势》篇来说，既有继承也有新的发展，更有向实用性转化的趋势。例如"定位"是按照创作过程和创作思维的先后顺序来阐述的，解析起来就是构思—定制—分位—连位—累句，这样的线性分析非常有利于初学者的实际运用。所以，从中我们可见《文笔式》"不是侧重于一般性的理论探讨，而是着眼于具体创作问题，把一般性的理论实用化，具体

---

① 卢盛江：《〈文笔式〉——初唐一部重要的声病说著作》，《文学遗产》2012年第4期。
② 张伯伟：《全唐五代诗格汇考》，江苏古籍出版社，2002，第78页。
③ 张伯伟：《全唐五代诗格汇考》，江苏古籍出版社，2002，第78页。

化为文章作法,以更便于操作写作。这或者就是当时诗论的一个趋势"①。"论体""定位"中的内容既有正文,又有许多的注释之文。这些注释之文,在《文镜秘府论》中作为小字双行排布,而且正文多为骈俪体,注文则多为散体。对此,卢盛江认为:"正文出自《笔札华梁》,而注文出自《文笔式》。《文笔式》把《笔札华梁》的正文全部收入,然后自己给予注释,就成了现在的《论体》和《定位》。"②

再者,"《文笔式》有些内容可能保留了隋以前乃至齐梁遗说甚至沈约遗说。《文笔式》的这些材料论声病有着丰富的思想"③。这主要是说《文笔式》的"文病"和"文笔十病得失"两部分。相比于唐五代诸家诗法著述中的声病之论,《文笔式》中的声病说是最为详细的,其中既有明确的定义,又有丰富的诗例,还有详细的解释。例如"文病"第八"正纽":

> 正纽者,五言诗"壬"、"衽"、"任"、"入"四字为一纽。一句之中,已有"壬"字,更不得安"衽"、"任"、"入"等字。如此之类,名为犯正纽之病也。诗曰:"抚琴起和曲,叠管泛鸣驱。停轩未忍去,白日小踟蹰。"又曰:"心中肝如割,腹里气便燋。逢风回无信,早雁转成遥。""肝"、"割"同纽,深为不便。
>
> 正纽者,谓正双声相犯。其双声虽一,傍正有殊。从一字纽之得四声,是正也。若"元"、"阮"、"愿"、"月"是。若从他字来会成双声,是傍也。若"元"、"阮"、"愿"、"月"是正,而有"牛"、"鱼"、"妍"、"砚"等字,来会"元"、"月"等字成双声是也。如云:"我本汉家子,来嫁单于庭。""家"、"嫁"是一纽之内,名正双声,名犯正纽者也。傍纽者,如"贻我青铜镜,结我罗裙裾"。"结"、"裙"是双声之傍,名犯傍纽也。又一法,凡入双声者,皆名正纽。④

如今我们可以利用《文笔式》,弄清楚唐前如隋代与齐梁的声病之

---

① 卢盛江、杨宝珠:《〈文笔式〉"论体"和"定位"研究》,《河南师范大学学报》2014年第2期。
② 卢盛江:《〈文笔式〉体势论与创作论原典考》,《井冈山大学学报》2010年第3期。
③ 卢盛江:《〈文笔式〉——初唐一部重要的声病说著作》,《文学遗产》2012年第4期。
④ 张伯伟:《全唐五代诗格汇考》,江苏古籍出版社,2002,第88页。

说。而且，《文笔式》中的声病说，比隋代刘善经的《四声指归》多出了定义一项，①体现出唐代诗学家明确的理论归纳意识。

《文笔式》在"文笔十病得失"最后云："然声之不等，义各随焉。平声哀而安，上声厉而举，去声清而远，入声直而促。词人参用，体固不恒。"②《文笔式》这里，已经把声与义相随相连，可见在唐代初年的声病论，不仅仅需要考虑"声"，同时还需要考虑"义"。《文笔式》这里说的"平声哀而安，上声厉而举，去声清而远，入声直而促"云云，"是我们所见到的最早的关于四声调值描述的材料"③。而且，《文笔式》进一步认识到不同的调声方法影响文章不同的体貌特征。"声义相随相依，病累与调声相关，也与文义相关，与文风相关。这已是从宏观的视野，从整体调声，整体文风的高度看待病累。《文笔十病得失》后半最后一段，实在透露出非常重要的信息。"④

《文笔式》在中土虽然未见流传，但宋代出现的托名魏文帝《诗格》中，部分内容也来自《文笔式》，所以是书在中土并未完全失传。《文笔式》在唐代时已经传入日本，因为日僧空海（遍照金刚）的《文镜秘府论》中大量援引其文，所以该书对日本的汉文化传播有一定的促进作用。再者，日本"《本朝文粹》卷七《省试诗论》亦记载当时文人以《文笔式》理论作为讨论声病之依据；镰仓时代释了尊《悉昙轮略图抄》（见《大正新修大藏经》第八十四卷）也曾经加以引用，可见此书对日本汉文学发展起过一定作用"⑤。

三 杜正伦《文笔要决》一卷

《文笔要决》一卷，中土未见流传，中国历代书目均未著录。唯有《日本国见在书目录》"小学家类"录有："《文笔要决》一卷，杜正伦撰。"⑥

杜正伦（575？~658），相州邺县（今河北临漳西南）人。隋朝仁寿中，与兄正玄、正藏均以秀才擢第，为当时所称美。正伦擢第后遂调任

---

① 参见卢盛江《〈文笔式〉——初唐一部重要的声病说著作》，《文学遗产》2012年第4期。
② 张伯伟：《全唐五代诗格汇考》，江苏古籍出版社，2002，第97页。
③ 卢盛江：《〈文笔式〉——初唐一部重要的声病说著作》，《文学遗产》2012年第4期。
④ 卢盛江：《〈文笔式〉——初唐一部重要的声病说著作》，《文学遗产》2012年第4期。
⑤ 张伯伟：《全唐五代诗格汇考》，江苏古籍出版社，2002，第69页。
⑥ 〔日〕藤原佐世：《日本国见在书目录》，日本内阁文库藏写本。

羽骑尉。入唐，直秦王府文学馆。贞观初，以魏征荐，擢兵部员外郎。累迁中书侍郎，与韦挺、虞世南、姚思廉同以能谏诤为太宗所赞许。高宗显庆元年（656）为黄门侍郎，时同中书门下三品。旋迁中书令，与李义府同执政，后被诬为有异谋，贬为横州刺史而卒。正伦善属文，通佛经，著有文集十卷。新旧《唐书》有传。

《文笔要决》在日本有五岛庆太郎氏藏平安末期写本，于昭和十五年（1904）印行。日僧空海《文镜秘府论》北卷中的"句端"，亦出自《文笔要决》。该书目前较好的辑本是张伯伟的《全唐五代诗格汇考·文笔要决》（江苏古籍出版社2002年版）。其以日本贵重图书影本刊行会影印五岛庆太郎所藏的平安末期写本为底本，并以《文镜秘府论》、《文笔眼心抄》及王利器《杜正伦〈文笔要决〉校笺》等参校。

"要决"即"要诀"之意，即要点与方法。古典诗法著述经常命名为"要诀""正诀""要览""要律""要式""机要"云云，书中内容皆是发明为文作诗的方法规则。《郡斋读书志》卷二十谓《修文要诀》"杂论为文体式，评其谬误，以训初学云"①，《文笔要决》的内容也同样如此，该书篇首即云："新近之徒，或有未悟，聊复商略，以类别之云尔。"② 其著述目的是传递诗法、度人金针、启发后学。

现存的《文笔要决》唯有"句端"一篇，"句端"就是文章开头使用的语助词。刘勰《文心雕龙》中《章句》篇中就注意过这个问题："至于夫惟盖故者，发端之首唱；之而于以者，乃劄句之旧体；乎哉矣也，亦送末之常科。"③ 但是《文心雕龙》中并没有具体讨论其用法。从现存的文献看来，杜正伦的《文笔要决》应该是较早地系统细致讨论句首语助词用法的著作了。

六朝时期分文章为文、笔两大类，有韵者为文，无韵者为笔，例如刘勰《文心雕龙·总术》云："今之常言，有文有笔，以为无韵者笔也，有韵文也。"④ 产生于初唐时期的《文笔式》中，现在保留下来的内容有

---

① 晁公武著，孙猛校证《郡斋读书志校证》，上海古籍出版社，1990，第1077页。
② 张伯伟：《全唐五代诗格汇考》，江苏古籍出版社，2002，第541页。
③ 黄叔琳注，李详补注，杨明照校注拾遗《增订文心雕龙校注》，中华书局，2000，第441页。
④ 黄叔琳注，李详补注，杨明照校注拾遗《增订文心雕龙校注》，中华书局，2000，第529页。

"六志""八阶""属对""句例""论体""定位""文病""文笔十病得失"等，基本都是讨论诗歌创作问题，名字和《文笔要决》很相似。故而笔者推测《文笔要决》中还有其他论及诗歌创作的内容，只是没有被保留下来。所以，虽然其现存内容只有"句端"部分，但笔者还是将之作为诗法著述，姑且附于《文笔式》之后。

四 旧题魏文帝《诗格》一卷

《诗格》一卷，旧题魏文帝所撰。魏文帝即曹丕（187～226），字子桓，曹操次子。延康元年（220）代汉称帝，为魏文帝。曹丕诗文成就卓著，是建安文学的积极创作者和倡导者。其《燕歌行》是现存最早的文人七言诗，其《典论·论文》是现存的第一部文学评论专著。然而，《诗格》却并非曹丕所著。

据现存可考的文献资料，《诗格》最早出现于宋人陈应行所编之《吟窗杂录》。《吟窗杂录》卷一收魏文帝《诗格》，然"校以《文镜秘府论》，十之八九出于《笔札华梁》和《文笔式》，并能与李淑《诗苑类格》引述上官仪之说相印证"①。至于其成书时间，张伯伟认为："此书之伪托当在北宋末年以前，未必晚至绍熙年间。"② 对于《诗格》假托曹丕的问题，古代学者也有清晰的认识，如南宋陈振孙《直斋书录解题》卷二十二云："《诗格》一卷。题魏文帝，而所述诗或在沈约后，其为假托明矣。"③ 明人皇甫汸《解颐新语》卷四云："魏文帝《诗格》：六志、八对、三例、八病。其说拘泥，恐出伪托。"④《四库全书总目·吟窗杂录》谓："开卷《魏文帝诗格》一卷，乃盛论律诗，所引皆六朝以后之句，尤不足排斥，可谓心劳日拙者矣。"⑤

该书目前较好的辑本是张伯伟的《全唐五代诗格汇考·诗格》（江苏古籍出版社2002年版），该本以明刊本《吟窗杂录》为底本，并以明抄本《吟窗杂录》、《诗法统宗》、《诗学指南》、兴膳宏《文镜秘府论译

---

① 张伯伟：《全唐五代诗格汇考》，江苏古籍出版社，2002，第55页。
② 张伯伟：《全唐五代诗格汇考》，江苏古籍出版社，2002，第98页。
③ 陈振孙撰，徐小蛮、顾美华点校《直斋书录解题》，上海古籍出版社，1987，第642页。
④ 周维德集校《全明诗话》，齐鲁书社，2005，第1394页。
⑤ 纪昀等：《钦定四库全书总目》，中华书局，1997，第2765页。

注》、王梦鸥《初唐诗学著述考》等书参校而成。今本魏文帝《诗格》计有"句例""对例""六志""八对""八病""杂例""头尾不对例""俱不对例"等八部分。《诗格》中除"杂例"以外,均是《笔札华梁》和《文笔式》中的内容,所以此书作者虽伪,但内容不伪,基本上是初唐诗法的内容,故而笔者将此书放在此处讨论。

最后,魏文帝《诗格》的题名值得注意。"所谓诗格,就是作诗标准、法式。"① 同时,诗格又是中国古代诗学中一类书的名称,在唐五代尤其繁盛,它与命名为"诗式""诗法"等的著作同为诗法著述中的一大类。应该说,"唐代诗学的核心就是诗格"②。现存唐代诗法著述共有三十五种,其中以"格"来命名的有十四种,占40%之多,但直接命名为"诗格"的则只有旧题魏文帝《诗格》、王昌龄《诗格》、题名王维《诗格》、神彧《诗格》这四种。

五 元兢《诗髓脑》一卷

《诗髓脑》一书于中国历代书目中未有著录。《宋秘书省续编到四库阙书目》著录元兢《沈约诗格》一卷,《新唐书·艺文志》误作《宋约诗格》,《宋史·艺文志》径直写成了《诗格》。中沢希男在《唐元兢著作考》中认为《沈约诗格》乃为《诗髓脑》之别名。③ 王梦鸥《初唐诗学著述考》亦持此说:"《诗髓脑》既为元兢诗论之原名,则自北宋录为'元兢宋约诗格'者,犹上官仪之《笔札华梁》,崔融之《新定诗体》,王昌龄之《诗中密旨》,一经晚唐五代人手之改编,皆变名为'诗格'矣。"④ 无论是《诗髓脑》还是《沈约诗格》,元兢的诗法著述在中土一直是佚书。幸运的是,《诗髓脑》在唐代时由日僧空海携归日本,所以日本学者藤原佐世于宽平年间(889~897)编纂的《日本国见在书目录》"小学家"类著录有:"《诗髓脑》一卷。""《注诗髓脑》一卷。"⑤ 但原书在日本亦不存,今其佚文散见于空海编纂的《文镜秘府

---

① 蔡镇楚:《唐人诗格与宋诗话之比较》,《中国文学研究》1994年第3期。
② 张伯伟:《隋唐五代文学批评总说》,载《中唐文学会报》2000号,日本好文出版公司,2000,第1页。
③ 参见〔日〕中沢希男《唐元兢著作考》,《东洋文化》1965年9月复刊第11期。
④ 王梦鸥:《初唐诗学著述考》,台湾商务印书馆,1977,第63~65页。
⑤ 〔日〕藤原佐世:《日本国见在书目录》,日本内阁文库藏写本。

论》一书中。

元兢,字思敬,约活动于唐高宗至武则天时期,当稍晚于上官仪,籍贯、生卒年俱不详。元兢曾与许敬宗、上官仪等同修类书《芳林要览》三百卷,其后又摘撰自汉魏至唐上官仪诗编成《古今诗人秀句》二卷。《旧唐书》卷一九〇云:"元思敬者,总章中为协律郎,预修《芳林要览》,又撰《诗人秀句》两卷,传于世。"①

何谓"髓脑"?"髓脑"一词,乃是佛典中的用语,如隋代释智𫖮《四教义》卷三云:"观于内身,皮肤、肌肉、筋骨、髓脑,如空中云。"② 可见"髓脑"为人体最为重要之部分,可引申为关键、要旨等义。当时的其他著作也有以"髓脑"作为名字的,例如《隋书·经籍志》"五行类"有"《周易髓脑》二卷"。"诗髓脑"的取名也是同理,其意当指作诗之关键与要旨。

该书目前较好的辑本是张伯伟的《全唐五代诗格汇考·诗髓脑》(江苏古籍出版社 2002 年版),该本以《定本弘法大师全集》第六卷《文镜秘府论》为底本,并以《文笔眼心抄》、《本朝文粹》、王利器《文镜秘府论校注》、兴膳宏《文镜秘府论译注》、王梦鸥《初唐诗学著述考》参校。现存《诗髓脑》内容为"调声""对属""文病"三部分。其中"调声"中"换头"条比较引人注意:

> 换头者,若兢《于蓬州野望》诗云:"飘飘宕渠域,旷望蜀门隈,水共三巴远,山随八阵开。桥形疑汉接,石势似烟回。欲下他乡泪,猿声几处催。"
>
> 此篇第一句头两字平,次句头两字去上入;次句头两字去上入,次句头两字平;次句头两字又平,次句头两字去上入;次句头两字又去上入,次句头两字又平。如此轮转,自初以终篇,名为双换头,是最善也。若不可得如此,即如篇首第二字是平,下句第二字是用去上入;次句第二字又用去上入,次句第二字又用平。如此轮转终篇,唯换第二字,其第一字与下句第一字用平不妨,此亦名为换头,

---

① 刘昫等:《旧唐书》,中华书局,1975,第 4997 页。
② 释智𫖮:《四教义》,明崇祯六年(1633)刻本。

然不及双换。又不得句头第一字是去入上，次句头用去上入，则声不调也。可不慎欤！此换头，或名拈二。拈二者，谓平声为一字，上去入为一字。第一句第二字若安上去入声，第二、第三句第二字皆须平声。第四、第五句第二字还须上去入声，第六、第七句第二字安平声，以次避之。如庾信诗云："今日小园中，桃花数树红。欣君一壶酒，细酌对春风。""日"与"酌"同入声。只如此体，词合宫商，又复流美，此为佳妙。①

这里的所谓的"头"是指五言诗的头两个字。五言诗每句的头两个字与下一句头两个字的平声与上去入声相对，这叫作"双换头"。倘若只是五言诗每句的第二个字与下一句的第二个字平声与上去入声相对，就叫"换头"。在元兢看来，"换头"不如"双换头"更为精巧。虽然元兢这里的论述并没有出现"仄"这个字样，但是他自觉地将平声与上去入声相分别，实际上就构成了平仄相对的概念。这是目前文献中可见的首次将四声归为两大类的做法。

元兢的"换头"法还有一个重要的意义是最终确定了律诗中两联之间"粘"的规则。之前的诗法著述中句与句之间平仄相对的规则已经基本上厘清，但是联与联之间如何处理却没有涉及。元兢此处云："第一句头两字平，次句头两字去上入；次句头两字去上入，次句头两字平；次句头两字又平，次句头两字去上入；次句头两字又去上入，次句头两字又平。如此轮转，自初以终篇。"② 就是将两联相互粘连，解决了律诗形成过程中的重大问题。所以说，"总括元兢的诗学理论，虽然在'调声'的'相承'部分中还存在着以'三平调'补救上句仄声过多的论述，说明律诗的最后确定还没有完成，但分四声为平和上去入两大类、'粘对'规则的最终确定、属对分类的进一步细化都是诗歌律化进程中无可置疑的重大进展，可以说元兢'调声'部分的理论，基本为律体定型做好了理论上的准备"③。

---

① 张伯伟：《全唐五代诗格汇考》，江苏古籍出版社，2002，第114~115页。
② 张伯伟：《全唐五代诗格汇考》，江苏古籍出版社，2002，第115页。
③ 李娟：《初唐诗学理论著述论析》，《浙江工业大学学报》2012年第4期。

此书由空海带入日本以后，在东瀛产生过较大影响。张伯伟曾举例道："如《本朝文粹》卷七《省试诗论》记载，当时文人每引元氏书为立论依据；作于天庆二年（后晋天福四年，九三九年）藤原宗忠之《作文大体》（见《群书类从》卷一百三十七），前半部分乃大江朝纲（八八六—九五八年）所撰，其论'诗病'、'字对'、'调声'等，多受《诗髓脑》影响。如论'平头'之'第一字用平声不为病也'；'上尾'之'发句连韵不为病'，'蜂腰'之'平声不为病'等，显然因袭《诗髓脑》。古代日本歌论著作，亦往往以'髓脑'命名。如藤原公任《新撰髓脑》、源俊赖《俊赖髓脑》等，而《八云御抄》卷一'正义'亦将《新撰髓脑》、《能因歌枕》、《俊赖无名抄》、《绮语抄》、《奥義抄》统称'五家髓脑'。《基俊和歌口传抄》卷上有'家家髓脑'之说，《悦目抄》亦云：'上古歌仙，髓脑口传。'均可见元兢《诗髓脑》影响之一斑。"①

六 僧辞远《诗式》十卷

《宋史·艺文志八》"文史类"著录："僧辞远《诗式》十卷。"② 僧辞远，事迹不详。

日僧空海《文镜秘府论》西卷《文二十八种病》第二十三"支离病"下记载："《诗式》六犯：一犯支离。二犯缺偶。三犯相滥。四犯落节。五犯杂乱。六犯文赘。……"③ 但这里的《诗式》并不是皎然的《诗式》，因为《文镜秘府论》中所引皎然的内容均是来自皎然《诗议》。小西甚一《文镜秘府论考·考文篇》认为此《诗式》的撰者不明。考虑到《宋史·艺文志》中的著录，则姑且以此《诗式》为僧辞远所著。张伯伟认为："从'六犯'内容来看，如'相滥'、'文赘'病下，《文镜秘府论》复引崔融说，尤其是'文赘'病下注'或名涉俗病'，'涉俗'正为崔融命名；又旧题王昌龄《诗中密旨》'犯格八病'节全袭用此《诗式》之'六犯'及崔融《唐朝新定诗体》之'六犯'节。以此推论，作者当与崔融同时或稍前。"④ 那么，僧辞远当为初唐时人。

---

① 张伯伟：《全唐五代诗格汇考》，江苏古籍出版社，2002，第113～114页。
② 脱脱等：《宋史》，中华书局，1977，第5409页。
③ 〔日〕遍照金刚撰，卢盛江校考《文镜秘府论汇校汇考》，中华书局，2006，第1154页。
④ 张伯伟：《全唐五代诗格汇考》，江苏古籍出版社，2002，第124页。

李江峰《晚唐五代诗格研究》认为《诗式》的作者僧辞远或许为五代时的僧人，其根据是宋人黄休复《茅亭客话》卷四中的记载：

> 李聋僧
> 伪蜀广都县三圣院僧辞远，姓李氏，薄有文学，多记诵。其师曰思凿，愚夫也。辞远多鄙其师云：可惜辞远作此僧弟子。行坐念后土夫人变，师止之，愈甚，全无资礼。或一日大叫转变次，空中有人掌其耳，遂聩二十余年。至圣朝开宝中住成都义井院，有檀越请转藏经，邻坐僧窃视之，卷帙不类，乃南华真经尔。因与施主言曰："今之人好施金帛图画佛像，意欲思慕古圣贤达，有大功德及于生民，置之墙壁视其形容，激劝后人，而云获福，愚之甚耶。不思古圣贤达皆有言行遗之竹帛，一大时教五千余卷，所载粲然，已不能自取读，究其修行之理，而顾召人看读，亦云获福，益甚愚哉。"时人谓之僧澄伽。①

和"诗格"一样，"诗式"也是中国古代文学批评中某一类书的专有名称。"式"也就是"法"的意思，《说文解字》卷五曰："式，法也。从工，弋声。"②《周礼·筮人》："三曰巫式。"注曰："式，谓筮制作法式也。"③ 所谓"诗式"，也还是诗法的意思。在中国古代诗法著述中，有一部分著作就被命名为"某某诗式""某某式"，例如唐代佚名的《文笔式》、五代徐衍的《风骚要式》、佚名的《骚雅式》、明代梁桥的《冰川诗式》、佚名的《诗文要式》等。而直接命名为"诗式"的，只有僧辞远《诗式》、僧皎然《诗式》两种。但皎然《诗式》五卷保存较好，而僧辞远《诗式》据《宋史·艺文志》著录原本有十卷之多，这个篇幅在唐五代的诗法著述中应该说是最庞大的，可惜今仅存"六犯"一小部分。该书目前较好的辑本是张伯伟的《全唐五代诗格汇考·诗式》（江苏古籍出版社2002年版），该本以《定本弘法大师全集》第六卷《文镜

---

① 黄休复：《茅亭客话》，《文渊阁四库全书》第1042册，台湾商务印书馆，1983，第935页。
② 许慎：《说文解字》，中华书局，1963，第100页。
③ 孙诒让撰，王文锦、陈玉霞点校《周礼正义》，中华书局，1987，第1964页。

秘府论》为底本录其文。

"六犯"就是六种诗病。所谓"支离""缺偶"都是指上下句缺少有效对仗。所谓"相滥"是指文意重复。所谓"落节"是指内容离题。所谓"杂乱"是指前后顺序错乱。所谓"文赘"是指造句啰唆。其中第三"相滥"云：

> 三、相滥。谓一首诗中，再度用事。一对之内，反覆重论。文繁意叠，故名相滥。犯诗曰：玉绳耿长汉，金波丽碧空。星光暗云里，月影碎帘中。①

而同时期崔融的《唐朝新定诗格》"文病"条中亦有"相滥"：

> 第六，相滥病。相滥者，谓"形体"、"途道"、"沟浑"、"淖泥"、"巷陌"、"树木"、"枝条"、"山河"、"水石"、"冠帽"、"襦衣"，如此之等，名曰相滥。上句用"山"，下句用"河"；上句有"形"，下句安"体"；上句有"木"，下句安"条"。如此参差，乃为善焉。若两字一处，自是犯焉，非关诗处。或云两目一处是。②

仔细分析可发现，这两本书的两种"相滥"其实并不相同。僧辞远《诗式》中"相滥"指重复用事、文意重复。在崔融《唐朝新定诗格》中，"相滥"却指约定俗成的一组同义名词出现在同一诗歌节奏句中。

其"支离""缺偶""落节"三病，后被旧题王昌龄《诗中密旨》所继承。如辞远《诗式》云：

> 一、支离。不犯诗曰："春人对春酒，新树间新花。"犯诗曰："人人皆偃息，唯我独从容。"③

---

① 张伯伟：《全唐五代诗格汇考》，江苏古籍出版社，2002，第125页。
② 张伯伟：《全唐五代诗格汇考》，江苏古籍出版社，2002，第137页。
③ 张伯伟：《全唐五代诗格汇考》，江苏古籍出版社，2002，第125页。

旧题王昌龄《诗中密旨》云：

支离病一。五字之法，切须对也，不可偏枯。诗曰："春人对春酒，芳树间新花。"①

又如辞远《诗式》云：

二、缺偶。谓八对皆无，言靡配属。由言匹偶，因以名焉。诗上引事，下须引事以对之。若上缺偶对者，是名缺偶。犯诗曰："苏秦时刺股，勤学我便耽。"不犯诗曰："刺股君称丽，悬头我未能。"②

旧题王昌龄《诗中密旨》则云：

缺偶病二。诗中上句引事，下句空言也。诗曰："苏秦时刺股，勤学我便登。"③

再如辞远《诗式》云：

四、落节。凡诗咏春，即取春之物色；咏秋，即须序秋之事情。或咏今人，或赋古帝。至于杂篇咏，皆须得其深趣，不可失义意。假令黄花未吐，已咏芬芳；青叶莫抽，逆言蓊郁。或专心咏月，翻寄琴声；或意论秋，杂陈春事。或无酒而言有酒，无音而道有音，并是落节。若是长篇托意，不许限。即假作《咏月诗》曰："玉钩千丈挂，金波万里遥。蚌亏轮影灭，蓂落桂阴销。入风花气馥，出树鸟声娇。独使高楼妇，空度可怜宵。"又《咏春诗》曰："何处觅消愁，春园可暂游。菊黄堪泛酒，梅红可插头。"④

---

① 张伯伟：《全唐五代诗格汇考》，江苏古籍出版社，2002，第194页。
② 张伯伟：《全唐五代诗格汇考》，江苏古籍出版社，2002，第125页。
③ 张伯伟：《全唐五代诗格汇考》，江苏古籍出版社，2002，第195页。
④ 张伯伟：《全唐五代诗格汇考》，江苏古籍出版社，2002，第125～126页。

而旧题王昌龄《诗中密旨》云：

> 落节病三。一篇之中，合春秋言是犯。诗曰："菊花好泛酒，榴花好插头。"①

对比以上相似的条目可以发现，僧辞远《诗式》的叙述比旧题王昌龄《诗中密旨》中的叙述详细。由此推测，《诗中密旨》当是在《诗式》的基础上删减而成的。

七 崔融《唐朝新定诗格》一卷

《唐朝新定诗格》之书中土不传，中国历代书目著作亦不见著录。

日本学者藤原佐世于宽平年间（889~897）编纂的《日本国见在书目录》"小学家"类录有"《唐朝新定诗格》一卷"②，不题撰者。现存《文镜秘府论》东卷《二十九种对》提及"崔氏《唐朝新定诗格》"，又地卷《十体》引作"崔氏《新定诗体》"。日本江户后期著名诗人市河宽斋所著《半江暇笔》云："我大同（806~809）中，释空海游学于唐，获崔融《新唐诗格》、王昌龄《诗格》、元兢《髓脑》、皎然《诗议》等书而归。后著作《文镜秘府论》六卷，唐人卮言尽在其中。"③ 则知此书为崔融所著，书名或作《新定诗体》。

崔融（653~706），字安成，齐州全节（今山东章丘）人。初应八科制举，皆及第。中宗李显为太子时，崔融为侍读，兼侍属文，东宫表疏多出其手。圣历元年（698），武则天封中岳嵩山，见崔融所撰《启母庙碑》，深加赞美。封禅毕，又命崔融撰《朝觐碑》，崔融遂平步青云。久视元年（700），崔融触怒宠臣张昌宗，被贬为婺州（治今浙江金华）长史，不久召回。长安二年（702），再迁凤阁舍人，知制诰，翌年，兼修国史。神龙二年（706）受敕撰《则天实录》成，封清河县子。又奉敕撰《则天哀册文》，苦思过甚，发病而卒，年五十四。中宗以其有侍读之恩，追赠为卫州刺史，谥号"文"。崔融与李峤、苏味道、杜审言

---

① 张伯伟：《全唐五代诗格汇考》，江苏古籍出版社，2002，第195页。
② 〔日〕藤原佐世：《日本国见在书目录》，日本内阁文库藏写本。
③ 转引自〔日〕池田胤《日本诗话丛书》，东京文会堂书店，1921，第215页。

为"文章四友"。其诗文以"华婉"著称,当年朝廷大手笔多由其草拟。有文集六十卷,曾编《珠英学士集》。事可见新旧《唐书》本传。

《唐朝新定诗格》之书在日本亦不存,其佚文今可见于空海《文镜秘府论》中。该书目前较好的辑本是张伯伟的《全唐五代诗格汇考·唐朝新定诗格》(江苏古籍出版社 2002 年版),该本以《定本弘法大师全集》第六卷《文镜秘府论》为底本,并以《诗评格》、王利器《文镜秘府论校注》、兴膳宏《文镜秘府论译注》、王梦鸥《初唐诗学著述考》参校。是书目前计有"十体""九对""文病""调声"四部分。

"十体"比较早地讨论了诗歌章法与字法问题。例如其中的"直置体"讨论的是如何写作诗歌的开头:

> 直置体者,谓直书其事,置之于句者是。诗曰:"马衔苜蓿叶,剑莹鸊鹈膏。"又曰:"隐隐山分地,苍苍海接天。"此即是直置之体。①

其中的"雕藻体"与旧题白居易《文苑诗格》中的"雕藻文字"有一定的联系,这说明《文苑诗格》当受崔氏书的影响:

> 雕藻体者,谓以凡事理而雕藻之,成于妍丽,如丝彩之错综,金铁之砥錬。诗曰:"岸绿开河柳,池红照海榴。"又曰:"华志怯驰年,韶颜惨惊节。"此即是雕藻之体。②(崔融《唐朝新定诗格》)

> 雕藻文字
> 夫文字须雕藻三两字文彩,不得全真致,恐伤鄙朴。古诗云:"初篁包绿箨,新蒲含紫茸"。又古诗:"日户昼辉静,月林霞影明"。有此势,可精求之。③(旧题白居易《文苑诗格》)

《唐朝新定诗格》中的"菁华体"讨论的是字法,也就是我们常说的借代法:

---

① 张伯伟:《全唐五代诗格汇考》,江苏古籍出版社,2002,第 130 页。
② 张伯伟:《全唐五代诗格汇考》,江苏古籍出版社,2002,第 130 页。
③ 张伯伟:《全唐五代诗格汇考》,江苏古籍出版社,2002,第 364 页。

菁华体者，谓得其精而忘其粗者是。诗曰："青田未矫翰，丹穴欲乘风。"鹤生青田，凤出丹穴。今只言"青田"，即可知鹤，指言"丹穴"，即可知凤，此即是文典之菁华。又曰："曲沼疏秋尽，长林卷夏帷。"曲沼，池也。又曰："积翠彻深潭，舒丹明浅濑。""丹"即霞，"翠"即烟也。今只言"丹""翠"，即可知烟霞之义。况近代之儒，情识不周于变通，即坐其危险。若兹人者，固未可与言。①

但旧题白居易《文苑诗格》中的"菁华章"却有不同解释："诗有属对，方知学之浅深。古诗：'金波丽鳷鹊，玉绳低建章。'此名对为丽也。"② 从《文苑诗格》的解释来看，"菁华章"似乎是指上下句对仗的工整。实际上，这里的诗例一方面是对仗工整，另一方面则是用"金波"来代指月亮，《汉书》卷二十二《礼乐志·郊祀歌·天马》有"月穆穆以金波，日华耀以宣明"，唐颜师古注曰："言月光穆穆，若金之波流也。"③ 用"玉绳"来代指群星，张衡《西京赋》有"上飞闼而仰眺，正睹瑶光与玉绳"，李善注引《春秋元命苞》曰："玉衡北两星为玉绳。"④ 所以诗例上主要体现的还是《唐朝新定诗格》中"菁华体"所讨论的借代法。可见《文苑诗格》"菁华章"在解释时出现了偏差。

"九对"中的一些名目如"字对""声对""字侧对""切侧对""双声侧对""叠韵侧对"等，类似于文字游戏，这反映了律诗定型时期人们对于对仗的热切追求。"文病"中的"不调病"同于元兢《诗髓脑》中的"龃龉病"：

第二，不调病。是名不调，不调者，谓五字内除第一、第五字，于三字用上、去、入声相次者。平声非病限。此是巨病，古今才子多不晓。如："晨风惊叠树，晓月落危峰。""月"次"落"，同入声。如"雾生极野碧，日下远山红。""下"次"远"，同上声。如：

---

① 张伯伟：《全唐五代诗格汇考》，江苏古籍出版社，2002，第132页。
② 张伯伟：《全唐五代诗格汇考》，江苏古籍出版社，2002，第363页。
③ 班固：《汉书》，中华书局，1962，第1061~1062页。
④ 萧统编，李善注《文选》，上海古籍出版社，1986，第58页。

"定惑关门吏，终悲塞上翁。""塞"次"上"，同去声。①（崔融《唐朝新定诗格》）

一、龃龉病。龃龉病者，一句之内，除第一字及第五字，其中三字，有二字相连同上去入是。若犯上声，其病重于鹤膝，此例文人以为秘密，莫肯传授。上官仪云："犯上声是斩刑，去入亦绞刑。"如曹子建诗云："公子敬爱客"。"敬"与"爱"是，其中三字，其二字相连同去声是也。平声不成病，上去入是重病，文人悟之者少，故此病无其名。兢案《文赋》云："或龃龉而不安"，因以此病名为龃龉之病焉。②（元兢《诗髓脑》）

以上两段话除了所举诗例不同外，其他内容基本相同，例如元兢云："此例文人以为秘密，莫肯传授。"崔融则云："此是巨病，古今才子多不晓。"但元兢的论述明显更为详细而且富有原创性，由此推测《唐朝新定诗格》当受到元兢《诗髓脑》的影响。

《唐朝新定诗格》中的"丛木病"则是元兢《诗髓脑》中的"丛聚病"中的一种情况：

第三，丛木病。诗云："庭梢桂林树，檐度苍梧云。椁唱喧难辨，樵歌近易闻。""桂"、"梧"、"椁"、"樵"，俱是木，即是病也。③（崔融《唐朝新定诗格》）

二、丛聚病。丛聚病者，如上句有"云"，下句有"霞"，抑是常。其次句复有"风"，下句复有"月"，"云"、"霞"、"风"、"月"，俱是气象，相次丛聚，是为病也。如刘铄诗曰："落日下遥林，浮云霭曾阙。玉宇来清风，罗帐迎秋月。"此上句有"日"，下句有"云"，次句有"风"，次句有"月"，"日"、"云"、"风"、"月"相次四句，是丛聚。盖略举气象为例，触类而长，庶物则同。

---

① 张伯伟：《全唐五代诗格汇考》，江苏古籍出版社，2002，第135~136页。
② 张伯伟：《全唐五代诗格汇考》，江苏古籍出版社，2002，第121页。
③ 张伯伟：《全唐五代诗格汇考》，江苏古籍出版社，2002，第136页。

上十字已有"鸾"对"凤",下十字不宜更有"凫"对"鹤";上十字已有"桂"对"松",下十字不宜更用"桐"对"柳"。俱是丛聚之病,此又悟之者鲜矣。①(元兢《诗髓脑》)

此处也可知《唐朝新定诗格》当受到元兢《诗髓脑》的影响,故可以推知,《唐朝新定诗格》当作于《诗髓脑》之后。又有"据可以查明之诗例来看,《唐朝新定诗格》中为例之诗大多乃六朝作品,唐人仅崔明信、褚亮、上官仪三者而已,皆不及武后之世"②,所以张伯伟认为《唐朝新定诗格》当作于武后朝之前。综上,《唐朝新定诗格》当作于武后朝之前,元兢《诗髓脑》之后。

八 旧题李峤《评诗格》一卷

李峤《评诗格》一书,北宋之前未见著录,最早在宋人陈应行的《吟窗杂录》卷六中出现。李峤(644~713),字巨山,赵州赞皇人(今属河北)。少有才名,擢进士第,累官监察御史。武后、中宗朝,屡居相位,封赵国公。睿宗时,左迁怀州刺史。玄宗即位,贬滁州别驾,改庐州别驾。"峤富才思,有所属缀,人多传讽。武后时,汜水获瑞石,峤为御史,上《皇符》一篇,为世讥薄。然其仕前与王勃、杨盈川接,中与崔融、苏味道齐名,晚诸人没,而为文章宿老,一时学者取法焉。"③事迹见新旧《唐书》本传。

历来多以李峤《评诗格》为伪托之书。南宋陈振孙《直斋书录解题》将《评诗格》著录于集部文史类,并称:"峤在昌龄之前,而引昌龄《诗格》八病,亦未然也。"④《四库全书总目·吟窗杂录》亦以之为伪:"李峤、王昌龄、皎然、贾岛、齐己、白居易、李商隐诸家之书,率出依托,鄙倍如出一手。"⑤对此,张伯伟认为:"崔融《唐朝新定诗格》诸史志未见著录,但或有流传民间之残缺本,至北宋,伪托者遂杂抄崔

---

① 张伯伟:《全唐五代诗格汇考》,江苏古籍出版社,2002,第121页。
② 张伯伟:《全唐五代诗格汇考》,江苏古籍出版社,2002,第128页。
③ 欧阳修、宋祁:《新唐书》,中华书局,1975,第4371页。
④ 陈振孙撰,徐小蛮、顾美华点校《直斋书录解题》,上海古籍出版社,1987,第642页。
⑤ 纪昀等:《钦定四库全书总目》,中华书局,1997,第2765页。

氏残本而假托李峤之名，遂成《评诗格》一书。"① 所以，此书书名与作者虽伪，内容却是唐人诗格。然而今本《评诗格》中却没有陈振孙在《直斋书录解题》中所说的"昌龄《诗格》八病"，可能此书后来又有所散佚。

该书目前较好的辑本是张伯伟的《全唐五代诗格汇考·评诗格》（江苏古籍出版社2002年版），该本以明刊本《吟窗杂录》为底本，并以明抄本《吟窗杂录》、《诗法统宗》、《诗学指南》、王梦鸥《初唐诗学著述考》等书参校而成。今其内容仅有"诗有九对""诗有十体"两部分，与空海《文镜秘府论》中所引的崔融《唐朝新定诗格》的内容十分相似，张伯伟认为"实即剪取崔氏书而成"②。值得注意的是《评诗格》中的小标题采用的是"诗有＋数词＋名词"的形式，例如《唐朝新定诗格》中叫作"九对"，而《评诗格》中叫作"诗有九对"；《唐朝新定诗格》中叫作"十体"，而《评诗格》中叫作"诗有十体"。这种设置小标题的方式深刻地影响了后来的诗法著述。

九 王昌龄《诗格》二卷

《诗格》之书中土一直都有著录，例如《新唐书·艺文志》及《崇文总目》著录于文史类，为二卷。陈振孙《直斋书录解题》集部文史类则著录为："《诗格》一卷、《诗中密旨》一卷。"③《通志·艺文略》著录为："王昌龄《诗格》，一卷。"④《宋史·艺文志八》著录为："王昌龄《诗格》一卷。又《诗中密旨》一卷。"⑤日本学者藤原佐世于宽平年间（889～897）编纂的《日本国见在书目录》"小学家"类录有"《诗格》三卷"⑥，不题撰者，不知是否为王昌龄的《诗格》。

王昌龄（698～756），字少伯，京兆长安（今陕西西安）人（见《旧唐书》本传），一说太原人（见《河岳英灵集》《唐才子传》）。早年贫贱，困于农耕，直至开元十五年（727）始中进士，初任秘书省校书

---

① 张伯伟：《全唐五代诗格汇考》，江苏古籍出版社，2002，第139页。
② 张伯伟：《全唐五代诗格汇考》，江苏古籍出版社，2002，第128页。
③ 陈振孙撰，徐小蛮、顾美华点校《直斋书录解题》，上海古籍出版社，1987，第642页。
④ 郑樵撰，王树民点校《通志二十略》，中华书局，1995，第1799页。
⑤ 脱脱等：《宋史》，中华书局，1977，第5408页。
⑥ 〔日〕藤原佐世：《日本国见在书目录》，日本内阁文库藏写本。

郎，又中博学宏辞，授氾水尉，《旧唐书》本传谓其"不护细行，屡见贬斥"，曾因事贬岭南，开元二十八年（740）谪江宁丞，后被贬为龙标尉，遂世称王江宁、王龙标。后又再谪岭南，所以《河岳英灵集》卷中说他"垂历遐荒，使知音者叹惜"①，《唐才子传》卷二谓其"晚途不矜小节，谤议腾沸，两窜遐荒"②。安史之乱时，为亳州刺史闾丘晓所忌，遇害。其诗以七绝见长，有"诗家夫子王江宁"③之称，殷璠《河岳英灵集》誉其诗为"中兴高作"④，为"风骨"之代表，其诗被选入的数量也为全集之冠。今有《王昌龄集》，存诗一百七十余首。

宋人陈应行所编的《吟窗杂录》中收有题名王昌龄《诗格》一卷和《诗中密旨》一卷。《直斋书录解题》与《宋史·艺文志》的著录当从此处而来。这两部书后来又被明代胡文焕的《诗法统宗》与清代顾龙振的《诗学指南》所收。但这两本著作在古代一直受到怀疑，例如《四库全书总目·诗品》就说："唐人诗格传于世者，王昌龄、杜甫、贾岛诸书，率皆依托。"⑤但现代学界已经得出结论，王昌龄确实撰写了《诗格》之书。至于其创作时间，卢盛江《王昌龄〈诗格〉考》云："一些内容作于为江宁丞时，但有些内容当作于贬龙标之后，包括语录体和书面体。以前我们只认为它作于贬江宁丞时，是不对的。王昌龄《诗格》的注文也可能为王昌龄自注。"⑥至于《吟窗杂录》中所收的题名王昌龄《诗格》一卷和《诗中密旨》一卷，并非完全依托，而是真伪参半，其中有比较明显的后人改篡的痕迹。

王昌龄《诗格》现存比较可靠的内容还是来自日僧空海的《文镜秘府论》。空海在弘仁二年（811）所写的《书刘希夷集献纳表》中说："王昌龄《诗格》一卷，此是在唐之日，于作者边偶得此书。古诗格等，虽有数家，近代才子，切爱此格。"⑦这就是说空海在入唐期间，曾经亲

---

① 殷璠：《河岳英灵集》，《唐人选唐诗（十种）》本，上海古籍出版社，1958，第99页。
② 傅璇琮主编《唐才子传校笺》第一册，中华书局，1987，第261页。
③ 傅璇琮主编《唐才子传校笺》第一册，中华书局，1987，第258页。
④ 殷璠：《河岳英灵集》，《唐人选唐诗（十种）》本，上海古籍出版社，1958，第99页。
⑤ 纪昀等：《钦定四库全书总目》，中华书局，1997，第2739页。
⑥ 卢盛江：《王昌龄〈诗格〉考》，《江西师范大学学报》2008年第2期。
⑦ 转引自卢盛江《文镜秘府论汇校汇考·前言》，载《文镜秘府论汇校汇考》，中华书局，2006，第3页。

手从作者处得到了一本题名为王昌龄的《诗格》。那么，这个作者是不是王昌龄呢？王昌龄遇害是在756年，空海入唐是在804年，中间相隔近五十年，所以这位作者很可能是后世纂集王昌龄《诗格》的人。现在学界一般认为作者可能是王昌龄的门人，这部《诗格》是由他们补辑编录而成的。例如卢盛江就认为"王昌龄可能为人讲过作诗方法，而且诗名甚高，可能因此他被人尊称为'诗家夫子'。那些语录体文论，可能就是根据他为人讲作诗法时的纪闻辑录而成"①。张伯伟也相信此说，并给出了四个有力的证据，② 证明空海所获得的此书原系王昌龄所出，其中的基本内容应该是可靠的。

所以，张伯伟在整理王昌龄《诗格》时，根据上述传世之两种版本流传，将《诗格》厘作二卷。卷上即《文镜秘府论》所引用者，以《定本弘法大师全集》第六卷《文镜秘府论》为底本，并以王利器《文镜秘府论校注》、兴膳宏《文镜秘府论译注》、《文笔心眼抄》及《吟窗杂录》本参校。卷下以明刊本《吟窗杂录》为底本，并以明抄本《吟窗杂录》、《诗法统宗》、《词府灵蛇》、《诗学指南》及《文镜秘府论》参校。这个比较科学的辑本即为《全唐五代诗格汇考·诗格》（江苏古籍出版社2002年版）。

今其内容卷上分为：调声、十七势、六义、论文意；卷下分为：诗有三境、诗有三思、诗有三不、起首入兴体十四、常用体十四、落句体七、诗有三宗旨、诗有五趣向、诗有语势三、势对例五、诗有六式、诗有六贵例、诗有五用例。一方面，王昌龄沿用了上官仪《笔札华梁》以来由以数词和名词构成的若干条目罗列成书的撰写形式，另一方面，和旧题李峤《评诗格》一样，王昌龄《诗格》中也出现了"诗有三境""诗有三思""诗有三不"这种"诗有＋数词＋名词"的小标题命名形式。

《诗格》中的"十七势"，分别讲谋篇构思的方法、一联两句之间相互联络的方法以及诗意如何前后关照、写景与说理的关系等。其中的"生杀回薄势"比较引人注目："生杀回薄势者，前说意悲凉，后以推命

---

① 卢盛江：《王昌龄〈诗格〉考》，《江西师范大学学报》2008年第2期。
② 参见张伯伟《全唐五代诗格汇考》，江苏古籍出版社，2002，第147页。

破之；前说世路矜骋荣宠，后以至空之理破之人道是也。"① 这一诗法旨在讨论诗作叙述悲凉之后，接下来写什么，或者极写人世繁华之后，怎么继续安排意思，它指示的是诗歌创作中的"立意"一端。"生杀回薄势"听起来陌生，其实古往今来许多诗人运用这一创作技巧，创造了不少传世名句。② 这一诗法在古今其他诗法著述中并不见提及。

《诗格》中又有"起首入兴体十四"与"落句体七"，比较全面地总结了诗歌开头、结尾的方法。"常用体十四"讨论的是整体篇章和单个句子中的构思，例如一曰"藏锋体"为不言愁而愁自见也；六曰"问益体"是以问答的方式来形成诗句的方法；十三曰"诗辨歌体"讲的是结体问题；十四曰"一四团句体"是讲句子的节奏问题。据笔者考察，目前可见最早论述诗歌异常节奏问题的就是王昌龄《诗格》中的"一四团句体"：

> 一四团句体十四。谢灵运诗："游当罗浮行，息必庐霍期。"此上节一字，下节四字。③

这句诗例省略了谓语，完整的句子应该是："游玩应当选择罗浮山之行，休憩必须履行去庐山、霍山的承诺。""当""必"都是修饰谓语的状语，应该和后面的句子成分结合得更紧密，所以这句诗的意义节奏应该是"游/当罗浮行，息/必庐霍期"，这就异于五言诗 2+3 的常规节奏。这种特殊的创作方法被命名为"一四团句体"，也就是由 1+4 的节奏来组成诗句的方法。实际上唐代诗歌创作中不符合常规节奏的诗句为数不少，但在随后的唐五代诗格、诗式著作中，笔者没有见到其他相关的论述，直到南北宋之交的胡仔《苕溪渔隐丛话·前集》卷三十六首次出现"折句"的提法，后来元代韦居安《梅磵诗话》卷上中又出现了"折腰句"这一名称，用来指诗句的异常节奏问题。

王昌龄《诗格》最早谈及"意境"之说："诗有三境：一曰物境。

---

① 张伯伟：《全唐五代诗格汇考》，江苏古籍出版社，2002，第157页。
② 具体论述可参见张静《"生煞回薄势"——一种富有魅力的诗歌创作技巧》，《古典文学知识》2009年第5期。
③ 张伯伟：《全唐五代诗格汇考》，江苏古籍出版社，2002，第180页。

二曰情境。三曰意境。"① 其"意境"条云："意境三。亦张之于意，而思之于心，则得其真矣。"② 虽然王昌龄没有对"意境"做特别详细的解释，但是他在《诗格》中却从创作论的角度讨论了如何才能创造出"意境"，例如其"十七势"中有"理入景势""景入理势"，"常用体十四"中有"象外比体""理入景体""景入理体"等，都是在谈达到"意境"的相关创作方法。此外，王昌龄《诗格》以前的诗格著作几乎没有谈到用事问题，而《诗格》"诗有六式"中有"用事五"云："谓如己意而与事合。谢灵运《庐陵王墓诗》：'洒泪眺连岗。''连岗'是诸侯事也，古者诸侯葬连岗。"③ "诗有五用例"又谈道，"用事不如用字也""用字不如用形也""用形不如用气也""用气不如用势也""用势不如用神也"，④ 从中可见王昌龄既强调"用事"的重要性，也能够在"用事"的基础上重视"用神"。

王昌龄《诗格》中有"六义"条。"六义"源自《诗大序》，这是首次在诗法著述中谈论"六义"，后来晚唐五代的诗法著述对此亦多有袭用：

六义
一曰风，二曰赋，三曰比，四曰兴，五曰雅，六曰颂。
一曰风。天地之号令曰风。上之化下，犹风之靡草。行春令则和风生，行秋令则寒风杀，言君臣不可轻其风也。
二曰赋。赋者，错杂万物，谓之赋也。
三曰比。比者，直比其身，谓之比假，如"关关雎鸠"之类是也。
四曰兴。兴者，指物及比其身说之为兴，盖托喻谓之兴也。
五曰雅。雅者，正也。言其雅言典切，为之雅也。
六曰颂。颂者，赞也。赞叹其功，谓之颂也。⑤

---

① 张伯伟：《全唐五代诗格汇考》，江苏古籍出版社，2002，第172页。
② 张伯伟：《全唐五代诗格汇考》，江苏古籍出版社，2002，第173页。
③ 张伯伟：《全唐五代诗格汇考》，江苏古籍出版社，2002，第187页。
④ 参见张伯伟《全唐五代诗格汇考》，江苏古籍出版社，2002，第189页。
⑤ 张伯伟：《全唐五代诗格汇考》，江苏古籍出版社，2002，第159页。

在现有唐五代诗学文献中，文学上"南北宗"的讨论首见于王昌龄《诗格》"论文意"：

> 夫子演《易》，极思于《系辞》，言句简易，体是诗骨。夫子传于游、夏，游、夏传于荀卿、孟轲，方有四言、五言，效古而作。荀、孟传于司马迁，迁传于贾谊。谊谪居长沙，遂不得志，风土既殊，迁逐怨上，属物比兴，少于《风》、《雅》。复有骚人之作，皆有怨刺，失于本宗。乃知司马迁为北宗，贾生为南宗，从此分焉。①

王昌龄能够以"南北宗"这一概念来阐述南北文风的老问题，实与唐代的禅宗发展密切相关。李江峰论述道："王昌龄是文学批评史上第一个以南北宗论诗的人，他的南北宗理论反映了唐代特定历史条件下对南北诗风差异的思考，是唐代禅宗理论对诗学发展影响的一个实例。"②

综上，正如有学者论述的那样："在诗格发展的过程中，王昌龄的《诗格》处于承前启后的地位，成为唐代诗格演变的转折点。"③ 王昌龄《诗格》，无论是从篇幅的丰富性，还是从内容的首创性来看，都是非常有价值的一部唐代诗法著述。

十　旧题王昌龄《诗中密旨》一卷

《诗中密旨》旧题王昌龄撰，最早见收于宋人陈应行的《吟窗杂录》。《直斋书录解题》著录于集部文史类："《诗格》一卷、《诗中密旨》一卷。"④《宋史·艺文志八》著录为："王昌龄《诗格》一卷。又《诗中密旨》一卷。"⑤

张伯伟认为此书当出现于北宋，乃好事者杂抄元兢《诗髓脑》、崔融《唐朝新定诗格》、佚名《诗式》、王昌龄《诗格》、皎然《诗议》诸

---

① 张伯伟：《全唐五代诗格汇考》，江苏古籍出版社，2002，第160页。
② 李江峰：《唐五代诗格南北宗理论探析——以王昌龄〈诗格〉和贾岛〈二南密旨〉为中心》，《长江学术》2007年第3期。
③ 李利民：《王昌龄〈诗格〉——唐代诗格的转折点》，《湖北社会科学》2006年第7期。
④ 陈振孙撰，徐小蛮、顾美华点校《直斋书录解题》，上海古籍出版社，1987，第642页。
⑤ 脱脱等：《宋史》，中华书局，1977，第5408页。

书拼凑而成，托名王昌龄以行世。① 例如《诗中密旨》"诗有六病例"中的"龃龉病""长撷腰病""长解镫病""丛聚病""形迹病""反语病"就和元兢《诗髓脑》中"文病"的一些论述高度相似。而且，《诗中密旨》和王昌龄《诗格》中的一些内容也多有雷同，例如《诗中密旨》中的"九格"与王昌龄《诗格》"十七势""起首入兴体十四"就有明显相似之处。再有王昌龄《诗格·论文意》云：

> 古文格高，一句见意，则"股肱良哉"是也。其次两句见意，则"关关雎鸠，在河之洲"是也。其次古诗，四句见意，则"青青陵上柏，磊磊涧中石。人生天地间，忽如远行客"是也。②

《诗中密旨》也同样提到这一问题，只是句式稍有变化：

> 一句见意，"股肱良哉"是也；两句见意，"关关雎鸠，在河之洲"；四句见意，"青青陵上柏，磊磊涧中石。人生天地间，犹如远行客"。③

考虑到王昌龄《诗中密旨》与《诗格》的诸多雷同，罗根泽《王昌龄〈诗格〉考证》云："今本《诗格》及《诗中密旨》，或经后人附益，然率据真本《诗格》。"④ 那么《诗中密旨》中也有真本王昌龄《诗格》之残存，伪中或有真，似不宜完全断为伪托。所以《诗中密旨》作为唐代早期的诗格之一，也有一定的研究价值。

该书目前较好的辑本是张伯伟的《全唐五代诗格汇考·诗中密旨》（江苏古籍出版社2002年版），该本以明刊本《吟窗杂录》为底本，并以明抄本《吟窗杂录》、《诗法统宗》、《词府灵蛇》、《诗学指南》及《文镜秘府论》参校，现存内容有"诗有六病例""句有三例""诗有二格""犯病八格""诗有九格""诗有三得""诗有六义"七部分。

---

① 参见张伯伟《全唐五代诗格汇考》，江苏古籍出版社，2002，第190页。
② 张伯伟：《全唐五代诗格汇考》，江苏古籍出版社，2002，第161页。
③ 张伯伟：《全唐五代诗格汇考》，江苏古籍出版社，2002，第193页。
④ 罗根泽：《王昌龄〈诗格〉考证》，《文史杂志》1942年第2卷第2期，第69~75页。

其中"犯病八格"中有"侧对病":"凡诗字体全别,其义相背。诗曰:'恒山分羽翼,荆树折枝条。'"① 而之前崔融的《唐朝新定诗格》中以之为对仗之法——字侧对:

> 字侧对者,谓字义俱别,形体半同是。诗曰:"忘怀接英彦,申劝引桂酒。""英彦"与"桂酒",即字义全别,然形体半同是。又曰:"玉鸡清五洛,瑞雉映三秦。""玉鸡"与"瑞雉"是。又曰:"桓山分羽翼,荆树折枝条。""桓山"与"荆树"是。如此之类。名字侧对。②

同样,"犯病八格"中有"声对病":"字义全别,借声类对。诗曰:'疏蝉高柳谷,桂茑隐松深。'"③ 而崔融的《唐朝新定诗格》反以之为对仗之法——声对:

> 声对者,谓字义俱别,声作对是。诗曰:"彤驺初惊路,白简未含霜。""路"是途路,声即与"露"同,故将以对"霜"。又曰:"初蝉韵高柳,密茑挂深松。""茑"草属,声即与"飞鸟"同,故以对"蝉"。④

在这里,《诗中密旨》将《唐朝新定诗格》中苦心总结的诗法变成了诗病,反映了《诗中密旨》纂集过程中的纰漏与疏忽,从中也可见《诗中密旨》与《唐朝新定诗格》之间的源流关系。

十一 僧皎然《诗议》一卷

《诗议》为唐代诗僧皎然所著。皎然(720~798?),俗姓谢,字清昼,吴兴(今浙江湖州)人,自称南朝谢灵运十世孙。皎然居杼山,活动于大历、贞元年间,文章俊丽,有诗名,颜真卿、韦应物等俱与之酬

---

① 张伯伟:《全唐五代诗格汇考》,江苏古籍出版社,2002,第196页。
② 张伯伟:《全唐五代诗格汇考》,江苏古籍出版社,2002,第134页。
③ 张伯伟:《全唐五代诗格汇考》,江苏古籍出版社,2002,第196页。
④ 张伯伟:《全唐五代诗格汇考》,江苏古籍出版社,2002,第133页。

唱。贞元中，敕写其文集，入于秘阁。存诗七卷，事迹见赞宁《宋高僧传》卷二十九。卢盛江《皎然〈诗议〉考》认为："《诗式》定稿于贞元五年（789），作于皎然晚期，《文镜秘府论》所收《诗议》则当作于大历八年（773），甚至广德二年（764）之前，作于皎然早期。"①

《文镜秘府论》多处引用皎然《诗议》。比如地卷《十四例》（草本作"十五例"）松元文库本、醍醐寺乙本、江户刊本、维宝笺本题下注："皎公诗议新立八种对十五例具如后十五例御草本错之。"② 东卷《二十九种对》标目"十八曰邻近对"等八种对以下，宫内厅、三宝院、宝寿院、宝龟院等各本均注："右八种对出皎公《诗议》。"③ 南卷《论文意》"夫诗有三四五六七言之别"一段，六地藏寺本眉注："皎公《诗议》纂要。"④ 南宋陈振孙《直斋书录解题》卷二十二著录："《诗议》一卷。"⑤ 然而《宋秘书省续编到四库阙书目》"别集类"著录为："僧皎然《诗评》一卷。"⑥《新唐书·艺文志》著录为："《诗评》三卷僧皎然。"⑦《通志·艺文略》著录为："僧皎然《诗评》，三卷。"⑧《唐才子传》卷四"皎然上人"条云："及撰《诗评》三卷。"⑨《宋史·艺文志》著录作："僧皎然《诗式》五卷。又《诗评》一卷。"⑩ 对此，罗根泽《中国文学批评史》谓："评议义近，盖即一书。"⑪

至于《诗议》究竟是一卷还是三卷，张伯伟认为："《文镜秘府论》所引《诗议》文字，多可补一卷本《诗议》之阙。由此推知，空海携归之《诗议》，当为三卷之足本，《吟窗杂录》所收之《诗议》一卷，则为宋以来之残本。又《吟窗杂录》、《诗法统宗》及《诗学指南》本所列

---

① 卢盛江：《皎然〈诗议〉考》，《南开学报》2009年第4期。
② 〔日〕遍照金刚撰，卢盛江校考《文镜秘府论汇校汇考》，中华书局，2006，第413页。
③ 〔日〕遍照金刚撰，卢盛江校考《文镜秘府论汇校汇考》，中华书局，2006，第678页。
④ 〔日〕遍照金刚撰，卢盛江校考《文镜秘府论汇校汇考》，中华书局，2006，第1395页。
⑤ 陈振孙撰，徐小蛮、顾美华点校《直斋书录解题》，上海古籍出版社，1987，第642页。
⑥ 《宋秘书省续编到四库阙书目》，《丛书集成续编》本，台湾新文丰出版公司，1985，第252页。
⑦ 欧阳修、宋祁：《新唐书》，中华书局，1975，第1626页。
⑧ 郑樵撰，王树民点校《通志二十略》，中华书局，1995，第1799页。
⑨ 傅璇琮主编《唐才子传校笺》第二册，中华书局，1989，第200页。
⑩ 脱脱等：《宋史》，中华书局，1977，第5408页。
⑪ 罗根泽：《中国文学批评史》，上海书店，2003，第323页。

'《评论》'一目，乃杂抄《诗议》及《诗式》而成。"①另外，《吟窗杂录》所收皎然《诗议》以"李少卿并古诗十九首"一条为界，它的前半内容与《文镜秘府论》所收《诗议》基本相合（有删削），它的后半内容则与传五卷本皎然《诗式》基本相合，应该也是可靠的。②

该书目前较好的辑本是张伯伟的《全唐五代诗格汇考·诗议》（江苏古籍出版社2002年版）。该本以《定本弘法大师全集》第六卷《文镜秘府论》为底本，校录该书"论文意""六义"两节，以明刻本《吟窗杂录》为底本，校录"诗对有六格""诗有八种对""诗有十五例"诸节，并以《文笔眼心抄》、明抄本《吟窗杂录》、《诗法统宗》、《词府灵蛇》、《诗学指南》及许清云《皎然诗式辑校新编》等书参校。今其内容包括"论文意""诗对有六格""诗有八种对""诗有二俗""诗有十五例""六义"。

其中的"论文意"部分，是对唐前诗歌发展史的梳理，且颇为中肯：

> 夫诗有三四五六七言之别，今可略而叙之。三言始于《虞典》《元首》之歌，四言本出《国风》，流于夏世，传至韦孟，其文始具。六言散在《骚》、《雅》，七言萌于汉。五言之作，《召南·行露》已有滥觞，汉武帝时，屡见全什，非本李少卿也。少卿以伤别为宗，文体未备，意悲词切，若偶中音响，《十九首》之流也。古诗以讽兴为宗，直而不俗，丽而不巧，格高而词温，语近而意远，情浮于语，偶象则发，不以力制，故皆合于语，而生自然。建安三祖、七子，五言始盛，风裁爽朗，莫之与京。然终伤用气使才，违于天真，虽忌松容，而露造迹。正始中，何晏、嵇、阮之俦也，嵇兴高逸，阮旨闲旷，亦难为等夷。论其代，则渐浮侈矣。晋世尤尚绮靡。古人云："采缛于正始，力柔于建安。"宋初文格，与晋相沿，更憔悴矣。③

---

① 张伯伟：《全唐五代诗格汇考》，江苏古籍出版社，2002，第201页。
② 参见卢盛江：《皎然〈诗议〉考》，《南开大学学报》2009年第4期。
③ 张伯伟：《全唐五代诗格汇考》，江苏古籍出版社，2002，第202~203页。

这一段梳理文字可以和王昌龄《诗格》"论文意"中的总结互参，便于我们了解唐人对唐前诗歌史的认识。《诗议》"论文意"中又有"论人"部分，乃是对六朝诸诗人的评论：

> 论人，则康乐公秉独善之姿，振颓靡之俗。沈建昌评："自灵均已来，一人而已。"此后，江宁侯温而朗，鲍参军丽而气多，《杂体》、《从军》，殆凌前古。恨其纵舍盘薄，体貌犹少。宣城公情致萧散，词泽义精，至于雅句殊章，往往惊绝。何水部虽谓格柔，而多清劲，或常态未剪，有逸对可嘉，风范波澜，去谢远矣。柳恽、王融、江总三子，江则理而清，王则清而丽，柳则雅而高。予知柳吴兴名屈于何，格居何上。中间诸子，时有片言只句，纵敌于古人，而体不足齿。或者随流，风雅泯绝。①

这种评诗论人的内容在唐五代的诗法著述中是小部分存在的。但随着诗话著作在宋代崛起，评诗论人的内容大多由诗话来承载，诗法著述便主要谈论作诗方法。

《诗议》中"诗对有六格"是讲六种对仗方法，"诗有八种对"还是总结对仗之法。"诗有十五例"讲了用典、章法、重复用字、比喻法等多种诗法。最后的"六义"部分，乃是继承王昌龄《诗格》、王昌龄《诗中密旨》中的论述。

十二　僧皎然《诗式》五卷

皎然的诗法著述除了《诗议》外，还有《诗式》五卷。

皎然《诗式》，历代书目皆有著录。《直斋书录解题》著录于集部文史类云："《诗式》五卷、《诗议》一卷。唐僧皎然撰。以十九字括诗之体。"②《新唐书·艺文志》记载："昼公《诗式》五卷。《诗评》三卷僧皎然。"③《通志·艺文略》著录为："昼公《诗式》，五卷。"④《唐才子

---

① 张伯伟：《全唐五代诗格汇考》，江苏古籍出版社，2002，第203~204页。
② 陈振孙撰，徐小蛮、顾美华点校《直斋书录解题》，上海古籍出版社，1987，第642页。
③ 欧阳修、宋祁：《新唐书》，中华书局，1975，第1625~1626页。
④ 郑樵撰，王树民点校《通志二十略》，中华书局，1995，第1799页。

传》卷四"皎然上人"条云:"往时住西林寺,定余多暇,因撰序作诗体式,兼评古今人诗,为《昼公诗式》五卷。"① 皎然字清昼,"昼公诗式"即是皎然《诗式》。明代祁承爜《澹生堂藏书目》卷十四著录为:"僧皎然《诗议》一卷,《中序》一卷,《诗式》二卷,僧清昼《诗法统宗》本。"② 但《诗法统宗》本乃是继承《吟窗杂录》而来,为三卷本,所以怀疑祁承爜这里的"《诗式》二卷"当为"《诗式》三卷",张伯伟认为其"实即五卷本之删略"③。

所谓诗式,就是作诗之法式。《诗式》卷一"序"云此书的写作目的就是"使无天机者坐致天机。若君子见之,庶几有益于诗教矣"④,也就是教人作诗,传授诗歌技巧。不排除早期有的诗法著述是作者当成随身册子自己使用,但从现存诗法作者的言说中可见,诗法著述多为初学者而作,著述目的就是提供创作方法,从而设置梯航,使学诗者有法可依、有规可循,以便通入创作之门。比较早地直陈这一著述目的的就是皎然的《诗式·序》了。

《诗式》卷一"中序"大体交代了此书的创作编定过程:

> 贞元初,予与二三子居东溪草堂,每相谓曰:世事喧喧,非禅者之意。假使有宣尼之博识,胥臣之多闻,终朝目前,矜道侈义,适足以扰我真性。岂若孤松片云,禅坐相对,无言而道合,至静而性同哉?吾将深入杼峰,与松云为侣。所著《诗式》及诸文笔,并寝而不纪。因顾笔砚笑而言曰:"我疲尔役,尔困我愚。数十年间,了无所得,况你是外物,何累于我哉?住既无心,去亦无我。予将放尔,各还其性。使物自物,不关于予,岂不乐乎?"遂命弟子黜焉。至五年夏五月,会前御史中丞李公洪自河北负谴遇恩,再移为湖州长史,初与相见,未交一言,恍然神合。予素知公精于佛理,因请益焉。先问宗源,次及心印。公笑而后答,温兮其言,使寒丛之欲荣;俨兮其容,若春冰之将释。予于是受辞而退。他日言及

---

① 傅璇琮主编《唐才子传校笺》第二册,中华书局,1989,第200页。
② 祁承爜:《澹生堂藏书目》,清光绪十八年(1892)刻本。
③ 张伯伟:《全唐五代诗格汇考》,江苏古籍出版社,2002,第220页。
④ 张伯伟:《全唐五代诗格汇考》,江苏古籍出版社,2002,第222页。

《诗式》，予具陈以凤昔之志。公曰："不然。"因命门人检出草本。一览而叹曰："早岁曾见沈约《品藻》、惠休《翰林》、庾信《诗箴》，三子之论，殊不及此。奈何学小乘褊见，以凤志为辞邪？"再三顾予，敢不唯命。因举邑中词人吴季德，即梁散骑常侍均之后，其文有家风，予器而重之。昨所赠诗，即此生也。其诗曰："别时春风多，扫尽雪山雪。为君中夜起，孤坐石上月。"公欣然。因请吴生相与编录。有不当者，公乃点而窜之，不使琅玕与斌玞参列。勒成五卷，粲然可观矣。①

从这一段话中可见，《诗式》初稿完成于唐贞元初年（786前后），后来在贞元五年（789），皎然得到李洪、吴季德的帮助，将之编定为五卷本行于世。以往诸种唐代诗法著述的著者多存疑，但这段"中序"可以证明《诗式》的作者非皎然莫属。而且，《诗式》中带有鲜明的皎然"印记"。一方面，皎然在《诗式》中除了讲述诗法之外，常于字句中流露出自得之感，如"明作用"条云："此为诗中之仙。拘忌之徒，非可企及矣。"② 如"语似用事义非用事"条曰："此二门未始有之，而弱手不能知也。"③ 卷二云："诗人堂奥，非好手安可扣其枢哉？"④ 卷三"论卢藏用《陈子昂集序》"云："此序或未湮沦，千载之下，当有识者，得无抚掌乎？"⑤ 卷五云："今所撰《诗式》，列为等第，五门互显，风韵铿锵。使偏嗜者归于正气，功浅者企而可及，则天下无遗才矣。"⑥ 另一方面，皎然又好责备前人，如"明四声"条云："沈休文酷裁八病，碎用四声，故风雅殆尽。后之才子，天机不高，为沈生弊法所媚，懵然随流，溺而不返。"⑦ 如"重意诗例"条云："畴昔国朝协律郎吴兢与越僧玄监集秀句，二子天机素少，选又不精，多采浮浅之言，以诱蒙俗。"⑧ 这种

---

① 张伯伟：《全唐五代诗格汇考》，江苏古籍出版社，2002，第243~244页。
② 张伯伟：《全唐五代诗格汇考》，江苏古籍出版社，2002，第223页。
③ 张伯伟：《全唐五代诗格汇考》，江苏古籍出版社，2002，第231页。
④ 张伯伟：《全唐五代诗格汇考》，江苏古籍出版社，2002，第252页。
⑤ 张伯伟：《全唐五代诗格汇考》，江苏古籍出版社，2002，第280页。
⑥ 张伯伟：《全唐五代诗格汇考》，江苏古籍出版社，2002，第331页。
⑦ 张伯伟：《全唐五代诗格汇考》，江苏古籍出版社，2002，第223页。
⑧ 张伯伟：《全唐五代诗格汇考》，江苏古籍出版社，2002，第233页。

褒贬鲜明的、带有作者个人"印记"的文字，在历代诗法著述中并不常见。

《诗式》现存版本主要有三种：何文焕辑《历代诗话》一卷本、《吟窗杂录》三卷本和《十万卷楼丛书》五卷本。《四库全书存目丛书》（齐鲁书社1997年版）集部第415册又收录国家图书馆藏明抄本《诗式》五卷。《诗式》目前较好的辑本是张伯伟的《全唐五代诗格汇考·诗式》（江苏古籍出版社2002年版）。作者以《十万卷楼丛书》本为底本，并以《吟窗杂录》《诗法统宗》《词府灵蛇》《诗学指南》《历代诗话》《诗人玉屑》《冰川诗式》诸本参校。此外，今人船津富彦《诗式校勘记》、许清云《皎然诗式辑校新编》、李壮鹰《诗式校注》、周维德《诗式校注》等著，也是很有价值的整理本。

学界一般以"中序"为界，将《诗式》分为两大部分：卷一"中序"以前部分的内容为"诗之作法"；"中序"以后部分加上卷二、卷三、卷四、卷五则是对重要诗人诗作或诗歌问题发表评论，主要内容是"评诗"。①"作诗之法"具体为"明势""明作用""明四声""诗有四不""诗有四深""诗有二要""诗有二废""诗有四离""诗有六迷""诗有七至""诗有七德""诗有五格""李少卿并古诗十九首""邺中集""文章宗旨""用事""语似用事义非用事""取境""重意诗例""跌宕格二品""淈没格一品""调笑格一品""对句不对句""三不同：语、意、式""品藻""辩体有一十九字"。在这一部分内容中，"诗有四深"条是带有纲领性质的，其文曰：

> 气象氤氲，由深于体势；意度盘礴，由深于作用；用律不滞，由深于声对；用事不直，由深于义类。②

"体"指诗文的体裁样式与体制；"势"则多指作品的风格。"体势"主要指作品的体裁样式与风格之间的关系。至于"作用"，皎然《诗式·序》云："其作用也，放意须险，定句须难。虽取由我衷，而得若神

---

① 参见许连军《皎然〈诗式〉研究》，上海师范大学博士学位论文，2004，第33页。
② 张伯伟：《全唐五代诗格汇考》，江苏古籍出版社，2002，第224页。

表。"① 所以,"作用"可以看作是文学家的艺术构思。"声对"指诗歌的声律、属对等形式技巧问题。"义类"指在诗歌创作中运用典故或援引古事。对此,王运熙论述道:"皎然认为,体势、作用、声对、义类,是作诗者应当重视的四个方面。关于这四个方面的论述,可以概括《诗式》卷一的大部分内容。"② 如此看来,皎然头脑中已经存在一个诗法的体系,曰:体势、作用、声对、义类。这是目前可见的最早建构的诗法体系说。所以李江峰指出:"作者没有将《诗式》当成一般的诗歌'写作指导'来写作,而是作为一部系统的诗学理论著作来规划。"③

据现有文献,《诗式》首次将诗人的蹈袭行为分为"偷语""偷意""偷势"三个品级:

> 偷语最为钝贼。如汉定律令,厥罪不书?应为郑侯务在匡佐,不暇采诗,致使弱手芜才,公行劫掠。若许贫道片言可折,此辈无处逃刑。其次偷意,事虽可罔,情不可原,若欲一例平反,诗教何设?其次偷势。才巧意精,若无朕迹。盖诗人阃域之中偷狐白裘之手,吾亦赏俊,从其漏网。④

后来,宋人黄庭坚的"点铁成金"可以算作皎然所说的"偷语",惠洪的"夺胎换骨"可以算作皎然的"偷意"与"偷势"。皎然最为反对的是"偷语",他曾举出这样一条"偷语诗例":"如陈后主《入隋侍宴应诏》诗云:'日月光天德'。取傅长虞《赠何劭王济》诗:'日月光太清'。上三字语同,下二字义同。"⑤ 他认为这种直接蹈袭前人的诗句算是"钝贼"。在皎然看来,"偷势"还是可以原谅的,因为它需要重新淘洗锤炼,生发出新的意义,乃是"偷狐白裘之手"。但到了金代,王若虚《滹南诗话》卷下则直指"夺胎换骨、点铁成金之喻""特剽窃之

---

① 张伯伟:《全唐五代诗格汇考》,江苏古籍出版社,2002,第222页。
② 王运熙、顾易生主编,王运熙、杨明著《中国文学批评通史》(隋唐五代卷),上海古籍出版社,1996,第332页。
③ 李江峰:《晚唐五代诗格研究》,人民出版社,2017,第46页。
④ 张伯伟:《全唐五代诗格汇考》,江苏古籍出版社,2002,第238页。
⑤ 张伯伟:《全唐五代诗格汇考》,江苏古籍出版社,2002,第239页。

點者耳"①。王若虚的这一论调，远承了皎然的观点。

《直斋书录解题》著录皎然《诗式》时，特意点出的"以十九字括诗之体"②，是指《诗式》卷一的"辩体有一十九字"，这十九字分别是："高、逸、贞、忠、节、志、气、情、思、德、诚、闲、达、悲、怨、意、力、静、远。"③ 但这种辩字之体例，并非皎然的独创。前已云《诗式》初稿完成于贞元初年（786年前后），后来在贞元五年（789），皎然得到李洪、吴季德的帮助，将书稿编定为五卷本行于世。而成书于大历十年（775）窦蒙的《字格》（全称《述书赋语例字格》）中，就对八十多个字均做了简明扼要的解释，这说明对单字的辩体方式早已有之。窦蒙《字格》中也包括"高、逸、贞、闲"这四个字，但他们二人的解释却不尽相同：

　　高。风韵朗畅曰高。
　　逸。体格闲放曰逸。
　　贞。放词正直曰贞。
　　闲。情性疏野曰闲。④（皎然《诗式》）

　　逸。踪任无方曰逸。
　　高。超然出众曰高。
　　贞。骨清神正曰贞。
　　闲。孤云生远曰闲。⑤（窦蒙《字格》）

另外，皎然的"辩体有一十九字"中，以"高""逸"为首，说明皎然反对雕凿与过度修饰。他还认为高手之作只见天性不见人工："（李陵、苏武）二子天予真性，发言自高，未有作用"⑥ "若遇高手如康乐

---

① 王若虚著，霍松林、胡主佑校点《滹南诗话》，人民文学出版社，1962，第86页。
② 陈振孙撰，徐小蛮、顾美华点校《直斋书录解题》，上海古籍出版社，1987，第642页。
③ 张伯伟：《全唐五代诗格汇考》，江苏古籍出版社，2002，第242页。
④ 张伯伟：《全唐五代诗格汇考》，江苏古籍出版社，2002，第242页。
⑤ 张伯伟：《全唐五代诗格汇考》，江苏古籍出版社，2002，第550~552页。
⑥ 张伯伟：《全唐五代诗格汇考》，江苏古籍出版社，2002，第228页。

公，览而察之，但见情性，不睹文字，盖诗道之极也"①。既然如此，为何作者还热衷于写作教授诗法的《诗式》呢？《诗式》中这一段话可以解释这个问题：

> 或云，诗不假修饰，任其丑朴。但风韵正，天真全，即名上等，予曰：不然。无盐阙容而有德，曷若文王太姒有容而有德乎？又云，不要苦思，苦思则丧自然之质，此亦不然。夫不入虎穴，焉得虎子。取境之时，须至难至险，始见奇句。成篇之后，观其气貌，有似等闲不思而得，此高手也。②

皎然认为高手的作品需要"至难至险"却"观其气貌有似等闲"，也就是皎然所说的诗歌七种至境中的"至险而不僻""至丽而自然""至苦而无迹""至难而状易"③。拥有艰苦的构思锻炼过程，但最终面貌是天真自然，全无痕迹，这才是诗学家皎然眼中的最佳状态，这也是宋人所看重的"平淡如山高水深，似欲不可企及"④ 的完美境界，也即我们平常所说的经历过一番磨炼之后的"看山还是山，看水还是水"。皎然既注重苦思锻炼，又主张自然与功力的结合，具有一定的辩证因素。其艺术旨趣影响晚唐司空图之《二十四诗品》甚巨。其论取境与神诣等问题，以为情文并茂、意境双融始为诗家之极诣，对后世严羽的《沧浪诗话》、王国维的《人间词话》等均颇具影响。

《唐才子传》说皎然《诗式》《诗评》这两部论诗之作"皆议论精当，取舍从公，整顿狂澜，出色骚雅"⑤，其中，《诗式》因为保存相对完整，结构颇具特色，在唐五代众多诗格中更有价值。在唐五代的诗格著作中，"初盛唐诗格多论声律病犯，对偶体式；中晚唐多论势论、体

---

① 张伯伟：《全唐五代诗格汇考》，江苏古籍出版社，2002，第233页。
② 张伯伟：《全唐五代诗格汇考》，江苏古籍出版社，2002，第232页。
③ 张伯伟：《全唐五代诗格汇考》，江苏古籍出版社，2002，第226页。
④ 黄庭坚《与王观复书》："但熟观杜子美到夔州后古律诗，便得句法。简易而大巧出焉，平淡如山高水深，似欲不可企及，文章成就，更无斧凿痕，乃为佳作耳。"（黄庭坚著，刘琳、李勇先、王蓉贵校点《黄庭坚全集》第三册，四川大学出版社，2001，第471页。）
⑤ 傅璇琮主编《唐才子传校笺》第二册，中华书局，1989，第200页。

格，以皎然为桥梁"①。张伯伟《诗格论》又认为："作为诗格转变的契机的，则是皎然《诗式》的出现。《诗式》是继钟嵘《诗品》之后的又一部较有系统的诗论专著，在这部书中，皎然揭示了诗歌创作的若干法则，对诗歌的艺术风格、审美特质等问题颇有探讨，尤其是关于'物象'和'取境'的理论，在诗论史上影响深远。而从诗格这种批评形式的发展来看，《诗式》也是由初唐到晚唐之间的桥梁。其论四声、论对偶，是上接初、盛唐；其论势、论体格，则是下开晚唐、宋初。"②

当然，古代还有一些诗评家对皎然的《诗式》深恶痛绝。王夫之曾强烈地批评道："诗之有皎然……皆画地成牢以陷人者，有死法也。"③又说："有皎然《诗式》而后无诗。"④《四库全书总目提要》中对皎然《诗式》而下的那些"备陈法律"的诗法类著述评价皆不高。其实，这些批评的关键点是：反对机械运用诗法。所以，皎然总结诗法并没有错，错在学习者照本宣科，生搬硬套，把诗法变成"死法"。

十三　日僧空海《文镜秘府论》六卷

空海（774~835），日本赞岐国多度郡（今香川县）僧人。俗姓佐伯，原名真鱼，法号遍照金刚。921年被追封为弘法大师。他生活于日本平安朝前期，曾于贞元二十年（804）至元和元年（806）赴唐朝留学。空海所处的奈良平安时代，正是日本大量吸收中国汉文学的时期，迫切需要关于诗的平仄、对仗、造典、篇章结构等作法格式的指导。应当时日本学习汉语和汉文学的要求，空海将崔融《唐朝新定诗格》、王昌龄《诗格》、元兢《诗髓脑》、皎然《诗议》等书带回东瀛，归国后又将他在唐朝所收集的大量诗格、诗式类著作进行编排整理，所谓"即阅诸家格式等，勘彼同异"，感于"卷轴虽多，要枢则少，名异义同，繁秽尤甚"，所以"即事刀笔，削其重复，存其单号"，"庶缁素好事之人、

---

① 胡淑慧、李刚：《关于唐五代诗格中的诗歌体式研究》，《内蒙古社会科学》2001年第3期。
② 张伯伟：《全唐五代诗格汇考》，江苏古籍出版社，2002，第14页。
③ 王夫之著，舒芜校点《姜斋诗话》，人民文学出版社，1961，第149页。
④ 王夫之著，舒芜校点《姜斋诗话》，人民文学出版社，1961，第169页。

山野文会之士，不寻千里，蛇珠自得，不烦旁搜，雕龙可期"。① 正因为空海整理唐代诸种诗法著述的努力，才有了《文镜秘府论》一书。据日本学者小西甚一考证，《文镜秘府论》初稿写于810年至816年间，最后修正在819年夏至820年五月间。

《文镜秘府论》总结整理了大量的汉语诗歌写作方法，对中日文化交流做出了杰出的贡献，后来此书一直流传在日本。直至清末，杨守敬作为驻日公使旅居日本，才第一次访知有是书的存在。1930年，储皖峰据之整理的《文二十八种病》出版，引起了当时学界对诗法类著作的重视。"正由于此，文学批评史家自然将目光延伸至唐代乃至整个古代诗格作品，开始重视这一块从未被人重视过的文学批评史料。这也就是唐五代诗格研究为什么会在上世纪三四十年代起步的学术背景。"②

首先，《文镜秘府论》具有重要的文献价值。在中国已经失传许久的六朝至中唐的许多重要文献，依靠此书得以保存。

例如梁沈约的《四声谱》。是书《隋志》《梁书》《南史》本传中都有提及，但在中土全书已佚，而《文镜秘府论》天卷"调四声谱"引有《四声谱》的佚文。

又有隋刘善经的《四声指归》。《隋书》本传及《日本国见在书目录》皆有著录，但全书已佚。《文镜秘府论》天卷"四声论"、西卷"论文病"及南卷"论体""定位"中所引的很可能是其佚文。

又有隋时著作《帝德录》，中土早已失传。《日本国见在书目录》及日本《正仓院文书写章疏目录》有著录，见引于《文镜秘府论》北卷。

又有初唐间佚名的《文笔式》，中国古代书目中从未提及此书，仅《日本国见在书目录》有著录。但《文镜秘府论》地卷之"六志""八阶"、东卷之"二十九种对""句例"、西卷之"论文病"、南卷之"论体""定位"引有此书佚文或与之内容相同的佚文。

又有唐上官仪的《笔札华梁》，《日本国见在书目录》及《宋秘书省续编到四库阙书目》有著录，但全书已佚。其佚文或内容与之相同的佚

---

① 参见〔日〕遍照金刚撰，卢盛江校考《文镜秘府论汇校汇考》，中华书局，2006，第24页。
② 李江峰：《晚唐五代诗格研究》，人民出版社，2017，第22页。

文见引于《文镜秘府论》地卷"八阶""六志"、东卷"二十九种对""笔札七种言句例"等处。

又有唐元兢的《诗髓脑》，中土无传，仅《日本国见在书目录》有著录。《文镜秘府论》天卷"调声"、东卷"二十九种对"、西卷"论文病"引有佚文。

又有唐元兢的《古今诗人秀句》，《唐志》、《通志略》及《日本国见在书目录》有著录，《文镜秘府论》南卷"或曰晚代锉文者多矣"以下当为此书之序文。

又有唐上官仪、元兢等集的《芳林要览》，《新唐书·艺文志》有著录，铃木虎雄以为《文镜秘府论》南卷"或曰余每观才士之作"以下引的乃是《芳林要览序》。

又有唐崔融撰《唐朝新定诗格》，中土无著录，仅《日本国见在书目录》有著录，佚文见引于《文镜秘府论》天卷"调四声谱"、地卷"十体"、东卷"二十九种对"、西卷"论文病"等处。

又有佚名《诗式》，此《诗式》并不是传世的皎然《诗式》。《文镜秘府论》三宝院本保留的草本痕迹有《诗式》之名及片断佚文。

又有佚名《诗体》，《文镜秘府论》三宝院本保留的草本痕迹有"诗格相滥，诗体相类"之语。

又有隋唐间杜正伦撰《文笔要决》，此书中土已佚，《日本国见在书目录》有著录，《文镜秘府论》北卷"句端"的原典即出自此书。①

张伯伟《全唐五代诗格汇考》一书中整理出来的多种中唐之前诗法著述都是依据《文镜秘府论》辑佚、校勘的。除此之外，《文镜秘府论》还保存有不少唐代佚诗。

再次，《文镜秘府论》具有完整系统的诗法体系特征。整个唐五代，最具有体系论意义的是日僧空海的《文镜秘府论》。其中最为引人注目的是他为诸多诗法著述所设立的诗法体系。书中以天、地、东、西、南、北分六卷，以"配卷轴于六合"。天卷为"调四声谱、调声、诗章中用声法式、八种韵、四声论"；地卷为"十七势、十四例、十体、六义、

---

① 以上内容据卢盛江《日本人编撰的中国诗文论著作——〈文镜秘府论〉》，《古典文学知识》1997年第6期。

八阶、六志、九意"；东卷为"论对、二十九种对、笔札七种言句例"；南卷为"论文意、论体、定位、集论"；西卷为"论病、文二十八种病，文笔十病得失"；北卷为"论对属、帝德录"。王运熙指出："遍照金刚所编《文镜秘府论》六卷，其中天卷、西卷论声律病犯，地卷着重论体势，东卷论对偶，南卷论构思立意、结构篇章等，主要内容也在声律、对偶、体势、构思立意诸方面。和《诗式》的上述四方面大致相同。"① 空海的这种分卷方法，相对于皎然《诗式》"诗有四深"条的论述来看，更加具有体系建构的自觉性与逻辑性。这一诗法体系，正如日本文艺理论家所评价的那样，的确是公元 8 世纪前中国所仅见的。② 然而，是书一直流传于海外，直到清代学者杨守敬东渡后，才在他的《日本访书志》中有所论及。所以说，空海所建立的这一诗法体系，并没有影响到中国诗法著述的体系建构。

全书六卷中大部分篇幅讲述的是诗歌的声律、辞藻、典故、对偶等形式技巧问题，如天、东、西、北四卷的"调四声谱""诗章中用声法式""论对""论病""论对属"等。此外，书中也用了一定篇幅介绍创作理论，如地、南两卷的"十七势""六志""论文意""论体""定位"等，可见其并不完全是为诗文声病而作。

《文镜秘府论》在日本的传本既有古抄本，也有江户时代以后的版刻本。据卢盛江搜集统计，现藏于日本的古抄本有二十六种之多。③ 比较知名的有宫内厅本，全六卷，藏东京宫内厅书陵部，平安末保延四年（1138）或稍前所写。有日本 1930 年公开发行的《东方文化丛书》影印本。又有成篑堂本，即观智院本，残地卷，平安末期所写。有日本 1935 年公开发行的古典保存会影印本。又有三宝院本，全六卷，藏和歌山县高野山三宝院，写于平安末期。又有醍醐寺甲本，残天东西南四卷，藏京都醍醐寺，平安末镰仓初写本。又有醍醐寺乙本，残地卷，江户初期写本。又有醍醐寺丙本，残北卷，文禄五年（1596）写本。版刻本有江户宽文、贞享间（1661~1684）刊本。收入全集的版

---

① 王运熙、顾易生主编，王运熙、杨明著《中国文学批评通史》（隋唐五代卷），上海古籍出版社，1996，第 332 页。
② 参见黄道立《中日友好的先驱日本著名高僧空海》，商务印书馆，1984，第 25 页。
③ 参见卢盛江《〈文镜秘府论〉日本传本随记》，《南开学报》1998 年第 1 期。

刻本,有1900年《弘法大师全集》本、1910年祖风宣扬会编《弘法大师全集》本等。

关于《文镜秘府论》重要的研究专书有日本学者小西甚一的《文镜秘府论考》。该书分《研究篇》(上下)及《考文篇》,共三册,分别出版于1948年、1951年、1953年。该书理论考辨研究细致深入,文本校勘体例完备精审,是目前为止《文镜秘府论》研究中的里程碑式著作。再有日本学者兴膳宏的《文镜秘府论译注》,1986年出版。此书以宫内厅本为底本,将《文镜秘府论》全译为古代日语和现代日语,同时加以注释,注中时有新见。兴膳宏同时还译注了《文笔眼心抄》。中国有周维德《文镜秘府论》校点本,人民文学出版社1975年出版。周著以日本祖风宣扬会编印之《弘法大师全集》本为底本,以古抄本(即宫内厅本)等六种本子参校,有现代标点、简单校记。再有王利器《文镜秘府论校注》,中国社会科学出版社1983年出版。王著所据校本未出周维德本所用本子范围,校异、注释等材料颇为宏富,末附弘法大师诗文选、所著书目、唐人赠诗、日本有关声病讨论等史料。还有卢盛江《文镜秘府论研究》,人民文学出版社2013年出版,是近年出版的一本全面、系统且周密的研究著作。

该书目前比较好的整理本为卢盛江《文镜秘府论汇校汇考》,中华书局2006年出版。作者两赴东瀛,查清现存传本,清理前人成果。作为校勘研究的总结性成果,卢著所用的传本更全,文本更为可靠,注释更为准确详细,资料更为完备丰富。

十四 日僧空海《文笔眼心抄》一卷

《文笔眼心抄》一卷,日僧空海所著。

空海《文笔眼心抄·序》云:"余乘禅观余暇,勘诸家诸格式等,撰《文镜秘府论》六卷,虽要而又玄,而披诵稍难记。今更抄其要,含口上者,为一轴拴镜,可谓文之眼,笔之心,即以'文笔眼心'为名。文约义广,功省蕴深,可畏后生,写之诵之,岂唯立身成名乎?诚乃人杰国宝,不异拾芥。于时弘仁十一年中夏之节也。"[①] 由此可知《文笔眼

[①] 〔日〕遍照金刚撰,卢盛江校考《文镜秘府论汇校汇考》,中华书局,2006,第1934页。

心抄》乃是空海摘抄《文镜秘府论》中的材料而成的。是书成书于820年。命名为"文笔眼心",是将《文镜秘府论》的要点抄出,让人容易记诵,这就是空海编写《文笔眼心抄》的旨趣所在。可以说,它是《文镜秘府论》的一个删减本或者缩略本。

在日本的各大书目著录中,这本书又叫作"文章肝心""文章眼心""文笔眼心""文笔肝心抄"等,但是正如日本学者小西甚一《研究篇》所云:"既然大师自己有'以文笔眼心为名'的话,我想本来称为'文笔眼心'是正确的。长谷老师看出这一点,《冠注》说:'私案,"眼心"是"抄"义,明了房信范《悉昙抄》所引无"抄"字似是。'但是,'文笔眼心抄'这个名称已经普遍化了(国宝即以此名指定),因此暂从此名。"① 日本学者中泽希男《冠注文笔眼心抄补正》云:"'眼心'与'肝心'、'肝要'当为同义语,当解作'重要的东西'、'要点的东西'。我国古书称为某抄的很多。这些'抄',通常当解作'摘录之书'、'注释书'的意思,但是,不少情况译作'记有己见的东西'、'纪要'更为恰当。'文笔眼心抄'如果是原题,则'抄'也当解作这样的意思。"②

虽然《文笔眼心抄》是《文镜秘府论》的简本,但是《文笔眼心抄》中也有《文镜秘府论》中所没有保留的史料,例如"土崩""触绝""爽切"三病的内容,《文笔眼心抄》还新拟了一些诗法名目,例如"二十七问答体""总道物色体"等,"这些条目是空海根据中国诗论材料自拟,还是中国诗论原有的,有待考证"③。而且,《文笔眼心抄》还在《文镜秘府论》之外保存了五言佚诗十五首三十句、七言佚诗一首二句。

但是《文笔眼心抄》中的材料又经过了重新编排,它不像《文镜秘府论》那样以天、地、东、西、南、北分六卷,而是一共分为十九部分,依次分别是:四十四凡例、四声谱、十二种调声、八种韵、六义、十七

---

① 转引自〔日〕遍照金刚撰,卢盛江校考《文镜秘府论汇校汇考》,中华书局,2006,第1939~1940页。
② 转引自〔日〕遍照金刚撰,卢盛江校考《文镜秘府论汇校汇考》,中华书局,2006,第1940~1941页。
③ 卢盛江:《文镜秘府论汇校汇考·前言》,载《文镜秘府论汇校汇考》,中华书局,2006,第24页。

势、十四例、二十七种体、八阶、六志、廿九种对、文廿八种病、笔十病、笔二种势、文笔六体、文笔六失、定位四术、定位四失、句端。对此，日本学者小西甚一在《研究篇》中指出："比较两者，值得注意的是，《眼心抄》明显作了整理，更加条理化了。例如，《秘府论》的《论文意》是各项目杂然汇集在一起，而《眼心抄》则作为实际创作的参考，在其中抽出四十四条，提出来作为卷首的凡例，和别的项目有关的则和别的项目合并。《二十七种体》也很明显，前十体取自《秘府论》地卷，第十一以下则归纳《论文意》所见之体而设立项目。又，《文笔六体》、《定位四术》，《秘府论》都写作普通的文章，而《眼心抄》则定为条目，要点清楚地加以归纳。更能看出整理技巧的大概还是《笔十病》。总之，《眼心抄》作了很多整理工作。有人认为比《秘府论》还要出色。"①

该书目前比较好的辑本为卢盛江《文镜秘府论汇校汇考·文笔眼心抄》（中华书局2006年版），以祖风宣扬会编纂的《弘法大师全集》第三辑所载的《文笔眼心抄》为底本。该本全文末附言："编者曰：右《文笔眼心抄》一卷，依真言宗古义各宗派联合京都大学版行《冠注文笔眼心抄》出之。彼本订误字补脱文，且施略注于冠头，今全用之。京都山田钝氏曾刊行《文笔眼心抄释文》一卷，自曰依其所藏大师真迹本出之，然误脱颇多，而其所谓大师真迹者，亦未可决其真伪也。"②

十五　旧题白居易《金针诗格》一卷

《金针诗格》一卷，旧题白居易著。《郡斋读书志》《直斋书录解题》《宋史·艺文志》等均有著录。但《郡斋读书志》《宋史·艺文志》著录为三卷，如《宋史·艺文志》云："白居易《白氏金针诗格》三卷。"③而《直斋书录解题》著录为一卷："《金针诗格》一卷。白居易撰。"④《直斋书录解题》著录的一卷本当来自《吟窗杂录》。

---

① 转引自〔日〕遍照金刚撰，卢盛江校考《文镜秘府论汇校汇考》，中华书局，2006，第1940页。
② 转引自〔日〕遍照金刚撰，卢盛江校考《文镜秘府论汇校汇考》，中华书局，2006，第2074页。
③ 脱脱等：《宋史》，中华书局，1977，第5408页。
④ 陈振孙撰，徐小蛮、顾美华点校《直斋书录解题》，上海古籍出版社，1987，第644页。

白居易（772~846），字乐天，晚号香山居士，祖籍太原，生于河南新郑（今郑州新郑）。唐德宗贞元十六年（800）登进士第，元和初召为翰林学士，拜左拾遗、赞善大夫。以言事贬江州司马，后历杭、苏二州刺史。除太子宾客分司东都，拜河南尹。会昌初，以刑部尚书致仕。谥曰文。白居易与元稹酬咏甚多，号元白。又与刘禹锡酬咏，号刘白。其诗在中唐影响甚大，有《白氏长庆集》七十一卷。新旧《唐书》有传。

《金针诗格·序》云：

> 居易贬江州，多游庐山，宿东西二林，酷爱于诗。有《闲吟》云："自从苦学空门法，销尽平生种种心。惟有诗魔降未得，每逢风月一闲吟。"自此味其诗理，撮其体要，为一格目，曰《金针集》。喻其诗病而得针医，其病自除。诗病最多，能知其病，诗格自全也。金针列为门类，示之后来，庶览之者犹指南车，而坦然知方矣。①

根据序言可知，此书乃是白居易贬谪江州司马时所作，目的是传授诗法，度人金针。晁公武《郡斋读书志》亦云："居易自谓与刘禹锡、元稹皆以诗擅名当世，撮诗之体要为一格。以病得针而愈，诗亦犹是也，故曰《金针集》。"②

初盛唐诗格、诗式著作的兴盛繁荣，是在唐代科举试诗赋的大环境中应运而生的。③ 这就使得当时的诗法著述有如现在的高考参考书与模拟试卷一般，供不应求。赵璘《因话录》卷三云："李相国程、王仆射起、白少傅居易兄弟、张舍人仲素为场中词赋之最，言程序者，宗此五人。"④ 就是说他们五人的词赋是当年科举考试的标准答案，考生们都以他们的笔墨为范式。这其中，王起著有《大中新行诗格》，白行简著有《赋要》，张仲素著有《赋枢》，所以张伯伟认为白居易作有《金针诗格》与《文苑诗格》也是有可能的。⑤ 但《四库全书总目·吟窗杂录》以此

---

① 张伯伟：《全唐五代诗格汇考》，江苏古籍出版社，2002，第351页。
② 晁公武著，孙猛校证《郡斋读书志校证》，上海古籍出版社，1990，第1078页。
③ 具体论述可参见张伯伟《诗格论》，载《全唐五代诗格汇考》，江苏古籍出版社，2002，第12~13页。
④ 上海古籍出版社编《唐五代笔记小说大观》，上海古籍出版社，2000，第846页。
⑤ 参见张伯伟《全唐五代诗格汇考》，江苏古籍出版社，2002，第349页。

书为伪托："前列诸家诗话，惟钟嵘《诗品》为有据，而删削失真。其余如李峤、王昌龄、皎然、贾岛、齐己、白居易、李商隐诸家之书，率出依托，鄙倍如出一手。"① 王梦鸥以为《金针诗格》的成书，当如苏轼《东坡诗话》之成书，是后世人采录白居易论诗方面的言论而成，虽然不是白居易亲手编就，但其论诗之旨则出自白氏无疑。从《二南密旨》《风骚要式》对《金针诗格》的继承来看，其成书年代亦不会在晚唐以后。只是《金针诗格》在流传过程中颇有散佚，又经过后人重编，如张伯伟即认为："至明代，黄省曾《名家诗法》卷一、朱绂《名家诗法汇编》卷五及《诗法统宗》亦收《金针诗格》，显然经过重新编排，其来源包括三卷本之残文、一卷本及旧题梅尧臣《续金针诗格》。"②

该书目前比较好的辑本是张伯伟《全唐五代诗格汇考·金针诗格》（江苏古籍出版社 2002 年版），其以明刻本《吟窗杂录》为底本，并以明抄本《吟窗杂录》、《名家诗法》、《名家诗法汇编》、《诗法统宗》、《诗学指南》及《诗人玉屑》等书参校。其内容包括"诗有内外意"、"诗有三本"、"诗有四格"、"诗有四得"、"诗有四炼"、"诗有五忌"、"诗有八病"、"诗有五理"、"诗有三体"、"诗有四得"、"诗有四失"、"诗有上中下三等"、"诗有四不入格"、"诗有齐梁格"、"诗有扇对格"、"诗有魔"、"诗有三般句"、"诗有数格"、"诗有六对"、"诗有四字对"、"诗有义例七"、"诗有二家"、"诗有物象比"以及"补遗"两条。《金针诗格》中这种"诗有+数词+名词"的小标题命名方法乃是继承初唐旧题李峤的《评诗格》与王昌龄的《诗格》。值得注意的是，一般诗法著述的小标题都是数词加名词的形式如"十七势""六义"，或者"诗有+数词+名词"如"诗有四得"，或者诗法名目如"十字句""错综句法"等多种形式混编而成，但题名白居易的《金针诗格》和题名梅尧臣的《续金针诗格》中的小标题皆全书统一为"诗有+数词+名词"的形式，这说明了《金针诗格》和《续金针诗格》的关联性。

与其他唐代的诗法著述相比，《金针诗格》中的具体内容是相对简略的，如：

---

① 纪昀等：《钦定四库全书总目》，中华书局，1997，第 2765 页。
② 张伯伟：《全唐五代诗格汇考》，江苏古籍出版社，2002，第 348 页。

诗有三本

一曰有窍。二曰有骨。三曰有髓。以声律为窍;以物象为骨;以意格为髓。凡为诗须具此三者。

诗有四格

一曰十字句格。二曰十四字句格。三曰五只字句格。四曰拗背字句格。①

至于何谓"有窍",何谓"十字句格",何谓"十四字句格"等,作者并没有进一步解释。所以后来才会有人为之补充例句,并加以阐释,而为《续金针诗格》以行世。《金针诗格》虽然内容简略,却是一本颇为重要的诗法著述,主要表现在以下几个方面。

《金针诗格》首次明确提出"物象"之说。"物象"其实也就是"物像",指物体形象和事物现象。《金针诗格》"诗有内外意"条云:

一曰内意,欲尽其理。理,谓义理之理,美、刺、箴、诲之类是也。二曰外意,欲尽其象。象,谓物象之象,日月、山河、虫鱼、草木之类是也。内外含蓄,方入诗格。②

所谓物象的"内外意",就是指客观意义上的事物形象与主观意义上的"意中之象"。白居易认为物象在诗歌中具有重要的地位,其"诗有三本"云:

一曰有窍。二曰有骨。三曰有髓。以声律为窍;以物象为骨;以意格为髓。凡为诗须具此三者。③

那么,究竟各种物象拥有什么样的内在含义呢?《金针诗格》中"诗有物象比"就总结了一些诗歌中常见物象的比附意义:

---

① 张伯伟:《全唐五代诗格汇考》,江苏古籍出版社,2002,第352页。
② 张伯伟:《全唐五代诗格汇考》,江苏古籍出版社,2002,第351~352页。
③ 张伯伟:《全唐五代诗格汇考》,江苏古籍出版社,2002,第352页。

> 日月比君臣。龙比君位。雨露比君恩泽。雷霆比君威刑。山河比君邦国。阴阳比君臣。金石比忠烈。松柏比节义。鸾凤比君子。燕雀比小人。虫鱼草木，各以其类之大小轻重比之。①

其中总结的都是诗人在运用物象时所融入的思想意绪，还可以见得，这些物象的"内意"都偏重于儒家伦理与诗教意味。②"物象描绘中包含着有关政教的比喻意义，视物象为此类意义的象征符号。"③ 应该说，最早对诗作中的物象与其在诗歌中的隐喻意义进行阐释的是王逸《离骚经章句序》：

> 《离骚》之文，依《诗》取兴，引类譬喻，故善鸟香草，以配忠贞；恶禽臭物，以比谗佞；灵修美人，以媲于君；宓妃佚女，以譬贤臣；虬龙鸾凤，以托君子；飘风云霓，以为小人。其词温而雅，其义皎而朗。④

初唐孔颖达在正义五经时，也继之提出了著名的"兴象""喻象"之说。《毛诗正义·樛木疏》云："兴必取象，以兴后妃上下之盛，宜取木之盛者。"⑤《泽陂疏》云："喻必以象，当以蒲喻女之容体，以华喻女之颜色。"⑥《周易正义·坤》云："凡易者象也，以物象而明人事，若《诗》之比喻也。"⑦ 都是将物象与诗的讽喻功能相结合，将诗歌转换成一个大的政治隐喻系统。⑧《金针诗格》中的物象理论实际是对王逸、孔

---

① 张伯伟：《全唐五代诗格汇考》，江苏古籍出版社，2002，第359页。
② 参见李江峰《唐五代诗格中的物象理论》，《山东师范大学学报》2009年第2期。
③ 王运熙、顾易生主编，王运熙、杨明著《中国文学批评通史》（隋唐五代卷），上海古籍出版社，1996，第593页。
④ 洪兴祖撰，白化文等点校《楚辞补注》，中华书局，1983，第2～3页。
⑤ 《十三经注疏》整理委员会整理，李学勤主编《十三经注疏·毛诗正义》，北京大学出版社，1999，第42页。
⑥ 《十三经注疏》整理委员会整理，李学勤主编《十三经注疏·毛诗正义》，北京大学出版社，1999，第455页。
⑦ 《十三经注疏》整理委员会整理，李学勤主编《十三经注疏·周易正义》，北京大学出版社，1999，第27页。
⑧ 参见郑伟《"物象"说与晚唐五代讽喻诗的新理念》，《社会科学战线》2015年第1期。

颖达之说的进一步发展。为便于初学者掌握，这些物象被列举式地加以总结，这也符合其作为诗法著述的特点。

《金针诗格》之后，物象成为唐五代诗法著述中重点讨论的话题之一，它们经常言及物象，喜欢探求"物象"的"内外意"。如旧题贾岛的《二南密旨》、虚中的《流类手鉴》、徐夤的《雅道机要》、齐己的《风骚旨格》、徐衍的《风骚要式》、王玄的《诗中旨格》，还有旧题梅尧臣的《续金针诗格》等，前后都参与了"物象"的大总结、大讨论。在这些诗格著作中，物象既包含客观意义上的事物形象，也指主观意义上的"意中之象"，但一般是指其"政教"的含义。

将文章分解为字、句、章三个层次，早在刘勰《文心雕龙·章句》中就有明确的论述，而将这种分层论述的方式转化到诗法的建构中，从现有的资料上看首推《金针诗格》。其"诗有四得"条云："一曰句欲得健。二曰字欲得清。三曰意欲得圆。四曰格欲得高。"① 其"诗有四炼"条又云："一曰炼句。二曰炼字。三曰炼意。四曰炼格。炼句不如炼字；炼字不如炼意；炼意不如炼格。"② 在《金针诗格》之后，不少诗论家才在诗法中引入字、句的层面，例如五代徐夤《雅道机要》、严羽《沧浪诗话·诗辨》等。白居易又在字、句之外，补充了意与格，也就是立意与风格。这就在诗歌客观构成的基础上，又加上了来自创作者的主观内容，这是关于诗法体系非常有见地的议论。

学界一般多以为最早提出"拗"概念的是宋末元初的方回，③ 其实这一说法并不确切，早在《金针诗格》中已经有"拗"的字眼。其"诗有四格"条云："一曰十字句格。二曰十四字句格。三曰五只字句格。四曰拗背字句格。"④ 可惜其没有做进一步的解释，所以这个"拗背字句格"究竟所指为何，现在也不好妄断。

《金针诗格》"诗有数格"条云："曰葫芦；曰辘轳；曰进退。葫芦韵者，先二后四；辘轳韵者，双出双入；进退韵者，一进一退。"⑤ 这是

---

① 张伯伟：《全唐五代诗格汇考》，江苏古籍出版社，2002，第352页。
② 张伯伟：《全唐五代诗格汇考》，江苏古籍出版社，2002，第353页。
③ 例如舒志武《论杜甫七言拗律的形式特点和地位》，《华南农业大学学报》2009年第4期。
④ 张伯伟：《全唐五代诗格汇考》，江苏古籍出版社，2002，第352页。
⑤ 张伯伟：《全唐五代诗格汇考》，江苏古籍出版社，2002，第357页。

比较早的关于这三种特殊用韵法的总结，随后唐人王叡《炙毂子诗格》中也有相似的论述，晚唐郑谷、齐己、黄损同撰的《新定诗格》中也有几乎相同的说法。①

据现有的文献来看，较早提到"十字句""十四字句格"的还是《金针诗格》。其"诗有四格"条云："一曰十字句格。二曰十四字句格。三曰五只字句格。四曰拗背字句格。"② 所谓"十字句"指的是两个诗歌节奏句组合在一起来表达一个完整的意思，例如"离离原上草，一岁一枯荣""君自故乡来，应知故乡事""欲穷千里目，更上一层楼"等。所谓"十四字句格"就是针对七言诗的情况了。五代徐夤的《雅道机要》中，就径直使用了《金针诗格》提出的"十字句"的称呼："十字句。诗曰：不会这个地，如何着得君。"③

张伯伟还指出，《金针诗格》"诗有内外意""诗有物象比"之说，在旧题贾岛的《二南密旨》中也得到发挥；关于"诗有四炼"的论述，也得到范温《诗眼》的肯定；"诗有义例七"的论述，对于宋代的"白战体"也有理论先导作用。④ 如此看来，《金针诗格》一书对后来的诗法之学影响颇大。

十六　旧题白居易《文苑诗格》一卷

《文苑诗格》一卷，旧题唐白居易撰。《宋秘书省续编到四库阙书目》"文史类"著录："沈约《文苑》一卷。（阙）"⑤ 或许就是此书。陈振孙《直斋书录解题》将之著录于集部文史类，并云："称白氏，尤非也。"⑥ 但称沈约更有问题。由是可知，此书显系伪托。罗根泽根据"精颐以事"条中的"古文用事伤浮艳，不用事又不精华"等内容，认为此

---

① 参见胡仔《苕溪渔隐丛话·前集》卷三十一引黄朝英《缃素杂记》，人民文学出版社，1962，第215页。
② 张伯伟：《全唐五代诗格汇考》，江苏古籍出版社，2002，第352页。
③ 张伯伟：《全唐五代诗格汇考》，江苏古籍出版社，2002，第433页。
④ 参见张伯伟《全唐五代诗格汇考》，江苏古籍出版社，2002，第349页。
⑤ 《宋秘书省续编到四库阙书目》，《丛书集成续编》本，台湾新文丰出版公司，1985，第270页。
⑥ 陈振孙撰，徐小蛮、顾美华点校《直斋书录解题》，上海古籍出版社，1987，第642页。

书是古文运动以后，那些留恋旧窠臼之徒的伪作。① 但张伯伟认为："古人有'文''笔'之分，'文'为有韵者，故此处'古文'实即'古诗'，如此条引陆机诗（原文作'古诗'）为例说明'用古事似今事，为上格也'。可见文中虽有'古文'二字，未必即证明此书出于宋代古文运动以后。"② 张伯伟继而认为此书中所记录的引诗"时代错乱，不可究诘。可知此书决非出于白居易之手，或为晚唐五代人伪托"。③

该书目前比较好的辑本是张伯伟《全唐五代诗格汇考·文苑诗格》（江苏古籍出版社 2002 年版）。其以明刻本《吟窗杂录》为底本，以明抄本《吟窗杂录》、《诗法统宗》、《词府灵蛇》及《诗学指南》等书参校，今存"创结束""依带境""菁华章""宣畅骚雅""影带宗旨""雕藻文字""联环文藻""杼柝入境意""招二境意""精颐以事""褒赞《国风》""讽谏""语穷意远""束丽常格""叙旧意""重叠叙事""明五七言"十七个部分。可以看出《文苑诗格》与《金针诗格》那种"诗有+数词+名词"的小标题十分不同，其中的"依带境""菁华章""联环文藻""束丽常格""叙旧意""重叠叙事"等直接指示的是一个个诗法名目。

其中"联环文藻"条比较早地总结论述了一种特殊的联句关系：

> 为诗不论小大，须联环文藻，得隔句相解。古诗云："扰扰羁游子，营营市井人。怀金近从利，负剑远辞亲。"此第四句解第一句，第三句解第二句。今诗云："青山碾为尘，白日无闲人。自古推高车，争利入西秦。"此第三句解第一句，第四句解第二句。④

"联环文藻"这种章法的特点是隔句相解，打乱原本的诗句顺序，使之错综组合。如果我们尝试着将白居易所举诗例的顺序整理妥当，便是"扰扰羁游子，负剑远辞亲。营营市井人，怀金近从利""青山碾为尘，自古推高车。白日无闲人，争利入西秦"，于是就得到了两组对仗的

---

① 参见罗根泽《中国文学批评史》，上海书店，2003，第 507 页。
② 张伯伟：《全唐五代诗格汇考》，江苏古籍出版社，2002，第 361 页。
③ 张伯伟：《全唐五代诗格汇考》，江苏古籍出版社，2002，第 361 页。
④ 张伯伟：《全唐五代诗格汇考》，江苏古籍出版社，2002，第 365 页。

并列诗句。白居易自作的《戏答诸少年》也可以算是"联环文藻"式，诗云："顾我长年头似雪，饶君壮岁气如云。朱颜今日虽欺我，白发他时不放君。"① 第一、三句写"我"，第二、四句写"君"，正是隔句相解。这一章法，后来在南宋葛立方《韵语阳秋》卷一中被称为"前后相续句"："老杜诗以后二句续前二句处甚多。如《喜弟观到诗》云：'待尔鸣乌鹊，抛书示鹡鸰。枝间喜不去，原上急曾经。'《晴诗》云：'啼乌争引子，鸣鹤不归林。下食遭泥去，高飞恨久阴。'《江阁卧病》云：'滑忆雕胡饭，香闻锦带羹。溜匙兼暖腹，谁欲致杯罍。'《寄张山人诗》云：'曹植休前辈，张芝更后身。数篇吟可老，一字买堪贫。'如此类甚多。此格起于谢灵运《庐陵王墓下诗》云：'延州协心许，楚老惜兰芳。解剑竟何及，抚坟徒自伤。'李太白诗亦时有此格，如'毛遂不堕井，曾参宁杀人。虚言误公子，投杼感慈亲'是也。"②

在题名白居易的《金针诗格》中，作者最早注意到一种隐藏诗句中否定词的字法，但未给其命名：

"枯桑知天风，海水知天寒。"谓隐"不"之一字也。如《诗》云："掺掺女手，可以缝裳。"言不可也。③

而在《文苑诗格》中，将这一诗法命名为"束丽常格"：

束丽常格

为诗有当面叙事，内隐一字，古语皆有此体。《古诗》云："纠纠葛屦，可以履霜。"此云不可以履霜也，隐一"不"字也。又古诗："海水知天寒"。此言不知也。又古诗："黄鸟不恋枝"。此言岂不恋也。④

---

① 《全唐诗》卷四百四十，中华书局，1980，第4905页。
② 葛立方：《韵语阳秋》，《学海类编》本，上海涵芬楼民国9年（1920）影印清道光十一年（1836）安晁氏木活字版。
③ 张伯伟：《全唐五代诗格汇考》，江苏古籍出版社，2002，第360页。
④ 张伯伟：《全唐五代诗格汇考》，江苏古籍出版社，2002，第367页。

这一诗法的核心点就是省略否定词，将否定的意思用肯定的形式表达出来，其中的隐藏字词必须要结合上下文的铺垫才能看得出来。这种诗法就类似于现在的反语手法，将正话反说或将反话正说。① 至于为什么要命名为"束丽常格"，笔者目前尚未见到古人的相关论述。

十七　旧题贾岛《二南密旨》一卷

《二南密旨》一卷，旧题唐贾岛著。贾岛（779～843），字阆（一作浪）仙，范阳（今河北涿州市）人。曾为僧，名无本。后还俗，然累举不第。因曾任遂州长江主簿，世称贾长江。著有《长江集》十卷，《小集》三卷。《新唐书》《唐才子传》有传。

此书在《崇文总目》文史类、《新唐书·艺文志》及《通志·艺文略》中著录为："贾岛《诗格》，一卷。"②《宋史·艺文志》作："贾岛《诗格密旨》一卷。"③《直斋书录解题》将之著录于集部文史类："《二南密旨》一卷。"④《四库全书总目提要》收之于集部诗文评类存目："《二南密旨》一卷，旧本题唐贾岛撰。"⑤ 以上的各种著录"盖同书异名"⑥。对此，李江峰认为："贾岛书或原以《诗格》为名，《二南密旨》则疑是后来流传过程中作的改动。"⑦

陈振孙谓此书"恐亦依托"⑧。《四库全书总目·二南密旨》亦称"此本端绪纷繁，纲目混淆。……且所谓四十七门、一十五门者，辗转推寻，数皆不合，亦不解其何故。而议论荒谬，词意拙俚，殆不可以名状。……皆有如呓语。其论总例物象一门，尤一字不通。岛为唐代名人，何至于此。此殆又伪本之重儓矣。"⑨。今人罗根泽认为《二南密旨》绝

---

① 具体论述可参见张静《诗法"束丽常格"的历史认识与审美内涵》，《西南科技大学学报》2015年第2期。
② 郑樵撰，王树民点校《通志二十略》，中华书局，1995，第1799页。
③ 脱脱等：《宋史》，中华书局，1977，第5409页。
④ 陈振孙撰，徐小蛮、顾美华点校《直斋书录解题》，上海古籍出版社，1987，第642页。
⑤ 纪昀等：《钦定四库全书总目》，中华书局，1997，第2762页。
⑥ 张伯伟：《全唐五代诗格汇考》，江苏古籍出版社，2002，第370页。
⑦ 李江峰：《贾岛〈二南密旨〉辨疑》，载《中国文论的常与变——古代文学理论研究第二十四辑》，华东师范大学出版社，2006，第63页。
⑧ 陈振孙撰，徐小蛮、顾美华点校《直斋书录解题》，上海古籍出版社，1987，第642页。
⑨ 纪昀等：《钦定四库全书总目》，中华书局，1997，第2762～2763页。

不是"伪本之重佁",却也不是贾岛所作,"因为与贾岛时的诗风不相应",最后断定该书"大概出于五代前后"。① 王运熙、杨明也认为该书是伪托,并怀疑《二南密旨》的写作时代在王叡之后、淳大师之前。②

持相反观点的,则有周裕锴《贾岛格诗歌与禅宗关系之研究》一文。该文认为,《二南密旨》以南北宗论诗"就与《长江集》中几处论南北宗的诗句颇有关系",且"晚唐五代诗学贾岛的诗僧,其论诗主张几乎都和《二南密旨》的观点如出一辙",所以"完全有理由认定《二南密旨》为贾岛所撰"。③ 李江峰也认为:"通过对贾岛时代的社会文化背景的考察,我们发现,将《二南密旨》放入贾岛的时代并非扞格难入,而是相当符合当时的社会、文化背景;对《二南密旨》的内容和贾岛的诗歌创作以及诗学宗尚的关系的考察,我们发现,《二南密旨》中体现出来的诗学思想与贾岛的诗学宗尚完全一致,也就是说,《二南密旨》正是贾岛诗学思想的体现。不管从诗学理论自身的传承和社会文化思潮所提供的《二南密旨》产生的环境,还是从《二南密旨》和贾岛本人的诗歌创作中体现出的诗歌宗尚进行考察,都能够证明《二南密旨》就应该是贾岛所作。"④

《二南密旨》所引诗例最晚的是大历诗人之诗,没有大历以后诗作。李嘉言在《贾岛诗之渊源及其影响》一文中分析指出:"大历十子与贾岛之关系亦甚密切。十子之共同点可谓继承齐、梁、初唐之华绮而更趋工秀。大历间诗学有此转变,乃有晚唐李贺、贾岛之特起。李贺可谓继承十子之华绮,贾岛则继其工整。"⑤《二南密旨》所引诸多大历诗人的诗例,体现了贾岛的诗学宗尚,与贾岛的诗歌创作体现出一定的一致性。

---

① 参见罗根泽《中国文学批评史》,上海书店,2003,第503~504页。
② 参见王运熙、顾易生主编,王运熙、杨明著《中国文学批评通史》(隋唐五代卷),上海古籍出版社,1996,第784页。
③ 参见衣若芬、刘苑如主编《世变与创化——汉唐、唐宋转换期之文艺现象》,台湾地区"中央"研究院中国文哲研究所筹备处,2002,第440页。
④ 李江峰:《贾岛〈二南密旨〉辨疑》,载《中国文论的常与变——古代文学理论研究第二十四辑》,华东师范大学出版社,2006,第83~84页。
⑤ 李嘉言:《贾岛诗之渊源及其影响》,载《长江集新校》,上海古籍出版社,1983,第207页。

所以张伯伟认为："《二南密旨》乃贾岛诗风流行之产物，大抵为初学者而作。即使出于伪托，与贾岛诗学仍然相通。"① 综上，学界目前对《二南密旨》的作者问题还没达成共识，有待进一步的研究出现。

《四库全书存目丛书》（齐鲁书社1997年版）集部第415册又收录国家图书馆藏明胡氏文会堂刻格致丛书本《新刻二南密旨》一卷。《二南密旨》目前较好的辑本是张伯伟《全唐五代诗格汇考·二南密旨》（江苏古籍出版社2002年版）。其以明刻本《吟窗杂录》为底本，并以明抄本《吟窗杂录》、《诗法统宗》、《词府灵蛇》及《诗学指南》诸书参校，内容包括"论六义""论风之所以""论风骚之所由""论二雅大小正旨""论变大小雅""论南北二宗例古今正体""论立格渊奥""论古今道理一贯""论题目所由""论篇目正理用""论物象是诗家之作用""论引古证用物象""论总例物象""论总显大意""论裁体升降"一共十五门。李江峰《晚唐五代诗格研究·贾岛〈二南密旨〉绎旨》以张伯伟《全唐五代诗格汇考·二南密旨》为底本，对其中的内容做了详细的疏解，可参。

《二南密旨》的小标题与之前的诗法著述相比，出现了很大的变化：不再是数词加名词的组合如"十七势""八对"等，也不是"诗有+数词+名词"的固定句式，而是倾向于用一个"论"字加上中心词的方法。这也是《二南密旨》内容编辑上的一个突出特点。例如：

> 论引古证用物象
> 　　四时物象节候者，诗家之血脉也。比讽君臣之化深。《毛诗》曰："殷其雷，在南山之阳。"雷，比教令也。"他山之石，可以攻玉。"此贤人他适之比也。陶潜《咏贫士》诗："万族各有托，孤云独无依。"以孤云比贫士也。以上例多，不能广引，作者自可三隅反也。②

但是，有一些"论"字加上中心词的条目下面，依然是从前诗格著

---

① 张伯伟：《全唐五代诗格汇考》，江苏古籍出版社，2002，第371页。
② 张伯伟：《全唐五代诗格汇考》，江苏古籍出版社，2002，第379页。

作中的小标题与内容，例如：

> 论立格渊奥
> 诗有三格。
> 一曰情。二曰意。三曰事。
> 情格一。耿介曰情。外感于中而形于言，动天地，感鬼神，无出于情。三格中情最切也。如谢灵运诗："池塘生春草，园柳变鸣禽。"如钱起诗："带竹飞泉冷，穿花片月深。"此皆情也。如此之用，与日月争衡也。
> 意格二。取诗中之意，不形于物象。如古诗云："行行重行行，与君生别离。"如昼公《赋巴山夜猿送客》："何年有此路，几客共沾襟。"
> 事格三。须兴怀属思，有所冥合。若将古事比今事，无冥合之意，何益于诗教。如谢灵运诗："偶与张、邴合，久欲归东山。"如陆士衡《齐讴行》："鄙哉牛山叹，未及至人情。"如古诗云："懒向碧云客，独吟黄鹤诗。"以上三格，可谓握造化手也。①

看得出，《二南密旨》只是在传统的"诗有+数词+名词"句式基础上，总结了一个新的标题而已，这反映了《二南密旨》在创新中也有不少对前人诗法著述的因袭。

王运熙、杨明言及《二南密旨》的内容时说："其主要内容，在于以诗歌附会政教。书中'论六义'对风、赋、比、兴、雅、颂的解释，都涉及政治。"② 这可谓准确揭示了《二南密旨》内容的主要特点之一。从王昌龄《诗格》《诗中密旨》开始，随后的诗法著述都喜欢论及"六诗""六义"，如齐己《风骚旨格》、徐夤《雅道机要》、王梦简《诗格要律》等，贾岛的《二南密旨》也不能免俗。但将之与王昌龄《诗格》中的"六义"对比，可以发现一些问题：

---

① 张伯伟：《全唐五代诗格汇考》，江苏古籍出版社，2002，第376~377页。
② 王运熙、顾易生主编，王运熙、杨明著《中国文学批评通史》（隋唐五代卷），上海古籍出版社，1996，第782页。

六义

一曰风，二曰赋，三曰比，四曰兴，五曰雅，六曰颂。

一曰风。天地之号令曰风。上之化下，犹风之靡草。行春令则和风生，行秋令则寒风杀，言君臣不可轻其风也。

二曰赋。赋者，错杂万物，谓之赋也。

三曰比。比者，直比其身，谓之比假，如"关关雎鸠"之类是也。

四曰兴。兴者，指物及比其身说之为兴，盖托喻谓之兴也。

五曰雅。雅者，正也。言其雅言典切，为之雅也。

六曰颂。颂者，赞也。赞叹其功，谓之颂也。①（王昌龄《诗格》）

论六义

歌事曰风。布义曰赋。取类曰比。感物曰兴。正事曰雅。善德曰颂。

风论一。风者，风也，即与体定句，须有感。外意随篇自彰，内意随入讽刺。歌君臣风化之事。

赋论二。赋者，敷也，布也。指事而陈，显善恶之殊态。外则敷本题之正体，内则布讽诵之玄情。

比论三。比者，类也。妍媸相类、相显之理。或君臣昏佞，则物象比而刺之；或君臣贤明，亦取物比而象之。

兴论四。兴者，情也，谓外感于物，内动于情，情不可遏，故曰兴。感君臣之德政废兴而形于言。

雅论五。雅者，正也，谓歌讽刺之言，而正君臣之道。法制号令，生民悦之，去其苛政。

颂论六。颂者，美也，美君臣之德化。②（贾岛《二南密旨》）

虽然，贾岛对"六义"的解释秉承了王昌龄《诗格》《诗中密旨》以来的论述，但与王昌龄《诗格》相比，贾岛这里又添加了如何达到

---

① 张伯伟：《全唐五代诗格汇考》，江苏古籍出版社，2002，第159页。
② 张伯伟：《全唐五代诗格汇考》，江苏古籍出版社，2002，第372~373页。

"六义"的具体操作性的指导,例如"风"中具体指示道:"与体定句,须有感。外意随篇自彰,内意随人讽刺。"① "赋"中具体解释道:"指事而陈,显善恶之殊态。外则敷本题之正体,内则布讽诵之玄情。"② "比"中具体介绍道:"妍媸相类、相显之理。或君臣昏佞,则物象比而刺之;或君臣贤明,亦取物比而象之。"③ 这些语句更富有诗歌写作时的指导性,"其解释显然是从诗歌的艺术特征角度讲的,且主要教导人们如何做到风、赋、比、兴、雅、颂,所以属于方法论的范畴"④。这体现了《二南密旨》有意识地将传统的"六义"理论改造为具体的诗歌创作方法,以便指点初学者如何在具体的写作中加以实施。

继《金针诗格》之后,《二南密旨》中又非常详细地论述了"物象",它在将"物象"看作是"诗家之血脉"之后,又分别通过"论篇目正理用""论物象是诗家之作用""论引古证用物象""论总例物象""论总显大意"等内容,来向人们展示使用物象的方法。例如《二南密旨》中"论总例物象"云:

> 天地、日月、夫妇,君臣也,明暗以体判用。 钟声,国中用武,变此正声也。 石磬,贤人声价变,忠臣欲死矣。 琴瑟,贤人志气也,又比廉能声价也。 九衢、道路,此喻皇道也。 笙箫、管笛,男女思时会,变国正声也。 同志、知己、故人、乡友、友人,皆比贤人,亦比君臣也。 舟楫、桥梁,比上宰,又比携进之人,亦皇道通达也。 馨香,此喻君子佳誉也。 兰蕙,此喻有德才艺之士也。 金玉、珠珍、宝玉、琼瑰,此喻仁义光华也。 飘风、苦雨、霜雹、波涛,此比国令,又比佞臣也。 水深、石磴、石径、怪石,此喻小人当路也。 幽石、好石,此喻君子之志也。 岩岭、岗树、巢木、孤峰、高峰,此喻贤臣位也。 山影、山色、山光,此喻君子之德也。 乱峰、乱云、寒云、翳云、碧云,此喻佞臣得

---

① 张伯伟:《全唐五代诗格汇考》,江苏古籍出版社,2002,第372页。
② 张伯伟:《全唐五代诗格汇考》,江苏古籍出版社,2002,第372页。
③ 张伯伟:《全唐五代诗格汇考》,江苏古籍出版社,2002,第372页。
④ 李江峰:《晚唐五代诗格中的六诗、六义理论》,载《中国文论的史与用——古代文学理论研究第二十六辑》,华东师范大学出版社,2008,第93页。

志也。　黄云、黄雾，此喻兵革也。　白云、孤云、孤烟，此喻贤人也。　涧云、谷云，此喻贤人在野也。　云影、云色、云气，此喻贤人才艺也。　烟浪、野烧、重雾，此喻兵革也。　江湖，此喻国也，清澄为明，混浊为暗也。　荆棘、蜂蝶，此喻小人也。　池井、寺院、宫观，此乃喻国位也。　楼台、殿阁，此喻君臣名位，消息而用之也。　红尘、惊埃、尘世，此喻兵革乱世也。　故乡、故园、家山、乡关，此喻廊庙也。　松竹、桧柏，此贤人志义也。　松声、竹韵，此喻贤人声偿也。　松阴、竹阴，此喻贤人德阴也。　岩松、溪竹，此喻贤人在野也。　鹭、鹤、鸾、鸡，此喻君子也。　百草、苔、莎，此喻百姓众多也。　百鸟，取贵贱，比君子、小人也。　鸳鸿，比朝列也。　泉声、溪声，此贤人清高之誉也。　他山、他林、乡国，比外国也。　笔砚、竹竿、桂楫、桨、棹、橹，比君子筹策也。　黄叶、落叶、败叶，比小人也。　灯、孤灯，比贤人在乱，而其道明也。　积阴、冻雪，比阴谋事起也。　片云、晴霭、残雾、残霞、蟏蛸，此比佞臣也。　木落，比君子道清也。　竹杖、藜杖，比贤人筹策也。　猿吟，比君子失志也。①

经过贾岛的总结，自然界的简单物象显示出了另一种意思——事物在诗人创作中的主观意义，而且这个"主观意义"多和君臣政教相联系。暂不考虑贾岛这里的总结是否有穿凿比附之嫌，不可否认诗人在选取自然界的事物入诗时，很可能带有一定的主观情感色彩。

《二南密旨》中的"论总显大意"则进一步将物象理论运用到对具体的诗句解读上面。例如：

> 大意，谓一篇之意。如皇甫冉送人诗："淮海风涛起，江关幽思长。"此一联见国中兵革、威令并起。"同悲鹊绕树，独作雁随阳。"此见贤臣共悲忠臣，君恩不及。"山晚云和雪，门寒月照霜。"此见恩及小人。"由来濯缨处，渔父爱潇湘。"此见贤人见几而退。李嘉祐《和苗员外雨夜伴直》："宿雨南宫夜，仙郎伴直时。"此见乱世

---

① 张伯伟：《全唐五代诗格汇考》，江苏古籍出版社，2002，第379~381页。

臣节也。"漏长丹凤阙，秋冷白云司。"此见君臣乱暗之甚。"萤影侵阶乱，鸿声出塞迟。"此见小人道长，侵君子之位。"萧条吏人散，小谢有新诗。"此见佞臣已退，贤人进逆耳之言。李端诗："盘云双鹤下，隔水一蝉鸣。"此贤人趋进兆也。下一句即韦金部在他国，孤进失期，乃招之也。"古道黄花发，青芜赤烧生。"此见他国君子道消，正风移败，兵革并起。"茂陵虽有病，犹得伴君行。"此见前国贤人，虽未遂大志，尤喜无兵革。以上三篇，略而列之，用显大意。①

贾岛对皇甫冉、李嘉祐、李端诗歌全篇都进行了"物象论"的解说。如此这般，晚唐五代的不少苦吟诗作都可以被改造成一种君臣政治的隐喻叙事。虽然这种简单粗暴地运用物象说、将诗歌比附于政治的做法未必能把握诗歌的真正意味，但这也是自古以来"汉儒解《诗》"的传统方法。不同的是，"汉儒说诗，往往'执象指意'，然汉儒对物象及其隐含的政教意义的关注目的在于对传统的接受与阐释，属于注释学的领域；唐五代诗格中的物象理论以总结创作方法为目的，是对创作技法的探讨，属于创作论的范畴"②。

《二南密旨》中比较引人注目的还有"论南北二宗例古今正体"条：

> 宗者，总也。言宗则始南北二宗也。南宗一句含理，北宗二句显意。南宗例，如《毛诗》云："林有朴樕，野有死鹿。"即今人为对，字字的确，上下各司其意。如鲍照《白头吟》："申黜褒女进，班去赵姬升。"如钱起诗："竹怜新雨后，山爱夕阳时。"此皆宗南宗之体也。北宗例，如《毛诗》云："我心匪石，不可转也。"此体今人宗为十字句，对或不对。如左太冲诗："吾希段干木，偃息藩魏君。"如卢纶诗："谁知樵子径，得到葛洪家。"此皆宗北宗之体也。诗人须宗于宗，或一联合于宗，即终篇之意皆然。③

继王昌龄《诗格》之后，《二南密旨》是第二个用"南北宗"来论

---

① 张伯伟：《全唐五代诗格汇考》，江苏古籍出版社，2002，第381~382页。
② 李江峰：《唐五代诗格中的物象理论》，《山东师范大学学报》2009年第2期。
③ 张伯伟：《全唐五代诗格汇考》，江苏古籍出版社，2002，第375页。

诗法的。唐人论诗喜用南宗、北宗，这是来自禅宗分派的词语，具体内涵可以看作是两种相互并列的不同类型。在具体使用中，南北宗的含义往往不同。王昌龄《诗格》中用南北宗指代司马迁的风雅之旨和贾谊的怨刺之风，①而贾岛则用南北宗首次揭示了"十字句"的具体内涵。对此，蒋寅分析道："南宗一句含理者，上下句并列对待句法也；北宗二句显意者，上下句相贯之句法也。并列句法，各自成义，故达意也顿；相贯句法，两句见旨，故达意也渐。用是以南北宗托喻也。"②可谓透辟。五代徐夤《雅道机要》"叙句度"条也简要地重复《二南密旨》中这一观点道："北宗则二句见意；南宗则一句见意。……北宗句。诗曰：'一为嵩岳客，几葬洛阳人。'南宗句。诗曰：'睡逢明月尽，愁对好山销。'"③经过贾岛《二南密旨》中对"十字句"的进一步讨论，诗句两句见意的创作方法越来越清晰了。

十八　王叡《炙毂子诗格》一卷

《炙毂子诗格》一卷，历代书目皆有著录，如可见于《新唐书·艺文志四》、《崇文总目》文史类、《中兴馆阁书目》文史类、《直斋书录解题》集部文史类等，《宋史·艺文志八》著录为："王叡《炙毂子诗格》一卷。"④《通志·艺文略》著录为："《炙毂子诗格》一卷，唐王叡撰。"⑤然而《宋秘书省续编到四库阙书目》"别集类"著录作"王叡《诗格》一卷（阙）"⑥，张伯伟认为"二者实为一书"⑦。

王叡，或作睿，号炙毂子，《北梦琐言》以其为蜀中新繁县人。生卒

---

① 王昌龄《诗格》："夫子演《易》，极思于《系辞》，言句简易，体是诗骨。夫子传于游、夏，游、夏传于荀卿、孟轲，方有四言、五言，效古而作。荀、孟传于司马迁，迁传于贾谊。谊谪居长沙，遂不得志，风土既殊，迁逐怨上，属物比兴，少于《风》、《雅》。复有骚人之作，皆有怨刺，失于本宗。乃知司马迁为北宗，贾生为南宗，从此分焉。"（张伯伟：《全唐五代诗格汇考》，江苏古籍出版社，2002，第160页。）
② 金陵生（蒋寅）：《论诗分南北宗》，《文学遗产》1998年第3期。
③ 张伯伟：《全唐五代诗格汇考》，江苏古籍出版社，2002，第442~443页。
④ 脱脱等：《宋史》，中华书局，1977，第5409页。
⑤ 郑樵著，王树民点校《通志二十略》，中华书局，1995，第1799页。
⑥ 《宋秘书省续编到四库阙书目》，《丛书集成续编》本，台湾新文丰出版公司，1985，第250页。
⑦ 张伯伟：《全唐五代诗格汇考》，江苏古籍出版社，2002，第384页。

年不详，《全唐诗》谓其为"元和后诗人"①，现在一般认为其约活动于唐宣宗至唐僖宗之时（846~888）。"《炙毂子诗格》引及李郢诗，据《唐才子传》卷八载，郢为唐宣宗大中十年（八五六年）进士，可知此书当成于其后。"② 所以王叡《炙毂子诗格》当作于贾岛的《二南密旨》之后。

该书目前较好的辑本是张伯伟《全唐五代诗格汇考·炙毂子诗格》（江苏古籍出版社 2002 年版）。其以明刻本《吟窗杂录》为底本，并以明抄本《吟窗杂录》、《诗法统宗》及《诗学指南》诸书参校。今存内容首为"论章句所起"，谈三言、四言、五言、六言、七言、八言、九言诗起源；次论"三韵体""连珠体""侧声体""六言体""三五七言体""一篇血脉条贯体""互律体""背律体""讦调体""双关体""模写景象含蓄体""两句一意体""句病体""句内叠韵体"等，共十四门。每体先设立诗法名目，然后引诗为证，兼附简要解释，对诗歌创作及鉴赏均有裨益。相比于《文苑诗格》中"依带境""菁华章""联环文藻""束丽常格""叙旧意""重叠叙事"这样的诗法名目，《炙毂子诗格》中诗法名目的小标题更为整齐划一，都被命名为"某某体"，这种"某某体"的诗法名目形式，在后世得到了不少的运用。起首的"论章句所起"与后面的十四门"某某体"在体例上完全不同，不知是原书有所残失还是为后人所改窜。

据笔者考察，最早总结"三五七言"这一诗体形式的乃是王叡的《炙毂子诗格》：

  三五七言体
   李白诗："秋风清，秋月明。落叶聚还散，寒鸟栖复惊。相思相见知何日，此时此夜难为情。"③

"三五七言体"后来鲜被其他诗学著作提起，直到南宋严羽《沧浪诗话·诗体》云："有绝句，有杂言，有三五七言，自三言而终以七言，隋郑世翼有此诗：'秋风清，秋月明。落叶聚还散，寒鸦栖复惊。相思相见知何日，此

---

① 《全唐诗》卷五百五，中华书局，1980，第 5742 页。
② 张伯伟：《全唐五代诗格汇考》，江苏古籍出版社，2002，第 384 页。
③ 张伯伟：《全唐五代诗格汇考》，江苏古籍出版社，2002，第 387 页。

时此夜难为情.'"① 严羽这一说法或许正来自《炙毂子诗格》。

初唐以来，诸多诗法著述通过各种"调声""换头""声病"的阐释，不断努力建立一套近体诗的声律规则；到了中晚唐，律诗的平声、仄声安排已经形成了一套严密的使用规则。在形成规则的同时，诗人们也开始有意识地破坏这种"金科玉律"。《炙毂子诗格》中就首次总结了几种破坏诗律规则的方法，如"互律体"条云：

> 诗云："八月九月芦花飞。"上四字全用侧声。"南溪老翁垂钓归。"上四字全用平声。"秋山入檐翠滴滴。"律全用平。"野艇倚槛云依依。"律全用侧。②

"背律体"云：

> 《咏柳诗》："日落水流西复东，春光不尽柳何穷。巫娥庙里低含雨，宋玉宅前斜带风。"此后第五句第二字合用侧声带起，却用平声，是背律也。"不将榆荚共争翠，深感杏花相映红。"此是大才，不拘常格之体。③

还有"讦调体"：

> 李郢诗："青蛇上竹一种色，黄蝶隔溪无限情。"此"种"字合用平而用侧，是讦调也。④

对于以上种种破坏诗律规则的做法，《炙毂子诗格》认为"此是大才，不拘常格之体"。胡仔《苕溪渔隐丛话·前集》卷七也继承这种观点："律诗之作，用字平侧，世固有定体，众共守之。然不若时用变体，

---

① 严羽著，郭绍虞校释《沧浪诗话校释》，人民文学出版社，1961，第71页。
② 张伯伟：《全唐五代诗格汇考》，江苏古籍出版社，2002，第388页。
③ 张伯伟：《全唐五代诗格汇考》，江苏古籍出版社，2002，第389页。
④ 张伯伟：《全唐五代诗格汇考》，江苏古籍出版社，2002，第389页。

如兵之出奇，变化无穷，以惊世骇目。"① 实际情况就是如此，在一套规则系统建立起来的那一刻，人们就在尝试打破规则。无论是生物系统还是社会系统，都既受到偶然性、无序性的威胁与破坏，同时又受到它们的鼓励与滋养，从而发生变化与革新，达到一定的丰富性与复杂性。

十九　李洪宣《缘情手鉴诗格》一卷

陈振孙《直斋书录解题》卷二十二著录："《缘情手鉴诗格》一卷。题樵人李宏宣撰。未详何人，当在五代前。"② 而《吟窗杂录》署名为："樵人李洪宣纂。"③ 张伯伟认为："'洪'、'宏'相通，当为一人。……书中引及方干、杜牧之诗，而干卒于唐德（僖）宗光启元年（八八五年）前后，则其书或作于此后。"④

该书目前较好的辑本是张伯伟《全唐五代诗格汇考·缘情手鉴诗格》（江苏古籍出版社 2002 年版）。其以明刻本《吟窗杂录》为底本，并以明抄本《吟窗杂录》、《诗法统宗》、《诗学指南》及《诗式》诸书参校，内容包括"诗有五不得""束散法""审对法""自然对格""诗有三格""诗忌俗字"六条。

其中"诗有五不得"云："一曰不得以虚大为高古。二曰不得以缓漫为淡伫。三曰不得以诡怪为新奇。四曰不得以错用为独善。五曰不得以烂熟为稳约。"⑤ 这乃是因袭皎然《诗式》"诗有六迷"条："以虚诞而为高古；以缓缦而为澹泞；以错用意而为独善；以诡怪而为新奇；以烂熟而为稳约；以气少力弱而为容易。"⑥

"束散法""审对法"这两个诗法名目很有意义。这两个诗法名目在命名上首次采用了"法"字，而以前都是使用"格""体""势""例""品"等字来命名。"束散法""审对法"这种诗法名目的出现，反映了唐代以来诗法意识的逐渐成熟。

初盛唐的不少诗格、诗式著作中主要谈及作诗之法，其写作目的为

---

① 胡仔纂集，廖德明校点《苕溪渔隐丛话·前集》，人民文学出版社，1962，第 42 页。
② 陈振孙撰，徐小蛮、顾美华点校《直斋书录解题》，上海古籍出版社，1987，第 644 页。
③ 陈应行编，王秀梅整理《吟窗杂录》，中华书局，1997，第 355 页。
④ 张伯伟：《全唐五代诗格汇考》，江苏古籍出版社，2002，第 392 页。
⑤ 张伯伟：《全唐五代诗格汇考》，江苏古籍出版社，2002，第 393 页。
⑥ 张伯伟：《全唐五代诗格汇考》，江苏古籍出版社，2002，第 226 页。

"使无天机者坐致天机"①（皎然《诗式·序》），也即教人作诗、传授技巧，但书中的这些技巧并不命名为"法"。由此可见，在初盛唐时期，诗法的意识已经存在，但只是还没有产生"诗法"这一概念。真正提出"诗法"概念的标志性人物当是杜甫。②杜甫于天宝十三载（754）作《寄高三十五书记（适）》云："叹息高生老，新诗日又多。美名人不及，佳句法如何？"③大历二年（767）又作《偶题》云："文章千古事，得失寸心知。……后贤兼旧例，历代各清规。法自儒家有，心从弱岁疲。"④这些简单的诗句承载了诗学史上首次提出"诗法"的重要意义。对此，钱志熙《杜甫诗法论探微》即认为：

>"佳句法如何"和"法自儒家有"这两句诗里面，已经包含着杜甫对法的基本定义：即"法"的具体体现虽只能在具体的创作和作品之中，但却可以传授和继承，以抽象的法则存在于作品之外。杜甫在创作思想上的一大突破，也正在这里。法则思想在前人那里并不是没有的，但到了杜甫才真正将其明确化，尤其是他明确了这样一种观点：即是将法度的学习和运用确定为诗人从事创作的最基本的条件。⑤

现存《缘情手鉴诗格》的内容当只是原书残留下来的一部分，原书中可能有更多"某某法"的记载。即便只有"束散法""审对法"这两个以"法"字来命名的诗法名目，我们也可以说在唐人那里，独具中国特色的诗法之学已经奠基。正如蒋寅所指出的："中国诗学对法加以关注并奠定以诗法为主体的理论结构，应该说是在唐代。"⑥后来，这种直接使用"法"字命名的诗法名目在北宋惠洪《天厨禁脔》中获得了成功，

---

① 张伯伟：《全唐五代诗格汇考》，江苏古籍出版社，2002，第222页。
② 钱志熙《杜甫诗法论探微》（《文学遗产》2001年第4期）："而杜甫则是第一个提出诗歌之'法'，从而直接开启了传统诗学的诗法论。从理论方面来讲，是传统诗法论的奠基者。"陶水平《简议王夫之"诗法"论的诗学理论价值》（《江西教育学院学报》2000年第1期）："在诗歌创作领域，较早提出诗歌创作之'法'是盛唐时期或曰由盛唐开始转入中唐的杜甫。"
③ 杜甫：《杜工部集》，岳麓书社，1986，第150页。
④ 杜甫：《杜工部集》，岳麓书社，1986，第256页。
⑤ 钱志熙：《杜甫诗法论探微》，《文学遗产》2001年第4期。
⑥ 蒋寅：《至法无法：中国诗学的技巧观》，《文艺研究》2000年第6期。

并成为元明清诗法著述中小标题的主流。

二十 司空图《二十四诗品》一卷

司空图（837~908），字表圣，河中虞乡（今属山西）人。唐僖宗时任知制诰、中书舍人。因政局日衰，遂称病隐居，唐亡后绝食而死。有《司空表圣文集》《司空表圣诗集》等。

从1995年开始，关于司空图是否为《二十四诗品》作者的学术争论至今已经走过了二十余年，[①] 中外学者从很多方面展开论证，相关文章已经多达五十余篇。2000年，赵福坛在《司空图〈二十四诗品〉研究及其作者辨伪综析》[②] 一文中较早地拈出了陈振孙《直斋书录解题·一鸣集》这则资料。同年，李庆《也谈〈二十四诗品〉——文献学的考察》[③] 也抓住这一条资料展开了精彩的论述。随后，陈良运《"文字之表"与"二十四韵"——读〈也谈《二十四诗品》〉两点补充》[④] 一文又对李庆

[①] 复旦大学陈尚君于1995年8月19日在上海《作家报》发表《〈二十四诗品〉辨伪答客问》，文章认为《诗品》作者不是司空图，而是明人怀悦。1995年9月，中国古代文学理论国际学术研讨会在江西南昌举行，陈尚君、汪涌豪在会上宣读了《司空图〈二十四诗品〉辨伪》，成为大会专题讨论的主要内容。1995年《北京大学学报》发表了张健《〈诗家一指〉的产生时代与作者——兼论〈二十四诗品〉作者问题》，指出《二十四诗品》来自元人虞集的《虞侍书诗法》。《中国古籍研究》第一卷刊载陈尚君、汪涌豪合写的《司空图〈二十四诗品〉的辨伪》，该文观点的影响逐日扩大，引起了海内外学者的关注。《复旦学报》1996年第2期发表了汪泓《司空图〈二十四诗品〉真伪辨综述》一文，综述了陈尚君、汪涌豪二人的观点及南昌研讨会上各家的看法。《安徽师大学报》1996年第1期载祖保泉、陶礼天合写的《〈诗家一指〉与〈二十四诗品〉作者问题》，对陈尚君、汪涌豪所论进行反驳。《中国诗学》第五辑设"《二十四诗品》真伪问题讨论"专栏，载王运熙《〈二十四诗品〉真伪问题我见》、张少康《司空图〈二十四诗品〉真伪问题之我见》、王步高《〈二十四诗品〉非司空图作质疑》、汪涌豪《司空图论诗主旨新探——兼论其与〈二十四诗品〉的区别》、张伯伟《从元代的诗格伪书说到〈二十四诗品〉》、张健《从怀悦编本看〈诗家一指〉的版本流传及篡改》、蒋寅《关于〈诗家一指〉与〈二十四诗品〉》、束景南《王晫〈林湖遗稿序〉与〈二十四诗品〉考辨》、陈尚君《〈二十四诗品〉辨伪追记答疑》，这些文章各抒己见，把《二十四诗品》的辨伪研究推向深入。21世纪以来，仍有关于《二十四诗品》的争锋文章不断发表。

[②] 赵福坛：《司空图〈二十四诗品〉研究及其作者辨伪综析》，《广州师院学报》2000年第12期。

[③] 李庆：《也谈〈二十四诗品〉——文献学的考察》，载《中国文学研究》第四辑，江西教育出版社，2000，第86~119页。

[④] 陈良运：《"文字之表"与"二十四韵"——读〈也谈《二十四诗品》〉两点补充》，载《古籍研究》2004·卷上（总第45期），安徽大学出版社，2004。

的文章进行了有力的补充。在前辈学者的研究基础上，本文梳理出司空图《二十四诗品》写作与流传的线索，求教于方家。

第一，陈振孙记载司空图有"诗格"著作。

南宋陈振孙《直斋书录解题》卷十六在著录司空图《一鸣集》时云：

> 《一鸣集》一卷
> 唐兵部侍郎虞乡司空图表圣撰。图见《卓行传》，唐末高人胜士也。蜀本但有杂著，无诗。自有诗十卷，别行。诗格尤非晚唐诸子所可望也。其论诗以"梅止于酸，盐止于咸；咸酸之外，醇美乏焉"，东坡尝以为名言。自号知非子，又曰耐辱居士。①

值得注意的是"诗格"一词。可能有学人认为这个"诗格"是指诗歌的品格、格调、风格之意，但实际上却并非如此。赵福坛、李庆、陈良运、祖保泉都认为这里的"诗格"当代指《二十四诗品》。② 以上几位学者的观点非常有见地，笔者在前辈的基础上进一步论述这个问题。③

据笔者检索《直斋书录解题》一书，"诗格"这个词在其中多次出现，但只分为两种情况。一种是作为专用书名。例如其卷二十二集部文史类著录了多种唐人诗格著作：题魏文帝《诗格》一卷，唐王昌龄撰《诗格》一卷，唐李峤撰《评诗格》一卷，题白居易《文苑诗格》一卷，沙门神彧《诗格》一卷，唐王叡撰《炙毂子诗格》一卷，进士王梦简撰

---

① 陈振孙撰，徐小蛮、顾美华点校《直斋书录解题》，上海古籍出版社，1987，第484～485页。
② 参见赵福坛《司空图〈二十四诗品〉研究及其作者辨伪综析》，《广州师院学报》2000年第12期；李庆《也谈〈二十四诗品〉——文献学的考察》，载《中国文学研究》第四辑，江西教育出版社，2000，第94页；陈良运《"文字之表"与"二十四韵"——读〈也谈《二十四诗品》〉两点补充》，载《古籍研究》2004·卷上（总第45期），安徽大学出版社，2004；祖保泉《答张灿校友问——讨论〈二十四诗品〉作者问题》，《安徽师范大学学报》2005年第6期。
③ 陈尚君在2011年发表了《〈二十四诗品〉伪书说再证——兼答祖保泉、张少康、王步高三教授之质疑》（《上海大学学报》2011年第6期）一文，对二十年来的许多质疑都做了回应，却并没有专门回应陈振孙《直斋书录解题》中的这条资料。

《诗格要律》一卷,题樵人李宏宣《缘情手鉴诗格》一卷,白居易《金针诗格》一卷,梅尧臣《续金针诗格》一卷等。

另一种是以之代称唐五代的诗法之书。例如在同卷著录的另一部诗格著作《文章玄妙》之下,陈振孙云:

  唐任藩撰。言作诗声病、对偶之类。凡世所传诗格,大率相似。余尝书其末云:"论诗而若此,岂复有诗矣。唐末诗格污下,其一时名人,著论传后乃尔,欲求高尚,岂可得哉?"①

在著录宋代诗法汇编著作《吟窗杂录》时,陈振孙云:"取诸家诗格、诗评之类集成之。"② 这两处陈振孙所言的"诗格",并不是指具体的作品,而是以之代指各种命名为"诗格"或者"诗式"的唐五代诗法著述。如此看来,陈振孙在著录司空图《一鸣集》时提到的"诗格",或是指司空图写作的名叫《诗格》的书,或是代指司空图写作的诗法著述,而不是诗歌的品格、格调、风格之意。

同在卷十六,《直斋书录解题》又著录了杜牧的《樊川集》,并明确说:"牧才高,俊迈不羁,其诗豪而艳,有气概,非晚唐人所能及也。"③ 同样是"非晚唐人所能及",却不说"诗格",而说"其诗",这充分说明在陈振孙那里,诗格是指诗法著述,不是指诗歌的品格、格调等。李庆说:"考陈振孙在《直斋书录解题》中评论'诗'时,所有的指代之词多是'某诗''诗'或'其诗',作'某诗''其诗'如何,而不作'诗格'如何如何。"④

可能有读者会认为陈振孙所说的"诗格尤非晚唐诸子所可望也"这一句是解释"自有诗十卷,别行"的;在该段提要中,陈振孙先说司空图的诗歌保存情况,再说进一步说明他的诗歌格调如何,那么这里的"诗格"就是指诗歌的品格、格调、风格之意。但笔者认为,陈振孙既

---

① 陈振孙撰,徐小蛮、顾美华点校《直斋书录解题》,上海古籍出版社,1987,第645页。
② 陈振孙撰,徐小蛮、顾美华点校《直斋书录解题》,上海古籍出版社,1987,第647页。
③ 陈振孙撰,徐小蛮、顾美华点校《直斋书录解题》,上海古籍出版社,1987,第483页。
④ 李庆:《也谈〈二十四诗品〉——文献学的考察》,载《中国文学研究》第四辑,江西教育出版社,2000,第93页。

然已说诗"别行",又何必在没有存诗的《一鸣集》提要中解释司空图的诗歌格调如何呢?正如李庆所言:"考《直斋书录解题》别集类的解题,凡没有诗的文集条下,都没有陈振孙评论作者诗风格的文字,为什么唯有此条会是例外呢?"①

何况陈振孙在《直斋书录解题》卷十九专门有条目著录司空图的诗集:

《司空表圣集》十卷

唐兵部侍郎司空图表圣撰。咸通十年进士。别有全集,此集皆诗也。其子永州刺史荷为后记。②

如果陈振孙认为司空图的诗歌格调很高,为何不在这里写上这一句"诗格尤非晚唐诸子所可望也"呢?如果司空图诗歌的格调让陈振孙印象很深,他不会如此简略地记述司空图诗集的。再者,论写诗的才能,晚唐李商隐、温庭筠、杜牧等人明显比司空图更胜一筹,陈振孙应该不会认为司空图能够凌驾于他们之上。陈振孙明确说杜牧的诗歌"非晚唐人所能及也",如果再说司空图的诗歌"尤非晚唐诸子所可望也",那么对他的赞美程度就超过了杜牧,这是不大可能的。

所以,陈振孙所说的"诗格尤非晚唐诸子所可望也"这句话,是紧接着"蜀本但有杂著,无诗。自有诗十卷,别行"这一整句而来的,还是在解释他所见到的蜀本《一鸣集》。紧接着,陈振孙又特地引出苏轼所赞赏的"盐梅之论",该文字就出自《一鸣集》中的《与李生论诗书》。这一条本就是《一鸣集》的提要,内容也是紧紧围绕《一鸣集》而言的;《一鸣集》中只有文,没有诗,但有诗格。在《直斋书录解题》卷二十二中,陈振孙著录了大量的唐五代诗格著作,他对诗格著作是十分熟悉的,而且他对晚唐的诗格著作多有批评:"凡世所传诗格,大率相似。余尝书其末云:'论诗而若此,岂复有诗矣。唐末诗格污下,其一时

---

① 李庆:《也谈〈二十四诗品〉——文献学的考察》,载《中国文学研究》第四辑,江西教育出版社,2000,第92页。
② 陈振孙撰,徐小蛮、顾美华点校《直斋书录解题》,上海古籍出版社,1987,第574页。

名人，著论传后乃尔，欲求高尚，岂可得哉？'"① 陈振孙看到司空图的诗格著作相比于唐末诸子的诗格之作有超群特质，所以他才会特意说司空图"诗格尤非晚唐诸子所可望也"，这也可与"唐末诗格污下"那些话相呼应。由此看来，司空图应当的确写过诗格著作，"他（陈振孙）是见到过司空图所撰的'诗格'类的著作的"②。

此外，司空图《与王驾评诗》中云："吾适又自编《一鸣集》，且云撑霆裂月，劼作者之肝脾，亦当吾言之无怍也。"③ 撑霆裂月，谓气势惊人；劼，固也。这句话的意思是《一鸣集》中的内容惊天动地，能够揭示诗人的甘苦。那这部分内容是什么呢？现存世的《司空表圣文集》中的内容很难说有这样"撑霆裂月，劼作者之肝脾"的效果。笔者认为这句话是特指《一鸣集》中原有的诗格之作。诗格主要是揭示诗歌创作方法的，唐代以来，诗格作者普遍都认为自己的著作能够深得作文之要义，揭示诗人创作的奥妙，从"文镜秘府论""诗髓脑""二南密旨""诗点化秘术"这些名字中就可见一斑。司空图这里的"撑霆裂月，劼作者之肝脾"也是同样的意思。

第二，《二十四诗品》就是诗格著作。

按照陈振孙的记载，司空图曾经写过诗格之书。那现存的《二十四诗品》是诗格著作吗？事实上，长期以来《二十四诗品》就是和各种诗格著作联系在一起的。

祝尚书发现，清康熙时所刻的宋代高翥《信天巢遗稿》中附高鹏飞《林湖遗稿》卷首有一篇《林湖遗稿序》，其中有"全十体，备四则，该二十四品，具一十九格"④ 之语。该序署名为王晞，写于南宋嘉泰四年（1204）。其中"十体""一十九格"都是唐五代诗格著作中的固定用语，"二十四品"也不应例外。

初唐崔融《唐朝新定诗格》中有"十体"云："一形似体。二质气体。三情理体。四直置体。五雕藻体。六映带体。七飞动体。八婉转体。

---

① 陈振孙撰，徐小蛮、顾美华点校《直斋书录解题》，上海古籍出版社，1987，第645页。
② 李庆：《也谈〈二十四诗品〉——文献学的考察》，载《中国文学研究》第四辑，江西教育出版社，2000，第94页。
③ 司空图：《司空表圣文集》，《四部丛刊初编》本，上海商务印书馆，1929。
④ 高翥：《信天巢遗稿》，清康熙刻本。

九清切体。十菁华体。"① 题名李峤《评诗格》中"十体"的内容与之十分相似，张伯伟认为《评诗格》"实即剪取崔氏书而成"②。晚唐齐己《风骚旨格》亦有"诗有十体"云："一曰高古。二曰清奇。三曰远近。四曰双分。五曰背非。六曰无虚。七曰是非。八曰清洁。九曰覆妆。十曰阖门。"③ 唐僧皎然《诗式》卷一的"辩体有一十九字"中以十九字括诗之体，分别是：高、逸、贞、忠、节、志、气、情、思、德、诚、闲、达、悲、怨、意、力、静、远。王玄在《诗中旨格》里抄录了《诗式》中的这十九个字和对它们的阐释，再加上了诗例，为"拟皎然十九字体"。"四则说"虽然在现存的唐五代诗格著作中未见论及，但很有可能是相关论述佚失了。而"二十四品"或就可以对应司空图《二十四诗品》中的内容。这说明在当时人眼中，《二十四诗品》是和《唐朝新定诗格》《评诗格》《风骚旨格》《诗式》《诗中旨格》一样的诗格之书。

　　随后，束景南发表了《王晞〈林湖遗稿序〉与〈二十四诗品〉考辨》④ 一文，认为王晞《林湖遗稿序》是一篇后人的伪作，序文有关言语系抄用明人怀悦刊行的诗法汇编《诗家一指》中"由是可以明十科，达四则，该二十四品"⑤ 之语。此外，《诗家一指》里还有非常明确的"十科""四则""二十四品"等名目，如十科为：意、趣、神、情、气、理、力、境、物、事；四则为：句、字、法、格；二十四品包括：雄浑、冲淡、纤秾、沉著、高古、典雅、洗炼、劲健、绮丽、自然、含蓄、豪放、精神、缜密、疏野、清奇、委曲、实境、悲慨、形容、超诣、飘逸、旷达、流动。实际上，这一叙述在元代题名虞集的《虞侍书诗法》中也可以找到。《虞侍书诗法》"与《诗家一指》乃为同一种诗法著作，但版本差异甚大"⑥。这两本书中的"二十四品"正是现在《二十四诗品》中的内容。在《二十四诗品》真伪问题大讨论中，陈尚君、汪涌豪认为司

---

① 张伯伟：《全唐五代诗格汇考》，江苏古籍出版社，2002，第129页。
② 张伯伟：《全唐五代诗格汇考》，江苏古籍出版社，2002，第128页。
③ 张伯伟：《全唐五代诗格汇考》，江苏古籍出版社，2002，第401页。
④ 束景南：《王晞〈林湖遗稿序〉与〈二十四诗品〉考辨》，载《中国诗学》第五辑，南京大学出版社，1997，第45~47页。
⑤ 张健：《元代诗法校考》，北京大学出版社，2001，第276页。
⑥ 张健：《元代诗法校考》，北京大学出版社，2001，第306页。

空图《二十四诗品》内容当出自明人怀悦所编的《诗家一指》。① 张健则继续向前追溯，指出《二十四诗品》当来自元人虞集的《虞侍书诗法》。② 姑且不论元明的诗法之书多是汇集前人的诗格著述而成，以上讨论或许可以从另一角度说明从元代以来、《二十四诗品》就被收录在诗法著述中。所以，无论《林湖遗稿序》是出自南宋还是元明之后，都可说明《二十四诗品》是诗格之书。

清初卞永誉《式古堂书画汇考》卷二五录祝允明所书的文本，题作《枝指生书宋人品诗韵语卷》，内容与《二十四诗品》十分相近，末有祝跋云：

> 故障箬溪先生，岁丙子秋，佥岭南按察事。公余历览诸胜，纪全广风物之作，于魏晋诸家，无所不诣。日抵罗浮，盖累累联翠，穿云树杪，奇绝足为大观。及归便崇报禅院，时天空云净暮山碧，了无一点尘埃侵。有僧幻上供清茗，叩先生，解带，出新酿麻姑，先生辄秉烛谭古今兴灭事。坐久，赋诗有云："名山昔日来司马，不到罗浮名总虚。"又云："不妨珠玉成千言，但得挥翰笺麻传。"项出《摘翠编》所述种种诗法，如晔晔紫芝，秀色可餐，诚词坛拱璧，世不多见者。遂为先生作行楷，以纪时事云。长洲祝允明。③

箬溪先生为顾应祥，正德十一年（1516）祝允明随其抵岭南。僧幻拿出《摘翠编》给顾、祝等人欣赏，祝遂为顾抄写品诗韵语部分，也即现在的《二十四诗品》。陈尚君说："《摘翠编》未见流传，不知为何书，但从'《摘翠编》所述种种诗法'一句看，应该是与《名家诗法》之类书接近的诗法、诗格类汇编书。"④ 祝允明这里著录的《二十四诗品》来

---

① 参见陈尚君、汪涌豪《司空图〈二十四诗品〉的辨伪》，载《中国古籍研究》第一卷，上海古籍出版社，1996。
② 参见张健《〈诗家一指〉的产生时代与作者——兼论〈二十四诗品〉作者问题》，《北京大学学报》1995年第5期。
③ 卞永誉：《式古堂书画汇考》，吴兴蒋氏密均楼藏本鉴古书社影印版，台湾正中书局，1958，第50页。
④ 陈尚君：《〈二十四诗品〉伪书说再证——兼答祖保泉、张少康、王步高三教授之质疑》，《上海大学学报》2011年第6期。

自《摘翠编》，而《摘翠编》是一本诗法汇编之书，所以《二十四诗品》是诗格著作是没有问题的。张伯伟在《从元代的诗格伪书说到〈二十四诗品〉》中说："目前可以知道《二十四诗品》最早出现在元人的《诗家一指》中。在明末以前，这二十四则韵语都是在诗法类的书中出现的。如史潜《新编名贤诗法》、杨成《诗法》（成化十六年）、黄省曾《名家诗法》、朱绂《名家诗法汇编》等。而朱之蕃《诗法要标》卷三所收录者，更明确标以'诗法二十四品'之目。"① 张伯伟继而指出："这类书，都是引导初学的诗学启蒙读物，可概称为诗格。"② 清代《四库全书总目提要》著录司空图《诗品》亦云："唐人诗格传于世者，王昌龄、杜甫、贾岛诸书，率皆依托。即皎然《杼山诗式》，亦在疑似之间，惟此一编，真出图手。"③ 且不管是否"真出图手"，《二十四诗品》作为诗格中的一种是没有问题的。

第三，陈振孙的"诗格"正对应苏轼的"二十四韵"。

或许会有读者疑惑：即便《二十四诗品》是诗格著作，那就一定是陈振孙所说的司空图的"诗格"吗？笔者从著名的《书黄子思诗集后》中找到了证据：

  唐末司空图，崎岖兵乱之间，而诗文高雅，犹有承平之遗风。其论诗曰："梅止于酸，盐止于咸。"饮食不可无盐、梅，而其美常在咸、酸之外。盖自列其诗之有得于文字之表者二十四韵，恨当时不识其妙。予三复其言而悲之。④

二十年来，学界发表了许多文章来讨论苏轼"盖自列其诗之有得于文字之表者二十四韵"这句话的意思。学者们引经据典地分析"盖"字为何意，分析"自列其诗"为何意，又分析"有得于文字之表者"以及"韵"字为何意，都是为了弄清楚"二十四韵"究竟是指《二十四诗品》

---

① 张伯伟：《从元代的诗格伪书说到〈二十四诗品〉》，载《中国诗学》第五辑，南京大学出版社，1997。
② 张伯伟：《从元代的诗格伪书说到〈二十四诗品〉》，载《中国诗学》第五辑，南京大学出版社，1997。
③ 纪昀等：《钦定四库全书总目》，中华书局，1997，第2739页。
④ 苏轼著，孔凡礼点校《苏轼文集》，中华书局，1986，第2124~2125页。

还是指《与李生论诗书》中所举的二十四联诗。笔者认为，如果把苏轼上面的言论和陈振孙的《一鸣集》提要结合起来，便很容易得到"二十四韵"就是《二十四诗品》的答案。

陈振孙《一鸣集》提要中有"其论诗以'梅止于酸，盐止于咸；咸酸之外，醇美乏焉'，东坡尝以为名言"①云云，由此可以肯定，陈振孙是见过苏轼《书黄子思诗集后》这段话的。既然陈振孙很熟悉苏轼这段言论，他在著录《一鸣集》时呼应了苏轼比较感兴趣的"梅止于酸，盐止于咸；咸酸之外，醇美乏焉"之论，难道就没有呼应苏轼的下一句"盖自列其诗之有得于文字之表者二十四韵"之语吗？笔者认为陈振孙"诗格尤非晚唐诸子所可望也"这句话正是呼应了苏轼的"二十四韵"。苏轼认为"恨当时不识其妙"，陈振孙随之也说"非晚唐诸子所可望也"，都是在赞美司空图诗格著作的超群特质。苏轼的"二十四韵"正可与陈振孙的"诗格"相对应，那么这个"诗格"就不可能是别的"二十四韵"作品，就是如今的《二十四诗品》。

如果说苏轼所说的"二十四韵"是指《与李生论诗书》中所举的二十四联诗句，那么陈振孙为何对此不加以评论？苏轼"三复其言而悲之"，陈振孙为何却丝毫无感？实际上，这二十四联诗句的确清丽可爱，但不至于让诗词泰斗苏轼"三复其言"。再说，这二十四联诗句在诗义上也并非高深晦涩，不至于让苏轼有"恨当时不识其妙"的感叹。试看司空图这些诗句：

> 愚幼常自负，既久而逾觉缺然。然得于早春，则有"草嫩侵沙短，冰轻着雨绡"。又"人家寒食月，花影午时天"。（上句云："隔谷见鸡犬，山苗接楚田。"）又"雨微吟足思，花落梦无憀"。得于山中，则有"坡暖冬生笋，松凉夏健人"。又"川明虹照雨，树密鸟冲人"。得于江南，则有"戍鼓和潮暗，船灯照岛幽"。又"曲塘春尽雨，方响夜深船"。又"夜短猿悲减，风和鹊喜灵（宋本作虚）"。得于塞下，则有"马色经寒惨，雕声带晚饥"。得于丧乱，则有"骅骝思故第，鹦鹉失佳人"。又"鲸鲵人海涸，魑魅棘林

---

① 陈振孙撰，徐小蛮、顾美华点校《直斋书录解题》，上海古籍出版社，1987，第485页。

高"。得于道宫,则有"棋声花院闲,幡影石幢幽"。得于夏景,则有"地凉清鹤梦,林静肃僧仪"。得于佛寺,则有"松日明金像,苔龛响木鱼"。又"解吟僧亦俗,爱舞鹤终卑"。得于郊园,则有"远陂春旱渗,犹有水禽飞"。(上句:"绿树连村暗,黄花入麦稀。")得于乐府,则有"晚妆留拜月,春睡更生香"。得于寂寥,则有"孤萤出荒池,落叶穿破屋"。得于惬适,则有"客来当意惬,花发遇歌成"。虽庶几不滨于浅涸,亦未废作者之讥苛也。又七言云:"逃难人多分隙地,放生鹿大出寒林"。又"得剑乍如添健仆,亡书久似忆良朋"。又"孤屿池痕春涨满,小栏花韵午晴初"。又"五更惆怅回孤枕,犹自残灯照落花"。(上句"故国春归未有涯,小栏高槛别人家"。)又"殷勤元日日,歌午(宋本作舞)又明年"。(上句"甲子今重数,生涯只自怜。")皆不拘于一概也。① (《一鸣集》)

对此,陈良运就说:"司空图自诩的诗句并不那么高妙,以苏东坡那样高的鉴赏力,说'恨当时不识其妙'而特指'草嫩侵沙短,冰轻着雨消'等,不太可信。"② 何况这二十四联,各种版本中记载都不同,有二十一联、二十六联、二十八联、二十九联等多种记载。③ "有什么根据可以证明,苏东坡所见的一定是'二十四韵'的版本,而他又一定是按尚君等所规定的计算方法去计算的呢?这种未免太凑巧了吧。"④

同时,苏轼论司空图诗歌的文字还有以下一则:

东坡云:"司空表圣自论其诗,以为得味外味,'绿树连村暗,黄花入麦稀。'此句最善。又云:'棋声花院闲,幡影石坛高。'吾

---

① 司空图:《司空表圣文集》,《四部丛刊初编》本,上海商务印书馆,1929。
② 陈良运:《"文字之表"与"二十四韵"——读〈也谈《二十四诗品》〉两点补充》,载《古籍研究》2004·卷上(总第45期),安徽大学出版社,2004,第38页。
③ 具体论述可参见王步高《〈二十四诗品〉非司空图作质疑》(蒋寅、张伯伟主编《中国诗学》第五辑,人民文学出版社,1997)、张少康《司空图〈二十四诗品〉真伪问题之我见》(蒋寅、张伯伟主编《中国诗学》第五辑,人民文学出版社,1997)等文章。
④ 李庆:《也谈〈二十四诗品〉——文献学的考察》,载《中国文学研究》第四辑,江西教育出版社,2000,第116页。

尚独游五老峰，入白鹤观，松阴满地，不见一人，惟闻棋声，然后知此句之工也。但恨其寒俭有僧态。若杜子美云：'暗飞萤自照，水宿鸟相呼。''四更山吐月，残夜水明楼。'则才力富健，去表圣之流远矣。"①

这则材料见于宋人胡仔《苕溪渔隐丛话·前集》卷六、宋人阮阅《诗话总龟》前集卷八等处。从中可见，苏轼对司空图自列诗句如"绿树连村暗，黄花入麦稀""棋声花院闭，幡影石坛高"的评价并不是"恨当时不识其妙"那么高。陈良运给出了四个理由，认为"这则诗评不管出自《书黄子思诗集后》之前之后，都是矛盾的"②。

洪迈在《容斋随笔·司空表圣诗》中说："予读表圣《一鸣集》有《与李生论诗书》一书，乃正坡公所言者。"③陈尚君认为这是"二十四韵"指《与李生论诗书》的明证。但也可能是洪迈翻检的《一鸣集》中诗格内容已经散佚；或者《二十四诗品》只是罗列诗歌风格的一组韵文，洪迈并不感兴趣；或者洪迈和陈尚君一样，直接顺着梅尧之论，把"二十四韵"误解成了《与李生论诗书》下面列的二十四联了。种种情况还有很多，所以不能把洪迈这里的叙述当成"如同白天一样的明朗"④。而且，就算苏轼所说的"二十四韵"就是指《与李生论诗书》中的诗句，那也不可以证明司空图没写过《二十四诗品》。

对于张少康怀疑《诗品》是否为明人从司空图已经失传的三十卷本《一鸣集》中录出，陈尚君说："南宋见过此集（《一鸣集》）的洪迈也没有提示相关的线索，因此这一猜想也不必讨论。"⑤如前文所论，既然洪迈之说不能成为那么有力的证据，那么这一猜想也就可以继续讨论。笔者认为，在宋代苏轼和陈振孙当时，司空图《二十四诗品》这部分诗

---

① 胡仔纂集，廖德明校点《苕溪渔隐丛话·前集》，人民文学出版社，1962，第34页。
② 陈良运：《"文字之表"与"二十四韵"——读〈也谈《二十四诗品》〉两点补充》，载《古籍研究》2004·卷上（总第45期），安徽大学出版社，2004。
③ 洪迈：《容斋随笔》，上海古籍出版社，1978，第135页。
④ 陈尚君：《〈二十四诗品〉伪书说再证——兼答祖保泉、张少康、王步高教授之质疑》，《上海大学学报》2011年第6期。
⑤ 陈尚君：《〈二十四诗品〉伪书说再证——兼答祖保泉、张少康、王步高教授之质疑》，《上海大学学报》2011年第6期。

格内容是附在《一鸣集》中行世的，所以这就可以很好地解释为什么历代书目中都没有著录《二十四诗品》。或许这部分内容无专门的篇章之名，故而苏轼根据其韵文的形式名之为"二十四韵"。

第四，只有《二十四诗品》才能获得苏轼与陈振孙那样的赞赏。

陈尚君认为苏轼这段话"除了'二十四'的数字与《二十四诗品》巧合，句中字词的内涵，都与《二十四诗品》不相契合。其前后文，也与之无关"①。但笔者认为苏轼这段话和《二十四诗品》非常契合，所谓"恨当时不识其妙"恰恰是针对《二十四诗品》而言的，《二十四诗品》的精深奥妙的确值得苏轼一品再品，"三复其言"。

不同于历代的诗格著作，《二十四诗品》在文艺批评史上具有非常重要的地位，因为它具有超群特质。

晚唐五代的诗格著作有旧题贾岛《二南密旨》，王叡《炙毂子诗格》一卷，李洪宣《缘情手鉴诗格》一卷，郑谷、齐己、黄损《今体诗格》一卷，齐己《风骚旨格》一卷，僧虚中《流类手鉴》一卷，徐夤《雅道机要》一卷，徐衍《风骚要式》一卷，王玄《诗中旨格》一卷，王梦简《诗格要律》一卷，僧神彧《诗格》一卷等。这些诗格著作皆是罗列名目，多重复因袭、琐屑穿凿。司空图比"晚唐诸子"高明之处，是用时而抽象、时而形象的四言诗句解释具体诗歌风格，形成在浓浓的审美观照中传达出新的诗意和诗境的效果，而不是像"晚唐诸子"那样简单地附上前人诗例。而且不同于"晚唐诸子"对诸种风格的一视同仁，司空图表现出了对冲淡、自然、含蓄、飘逸诸品的崇尚，呼应了他文论中提倡的"象外之象""景外之景""韵外之致""味外之旨"的诗歌创作主张。《二十四诗品》既有诗格的品目分类，又有诗论的形而上意义，综合了诗格、诗话、诗评的多重优点。《二十四诗品》同时又具有诗歌形式和审美意味，这就远高于一般教条化和琐屑化的诗格著作。《二十四诗品》的独特之处还在于有"理不胜词；藻采洵应接不暇，意旨多梗塞难通，只宜视为佳诗，不求甚解而吟赏之"②的特点，而且它的内容"巧构形似，广设譬喻，……纵极描摹刻划之功，仅收影响模糊之效，终不获使他人

---

① 陈尚君：《〈二十四诗品〉伪书说再证——兼答祖保泉、张少康、王步高三教授之质疑》，《上海大学学报》2011年第6期。
② 钱锺书：《谈艺录》，生活·读书·新知三联书店，2001，第146页。

闻见亲切"①。这种表述方式上的形象性、模糊性、比喻性、神秘性,既有缺点,更有优点,也是《二十四诗品》不同于流俗的创造性所在。

如果"二十四韵"正是指司空图的《二十四诗品》,那么苏轼为何会后悔"当时不识其妙"?这恰恰反映了苏轼对《二十四诗品》认识的一个变化转折。据笔者推测,苏轼作为诗文大家,本来和众人一样,对教育蒙童、应试科举的诗格类书籍评价不高,所以之前对司空图《二十四诗品》有所忽视。后来,当苏轼真正体会到《二十四诗品》的艺术与理论价值时,他便时常吟咏《二十四诗品》了。如果把"当时"解释为"晚唐当时人",《书黄子思诗集后》中那段话也同样可以解释得通:"与司空图同时代的人并不理解那'二十四韵'的奥妙所在,真是令人遗憾,我(苏轼)如今再三反复地阅读他的言论,为他的不被理解而感到悲痛。"

《二十四诗品》和晚唐五代其他诗格著作正好是同时期的同类著作,但又超凡脱俗。所以陈振孙《直斋书录解题》会说(司空图)"诗格尤非晚唐诸子所可望也"②。陈振孙和苏轼的观点一样,都是肯定《二十四诗品》的价值,认为《二十四诗品》在晚唐五代的诗格著作中迥然出尘。所以,只有把苏轼的"二十四韵"和陈振孙的"诗格"对应为《二十四诗品》,才可以很好地理解苏轼和陈振孙的言论。正如赵福坛所言:"苏轼说'恨当时不识其妙',就是从诗品的高深意境说的。陈振孙所说的'非晚唐诸子所可望也'也是从诗品的高深意境超出其他诗格而说的。"③

因为《二十四诗品》在晚唐五代诗格著作中鹤立鸡群,所以元代《诗家一指》《虞侍书诗法》谓其"(含)摄大道,如载图经"④,清人《四库全书总目·二十四诗品》中说其"深解诗理"⑤。从北宋苏轼、南宋陈振孙以来,这样的评论是一脉相承的。

第五,《二十四诗品》产生于晚唐符合诗格发展规律。

---

① 钱锺书:《管锥编》,中华书局,1979,第410页。
② 陈振孙撰,徐小蛮、顾美华点校《直斋书录解题》,上海古籍出版社,1987,第485页。
③ 赵福坛:《司空图〈二十四诗品〉研究及其作者辨伪综析》,《广州师院学报》2000年第12期。
④ 张健:《元代诗法校考》,北京大学出版社,2001,第291、313页。
⑤ 纪昀等:《钦定四库全书总目》,中华书局,1997,第2739页。

《二十四诗品》中，司空图以二十四个名目概括了诗歌的各种风格或者意境。这种概括诗歌风格的方式在唐五代的诗格著作中十分常见。将《二十四诗品》中的内容与唐五代两宋其他诗格著作进行比较后会发现，这部分内容产生于晚唐是很有可能的，它的出现很符合诗格著作在晚唐五代的发展规律。

较早地对文章风格进行分类的论述，出现在南朝梁刘勰的《文心雕龙·体性》篇中：

> 若总其归途，则数穷八体：一曰典雅，二曰远奥，三曰精约，四曰显附，五曰繁缛，六曰壮丽，七曰新奇，八曰轻靡。典雅者，熔式经诰，方轨儒门者也。远奥者，馥采典文，经理元宗者也。精约者，核字省句，剖析毫厘者也。显附者，辞直义畅，切理厌心者也。繁缛者，博喻酿采，炜烨枝派者也。壮丽者，高论宏裁，卓烁异采者也。新奇者，摈古竞今，危侧趣诡者也。轻靡者，浮文弱植，缥缈附俗者也。[1]

随后唐代的诗格著作中大量出现了将文章风格分名目的论述。

据现存的资料看，初唐崔融《唐朝新定诗格》中有"十体"，其中一些"体"是在讲具体的写作技巧，如"情理体者，谓抒情以入理者是""直置体者，谓直书其事，置之于句者是"[2]，但一些"体"如"飞动""清切"却描述了某种诗歌风格。而且，"飞动"和《二十四诗品》中的"流动"，"清切"和《二十四诗品》中的"清奇"很有相似之处：

> 飞动体者，谓词若飞腾而动是。诗曰："流波将月去，潮水带星来。"又曰："月光随浪动，山影逐波流。"此即是飞动之体。[3]
>
> 清切体者，谓词清而切者是。诗曰："寒荷凝露色，落叶动秋

---

[1] 黄叔琳注，李详补注，杨明照校注拾遗《增订文心雕龙校注》，中华书局，2000，第380页。
[2] 张伯伟：《全唐五代诗格汇考》，江苏古籍出版社，2002，第130页。
[3] 张伯伟：《全唐五代诗格汇考》，江苏古籍出版社，2002，第131页。

声。"又曰:"猿声出峡断,月彩落江寒。"此即是清切之体。①(《唐朝新定诗格》)

流动

若纳水輨,如转丸珠。夫岂可道,假体如愚。荒荒坤轴,悠悠天枢。载要其端,载闻其符。超超神明,返返冥无。来往千载,是之谓乎。②

清奇

娟娟群松,下有漪流。晴雪满汀,隔溪渔舟。可人如玉,步屧寻幽。载瞻载止,空碧悠悠,神出古异,淡不可收。如月之曙,如气之秋。③(《二十四诗品》)

王昌龄《诗格》中有"诗有五趣向",这五种趣向全都是指诗歌的风格:

诗有五趣向
一曰高格。二曰古雅。三曰闲逸。四曰幽深。五曰神仙。
高格一。曹子建诗:"从军度函谷,驰马过西京。"
古雅二。应德琏诗:"远行蒙霜雪,毛羽自摧颓。"
闲逸三。陶渊明诗:"众鸟欣有托,吾亦爱吾庐。"
幽深四。谢灵运诗:"昏旦变气候,山水含清辉。"
神仙五。郭景纯诗:"放情凌霄外,嚼蕊挹飞泉。"④

其中,"高格"类似于《二十四诗品》中的"劲健";"古雅"类似于《二十四诗品》中的"悲慨";"闲逸"类似于《二十四诗品》中的"超诣";"幽深"类似于《二十四诗品》中的"委曲";"神仙"类似于《二十四诗品》中的"高古":

---

① 张伯伟:《全唐五代诗格汇考》,江苏古籍出版社,2002,第132页。
② 司空图著,郭绍虞集解《诗品集解》,人民文学出版社,1963,第42~43页。
③ 司空图著,郭绍虞集解《诗品集解》,人民文学出版社,1963,第30页。
④ 张伯伟:《全唐五代诗格汇考》,江苏古籍出版社,2002,第182~183页。

劲健

行神如空,行气如虹。巫峡千寻,走云连风,饮真茹强,蓄素守中。喻彼行健,是谓存雄。天地与立,神化攸同。期之以实,御之以终。①

悲慨

大风卷水,林木为摧。适苦欲死,招憩不来。百岁如流,富贵冷灰。大道日丧,若为雄才。壮士拂剑,浩然弥哀。萧萧落叶,漏雨苍苔。②

超诣

匪神之灵,匪机之微。如将白云,清风与归。远引若至,临之已非。少有道气,终与俗违。乱山乔木,碧苔芳晖。诵之思之,其声愈希。③

委曲

登彼太行,翠绕羊肠。杳霭流玉,悠悠花香。力之于时,声之于羌。似往已回,如幽匪藏。水理漩洑,鹏风翱翔。道不自器,与之圆方。④

高古

畸人乘真,手把芙蓉。泛彼浩劫,窅然空踪。月出东斗,好风相从。太华夜碧,人闻清钟。虚伫神素,脱然畦封。黄唐在独,落落玄宗。⑤

---

① 司空图著,郭绍虞集解《诗品集解》,人民文学出版社,1963,第16页。
② 司空图著,郭绍虞集解《诗品集解》,人民文学出版社,1963,第35页。
③ 司空图著,郭绍虞集解《诗品集解》,人民文学出版社,1963,第37~38页。
④ 司空图著,郭绍虞集解《诗品集解》,人民文学出版社,1963,第31页。
⑤ 司空图著,郭绍虞集解《诗品集解》,人民文学出版社,1963,第11页。

中唐皎然《诗式》"诗有七德"云："一识理；二高古；三典丽；四风流；五精神；六质干；七体裁。"① 其中"高古""精神"这两个名目和《二十四诗品》中的完全一致，但可惜《诗式》中没有具体的解释，也没有相关的诗例让我们进行对比。皎然《诗式》中又有"辩体有一十九字"，分别是："高、逸、贞、忠、节、志、气、情、思、德、诚、闲、达、悲、怨、意、力、静、远。"② 虽然是单字，但指的依然是诗歌的各种风格：

  高。风韵朗畅曰高。
  逸。体格闲放曰逸。
  贞。放词正直曰贞。
  忠。临危不变曰忠。
  节。持操不改曰节。
  志。立性不改曰志。
  气。风情耿介曰气。
  情。缘景不尽曰情。
  思。气多含蓄曰思。
  德。词温而正曰德。
  诫。检束防闲曰诫。
  闲。情性疏野曰闲。
  达。心迹旷诞曰达。
  悲。伤甚曰悲。
  怨。词调凄切曰怨。
  意。立言盘泊曰意。
  力。体裁劲健曰力。
  静。非如松风不动，林狄未鸣，乃谓意中之静。
  远。非如渺渺望水，杳杳看山，乃谓意中之远。③

---

① 张伯伟：《全唐五代诗格汇考》，江苏古籍出版社，2002，第227页。
② 张伯伟：《全唐五代诗格汇考》，江苏古籍出版社，2002，第242页。
③ 张伯伟：《全唐五代诗格汇考》，江苏古籍出版社，2002，第242页。

后来，活跃在晚唐五代的王玄在《诗中旨格》里抄录了《诗式》中的这十九个字和对它们的阐释，并加上了诗例。

晚唐齐己《风骚旨格》亦有"诗有十体"云：

诗有十体
一曰高古。二曰清奇。三曰远近。四曰双分。五曰背非。六曰无虚。七曰是非。八曰清洁。九曰覆妆。十曰阖门。
一曰高古。诗曰："千般贵在无过达，一片心闲不奈高。"
二曰清奇。诗曰："未曾将一字，容易谒诸侯。"
三曰远近。诗曰："已知前古事，更结后人看。"
四曰双分。诗曰："船中江上景，晚泊早行时。"
五曰背非。诗曰："山河终决胜，楚汉且横行。"
六曰无虚。诗曰："山寺钟楼月，江城鼓角风。"
七曰是非。诗曰："须知项籍剑，不及鲁阳戈。"
八曰清洁。诗曰："大雪路亦宿，深山水也斋。"
九曰覆妆。诗曰："叠嶂供秋望，无云到夕阳。"
十曰阖门。诗曰："卷帘黄叶落，锁印子规啼。"①

其中虽然将诗歌风格如"高古""清奇""清洁"与诗歌创作的构思方法如"远近""双分""背非""无虚""是非""覆妆"以及诗歌题材"阖门"等混合在了一起，但"高古""清奇"与《二十四诗品》中的名目一致。晚唐五代徐夤《雅道机要》中的"明体裁变通"所列十体，亦与齐己《风骚旨格》"诗有十体"相近。

晚唐五代王梦简《诗格要律》中有"二十六门"，包括"高大门""君臣门""忠孝门""富贵门""礼义门""高逸门""古意门""隐静门""恐怖门"等，其中"含蓄门"和《二十四诗品》中的名目相同：

含蓄门
诗曰："鸟宿池中树，僧敲月下门。"右贾岛句，合雅。又诗：

---

① 张伯伟：《全唐五代诗格汇考》，江苏古籍出版社，2002，第401~402页。

"轩车在何处，雨雪满前山。"右方干句，合赋。又诗："正思浮世事，又到古城边。"右□□句，合雅。又诗："相逢嵩岳客，共听楚城砧。"右周贺句，合雅。又诗："月离山一丈，风吹花数苞。"右周朴句，合雅。又诗："相思坐溪石，微雨下山岚。"右齐己句，合雅。①（《诗格要律》）

含蓄

不著一字，尽得风流。语不涉己，若不堪忧。是有真宰，与之沉浮。如渌满酒，花时返秋。悠悠空尘，忽忽海沤。浅深聚散，万取一收。②（《二十四诗品》）

《诗格要律》中的诗例确有含蓄的风格特点。结合这些诗例来看《二十四诗品》中的"含蓄"品，可以较为便宜地理解其所描述的诗歌风格或意境。

综上，在诗格著作中罗列各种诗歌风格，或予以具体解释，或附上诗例来说明，这种做法从初唐出现后一直延续到了晚唐五代。所以《二十四诗品》中概括风格的体例并不新鲜。而且，《二十四诗品》中如"高古""清奇""含蓄"等名目，在其他诗格之书中早已被总结过，"悲慨""超诣""委曲"等在其他诗格著作中也曾被总结为类似的词语。所以说，《二十四诗品》产生于晚唐是完全有可能的。

北宋神宗朝郭思有诗法之书名为《瑶池集》（一名《瑶溪集》），此书已佚，据元人方回《桐江集》卷七《〈瑶池集〉考》的记载，全书分为十五卷，"一曰诗之六义，二曰诗之诸名，三曰诗之诸体，四曰诗之诸式，五曰诗之景，以至十五曰诗之诸说"。其中"诗之诸式"一卷，有"二十九式曰浑成，曰雄特，曰雅健，曰和熟之类"。③ 由此可见，将诗歌风格分为数种情况并一一罗列说明，到了北宋神宗朝的诗格中还在继续。《瑶池集》将各种诗歌风格分为二十九种，名之曰"式"，这就和

---

① 张伯伟：《全唐五代诗格汇考》，江苏古籍出版社，2002，第478页。
② 司空图著，郭绍虞集解《诗品集解》，人民文学出版社，1963，第21页。
③ 参见方回《桐江集》，《宛委别藏》本，江苏古籍出版社，1988年影印版，第434～437页。

《二十四诗品》的结构十分相似。郭思可以罗列为二十九式，那么晚唐司空图罗列成二十四种也是完全有可能的。

陈尚君、汪涌豪认为："又自刘勰分诗文为八体，后人多衍其说，如上官仪《笔札华梁》分为十体，皎然《诗式》有十九字丛，五代至宋元间作此类划分的有近十家，但均看不到《二十四诗品》的影响。就品目说，徐夤《雅道机要》分二十门，无同者；齐己《风骚旨格》分十体，同者仅'高古''清奇'二目，另有二十式、四十门，无同者；王梦简《进士王氏诗要格律》分二十六门，同者仅'含蓄'一目；杨载《诗法家数》分六丛，同者仅'雄浑''沉著'二目。《沧浪诗话》云：'诗之品有九，曰高、曰古、曰深、曰远、曰长、曰雄浑、曰飘逸、曰悲壮、曰凄惋。'郭氏《校释》谓'司空图列为二十四品，论（沧）浪复约为九品'。其实只要将二者稍作比较，即可知并无必然的联系。"① 笔者认为，难道必须在其他诗法著述中有和《二十四诗品》一模一样的文字，才能证明《二十四诗品》的存在吗？在其他著述的这些分体的论述中"看不到《二十四诗品》的影响"，就足以证明《二十四诗品》不存在吗？司空图隐居在中条山王官谷，其诗格完全有可能不被人征引；他的《一鸣集》存世稀少，又遭散佚，《二十四诗品》没有产生较大的影响力，并不奇怪。《二十四诗品》和诸家诗法著述中的风格名目同中有异、异中有同，正体现出文艺创作的规律性与丰富性。陈尚君罗列的晚唐五代诗格著作中的各种"分体"之说，正说明了《二十四诗品》产生在这一时期是有其合理性的。

第六，司空图完全可以采用四言的形式来写作《二十四诗品》。

陈尚君、汪涌豪又认为："唐五代盛行诗格，多讨论作法技巧，虽也有体式门类的讨论，形式上并无与《二十四诗品》类似之作。"② 将各种诗歌风格分类概括之，这种形式在唐五代十分流行，所以这里的"形式"，当主要指四言的形式。而实际上，司空图有用四言的形式论诗的写作实践。

---

① 陈尚君、汪涌豪：《司空图〈二十四诗品〉的辨伪》，载《中国古籍研究》第一卷，上海古籍出版社，1996。
② 陈尚君、汪涌豪：《司空图〈二十四诗品〉的辨伪》，载《中国古籍研究》第一卷，上海古籍出版社，1996。

《司空表圣文集》卷八有《诗赋》一篇：

> 知非诗诗，未为奇奇。研昏练爽，夏魄凄肌。神而不知，知而难状。挥之八垠，卷之万象。河浑沉清，放恣纵横。涛怒霆蹴，掀鳌倒鲸。镵空攫壁，峥冰掷戟。鼓煦呵春，霞溶露滴。邻女自嬉，补袖而舞。色丝屡空，续以麻絇。鼠革丁丁，燃之则穴。蚁聚汲汲，积而□垤。上有日星，下有风雅。历弦自是，非吾心也。①（《一鸣集》）

此篇完全是用四言句写成。对其主旨历来有多种理解，研究者或以为是谈论诗歌风格，或认为是阐释诗道，或认为是反对教化，或认为是描述诗歌创作的过程②，或认为是一篇博大精深的诗学哲学文献③。这篇文字不论主旨究竟为何，都是在讨论诗歌艺术。既然司空图曾经用四言的形式来谈诗论诗，那么他也完全有可能用四言的形式来谈论诗歌的二十余种风格。四部丛刊初编影印上海涵芬楼藏旧抄本《司空表圣文集》卷八卷首就标注了《诗赋》这一卷来自《一鸣集》，既然《一鸣集》能有四言的《诗赋》篇，也就很可能有四言的《二十四诗品》。

明人杨慎《升庵诗话》卷四"司空图论诗"条亦云：

> 其文集罕传，余家有之，特标其论诗一节。又有韵语云："自知非诗，诗未为奇。奇研昏练，爽夏魄凄。神而不知，知而难状。挥之八垠，卷之万象。河浑沉清，放恣纵横。涛怒霆蹴，掀鳌倒鲸。揽空攫壁，峥水掷戟。鼓煦呵春，霞溶露滴。邻女自嬉，补袖而舞。色丝屡空，续以麻约。鼠革丁丁，燃之则穴。蚁聚汲汲，积而隤凸。上有日星，下有《风》《雅》。历试自是，非吾心也。"其目曰《诗赋》，首句言"自知非诗"，乃是诗也；谓"未为奇"，乃是奇也。

---

① 司空图：《司空表圣文集》，《四部丛刊初编》本，上海商务印书馆，1929。
② 具体论述可见王运熙、杨明《隋唐五代文学批评史》，上海古籍出版社，1994，第689页；张少康《司空图及其诗论研究》，学苑出版社，2005，第78~82页；祖保泉《司空图诗文研究》，安徽教育出版社，1998，第64页；陈良运《中国诗学批评史》，江西人民出版社，1995，第279页。
③ 参见刘勉《司空图〈诗赋（赞）〉考论》，《北京大学学报》2010年第6期。

句法亦险怪。胡致堂评其清节高致，为晚唐第一流人物，信矣。图字表圣，避乱居王官谷。①

从杨慎的记载来看，他家藏的司空图文集中就保留着《诗赋》篇。李庆指出："收有这样作品的'文集'，在明嘉靖时代仍存，……有什么资料可以证明，这样的'文集'中，就肯定没有'诗品'呢？"②

而且，《诗赋》与《二十四诗品》在义理上有很多相关性。刘勉就认为二文思维方式相似，反对模拟、崇尚自然真心的诗学观念相同，关于"神"的理解较为一致，关于诗歌风格的描述和分类也有一定的相关性。于是他有一个大胆的猜想："《诗赋（赞）》是《二十四诗品》的赞语，二者本来就是一个整体，题为《诗赋》，不知什么原因前面部分的文字另行传抄，更名为《诗品》，赞语部分仍保留在文集中，或题为《诗赋》，或题为《诗赋赞》。"③ 笔者认为这一猜想有其合理性。

陈尚君、汪涌豪认为："《诗赋》即体现了这种诡激怪奇的趋尚，尤喜用尖新僻涩的字眼以自铸新语，'涛怒霆蹴'以下几句，置于韩愈、皇甫湜、孙樵等人文章中当难以区分。而《二十四诗品》则全为清丽圆融、浅切流转的四言句，与上述文风没有多少共同点。"④ 笔者觉得这不是问题。《诗赋》中"尖新僻涩"的部分，"通过多种比喻描绘诗歌风貌，写法和《诗品》相通。"⑤ 而且"知非诗诗，未为奇奇。研昏练爽，戛魄凄肌。神而不知，知而难状。挥之八垠，卷之万象""上有日星，下有风雅。历詼自是，非吾心也"这样的句子，置于《二十四诗品》中也难以区分。

至于陈尚君、汪涌豪认为："杨慎（1488~1559）是明代公认的博学之士，其《升庵诗话》卷三专列《司空图论诗》一节，称其论诗'尤见卓识'，以'其文集罕传，余家有之'，特标出之，但所举仅《与王驾

---

① 杨慎著，王仲镛笺证《升庵诗话笺证》，上海古籍出版社，1987，第121~122页。
② 李庆：《也谈〈二十四诗品〉——文献学的考察》，载《中国文学研究》第四辑，江西教育出版社，2000，第110页。
③ 刘勉：《司空图〈诗赋（赞）〉考论》，《北京大学学报》2010年第6期。
④ 陈尚君、汪涌豪：《司空图〈二十四诗品〉的辨伪》，载《中国古籍研究》第一卷，上海古籍出版社，1996。
⑤ 王运熙、杨明：《隋唐五代文学批评史》，上海古籍出版社，1994，第689页。

评诗书》《与李生论诗书》及《诗赋》，后者为四言韵语，且全引之，是杨慎不知有《二十四诗品》。"① 杨慎对《二十四诗品》不感兴趣、不予征引是完全有可能的，《司空表圣文集》中还有许多篇文章，杨慎均未征引，难道都是伪作吗？还有一个可能是杨慎的家藏本中诗格部分已经佚失。笔者认为《二十四诗品》在南宋后期已经开始单行，具体论述见后文。

现存的司空图文集中有将近二十种四言铭赞，还有用四言诗句来评诗论诗的《诗赋》，所以司空图在二十四种风格下用四言诗句来进行解释，是很有可能的。此外，《二十四诗品》中的主旨和司空图《与李生论诗书》提出的"辨于味而后可以言诗""近而不浮，远而不尽，然后可以言韵外之致"，《与极浦书》提出的"象外之象、景外之景"的境界都十分一致；司空图把自己一贯的文艺思想用四言诗的形式写出来，也有其合理性。

第七，《二十四诗品》约在南宋后期单行并被命名为"品"。

前文已言，在南宋陈振孙（约1186～约1262）的家藏本中，《二十四诗品》还是《一鸣集》的一部分。但随着《一鸣集》在南宋后期的散佚，《二十四诗品》便失去了作者姓名开始单行。

清初卞永誉《式古堂书画汇考》卷二五录祝允明所书的文本，题作《枝指生书宋人品诗韵语卷》，云："诗有二十四品，偏者得其一，能者得其全。其全者惟李杜二人而已，其曰：……"后面还有一则万历三十一年癸卯（1603）冯梦祯的跋语："凌京房出示先生所书宋人品诗韵语几千余字。"② 则当明代正德、万历年间，大书法家祝允明、诗人冯梦祯都认为《二十四诗品》是"宋人品诗韵语"。为何是"宋人"呢？这是因为大约在南宋后期，《一鸣集》散佚后，《二十四诗品》的内容开始单行，随被认为是"宋人品诗韵语"。李庆在详细考察《诗家一指》的各种版本之后，认为"至少在南宋严羽以前时代，《二十四品》这一部分

---

① 陈尚君、汪涌豪：《司空图〈二十四诗品〉的辨伪》，载《中国古籍研究》第一卷，上海古籍出版社，1996。
② 卞永誉：《式古堂书画汇考》，吴兴蒋氏密均楼藏本鉴古书社影印版，台湾正中书局，1958，第51页。

的文字就已形成了"①。祝允明在抄录这部分内容之前说"诗有二十四品"云云，则可以认为在宋代，这一部分或被叫作"二十四品"，或者被叫作"品诗韵语"。

那么，为何叫"品"，而不叫"评""论"之类呢？这个"品"字当不是祝允明抄录时凭空杜撰而来，而是有所本。值得注意的是南宋严羽（1174~1240?）的《沧浪诗话》，其"诗辩"云：

> 诗之法有五：曰体制，曰格力，曰气象，曰兴趣，曰音节。
> 诗之品有九：曰高，曰古，曰深，曰远，曰长，曰雄浑，曰飘逸，曰悲壮，曰凄婉。其用工有三：曰起结，曰句法，曰字眼。②

严羽的"诗之品有九"把诗歌的各种风格分成了"九品"。这其中既有皎然的"十九字"中的单字"高"、"深"与"远"，也有《二十四诗品》中的词组"雄浑"与"飘逸"。除此之外，"诗辩"中"诗之法有五""其用工有三"以及《沧浪诗话》中很多其他论述都可见于前代诗格中，可见严羽对前人的诗法著述有所吸收。所以，严羽参考了司空图的诗格著作也是很有可能的。严羽的这段话又被南宋魏庆之收入《诗人玉屑》卷一中。随着《沧浪诗话》与《诗人玉屑》的传播与流行，③人们渐渐认同了将诗歌风格命名为"品"，这就很可能启发了好事者在宋元之际将这个单行本命名为某某"品"。

元代诗法汇编《诗家一指》在"二十四品"下云："中篇秘本谓之发思篇。"④ 这说明在元人那里，"二十四品"来自一个"秘本"。这个"秘本"很可能就是脱离《一鸣集》而单行的司空图"诗格"中的内容。明代毛晋辑有《津逮秘书》本《诗品》，其末有跋云：

> 此表圣自列其诗之有得于文字之表者二十四则也。昔子瞻论黄

---

① 李庆：《也谈〈二十四诗品〉——文献学的考察》，载《中国文学研究》第四辑，江西教育出版社，2000，第109页。
② 严羽著，郭绍虞校释《沧浪诗话校释》，人民文学出版社，1961，第7~8页。
③ 《诗人玉屑》成书当在南宋理宗淳祐四年（1244）左右。
④ 张健：《元代诗法校考》，北京大学出版社，2001，第283页。

子思之诗,谓"表圣之言,美在咸酸之外,可以一唱而三叹。"於乎!"崎岖兵乱之间,而诗文高雅,犹有承平之遗风。"惟其有之,是以似之,可以得表圣之品矣。常熟毛晋识。①

毛晋藏书丰富,多有秘本,其《津逮秘书》也以版本精良而为后人所重。毛晋直接说《二十四诗品》就是"自列其诗之有得于文字之表者二十四则也",很可能是手中有秘本支撑。

清代《四库全书总目提要》中收录"《诗品》一卷",注为"内府藏本"。根据这个"内府藏本",四库馆臣接下来做了一段很详细的叙录:

> 《诗品》一卷内府藏本
> 唐司空图撰,图有文集,已著录。唐人诗格传于世者,王昌龄、杜甫、贾岛诸书,率皆依托。即皎然《杼山诗式》亦在疑似之间,惟此一编,真出图手。其《一鸣集》中有《与李秀才论诗书》,谓:"诗贯六义,讽喻、抑扬、渟蓄、渊雅,皆在其中。惟近而不浮,远而不尽,然后可言意外之致。"又谓:"梅止于酸,盐止于咸,而味在酸咸之外。"其持论非晚唐所及,故是书亦深解诗理。凡分二十四品:曰雄浑,曰冲淡,……各以韵语十二句体貌之,所列诸体毕备,不主一格。王士祯但取其"采采流水、蓬蓬远春"二语,又取其"不著一字、尽得风流"二语,以为诗家之极,则其实非图意也。②

这个"内府藏本"究竟是什么呢?虽然我们现在无从知晓,但"在明清时期,内府藏有标明为司空图所撰的《二十四诗品》的可能性是存在的"③。所以,四库馆臣特意强调的"惟此一编,真出图手"当有所依凭,应该是手中有这个"内府藏本"才敢这样理直气壮。"应该指出,《四库全书》在收录司空图著作时,并非随意而为,而是经过了相当研

---

① 司空图著,郭绍虞集解《诗品集解》,人民文学出版社,1963,第57页。
② 纪昀等:《钦定四库全书总目》,中华书局,1997,第2739页。
③ 李庆:《也谈〈二十四诗品〉——文献学的考察》,载《中国文学研究》第四辑,江西教育出版社,2000,第113页。

究的。"① 我们不宜轻易地否定四库馆臣的叙录。

综上，笔者认为，根据陈振孙对《一鸣集》的记载，司空图的确写过"诗格"类的著作，《二十四诗品》很可能就是其中的一部分。苏轼所说的"二十四韵"就是指《二十四诗品》，《二十四诗品》既具有诗格著作的体例特征，又具有诗性审美、抽象神秘的超群特质，所以苏轼才会说"恨当时不识其妙"，陈振孙才会说"诗格尤非晚唐诸子所可望也"。根据唐五代诗格的发展历程，再联系司空图本就有用四言诗句来论诗的创作实践，则《二十四诗品》的外部创作大环境与作家的自身素质同时都具备了，故而《二十四诗品》中的文字产生于晚唐是完全有可能的。因为这部分内容一直保存在存世稀少的《一鸣集》中，所以少有人提及。后来，随着司空图《一鸣集》的散佚，这部分内容失名单行，约在宋元之际被命名为某某"品"。这个单行本，很可能就是《诗家一指》说的"中篇秘本"、毛晋《津逮秘书》中的"秘书"、《四库全书总目提要》中注的"内府藏本"。

二十一　郑谷、齐己、黄损《今体诗格》一卷

《苕溪渔隐丛话·前集》卷三十一引黄朝英《缃素杂记》云："郑谷与僧齐己、黄损等共定《今体诗格》。"②《宋秘书省续编到四库阙书目》"文史类"著录："《今体诗格》一卷。"③ 张伯伟认为："当即此本。"④

郑谷（851～910?），字守愚，袁州宜春（今江西宜春）人。幼年聪颖，七岁能诗。光启三年（887）登进士第。昭宗景福二年（893）授京兆鄠县尉，迁右拾遗补阙。乾宁四年（897）为都官郎中，因称"郑都官"。其《鹧鸪诗》曾广为流传，人又称"郑鹧鸪"。有《云台编》三卷、《宜阳集》三卷，《全唐诗》收录其诗三百二十七首。郑谷《中年》诗中有"衰迟自喜添诗学，更把前题改数联"的句子，钱志熙认为这句诗与晚唐裴庭裕《东观奏记》卷下所云"商隐字义山，诗学宏博，笺表

---

① 李庆：《也谈〈二十四诗品〉——文献学的考察》，载《中国文学研究》第四辑，江西教育出版社，2000，第113页。
② 胡仔纂集，廖德明校点《苕溪渔隐丛话·前集》，人民文学出版社，1962，第215页。
③ 《宋秘书省续编到四库阙书目》，《丛书集成续编》本，台湾新文丰出版公司，1985，第269页。
④ 张伯伟：《全唐五代诗格汇考》，江苏古籍出版社，2002，第395页。

尤著于人间"，算是比较早地出现"诗学"一词的例子。① 天复三年（903）左右，郑谷归隐宜春仰山书屋，齐己、黄损、孙鲂、虚中等从之学诗。《今体诗格》之撰"当在此后"②，其旨当在指导初学。此书在当时颇有影响，《十国春秋·南汉·黄损列传》谓"损常与都官员外郎郑谷、僧齐己定近体诗诸格，为湖海骚人所宗"③。

宋人不少笔记、诗话中都提到《今体诗格》这本书，但涉及的内容只有三种特殊用韵法，保留下来的该书原文却很少。例如宋人黄朝英《靖康缃素杂记》中举宋人李师中的七言律诗《赠御史唐介贬英州别驾》作为诗例，④并对其中的特殊用韵法进行了讲解："此正所谓进退韵格也。按韵略：'难'字第二十五，'山'字第二十七；'寒'字又在二十五，而'还'字又在二十七。一进一退，诚合体格，岂率尔而为之哉。近阅《冷斋夜话》，载当时唐李对答语言，乃以此诗为落韵诗。盖渠伊不见郑谷所定诗格有进退之说，而妄为云云也。"⑤ 胡仔《苕溪渔隐丛话·后集》卷三十四云："郑谷等共定今体诗格，一进一退韵，如李师中《送唐介七言八句诗》是也。子苍于五言八句近体诗，亦用此格，……盖'苏''夫'在十虞字韵，'胥''鉏'在九鱼字韵。"⑥ 宋代袁文《瓮牖闲评》卷五引黄太史《谢送宣城笔》诗云："世多病此诗既押十虞韵，鱼、虞不通押，殆落韵也。殊不知此乃古人诗格。昔郑都官与僧齐己、郑损辈，共定今体诗格云：'凡诗用韵有数格，一曰葫芦，一曰辘轳，一曰进退。葫芦韵者，先二后四。辘轳韵者，双出双入。进退韵者，一进一退。失此则谬矣。'今此诗前二韵押十虞字，后二韵押九鱼字，乃双出

---

① 参见钱志熙《"诗学"一词的传统涵义、成因及其在历史上的使用情况》，载《中国诗歌研究》第一辑，中华书局，2002。
② 张伯伟：《全唐五代诗格汇考》，江苏古籍出版社，2002，第395页。
③ 吴任臣撰，徐敏霞、周莹点校《十国春秋》，中华书局，1983，第894页。
④ "余按《倦游录》载唐介为台官，廷疏宰相之失。仁庙怒，谪英州别驾，朝中士大夫以诗送行者颇众，独李师中待制一篇，为人传诵。诗曰：'孤忠自许众不与，独立敢言人所难。去国一身轻似叶，高名千古重于山。并游英俊颜何厚，未死奸谀骨已寒。天为吾君扶社稷，肯教夫子不生还。'"（魏庆之《诗人玉屑》卷二引黄朝英《靖康湘素杂记》，中华书局，2007，第51页。按："湘"应作"缃"。）
⑤ 魏庆之著，王仲闻点校《诗人玉屑》，中华书局，2007，第51页。
⑥ 胡仔纂集，廖德明校点《苕溪渔隐丛话·后集》，人民文学出版社，1962，第264页。

双入，得非所谓辘轳韵乎？非太史之误也。"① 张伯伟《全唐五代诗格汇考·新定诗格》（江苏古籍出版社2002年版）从黄朝英《靖康缃素杂记》中辑录的内容也只有以下一条：

> 凡诗用韵有数格：一曰葫芦，一曰辘轳，一曰进退。葫芦韵者，先二后四；辘轳韵者，双出双入；进退韵者，一进一退。失此则谬矣。②

这三格说的都是特殊用韵法。题名白居易《金针诗格》"诗有数格"条云："曰葫芦；曰辘轳；曰进退。葫芦韵者，先二后四；辘轳韵者，双出双入；进退韵者，一进一退。"③ 对比字句可以发现，郑谷《今体诗格》中的说法和《金针诗格》高度相似。因为《金针诗格》的成书年代尚无定论，所以这三种特殊用韵法到底是谁的原创还很难断定。

对于这几种特殊用韵法，古代诗论家一直有不同的争论。如元人李冶《敬斋古今黈》卷八论"辘轳格"云："或以为宋人始，非也。此自有诗以来有之，盖古人文体宽简，不专以声病为工拙也。"④ 认为这是古人文体宽简的表现。而清代诗评家冯班便直言道："直是走韵，何以巧立名目？"⑤ 其实这几种韵法并不是偶然地随意换韵，从"先二后四""双出双入""一进一退"这些有规律性的要求看来，它们是古人有意安排设置的一种诗法，所以不是落韵或者走韵。

值得一提的是，郑谷的诗句经常被北宋的诗学著作引为某种诗法的例证。例如葛立方《韵语阳秋》卷一中的"一句内二字相叠"就引郑谷诗为例：

> 杜荀鹤、郑谷诗，皆一句内好用二字相叠，然荀鹤多用于前后散句，而郑谷用于中间对联。荀鹤诗云："文星渐见射占星""非谓

---

① 袁文著，李伟国点校《瓮牖闲评》，上海古籍出版社，1985，第47页。
② 张伯伟：《全唐五代诗格汇考》，江苏古籍出版社，2002，第396页。
③ 张伯伟：《全唐五代诗格汇考》，江苏古籍出版社，2002，第357页。
④ 李冶：《敬斋古今黈》，《丛书集成初编》本，商务印书馆，1935，第110页。
⑤ 方回选评，李庆甲集评校点《瀛奎律髓汇评》，上海古籍出版社，1986，第1561页。

朱门谒孔门""常仰门风维国风""忽地晴天作雨天""犹把中才谒上才",皆用于散联。郑谷"那堪流落逢摇落,可得凄然是偶然""身为醉客思吟客,官自中丞拜右丞""初尘芸阁辞禅阁,却访支郎是老郎""谁知野性非天性,不扣权门扣道门",皆用于对联也。①

更为频繁地引用郑谷诗作为诗例的则是北宋惠洪(1070~1128)的《天厨禁脔》,例如其中的"十字对句法":

《梅》:"前村深雪里,昨夜一枝开。"《别所知》:"相看临远水,独自上孤舟。"前对齐己作,后对郑谷作,皆以十字叙一事,而对偶分明。②

再有《天厨禁脔》卷上的"隔句对":

《吊僧》:"几思闻静话,夜雨对禅床。未得重相见,秋灯照影堂。孤云终负约,薄宦转堪伤。梦绕长松塔,遥焚一炷香。"此郑谷诗也。领联与破题便作隔句对,若施之于赋,则曰"几思静话,对夜雨之禅床;未得重逢,照秋灯之影堂"也。③

《天厨禁脔》中其他如"错综句法""影略句法"也是引用郑谷诗作为诗例。这可能与郑谷诗作的通俗易懂性以及在晚唐五代北宋的流行有关。欧阳修《六一诗话》即云:"郑谷诗名盛于唐末,号《云台编》,而世俗但称其官为'郑都官诗'。其诗极有意思,亦多佳句;但其格不甚高。以其易晓,人家多以教小儿。余为儿时犹诵之,今其集不行于世矣。"④

---

① 葛立方:《韵语阳秋》,《学海类编》本,上海涵芬楼民国9年(1920)影印清道光十一年(1836)安晁氏木活字版。
② 张伯伟:《稀见本宋人诗话四种》,江苏古籍出版社,2002,第120页。
③ 张伯伟:《稀见本宋人诗话四种》,江苏古籍出版社,2002,第112页。
④ 欧阳修著,郑文校点《六一诗话》,人民文学出版社,1962,第7页。

二十二 齐己《风骚旨格》一卷

《风骚旨格》一卷，《直斋书录解题》著录于集部文史类，但题作"《风骚指格》一卷。唐僧齐己撰"[1]。卢文弨校本"指"作"旨"。[2]《宋史·艺文志八》著录为"《诗格》一卷"[3]，或为同书异名。据张伯伟考察，日本天理图书馆藏《永乐大典》卷九百九引作"《风骚诗格》，乃同书异名"[4]。

齐己（864~937?），潭州益阳（今湖南益阳）人。俗姓胡，名得生。早失怙恃，天资颖悟，七岁到大沩山同庆寺牧牛，即取竹枝画牛背为小诗。为僧后曾游湘江一带，自号衡岳沙门。随后诗名日著，与郑谷、曹松等多有酬唱。龙德元年（921）依南平高季兴为龙兴寺僧正。著有《白莲集》十卷，《全唐诗》收其诗 800 余首。生平事迹见《宋高僧传》卷三十。除《风骚旨格》外，齐己又有《玄机分别要览》一卷，大概亦为诗格类著作，然今已佚。

《风骚旨格》目前较好的辑本是丁福保《历代诗话续编·风骚旨格》（中华书局 1983 年版）。其从《津逮秘书》中录出，后有毛晋跋语云："莆田蔡氏著《吟窗杂咏》，载诸家诗格诗评类三十余种，大略真赝相半，又脱落不堪读。丙寅春，从云间了予内父遗书中简得齐己《白莲集》十卷，末载《风骚旨格》一卷，与蔡本迥异，急梓之，以正诸本之误云。湖南毛晋识。"[5] 又有张伯伟《全唐五代诗格汇考·风骚旨格》（江苏古籍出版社 2002 年版），其以明刻本《吟窗杂录》为底本，并以明抄本《吟窗杂录》、《津逮秘书》、《诗法统宗》、《词府灵蛇》及《诗学指南》诸书参校，内容包括"六诗""诗有六义""诗有十体""诗有十势""诗有二十式""诗有四十门""诗有六断""诗有三格"八部分。李江峰《晚唐五代诗格研究·齐己〈风骚旨格〉绎旨》以张伯伟《全唐五代诗格汇考·风骚旨格》为底本，对其中的内容做了详细的疏解，

---

[1] 陈振孙撰，徐小蛮、顾美华点校《直斋书录解题》，上海古籍出版社，1987，第 643 页。
[2] 参见陈振孙撰，徐小蛮、顾美华点校《直斋书录解题》，上海古籍出版社，1987，第 643 页。
[3] 脱脱等：《宋史》，中华书局，1977，第 5410 页。
[4] 张伯伟：《全唐五代诗格汇考》，江苏古籍出版社，2002，第 397 页。
[5] 丁福保辑《历代诗话续编》，中华书局，1983，第 112 页。

可参。

《风骚旨格》中"六诗""诗有六义"为旧说,其他内容或为诗法、或为诗之题材等,皆仅举诗句为例。例如:

> 诗有六断
> 一曰合题。二曰背题。三曰即事。四曰因起。五曰不尽意。六曰取时。
> 一曰合题。诗曰:"可怜半夜婵娟月,正对五侯残酒卮。"
> 二曰背题。诗曰:"寻常风雨夜,应有鬼神看。"
> 三曰即事。诗曰:"翻嫌易水上,细碎动离魂。"
> 四曰因起。诗曰:"闲寻古廊画,记得列仙名。"
> 五曰不尽意。诗曰:"此心只待相逢说,时复登楼看远山。"
> 六曰取时。诗曰:"西风起边雁,一一向潇湘。"①

虽然《风骚旨格》中对其标举的诸多名目均无具体的解释,但是因为附上了诗例,所以读者一定程度上可以推导出名目所指的具体诗法技巧。薛雪《一瓢诗话》评云:"唐释齐己作《风骚旨格》,六诗、六义、十体、十势、二十式、四十门、六断、三格,皆系以诗,不减司空表圣。"② 司空图的《二十四诗品》将诗的风格细分为二十四种,在每种之下并没有做具体的解释,而都以十二句四言诗加以说明,读者根据四言诗可以推求每一品诗歌风格的含义。薛雪将《风骚旨格》与《二十四诗品》相提并论,正是看到了《风骚旨格》对诗法名目不加解释而系以诗例的特点。

《风骚旨格》中的"诗有十势"最为引人注目:

> 诗有十势
> 狮子返掷势。诗曰:"离情遍芳草,无处不萋萋。"
> 猛虎踞林势。诗曰:"窗前闲咏鸳鸯句,壁上时观獬豸图。"

---

① 张伯伟:《全唐五代诗格汇考》,江苏古籍出版社,2002,第414~415页。
② 薛雪著,杜维沫校注《一瓢诗话》,人民文学出版社,1979,第140页。

丹凤衔珠势。诗曰:"正思浮世事,又到古城边。"
毒龙顾尾势。诗曰:"可能有事关心后,得似无人识面时。"
孤雁失群势。诗曰:"既不经离别,安知慕远心。"
洪河侧掌势。诗曰:"游人微动水,高岸更生风。"
龙凤交吟势。诗曰:"昆玉已成廊庙器,涧松犹是薜萝身。"
猛虎投涧势。诗曰:"仙掌月明孤影过,长门灯暗数声来。"
龙潜巨浸势。诗曰:"养猿寒嶂叠,擎鹤密林疏。"
鲸吞巨海势。诗曰:"袖中藏日月,掌上握乾坤。"①

之前,僧皎然《诗式》中的"品藻"条也有这样的叙述:

品藻
评曰:古来诗集,多亦不公,或虽公而不鉴。今则不然。与二三作者县衡于众制之表,览而鉴之,庶无遗矣。其华艳,如百叶芙蓉,菡萏照水。其体裁,如龙行虎步,气逸情高。脱若思来景遏,其势中断,亦须如寒松病枝,风摆半折。

百叶芙蓉菡萏照水例
如曹子建诗:"明月照高楼,流光正徘徊。"宣城公诗:"金波丽鳷鹊,玉绳低建章。"江文通诗:"露彩方泛艳,月华始徘徊。"此类是也。

龙行虎步气逸情高例
如左思《咏史》诗:"吾希段干木,偃息藩魏君;吾慕鲁仲连,谈笑却秦军。"又诗:"被褐出阊阖,高步追许由。振衣千仞岗,濯足万里流。"此类是也。

寒松病枝风摆半折例
如康乐公诗:"明月照积雪,朔风劲且哀。"范洒心诗:"乔木耸田园,青山乱商邓。"此类是也。②

---

① 张伯伟:《全唐五代诗格汇考》,江苏古籍出版社,2002,第403~404页。
② 张伯伟:《全唐五代诗格汇考》,江苏古籍出版社,2002,第240~241页。

或许，皎然这里的"百叶芙蓉菡萏照水""龙行虎步气逸情高""寒松病枝风摆半折"的言说方式启发了齐己的"狮子反掷""猛虎踞林"等，但是齐己将之命名为"势"，在后世得到了普遍使用，因而影响力更大。

何谓"势"？"势"一词，起初在书法理论中比较常见，多指书文字画的形体结构、气势风格。在唐代以来的诗法著述中，"势"脱离了书法，成为一大论题。王昌龄《诗格》中就有"十七势"，卢盛江认为王昌龄所说的"势"乃是"式"的意思："此处之'十七势'，其实也是'十七式'，欲后人'拟之以为式'。"① 那么，王昌龄所说的"十七势"就是诗歌写作的十七种样式。《说文解字》卷五曰："式，法也。从工，弋声。"② 所以卢盛江又认为："这种作法趋势文学样式形成诗文不同的风格体貌，而这种趋势样式又与具体诗文作法相通。"③ 这样一来，王昌龄的"十七势"其实也就是在说十七种诗歌创作的方法。但很明显，王昌龄《诗格》"十七势"中的"感兴势""相分明势""一句中分势""一句直比势"等和齐己的"狮子返掷势""猛虎踞林势"等并不相同。《风骚旨格》中的"诗有十势"话语特征十分鲜明，清人薛雪《一瓢诗话》曾以"少林棍谱"④ 来形容之。齐己这些"势"究竟所指为何，历来争论纷纭。

学界一般认为，齐己的"势"论与禅宗直接有关。例如张伯伟指出："他本人出自沩仰宗，'仰山门风'特色即在于'有若干势以示学人'（《宋高僧传》卷十二），'分列诸势，游戏无碍'（杨亿《汾阳无德禅师语录序》）。故齐己之以'势'论诗，正有得于仰山之以'势'接人。如'狮子返掷'势，即出于禅宗话头。禅宗有'狮子频呻'、'狮子返掷'、'狮子踞地'三句（见《五灯会元》卷十四《大阳警玄禅师》）。'狮子返掷'正属于三关之第二关境界，地水火风，色声相味，尽是本分，皆是菩提，故齐己举'离情遍芳草，无处不萋萋'以明之。"⑤ 而且当时有以禅语来论诗的风气，所以《风骚旨格》中的"诗有十势"涉及各种猛兽的形态，其实都是和当时禅宗修行中的隐喻有关，以至后人颇

---

① 〔日〕遍照金刚撰，卢盛江校考《文镜秘府论汇校汇考》，中华书局，2006，第364页。
② 许慎：《说文解字》，中华书局，1963，第100页。
③ 〔日〕遍照金刚撰，卢盛江校考《文镜秘府论汇校汇考》，中华书局，2006，第364页。
④ 薛雪著，杜维沫校注《一瓢诗话》，人民文学出版社，1979，第140页。
⑤ 张伯伟：《全唐五代诗格汇考》，江苏古籍出版社，2002，第398页。

难索解。《一瓢诗话》谓"独是十势，立名最恶，宛然少林棍谱"①，虽然是站在批评齐己的立场上说的，但能够指出它和"少林棍谱"的相似性，也是看到了"诗有十势"和佛教术语的某些联系性，也算是探得其源。

齐己的势论在晚唐五代诗格中颇有影响力。五代徐夤《雅道机要》列"八势"，其中五势名字和诗例均出于齐己；五代神彧《诗格》"诗有十势"如"芙蓉映水势""龙行虎步势""寒松病枝势""惊鸿背飞势""孤鸿出塞势""虎纵出群势"等，北宋佚名的《诗评》中"诗有四势"，都是从齐己"十势"中变化而来。许学夷《诗源辩体》卷三十五谓"文（按：此字应作'神'）彧'十势'又仿于齐己"②，又云"徐寅（按：此字应作'夤'）多出齐己"③。各种难以索解的"势"横行诗坛，也引起了批评的声音，例如《蔡宽夫诗话》就云："唐末五代，俗流以诗自名者，多好妄立格法，取前人诗句为例，议论锋出，甚有'狮子跳掷''毒龙顾尾'等势，览之，每使人拊掌不已。"④

仔细考察这些带有浓重禅宗意味的"势"，在各种猛兽的名字背后，我们还是可以看出齐己总结诗法的努力——"这些名目众多的'势'讲的实际上是诗歌创作中的句法问题。这里讲的句法，指的是由上下两句在内容上或表现手法上的互补、相反或对立所形成的'张力'"⑤。把"势"解释成"张力"，是能够呼应古人的。五代徐夤《雅道机要》"明势含升降"条中就云："势者，诗之力也。如物有势，即无往不克。"⑥徐夤所谓诗句之间的"力"，就是句意之间的相互牵引力，既相互牵制，又富有弹性。"这种'张力'存在于诗句的节奏律动和构句模式之间，因而就能形成一种'势'，并且由于'张力'的正、反、顺、逆的种种不同，遂因之而出现种种名目的'势'。"⑦如此看来，齐己的"十势"

---

① 薛雪著，杜维沫校点《一瓢诗话》，人民文学出版社，1979，第140页。
② 许学夷著，杜维沫校点《诗源辩体》，人民文学出版社，1987，第334页。
③ 许学夷著，杜维沫校点《诗源辩体》，人民文学出版社，1987，第335页。
④ 胡仔纂集，廖德明校点《苕溪渔隐丛话·前集》，人民文学出版社，1962，第375~376页。
⑤ 张伯伟：《全唐五代诗格汇考》，江苏古籍出版社，2002，第31页。
⑥ 张伯伟：《全唐五代诗格汇考》，江苏古籍出版社，2002，第434页。
⑦ 张伯伟：《全唐五代诗格汇考》，江苏古籍出版社，2002，第31~32页。

虽然模糊难解，但用来说明诗句之间的意义关联，却并不荒谬无稽。

另外，齐己《风骚旨格》"诗有三格"条云："一曰上格用意。二曰中格用气。三曰下格用事。"① 而之前的《二南密旨》中"诗有三格"云："一曰情。二曰意。三曰事。"② 《缘情手鉴诗格》中"诗有三格"条又云："一曰意。二曰理。三曰景。"③ 可见各家概括各有不同。这种情况反映了唐代诗法著述蜂拥而出，往往各为其说，对一些诗学理论也会有不同的解释与总结，没有出现可以一统群雄、确立标准的诗法著述。

二十三　僧虚中《流类手鉴》一卷

《流类手鉴》一卷，僧虚中撰。《宋秘书省续编到四库阙书目》"别集类"著录："僧虚中《诗物象疏类手鉴》一卷。"④ "文史类"又著录"《疏类手镜》一卷。（阙）"⑤，未提撰者何人。"鉴""镜"同义，实为一书重见。陈振孙《直斋书录解题》卷二十二作"《流类手鉴》一卷。僧虚中撰"⑥。"'疏'乃'流'字之形误"⑦，则该书书名当为"流类手鉴"。

虚中，约生于唐文宗、宣宗间，袁州宜春（今江西宜春）人，少脱俗从佛，居玉笥山二十年，后游潇湘，与贯休、齐己、郑谷、尚颜、栖蟾等人为诗友。天祐中，往中条山见司空图，未果，遂作诗以寄。司空图得诗大喜，有"十年华岳峰前住，只得虚中一首诗"之句。后住江西宗成寺，与马殷之子马希振过从甚密。当卒于后唐明宗天成以后。有《碧云集》一卷。

《流类手鉴》目前较好的辑本是张伯伟《全唐五代诗格汇考·流类手鉴》（江苏古籍出版社2002年版）。其以明刻本《吟窗杂录》为底本，并以明抄本《吟窗杂录》、《诗法统宗》及《诗学指南》诸书参校。今其

---

① 张伯伟：《全唐五代诗格汇考》，江苏古籍出版社，2002，第415页。
② 张伯伟：《全唐五代诗格汇考》，江苏古籍出版社，2002，第376页。
③ 张伯伟：《全唐五代诗格汇考》，江苏古籍出版社，2002，第394页。
④ 《宋秘书省续编到四库阙书目》，《丛书集成续编》本，台湾新文丰出版公司，1985，第259页。
⑤ 《宋秘书省续编到四库阙书目》，《丛书集成续编》本，台湾新文丰出版公司，1985，第269页。
⑥ 陈振孙撰，徐小蛮、顾美华点校《直斋书录解题》，上海古籍出版社，1987，第643页。
⑦ 张伯伟：《全唐五代诗格汇考》，江苏古籍出版社，2002，第417页。

内容包括"诗有二宗""物象流类""举诗类例",篇首有小序一则。

其中"诗有二宗"云:"第四句见题是南宗;第八句见题是北宗。"① 乃继王昌龄《诗格》、贾岛《二南密旨》之后,又用禅宗的南北宗来论述诗歌。王昌龄《诗格》中用南北宗指代司马迁的风雅之旨和贾谊的怨刺之风,② 贾岛则用南北宗首次揭示了"十字句"的具体内涵,③《流类手鉴》则用南北宗来说明诗歌的第几句呼应题目这一问题。

"物象流类"条是现存的《流类手鉴》中内容较丰富的一部分:

巡狩,明帝王行也。 日午、春日,比圣明也。 残阳、落日,比乱国也。 昼,比明时也。 夜,比暗时也。 春风、和风、雨露,比君恩也。 朔风、霜霰,比君失德也。 秋风、秋霜,比肃杀也。 雷电,比威令也。 霹雳,比不时暴令也。 寺宇、河海、川泽、山岳,比于国也。 楼台、林木,比上位也。 九衢、岐路,比王道也。 红尘、熊黑,比武兵帅也。 井田、岸涯,比基业也。 桥梁、枕簟,比近臣也。 舟楫、孤峰,比上宰也。 故园、故国,比廊庙也。 百花,比百僚也。 梧桐,比大位也。 圆月、麒麟、鸳鸯,比良臣、君子也。 獬豸,比谏臣也。 浮云、残月、烟雾,比佞臣也。 琴、钟、磬,比美价也。 鼓角,比君令也。 更漏,比运数也。 蝉、子规、猿,比怨士也。 罾网,比法密也。 金石、松竹、嘉鱼,比贤人也。 孤云、白鹤,比贞士也。 鸿雁,比孤进也。 野花,比未得时君子也。 故人,比上贤也。 夫妻、父子,比君臣也。 棂窗、帏

---

① 张伯伟:《全唐五代诗格汇考》,江苏古籍出版社,2002,第418页。
② 王昌龄《诗格》:"夫子演《易》,极思于《系辞》,言句简易,体是诗骨。夫子传于游、夏,游、夏传于荀卿、孟轲,方有四言、五言,效古而作。荀、孟传于司马迁,迁传于贾谊。谊谪居长沙,遂不得志,风土既殊,迁逐怨上,属物比兴,少于《风》、《雅》。复有骚人之作,皆有怨刺,失于本宗。乃知司马迁为北宗,贾生为南宗,从此分焉。"(张伯伟:《全唐五代诗格汇考》,江苏古籍出版社,2002,第160页。)
③ 贾岛《二南密旨》:"宗者,总也。言宗则始南北二宗也。南宗一句含理,北宗二句显意。南宗例,如《毛诗》云:'林有朴樕,野有死鹿。'即今人为对,字字的确,上下各司其意。如鲍照《白头吟》:'申黜褒女进,班去赵姬升。'如钱起诗:'竹怜新雨后,山爱夕阳时。'此皆宗南宗之体也。北宗例,如《毛诗》云:'我心匪石,不可转也。'此体今人宗为十字句,对或不对。如左太冲诗:'吾希段干木,偃息藩魏君。'如卢纶诗:'谁知樵子径,得到葛洪家。'此皆宗北宗之体也。诗人须宗于宗,或一联合于宗,即终篇之意皆然。"(张伯伟:《全唐五代诗格汇考》,江苏古籍出版社,2002,第375页。)

幕，比良善人也。 蛇鼠、燕雀、荆榛，比小人也。 蛩、蟋蛄，比知时小人也。 羊、犬，比小物也。 柳絮、新柳，比经纶也。 犀象、狂风、波涛，比恶人也。 锁，比愚人也。 匙，比智人也。 百草，比万民也。 苔藓，比古道也。 珪璋、书籍，比有德也。 虹蜺，比妖媚也。 炎毒、苦热，比酷罚也。 西风、商雨，比兵也。 丝萝、兔丝，比依附也。 僧道、烟霞，比高尚也。 金，比义与决烈也。 木，比仁与慈也。 火，比礼与明也。 水，比智与君政也。 土，比信与长生也。①

这里继承的是《金针诗格》以来的"物象"之说，篇幅和《二南密旨》"论总例物象"大体差不多，但内容不尽相同，可以相互补充。考虑到《宋秘书省续编到四库阙书目》"别集类"曾将此书著录为"僧虚中《诗物象疏类手鉴》一卷"②，则"物象流类"条原来很可能是此书的主体部分。

《流类手鉴》中的"举诗类例"又颇类似《二南密旨》中的"论总显大意"，都是按照物象理论来解释整个诗句：

举诗类例
诗有隐题。裴悦诗："只为分明极，翻令所得迟。"此为隐题也。
阆仙诗："夜闲同象寂，昼定为谁开。"己师诗："五老峰前相见时，两无言语各扬眉。"以上是达识之句。
阆仙诗："家辞临水郡，雨到读书山。"李洞诗："灯照楼中雨，书来海上风。"以上是阴阳造化之句。
阆仙诗："祭间收朔雪，吊后折寒花。"己师诗："瘴雨无时滴，蛮风有穴吹。"以上是感动天地之句。
阆仙诗："离人隔楚水，落叶满长安。"己师诗："相思坐溪石，微雨下山风。"马戴诗："日落月未上，鸟栖人独行。"以上比小人获安，君子失时也。

---

① 张伯伟：《全唐五代诗格汇考》，江苏古籍出版社，2002，第418～419页。
② 《宋秘书省续编到四库阙书目》，《丛书集成续编》本，台湾新文丰出版公司，1985，第259页。

己师诗："瑞器藏头角，幽禽惜羽翰。"此比物讽刺也。

马戴诗："广泽生明月，苍山夹乱流。""苍山"比国，"乱流"比君不正也。

阆仙诗："白云孤出岳，清渭半和泾。""白云"比贤人去国也。

阆仙诗："萤从枯树出，蚓入破阶藏。"此比小人得所也。

己师诗："园林将向夕，风雨更吹花。"此比国弱也。

江淹诗："日暮碧云合，佳人殊未来。"此君暗臣僭，贤人不仕也。

无可诗："听雨寒更尽，开门落叶深。"此比不招贤士也。

江津诗："宝剑匣中开似水，娥眉一笑塞云清。"此比臣子尸禄也。

己师诗："影乱冲人蝶，声繁绕堑蛙。"此比小人也。

阆仙诗："古岸崩将尽，平沙长未休。"此比好事消、恶事增也。

卢纶诗："鱼网依沙岸，人家在水田。"此小民以法无所措手足也。

马戴诗："初日照杨柳，玉楼含翠阴。"此比君恩不及正人也。

孟东野诗："闻弹玉弄音，不敢林上听。"此比圣君德音也。①（虚中《流类手鉴》）

论总显大意

大意，谓一篇之意。如皇甫冉送人诗："淮海风涛起，江关幽思长。"此一联见国中兵革、威令并起。"同悲鹊绕树，独作雁随阳。"此见贤臣共悲忠臣，君恩不及。"山晚云和雪，门寒月照霜。"此见恩及小人。"由来濯缨处，渔父爱潇湘。"此见贤人见几而退。李嘉祐《和苗员外雨夜伴直》："宿雨南宫夜，仙郎伴直时。"此见乱世臣节也。"漏长丹凤阙，秋冷白云司。"此见君臣乱暗之甚。"萤影侵阶乱，鸿声出塞迟。"此见小人道长，侵君子之位。"萧条吏人散，小谢有新诗。"此见佞臣已退，贤人进逆耳之言。李端诗："盘云双鹤下，隔水一蝉鸣。"此贤人趋进兆也。下一句即韦金部在他

---

① 张伯伟：《全唐五代诗格汇考》，江苏古籍出版社，2002，第420~423页。

国,孤进失期,乃招之也。"古道黄花发,青芜赤烧生。"此见他
国君子道消,正风移败,兵革并起。"茂陵虽有病,犹得伴君行。"此
见前国贤人,虽未遂大志,尤喜无兵革。以上三篇,略而列之,用
显大意。①(贾岛《二南密旨》)

同样是以诗中物象比类国家治乱、政道明暗,可见《流类手鉴》颇
受《二南密旨》诗学宗尚的影响。此类物象理论,在晚唐五代的诗法著
述中很常见,至宋仍为说诗者所用。

第二节 唐代诗法著述佚书考

一 元兢《沈约诗格》一卷

元兢《沈约诗格》一卷,今已佚。《新唐书·艺文志四》"文史类"
著录"元兢《宋约诗格》一卷"②。《宋秘书省续编到四库阙书目》"别
集类"著录为"《沈约诗格》一卷"③。《通志·艺文略》著录为:"元兢
《宋约诗格》,一卷。"④"宋约"当为"沈约"之误。《宋史·艺文志》
则著录为"元兢《诗格》一卷"⑤。

元兢又有诗格著作《诗髓脑》一卷,前已著录。日本学者中沢希男
在《唐元兢著作考》中认为,《沈约诗格》乃为《诗髓脑》之别名。⑥
王梦鸥《初唐诗学著述考》亦持此说:"《诗髓脑》既为元兢诗论之原
名,则自北宋著录为'元兢宋约诗格'者,犹上官仪之《笔札华梁》,
崔融之《新定诗体》,王昌龄之《诗中密旨》,一经晚唐五代人手之改
编,皆变名为'诗格'矣。"⑦ 此种说法只能暂时存疑。

无论是《沈约诗格》还是《诗髓脑》,元兢这两本诗法著述在中土

---

① 张伯伟:《全唐五代诗格汇考》,江苏古籍出版社,2002,第381~382页。
② 欧阳修、宋祁:《新唐书》,中华书局,1975,第1625页。
③ 《宋秘书省续编到四库阙书目》,《丛书集成续编》本,台湾新文丰出版公司,1985,第259页。
④ 郑樵撰,王树民点校《通志二十略》,中华书局,1995,第1799页。
⑤ 脱脱等:《宋史》,中华书局,1977,第5409页。
⑥ 参见〔日〕中沢希男《唐元兢著作考》,《东洋文化》1965年9月复刊第11期。
⑦ 王梦鸥:《初唐诗学著述考》,台湾商务印书馆,1977,第63~65页。

一直是佚书。今《诗髓脑》的佚文幸运地散见于日僧空海的《文镜秘府论》一书中，但《沈约诗格》一书却不得而见。张伯伟认为："从其书名来看，此书内容当以讨论声律病犯为主。"①

二 王维《诗格》一卷

《宋史·艺文志八》"文史类"著录："王维《诗格》一卷。"② 其书已佚。

将诗法著述的创作权假托于名人或大家，以提高其书度人金针的说服力，这本题名为"王维"的《诗格》也当是这种情况。虽然其书已佚，但可以推知其中内容当为后人割裂纂集各种诗法之书而成。

三 徐隐秦《开元诗格》一卷

《开元诗格》一卷为佚书，中土不见著录。日僧圆仁在开成三年（838）曾以请益僧的身份跟随遣唐使来唐朝求法，他在《入唐新求圣教目录》中著录："《开元诗格》一卷。"③ 圆仁《日本国承和五年入唐求法目录》著录为："《开元诗格》一卷（徐隐秦字肃然撰）。"④ 则可知徐隐秦字肃然，其他事迹无考。开元为玄宗年号，存在时间为713年至741年，此书既名"开元诗格"，则其成书年代当在这个时间段之内。承和乃日本国仁明帝年号，承和五年为唐文宗开成三年，即838年。也就是说，大约一百年后日本使者将这本诗法著述带回了东瀛，但可惜此书在日本也未见流传。

四 佚名《诗赋格》一卷

《诗赋格》一卷为佚书，中土不见著录，只在日僧圆仁《入唐新求

---

① 张伯伟：《全唐五代诗格汇考》，江苏古籍出版社，2002，第570页。
② 脱脱等：《宋史》，中华书局，1977，第5409页。
③ 〔日〕释圆仁原著，〔日〕小野胜年校注，白化文、李鼎霞、许德楠修订校注《入唐求法巡礼记校注》，花山文艺出版社，1992，第586页。
④ 〔日〕释圆仁原著，〔日〕小野胜年校注，白化文、李鼎霞、许德楠修订校注《入唐求法巡礼记校注》，花山文艺出版社，1992，第537页。

圣教目录》中著录有："《诗赋格》一卷。"① 圆仁于唐宣宗大中元年（847）返回东瀛，则《诗赋格》的写作时间当在大中元年（847）之前。

五　王起《大中新行诗格》一卷

王起《大中新行诗格》一卷，已佚。其书《新唐书·艺文志四》"文史类"、《崇文总目》皆有著录。《通志·艺文略》著录为："王起《大中新行诗格》，一卷。"②《宋史·艺文志八》"文史类"著录为："王杞一作'超'《诗格》一卷。"③ 张伯伟认为："惟王起卒于大中元年（八四七年），而此书题名《大中新行诗格》，则或者原书名为《诗格》，如《宋史》著录；或者其书不成于王起之手。"④

王起（760～847），字举之，其先为太原人，后家于扬州，王播之弟。初为校书郎，补蓝田尉。李吉甫辟掌淮南书记。德宗贞元十四年（798）登进士第。元和末，累迁中书舍人，数上书谏穆宗游畋。历户部尚书、判度支。武宗时，四典贡举，所举皆知名士。终山南、西道节度使，同中书门下平章事。卒谥文献。新旧《唐书》皆有传。

元和以来，王起等五人"为场中词赋之最，言程序者，宗此五人"⑤（赵璘《因话录》）。既然王起的诗文是科举考试的"金科玉律"，那么《大中新行诗格》的出现当与科举考试有关，或是王起应举子的要求，自著此书以介绍其诗歌创作方法与程式，或是好事者借王起之名传播自己的诗法之书。

六　许文贵《诗鉴》一卷

《宋史·艺文志八》"文史类"著录："许文贵一作贡《诗鉴》一卷。"⑥ 许文贵，或为许文贡，生平无考。《诗鉴》其书亦无考。

---

① 〔日〕释圆仁原著，〔日〕小野胜年校注，白化文、李鼎霞、许德楠修订校注《入唐求法巡礼行记校注》，花山文艺出版社，1992，第574页。
② 郑樵著，王树民点校《通志二十略》，中华书局，1995，第1799页。
③ 脱脱等：《宋史》，中华书局，1977，第5409页。
④ 张伯伟：《全唐五代诗格汇考》，江苏古籍出版社，2002，第571页。
⑤ 上海古籍出版社编《唐五代笔记小说大观》，上海古籍出版社，2000，第846页。
⑥ 脱脱等：《宋史》，中华书局，1977，第5409页。

七　姚合《诗例》一卷

《宋史·艺文志》著录："姚合《诗例》一卷。"①《新唐书·艺文志四》"文史类"、《崇文总目》、《通志·艺文略》著录文字与之相同。然其书今已不存。

姚合（776？~842？），字大凝，陕州（今河南陕县）人。元和十一年（816）进士，授武功主簿，世称姚武功。历任监察御史，金、杭二州刺史，刑部郎中，给事中等职；终秘书少监。姚合与贾岛友善，诗亦相近。今传《姚少监诗集》十卷，另编选有《极玄集》。事迹见新旧《唐书》本传。《唐才子传》卷六谓姚合"摭古人诗联，叙其措意，各有体要，撰《诗例》一卷，今并传焉"②，据此可知，《诗例》之书在元代尚存，其内容大概是采集古人的诗句，分析其中的技巧与特点，向人传授诗法要诀。

八　任藩《文章玄妙》一卷

陈振孙《直斋书录解题》卷二十二著录："《文章玄妙》一卷。唐任藩撰。"③《宋秘书省续编到四库阙书目》"文史类"著录："任博《文章玄格》一卷。（阙）"④《通志·艺文略》著录："任博《文章妙格》，一卷。"⑤任博，当为任藩，《文章玄格》《文章妙格》当即《文章玄妙》，今书已佚。

任藩，一作翻或蕃，江东（今长江中下游江南一带）人。唐代会昌年间（841~846）在世。《新唐书·艺文志》著录其诗一卷，《直斋书录解题》卷十九亦著录"《任藩集》一卷"，并云："唐任藩撰。或作翻。客居天台，有《宿帢帻山》绝句，为人所称。今城中巾子山也。"⑥《唐诗百名家全集》中有《唐任藩诗小集》一卷。《全唐诗》录存其诗十八

---

① 脱脱等：《宋史》，中华书局，1977，第5409页。
② 傅璇琮主编《唐才子传校笺》第三册，中华书局，1990，第126页。
③ 陈振孙撰，徐小蛮、顾美华点校《直斋书录解题》，上海古籍出版社，1987，第645页。
④ 《宋秘书省续编到四库阙书目》，《丛书集成续编》本，台湾新文丰出版公司，1985，第269页。
⑤ 郑樵撰，王树民点校《通志二十略》，中华书局，1995，第1798页。
⑥ 陈振孙撰，徐小蛮、顾美华点校《直斋书录解题》，上海古籍出版社，1987，第578页。

首,《全唐诗外编》补断句一联。

任藩存诗虽然不多,但颇有佳句。张为《诗人主客图》称引其《惜花诗》"无语与春别,细看枝上红"句,并将其列为"清奇雅正主"之升堂。① 刘克庄《后村诗话》卷一称"唐任藩诗,存者五言十首而已,然多佳句",并称赏其"众鸟已归树,旅人犹过山""半顶发根白,一生心地清"等诗句"居然可爱"。② 方回《瀛奎律髓》卷二十以任藩为"张籍之派"③。任藩既然有此诗才,总结诗歌创作经验、写作诗法著述也在情理之中。陈振孙《直斋书录解题》卷二十二谓《文章玄妙》"言作诗声病、对偶之类。凡世所传诗格,大率相似"④。则是书在南宋尚存,内容大概为谈诗歌的声病与对仗,和唐代的诸多诗格著作并无二致。陈振孙又尝书其末云:"论诗而若此,岂复有诗矣。唐末诗格污下,其一时名人,著论传后乃尔,欲求高尚,岂可得哉?"⑤ 从陈振孙的批评看来,任藩的《文章玄妙》具有唐代诗格琐屑性、教条化等诸多通病。

九 任藩《诗点化秘术》一卷

《通志·艺文略》"诗评类"著录:"《诗点化秘术》一卷。任博撰。"⑥《宋秘书省续编到四库阙书目》"文史类"著录:"任博《新点化秘术》一卷。"⑦ "新"当为"诗"之误。考虑到《通志·艺文略》将"任藩《文章玄妙》"著录为"任博《文章妙格》一卷"⑧,或许此任博即任藩。

除了《诗点化秘术》一卷外,任藩还著有诗法著述《文章玄妙》一卷,然而此二书均佚。

---

① 参见丁福保辑《历代诗话续编》,中华书局,1983,第 91 页。
② 参见刘克庄撰,王秀梅点校《后村诗话》,中华书局,1983,第 16 页。
③ 方回选评,李庆甲集评校点《瀛奎律髓汇评》,上海古籍出版社,1986,第 754 页。
④ 陈振孙撰,徐小蛮、顾美华点校《直斋书录解题》,上海古籍出版社,1987,第 645 页。
⑤ 陈振孙撰,徐小蛮、顾美华点校《直斋书录解题》,上海古籍出版社,1987,第 645 页。
⑥ 郑樵撰,王树民点校《通志二十略》,中华书局,1995,第 1799 页。
⑦ 《宋秘书省续编到四库阙书目》,《丛书集成续编》本,台湾新文丰出版公司,1985,第 269 页。
⑧ 郑樵撰,王树民点校《通志二十略》,中华书局,1995,第 1798 页。

十　郑谷《国风正诀》一卷

《宋史·艺文志八》著录："郑谷《国风正诀》一卷。"① 其书已佚。

郑谷乃晚唐名家，曾与许棠、张乔等唱和往还，号"芳林十哲"。其事迹见计有功《唐诗纪事》。

《唐才子传》卷九谓郑谷"撰《国风正诀》一卷，分六门，摭诗联，注其比象君臣贤否、国家治乱之意，今并传焉"②。可见该书在元代尚存，亦为"诗格"类著作，且有晚唐诗格普遍具有的解释物象、以诗歌为政教的写作特性。其"分六门，摭诗联"之格式，或许影响了齐己《风骚旨格》的撰写。郑谷还和齐己、黄损合著《今体诗格》，见前文著录。

十一　齐己《玄机分别要览》一卷

齐己《玄机分别要览》一卷，今已不存。

《宋秘书省续编到四库阙书目》"文史类"著录："齐陆机《分别六义诀》一卷。"③《唐才子传》卷九谓齐己"尝撰《玄机分别要览》一卷"④。张伯伟认为："'齐陆机'疑为'齐己'之误；《分别六义诀》疑即《玄机分别要览》一书之别名。"⑤然而《宋史·艺文志八》"文史类"著录为"僧齐己《玄机分明要览》一卷"⑥。盖"分明"乃"分别"之误，乃同一书也。

齐己撰有《风骚旨格》一卷，今存，可见前文。齐己又与郑谷、黄损共撰《今体诗格》，今存佚文一条，亦见前文。

《唐才子传》卷九谓《玄机分别要览》"摭古人诗联，以类分次，仍别风、赋、比、兴、雅、颂"⑦，则此书的写作方式和齐己另一本诗格著

---

① 脱脱等：《宋史》，中华书局，1977，第5409页。
② 傅璇琮主编《唐才子传校笺》第四册，中华书局，1987，第170页。
③ 《宋秘书省续编到四库阙书目》，《丛书集成续编》本，台湾新文丰出版公司，1985，第269页。
④ 傅璇琮主编《唐才子传校笺》第四册，中华书局，1987，第185页。
⑤ 张伯伟：《全唐五代诗格汇考》，江苏古籍出版社，2002，第573页。
⑥ 脱脱等：《宋史》，中华书局，1977，第5410页。
⑦ 傅璇琮主编《唐才子传校笺》第四册，中华书局，1987，第185页。

作《风骚旨格》、郑谷的《国风正诀》一脉相承。

十二 李嗣真《诗品》一卷

明人胡应麟《诗薮·杂编二·逸佚中》存录了一份亡佚的唐人诗法之书的名单："唐人诗话，入宋可见者：李嗣真《诗品》一卷，王昌龄《诗格》一卷，皎然《诗式》一卷、《诗评》一卷，王起《诗格》一卷，姚合《诗例》一卷，贾岛《诗格》一卷，王叡《诗格》一卷，元兢《诗格》一卷，倪宥《龟鉴》一卷，徐蜕《诗格》一卷、《骚雅式》一卷、《点化秘术》一卷、《诗林句范》五卷、《杜氏诗格》一卷、《徐氏律诗洪范》一卷，徐衍《风骚要式》一卷、《吟体类例》一卷、《历代吟谱》二十卷、《金针诗格》三卷。今惟《金针》、皎然《吟谱》传，余绝不睹，自宋末已亡矣。"① "唐人诗话"一般是指唐代的诗法著述。而且，胡应麟将李嗣真《诗品》与王昌龄《诗格》、皎然《诗式》并列，正是以李嗣真《诗品》为同类型的诗法著述。胡应麟认为这本书在宋末已经亡佚，所以笔者姑且将其作为亡佚的唐人诗法著述、著录于此。

李嗣真，唐代画家、书法家，新旧《唐书》有传。② 他的著述不少，其中包括《诗品》。《旧唐书》卷一九一《李嗣真传》云："撰《明堂新礼》十卷，《孝经指要》、《诗品》、《书品》、《画品》各一卷。"③ 李嗣真在《书品后》中也说自己写过《诗品》："吾作《诗品》，犹希闻偶合神交、自然冥契者，是才难也。及其作《画评》，而登逸品数者四人，故知艺之为末，信矣。"④ 这本佚失的李嗣真《诗品》历代书目皆有著录。《新唐书》卷六十《艺文志》载："李嗣真《诗品》一卷。"⑤ 南宋郑樵《通志·艺文略》载："李嗣真《诗品》一卷。"⑥

---

① 胡应麟：《诗薮》，上海古籍出版社，1958，第272页。
② "《旧唐书》卷191《李嗣真传》为初唐人，御史中丞，而据我考察撰《诗品》、书品、画品的李嗣真应为盛唐画家。新旧唐书实际上将两个时代的两个李嗣真事迹混合在初唐李嗣真一个人身上。"（马茂军、张海沙：《〈二十四诗品〉作者考》，《中国社会科学院研究生院学报》2006年第2期。）
③ 刘昫等：《旧唐书》，中华书局，1975，第5099页。
④ 张彦远辑，洪丕谟点校《法书要录》，上海书画出版社，1986，第79页。
⑤ 欧阳修、宋祁：《新唐书》，中华书局，1975，第1625页。
⑥ 郑樵撰，王树民点校《通志二十略》，中华书局，1995，第1799页。

值得一提的是，当代学者马茂军、张海沙认为："《二十四诗品》确非司空图所作，而即众书著录一直未见文本之唐李嗣真《诗品》一卷。"① 其理由是：《诗品》的理论突破脱胎于画品；《诗品》中神秘主义倾向可以从画学中得到解释；《诗品》之可感而不可触摸的品格与李嗣真作为一个音乐家有很大关系；李嗣真的《后书品》《续书评》主要以四言形式写成，又多是以形象比喻的方式评人论格，而且文字简练、形象俊美，和《二十四诗品》有较大的相似性。今备列于此，以为一说。

李嗣真之文在表述方式上的确具有模糊性和不确定性，例如宋人朱长文《墨池编》卷三《品书论》中就认为李嗣真的《书品》"列为数品，然太繁则乱，其升降失中者多也。其说止于题评，譬喻不求事实，虚言润饰，孰为准绳"②。据此，我们也可以推测其《诗品》的写作特色。

第三节　唐代诗法著述的总体特征

在考索唐代二十三种存世的诗法著述和十二种诗法佚书的基础上，可以总结出唐代诗法著述的总体特征：目前存世的唐代诗法之书多残佚不全、篇幅短小；其中又有不少著述被质疑为伪书伪撰；诗法著述能够在唐代出现并繁荣，其实是唐代律诗定型且成熟、进士考试诗赋的环境下顺理成章的结果；唐代的诗法著述多题名为"诗格"或者"诗式"；其著述体例被后来的历代诗法著述所继承；在诗话还没有产生的时代，唐代诗法著述还承担了论诗评诗的诗学功能。

一　书多残佚不全、篇幅短小

唐代的诗法著述部分已经亡佚，即便是存世的作品，也多为辑佚而来，所以篇幅普遍短小。

明人胡应麟《诗薮·杂编二·逸佚中》存录了一份亡佚的唐人诗法之书的名单："唐人诗话，入宋可见者：李嗣真《诗品》一卷，王昌龄

---

① 马茂军、张海沙：《〈二十四诗品〉作者考》，《中国社会科学院研究生院学报》2006年第2期。
② 朱长文：《墨池编》，明万历八年（1580）虞德烨等刻本。

《诗格》一卷,皎然《诗式》一卷、《诗评》一卷,王起《诗格》一卷,姚合《诗例》一卷,贾岛《诗格》一卷,王叡《诗格》一卷,元兢《诗格》一卷,倪宥《龟鉴》一卷,徐蜕《诗格》一卷、《骚雅式》一卷、《点化秘术》一卷、《诗林句范》五卷、《杜氏诗格》一卷、《徐氏律诗洪范》一卷,徐衍《风骚要式》一卷、《吟体类例》一卷、《历代吟谱》二十卷、《金针诗格》三卷。今惟《金针》、皎然《吟谱》传,余绝不睹,自宋末已亡矣。"① 虽然其中所举的一些著作并未亡佚,只是胡应麟未见,但胡应麟所说的大体不差,那就是唐代的诗法之书到了宋末已经残佚不全。例如到南宋时,上官仪的《笔札华梁》在中土已经亡佚。还有一些著作直到元代辛文房撰写《唐才子传》时还保存着,例如姚合《诗例》一卷、郑谷《国风正诀》一卷、齐己《玄机分别要览》一卷,但后来也都消失在历史的烟云之中,连只言片语也没有留下,彻底变成了佚书,令人遗憾。

再有像佚名《文笔式》、杜正伦《文笔要决》、元兢《诗髓脑》、崔融《唐朝新定诗格》等诗法之书,甚至在中国历代的书目著作中都未见著录。然而,不少唐代诗法著述在日本的书目中得到了记载。例如徐隐秦《开元诗格》一卷,中土不见著录,却在日僧圆仁《日本国承和五年入唐求法目录》中著录为:"《开元诗格》一卷(徐隐秦字肃然撰)。"② 日本学者藤原佐世于宽平年间(889~897)编纂的《日本国见在书目录》"小学家"类著录有不少中国唐代的诗法著述,例如《笔札华梁》二卷、《文笔式》二卷、杜正伦《文笔要决》一卷、元兢《诗髓脑》一卷、崔融《唐朝新定诗格》一卷等。这是因为在唐代,日本热衷于学习汉文化,曾多次派遣唐使来到中国。这些使者归国时,携带了大量的诗法著述,以便满足当时日本国内学习汉诗的需要。于是,许多唐代的诗法著述就在当时远渡重洋,随后在异国他乡得以保存与流传。

这其中尤其要提到日僧空海(遍照金刚)。空海曾于贞元二十年(804)至元和元年(806)赴唐朝留学。空海所处的奈良平安时代,正是日本大量吸收汉文化的时期,当时迫切需要关于诗的平仄、对仗、造

---

① 胡应麟:《诗薮》,上海古籍出版社,1958,第272页。
② 〔日〕释圆仁原著,〔日〕小野胜年校注,白化文、李鼎霞、许德楠修订校注《入唐求法巡礼行记校注》,花山文艺出版社,1992,第537页。

典、篇章结构等作法格式的指导。空海归国后，将他在唐朝收集的大量诗法著述进行编排整理，于是在公元820年左右有了《文镜秘府论》一书。但空海当年携归的唐朝诗法著述却在中土失传了。如今，我们根据《文镜秘府论》辑佚而来的唐代诗法著述有上官仪《笔札华梁》、佚名《文笔式》、杜正伦《文笔要决》、元兢《诗髓脑》、僧辞远《诗式》、崔融《唐朝新定诗格》、皎然《诗议》等。这也是中外文化交流中一件富有传奇性的事。

国内第一次成规模地汇集诗法之书是在宋代。北宋李淑《诗苑类格》、南宋陈应行《吟窗杂录》都是诗法汇编之书，但由于《诗苑类格》等同类著作的佚失，成书于南宋光宗绍熙五年（1194）的《吟窗杂录》就成为目前存世最早的诗法汇编类著述。靠《吟窗杂录》保存下来的唐代诗法著述有旧题魏文帝《诗格》、贾岛《二南密旨》、白居易《文苑诗格》、王昌龄《诗格》、王昌龄《诗中密旨》、李峤《评诗格》、僧皎然《诗议》、僧皎然《诗式》、李洪宣《缘情手鉴诗格》、齐己《风骚旨格》、虚中《流类手鉴》、王叡《炙毂子诗格》、白居易《金针诗格》等。《吟窗杂录》成书于南宋中叶，所收诸书也由自古本，对于研究宋前的诗法著述，功莫大焉。再者，像王昌龄《诗格》、皎然《诗议》二书，既在日本《文镜秘府论》中保存引文，又收录在陈应行《吟窗杂录》中，这样可以将两者对校，有助于恢复其书的原貌。

因为书多残佚，唐代诗法著述现存的内容多为辑佚而来，一般篇幅短小，多为一卷本，全书面貌已经不得见。例如晚唐郑谷、齐己、黄损的《近体诗格》现存内容只有一条："凡诗用韵有数格：一曰葫芦，一曰辘轳，一曰进退。葫芦韵者，先二后四；辘轳韵者，双出双入；进退韵者，一进一退。失此则谬矣。"[①] 这还是从南宋魏庆之《诗人玉屑》卷二引黄朝英《靖康缃素杂记》中辑录出来的。晚唐齐己的《风骚旨格》今存内容只有"六诗""诗有六义""诗有十体""诗有十势""诗有二十式""诗有四十门""诗有六断""诗有三格"八则，这还是丁福保从明人毛晋《津逮秘书》中辑录出的。毛晋曾有跋语云："莆田蔡氏著《吟窗杂咏》，载诸家诗格诗评类三十余种，大略真赝相半，又脱落不堪

---

① 张伯伟：《全唐五代诗格汇考》，江苏古籍出版社，2002，第396页。

读。丙寅春，从云间了予内父遗书中简得齐己《白莲集》十卷，末载《风骚旨格》一卷，与蔡本迥异，急梓之，以正诸本之误云。湖南毛晋识。"① 可见，《风骚旨格》的佚文在明代已经被视为珍宝了。而据《宋史·艺文志》著录，僧辞远《诗式》原本有十卷之多，在唐五代的诗法著述中可以说是篇幅较为庞大的，可惜今仅存"六犯"一小部分。所以说，像皎然《诗式》五卷这种中土历代书目皆有著录，且保存完整、篇幅丰富的唐代诗法著述并不多见。

历代以来，尽管学者们尽力钩沉辑佚，但是还有十多种唐代诗法之书彻底亡佚，如元兢《沈约诗格》一卷、王维《诗格》一卷、徐隐秦《开元诗格》一卷、王起《大中新行诗格》一卷、许文贵《诗鉴》一卷、姚合《诗例》一卷、任藩《文章玄妙》一卷、任藩《诗点化秘术》一卷、郑谷《国风正诀》一卷、齐己《玄机分别要览》一卷、李嗣真《诗品》等。

二 曾被质疑为伪书伪撰

后世往往批评唐代的诗法之书多是伪书伪撰。这是因为一些诗法著述题名的作者令人觉得并不可信。

例如沈约、李峤、王昌龄、贾岛、姚合、王维等诗坛名宿往往都是唐代诗法著述的作者，这就很令人怀疑。甚至还有题名为魏文帝曹丕的，尤其贻笑大方。所以，晚明许学夷认为大多数唐代诗格都是伪撰：

> 世传上官仪、李峤、王昌龄各有《诗格》，昌龄又有《诗中密旨》，白居易有《金针集》、又有《文苑诗格》，贾岛有《二南密旨》，浅稚卑鄙，俱属伪撰。予曩时各有辩论，以今观之，不直一笑。盖当时上官仪、李峤、王昌龄、白居易俱有盛名，而贾岛为诗，晚唐人亦多慕之，故伪撰者托之耳，亦犹今世刻《诗学大成》托名李攀龙也。宋人言之而有未尽，今更详之。②

---

① 丁福保辑《历代诗话续编》，中华书局，1983，第112页。
② 许学夷著，杜维沫校点《诗源辩体》，人民文学出版社，1987，第333页。

但因为有依托名人的问题就一概否定唐代诗法著述也是不客观的。这些著作的作者虽然经不起考察，但其中的内容毕竟也是唐代当时人总结的诗歌技巧，反映了唐代的诗学观念与诗艺成绩，所以不能完全看成是伪书。

例如旧题魏文帝《诗格》中除"杂例"以外，均是初唐上官仪《笔札华梁》和初唐《文笔式》中的内容，所以此书作者虽伪，但内容不伪，依然是唐人论诗的宝贵材料。又如，历来多以李峤《评诗格》为伪托之书。南宋陈振孙《直斋书录解题》将《评诗格》著录于集部文史类，并称："峤在昌龄之前，而引昌龄《诗格》八病，亦未然也。"[①]《四库全书总目·吟窗杂录》亦以之为伪："李峤、王昌龄、皎然、贾岛、齐己、白居易、李商隐诸家之书，率出依托，鄙倍如出一手。"[②] 对此，张伯伟认为："崔融《唐朝新定诗格》诸史志未见著录，但或有流传民间之残缺本，至北宋，伪托者遂杂抄崔氏残本而假托李峤之名，遂成《评诗格》一书。"[③] 所以，此书书名与作者虽伪，内容却是唐人诗格。虽然作者有伪，或部分内容为窜入，但书中内容对于今天来说已经是历史的遗留，对于我们研究唐代人对于诗歌技巧的看法与观念是大有意义的。

三 顺应了唐代社会的需要

诗法著述在唐代的出现与繁荣，是律诗定型成熟和进士考试诗赋的产物。

初唐诗法类著作写作之盛，与格律诗在唐代逐步定型并渐臻繁荣有关。

四声八病的病犯（平头、上尾、蜂腰、鹤膝、大韵、小韵、傍纽、正纽等）早在南朝时就由沈约提出，到了唐代初年更成为人们热衷于讨论的问题。初唐正是律诗声律规则形成的关键时期，此时的人们对律诗的声律和对仗问题广泛关注，倾注了较多的心力去为之规范定型。所以我们看到，初唐的诗法著述中非常注重声律与对仗。约产生于初唐的元

---

① 陈振孙撰，徐小蛮、顾美华点校《直斋书录解题》，上海古籍出版社，1987，第642页。
② 纪昀等：《钦定四库全书总目》，中华书局，1997，第2765页。
③ 张伯伟：《全唐五代诗格汇考》，江苏古籍出版社，2002，第139页。

兢《诗髓脑》"文病"条云："兢于八病之（外）别为八病。自昔及今，无能尽知之者。近上官仪识其三，河间公义府思其余事矣。"① 又"龃龉病"下云："此例文人以为秘密，莫肯传授。上官仪云：'犯上声是斩刑，去入亦绞刑。'"② 由此可见律诗的声病之说在初唐人心中的地位。人们都对声律知识爱若珍宝，似乎谁掌握了声病规律，谁就好像拥有了绝世武功。如此一来，整理传播声病之说的诗法著述似乎就变成了记录绝世武功的秘籍，人们对诗法之书极为追捧，诗法著述也如雨后春笋纷纷面世。上官仪《笔札华梁》、佚名《文笔式》、元兢《诗髓脑》、崔融《唐朝新定诗格》等都是这一时期的代表著作。正如王梦鸥所指出的那样："上官仪、元兢、崔融，三人年世相接，其著书时代，约自唐贞观迄于神龙，相当于第七世纪百年之间。唯此百年间，上则结束齐梁以来关于诗文要诀之讨论，而下则启导千余年来世做遵用之新体诗律。"③

诗法类著作写作之盛，也与唐代科举以"试律诗"取士有很大关系。调露二年（680）四月，"刘思立除考功员外郎。先时进士但试策而已，思立以其庸浅，奏请帖经及试杂文，自后因以为常式"④，这里的试"杂文"就是试律诗。因为进士考试要考律诗的写作，而且对诗歌的程式、押韵与对仗都有一定的规则要求，所以士子们为了功名需要全力掌握律诗的写作技巧与方法。赵璘《因话录》卷三记载："李相国程、王仆射起、白少傅居易兄弟、张舍人仲素为场中词赋之最，言程序者，宗此五人。"⑤ 这就是说他们五人的词赋是当年科举考试的标准答案，考生们都以他们的笔墨为范式。如果能够得到他们总结好的诗赋规律，岂不是事半功倍。这其中，王起著有《大中新行诗格》，白行简著有《赋要》，张仲素著有《赋枢》，估计其写作目的就是服务科举考试。所以张伯伟认为白居易作有《金针诗格》与《文苑诗格》也是有可能的。⑥ 再者，有司判卷也要靠诗法著述作为判断依据，唐代诗法著述中详细罗列的各种对仗、格律的规则，往往是科举考试的标准答案。这是因为诗风

---

① 张伯伟：《全唐五代诗格汇考》，江苏古籍出版社，2002，第120页。
② 张伯伟：《全唐五代诗格汇考》，江苏古籍出版社，2002，第121页。
③ 王梦鸥：《初唐诗学著述考》，台湾商务印书馆，1977，第102页。
④ 王溥：《唐会要》，《丛书集成初编》本，商务印书馆，1936，第1379页。
⑤ 上海古籍出版社编《唐五代笔记小说大观》，上海古籍出版社，2000，第846页。
⑥ 参见张伯伟《全唐五代诗格汇考》，江苏古籍出版社，2002，第349页。

第二章 唐代诗法著述三十五种

诗境很难有一个公认的判定标准，而格律、对仗却是主考官可以掌握的客观判卷标准，正如胡震亨《唐音癸签》卷十八"进士科故实"中云："唐试士重诗赋者，以策论惟剿旧文，帖经只抄义条，不若诗赋可以尽才。又世俗偷薄，上下交疑，此则按其声病，可塞有司之责。"① 这些"赋格""诗格"就是考生们梦寐以求的标准答案。这种诗法著述为科考服务的情况一直持续到五代，后唐翰林院奏本仍称："伏乞下所司，依《诗格》《赋枢》考试进士。"② 这就使得整个唐代的诗法著述有如现在的高考参考书与模拟试卷一般，供不应求。

初学者写作律诗和士子们参加科考的需要，是唐代诗法著述得以大量产生的土壤。由于诗法著述的功利性和实用性，这些诗法著述在唐代民间曾广泛流行。敦煌残卷斯3011号背面保存了比较完整的三行"七对"的名目："第一的名对。第二隔句对。第三双拟对。第四联绵对。第五互成对。第六异类对。第七赋体对。"③ 经考证，这则残卷当写于初盛唐之时，不会晚于五代时期。其中的字迹比较草率幼稚，"显然出于学郎所书"④。而且这三行文字和唐代诗法著述中流行的诗歌属对的名目、顺序非常一致，蒙童将这些属对内容作为学习的内容加以抄录，"亦从一个侧面透露了唐代《诗格》类书在民间颇为流行之消息"⑤。

在晚唐兵戈四起、道崩乐坏、皇权旁落的社会背景下，倡导六义与正声的诗教论被人们所提倡，所以晚唐的诗法著述中热衷于讨论各种微言大义的物象之说，自然界的各种事物都被当成了社会治乱、政道明暗的象征，如题名贾岛的《二南密旨》、齐己的《风骚旨格》、僧虚中的《流类手鉴》等。又如郑谷的佚书《国风正诀》，《唐才子传》谓此书"分六门，摭诗联，注其比象君臣贤否、国家治乱之意，今并传焉"⑥。可以见得此书具有晚唐诗格普遍具有的解释物象、以诗歌为政教的写作性质。《唐才子传》卷九又谓齐己的佚书《玄机分别要览》"摭古人诗

---

① 胡震亨：《唐音癸签》，上海古籍出版社，1981，第197页。
② 王钦若等编纂，周勋初等校订《册府元龟（校订本）》，凤凰出版社，2006，第7413页。
③ 张伯伟：《全唐五代诗格汇考》，江苏古籍出版社，2002，第111页。
④ 张伯伟：《全唐五代诗格汇考》，江苏古籍出版社，2002，第110页。
⑤ 张伯伟：《全唐五代诗格汇考》，江苏古籍出版社，2002，第110页。
⑥ 傅璇琮主编《唐才子传校笺》第四册，中华书局，1987，第170页。

联，以类分次，仍别风、赋、比、兴、雅、颂"①，则此书的写作方式和《国风正诀》一脉相承。这都说明了唐代诗法著述在不同时期的发展，都顺应了唐代社会发展变化的要求。

四 确定了独特的书籍命名方式

唐代的诗法著述多题名为"诗格"或者"诗式"。

其中题名为"诗格"的最多。例如唐代有元兢《沈约诗格》，王维《诗格》，徐隐秦《开元诗格》，旧题魏文帝《诗格》，王起《大中新行诗格》，崔融《唐朝新定诗格》，旧题李峤《评诗格》，王昌龄《诗格》，旧题白居易《金针诗格》《文苑诗格》，王叡《炙毂子诗格》，李洪宣《缘情手鉴诗格》，郑谷、齐己、黄损《今体诗格》等。据笔者考察，现存的唐代诗法著述中题名为"诗格"的共有十三种。其他还有命名为"某某格"的，如齐己的《风骚旨格》。格，原意为"长的枝条"，后来引申为"法"之意。"所谓诗格，就是作诗标准、法式。"② 在现存唐代三十五种诗法著述中，以"格"来命名的占40%之多。所以就形成了这样一种现象——"唐代诗学的核心就是诗格。"③ 随着唐代诗格之书的兴盛繁荣，"诗格"成为中国古代诗学中一类书的名称，某种程度上变成了诗法在唐代的代名词。即便"诗法"一词在宋代崛起，仍有诗法之书因袭古制，被命名为"诗格"，例如北宋李淑《诗苑类格》、北宋梅圣俞《续金针诗格》、北宋张商英《律诗格》、南宋林越《少陵诗格》等。

唐代还有一些被题名为"诗式"的诗法著述，如僧辞远《诗式》、僧皎然《诗式》。还有"某某式"的题名，如佚名的《文笔式》。"式"，也是"法"的意思。所谓"诗式"还是"诗法"的意思。因为唐代诗法著述使用了"诗式"这个名字，所以"诗式"后来也成为中国古代文学批评中诗法之书的专有名称。到了明代还有一部重要的诗法著述被命名为"诗式"，那就是梁桥的《冰川诗式》。

唐代诗法著述的编撰者还喜欢在题名上显示其书的重要性。如唐代杜

---

① 傅璇琮主编《唐才子传校笺》第四册，中华书局，1987，第185页。
② 蔡镇楚：《唐人诗格与宋诗话之比较》，《中国文学研究》1994年第3期。
③ 张伯伟：《隋唐五代文学批评总说》，载《中唐文学会报》2000号，日本好文出版公司，2000，第1页。

正伦的《文笔要决》、郑谷的《国风正诀》等,都命名为"决(诀)";"决(诀)"就是"关键"的意思。还有命名为"要"的,如《文笔要决》、齐己《玄机分别要览》;"要"是"重要""重大"之意。还有命名为"髓脑"的,如元兢的《诗髓脑》。"髓脑"一词乃是佛典中的用语,为人体中最为重要的部分,可引申为关键、要旨等义。将诗法著述命名为"某某决""某某髓脑"等,其意都当指书中有作诗之关键与要旨。唐代之后,历代诗法著述亦延续了唐人这种命名方法,例如五代徐夤《雅道机要》、五代王梦简《诗格要律》、宋代保暹《处囊诀》、明代李贽《骚坛千金诀》、民国刘子芬《诗家正眼法藏》等书。

唐代诗法著述的题名,还有故意显示其神秘性的特征,例如旧题王昌龄的《诗中密旨》、日僧空海的《文镜秘府论》、旧题贾岛的《二南密旨》、任藩的《文章玄妙》、任藩的《诗点化秘术》等,这些"密""秘""玄"等字眼都强调了诗法著述具有神秘、珍贵的秘籍属性。李江峰认为:"贾岛书或原以《诗格》为名,《二南密旨》则疑是后来流传过程中作的改动。"① 之所以要做这样的改动,使用"二南密旨"这种故弄玄虚的命名方式,一方面突出了诗法之书内容上的重要性,另一方面是为了促进该书的传播。唐代这种在题目上强调神秘性的命名方式一直延续到后代,如五代齐己《玄机分别要览》、宋代释惠洪《天厨禁脔》、元代范梈《木天禁语》、元代旧题范德机《诗学禁脔》、明代邵经邦《艺苑玄机》、明代周履靖《骚坛秘语》以及明代题钟惺选、李光祚辑的《钟伯敬先生朱评词府灵蛇》等。

此外,现存的唐代诗法之书的书名多有异文,这是因为成书年代久远,流传过程中记录有误或者被后人改编。例如元兢既有《诗髓脑》一卷,又有《沈约诗格》一卷。日本学者中沢希男在《唐元兢著作考》中认为,《沈约诗格》乃为《诗髓脑》之别名。② 王梦鸥《初唐诗学著述考》亦持此说:"《诗髓脑》既为元兢诗论之原名,则自北宋著录为'元兢宋约诗格'者,犹上官仪之《笔札华梁》,崔融之《新定诗体》,王昌

---

① 李江峰:《贾岛〈二南密旨〉辨疑》,载《中国文论的常与变——古代文学理论研究第二十四辑》,华东师范大学出版社,2006,第63页。
② 参见〔日〕中沢希男《唐元兢著作考》,《东洋文化》1965年9月复刊第11期。

龄之《诗中密旨》,一经晚唐五代人手之改编,皆变名为'诗格'矣。"①这两本诗法著述在中土一直是佚书。今《诗髓脑》的佚文幸运地散见于日僧空海《文镜秘府论》一书中,但《沈约诗格》一书却不得而见。所以,我们现在也很难判断这两本书是不是同一本书。再有僧虚中《流类手鉴》一卷,《宋秘书省续编到四库阙书目》"别集类"著录:"僧虚中《诗物象疏类手鉴》一卷。"②"文史类"又著录:"《疏类手镜》一卷。(阙)"③陈振孙《直斋书录解题》卷二十二作"《流类手鉴》一卷。僧虚中撰"④。盖"鉴"与"镜"同义,"疏"乃"流"字之形误。

五 确立了独特的小标题形式

唐代诗法著述的内容经常是由若干个小标题构成的,再由这些小标题无规则地罗列成书。这种体例被后来的诸多诗法著述所继承。

其小标题可能是以一个数词加上一个名词而构成的词组。例如现存最早的诗法著述初唐《笔札华梁》中就有"八阶""六志"等。随后还出现了另外一种设置小标题的方法,就是在"数词+名词"的基础上,变化成"诗有+数词+名词"的形式。这种设置小标题的方式在旧题李峤《评诗格》和同时期的王昌龄《诗格》、旧题王昌龄《诗中密旨》中大量出现,例如《评诗格》中有"诗有九对""诗有十体";王昌龄《诗格》中有"诗有三境""诗有三思""诗有三不"等;《诗中密旨》现存内容为"诗有六病例""句有三例""诗有二格""犯病八格""诗有九格""诗有三得""诗有六义",除了"句有三例""犯病八格"之外,其他小标题都是"诗有+数词+名词"的形式。因为旧题李峤《评诗格》的创作年代不明,所以现在很难判定这种"诗有+数词+名词"的小标题究竟最早是起源于旧题李峤《评诗格》还是王昌龄的《诗格》。但这种形式的小标题对后来的诗法著述的小标题设置是一大启发,例如唐代皎然《诗式》、皎然《诗议》、齐己《风骚旨格》、五代徐夤《雅道

---

① 王梦鸥:《初唐诗学著述考》,台湾商务印书馆,1977,第63~65页。
② 《宋秘书省续编到四库阙书目》,《丛书集成续编》本,台湾新文丰出版公司,1985,第259页。
③ 《宋秘书省续编到四库阙书目》,《丛书集成续编》本,台湾新文丰出版公司,1985,第269页。
④ 陈振孙撰,徐小蛮、顾美华点校《直斋书录解题》,上海古籍出版社,1987,第643页。

机要》、宋代保暹《处囊诀》、曾慥《类说·卷五十一》、姜夔《白石诗说》等诗法著述中，都延续了这种小标题设置法。而在旧题白居易《金针诗格》、旧题梅尧臣《续金针诗格》里，全书都采用了"诗有+数词+名词"的小标题形式。

还有直接以诗法名目作为小标题的情况。作为现存最早的诗法著述，《笔札华梁》中就出现了不少标准的诗法名目，例如"咏物阶""的名对""隔句对""三言句例"等。上官仪会先予以命名，然后再下定义，最后附上诗例。例如"隔句对"：

> 隔句对者，第一句与第三句对，第二句与第四句对。如此之类，名为隔句对。诗曰："昨夜越溪难，含悲赴上兰。今朝逾岭易，抱笑入长安。"又曰："相思复相忆，夜夜泪沾衣。空悲亦空叹，朝朝君未归。"①

这种总结具体明确，同时有诗歌创作作为例证，让读者有模仿与再创作的可能。如此一来，这一条目既有理论性，又有实践性，就成为一个被总结成型的标准"诗法名目"。梁启超在《论中国学术思想变迁之大势》中总结道："大抵西人之著述，必先就其主题，立一界说，下一定义，然后循定义以纵说横说之。中国则不然，如孔子之言仁言孝，其义亦寥廓而不定，他无论矣。"② 其实在中国古代的诗法著述中，非常明显地有确立名称、设置定义这样优秀的理论总结，梁启超这里的说法有些偏颇。

《笔札华梁》作为现存最早的诗法著述，开启了罗列诗法名目这种写作方式的先河。随后题名为白居易《文苑诗格》中的小标题"依带境""菁华章""联环文藻""束丽常格""叙旧意""重叠叙事"都是一个个诗法名目。唐代以后的历代诗法著述中，最基本的内容就是罗列出这些诗法名目，随后一般都会对这些诗法名目的含义加以描述，再给出相关的例证。例如北宋释惠洪的《天厨禁脔》中内容为：近体三种颔联

---

① 张伯伟：《全唐五代诗格汇考》，江苏古籍出版社，2002，第58~59页。
② 梁启超著，夏晓虹点校《清代学术概论》，中国人民大学出版社，2004，第41页。

法、四种琢句法、江左体、含蓄体、用事法、就句对法、十字对句法、十字句法、十四字对句法、诗有四种势、诗分三种趣、错综句法、折腰步句法、绝弦句法、影略句法、比物句法、造语法、赋题法、用事补缀法、古诗押韵法、破律琢句法、顿挫掩抑法、换韵杀断法、平头换韵法、促句换韵法、子美五句法、杜甫六句法、比兴法、夺胎句法、换骨句法、遗音句法、古意句法、四平头韵法、分布用事法、窠因用事法等。这本书就抛弃了"数词+名词"或者"诗有+数词+名词"的早期标题形式，直接以四十多种诗法名目作为全书的小标题。随后明代梁桥《冰川诗式》等重要的诗法著述都采用了直接以诗法名目来罗列成书。

六 承担了论诗评诗的诗学功能

唐代诗法著述中的内容并不完全都是指示具体的诗歌写作方法，在诗话还没有产生的时代，它们还承担了论诗评诗的诗学功能。

唐代诗法著述中有一些"形而上"层面的诗学内容，例如关于诗的性质、功用、范式、风格等的原则与观念的讨论。如"诗有三境"中的"一曰物境。二曰情境。三曰意境"[①]；"诗有三思"中的"一曰生思。二曰感思。三曰取思"[②]；"诗有五趣向"中提出诗的五种风格"一曰高格。二曰古雅。三曰闲逸。四曰幽深。五曰神仙"[③]。这些论述都是理论性的探讨，并没有什么具体的技巧可供学习与模拟。

唐代诗法著述中还有关于诗歌发展史的总结与阐释，例如王昌龄《诗格》"论文意"中云：

> 古诗云："日出而作，日入而息。凿井而饮，耕田而食。"当句皆了也。其次《尚书》歌曰："元首明哉，股肱良哉，庶事康哉。"亦句句便了。自此之后，则有《毛诗》，假物成焉。夫子演《易》，极思于《系辞》，言句简易，体是诗骨。夫子传于游、夏，游、夏传于荀卿、孟轲，方有四言、五言，效古而作。荀、孟传于司马迁，迁传于贾谊。谊谪居长沙，遂不得志，风土既殊，迁逐怨上，属物

---

① 张伯伟：《全唐五代诗格汇考》，江苏古籍出版社，2002，第172页。
② 张伯伟：《全唐五代诗格汇考》，江苏古籍出版社，2002，第173页。
③ 张伯伟：《全唐五代诗格汇考》，江苏古籍出版社，2002，第182页。

比兴，少于《风》、《雅》。复有骚人之作，皆有怨刺，失于本宗。乃知司马迁为北宗，贾生为南宗，从此分焉。汉魏有曹植、刘桢，皆气高出于天纵，不傍经史，卓然为文。从此之后，递相祖述，经纶百代，识人虚薄，属文于花草，失其古焉。中有鲍照、谢康乐，纵逸相继，成败兼行。至晋、宋、齐、梁，皆悉颓毁。①

这段话总结了唐前诗歌发展的历史，评价了历代诗歌的风格与面貌。皎然《诗议》中的"论文意"部分，也是对唐前诗歌发展史的梳理，颇为中肯：

> 夫诗有三四五六七言之别，今可略而叙之。三言始于《虞典》《元首》之歌，四言本出《国风》，流于夏世，传至韦孟，其文始具。六言散在《骚》、《雅》，七言萌于汉。五言之作，《召南·行露》已有滥觞。汉武帝时，屡见全什，非本李少卿也。少卿以伤别为宗，文体未备，意悲词切，若偶中音响，《十九首》之流也。古诗以讽兴为宗，直而不俗，丽而不巧，格高而词温，语近而意远，情浮于语，偶象则发，不以力制，故皆合于语，而生自然。建安三祖、七子，五言始盛，风裁爽朗，莫之与京。然终伤用气使才，违于天真，虽忌松容，而露造迹。正始中，何晏、嵇、阮之俦也，嵇兴高逸，阮旨闲旷，亦难为等夷。论其代，则渐浮侈矣。晋世尤尚绮靡。古人云："采缛于正始，力柔于建安。"宋初文格，与晋相沿，更憔悴矣。②

这一段梳理文字可以和王昌龄《诗格》"论文意"中的总结互参，以便了解唐人对唐前诗歌史的认识。

唐代诗法著述中还有对诗人诗风的评论。例如皎然《诗议》"论文意"中有"论人"部分，乃是对六朝诸诗人的评论：

---

① 张伯伟：《全唐五代诗格汇考》，江苏古籍出版社，2002，第160页。
② 张伯伟：《全唐五代诗格汇考》，江苏古籍出版社，2002，第202~203页。

论人，则康乐公秉独善之姿，振颓靡之俗。沈建昌评："自灵均已来，一人而已。"此后，江宁侯温而朗，鲍参军丽而气多，《杂体》、《从军》，殆凌前古。恨其纵舍盘薄，体貌犹少。宣城公情致萧散，词泽义精，至于雅句殊章，往往惊绝。何水部虽谓格柔，而多清劲，或常态未剪，有逸对可嘉，风范波澜，去谢远矣。柳恽、王融、江总三子，江则理而清，王则清而丽，柳则雅而高。予知柳吴兴名屈于何，格居何上。中间诸子，时有片言只句，纵敌于古人，而体不足齿。或者随流，风雅泯绝。①

又有皎然《诗式》，其"中序"以后部分加上卷二、卷三、卷四、卷五是对重要诗人诗作或诗歌问题发表评论，主要内容是"评诗"。②

后来，随着诗话著作在宋代崛起（以北宋欧阳修的《六一诗话》开其端，随后蔚为风尚），评诗论人的功能便多由诗话所承担，诗法著述便主要谈作诗方法，所以罗根泽说："'诗话'是对于'诗格'的革命。"③但是即便如此，元明清的诗法著述中仍会有一些理论性内容的杂糅，例如元代署名为傅与砺述范德机意的《诗法源流》，虽然题目上明确是讲"诗法"，但内容上依然驳杂，其中除了具体的诗歌创作法则，也有不少关于诗歌史的论述、诗人的比较、诗歌的评论等。这种评诗论人的内容，一直到民国时的诗法著述中依然存在着。这也显示了中国古典诗法著述的复杂性。

---

① 张伯伟：《全唐五代诗格汇考》，江苏古籍出版社，2002，第 203～204 页。
② 参见许连军《皎然〈诗式〉研究》，上海师范大学博士学位论文，2004，第 33 页。
③ 罗根泽：《中国文学批评史》，上海书店，2003，第 517 页。

第三章　五代诗法著述十二种

第一节　五代诗法著述个案研究

一　徐夤《雅道机要》一卷

《雅道机要》一卷，五代徐夤撰。该书最早著录于《宋秘书省续编到四库阙书目》"文史类"，题作"《雅道机要论》一卷。（阙）"①。《吟窗杂录》从卷十六至卷十八上收录《雅道机要》，题徐寅撰。《直斋书录解题》著录于集部"文史类"，题作"《雅道机要》二卷。前卷不知何人，后卷称徐寅撰"②。

徐夤，一作寅，字昭梦，兴化军莆田（今福建莆田）人，生卒年不详。据徐松《登科记考》卷二十四，徐夤于唐昭宗景福元年（892）登进士第，为秘书省正字。后依闽王王审知，为掌书记。后唐庄宗即位后，以其曾指斥先帝，欲杀之，乃归隐于寿溪。徐夤工诗，《旧唐书》及《五代诗话》均有传，事迹又可见《五代史补》。

《雅道机要》目前较好的辑本是张伯伟《全唐五代诗格汇考·雅道机要》（江苏古籍出版社2002年版）。其以明刻本《吟窗杂录》为底本，并以明抄本《吟窗杂录》、日本官版《吟窗杂录》、《诗法统宗》、《诗学指南》及《风骚旨格》诸书参校，内容包括"卷前总目""明物象""明门户差别""明联句深浅""明势含升降""明体裁变通""明意包内外""叙体格""叙句度""叙搜觅意""叙磨炼""叙血脉""叙通变""叙分剖""叙明断"十五部分。

《雅道机要》中多条内容继承贾岛、齐己之说，如"明门户差别"

---

① 《宋秘书省续编到四库阙书目》，《丛书集成续编》本，台湾新文丰出版公司，1985，第269页。
② 陈振孙撰，徐小蛮、顾美华点校《直斋书录解题》，上海古籍出版社，1987，第644页。

二十八门盖出于《风骚旨格》"诗有四十门"：

明门户差别

门者，诗之所通也。如人门户，未有出入不由者也。明者如月在上，皎然可观。

隐显门。诗曰："道晦金鸡伏，时来木马鸣。"
惆怅门。诗曰："此别又千里，少年能几时。"
道情门。诗曰："谁来看山寺，自要扫松门。"
得意门。诗曰："此生还自喜，余事不相便。"
背时门。诗曰："白发无心镊，青山去意多。"
正风门。诗曰："一春能几日，无雨亦多风。"
返本门。诗曰："远忆诸峰顶，曾栖此性灵。"
贞孝门。诗曰："无家全托梦，主祭不从人。"
薄情门。诗曰："君恩秋后木，日夕向人疏。"
忠贞门。诗曰："固将心为国，岂惧语伤人。"
相成门。诗曰："怪得登科晚，须知圣主恩。"
乱道门。诗曰："苦雨秋涛涨，狂风野烧翻。"
抱直门。诗曰："须知三尺剑，只为不平磨。"
世情门。诗曰："要路争先进，闲门肯暂过。"
正救门。诗曰："傍人皆默语，当局好堤防。"
嗟叹门。诗曰："泪流襟上血，发散镜中丝。"
俟时门。诗曰："明主未巡狩，白头还钓鱼。"
清苦门。诗曰："在处人投卷，移居雨著琴。"
骚愁门。诗曰："已难消永夜，况复听秋霖。"
眷恋门。诗曰："欲起游方兴，重来绕塔行。"
志气门。诗曰："未抛元达路，难作便归人。"
双拟门。诗曰："冥心冥目日，花开花落时。"
向时门。诗曰："黑壤生红朮，黄猿领白儿。"
伤时门。诗曰："亡国空流水，孤祠掩落花。"
鉴识门。诗曰："因思后庭曲，懒看落花时。"
神仙门。诗曰："一为嵩岳客，几丧洛阳人。"

塞蹇门。诗曰:"气蒸垂柳重,寒勒牡丹迟。"

动静门。诗曰:"春晴游寺客,花落闭门僧。"① (徐夤《雅道机要》)

诗有四十门

一曰皇道。诗曰:"明堂坐天子,月朔朝诸侯。"

二曰始终。诗曰:"养雏成大鹤,种子做高松。"

三曰悲喜。诗曰:"两行灯下泪,一纸岭南书。"

四曰隐显。诗曰:"道晦金鸡伏,时来木马鸣。"

五曰惆怅。诗曰:"此别又千里,少年能几时。"

六曰道情。诗曰:"谁来看山寺,自是扫松门。"

七曰得意。诗曰:"此生还自喜,余事不相便。"

八曰背时。诗曰:"白发无心镊,青山得意多。"

九曰正风。诗曰:"一春能几日,无雨亦多风。"

十曰返顾。诗曰:"远忆诸峰顶,曾栖此性灵。"

十一曰乱道。诗曰:"苦雨秋涛涨,狂风野烧翻。"

十二曰抱直。诗曰:"须知三尺剑,只为不平人。"

十三曰世情。诗曰:"要路争先进,闲门肯暂过。"

十四曰匡救。诗曰:"傍人皆默语,当路好防堤。"

十五曰贞孝。诗曰:"无家空托墓,主祭不从人。"

十六曰薄情。诗曰:"君恩秋后薄,日夕向人疏。"

十七曰忠正。诗曰:"敢将心为主,岂惧语从人。"

十八曰相成。诗曰:"怪得登科晚,须逢圣主知。"

十九曰嗟叹。诗曰:"泪流襟上血,发白镜中丝。"

二十曰俟时。诗曰:"明主未巡狩,白头犹钓鱼。"

二十一曰清苦。诗曰:"在处人投卷,移居雨着衣。"

二十二曰骚愁。诗曰:"已难消永夜,况复听秋霖。"

二十三曰眷恋。诗曰:"欲起游方兴,重来绕塔行。"

二十四曰想像。诗曰:"溪霞流火色,松日照炉光。"

二十五曰志气。诗曰:"未抛无远路,难作便归人。"

---

① 张伯伟:《全唐五代诗格汇考》,江苏古籍出版社,2002,第 426~431 页。

二十六曰双拟。诗曰:"冥目冥心坐,花开花落时。"
二十七曰向时。诗曰:"黑壤生红术,黄猿领白儿。"
二十八曰伤心。诗曰:"六国空流血,孤祠掩落花。"
二十九曰鉴戒。诗曰:"因思后庭曲,懒上景阳楼。"
三十曰神仙。诗曰:"一为嵩岳客,几丧洛阳人。"
三十一曰破除。诗曰:"大都时到此,不是世无情。"
三十二曰寒塞。诗曰:"气蒸垂柳重,寒勒牡丹迟。"
三十三曰鬼怪。诗曰:"山魅隔窗舞,鹏鸟入帘飞。"
三十四曰纰缪。诗曰:"日落月未上,鸟栖人独行。"
三十五曰世变。诗曰:"如何人少重,都为带寒开。"
三十六曰正气。诗曰:"日落无行客,天寒有去鸿。"
三十七曰扼腕。诗曰:"拭泪沾襟血,梳头满面丝。"
三十八曰隐悼。诗曰:"冯唐犹在汉,乐毅不归燕。"
三十九曰道交。诗曰:"桃花潭水深千尺,不及汪伦送客情。"
四十曰清洁。诗曰:"大雪路亦宿,深山水也斋。"①(齐己《风骚旨格》)

对比两书可见,《雅道机要》中二十八门中多数条直接来自《风骚旨格》,从名目到诗例都没有变化。此外,"明联句深浅"二十种句,大体同于《风骚旨格》"诗有二十式";"明势含升降"所列八势及"明体裁变通"所列十体,亦与齐己《风骚旨格》"诗有十势""诗有十体"相近。例如:

明势含升降

势者,诗之力也。如物有势,即无往不克。此道隐其间,作者明然可见。

洪河侧掌势。诗曰:"游人微动水,高岸便生云。"
丹凤衔珠势。诗曰:"正思浮世事,又过古城边。"
孤雁失群势。诗曰:"人情苟且头头见,世路欹危处处惊。"

---

① 张伯伟:《全唐五代诗格汇考》,江苏古籍出版社,2002,第408~414页。

猛虎跳涧势。诗曰:"仙掌月明孤影过,长门灯暗数声来。"
云雾绕山势。诗曰:"中原不是无麟凤,自是皇家结网疏。"
龙凤交吟势。诗曰:"昆玉已成廊庙器,润泉犹是薜萝身。"
孤峰直起势。诗曰:"山中携卷去,榜上得官归。"
猛虎踞林势。诗曰:"窗前闲弄鸳鸯绣,壁上时看獬豸图。"①
(徐寅《雅道机要》)

诗有十势
狮子返掷势。诗曰:"离情遍芳草,无处不萋萋。"
猛虎踞林势。诗曰:"窗前闲咏鸳鸯句,壁上时观獬豸图。"
丹凤衔珠势。诗曰:"正思浮世事,又到古城边。"
毒龙顾尾势。诗曰:"可能有事关心后,得似无人识面时。"
孤雁失群势。诗曰:"既不经离别,安知慕远心。"
洪河侧掌势。诗曰:"游人微动水,高岸更生风。"
龙凤交吟势。诗曰:"昆玉已成廊庙器,涧松犹是薜萝身。"
猛虎投涧势。诗曰:"仙掌月明孤影过,长门灯暗数声来。"
龙潜巨浸势。诗曰:"养猿寒嶂叠,擎鹤密林疏。"
鲸吞巨海势。诗曰:"袖中藏日月,掌上握乾坤。"②(齐己《风骚旨格》)

其中"洪河侧掌势""丹凤衔珠势""猛虎跳涧势""龙凤交吟势""猛虎踞林势"从名字到诗例二书大致都是相同的;"孤雁失群势"名字相同,但诗例不同。除此之外,《雅道机要》多了两个以自然风景为中心词的势——"云雾绕山势"与"孤峰直起势",这也可以看作是《雅道机要》的一点创新。

《雅道机要》前半部分内容多与齐己《风骚旨格》雷同,或许为摘抄《风骚旨格》而成,后半部分则多抒己见。所以张伯伟云:"(《吟窗杂录》)唯自第十七卷'明意包内外'以前多袭用齐己《风骚旨格》,其

---

① 张伯伟:《全唐五代诗格汇考》,江苏古籍出版社,2002,第435~436页。
② 张伯伟:《全唐五代诗格汇考》,江苏古籍出版社,2002,第403~404页。

下则出于夤自撰。可知一卷本乃专录徐夤自撰部分，二卷本则有述有作。惟'叙体格·浮艳句'引诗例云'好花红照水，芳草绿随船'，乃宋人潘阆《舟中自吴之越寄润州柳侍御开杨博士迈》句，徐夤不及闻，或为后人窜入。"①

徐夤对中唐以来诗法著述中的"物象"之说，又有新的技巧阐释。其"明意包内外"云：

> 内外之意，诗之最密也。苟失其辙，则如人去足，如车去轮，其何以行之哉？
>
> 赠人。外意须言前人德业，内意须言皇道明时。诗曰："夜闲同象寂，昼定为吾开。"
>
> 送人。外意须言离别，内意须言进退之道。诗曰："遥山来暮雨，别浦去孤舟。"
>
> 题牡丹。外意须言美艳香盛，内意须言君子时会。诗曰："开处百花应有愧，盛时群眼恨无言。"
>
> 花落。外意须言风雨之象，内意须言正风将变。诗曰："不能延数日，开即是春风。"
>
> 鹧鸪。外意须明飞自在，内意须言小得失。诗曰："雨昏青草湖边过，花落黄陵庙里啼。"
>
> 闻蝉。外意须言音韵悠扬，幽人起兴；内意须言国风芜秽，贤人思退之故。诗曰："斜阳当古道，久客独踟蹰。"
>
> 夫诗者，儒中之禅也。一言契道，万古咸知。
>
> 大雅题：天地、海岳、风雨、四时、日夜。大雅句，诗曰："日月光天德，山河壮帝居。"
>
> 小雅题：松、竹、鹤、僧、道、池亭、寺观。小雅句，诗曰："斋归门掩雪，讲彻柏生枝。"
>
> 背时题：招隐、辞居、思山、出关。背时句，诗曰："归时值落叶，远路入寒山。"

---

① 张伯伟：《全唐五代诗格汇考》，江苏古籍出版社，2002，第 424 页。

歌咏题：听琴、对月、赏花、喜晴。歌咏句，诗曰："一堂风冷淡，千古意分明。"

讽刺题：晚望、落叶、夕阳、闻蛩。讽刺句，诗曰："白云风散尽，红叶水流来。"

教化题：警世、怀居、咏古、嗟时。教化句，诗曰："傍人皆默语，当局好堤防。"

哀伤题：落第、病中、倦客、秋怀。哀伤句，诗曰："江上二亲老，月中丹桂高。"

叹恨题：宫怨、槛猿、病鹤、逸客。叹恨句，诗曰："妾如无异意，君弃也甘心。"

感事题：废官、怀古、荒宫、旧居。感事句，诗曰："桥高来野水，今古绕长川。"

以上但将此意体究古人诗句，则备明旨趣矣。能使功不浪施，语不虚发。①

通过以上的叙述可见，徐夤已经不是像晚唐贾岛《二南密旨》、虚中《流类手鉴》那样简单地罗列物象的内外意，而是比较详细地解释了在具体写作中如何有效地写作外意与内意。《雅道机要》中的这种解释很有实践性，便于初学者操作，所以徐夤才会自得道："能使功不浪施，语不虚发。"②

《雅道机要》中又有"叙搜觅意""叙通变"条，从理论的角度探讨了诗歌设意求意的重要性与操作性：

凡为诗须搜觅。未得句，先须令意在象前，象生意后，斯为上手矣。不得一向只构物象，属对全无意味。凡搜觅之际，宜放意深远，体理玄微，不须急就，惟在积思，孜孜在心，终有所得。（"叙搜觅意"）③

凡为诗须能通变体格。摹拟古意，不偷窃名人句，令体面不同，

---

① 张伯伟：《全唐五代诗格汇考》，江苏古籍出版社，2002，第438~440页。
② 张伯伟：《全唐五代诗格汇考》，江苏古籍出版社，2002，第440页。
③ 张伯伟：《全唐五代诗格汇考》，江苏古籍出版社，2002，第445~446页。

不作贯鱼之手。凡欲题咏物象，宜密布机情，求象外杂体之意。不失讽咏，有含情久味之意，则真作者矣。（"叙通变"）①

对此，有研究者认为："徐夤在《明意包内外》中所作的'比附'，仅仅是比方，是启发；而非教条，非公式。他所比附的种种雅正义理，不是目的，而是手段。其真正目的在于鼓励作者求'意'。……他第一次用鲜明、完整的理论方式规定了吟咏物象应当以'意'为宗，并且用自己大量的、全面的、富有成效的咏物实践，证明和发展了'求意'的可行性。正是在这个意义上，笔者认为《雅道机要》具有明确的理论意义和清醒的实践品格。"②

《雅道机要》中一些论述对于建构诗法的体系也有很大的启发意义。《雅道机要》"叙磨炼"中云："凡为诗须积磨炼。一曰炼意。二曰炼句。三曰炼字。意有暗钝、粗落。句有死机、沉静、琐涩。字有解句、义同、紧慢。以上三格，皆须微意细心，不须容易。"③ 这是继《金针诗格》之后，第二次在诗法体系的理论建构中引入字、句的层面。《雅道机要》尤为重视炼字。王昌龄《诗格》的"诗有五用例"条云："用字一。用事不如用字也。古诗：'秋草萋已绿'。郭景纯诗：'潜波涣鳞起'。'萋'、'涣'二字用字也。"④ 徐夤《雅道机要》则云："一字若闲，一联句失。故古诗云：'一个字未稳，数宵心不闲。'"⑤ 除了字、句、章这三部分诗歌构成的客观层面外，还需要考虑诗人创作的整体设计与主观立意方面，也就是结体与命意。《雅道机要》中这段"叙磨炼"也注意到了这两个方面，这就在字、句之外，又补充了立意，即在诗歌客观构成的基础上，又加上了来自创作者的主观内容。《雅道机要》又云："凡为诗须明断一篇终始之意。未形纸笔，先定体面。若达先理，则百发百中。所得之句，自有趣味。播落人口，皆在明断。"⑥ 这段话强调的是作文之道，构思为先。诗之有"体"，是指诗歌整体上呈现出明显的、独

---

① 张伯伟：《全唐五代诗格汇考》，江苏古籍出版社，2002，第447页。
② 谢琰：《论徐夤〈雅道机要〉的理论意义及实践品格》，《中州学刊》2009年第3期。
③ 张伯伟：《全唐五代诗格汇考》，江苏古籍出版社，2002，第446页。
④ 张伯伟：《全唐五代诗格汇考》，江苏古籍出版社，2002，第189页。
⑤ 张伯伟：《全唐五代诗格汇考》，江苏古籍出版社，2002，第446页。
⑥ 张伯伟：《全唐五代诗格汇考》，江苏古籍出版社，2002，第448页。

特的体式或格式特点，具有相对的稳定性与规定性。具体的技巧与作法，例如声律、对仗、修辞等，常以体式的确定为前提。《雅道机要》主张谋篇要做到"未形纸笔，先定体面"①，即要求诗人动笔之前必须要进行整体构思，确定将要写作的诗歌之"体"，然后才能"洞贯四阙，始末理道，交驰不失次序"②。这些都是《雅道机要》中非常有见地的议论。

二 徐衍《风骚要式》一卷

《风骚要式》一卷，《宋秘书省续编到四库阙书目》"文史类"录作"徐衍《风骚要试》一卷。阙"③。《直斋书录解题》著录于集部文史类，作"《风骚要式》一卷"④。《通志·艺文略》亦作"徐衍《风骚要式》，一卷"⑤。张伯伟认为："'试'、'式'形音俱近，当以'式'字为是。"⑥

徐衍，生卒年及生平俱不详。陈振孙《直斋书录解题》卷二十二谓《风骚要式》"徐衍述，亦未详何人"⑦。今观《风骚要式》中每以贾岛、齐己、郑谷、虚中、贯修诸人诗为例，则徐衍当在诸人之后，或为五代成宋初人。

该书目前较好的辑本是张伯伟《全唐五代诗格汇考·风骚要式》（江苏古籍出版社2002年版）。其以明刻本《吟窗杂录》为底本，并以明抄本《吟窗杂录》、《诗法统宗》及《诗学指南》诸书参校，内容包括"君臣门""物象门""兴题门""创意门""琢磨门"五部分。以"门"为名，大约受到齐己《风骚旨格》中"诗有四十门"之影响；而其中具体的论述，又受《二南密旨》《流类手鉴》的影响颇多。

《风骚要式》开篇云："夫诗之要道，是上圣古人之枢机。故可以颂，可以讽。'迩之事父，远之事君'。今之辞人，往往自讽自刺而不能觉。前代诗人亦曾微露天机，少彰要道。白乐天云：'鸳鸯绣出从君看，

---

① 张伯伟：《全唐五代诗格汇考》，江苏古籍出版社，2002，第448页。
② 张伯伟：《全唐五代诗格汇考》，江苏古籍出版社，2002，第446页。
③ 《宋秘书省续编到四库阙书目》，《丛书集成续编》本，台湾新文丰出版公司，1985，第270页。
④ 陈振孙撰，徐小蛮、顾美华点校《直斋书录解题》，上海古籍出版社，1987，第644页。
⑤ 郑樵撰，王树民点校《通志二十略》，中华书局，1995，第1799页。
⑥ 张伯伟：《全唐五代诗格汇考》，江苏古籍出版社，2002，第450页。
⑦ 陈振孙撰，徐小蛮、顾美华点校《直斋书录解题》，上海古籍出版社，1987，第644页。

莫把金针度与人。'禅月亦云：'千人万人中，一人两人知。'以是而论，不可妄授。"① 认为诗之要义有如天机奥秘，是诗法之书中的一个突出现象。早在初唐，元兢《诗髓脑》谈到对仗方法时就说："以前八种切对，时人把笔缀文者多矣，而莫能识其径路。于公义藏之于箧笥，不可示于非才。深秘之，深秘之。"② 从这些叙述中可见，作者们都把诗法当成了不可轻授的神秘之物。谁要是有幸得到了诗法著述，就如同得到了一本武功秘籍，从此以后就会诗技大增，所以徐衍《风骚要式》又云："今之词人循依此格，则自然无古无今矣。"③

出现这一现象的原因是，总结诗法是一个艰难的过程，能够总结诗法的多是行家里手，所以诗法书籍相对稀少，这些著作有一定的稀缺性和珍贵性。再者，诗法著述乃是来源于大量的创作实践，是对优秀作品的经验总结与技巧提炼，对于迫切需要诗歌写作技巧的众生来说，诗法著述的确有一定的指导作用，所以这些书也就显示出一定的有效性与神奇性。最后，在阐释诗法时，作者往往故意强调其神秘性与珍贵性，为的是增加这些诗法的权威性与说服力，以便获得更多的阅读与关注。这种以诗法为秘宝的观点一直延续到元明清，成为诗法著述的传统之一。

三 王玄《诗中旨格》一卷

《诗中旨格》一卷，王玄撰，此书见收于宋人陈应行《吟窗杂录》卷十四。陈振孙《直斋书录解题》卷二十二著录："《拟皎然十九字》一卷。称正字王元撰，不知何人。"④ 此《拟皎然十九字》一卷疑即《诗中旨格》后半部分的单行本。陈振孙未著录《诗中旨格》，或许陈氏所见之书未全。

王玄，生卒年及生平均不详。陈振孙记录王玄为"正字"，"正字"乃官名，北齐始置，在秘书省与校书郎同主雠校典籍，刊正文章。则王玄可能曾官秘书省。罗根泽考其为五代时人，宋初或犹在世。张伯伟考

---

① 张伯伟：《全唐五代诗格汇考》，江苏古籍出版社，2002，第451页。
② 张伯伟：《全唐五代诗格汇考》，江苏古籍出版社，2002，第118页。
③ 张伯伟：《全唐五代诗格汇考》，江苏古籍出版社，2002，第454页。
④ 陈振孙撰，徐小蛮、顾美华点校《直斋书录解题》，上海古籍出版社，1987，第643页。

第三章 五代诗法著述十二种

其生年当在五代末,其书产生年代已经在北宋之初。

《诗中旨格》目前较好的辑本是张伯伟《全唐五代诗格汇考·诗中旨格》(江苏古籍出版社2002年版)。其以明刻本《吟窗杂录》为底本,并以明抄本《吟窗杂录》、《诗法统宗》、《诗学指南》及《词府灵蛇》诸书参校。

其书开篇云:"予平生于二南之道,劳其形,酷其思,粗著于篇,虽无遗格之才,颇见坠骚之志。且诗者,在心为志,发言为诗,时明则咏,时暗则刺之。今具诗格于后。"[①] 这段话很明确地表明了王玄乃是据讽喻美刺之法来解诗。《诗中旨格》随后的内容便是以具体诗例来说明诗之美刺讽喻之术,总数达到八十多条,例如:

> 贯休《吊边将》:"如何忠为主,志竟不封侯。"此刺君子不得时也。
>
> 周朴《秋深》:"关河空远道,乡国自鸣砧。"此言时之将静,王道无间阻也。
>
> 贯休《送边将》:"但看千骑去,知有几人归。"此刺时乱主暗也。
>
> 李洞《过荆山》:"无人分玉石,有路即荆榛。"此刺,伤时之感也。[②]

这种解诗方法,在晚唐题名贾岛的《二南密旨》"论总显大意"中就已经出现了,随后僧虚中《流类手鉴》中的"举诗类例"也是将晚唐以来的物象理论运用到对具体的诗句解读上面,现节录相关内容如下:

> 如皇甫冉送人诗:"淮海风涛起,江关幽思长。"此一联见国中兵革、威令并起。"同悲鹊绕树,独作雁随阳。"此见贤臣共悲忠臣,君恩不及。"山晚云和雪,门寒月照霜。"此见恩及小人。"由来濯缨处,渔父爱潇湘。"此见贤人见几而退。[③](贾岛《二南密旨》)

[①] 张伯伟:《全唐五代诗格汇考》,江苏古籍出版社,2002,第456页。
[②] 张伯伟:《全唐五代诗格汇考》,江苏古籍出版社,2002,第457页。
[③] 张伯伟:《全唐五代诗格汇考》,江苏古籍出版社,2002,第381~382页。

阆仙诗："白云孤出岳，清渭半和泾。""白云"比贤人去国也。
　　阆仙诗："萤从枯树出，蛩入破阶藏。"此比小人得所也。
　　己师诗："园林将向夕，风雨更吹花。"此比国弱也。
　　江淹诗："日暮碧云合，佳人殊未来。"此君暗臣僭，贤人不仕也。
　　无可诗："听雨寒更尽，开门落叶深。"此比不招贤士也。
　　江津诗："宝剑匣中开似水，蛾眉一笑塞云清。"此比臣子尸禄也。
　　己师诗："影乱冲人蝶，声繁绕堑蛙。"此比小人也。
　　阆仙诗："古岸崩将尽，平沙长未休。"此比好事消、恶事增也。
　　卢纶诗："鱼网依沙岸，人家在水田。"此小民以法无所措手足也。
　　马戴诗："初日照杨柳，玉楼含翠阴。"此比君恩不及正人也。
　　孟东野诗："闻弹玉弄音，不敢林上听。"此比圣君德音也。①
（虚中《流类手鉴》）

　　将诗作改造成君臣政治的隐喻叙事，在晚唐五代的诗法著述中十分盛行。
　　《诗中旨格》的下半部分为"拟皎然十九字体"，《直斋书录解题》卷二十二录有"《拟皎然十九字》一卷"②，疑即《诗中旨格》后半部分的单行本。唐僧皎然《诗式》中曾撰以十九字括诗之体，其卷一的"辩体有一十九字"分别是：高、逸、贞、忠、节、志、气、情、思、德、诚、闲、达、悲、怨、意、力、静、远，共十九字。王玄在《诗中旨格》里抄录了《诗式》中的这十九个字和对它们的阐释，再加上了诗例：

---

① 张伯伟：《全唐五代诗格汇考》，江苏古籍出版社，2002，第 421~423 页。
② 陈振孙撰，徐小蛮、顾美华点校《直斋书录解题》，上海古籍出版社，1987，第 643 页。

辨体有一十九字

高。风韵朗畅曰高。
逸。体格闲放曰逸。
贞。放词正直曰贞。
忠。临危不变曰忠。
节。持操不改曰节。
志。立性不改曰志。
气。风情耿介曰气。
情。缘景不尽曰情。
思。气多含蓄曰思。
德。词温而正曰德。
诫。检束防闲曰诫。
闲。情性疏野曰闲。
达。心迹旷诞曰达。
悲。伤甚曰悲。
怨。词调凄切曰怨。
意。立言盘泊曰意。
力。体裁劲健曰力。
静。非如松风不动，林狄未鸣，乃谓意中之静。
远。非如渺渺望水，杳杳看山，乃谓意中之远。[①]（皎然《诗式》）

拟皎然十九字体

风韵朗畅曰高。廖融《寄天台逸人》："又闻乘桂楫，载月十洲行。"此高字体也。

体格闲放曰逸。齐己《寄陆龟蒙》："闲欹太湖石，醉听洞庭秋。"此逸字体也。

放辞正直曰贞。王贞白《题狄梁公庙》："惟公仗高节，为国立储皇。"此贞字体也。

临危不变曰忠。齐己《送迁客》："天涯即象州，谪去莫多愁。"

[①] 张伯伟：《全唐五代诗格汇考》，江苏古籍出版社，2002，第242页。

此忠字格也。

持操不改曰节。贾岛《赠孟山人》:"衣褐惟粗帛,筐箱只素书。"此节字格也。

确乎不拔曰志。贾岛《老将》:"旌旗犹入梦,歌舞不阑怀。"此志字格也。

立性耿介曰气。杜牧《鹤》:"终日无群伴,溪边吊影孤。"此气字格也。

缘景不尽曰情。孟宾于《柳》:"去年曾折处,今日又垂条。"此情字格也。

含蓄曰思。《夏日曲江有作》:"远寺连沙静,闲舟入浦迟。"此思字格也。

辞温而正曰德。《赠徐明府》:"帘垂群吏散,苔长讼庭闲。"此德字格也。

防患曰诫。贾岛《送杜秀才东游》:"匣有青铜镜,时时照鬓看。"此诫字格也。

性情疏野曰闲。《赠隐者》:"静是延年本,闲为好道基。"此闲字格也。

心迹旷诞曰达。诗曰:"冷笑忘淳者,抄方染鬓髭。"此达字格也。

堪伤曰悲。刘得仁《哭贾岛》:"白日只如哭,黄泉免恨无。"此悲字格也。

辞理凄切曰怨。齐己《闻吴拾遗与郑谷下世》:"国犹多聚盗,天似不容贤。"此怨字格也。

立言盘泊曰意。郑谷《送曹郎中赴汉州》:"开怀江稻熟,悦性露花香。"此意字体也。

体裁劲健曰力。朱庆馀《早梅》:"自古承春早,严冬斗雪开。"此力字体也。

情中之静曰静。修睦《闲居》:"野鹤眠松上,秋苔长雨间。"此静字体也。

意中之远曰远。贾岛《姚氏林亭》:"窗舍明月树,沙起白云

鸥。"此远字体也。①（王玄《诗中旨格》）

对比两者可以发现，除了对"志""气""思""诚"等少数几个字的解释有差异外，《诗中旨格》基本全盘复制了皎然的《诗式》，发挥之处也就是在每一字后添加了诗例。

《诗中旨格》中征引诸家之诗，题名多有误字、漏字。所以罗根泽《中国文学批评史》称此书"所引诗人，若贾休、莫休、僧扈、僧可、李昌遇、处伦、陈况、韩喜、西蟾、李鄂、何景山、番复之类，一时别无可考，益知决非仿造，因为仿造者很难找到这多的不甚知名的诗人"②。张伯伟继而指出，书中如贾休、莫休，为"贯休"之误；处纶，乃"处默"之误；何景山，为"朱庆馀"之误；番谓，为"潘纬"之误；僧可，为"僧无可"之略称；西蟾，为"栖蟾"之误；刘昭，实为"刘昭禹"。此外，书中还将周朴《秋深》诗误作《早秋》，《观猎》之作者王维误作张谓，《雪霁》之作者孟宾于误作孟浩然等。这说明《诗中旨格》在传抄过程中产生了很多错误。

四　王梦简《诗格要律》一卷

《诗格要律》一卷，王梦简撰。

《直斋书录解题》著录于集部"文史类"，作"《诗格要律》一卷。进士王梦简撰"③。张伯伟认为："'诗格'乃晚唐五代论诗著作之通名，'要律'亦如'要式'、'要诀'，如徐衍之《风骚要式》、冯鉴之《修文要诀》等。"④　《吟窗杂录》卷十五收录其书，题作"《诗要格律》"，当误。

王梦简，生卒年及生平均不详，陈振孙记录其为"进士王梦简"，则此人当登第过。该书所引诗人多为晚唐五代人，疑王梦简亦为五代至宋初人。

该书目前较好的辑本是张伯伟《全唐五代诗格汇考·诗格要律》

---

① 张伯伟：《全唐五代诗格汇考》，江苏古籍出版社，2002，第468～472页。
② 罗根泽：《中国文学批评史》，上海书店，2003，第496页。
③ 陈振孙撰，徐小蛮、顾美华点校《直斋书录解题》，上海古籍出版社，1987，第644页。
④ 张伯伟：《全唐五代诗格汇考》，江苏古籍出版社，2002，第473页。

（江苏古籍出版社 2002 年版）。其以明刻本《吟窗杂录》为底本，并以明抄本《吟窗杂录》、《诗法统宗》及《诗学指南》诸书参校，内容上先言六义，然后为"凡二十六门"。

二十六门中有六门与齐己《风骚旨格》四十门中所列相同（或相似），即"君臣门"（《风骚旨格》作"皇道门"）、"礼义门"（《风骚旨格》作"理义门"）、"嗟叹门"、"终始门"（《风骚旨格》作"始终门"）、"是非门"、"鬼怪门"，但其中所举的诗例又不尽相同。其余二十门均为自创。《诗格要律》这二十六门的最大特色是将门类与六义结合在一起，例如：

> 高大门
> 诗曰："华岳山峰小，黄河一带长。"右祖咏句，合赋。又诗："岛屿分诸国，星河共一天。"右李洞句，合颂。又诗："晴望东溟小，夜观南斗长。"右康道句，合赋。
> 君臣门
> 诗曰："明堂坐天子，月朔朝诸侯。"右王昌龄句，合赋。又诗："鸳鸯分品秩，龙衮耀簪裾。"右郤殷象句，合比。
> 忠孝门
> 诗曰："父子同时健，君臣尽阵看。"右贾岛句，合赋。又诗："家肥生孝子，国霸有谋臣。"右黄损句，合讽。①

这就是开篇六义中所云"以上六义，合于诸门，即尽其理也"②。王梦简在归纳诗歌体裁或意义之外，又进一步解索诗句的美讽意味，鲜明地体现出晚唐五代的论诗特色。

五　僧神彧《诗格》一卷

《诗格》一卷，僧神彧撰。《直斋书录解题》卷二十二著录于集部文史类："《诗格》一卷。沙门神彧撰。"③《宋史·艺文志》著录为："僧

---

① 张伯伟：《全唐五代诗格汇考》，江苏古籍出版社，2002，第 475～476 页。
② 张伯伟：《全唐五代诗格汇考》，江苏古籍出版社，2002，第 474 页。
③ 陈振孙撰，徐小蛮、顾美华点校《直斋书录解题》，上海古籍出版社，1987，第 643 页。

神或《诗格》一卷。"①

僧神或,生平事迹不详。《宋史·艺文志》将其书放置于李洞《贾岛诗句图》之后,而《诗格》引诗亦多为晚唐之作,又引贾岛诗而称"古人",可推知其人当在五代,或生活至宋初。《通志·艺文志》著录有《四六格》一卷,"僧神郁"②撰。古时"或""郁"相通,"神郁"亦即"神或"。则除《诗格》外,神或另撰有《四六格》一卷,然是书已佚。

然今某些传本如《吟窗杂录》等或题作"僧文或撰",《宋诗纪事》卷九十一又云:"文或,号文宝大师,有《诗格》。"③当误。文或,为五代时闽僧,与陈文亮同时。《雅言系述》载陈文亮入王氏幕,文或为诗讥之;及其遇害,又为诗吊之。史志均未著录文或有《诗格》之作。陈振孙著录《杂句图》云:"自魏文帝《诗格》而下二十七家已见《吟窗杂录》。"④可见陈氏著录的不少诗法著述是来自《吟窗杂录》的,但陈振孙所见的《吟窗杂录》是题名为蔡传所编本,那时候《诗格》的作者还是"神或"。今本《吟窗杂录》(南宋绍熙五年题名陈永康重编本),已经易"神"为"文","当为重编者不知神或为何人,而神、文音近,又同处五代之时,遂妄改之"⑤。《宋诗纪事》出自清人厉鹗,其谓文或"有《诗格》"⑥,或乃以讹传讹。

《诗格》目前较好的辑本是张伯伟《全唐五代诗格汇考·诗格》(江苏古籍出版社 2002 年版)。其以明刻本《吟窗杂录》为底本,并以明抄本《吟窗杂录》、《诗法统宗》、《词府灵蛇》及《诗学指南》诸书参校。今其内容共八论,分别为"论破题""论颔联""论诗腹""论诗尾""论诗病""论诗有所得字""论诗势""论诗道"。

这种"论某某"的小标题名称和晚唐题名贾岛《二南密旨》中的极其相似;《二南密旨》内容包括"论六义""论风之所以""论风骚之所由""论二雅大小正旨""论变大小雅""论南北二宗例古今正体""论立格渊奥""论古今道理一贯""论题目所由""论篇目正理用""论物

---

① 脱脱等:《宋史》,中华书局,1977,第 5410 页。
② 郑樵撰,王树民点校《通志二十略》,中华书局,1995,第 1798 页。
③ 厉鹗辑撰《宋诗纪事》,上海古籍出版社,1981,第 2192 页。
④ 陈振孙撰,徐小蛮、顾美华点校《直斋书录解题》,上海古籍出版社,1987,第 647 页。
⑤ 张伯伟:《全唐五代诗格汇考》,江苏古籍出版社,2002,第 486 页。
⑥ 厉鹗辑撰《宋诗纪事》,上海古籍出版社,1981,第 2192 页。

象是诗家之作用""论引古证用物象""论总例物象""论总显大意""论裁体升降",共十五论。两本书的每论均有简要解释,并引诗为例,体例亦极其相似,且二书的小标题并没有重合之处。二书之间究竟有什么源流关系,笔者暂时还不得而知。神彧此书题名为《诗格》;而贾岛《二南密旨》在《通志·艺文略》中著录为:"贾岛《诗格》,一卷。"[①]《崇文总目》文史类、《新唐书·艺文志》所载与之相同。李江峰便认为:"贾岛书或原以《诗格》为名,《二南密旨》则疑是后来流传过程中作的改动。"[②] 或者神彧《诗格》、贾岛《二南密旨》原由同一本书(《诗格》)割裂而成?因为没有更多的证据,笔者也不敢妄断。

《诗格》前四论乃是解释律诗首联、颔联、颈联、尾联的写法。其中"论破题"解说得比较详细,总结了五种破题的方法:一曰就题,二曰直致,三曰离题,四曰粘题,五曰入玄。对于初学者来说,这些方法有一定的技巧性。李江峰认为这里的"论破题"部分"程式性、可操作性极强,对于要求在规定的时间内炮制出规定题目和韵脚的试帖诗的应试举子来说,这无疑具有实际的指导意义"[③]。

"论诗病"主要解释了"重叠病"。"论诗有所得字"讲的是炼字的重要性。"论诗势"部分共分十势,如"芙蓉映水势""龙潜巨浸势""龙行虎步势"等,与齐己《风骚旨格》中的"诗有十势"不尽相同:

> 诗有十势:一曰芙蓉映水势。诗曰:"径与禅流并,心将世俗分。"二曰龙潜巨浸势。诗曰:"天下已归汉,山中犹避秦。"三曰龙行虎步势。诗曰:"两浙寻山遍,孤舟载鹤归。"四曰狮子返掷势。诗曰:"高情寄南涧,白日伴云闲。"五曰寒松病枝势。诗曰:"一心思谏主,开口不防人。"六曰风动势。诗曰:"半夜长安雨,灯前越客吟。"七曰惊鸿背飞势。诗曰:"龙楼曾作客,鹤氅不为臣。"八曰离合势。诗曰:"东西南北人,高迹比相亲。"九曰孤鸿出塞势。诗曰:"众木又摇落,望君君不还。"十曰虎纵出群势。诗

---

① 郑樵撰,王树民点校《通志二十略》,中华书局,1995,第1799页。
② 李江峰:《贾岛〈二南密旨〉辨疑》,载《中国文论的常与变——古代文学理论研究第二十四辑》,华东师范大学出版社,2006,第63页。
③ 李江峰:《晚唐五代诗格研究》,人民出版社,2017,第234页。

曰:"三间茅屋无人到,十里松门独自游。"①(神彧《诗格》)

诗有十势
狮子返掷势。诗曰:"离情遍芳草,无处不萋萋。"
猛虎踞林势。诗曰:"窗前闲咏鸳鸯句,壁上时观獬豸图。"
丹凤衔珠势。诗曰:"正思浮世事,又到古城边。"
毒龙顾尾势。诗曰:"可能有事关心后,得似无人识面时。"
孤雁失群势。诗曰:"既不经离别,安知慕远心。"
洪河侧掌势。诗曰:"游人微动水,高岸更生风。"
龙凤交吟势。诗曰:"昆玉已成廊庙器,涧松犹是薜萝身。"
猛虎投涧势。诗曰:"仙掌月明孤影过,长门灯暗数声来。"
龙潜巨浸势。诗曰:"养猿寒嶂叠,擎鹤密林疏。"
鲸吞巨海势。诗曰:"袖中藏日月,掌上握乾坤。"②(齐己《风骚旨格》)

其中"龙潜巨浸势""狮子返掷势"在二书中名字相同,但所附诗例不同。神彧《诗格》中又有"芙蓉映水势""寒松病枝势"这样以植物为中心词的势名,但这并不是他的独创,而是来自中唐僧皎然的《诗式》:

品藻
评曰:古来诗集,多亦不公,或虽公而不鉴。今则不然。与二三作者县衡于众制之表,览而鉴之,庶无遗矣。其华艳,如百叶芙蓉,菡萏照水。其体裁,如龙行虎步,气逸情高。脱若思来景遏,其势中断,亦须如寒松病枝,风摆半折。
百叶芙蓉菡萏照水例
如曹子建诗:"明月照高楼,流光正徘徊。"宣城公诗:"金波丽鳷鹊,玉绳低建章。"江文通诗:"露彩方泛滟,月华始徘徊。"此类是也。

---

① 张伯伟:《全唐五代诗格汇考》,江苏古籍出版社,2002,第493页。
② 张伯伟:《全唐五代诗格汇考》,江苏古籍出版社,2002,第403~404页。

龙行虎步气逸情高例

如左思《咏史》诗："吾希段干木，偃息藩魏君；吾慕鲁仲连，谈笑却秦军。"又诗："被褐出阊阖，高步追许由。振衣千仞岗，濯足万里流。"此类是也。

寒松病枝风摆半折例

如康乐公诗："明月照积雪，朔风劲且哀。"范洒心诗："乔木耸田园，青山乱商邓。"此类是也。①

"论诗势"中"风动势""离合势"这种三个字的势名，算得上是神或《诗格》的一个新创造。

第二节 五代诗法著述佚书考

一 倪宥《金体律诗例》一卷

《宋秘书省续编到四库阙书目》"文史类"著录："倪宥《金体律诗例》一卷。"②《宋史·艺文志八》著录："倪宥《诗体》一卷。"③或许乃是同书异名。《通志·艺文略》著录《文章龟鉴》下有小注云："唐倪宥集前人律诗。"④此处所言"集前人律诗"，或即为《金体律诗例》一书。然此书已佚。

倪宥，其人事迹不详，姑以其为五代时人。《通志·艺文略》又著录："倪宥《诗图》一卷。"⑤诗句图的目的在于提示诗句典型，一般与诗格著作相辅而行。《通志·艺文略》又载："《文章龟鉴》一卷。"⑥当是文格之类的著作。《新唐书·艺文志》《崇文总目》所载与之相同。倪宥的这两种著作也都不存。

---

① 张伯伟：《全唐五代诗格汇考》，江苏古籍出版社，2002，第240~241页。
② 《宋秘书省续编到四库阙书目》，《丛书集成续编》本，台湾新文丰出版公司，1985，第270页。
③ 脱脱等：《宋史》，中华书局，1977，第5410页。
④ 郑樵撰，王树民点校《通志二十略》，中华书局，1995，第1799页。
⑤ 郑樵撰，王树民点校《通志二十略》，中华书局，1995，第1799页。
⑥ 郑樵撰，王树民点校《通志二十略》，中华书局，1995，第1799页。

二 徐蜕《诗律文格》一卷

《宋秘书省续编到四库阙书目》"文史类"著录:"徐蜕《诗律文格》一卷。"① 《崇文总目》卷五著录为:"《诗律大格》一卷。"② 未题何人所撰。郑樵《通志·艺文略》载:"徐蜕《诗律大格》一卷。"③ 罗根泽认为:"'大'疑为'文'之误,果尔,亦即此书。"④《宋史·艺文志》则著录为:"徐锐《诗格》一卷。"⑤ 或当为徐蜕《诗律文格》一书。然此书已佚。

徐蜕,事迹不详。张伯伟认为:"其书既已著录于《崇文总目》,或许为晚唐五代人所作。"⑥ 姑系于此。

三 佚名《骚雅式》一卷

《宋秘书省续编到四库阙书目》"文史类"著录:"《骚雅式》一卷。"⑦《通志·艺文略》"诗评类"著录:"《骚雅式》,一卷。"⑧ 然此书已佚,且作者无考。

胡应麟《诗薮》杂编卷二"遗逸"将此书列为"唐人诗话"。⑨ 或许为晚唐五代时的作品,姑系于此。

四 佚名《吟体类例》一卷

《宋秘书省续编到四库阙书目》"文史类"著录:"《吟体类例》一卷。"⑩《通志·艺文略》"诗评类"著录:"《吟体类例》,一卷。"⑪ 然

---

① 《宋秘书省续编到四库阙书目》,《丛书集成续编》本,台湾新文丰出版公司,1985,第269页。
② 王尧臣等编次,钱东垣等辑释《崇文总目》,《丛书集成初编》本,商务印书馆,1939,第388页。
③ 郑樵撰,王树民点校《通志二十略》,中华书局,1995,第1799页。
④ 罗根泽:《中国文学批评史》,上海书店,2003,第510页。
⑤ 脱脱等:《宋史》,中华书局,1977,第5410页。
⑥ 张伯伟:《全唐五代诗格汇考》,江苏古籍出版社,2002,第573页。
⑦ 《宋秘书省续编到四库阙书目》,《丛书集成续编》本,台湾新文丰出版公司,1985,第269页。
⑧ 郑樵撰,王树民点校《通志二十略》,中华书局,1995,第1799页。
⑨ 参见胡应麟《诗薮》,上海古籍出版社,1958,第272页。
⑩ 《宋秘书省续编到四库阙书目》,《丛书集成续编》本,台湾新文丰出版公司,1985,第269页。
⑪ 郑樵撰,王树民点校《通志二十略》,中华书局,1995,第1799页。

此书已佚，且作者无考。

胡应麟《诗薮》杂编卷二"遗逸"列之为"唐人诗话"。① 或许为晚唐五代时的作品，姑系于此。

五　佚名《诗林句范》五卷

《宋秘书省续编到四库阙书目》"文史类"著录："《诗林句范》五卷。阙。"②《通志·艺文略》"诗评类"著录："《诗林句范》，五卷。"③ 然此书已佚，且作者无考。

胡应麟《诗薮》杂编卷二"遗逸"将之列为"唐人诗话"。④ 或许为晚唐五代时的作品，姑系于此。

六　佚名《杜氏十二律诗格》一卷

《宋秘书省续编到四库阙书目》"文史类"著录："《杜氏十二律诗格》一卷。"⑤《通志·艺文略》"诗评类"著录："《杜氏诗律诗格》，一卷。"⑥ 二书当为一书，"十二"或许为"诗"字之误。然此书已佚，且作者无考。南宋林越有《少陵诗格》一卷，⑦ 张伯伟认为："旧题林越《少陵诗格》专就杜甫律诗发明诗格，或在此书基础上改头换面之作。"⑧

胡应麟《诗薮》杂编卷二"遗逸"将之列为"唐人诗话"。⑨ 或许为晚唐五代时的作品，姑系于此。

七　徐三极《律诗洪范》一卷

《宋秘书省续编到四库阙书目》"文史类"著录："律三极《律诗洪

---

① 参见胡应麟《诗薮》，上海古籍出版社，1958，第272页。
② 《宋秘书省续编到四库阙书目》，《丛书集成续编》本，台湾新文丰出版公司，1985，第270页。
③ 郑樵撰，王树民点校《通志二十略》，中华书局，1995，第1799页。
④ 参见胡应麟《诗薮》，上海古籍出版社，1958，第272页。
⑤ 《宋秘书省续编到四库阙书目》，《丛书集成续编》本，台湾新文丰出版公司，1985，第270页。
⑥ 郑樵撰，王树民点校《通志二十略》，中华书局，1995，第1799页。
⑦ 详见本书第四章第二节"林越《少陵诗格》一卷"部分。
⑧ 张伯伟：《全唐五代诗格汇考》，江苏古籍出版社，2002，第574页。
⑨ 参见胡应麟《诗薮》，上海古籍出版社，1958，第272页。

范》一卷。"①《通志·艺文略》"诗评类"著录："徐三极《律诗洪范》，一卷。"② "律"或许为"徐"之误。然此书已佚。

徐三极，其人不详。胡应麟《诗薮》杂编卷二"遗逸"将之列为"唐人诗话"。③ 或许为晚唐五代时的作品，姑系于此。

第三节 五代诗法著述的总体特征

据笔者统计，五代诗法著述存世的有五种，佚书有七种。罗根泽认为五代时期诗法著述繁荣乃是"由于时代丧乱，逼着朝野上下的文人走到消遣玩味的逃避现实的文艺路上"④。"逃于艺"或许正是其原因之一。笔者总结这一时期诗法著述的总体特征为：这一时期的诗法著述究竟是晚唐、五代还是宋初时所作，多难以判断；五代时间较短、战乱不断，使这一时期存世诗法之书的数量少于亡佚之书，即便是存世之书，篇幅也极为短小；在五代特殊的诗学环境中，美刺政教与诗道是诗法著述的主体内容；五代的诗法著述多继承晚唐诗法著述中的内容，但也有一些创新。

一 创作时代多难以判断

即便是保留了作者署名的诗法之书，也很难断定其究竟是晚唐、五代还是宋初时所作，因为这些作者的生平事迹一般比较模糊。例如《雅道机要》的作者徐夤，他的生卒年不详。据徐松《登科记考》卷二十四记载，徐夤于唐昭宗景福元年（892）登进士第。后来在五代时期他也有活动，例如依闽王王审知，为掌书记。后唐庄宗即位后，以其曾指斥先帝，欲杀之，徐夤归隐于寿溪。在史料不足的情况下，《雅道机要》的创作年份是很难判定的，现在只能推测此书大约为徐夤晚年时的作品，所以系之于五代时期。《诗中旨格》的作者王玄，也是生卒年及生平不

---

① 《宋秘书省续编到四库阙书目》，《丛书集成续编》本，台湾新文丰出版公司，1985，第270页。
② 郑樵撰，王树民点校《通志二十略》，中华书局，1995，第1799页。
③ 参见胡应麟《诗薮》，上海古籍出版社，1958，第272页。
④ 罗根泽：《中国文学批评史》，上海书店，2003，第485页。

详。陈振孙《直斋书录解题》中仅记录王玄为"正字"。正字乃官名，北齐始置，在秘书省与校书郎同主雠校典籍、刊正文章。则王玄可能曾官秘书省，至于究竟是唐朝的秘书省，还是五代十国时期某一割据政权的秘书省，这就不得而知了。罗根泽考其为五代时人，宋初或犹在世。张伯伟考其生年当在五代末，其书产生年代已经在北宋之初。因为诸家之言不同，笔者暂将《诗中旨格》放在五代讨论。《诗格要律》的作者王梦简，生卒年及生平均不详，陈振孙记录其为"进士王梦简"，则此人当曾登第。该书所引诗人多为晚唐五代人，疑王梦简亦为五代至宋初人。但《诗格要律》创作于唐代还是五代呢？这就很难考证了。再例如《风骚要式》的作者徐衍，生卒年及生平活动俱不详。那么《风骚要式》具体成书于五代还是宋初？只能存疑了。同样，《诗格》的作者僧神彧也是生平事迹不详。《宋史·艺文志》将该书置于李洞《贾岛诗句图》之后，而《诗格》引诗亦多为晚唐之作，又引贾岛诗而称其为"古人"，可推知作者当在五代，或生活至宋初之时，而《诗格》的具体创作年份也只能画上一个问号。

判断那些佚书的成书时代更是难上加难。《金体律诗例》的作者倪宥、《诗律文格》的作者徐蜕、《律诗洪范》的作者徐三极等都是其人不详，事迹亦不详，或为晚唐五代时人。因为《金体律诗例》《诗律文格》《律诗洪范》等都是佚书，无法根据书中的内容来判断成书的年代，所以只能根据《宋秘书省续编到四库阙书目》《通志·艺文略》《宋史·艺文志》等书目著录的位置，姑且将这些书系于五代时期。

五代诗法著述作者失名的情况较多，例如《骚雅式》一卷、《吟体类例》一卷、《诗林句范》五卷、《杜氏十二律诗格》一卷等，都是作者未知。在书已散佚且作者失其名的情况下，这些书的成书时代也多难以判断。

二 佚书较多，篇幅更为短小

据笔者所考，五代的诗法著述存世的有五种，分别是徐寅《雅道机要》一卷、徐衍《风骚要式》一卷、王玄《诗中旨格》一卷、王梦简《诗格要律》一卷、僧神彧《诗格》一卷，而佚书却有七种，分别是倪宥《金体律诗例》一卷、徐蜕《诗律文格》一卷、佚名《骚雅式》一卷、佚名《吟体类例》一卷、佚名《诗林句范》五卷、佚名《杜氏十二律诗格》一卷、徐三极《律诗洪范》一卷。唐代存世的诗法著述是二十三种，而佚书是十二种。宋代存世的诗法著述是十八种，而佚书是三种。对比可以发现，五代时期是存世的诗法著述的数量少于亡佚之书的特殊时期。出现这种情况，和五代时间较短、战乱不断有很大的关系。

这一时期的诗法著述都是由于被南宋陈应行的《吟窗杂录》收录才得以保存下来，但即便是存世的诗法之书，其保存下来的内容也十分有限。《雅道机要》今内容包括"卷前总目""明物象""明门户差别""明联句深浅""明势含升降""明体裁变通""明意包内外""叙体格""叙句度""叙搜觅意""叙磨炼""叙血脉""叙通变""叙分剖""叙明断"十五部分，这已经算得上是内容丰富了。《风骚要式》今内容只包括"君臣门""物象门""兴题门""创意门""琢磨门"五部分。《诗中旨格》只保留了两部分，前半部分是以具体诗例来说明诗之美刺讽喻之术，下半部分为"拟皎然十九字体"。《诗格要律》先言六义，然后为"凡二十六门"，内容简短。神彧《诗格》今保留下来的内容分别为"论破题""论额联""论诗腹""论诗尾""论诗病""论诗有所得字""论诗势""论诗道"，共八论。以上就是五代诗法著述留存的全部内容了。

三　喜谈美刺与诗教

在诗法著述中谈论美刺与诗教，从晚唐题名贾岛的《二南密旨》、僧虚中《流类手鉴》就开始了。到了五代时期，在特殊的诗学环境中，美刺政教与诗道，变成了诗法著述的主体内容。罗根泽曾指出初盛唐和晚唐五代诗格著作中谈论的内容不同："前者所言，偏于粗浅的对偶，后者则进于精细的格律与微妙的比兴。"[①] 这里所谓"微妙的比兴"就是指喜谈美刺与诗教。

如徐衍《风骚要式》开篇云："夫诗之要道，是上圣古人之枢机。故可以颂，可以讽。'迩之事父，远之事君'。今之辞人，往往自讽自刺

[①] 罗根泽：《中国文学批评史》，上海书店，2003，第485页。

而不能觉。"① 王玄《诗中旨格》开篇亦云："予平生于二南之道，劳其形，酷其思，粗著于篇。虽无遗格之才，颇见坠骚之志。且诗者，在心为志，发言为诗，时明则咏，时暗则刺之。今具诗格于后。"② 随后的内容便是以具体诗例来说明诗的美刺讽喻之术，书中这种解说总计八十多条，例如：

> 贯休《吊边将》："如何忠为主，志竟不封侯。"此刺君子不得时也。
> 周朴《秋深》："关河空远道，乡国自鸣砧。"此言时之将静，王道无间阻也。
> 贯休《送边将》："但看千骑去，知有几人归。"此刺时乱主暗也。
> 李洞《过荆山》："无人分玉石，有路即荆榛。"此刺，伤时之感也。③

王梦简《诗格要律》中先言六义，然后为"凡二十六门"，而且这二十六门的最大特色是将门类与六义结合在一起，例如：

> 高大门
> 诗曰："华岳山峰小，黄河一带长。"右祖咏句，合赋。又诗："岛屿分诸国，星河共一天。"右李洞句，合颂。又诗："晴望东溟小，夜观南斗长。"右康道句，合赋。
> 君臣门
> 诗曰："明堂坐天子，月朔朝诸侯。"右王昌龄句，合赋。又诗："鸳鸯分品秩，龙衮耀簪裾。"右郊殷象句，合比。
> 忠孝门
> 诗曰："父子同时健，君臣尽阵看。"右贾岛句，合赋。又诗：

---

① 张伯伟：《全唐五代诗格汇考》，江苏古籍出版社，2002，第451页。
② 张伯伟：《全唐五代诗格汇考》，江苏古籍出版社，2002，第456页。
③ 张伯伟：《全唐五代诗格汇考》，江苏古籍出版社，2002，第457页。

"家肥生孝子，国霸有谋臣。"右黄损句，合讽。①

这就是开篇六义中所言"以上六义，合于诸门，即尽其理也"②。王梦简在归纳诗歌体裁或意义之外，又进一步解索诗句的美讽意味，鲜明地体现出五代的诗学特色。

晚唐以来，要求诗歌关注现实、讽喻现实的诗学理论逐日兴盛。杜牧、李商隐、皮日休、陆龟蒙、黄滔、吴融、牛希济等人的诗论，都是标榜《诗大序》以来儒家诗教的美刺讽喻精神。③ 在这样的风气之下，作为诗学论著中的一种，诗法著述自然也不能免俗。到了五代时期，地方割据势力之间干戈蜂起，导致生灵涂炭、礼崩乐坏，整个社会都陷入衰世的泥沼之中。有识之士往往希望诗歌能够干预现实、美刺世道，所以不遗余力地指导学诗者用风、雅、颂、赋、比、兴的手法去创作诗歌，用种种物象来指示君臣治乱，隐喻政治环境，以便解决现实社会中的矛盾，实现对明君盛世的深切期盼；这也正是五代时期的诗法著述喜欢书写六诗、六义，讨论美刺与诗教的原因。

四 继承晚唐余绪中也有创新

五代的诗法著述依然沿袭唐代的习惯，命名为"某某格""某某式"，例如命名为"格"的有《诗格》《诗中旨格》《诗格要律》《诗律文格》《杜氏十二律诗格》，命名为"式"的有《风骚要式》《骚雅式》。出现的一个新变是五代时出现了"某某范"这种新式题名，如《诗林句范》《律诗洪范》。《尔雅》卷上曰："范，法也。"④《孟子·滕文公下》云："吾为之范我驰驱。"注云："法也。"⑤"洪范"亦即大法之意。所以说，所谓诗范，和诗格、诗式一样，还是诗法的意思。

---

① 张伯伟：《全唐五代诗格汇考》，江苏古籍出版社，2002，第475~476页。
② 张伯伟：《全唐五代诗格汇考》，江苏古籍出版社，2002，第474页。
③ 参见李江峰《晚唐五代诗格中的六诗、六义理论》，载《中国文论的史与用——古代文学理论研究第二十六辑》，华东师范大学出版社，2008，第101~103页。
④ 郭璞注，叶自本纠批，陈赵鹄重校《尔雅》，《丛书集成初编》本，商务印书馆，1937，第3页。
⑤ 《十三经注疏》整理委员会整理，李学勤主编《十三经注疏·孟子注疏》，北京大学出版社，1999，第160页。

五代的诗法著述多继承晚唐诗法著述中的内容，例如徐夤《雅道机要》中多条内容继承贾岛、齐己之说，"明门户差别"二十八门盖出于《风骚旨格》"诗有四十门"，从名目到诗例都没有变化。此外，该书中"明联句深浅"二十种句，大体同于《风骚旨格》"诗有二十式"；"明势含升降"所列八势及"明体裁变通"所列十体，亦与齐己《风骚旨格》"诗有十势""诗有十体"相近，其中"洪河侧掌势""丹凤衔珠势""猛虎跳涧势""龙凤交吟势""猛虎踞林势"从名字到诗例二书大致都是相同的。但《雅道机要》多了两个以自然风景作为中心词的"势"——"云雾绕山势"与"孤峰直起势"，这也可以看作是《雅道机要》的一点创新。

　　《雅道机要》的创新之处还体现在对中唐以来诗法著述中的"物象"之说又有新的技巧阐释，已经不是像晚唐贾岛《二南密旨》、虚中《流类手鉴》那样简单地罗列物象的内外意，而是比较详细地解释了在具体写作中如何有效地写作外意与内意。《雅道机要》中又有"叙搜觅意""叙通变"条，从理论的角度探讨了诗歌设意求意的重要性与操作性。对此，有研究者认为："他第一次用鲜明、完整的理论方式规定了吟咏物象应当以'意'为宗，并且用自己大量的、全面的、富有成效的咏物实践，证明和发展了'求意'的可行性。正是在这个意义上，笔者认为《雅道机要》具有明确的理论意义和清醒的实践品格。"①

　　徐衍《风骚要式》开篇云"以是而论，不可妄授"②，认为诗之要义有如天机奥秘；这种写法是初唐元兢《诗髓脑》以来诗法之书中的一个突出现象。《风骚要式》中具体的论述，又受晚唐《二南密旨》《流类手鉴》的影响颇多。

　　王玄《诗中旨格》的下半部分为"拟皎然十九字体"，是抄录了《诗式》中概括诗体的十九个字和对它们的阐释，再加上了诗例。对比二书可以发现，除了对"志""气""思""诚"等少数几个字的解释有差异外，《诗中旨格》基本全盘复制了皎然的《诗式》，发挥之处也就是在每一字后面添加了诗例。

---

① 谢琰：《论徐夤〈雅道机要〉的理论意义及实践品格》，《中州学刊》2009 年第 3 期。
② 张伯伟：《全唐五代诗格汇考》，江苏古籍出版社，2002，第 451 页。

王梦简《诗格要律》"凡二十六门"中有六门与齐己《风骚旨格》四十门中所列相同（或相似），即"君臣门"（《风骚旨格》作"皇道门"）、"礼义门"（《风骚旨格》作"理义门"）、"嗟叹门"、"终始门"（《风骚旨格》作"始终门"）、"是非门"、"鬼怪门"，但其中所举的诗例又不尽相同。其余二十门均为自创。《诗格要律》这二十六门的最大特色是将门类与六义结合在一起，这算是王梦简的一个创新。

僧神彧《诗格》中八种"论某某"的小标题和晚唐题名贾岛的《二南密旨》中的小标题极其相似。《诗格》中"论诗势"部分共分十势，如"芙蓉映水势""龙潜巨浸势""龙行虎步势"等，延续的是齐己《风骚旨格》中的"诗有十势"的演说方式，但内容又与其不尽相同；其中"龙潜巨浸势""狮子返掷势"在二书中名字相同，但所附诗例不同。神彧《诗格》中又有"风动势""离合势"这种三个字的势名，这算得上是一个新创造。

综上所述，虽然五代的诗法著述篇幅短小，内容多有承袭晚唐的诗法著述之处，但是也不能完全抹杀其价值。

第四章　宋代诗法著述二十一种

第一节　宋代诗法著述个案研究

一　僧保暹《处囊诀》一卷

《处囊诀》一卷，宋僧保暹撰。

《直斋书录解题》著录于集部文史类："《处囊诀》一卷。金华僧保暹撰。"① 其书被南宋陈应行的诗法汇编《吟窗杂录》卷十三所收。

保暹，生卒年不详，字希白，金华（今属浙江）人。普惠院僧，宋真宗景德初年（1005年前后）曾直昭文馆。保暹善诗，诗学贾岛，清苦求工。宋初诗坛有"九僧"，保暹乃其一也，事见宋陈起《增广圣宋高僧诗选》前集。

该书目前较好的辑本是张伯伟《全唐五代诗格汇考·处囊诀》（江苏古籍出版社2002年版）。其以明刻本《吟窗杂录》为底本，并以明抄本《吟窗杂录》及《诗法统宗》诸书参校，内容包括"诗之用""诗有五用""诗有七病""诗有四合题格""诗有眼"数条。其中"诗有五用"条云："一曰其静莫若定；二曰其动莫若情；三曰其情莫若逸；四曰其音莫若合；五曰其形莫若象。"② 内容空泛神秘，不知所云。"诗有七病""诗有四合题格"仅有名目，未做详细解释。

《处囊诀》中比较有价值的乃是"诗眼"之说。

> 诗有眼。贾生《逢僧诗》："天上中秋月，人间半世灯。""灯"字乃是眼也。又诗："鸟宿池边树，僧敲月下门。""敲"字乃是眼也。又诗："过桥分野色，移石动云根。""分"字乃是眼也。杜甫

---

① 陈振孙撰，徐小蛮、顾美华点校《直斋书录解题》，上海古籍出版社，1987，第643页。
② 张伯伟：《全唐五代诗格汇考》，江苏古籍出版社，2002，第497页。

诗:"江动月移石,溪虚云傍花。""移"字乃是眼也。①

所谓"诗眼"其实就是诗歌写作技巧中的"字法"问题。锻炼用字是古代诗人们的普遍意识。刘勰《文心雕龙》中即专设《练字》一篇,其中云:"善为文者,富于万篇,贫于一字。"②盛唐王昌龄《诗格》的"诗有五用例"条也涉及了诗句中的关键词问题:"用字一。用事不如用字也。古诗:'秋草萋已绿'。郭景纯诗:'潜波涣鳞起'。'萋'、'涣'二字用字也。"③唐代诗人卢延让《苦吟》云:"吟安一个字,撚断数茎须。"④晚唐五代徐夤《雅道机要》云:"一字若闲,一联句失。故古诗云:'一个字未稳,数宵心不闲。'"⑤再有明人王世贞云:"字有百炼之金。"⑥明人谢榛谓:"一字不工,乃造物之不完。"⑦清初贺贻孙《诗筏》云:"炼句炼字,诗家小乘,然出自名手,皆臻化境。……炼字如壁龙点睛,鳞甲飞动,一字之警,能使全句皆奇。……炼一字只是一字,非诗人也。"⑧以上议论都是在阐释诗歌中炼字之重要性——用字工稳与否关乎句子乃至于全篇的成败。

用"诗眼"来专指字法,首次出现在宋初的《处囊诀》中。张伯伟认为其"乃受禅家影响"⑨。东晋顾恺之有"传神写照,正在阿堵之中"⑩,点明眼睛对塑造人物的意义。而诗句中的某些字可以对整句诗起到关键作用,是全句或全诗的"神光所聚"。所以,"诗眼"这个词的产生或与画论密切相关。

保暹在《处囊诀》中的"诗眼说",实已开宋人黄庭坚、范温等人的"诗眼"说之先声。苏轼、黄庭坚等人在诗中不止一次地使用"诗

---

① 张伯伟:《全唐五代诗格汇考》,江苏古籍出版社,2002,第497页。
② 黄叔琳注,李详补注,杨明照校注拾遗《增订文心雕龙校注》,中华书局,2000,第485页。
③ 张伯伟:《全唐五代诗格汇考》,江苏古籍出版社,2002,第189页。
④ 《全唐诗》卷七百十五,中华书局,1980,第8212页。
⑤ 张伯伟:《全唐五代诗格汇考》,江苏古籍出版社,2002,第446页。
⑥ 王世贞著,罗仲鼎校注《艺苑卮言校注》,齐鲁书社,1992,第38页。
⑦ 谢榛著,宛平校点《四溟诗话》,人民文学出版社,1961,第120页。
⑧ 郭绍虞编选,富寿荪校点《清诗话续编》,上海古籍出版社,1983,第141页。
⑨ 张伯伟:《全唐五代诗格汇考》,江苏古籍出版社,2002,第496页。
⑩ 俞剑华:《中国古代画论类编》,人民美术出版社,1998,第350页。

眼"一词，例如黄庭坚有诗句"拾遗句中有眼，彭泽意在无弦"。范温有书名《潜溪诗眼》，郭绍虞《宋诗话考》云："书中所论亦多重在字眼句法，观是书命名称'诗眼'而不称'诗话'，则其意可知。"① 但范温这本书中的"诗眼"同时也指"诗歌的鉴赏能力"②。其他宋代诗话著作中讨论"健字""活字"③"实字""响字"④ 等，也都属于"诗眼"问题。

《处囊诀》之后，"诗眼"之说作为字法在古典诗法著述中屡被提及。例如北宋惠洪将之称为"句眼"，其《冷斋夜话》卷五"荆公东坡句中眼"条记载黄庭坚评价王安石"江月转空为白昼，岭云分暝与黄昏""一水护田将绿绕，两山排闼送青来"和苏轼"只恐夜深花睡去，高烧银烛照红妆""我携此石归，袖中有东海"曰："此皆谓之句中眼，学者不知此妙语，韵终不胜。"⑤ 南宋魏庆之《诗人玉屑》卷三"句法"中就专列"眼用活字""眼用响字""眼用拗字""眼用实字"四个条目来大量举例说明诗句中的"诗眼"问题。再如元人杨载《诗法家数》云："诗要炼字，字者眼也。"⑥"五言字眼多在第三，或第二字，或第五字，或在第二及第五字。"⑦ "句中要有字眼，或腰，或膝，或足，无一定之处。"⑧ 元代佚名的《沙中金集》中亦有眼用实字、响字、拗字、换字等具体细致的说法。明人谢榛《四溟诗话》卷二云："子建诗多有虚字用工处，唐人诗眼本于此尔。若'朱华冒绿池'、'时雨净飞尘'、'松

---

① 郭绍虞：《宋诗话考》，中华书局，1979，第133页。
② 郭绍虞《宋诗话考》中说范温论诗时"每两相对照，以显优劣。此义虽亦本于山谷，然能言之透澈如此，则固是别具一只眼目者。此则'诗眼'之另一义，而为范式之所独擅者"。（郭绍虞：《宋诗话考》，中华书局，1979，第134页。）
③ 如罗大经《鹤林玉露》甲编卷六："作诗要健字撑拄，要活字斡旋，如'红入桃花嫩，青归柳叶新'，'弟子贫原宪，诸生老伏虔'。'入'与'归'字，'贫'与'老'字，乃撑拄也。'生理何须问，忧端且岁时'，'名岂文章著，官应老病休'。'何'与'且'字，'岂'与'应'字，乃斡旋也。撑拄如屋之有柱，斡旋如车之有轴。"（罗大经撰，王瑞来点校《鹤林玉露》，中华书局，1983，第108页。）
④ 宋人吕居仁《童蒙诗训》中引潘邠老说："七言诗第五字要响，……五言诗第三字要响，……所谓响者，致力处也。予窃以为字字当活，活则字字自响。"（郭绍虞辑《宋诗话辑佚》，中华书局，1980，第587页。）
⑤ 张伯伟：《稀见本宋人诗话四种》，江苏古籍出版社，2002，第49页。
⑥ 张健：《元代诗法校考》，北京大学出版社，2001，第38页。
⑦ 张健：《元代诗法校考》，北京大学出版社，2001，第19页。
⑧ 张健：《元代诗法校考》，北京大学出版社，2001，第37页。

子久吾欺'、'列坐竟长筵'、'严霜依玉除'、'远望周千里',其平仄妥帖,尚有古意。"① 明人黄省曾《名家诗法》中亦云:"如何句中有眼,如《华严经》举果善知因,譬如莲花方其吐花而葩已具叶中。"② 明代梁桥《冰川诗式》卷三"炼句"中分诗眼用响字法、炼字次第法、诗眼用拗字法等。题名清人袁枚的《诗学全书》亦云:"诗中之炼字,如传神之点睛。一身灵动,在于两眸;一句精彩,生于一字。或炼第二字,或炼第三字,或炼第五字,或炼第二与第五字,或炼第七字。"③ 后来又有上海中华书局民国 7 年(1918)印行的谢无量《诗学指南》中论律诗句法包括诗眼用实事式、诗眼用响字式、诗眼用拗字式等。

综上,"诗眼"问题乃是诗法中的经典问题之一,正如蔡镇楚说:"宋人创为'诗眼'之说,在诗歌鉴赏史上不能不算作一种创造。"④ 这不得不归功于保暹的《处囊诀》。

二 僧景淳《诗评》一卷

《诗评》一卷,《直斋书录解题》卷二十二著录于集部文史类,并云"桂林僧淳撰","僧"下注"原阙"二字。⑤ 卢文弨校云:"《通考》至大年本是'德淳'。"⑥ 张伯伟认为此说未必可据,他认为《诗评》的作者应该是僧景淳:"考其书中征引诗例,有'河分岗势断,春入烧痕青'一联,乃宋初九僧之一惠崇《书杨云卿别业》句,录在其《自撰句图》之首。惠崇约卒于宋真宗景德四年(一〇〇七年),则《诗评》必成于此后。惠洪《冷斋夜话》卷六'僧景淳诗多深意'条云:'桂林僧景淳,工为五言诗,规模清寒,其渊源出于岛、可,时有佳句。元丰之初,南国山林人多传诵。'其诗既传诵于元丰之初,则其人当在此之前,从时代上看,正稍后于惠崇。又《冷斋夜话》同卷'象外句'条,即出于本书

---

① 谢榛著,宛平校点《四溟诗话》,人民文学出版社,1961,第 63 页。
② 黄省曾:《名家诗法》,《中国诗话珍本丛书》本,北京图书馆出版社,2004,第 117~118 页。
③ 王英志主编《袁枚全集》,江苏古籍出版社,1993,第 241 页。
④ 蔡镇楚:《中国诗话史》,湖南文艺出版社,1988,第 64 页。
⑤ 参见陈振孙撰,徐小蛮、顾美华点校《直斋书录解题》,上海古籍出版社,1987,第 643 页。
⑥ 陈振孙撰,徐小蛮、顾美华点校《直斋书录解题》,上海古籍出版社,1987,第 643 页。

'象外句格'。可知惠洪不但亲见此书，而且还有所袭用。故其后提及'桂林僧景淳'，当即指撰《诗评》之桂林僧淳大师。《冷斋夜话》'有剽窃之弊'（郭绍虞《宋诗话考》上卷，页十五），故虽提及景淳，却回避其有《诗评》一书，或亦与此有关。从《诗评》多引贾岛等人诗为例来看，这与景淳五言诗'渊源出于岛、可'正相印证。其言'桂林僧'，或为当时法名景淳者不一，如纂集《海会语录》之法演禅师弟子亦名景淳，故以示区别。综上所述，撰《诗评》者，当为活动于北宋仁宗至神宗朝之桂林僧景淳。中国国家图书馆藏明胡氏文会堂刻本《格致丛书》，其中所收《诗评》一卷，正题作'释景淳撰'，可为旁证。"①

僧景淳，约活动于北宋仁宗至神宗朝，桂林（今属广西）人，曾居豫章乾明寺。工五言诗，诗意苦而深，其源出于贾岛、无可。在元丰（1078~1085）之初，南国山林中多传诵其诗。景淳以清修自守而闻名，据惠洪《冷斋夜话》卷六云："终日闭门，不置侍者，一室淡然。闻邻寺斋钟即造焉，坐海众食堂前，饭罢径去。诸刹皆敬爱之，见其至，则为设钵。其或阴雨，则诸刹为送食，住二十年如一日。有四时不出，谓大风雨极寒热时。"②

《诗评》目前较好的辑本是张伯伟《全唐五代诗格汇考·诗评》（江苏古籍出版社2002年版）。其以明刻本《吟窗杂录》为底本，并以明抄本《吟窗杂录》、《诗法统宗》及《诗学指南》诸书参校，内容包括"诗有三体""象外句格""当句对格""当字对格""假色对格""假数对格""十字句格""十字对格""隔句对格""璞玉格""雕金格""镂水格""盘古格一""腾骧格二""离题断一""抱题断二""独体格""第一句见题格""第二句见题格""第三句见题格""第四句见题格""擒纵格"等，并于篇首论述"诗之要旨"。

《诗评》开篇就云："夫缘情蓄意，诗之要旨也。一曰高不言高，意中含其高。二曰远不言远，意中含其远。三曰闲不言闲，意中含其闲。四曰静不言静，意中含其静。"③ 其中"意中含其远""意中含其静"，张

---

① 张伯伟：《全唐五代诗格汇考》，江苏古籍出版社，2002，第499~500页。
② 张伯伟：《稀见本宋人诗话四种》，江苏古籍出版社，2002，第59~60页。
③ 张伯伟：《全唐五代诗格汇考》，江苏古籍出版社，2002，第500页。

第四章　宋代诗法著述二十一种

伯伟认为是受到了皎然《诗式》的影响。①《诗式》以十九字概括了诗体的分别，其中便以"高"为首："高。风韵朗畅曰高。"②最后又云："静。非如松风不动，林狖未鸣，乃谓意中之静。远。非如渺渺望水，杳杳看山，乃谓意中之远。"③

《诗评》"诗有三体"条云：

> 诗之言为意之壳，如人间果实，厥状未坏者，外壳而内肉也。如铅中金、石中玉、水中盐、色中胶，皆不可见，意在其中。使天下人不知诗者，视为灰劫，但见其言，不见其意，斯为妙也。④

其后南宋严羽《沧浪诗话·诗辨》所云"盛唐诸人惟在兴趣，羚羊挂角，无迹可求。故其妙处透彻玲珑，不可凑泊，如空中之音，相中之色，水中之月，镜中之象，言有尽而意无穷"⑤，与此说相近。

《诗评》中所列的十九格，都是讲具体的作诗方法；每个格目下面一般列出二三句诗例，给予解释的却不多。但《诗评》别出心裁，新立了不少诗法名目，如有"璞玉格"指"如玉未琢，同天真也"⑥，"雕金格"指"犹如真金，加乎雕饰也"⑦，"镂水格"指"著句轻，清斩好看也"⑧；再有"凡为诗要识体势，或状同山立，或势若河流。今立二势格：一曰盘古格；二曰腾骧格"⑨。这些新诗法，在以前其他诗法著述中并未被总结过。其他如"独体格"条举廖处士《游般若寺上方》诗，指出诗中每句皆紧扣题目、直陈其事，"别无作用"；则此种作法近于赋体。还有"擒纵格"主要论诗之开阖，谓起句似与题无涉，最后却紧扣题意，有欲擒故纵之意，不失为一种写诗的好方法。

---

① 参见张伯伟《全唐五代诗格汇考》，江苏古籍出版社，2002，第 500 页。
② 张伯伟：《全唐五代诗格汇考》，江苏古籍出版社，2002，第 242 页。
③ 张伯伟：《全唐五代诗格汇考》，江苏古籍出版社，2002，第 242 页。
④ 张伯伟：《全唐五代诗格汇考》，江苏古籍出版社，2002，第 501 页。
⑤ 严羽著，郭绍虞校释《沧浪诗话校释》，人民文学出版社，1961，第 26 页。
⑥ 张伯伟：《全唐五代诗格汇考》，江苏古籍出版社，2002，第 507 页。
⑦ 张伯伟：《全唐五代诗格汇考》，江苏古籍出版社，2002，第 508 页。
⑧ 张伯伟：《全唐五代诗格汇考》，江苏古籍出版社，2002，第 510 页。
⑨ 张伯伟：《全唐五代诗格汇考》，江苏古籍出版社，2002，第 511 页。

《诗评》中"假色对格""假数对格"颇为有趣：

假色对格

诗曰："因游樵子径，得到葛洪家。"又诗："卷帘黄叶落，锁印子规啼。"①

假数对格

诗曰："白首为迁客，青山绕万州。"又诗："白地一回雨，儿孙拾得金。"②

"假色对格"中"樵子"的"子"谐音"紫"，"葛洪"的"洪"谐音"红"，"子规"的"子"谐音"紫"，如此前后形成一组颜色字对仗。在"假数对格"中，同样是利用谐音取得对仗效果，如"迁"谐音"千"，"拾"谐音"十"。这种诗法类似于文字游戏，但也可见古人对诗歌技巧深入细致的探索。关于诗歌对仗的名目，唐五代以来的诗格诗式中总结了不少，例如上官仪《笔札华梁》总结了八种对，《文笔式》总结了十三种对，旧题魏文帝《诗格》中记录了八种对，元兢《诗髓脑》记录了八种对，崔融《唐朝新定诗格》记录了九种对，旧题李峤《评诗格》记录九种对，旧题王昌龄《诗格》卷下记录了五种对，皎然《诗议》记录了十四种对。《文镜秘府论》东卷摘录各家的对偶名目，弃同存异，最后总结为二十九种。旧题白居易《金针诗格》中的对仗名目有"扇对""正名""同类""连珠""双声""叠韵""双拟""叠韵字对""叠语字对""骨肉字对""借声字对"。李洪宣《缘情手鉴诗格》中有"自然对格"等。到了宋初，桂林僧景淳《诗评》中又总结了"当句对""当字对""假色对""假数对""十字对""隔句对"等名目。至此，古典诗歌的对仗方法基本总结完毕。杨星丽《诗格对偶理论及其审美建构》③一文根据唐五代宋初的诗法著述共总结出三十种对仗名目。

在题名白居易的《金针诗格》、贾岛《二南密旨》中有"十字句""十字格"，主要指"两句显意"的一种诗法。后来，诗论家们慢慢注意

---

① 张伯伟：《全唐五代诗格汇考》，江苏古籍出版社，2002，第505页。
② 张伯伟：《全唐五代诗格汇考》，江苏古籍出版社，2002，第506页。
③ 杨星丽：《诗格对偶理论及其审美建构》，《安徽大学学报》2014年第1期。

到既能"两句显意"、又能相互"对仗"的诗句更能显示出诗技,所以有必要将"十字句"明确分类。这个工作是在《诗评》中被完成的,该书明确提到"十字句格""十字对格":

> 十字句格
> 诗曰:"一年惟一夕,长恐有云生。"又诗:"杏园啼百舌,谁醉在花傍。"又诗:"长因送人处,记得别家时。"
> 十字对格
> 诗曰:"未有一夜梦,不归千里家。"又诗:"空将未归信,说向欲行人。"又诗:"往往语复默,微微雨洒松。"①

这样一来,两种句法名目便诞生了:对仗而两句一意的曰"十字对格",不对仗而两句一意的曰"十字句格"。景淳用这两种名称将"十字句"进一步细化分类,这就在一定程度上厘清了之前对"十字句"认识混乱的情况。正是在认识了"十字对格"的基础上,人们发现这种对句一气呵成,畅而不隔,有如行云流水,所以在元明时期才美其名曰"流水对",即诗歌中两联在形式上是彼此对仗平行的,但内容上却有着承接、因果、转折等关系。所以,"流水对"这个名字是古人在对诗歌写作技巧逐渐认识的基础上慢慢得来的,《诗评》是其中重要的一环。②

三 李淑《诗苑类格》三卷

《诗苑类格》三卷,北宋李淑撰。

南宋晁公武《郡斋读书志》集类文说类著录云:"《李公诗苑类格》三卷。右皇朝李淑撰。"③尤袤《遂初堂书目》将之著录于文史类,并未标注卷数。陈振孙《直斋书录解题》著录于集部文史类:"《诗苑类格》三卷。李淑撰。"④南宋王应麟《玉海》卷五十四亦著录此书,题名为

---

① 张伯伟:《全唐五代诗格汇考》,江苏古籍出版社,2002,第506页。
② 具体论述可参见张静、唐元《论经典诗法"流水对"的历史发展源流》,《中国韵文学刊》2017年第2期。
③ 晁公武著,孙猛校证《郡斋读书志校证》,上海古籍出版社,1990,第1079页。
④ 陈振孙撰,徐小蛮、顾美华点校《直斋书录解题》,上海古籍出版社,1987,第645页。

《宝元诗苑类格》并云："二年，翰林学士李淑承诏编为三卷。"① "二年"即宋仁宗宝元二年（1039），则"宝元"当是其成书年代。韦居安《梅磵诗话》、潘自牧《记纂渊海》、祝穆《古今事文类聚》等书又称之为《诗苑》，例如《梅磵诗话》卷上云："李淑《诗苑》云：'诗有三偷语，最是钝贼。'学诗者不可不戒。"② 《宋史·艺文志》著录："李淑《诗苑类格》三卷。"③ 另，元代题名范德机《木天禁语》曾以此书为唐代作品："唐人李淑，有《诗苑》一书，今世罕传。所述篇法，止有六格，不能尽律诗之变态。"④ 《木天禁语》此处所言有误。《四库全书总目·木天禁语》就曾点出这个错误："考晁公武《读书志》，《诗苑类格》三卷，李淑撰。宝元三年，豫王出阁，淑为皇子傅，因纂成此书上之。然则淑为宋仁宗时人，安得称唐？明华阳王宣墡作《诗心珠会》，全引此条，亦作'唐'字。知原本实误以为唐人，非刊本有误。其荒陋已可想见。"⑤

李淑（1002～1059），字献臣，号邯郸，徐州丰县人，少傅李若谷之子。宋真宗在亳州，李淑时年十二，献文行在。真宗奇之，命赋诗，赐童子出身，试秘书省校书郎。后召试，赐进士及第。景祐（1034～1038）初，知制诰，除翰林学士。累官户部侍郎，出知河中府，卒赐尚书右丞。李淑是北宋有名的大藏书家，其藏书活动在宋人的著述中多有提及，且编撰有家藏书目，名《邯郸图书志》（一作《邯郸书目》《图书十志》），共十卷。是书为北宋私家藏书目录中撰有提要的重要书目之一，在古典目录学史上有重要地位，可惜已经亡佚。李淑著述颇丰，纂修有《国朝会要》《三朝训鉴图》《合门仪志》《康定行军赏罚格》《王后仪范》《景祐集韵》等，文集有《邯郸集》《诗苑类格》《笔语》《平棘集》《书殿集》等百余卷，多已不存。《宋史》卷二九一有传。

从其佚文与诸家书目的著录看来，《诗苑类格》当是一部综合性的大型诗法著述，编撰于宋仁宗宝元初年。晁公武《郡斋读书志》著录云：

---

① 王应麟辑《玉海》，江苏古籍出版社、上海书店，1987，第1033页。
② 韦居安：《梅磵诗话》，江苏古籍出版社，1988，第36页。
③ 脱脱等：《宋史》，中华书局，1977，第5410页。
④ 张健：《元代诗法校考》，北京大学出版社，2001，第142～143页。
⑤ 纪昀等：《钦定四库全书总目》，中华书局，1997，第2766～2767页。

宝元三年，豫王出阁，淑为王子傅，因纂成此书上之。述古贤作诗体格，总九十目。①

王应麟《玉海》卷五十四叙录曰：

二年，翰林学士李淑承诏编为三卷。卷上卷首以真宗御制八篇条解声律为常格，别二篇为变格。又以沈约而下二十二人评诗者次之；中卷叙古诗杂体三十门。下卷叙古人体制，别有六十七门。②

许顗《许彦周诗话》云：

李邯郸公作《诗格》，句自三字至九字十一字，有五句成篇者，尽古今诗之格律，足以资详博。不可不知也。③

诸家记载中，属方回《桐江集》卷七《诗苑类格考》对这部著作考述得最为详细：

《诗苑类格》三卷，李邯郸淑所著也。上卷冠以真宗五七言八篇，次以沈约、钟嵘、王通、上官仪、刘允济、孙翌、殷璠、释皎然、元微之、孟郊、李翱、姚合、杜牧、皮日休、司空图、顾陶、释虚中、李虑、徐生、徐衍、邱旭、张洎二十有二人议论。中卷采古诗杂体为三十门，下卷别录诗格六十七门，盖亦有可观者。如鲁国孔融文举拆六字为四言诗二十四句，曰杂合体，谑浪之所为耳。回谓：诗亦本不拘体，体其形似而已。山谷之严，东坡之活，犹之禅也，全在饱参。淑所引有"风织池间字，虫穿叶上文""僧房嵩岳色，公府洛河声""乘舟向野寺，着屐到人家""洞庭秋叶落，天

---

① 晁公武著，孙猛校证《郡斋读书志校证》，上海古籍出版社，1990，第1079页。
② 王应麟辑《玉海》，江苏古籍出版社、上海书店，1987，第1033页。
③ 许顗：《许彦周诗话》，《丛书集成初编》本，商务印书馆，1939，第6页。

目瞑云飞""蝶飞逢草住，鱼戏见人沉"，一句如"院开松里雪，厨窗燕往来"，此等新语，看之如易，而得之甚难。在学者苦思多作悟解，成就自不见痕迹也。淑，字献臣。李康靖公若谷之子，屡入翰林。欧阳公集中具见劾文，平生招人言不一。又以郑州为周陵诗有"不知门外倒戈回"之语，为包拯、吴奎论奏。《西清诗话》谓其后为人所戏，谓令祖能作诗者是也。①

由此我们得以窥见此书的真面目。这部《诗苑类格》当成书于宋仁宗宝元二年、三年间（1039~1040），原书三卷，上卷是宋真宗诗选与古人的诗论，中卷是诗体三十门，下卷是诗格六十七门。这当是一部摘录秀句、诗评与诗论，综合各种诗体、诸家诗格的综合性诗法著述。

宋末元初的方回还见过这本书，但到了元代范德机的时候，该书已经"今世罕传"② 了。可见这本书大概在元代的时候亡佚了，其全貌如今已无从得见。但魏庆之《诗人玉屑》、曾慥《类说》卷五十一、潘自牧《记纂渊海》卷七十五、祝穆《古今事文类聚》卷十、王应麟《困学纪闻》卷十和卷十八、《小学绀珠》卷四、蔡正孙《诗林广记》卷十、无名氏《南溪笔录群贤诗话》等都对这本书有所征引。曾慥《类说》卷五十一中保留最多，共计七条：

诗苑类格
八病

梁沈约曰：诗病有八。一曰平头，第一字、第二字不得与第六、第七字同声。如"今日良宴会，欢乐虽具陈"，"今""欢"皆平声也。第二曰上尾，谓第五字不得与第十字同声。如"青青河畔草，郁郁园中柳"，"草""柳"皆上声也。三曰蜂腰，谓第二字不得与第五字同声。如"闻君爱我甘，窃欲自修饰"，"君""甘"皆平声也，"欲""饰"皆入声也。四曰鹤膝，谓第五字不得与第十五字同声。如"客从远方来，遗我一书札。上言长相思，下言久离别"，

---

① 方回：《桐江集》，《宛委别藏》本，江苏古籍出版社，1988年影印版，第433~434页。
② 张健：《元代诗法校考》，北京大学出版社，2001，第142页。

"来""思"皆平声也。五曰大韵。如"声""鸣"为韵，上九字不得"惊""倾""平""荣"字。六曰小韵，除本韵一字外，九字中不得两字同韵。如"遥""条"不同句。七曰旁纽。八曰正纽，谓十字内两字双声为正纽，若不共一纽而有双声为旁纽。如"流""六"为正纽，"流""柳"为旁纽。八种惟上尾、鹤膝最忌，余病亦通。

文中子论诗

随学百余矜为诗之法，文中子不答。百余问薛收曰："吾上述曹留，下述沈谢，分四声，别八病，或者夫子未达耶？"收曰："夫子论诗上明三纲之旨，下达五常之性，君子赋之见其志，圣人采之观其变，今子营营末流，是夫子之所病也。"

六对

唐上官仪曰：诗有六对。一曰正明对，天地、日月是也。二曰同类对，花叶、草芽是也。三曰连珠对，萧萧、赫赫是也。四曰双声对，黄槐、绿柳是也。五曰叠韵对，彷徨、放旷是也。六曰双拟对，春树、秋池是也。又曰诗有八对。一曰方名对，"送酒东南去，迎琴西北来"是也。二曰异类对，"风织池中字，虫穿叶上文。"三曰双声对，"秋露香佳菊，春风馥丽兰"是也。四曰叠类对，"放荡千般意，迁延一个心。"五曰联绵对，"残河河若带，初月月如眉"是也。六曰双拟对，"议月眉欺月，论花颊胜花。"七曰回文对，"情新因得意，得意遂新情"是也。八曰隔句对，"相思复相忆，夜夜泪沾衣。空叹复空泣，朝朝君未归"是也。

孙翌论诗

孙翌曰：汉自韦孟、李陵为四五言之首，建安以曹、刘为绝唱，阮籍《咏怀》、束皙《补亡》，颇得其要。永明文章散错，但类物色，都乏兴寄。晚有词人争立别体，以难解为幽致，以难字为新奇。攻乎异端，斯无亦太过。

皎然论诗

释皎然曰：诗有四不、四深、二要、二废、四离、六迷、七至、七德。四不谓气高而不怒，力劲而不怒，情多而不暗，才赡而不疏。四深谓气象氤氲，深于体势；意度盘薄，深于作用；用律不滞，深于声对；用事不宜，深于比类。二要谓要力全而不苦涩，要气足而不怒张。二废谓虽欲废巧尚直而神思不得直；虽愿废言尚意而曲丽不得遗。四离谓欲道情而离深癖，欲经史而离书生，欲高逸而离阔迂，欲飞扬而离轻浮。六迷谓以虚大为高古，以缓慢为淡纡，以诡差为新奇，以错用意为独善，以烂熟为隐约，以气劣弱为容易。七至谓至险而不僻，至奇而不差，至苦而无迹，至近而意远，至放而不迁，至丽而自然。七德为识体、高古、典丽、风流、精神、质干、体裁。

三偷

诗有三偷。偷语是最钝贼，如傅长虞"日月光天德"是也；偷意事虽可罔，情不可原，如柳浑"太液微波起，长杨高树秋"，沈佺期"小池残暑退，高树晚凉归"是也；偷势才巧意精，各无朕迹，盖诗人偷狐白裘手也。如嵇康"目送归鸿，手挥五弦"，王昌龄"手携双鲤鱼，目送千里雁"是也。

白乐天诗

白乐天讽谕之诗长于激，闲适之诗长于遣，感伤之诗长于切，律诗百言以上长于赡，五字七字百言以下长于情。①

目前，对该书有比较好的辑佚的是王发国、曾明的《李淑〈诗苑类格〉考略》②，共辑录佚文八条。此外也可参考卞东波《李淑〈诗苑类格〉辑考》③、李裕民《〈宋诗话辑佚〉补遗》④。

以上曾慥《类说》卷五十一中保留的七条出自《文中子·天地篇》、上官仪《笔札华梁》、皎然《诗式》、元稹《白氏长庆集序》等书。其"沈约论八病"条中的"八病"，唐代的诗法著述《诗髓脑》、《笔札华梁》、《文笔式》、旧题魏文帝《诗格》等均有论述，李淑大约综合了唐人的诸家之说，解释八病的意思皆大体不差。"文中子论诗"条出自《文中子·天地篇》。"六对"条出自唐上官仪《笔札华梁》。"孙翌论

---

① 曾慥辑《类说》，《北京图书馆古籍珍本丛刊》本，书目文献出版社，1987，第 871～873 页。
② 王发国、曾明：《李淑〈诗苑类格〉考略》，《西南民族学院学报》2000 年第 1 期。
③ 卞东波：《李淑〈诗苑类格〉辑考》，载《中国诗学》第十辑，人民文学出版社，2005。
④ 李裕民：《〈宋诗话辑佚〉补遗》，《文献》2001 年第 2 期。

诗"条之孙翌，一名孙季良，河南偃师人，唐代开元年间曾为左拾遗、集贤院直学士，有《正声集》三卷，乃唐人选唐诗之作。"孙翌论诗"条当出自其自撰的《正声集》。① "皎然论诗"条、"三偷"条均出自皎然《诗式》。"白乐天诗"条出自元稹的《白氏长庆集序》。

《诗苑类格》是现在已知的比较早的一本诗法汇编类著作。现存最早的诗法汇编类著作为南宋的《吟窗杂录》，该书汇编了大量唐五代北宋的诗格、句图、诗评等，具有巨大的文献价值。张伯伟根据方回的考述以及《诗苑类格》的佚文，认为"《诗苑类格》可称是《吟窗杂录》的先导。……这些（内容上）明显的相似，可证《吟窗杂录》作为一部诗格总集，在内容的安排和设计方面，也是前有所本的"②。李淑《诗苑类格》亡佚，而后出的《吟窗杂录》却被保留了下来，"所以《吟窗杂录》反而成为此后同类书的源头"③。

又有南宋严羽《沧浪诗话》卷二"诗体"中言："近世有李公《诗格》，泛而不备，惠洪《天厨禁脔》，最为误人。今此卷有旁参二书者，盖其是处不可易也。"④ 这里的"李公《诗格》"就是李淑的《诗苑类格》。严羽对其的评价是"泛而不备"，也就是说它内容浮泛而又不完备。即便如此，严羽也说在写作《沧浪诗话》时也参考了《诗苑类格》，因为《诗苑类格》中也有真知灼见，不可变易。严羽对《诗苑类格》的评价，应该说是很确切的。

四 梅尧臣《续金针诗格》一卷

《续金针诗格》一卷，旧题宋梅尧臣撰。

南宋晁公武《郡斋读书志》卷二十著录云："皇朝梅尧臣圣俞撰。圣俞游庐山，宿西林，与僧希白谈诗，因广乐天所述云。"⑤ 希白即《处囊诀》作者僧保暹的字。这段文字也见于今本《续金针诗格·序》：

---

① 参见王发国、曾明《李淑〈诗苑类格〉考略》，《西南民族学院学报》2000年第1期。
② 张伯伟：《论〈吟窗杂录〉》，《中国文化》1995年第2期。
③ 张伯伟：《论〈吟窗杂录〉》，《中国文化》1995年第2期。
④ 严羽著，郭绍虞校释《沧浪诗话校释》，人民文学出版社，1961，第101页。
⑤ 晁公武著，孙猛校证《郡斋读书志校证》，上海古籍出版社，1990，第1078页。

予游庐山，宿西林，与僧希白谈诗，极有玄理。常鄙学者不知意格，徒摘叶搜奇，而不能入雅正之奥阃。希白评唐贤诗，讽诵乐天数联，言乐天之诗，尤长于意理。出乐天在草堂中所述《金针诗格》，观其大要，真知诗之骨髓者也。乐天寄元微之云："多被老元偷格律，苦教短李伏歌行。"乃知乐天《诗格》自有理也。且诗之道虽小，然用意之深，可与天地参功、鬼神争奥。予爱乐天作《金针诗格》，乃续之，以广乐天之用意，得者宜绎而思之。①

陈振孙《直斋书录解题》卷二十二著录为："《续金针格》一卷"②，认为题梅尧臣续撰，一如谓白居易撰《金针诗格》，"大抵皆假托也"③。但南宋陈应行《吟窗杂录》已收此书，则证明《续金针诗格》至少在南宋前已经成书。

与《直斋书录解题》《吟窗杂录》著录《金针诗格》为一卷不同，《郡斋读书志》《通志·艺文略》《宋史·艺文志》皆著录为三卷。或许是《金针诗格》与《续金针诗格》曾两本合刻，成三卷之数。张伯伟云："曾慥《类说》卷五十一、张镃《仕学规范》卷三十七引及《续金针诗格》数则，实多出于《金针诗格》。曾慥书撰于南宋高宗绍兴六年（一一三六年），张镃生于绍兴二十三年（一一五三年），可见在南宋初已有将两书合而为一者。"④ 将两书合二为一的现象在明清时期一直存在。明代出现大量的诗法汇编类作品，例如黄省曾《名家诗法》、朱绂《名家诗法汇编》、胡文焕《诗法统宗》等，所收《金针诗格》均包括《续金针诗格》。清代顾龙振《诗学指南》卷四亦收《金针诗格》，署名为："白乐天撰，梅圣俞续。"

梅尧臣（1002~1060），字圣俞，宣城（今属安徽）人，世称宛陵先生。仁宗景祐元年（1034）为建德县令。五十岁后始得宋仁宗召试，赐同进士出身，后授国子监直讲，迁尚书屯田都官员外郎，故人称"梅直讲""梅都官"。曾参与编撰《新唐书》。梅尧臣与欧阳修同为宋诗革新的推动

---

① 张伯伟：《全唐五代诗格汇考》，江苏古籍出版社，2002，第519页。
② 陈振孙撰，徐小蛮、顾美华点校《直斋书录解题》，上海古籍出版社，1987，第645页。
③ 陈振孙撰，徐小蛮、顾美华点校《直斋书录解题》，上海古籍出版社，1987，第645页。
④ 张伯伟：《全唐五代诗格汇考》，江苏古籍出版社，2002，第518页。

者，其诗与苏舜钦齐名，世称"苏梅"。今存《宛陵先生集》六十卷。

《续金针诗格》目前较好的辑本是张伯伟《全唐五代诗格汇考·续金针诗格》（江苏古籍出版社 2002 年版）。其以明刻本《吟窗杂录》为底本，并以明抄本《吟窗杂录》、《名家诗法》、《名家诗法汇编》、《诗法统宗》及《诗学指南》诸书参校。今全书共存有十九个条目，依次为"诗有内外意""诗有三本""诗有四格""诗有四得""诗有三炼""诗有五忌""诗有八病""诗有五理""诗有三体""诗有上中下""诗有四得""诗有四失""诗有齐梁格""诗有扇对""诗有三般句""诗有四字对""诗有七不得""诗有物象比""诗有二家"。

《〈续金针诗格〉序》称，白乐天《金针诗格》是"真知诗之骨髓者"，故续之，"以广乐天之用意"。① 所以《续金针诗格》与《金针诗格》具体条目的设置相差不多。从具体内容上看，《续金针诗格》就是在《金针诗格》的基础上附上诗例说明并做进一步阐释。例如《金针诗格》第十四条"诗有齐梁格"云：

四平头，谓四句皆用平字入是也；两平头，谓第一句第三句用平字入是也。②

《续金针诗格》第十三条"诗有齐梁格"云：

四平头格。《曲江感春》诗："江头日暖花正开，江东行客心悠哉。高阳酒徒半凋落，终南山色空崔嵬。"

双侧双平格。《钓翁》诗："八月九月芦花飞，南溪老翁垂钓归。秋山入帘翠滴滴，野艇依槛云依依。"

两平头格。《凤凰台》诗："凤凰台上凤凰游，凤去台空江自流。吴时花草埋幽径，晋代衣冠成古丘。"③

又例如《金针诗格》第十五条"诗有扇对格"云：

---

① 参见张伯伟《全唐五代诗格汇考》，江苏古籍出版社，2002，第 519 页。
② 张伯伟：《全唐五代诗格汇考》，江苏古籍出版社，2002，第 356 页。
③ 张伯伟：《全唐五代诗格汇考》，江苏古籍出版社，2002，第 531 页。

第一句对第三句，第二句对第四句。①

《续金针诗格》第十四条"诗有扇对"云：

第一与第三句对，第二与第四句对，如诗曰："去年花下留连饮，暖日夭桃莺乱啼。今日江边容易别，淡烟衰草马频嘶。"谓之扇对。②

由此可见，《金针诗格》叙述简略，而《续金针诗格》在其基础上再加阐释，并且给出相应的诗例，应该算是对前书的补充与说明。

又有《金针诗格》第一条"诗有内外意"云：

一曰内意，欲尽其理。理，谓义理之理，美、刺、箴、诲之类是也。二曰外意，欲尽其象。象，谓物象之象，日月、山河、虫鱼、草木之类是也。内外含蓄，方入诗格。③

《续金针诗格》第一条"诗有内外意"云：

内意欲尽其理，外意欲尽其象，内外含蓄，方入诗格。诗曰："旌旗日暖龙蛇动，宫殿风微燕雀高。""旌旗"喻号令也；"日暖"喻明时也；"龙蛇"喻君臣也。言号令当明时，君所出，臣奉行也。"宫殿"喻朝廷也；"风微"喻政教也；"燕雀"喻小人也。言朝廷政教才出，而小人向化，各得其所也。"旌旗"、"风日"、"龙蛇"、"燕雀"，外意也；号令、君臣、朝廷、政教，内意也。此之谓含蓄不露。

又诗："岛屿分诸国，星河共一天。"言明君理化一统也。④

---

① 张伯伟：《全唐五代诗格汇考》，江苏古籍出版社，2002，第356页。
② 张伯伟：《全唐五代诗格汇考》，江苏古籍出版社，2002，第532页。
③ 张伯伟：《全唐五代诗格汇考》，江苏古籍出版社，2002，第351页。
④ 张伯伟：《全唐五代诗格汇考》，江苏古籍出版社，2002，第520~521页。

在《续金针诗格》的解释与补充中，又可见其评诗论诗的着眼点在于诗作所"含不尽之意，见于言外"，它所指出的言外之意，多属于君臣关系、政令教化、民生疾苦等政治内容，有些解释不免显得牵强附会。其他如"诗有五理""诗有三体"，依然是强调诗歌"雅正"的品格特质和"美""刺"等社会作用。这一点其实和《金针诗格》以来晚唐五代诗法著述中的诗教观是一脉相承的。

但是，《续金针诗格》在对《金针诗格》的解释中，也出现了个别错误。例如"诗有四格"条中对"十字句格""十四字句格""五只字格""拗背字格"的解释并不正确：

> 十字句格一。诗曰："日离山一丈，风吹花数苞。"此喻明君理国，教令才出，小人各安其所也。十四字句格二。诗曰："雨露施恩无厚薄，蓬蒿随分有枯荣。"此喻君泽流，而卑贱之人各安其分也。五只字格三。诗曰："万里八九月，一身西北风。"言"万里"，远方；"八九月"，行役之时。忠臣衔君远命而不辞劳也。拗背字格四。诗曰："只有照壁月，更无吹叶风。"言明时无滋彰之教令也。①

"十字句"当指五言诗的两个诗歌节奏句组合在一起来表达一个完整的意思的句法。据现有的文献来看，较早提到"十字句"的是《金针诗格》，其"诗有四格"条云："一曰十字句格。二曰十四字句格。三曰五只字句格。四曰拗背字句格。"②惜其没有做进一步的解释。题名贾岛《二南密旨》"论南北二宗例古今正体"条里详细论到了"十字句"：

> 宗者，总也。言宗则始南北二宗也。南宗一句含理，北宗二句显意。南宗例，如《毛诗》云："林有朴樕，野有死鹿。"即今人为对，字字的确，上下各司其意。如鲍照《白头吟》："申黜褒女进，班去赵姬升。"如钱起诗："竹怜新雨后，山爱夕阳时。"此皆宗南宗之体也。北宗例，如《毛诗》云："我心匪石，不可转也。"此体

---

① 张伯伟：《全唐五代诗格汇考》，江苏古籍出版社，2002，第522页。
② 张伯伟：《全唐五代诗格汇考》，江苏古籍出版社，2002，第352页。

今人宗为十字句，对或不对。如左太冲诗："吾希段干木，偃息藩魏君。"如卢纶诗："谁知樵子径，得到葛洪家。"此皆宗北宗之体也。诗人须宗于宗，或一联合于宗，即终篇之意皆然。①

其中的"北宗例"即"二句显意"，其名称为"十字句"，它包括两大类：相互对仗或者并不对仗。在五代徐夤的《雅道机要》中也出现了"十字句"：

十字句。诗曰："不会这个地，如何着得君。"②

这个句子是"二句显意"，但并不对仗。北宋仁宗至神宗朝（1010～1085）的桂林僧景淳所著的《诗评》中明确提到"十字句格""十字对格"：

十字句格
诗曰："一年惟一夕，长恐有云生。"又诗："杏园啼百舌，谁醉在花傍。"又诗："长因送人处，记得别家时。"
十字对格
诗曰："未有一夜梦，不归千里家。"又诗："空将未归信，说向欲行人。"又诗："往往语复默，微微雨洒松。"③

《诗评》中明确了对仗而两句一意的曰"十字对格"，不对仗而两句一意的曰"十字句格"。

但《续金针诗格》似乎并没有理解何谓"十字句"，所列的诗例并不是"二句显意"，而且用君臣政令等物象说来解释诗例，这就出现了明显的错误。"十四字格"针对的是七言诗"二句显意"的情况（北宋惠洪《天厨禁脔》中有"十四字对句法"的论述），所以《续金针诗格》中对"十四字格"用物象说来解释也是错误的。至于"五只字格"，

---

① 张伯伟：《全唐五代诗格汇考》，江苏古籍出版社，2002，第375页。
② 张伯伟：《全唐五代诗格汇考》，江苏古籍出版社，2002，第433页。
③ 张伯伟：《全唐五代诗格汇考》，江苏古籍出版社，2002，第506页。

不见其他诗法著述论及，未详何意。"拗背字格"当指格律上的拗字法。《续金针诗格》中对"五只字格"与"拗背字格"都用物象说来解释，应该并不正确。

《续金针诗格》"诗有四字对"中对"骨肉字"的解释比较奇特："骨肉字对三。诗曰：'晚蕊初开红芍药，秋房初结白芙蓉。'"① 此处"骨肉字"当指"芍药"和"芙蓉"，这两个词都是联绵词。所谓联绵词是指由两个音节联缀成义而不能分割的词，它有两个字却只有一个语素。古人大约将联绵词称为"骨肉字"吧，笔者尚未找到关于"骨肉字对"的其他说法，此处姑且存疑。

五 佚名《诗评》一卷

《直斋书录解题》卷二十二著录："《诗评》一卷，不知名氏。"② 明刻本、抄本《吟窗杂录》卷前总目《诗评》下均题"梅尧臣撰"，《诗学指南》亦题作"梅尧臣"。张伯伟认为："（南宋重编《吟窗杂录》）此书列于《续金针诗格》之后，未署姓名。后人误以为作者同前，遂题作梅尧臣撰。"③ 至于其产生时代，《诗评》在《吟窗杂录》中列于《续金针诗格》之后，其产生年代也应该在《续金针诗格》之后。浩然子《吟窗杂录序》谓《吟窗杂录》中所收书乃自"魏文帝以来，乃至渡江以前"，所以《诗评》当产生在梅尧臣之后的北宋时期。

该书目前较好的辑本是张伯伟《全唐五代诗格汇考·诗评》（江苏古籍出版社 2002 年版）。其以明刻本《吟窗杂录》为底本，并以明抄本《吟窗杂录》、《诗法统宗》及《诗学指南》诸书参校，内容包括"诗有四势""诗禀六义""诗有美刺"三个条目。

齐己《风骚旨格》首倡"诗有十势"之后，势论在晚唐五代诗格中颇有影响力。五代徐夤《雅道机要》列"八势"，五代神彧《诗格》列"诗有十势"，至此又有北宋佚名《诗评》中的"诗有四势"。虽然《诗评》中"毒龙势""灵凤含珠势""猛虎出林势""鲸吞巨海势"等名目都是从前人各种势论中变化而来，但《诗评》的创新之处在于，它用这

---

① 张伯伟：《全唐五代诗格汇考》，江苏古籍出版社，2002，第 532 页。
② 陈振孙撰，徐小蛮、顾美华点校《直斋书录解题》，上海古籍出版社，1987，第 645 页。
③ 张伯伟：《全唐五代诗格汇考》，江苏古籍出版社，2002，第 535 页。

四种势集中分析了一首《咏雪》诗：

诗有四势
《咏雪》诗："潇荡缤纷下无际"，此毒龙势也；"旋从风势乱纵横"，此灵凤含珠势也。"飘来平处添愁起"，此乃猛虎出林势也；末句云："济得民安即太平"，此乃鲸吞巨海势也。①

而在此前，势论一般是这样出现的：

诗有十势
狮子返掷势。诗曰："离情遍芳草，无处不萋萋。"
猛虎踞林势。诗曰："窗前闲咏鸳鸯句，壁上时观獬豸图。"
丹凤衔珠势。诗曰："正思浮世事，又到古城边。"
毒龙顾尾势。诗曰："可能有事关心后，得似无人识面时。"
孤雁失群势。诗曰："既不经离别，安知慕远心。"
洪河侧掌势。诗曰："游人微动水，高岸更生风。"
龙凤交吟势。诗曰："昆玉已成廊庙器，涧松犹是薜萝身。"
猛虎投涧势。诗曰："仙掌月明孤影过，长门灯暗数声来。"
龙潜巨浸势。诗曰："养猿寒嶂叠，擎鹤密林疏。"
鲸吞巨海势。诗曰："袖中藏日月，掌上握乾坤。"②（齐己《风骚旨格》）

在这首绝句《咏雪》中，按照《诗评》的分析，每一句都符合一种势论，可谓奇特。此诗不知何人所作，或许乃是作者特意作出来以便解释各种"势"的，因为一般的诗作很难每一句都符合势论。

其他如"诗禀六义""诗有美刺"都是晚唐五代以来的诗法著述中的常见内容，并不新鲜。张伯伟认为："从内容来看，作者颇为浅陋，如引贾岛《送杜秀才东游》，乃误题作《送杜甫》，不知杜甫死后近十年贾

---

① 张伯伟：《全唐五代诗格汇考》，江苏古籍出版社，2002，第536页。
② 张伯伟：《全唐五代诗格汇考》，江苏古籍出版社，2002，第403~404页。

岛方出世；又引杜荀鹤诗而误作杜寂，不知杜寂乃大历时人，而杜荀鹤为晚唐诗人。其诗学理论亦沿袭齐己《风骚旨格》以来之余绪。"①

六 张商英《律诗格》二卷

南宋胡仔《苕溪渔隐丛话》卷三十四云："梅圣俞有《续金针诗格》，张天觉有《律诗格》，洪觉范有《禁脔》，此三书皆论诗也。"② 梅尧臣《续金针诗格》、惠洪《天厨禁脔》都是北宋的诗法著述，那么胡仔所见的张商英《律诗格》也当是同类著作。而且"律诗格"这个名字也符合唐代以来诗法著述的命名规律。

张商英（1043~1121），字天觉，号无尽居士，蜀州新津（今属四川）人，治平二年（1065）进士。哲宗即位，任开封府推官，上疏反对废止新法。绍圣元年（1094）为左司谏，极力抨击司马光及元祐诸臣。崇宁元年（1102），除尚书右丞，迁左丞，因与蔡京不合，罢知亳州，亦入元祐党籍。大观四年（1110），拜尚书右仆射，劝徽宗节华侈、息土木、抑侥幸，为时论所称。后复被劾，赴衡州安置。宣和三年卒，赠少保。商英好佛，深于佛法教乘，喜与僧徒游从，时人戏称为"相公禅"，著有《护法论》。《两宋名贤小集》辑有《友松阁遗稿》一卷。《宋史》卷三五一、《东都事略》卷一〇二、《名臣碑传琬琰集》下卷一六有传。

宋末方回对《律诗格》介绍得比较详细，见方回《桐江集》卷七《张天觉〈律诗格〉考》：

> 《无尽居士集》七十卷，《律诗格》上下在第六十八、六十九卷。本江西僧明鉴所编，有曹辅子方绍圣三年序。是时无尽方以左司谪金陵，起帅南昌，至大观而后为相。此所谓《律诗格》者，决非无尽所作。商英之为人雄辩诡谲，自谓得兜率悦之传，天下号为"相公禅"。其立朝首为章子厚所引。元祐间以呵佛骂祖语斥，偶以代蔡京。稍反其政，遂得人望，疵百而醇毫毛耳。其于诗虽不深，

---

① 张伯伟：《全唐五代诗格汇考》，江苏古籍出版社，2002，第535页。
② 胡仔纂集，廖德明校点《苕溪渔隐丛话·后集》，人民文学出版社，1962，第259页。

其论诗亦不当如是之陋也。何谓陋？其论六义比兴，有曰兴者，乘兴而作，故谓之兴。予故曰此决非无尽所作也。无尽好为人题画像赞，言博而肆，以此推之，岂肯作此等《律诗格》哉？邢者得之邢公美大夫处，殆后人不识文字者误增入耳。①

据方回的考述可知，《律诗格》收录在张商英《无尽居士集》第六十八卷、第六十九卷中，分为上下两卷，约绍圣三年（1096）成书，乃江西僧人明鉴所编，书前有曹辅（字子方）的序言。方回认为这本书肯定不是张商英所作，原因是《律诗格》中的一些论述鄙陋可笑，例如论《诗经》的六义"兴者，乘兴而作，故谓之兴"，张商英不会这样无知。方回又认为张商英为人雄辩敢言且诡谲多变，怎么肯写这样琐屑鄙陋的《律诗格》呢？至于这本书为什么会进入《无尽居士集》中，方回认为是无知者犯的一个错误。

元代之后，《律诗格》亡佚。我们现在所能见到的一条佚文，来自胡仔《苕溪渔隐丛话·后集》卷三十四所引：

> 天觉《律诗格》辨讽刺云："讽刺不可怒张，怒张则筋骨露矣。若庙堂生莽卓，岩谷死伊周之类也，未如花浓春寺静，竹细野池幽。花浓喻媚臣秉政，春寺比国家，竹细野池幽，喻君子在野未见用也。沙鸟晴飞远，渔人夜唱闲。沙鸟晴飞远，喻小人见用，渔人比君子，夜，不明之象，言君子处昏乱朝，退而乐道也。芳草有情皆碍马，好云无处不遮楼。芳草比小人，马喻势利之辈，云喻谄佞之臣，楼比钧衡之地。若此之类，可谓言近而意深，不失风骚之体也。"②

从这则佚文中可见，这正是晚唐贾岛《二南密旨》、虚中《流类手鉴》、徐寅《雅道机要》中那种用物象说来解释诗句的陈旧言论。再从

---

① 方回：《桐江集》，《宛委别藏》本，江苏古籍出版社，1988年影印版，第437~438页。
② 胡仔纂集，廖德明校点《苕溪渔隐丛话·后集》，人民文学出版社，1962，第259~260页。

胡仔所说的"其说数十,悉皆类此"①推知,《律诗格》当有不少这种"物象说"的内容。"物象说"经历了晚唐五代的繁荣,到了宋代已经是人们批评的对象,所以南宋胡仔继而评曰:"余谓论诗若此,皆非知诗者。善乎山谷之言曰:'彼喜穿凿者,弃其大旨,取其发兴,于所遇林泉人物,草木鱼虫,以为物物皆有所托,如世间商度隐语者,则诗委地矣。'"②胡仔引黄庭坚之语,认为《律诗格》中的这种解诗方法"非知诗者"。

七 阎苑《风骚格》五卷

《通志·艺文略》"诗评类"著录:"《风骚格》五卷,阎东叟撰。"③张健据《风骚格序》及《风骚闲客诗录》考证认为所谓阎东叟即北宋阎苑。今据《永乐大典·风骚闲客诗录》中的记载推断,阎苑当生于北宋英宗治平三年(1066),卒年当在政和七年(1117)之后。其号东叟,魏陵人,其他事迹不详。除了《风骚格》,他还著有命理学著作《阎东叟书》。④

《永乐大典》卷九百九"诸家诗目五"收录王琢注《风骚格序》,陈晓兰《阎苑及其〈风骚格〉略考》据之整理为:

> 予今考前鉴后,撷英摘奇,惟子美、太白、乐天之句最多,自余凡数百家。每一集中,披沙拣金,止取数联;剖石求玉,仅得两句。总七百余联,以五联率比类名之。分三格,命曰《风骚》。……魏陵阎苑东叟序。⑤

张健《魏庆之及〈诗人玉屑〉考》据之指出:"《风骚格》一书,乃是一部诗格著作,摘取汉魏到唐代数百位诗人的诗句七百余联,其中以李白、杜甫、白居易三人作品为最多,五联一类,每类有格名,分三

---

① 胡仔纂集,廖德明校点《苕溪渔隐丛话·后集》,人民文学出版社,1962,第260页。
② 胡仔纂集,廖德明校点《苕溪渔隐丛话·后集》,人民文学出版社,1962,第260页。
③ 郑樵撰,王树民点校《通志二十略》,中华书局,1995,第1799页。
④ 参见李江峰《晚唐五代诗格研究》,人民出版社,2017,第385页。
⑤ 陈晓兰:《阎苑及其〈风骚格〉略考》,载《北京大学中国古文献研究中心集刊》第六辑,北京大学出版社,2007,第217~226页。

格，此三格似是三个大类或者三个等级。"①

《风骚格》原书已佚，但张健《魏庆之及〈诗人玉屑〉考》指出，《风骚格》的部分内容现存在魏庆之《诗人玉屑》卷四"风骚句法"中，《诗人玉屑》卷三"唐人诗格"很可能也编入了《风骚格》的部分内容。陈晓兰《阎苑及其〈风骚格〉略考》也认为："《诗人玉屑》卷四的'风骚句法'，正是采录了阎苑《风骚格》的内容，并非全录，而是于《风骚格》每类所举五联中选录两联。"② 朝鲜人崔滋《补闲集》卷上又云："余尝见《风骚格》，论平头上尾，蜂腰鹤膝，大韵小韵，正纽旁纽之病，是好事者闲谈。"③ 这条资料既可以说明《风骚格》曾流传到了朝鲜，又可说明《风骚格》中还有唐五代诗格中常见的律诗声病的记录。

李江峰在张健《魏庆之及〈诗人玉屑〉考》④、陈晓兰《阎苑及其〈风骚格〉略考》⑤ 的研究基础上指出："《风骚格》的体例，受皎然《诗式》影响较大，分三格论诗，每格内皆有细目，每个细目下列五联例诗；同时，在特定细目后，还会有一些总结性的论诗语言。"⑥《诗人玉屑》卷四中保留了一段总结性的语言，当出自《风骚格》：

> 谐会五音，清便宛转，宫商迭奏，金石相宜，谓之声律。摹写景象，巧夺天真，探索幽微，妙与神会，谓之物象。苟无意与格以主之，才虽华藻，辞虽雄赡，皆无取也。要在意圆格高，纤秾俱备，句老而字不俗，理深而意不杂，才纵而气不怒，言简而事不晦。如此之作，方入风骚。⑦

据李江峰统计，《诗人玉屑》卷四"风骚句法"的 328 联例诗中，除去

---

① 张健：《魏庆之及〈诗人玉屑〉考》，载《立雪集》，人民文学出版社，2005，第 708 页。
② 陈晓兰：《阎苑及其〈风骚格〉略考》，载《北京大学中国古文献研究中心集刊》第六辑，北京大学出版社，2007，第 217～226 页。
③ 蔡美花、赵季主编《韩国诗话全编校注》，人民文学出版社，2012，第 76 页。
④ 张健：《魏庆之及〈诗人玉屑〉考》，载《立雪集》，人民文学出版社，2005。
⑤ 陈晓兰：《阎苑及其〈风骚恪〉略考》，载《北京大学中国古文献研究中心集刊》第六辑，北京大学出版社，2007。
⑥ 李江峰：《晚唐五代诗格研究》，人民出版社，2017，第 387 页。
⑦ 魏庆之著，王仲闻点校《诗人玉屑》，中华书局，2007，第 135～136 页。

26 联无法考知其产生时代外，其余 302 联诗句中时代最晚的一联的作者是赵令畤，齿序上长阆苑五岁，属同时代人。《诗人玉屑》"宋人警句"部分，虽然所引诗句作者与"风骚句法"所引高度重合，同一诗人引诗多寡的情况也比较一致，然齿序最晚者如蔡九峰（1167～1230，名沈，号九峰）则晚于阆苑百年，显然不会出于《风骚格》。① 李江峰《晚唐五代诗格研究·宋人诗格两种辑考》中收集校对了阆苑《风骚格》的佚文，读者可参。

且看《诗人玉屑》卷四"风骚句法"：

五言
万象入壶上接下下连上
野旷天低树，江清月近人。　　　石梁高泻月，樵路细侵云。

重轮倒影上下接连
落日下平楚，孤烟生洞庭。　　　波光摇海月，星影入城楼。

新月惊鳌上接下
金波丽鳷鹊，玉绳低建章。　　　晓云僧衲润，残月客帆明。

衣衮乘龙下连上
卷幔来风远，移床得月多。　　　水涵天影阔，山拔地形高。

真人御风高步清虚
白露明河影，清风淡月华。　　　露彩方泛滟，月华始徘徊。

常娥奔月脱弃尘凡
看竹云垂地，寻僧雪满船。　　　凿池寒月入，扫地白云生。

公明布卦推究物情
马倦时衔草，人疲数望城。　　　犬迎曾宿客，鸦护落巢儿。

---

① 参见李江峰《晚唐五代诗格研究》，人民出版社，2017，第 387～388 页。

东方占鹊精穷物理
芹泥随燕觜，花粉上蜂须。　　鱼烂缘吞铒，蛾燋为扑灯。

陶壁飞梭雷电交驰
江声秋入寺，雨气夜侵楼。　　雪埋寒树短，云压夜城低。①

《四库全书总目提要》批评《诗人玉屑》"其兼采齐己《风骚旨格》伪本，诡立句律之名，颇失简择"②，实际上就是在批评阁苑《风骚格》。从"万象入壶""重轮倒影""新月惊鳌"等格名可以见出此书与晚唐齐己的《风骚旨格》、五代神彧《诗格》的紧密关系。阁苑《风骚格》中标示出的各种名目，据《诗人玉屑》所记多达一百六十四种，较齐己《风骚旨格》"诗有十势"等有过之而无不及。

但阁苑较齐己有更具体的诗法指示，因为他在各种格名之下，用小字注明这些名目具体所指的写作方法，如"天仙摇珮"下标注"上句有声"，"阿香挽车"下标注"下句有声"，"莺啭乔林"下标注"先闻后见"，"雁阵惊寒"下标注"先见后闻"。③虽然这些标注文字所指示的语言技巧也有些模糊，但不得不说这对于读者正确理解这众多的"风骚格"有很大帮助，一定程度上能够提示作者所摘诗句的意义。这种通过注释的方法解释格名的体例，据现有的文献来看应该是阁苑的首创，也体现出作者明确的诗法意识。

八　释惠洪《天厨禁脔》三卷

《天厨禁脔》三卷，北宋释惠洪著。《郡斋读书志》集类文说类著录："《天厨禁脔》三卷。右皇朝释惠洪撰。论诸家诗格。"④《通志·艺文略》著录："《天厨禁脔》，二卷。僧惠洪撰。"⑤《宋史·艺文志》则

---

① 魏庆之著，王仲闻点校《诗人玉屑》，中华书局，2007，第119~120页。
② 纪昀等：《钦定四库全书总目》，中华书局，1997，第2750页。
③ 参见魏庆之著，王仲闻点校《诗人玉屑》，中华书局，2007，第130页。
④ 晁公武著，孙猛校证《郡斋读书志校证》，上海古籍出版社，1990，第1080页。
⑤ 郑樵著，王树民点校《通志二十略》，中华书局，1995，第1799页。

著录为"僧惠洪《天厨禁脔》三卷"①。《四库全书总目提要》诗文评类亦著录此书:"《天厨禁脔》三卷,宋释惠洪撰。"②

释惠洪(1071~?),一名德洪、洪觉范,俗姓喻,北宋筠州(今江西高安)人。少年时父母俱亡后,入空门为僧。大观中入京,往来于贵宦郭天信、张商英之门。政和元年,张、郭得罪,惠洪被发配朱崖,卒年当在南宋之初。惠洪工诗能文,与黄庭坚交往甚密,为北宋名僧。著有《林间录》、《僧宝传》、《筠溪集》(已佚)、《石门文字禅》、《冷斋夜话》、《天厨禁脔》等书。惠洪在日本禅林及日本诗坛享有盛誉,其《冷斋夜话》《天厨禁脔》等均亦在日本流传。

禁脔,原指美味的、不容别人分享的食物,后代指珍贵的东西。如唐杜甫《八哀诗·故秘书少监武功苏公源明》云:"前后百卷文,枕藉皆禁脔。"③ 天厨是中国古代星官名,属三垣之中的紫微垣,《晋书·天文志》记紫微垣"东北维外六星曰天厨"④。"天厨"是为天上百官而设的厨房。所谓"天厨禁脔"就是天上厨房中的珍贵美味,代指写诗的法宝与奥秘。元代又有旧题范德机的《诗学禁脔》一卷,书名也是同样的意思。以诗法为秘宝,是唐代以来诗法写作与传授中就存在的重要现象,在书名中强调诗法的神秘性也成为后来诗法著述命名的传统,例如《木天禁语》(元代旧题范德机)、《吟法玄微》(元代旧题范德机门人集录)、《诗宗正眼法藏》(元代旧题揭曼硕)、《骚坛秘语》(明代周履靖)、《诗文秘要》(清代佚名)等。一方面,这些书中确有珍贵的诗法总结,可以有效地指导写作;另一方面,著者故意增加诗法的神秘性,有自吹自擂的嫌疑,为的是吸引读者注意,从而自抬身价。

《天厨禁脔》卷上有序云:

> 秦少游曰:"苏武、李陵之诗,长于高妙;曹植、刘公干之诗,长于豪逸;陶潜、阮籍之诗,长于冲澹;谢灵运、鲍照之诗,长于峻洁;徐陵、庾信之诗,长于藻丽;而杜子美者,穷高妙之格,极

---

① 脱脱等:《宋史》,中华书局,1977,第5410页。
② 纪昀等:《钦定四库全书总目》,中华书局,1997,第2763页。
③ 杜甫:《杜工部集》,岳麓书社,1987,第109页。
④ 房玄龄等:《晋书》,中华书局,1974,第290页。

豪逸之气，包冲澹之趣，兼峻洁之姿，备藻丽之能，而诸家之作不及焉。"予以谓子美岂可人人求之，亦必兼法诸家之所长。故唐人工诗者多专门，以是皆名世，专门句法，随人所去取。然学者不可不知，凡诸格法，毕录于此。①

惠洪认为杜甫也是因为学习诸家的长处，才得以成功；唐代有专门的诗法之书，让诗人们尽情阅读，现在的学诗者如果不知道就太可惜了。所以惠洪便将唐人的各种写诗方法记录在《天厨禁脔》这本书中，"是编皆标举诗格，而举唐、宋旧作为式"②。

《天厨禁脔》现存有两个版本系统。一种为国家图书馆藏明活字印本，《四库全书存目丛书》（齐鲁书社1997年版）集部第415册收录的《石门洪觉范天厨禁脔》三卷即是此本。后来中华再造善本续编本《石门洪觉范天厨禁脔》（国家图书馆出版社2010年版）也是据之影印的。此本总目下有跋文云："矿朴不炼不成，雾縠不涅不丽，吾人欲染指风雅，而无所师授，尠不堕落外道者，况望了达玄奥哉。《天厨禁脔》释洪觉范编也，颇得三昧，法阃诗坛，蹊径在焉。胜国前有摹本，而今亡矣。予得其抄本订之，将与海内豪杰共之。秣陵乡进士张天植遂成吾志刻之。正德丁卯东川黎尧卿跋。"③根据跋文可知，元代此书曾有临摹本，但至明代已经亡佚，明代正德二年（1507）黎尧卿根据一个抄本订正刊刻。中华书局上海编辑所1958年版的影印本，也是这个明正德丁卯（1507）刊本，其书卷首有"王宗炎印"和"八千卷楼"印，可知此书曾被王宗炎（1755～1826）十万卷楼和丁丙（1832～1899）八千卷楼所收藏。

另一版本系统为日本五山版，现藏日本京都建仁寺两足院。据张伯伟描述："此本虽未能经眼，但川濑一马《五山版的研究》一书曾有解题和书影三幅，略作比较，与明正德版多有区别。从标目来看，卷上正德版有十五目，而五山版为十目，'诗有四种势'以下五目皆无；卷中正德版有八目，五山版为九目，在'遗音句法'下多'歌'；卷下皆为

---

① 张伯伟：《稀见本宋人诗话四种》，江苏古籍出版社，2002，第110页。
② 纪昀等：《钦定四库全书总目》，中华书局，1997，第2763页。
③ 惠洪：《天厨禁脔》，《四库全书存目丛书》第415册，齐鲁书社，1997，第110页。

十五目。从版式来看，正德版框高十六点五公分，阔十一点七公分，而五山版框高二十一点八公分，阔十六点五公分。正德版每面九行十八字，五山版十一行二十字。此外，在文字方面也有异同。依循此一系统的，有江户初期宽文十年（一六七〇）刊本，现藏日本驹泽大学图书馆。宽文版的版式颇为特殊，框高十九点五公分，阔十三点三公分，每面八行十八字，与五山版书影比较，文字基本相同，可以确认其与五山版属同一系统。宽文本与正德本互有优劣，从总体来说，正德本误字较多，正文亦偶有缺漏。如卷上'诗有四种势'提及'形容去尽，但识其音声'，谓典出于后汉'夏馥言兄弟'，明正德本作'韩馥'，实以'夏馥'为是。"① 张伯伟《稀见本宋人诗话四种·天厨禁脔》（江苏古籍出版社2002年版）便以日本宽文版《天厨禁脔》为底本，并以明正德版及日本五山版书影参校。

《天厨禁脔》卷上标举的诗法名目有：近体三种颔联法、四种琢句法、江左体、含蓄体、用事法、就句对法、十字对句法、十字句法、十四字对句法、诗有四种势、诗分三种趣、错综句法、折腰步句法、绝弦句法、影略句法。卷中包括：比物句法、造语法、赋题法、用事补缀法。卷下包括：古诗押韵法、破律琢句法、顿挫掩抑法、换韵杀断法、平头换韵法、促句换韵法、子美五句法、杜甫六句法、比兴法、夺胎句法、换骨句法、遗音句法、古意句法、四平头韵法、分布用事法、窠因用事法、古诗秀杰之句、古诗奇丽之气、古诗有醇酽之气。由此可见，是书较之唐五代的诗法著述，名目已经不再是"某某格""某某体""某某势"，而是直接命名为"某某法"，显得非常整齐。除了最后的"古诗秀杰之句""古诗奇丽之气""古诗有醇酽之气"之外，全书以四十多种诗法名目罗列成书，体例划一。全书共三卷，内容上也比较丰厚、充实。

惠洪的《天厨禁脔》算得上是宋代自著类诗法之书的经典之作，这本书既搜集整理了唐五代以来的诗法遗珍，也总结与提炼出很多新鲜的诗法名目。例如后世备受关注的"夺胎法""换骨法"，最早就出现在《天厨禁脔》之中：

---

① 张伯伟：《稀见本宋人诗话四种·前言》，载《稀见本宋人诗话四种》，江苏古籍出版社，2002，第10页。

夺胎句法

"河分岗势断，春入烧痕青。"僧惠崇诗也。然"河分岗势"不可对"春入烧痕"，东坡用之，为夺胎法。曰："似闻决决流冰缺，尽放青青入烧痕。"以"冰缺"对"烧痕"，可谓尽妙矣。"一别二十年，人堪几回别"者，顾况诗也。而舒王亦用此法曰："一日君家把酒杯，六年波浪与尘埃。不知乌石冈边路，到老相寻得几回。"

换骨句法

《春日》："有情芍药含春泪，无力蔷薇卧晓枝。"又："白蚁拨醅官酒熟，紫绵揉色海棠开。"前少游诗，后山谷诗。夫言花与酒者，自古至今，不可胜数，然皆一律。若两杰，则以妙意取其骨而换之。①

这两种诗法后来成为江西诗派著名的诗学理论，然而后人却断章取义地加以转载，使之与黄庭坚挂上了关系。② 其实，其知识产权应属于惠洪的诗法著述《天厨禁脔》。

虽然之前僧景淳的《诗评》中已对"十字句格""十字对格"分别总结，但只有诗例，没有相关的解说。③ 而惠洪在《天厨禁脔》中详细分析了"十字句"与"十字对句"的联系与区别：

十字对句法

《梅》："前村深雪里，昨夜一枝开。"《别所知》："相看临远水，独自上孤舟。"前对齐己作，后对郑谷作，皆以十字叙一事，而对偶分明。

十字句法

"如何青草里，亦有白头翁。"又："夜来乘好月，信步上西

---

① 张伯伟：《稀见本宋人诗话四种》，江苏古籍出版社，2002，第136～137页。
② 具体论述可见周裕锴《惠洪与换骨夺胎法——一桩文学批评史公案的重判》，《文学遗产》2003年第6期。
③ 僧景淳《诗评》云："十字句格。诗曰：'一年惟一夕，长恐有云生。'又诗：'杏园啼百舌，谁醉在花傍。'又诗：'长因送人处，记得别家时。'"又云："十字对格。诗曰：'未有一夜梦，不归千里家。'又诗：'空将未归信，说向欲行人。'又诗：'往往语复默，微微雨洒松。'"（张伯伟：《全唐五代诗格汇考》，江苏古籍出版社，2002，第506页。）

楼。"前对李太白诗，后对司空曙诗。既以言十字对句矣，此又言十字句，何以异哉？曰："青草里"不可对"白头翁"，"夜来"不可对"信步"。以其是一意，完全浑成，故谓之十字句。其法但可于领联用之，如于景联用，则当曰"可怜苍耳子，解伴白头翁"为工也。①

惠洪认为，所谓"十字对句法"，就是"以十字叙一事，而对偶分明"。而"十字句法"是对仗并不十分工整，但在上下句意义的流动中，给人以浑然天成的对仗感。惠洪继而指出这种"以假乱真"的句式可以在领联使用，倘若是颈联，还需以工整的对仗为上。至此，从约产生于中唐的《金针诗格》首次讨论"十字句"，到北宋中期《诗评》中首次总结"十字对格"，这种诗歌技巧终于在北宋后期惠洪的《天厨禁脔》中被彻底讨论清楚了。

另外，惠洪还有一个贡献是分析了这种句法在七言律诗中的情况。虽然早在唐代题名白居易的《金针诗格》中就有"十四字句"，但该书对此没有给出具体的解释。《天厨禁脔》中则有关于"十四字对句法"的明确论述：

十四字对句法

"自携瓶去沽村酒，却著衫来作主人。"又："却从城里携琴去，谁到山中寄药来。"前对王操诗，后对清塞诗，皆翛然有出尘之姿，无险阻之态。以十四字叙一事，如人信手斫木，方圆一一中规矩。其法亦宜领联用之也。②

至此，针对五言诗与七言诗的"两句显意"体，还有两联之间对仗或者不对仗的不同情况都有了确切的诗法名称。

不可否认，历代对《天厨禁脔》的批评也不少。较早的例如严羽在《沧浪诗话·诗体》中论道："近世有李公《诗格》，泛而不备，惠洪

---

① 张伯伟：《稀见本宋人诗话四种》，江苏古籍出版社，2002，第120~121页。
② 张伯伟：《稀见本宋人诗话四种》，江苏古籍出版社，2002，第121页。

《天厨禁脔》，最为误人。今此卷有旁参二书者，盖其是处不可易也。"①严羽一方面指出这两本宋代诗法著述的固有缺陷，一方面又大量地参考了这两部书中的许多论述。其实，严羽所谓的"最为误人"，是着眼于学诗者机械运用诗法来说的。正如俞成《萤雪丛说》云："文章一技，要自有活法。若胶古人之陈迹，而不能点化其句语，此乃谓之死法。死法专祖蹈袭，则不能生于吾言之外，活法夺胎换骨，则不能毙于吾言之内。毙吾言者，故为死法，生吾言者，故为活法。"②诗法本来无所谓死活，在人们运用的过程中便产生了死与活的区别。所谓的"死法"不是方法的过错，而是使用者的过错，正所谓"技艺什么都不排斥，排斥的只是膜拜技艺的匠人"③。因为学诗者被诗法所束缚就指责诗法之书，是不正确的。

再有清代吴大受《诗筏》中云："梅圣俞有《金针诗格》，张无尽有《律诗格》，洪觉范有《天厨禁脔》，皆论诗也。及观三人所论，皆取古人之诗穿凿扭捏，大伤古作者之意。"④这是认为《天厨禁脔》等诗法之书对古人之诗用不同的诗法名目来强做解释，并没有理解诗人本来的意思。《四库全书总目提要》对《天厨禁脔》的批评，也主要集中在"强立名目，旁生支节"上：

> 是编皆标举诗格，而举唐、宋旧作为式。然所论多强立名目，旁生支节。如首列杜甫《寒食对月诗》为偷春格，而谓黄庭坚《茶词》叠押四山字，为用此法，则风马牛不相及。又如苏轼"芳草池塘惠连梦，上林鸿雁子卿归"句，黄庭坚"平生几两屐，身后五车书"句，谓射雁得苏武书无鸿字，故改谢灵运"春草池塘"为"芳草五车书"，无"身后"字，故改阮孚"人生几两屐"为"平生"，谓之用事补缀法，亦自生妄见。所论古诗押韵换韵之类，尤茫然不知古法。严羽《沧浪诗话》称《天厨禁脔》最害事，非虚语也。⑤

---

① 严羽著，郭绍虞校释《沧浪诗话校释》，人民文学出版社，1961，第101页。
② 俞成：《萤雪丛说》，《左氏百川学海》本，中国书店，1990，第7页。
③ 树才：《诗歌技艺究竟是什么》，《鸭绿江》2001年第2期。
④ 吴大受：《诗筏》，吴兴刘氏嘉业堂民国11年（1922）吴兴丛书本。
⑤ 纪昀等：《钦定四库全书总目》，中华书局，1997，第2763页。

应该说，惠洪《天厨禁脔》中一些诗法名目的确有"妄立"之嫌，但不能因为有这样的情况就以偏概全，将总结诗法名目这一行为全盘否定。"立名目"其实也是一种理论创造，诗歌艺术是要通过语言技巧来达到的，而技巧本身却是客观的，经典的技巧自然可以被总结成方法。从大量的诗歌创作中发现诗歌技巧，为之总结出一个确切的诗法名称，恰恰反映了人们对诗歌技巧的深入理解，所以没有必要反对"立名目"。

九 郭思《瑶溪集》十卷

《瑶溪集》十卷，宋人郭思著。

郑樵《通志·艺文略》将之著录于诗评类："《瑶溪集》十卷。"①《宋史·艺文志》著录于文史类："郭思《瑶溪集》十卷。"② 除此之外，再未见其他诸家著录。然而元人方回《桐江集》卷七有《〈瑶池集〉考》，则其书又名《瑶池集》。对这种一书二名的问题，郭绍虞考证道："考《宋史·艺文志》总集类有蔡省风《瑶池集》一卷，此与《唐书·艺文志》所载蔡省风有《瑶池新咏》当即一书，岂郭思所著原名《瑶池集》，其后，以恐与蔡著混淆之故，遂改为《瑶溪集》耶？一书二称，殆以此矣。"③

郭思，生卒年不详，字得之，河阳温县（今属河南）人。北宋著名画家郭熙子。宋神宗元丰五年（1082）进士，官至徽猷阁待制、秦凤路经略安抚使，知秦州。著有《瑶溪集》，并续补其父所撰《林泉高致》，还著有医书《千金宝要》。生平事迹考证可见李成富《郭思事迹考述》④。

《瑶溪集》约成于北宋之季。"是书未曾刊行，在宋时已不甚显"⑤，"南渡后诸家诗话未有一人拈出此集者"⑥。元人方回在钱塘的书肆中发现了一个士大夫的家录本，他的《桐江集》卷七有《〈瑶池集〉考》，算得上是目前发现的对《瑶池集》最详细的描述了：

---

① 郑樵著，王树民点校《通志二十略》，中华书局，1995，第1799页。
② 脱脱等：《宋史》，中华书局，1977，第5410页。
③ 郭绍虞：《宋诗话考》，中华书局，1979，第193页。
④ 李成富：《郭思事迹考述》，《南京艺术学院学报》2012年第1期。
⑤ 郭绍虞：《宋诗话考》，中华书局，1979，第194页。
⑥ 方回：《桐江集》，《宛委别藏》本，江苏古籍出版社，1988年影印版，第435页。

《瑶池集》，通议大夫、徽猷阁待制、秦凤路经略安抚使知秦州郭思所著，盖诗话也。一曰诗之六义，二曰诗之诸名，三曰诗之诸体（与李淑《诗格》相类，凡八十一体，可无述），四曰诗之诸式（凡二十九式），五曰诗之景，以至十五曰诗之诸说，举欧阳公与王荆公对言，而曰"欧阳永叔情实而葩华，此文之全于才者也。王舒王诚意而粹熟，此文之全于道者也"。予一读此语便见其缪。元祐黄、陈、晁、张、秦少游、李方叔诸公无一语及之，惟引苏长公"软饱黑甜"一联及"笔头上挽得数万斤"语。于欧苏皆字之，而于荆公独王之，盖宣靖间时好荆公诗，虽工密然格不高，立言命意有颇僻处，又焉得谓之全于道。南渡后诸家诗话未有一人拈出此集者。予得之钱塘书肆，乃士夫家录本也。"行人问宫殿，耕者得珠玑"，刘贡父以为蜀人杨谔诗，而此谓之黄子思诗。如谓"拗声拗字大为不可，即是暗排山谷"。且郭多主老杜，杜诗有拗声拗字者甚多，此非公论也。张芸叟婿司马朴一联"满地烟含芳草绿，倚栏露泣海棠红"，书以为诗之景。芸叟集煞有好诗，却不书，足见此人全是恶元祐者。自书己作一联"猿戏山花暖，人行塞柳青"，全无滋味，其他所书佳句亦多。然二十九式曰浑成，曰雄特，曰雅健，曰和熟之类，与分杜诗为神圣工巧者，又何以异哉？此人无诗集传世，屡称先子，其父乃善画山水人郭熙。坡谷皆有诗称其画，河阳温人。①

　　据方回所言，《瑶溪集》全书分为十五卷，"一曰诗之六义，二曰诗之诸名，三曰诗之诸体，四曰诗之诸式，五曰诗之景，以至十五曰诗之诸说"。其中"诗之诸体"一卷和李淑的《诗苑类格》很相似，一共分为八十一体。"诗之诸式"一卷，其中曰浑成，曰雄特，曰雅健，曰和熟之类，一共分为二十九式。

　　元代以后，此书散佚，但有少量佚文被胡仔《苕溪渔隐丛话》前集、何溪汶《竹庄诗话》、吴曾《能改斋漫录》等书录存。郭绍虞《宋诗话辑佚》辑录佚文两条，方回《〈瑶池集〉考》中又辑有一条佚文：

---

① 方回：《桐江集》，《宛委别藏》本，江苏古籍出版社，1988年影印版，第434~437页。

熟精文选理

杜子美教其子曰："熟精《文选》理。"夫惟《文选》是尚，不爱奇乎？今人不为诗则已，苟为诗则《文选》不可不熟也。《文选》是文章祖宗，自两汉而下，至魏晋宋齐，精者斯采，萃而成编，则为文章者，焉得不尚《文选》也！唐时文弊，尚《文选》太甚。李卫公德裕云"家不蓄《文选》"，此盖有激而说也。老杜于诗学，世以为前无古人，后无来者，然观其诗，大率宗法《文选》，摭其华髓，旁罗曲采，咀嚼为我语。至老杜体格无所不备，斯周诗以来老杜所以为独步也。（《丛话》前集卷九　《竹庄诗话》卷一）①

六义

诗之六义，后世赋别为一大文，而比少兴多。诗人之全者，惟杜子美时能兼之。如《新月诗》："光细弦欲上，影斜轮未安"，位不正，德不充，风之事也。"微升古塞外，已隐暮云端"，才升便隐，似当日事，比之事也。"河汉不改色，关山空自寒"，河汉是矣，而关山自凄然，有所感兴也。"庭前有白露"，露是天之恩泽，雅之事。"暗满菊花团"，天之泽止及于庭前之菊，成功之小如此，颂之事。说者以为子美此诗，指肃宗作。（《丛话》前集卷十三）②

欧阳永叔情实而葩华，此文之全于才者也；王舒王诚意而粹熟，此文之全于道者也。（方回《〈瑶池集〉考》）③

从现存的佚文看来，"熟精文选理"条和论欧阳修、王安石条都当出自《瑶溪集》卷六至卷十五的"诗之诸说"，"六义"条当出自《瑶溪集》卷一的"诗之六义"。其中"六义"条的主旨和晚唐五代宋初以来诗法著述中的言论大体不差。例如宋初佚名的《诗评》"诗禀六义"条云：

---

① 郭绍虞辑《宋诗话辑佚》，中华书局，1980，第532页。
② 郭绍虞辑《宋诗话辑佚》，中华书局，1980，第532页。
③ 方回：《桐江集》，宛委别藏本，江苏古籍出版社，1988年影印版，第435页。

《履春冰》诗："一步一愁新，轻轻恐陷人。薄光全透日，残影半消春。"此日兴而起事也。"蝉想行时翼，鱼惊踏处鳞。"此为比体。"底虚难驻足，岸阔怯回身。"此风、赋二义也。"岂暇踟蹰久，宁辞顾盼频。"此名雅正也。"愿将兢谨意，从此越通津。"此颂国家一同也。①

《瑶溪集》的"诗之六义"和《诗评》中"诗禀六义"条基本相似，但区别在于《诗评》解说的是唐人张萧远诗，而郭思用"六义"的理论解说的是杜甫的诗。这是因为入宋以来，杜甫的诗学地位逐渐提升，用杜诗来作为例证阐明诗法，其效果当然胜于其他诗人了。

再联系前面所引的方回《〈瑶池集〉考》，方回认为《瑶池集》中论欧阳修、王安石的文字"一读此语便见其缪"②。其他如谓"行人问宫殿，耕者得珠玑"乃黄子思诗，谓"拗声拗字大为不可，即是暗排山谷"③，方回以为亦有问题。方回又从《瑶溪集》中的引诗情况——"元祐黄、陈、晁、张、秦少游、李方叔诸公无一语及之"，判断郭思"全是恶元祐者"。④ 卷五"诗之景"中有"满地烟含芳草绿，倚栏露泣海棠红"条，方回认为这联算不上是好诗。郭思的自作联"猿戏山花暖，人行塞柳青"，方回评之为"全无滋味"。"诗之诸式"中的二十九式，曰浑成，曰雄特，曰雅健，曰和熟之类，方回认为："与分杜诗为神圣工巧者，又何以异哉？"⑤ "神圣工巧"是古代中医对望、闻、问、切四种方法的别称。《难经·六十一难》云："望而知之谓之'神'，闻而知之谓之'圣'，问而知之谓之'工'，切脉而知之谓之'巧'。"⑥ 方回这里大概是讽刺郭思穿凿附会、强立名目。由此可见，见过《瑶溪集》全貌的方回对此书评价不高。

---

① 张伯伟：《全唐五代诗格汇考》，江苏古籍出版社，2002，第 536~537 页。
② 方回：《桐江集》，《宛委别藏本》，江苏古籍出版社，1988 年影印版，第 435 页。
③ 方回：《桐江集》，《宛委别藏本》，江苏古籍出版社，1988 年影印版，第 436 页。
④ 参见方回《桐江集》，《宛委别藏本》，江苏古籍出版社，1988 年影印版，第 435~436 页。
⑤ 方回：《桐江集》，《宛委别藏》本，江苏古籍出版社，1988 年影印版，第 436 页。
⑥ 凌耀星主编《难经校注》，人民卫生出版社，1991，第 109 页。

十　曾慥《诗说》一卷

《诗说》一卷，南宋曾慥编。是书并未单行，乃是保存在曾慥所编的《类说》卷五十一中，"诗说"之名为笔者所加。《类说》是宋代笔记总集，共六十卷。是书乃曾慥从自汉以来二百五十种笔记、小说、诗格、诗话等书中采掇事实，编纂而成；其中卷五十一为曾慥纂集的诗法。

曾慥，字端伯，泉州晋江人。官至尚书郎，直宝文阁，后奉祠家居。曾慥一生撰述甚富。其《类说》自序载："小道可观，圣人之训也。余侨寓银峰，居多暇日，因集百家之说，采摭事实，编纂成书，分五十卷，名曰《类说》。可以资治体，助名教，供谈笑，广见闻。如嗜常珍，不废异馔，下箸之处，水陆具陈矣。览者其详择焉。绍兴六年四月望日，温陵曾慥引。"① 根据自序可知，此书乃其侨寓银峰时所作，成于绍兴六年（1136）。《四库全书总目·类说》云：

> 其二十五卷以前为前集，二十六卷以后为后集，其或摘录稍繁，卷帙太巨者，则又分析子卷，以便检阅。书初出时，麻沙书坊尝有刊本。后其板亡佚。宝庆丙戌，叶时为建安守，为重锓置于郡斋，今亦不可复见。世所传本，则又明人所重刻也。其书体例略仿马总《意林》，每一书各删削原文，而取其奇丽之语，仍存原目于条首。但总所取者甚简，此所取者差宽，为稍不同耳。南宋之初，古籍多存，慥又精于裁鉴，故所甄录大都遗文僻典，可以禆助多闻。又每书虽经节录，其存于今者以原本相较，未尝改窜一词。如李繁《邺侯家传》下有注云："繁于泌皆称先公，今改作泌"云云。即一字之际，犹详慎不苟如此。可见宋时风俗近古，非明人逞臆妄改者所可同日语矣。②

四库馆臣认为曾慥"精于裁鉴"，《类说》中"所甄录大都遗文僻典，可以禆助多闻"。而且曾慥在节录诸书的时候，"未尝改窜一词"。

《类说》卷五十一中收录《诗苑类格》七条，包括"八病""文中

---

① 曾慥辑《类说》，《北京图书馆古籍珍本丛刊》本，书目文献出版社，1987，第6页。
② 纪昀等：《钦定四库全书总目》，中华书局，1997，第1641~1642页。

子论诗""六对""孙翌论诗""皎然论诗""三偷""白乐天诗"。在北宋李淑《诗苑类格》亡佚的情况下，曾慥《类说》对于《诗苑类格》的辑佚具有重要功劳。《类说》卷五十一还收录《续金针格》六条，包括"诗窍""炼句""自然等句""四联""取况""扇对"。除"扇对"外，其他条目实际上乃是来自《金针诗格》。对于这种情况，张伯伟说："曾慥《类说》卷五十一、张镃《仕学规范》卷三十七引及《续金针诗格》数则，实多出于《金针诗格》。曾慥书撰于南宋高宗绍兴六年（一一三六年），张镃生于绍兴二十三年（一一五三年），可见在南宋初已有将两书合而为一者。"① 若如是，则《类说》中收录的《续金针格》乃是来自《金针诗格》与《续金针诗格》的合成本。

四库馆臣说曾慥在节录诸书的时候，"未尝改窜一词"②，实际情况并非如此。考察卷五十一，《类说》在收录诗法内容时，会将原文加以变动。兹对比如下：

  诗有三本。一曰有窍。二曰有骨。三曰有髓。以声律为窍；以物象为骨；以意格为髓。凡为诗须具此三者。③（《金针诗格》）
  诗窍。诗以声律为窍，物象为骨，格局为髓。④（《类说·续金针格》）

  诗有四炼。一曰炼句。二曰炼字。三曰炼意。四曰炼格。炼句不如炼字；炼字不如炼意；炼意不如炼格。⑤（《金针诗格》）
  炼句。炼句不如炼字，炼字不如炼意，炼意不如炼格。⑥（《类说·续金针格》）

  诗有三般句。一曰自然句；二曰容易句；三曰苦求句。命题属意，如有神功，归于自然也；命题率意，遂成一章，归于容易也；

---

① 张伯伟：《全唐五代诗格汇考》，江苏古籍出版社，2002，第518页。
② 纪昀等：《钦定四库全书总目》，中华书局，1997，第1642页。
③ 张伯伟：《全唐五代诗格汇考》，江苏古籍出版社，2002，第352页。
④ 曾慥辑《类说》，《北京图书馆古籍珍本丛刊》本，书目文献出版社，1987，第873页。
⑤ 张伯伟：《全唐五代诗格汇考》，江苏古籍出版社，2002，第353页。
⑥ 曾慥辑《类说》，《北京图书馆古籍珍本丛刊》本，书目文献出版社，1987，第873页。

命题用意，求之不得，归于苦求也。①（《金针诗格》）

　　自然等句。有自然句，有神助句，有容易句，有辛苦句。容易句率意遂成，辛苦句深思而得。②（《类说·续金针格》）

　　诗有物象比。日月比君后。龙比君位。雨露比君恩泽。雷霆比君威刑。山河比君邦国。阴阳比君臣。金石比忠烈。松柏比节义。鸾凤比君子。燕雀比小人。虫鱼草木，各以其类之大小轻重比之。③（《金针诗格》）

　　取况。诗之取况日月比君后，龙天比君位，雨露比德泽，雷霆比刑威，山河比邦国，阴阳比君臣，金石比忠烈，松竹比节义，鸾凤比君子，燕雀比小人。④（《类说·续金针格》）

从上面的对比可见，《类说》会对原文加以删削，将"诗有三本""诗有四炼""一曰""二曰""三曰"等诗格著作的标志性语句删掉，又从中提取一个关键词作为题目，例如从"诗有三本"中提取出"诗窍"，从"诗有四炼"中提取出"炼句"，从"诗有三般句"中提取出"自然等句"，从"诗有物象比"中提取出"取况"。这样的改造使得诗法著述的标志性格式消失，但保留了其中的精华部分。曾慥这种做法一定程度上改善了诗法著述琐屑啰唆的情况。

《类说》中的"扇对"一条，则是综合了《金针诗格》与《续金针诗格》的内容：

　　诗有扇对格。第一句对第三句，第二句对第四句。⑤（《金针诗格》）

　　诗有扇对。第一与第三句对，第二与第四句对，如诗曰："去年花下留连饮，暖日天桃莺乱啼。今日江边容易别，淡烟衰草马频嘶。"谓之扇对。⑥（《续金针诗格》）

---

① 张伯伟：《全唐五代诗格汇考》，江苏古籍出版社，2002，第357页。
② 曾慥辑《类说》，《北京图书馆古籍珍本丛刊》本，书目文献出版社，1987，第873页。
③ 张伯伟：《全唐五代诗格汇考》，江苏古籍出版社，2002，第359页。
④ 曾慥辑《类说》，《北京图书馆古籍珍本丛刊》本，书目文献出版社，1987，第873页。
⑤ 张伯伟：《全唐五代诗格汇考》，江苏古籍出版社，2002，第356页。
⑥ 张伯伟：《全唐五代诗格汇考》，江苏古籍出版社，2002，第532页。

扇对。第一与第三句对,第二与第四句对。如云:"去年花下留连饮,暖日夭桃莺乱啼。今日江边容易别,淡烟衰草马频嘶。"谓之扇对。①(《类说·续金针格》)

《类说》的这种综合,为我们呈现出一个比较完整的诗法名目"扇对"。有名目:"扇对";有操作方法的具体解释:"第一与与第三句对,第二与第四句对";最后是相关的诗例:"如云:'去年花下留连饮,暖日夭桃莺乱啼。今日江边容易别,淡烟衰草马频嘶。'"。从中可见,编辑者曾慥有鲜明的诗法意识。

《类说》还有"四联"条:"第一联谓之破题,如狂风卷浪,势欲滔天。第二联谓之颔联。第三联谓之颈联,须字字对。第四联谓之落句,欲如高山放石,一去不回。"② 这一条属于比较早期的关于"四联"的详细记录。曾慥云此条出自《续金针格》,但现存的《续金针诗格》中并无这一条内容。而晚出的诸家在引用这部分内容时,都云来自《金针诗格》。前面已云,《类说》中收录的《续金针格》很可能是来自《金针诗格》与《续金针诗格》的合成本,则"四联"条应该是《金针诗格》中的一则佚文。

再有,晚出的《吟窗杂录》本的《金针诗格》只论述了"破题"和"落句":"破题:欲似狂风卷浪势欲滔天。落句:欲似高山放石一去无回。"③ 约成书于1192年以后的杨万里《诚斋诗话》中亦引用了"落句"一条:"《金针法》云:'八句律诗,落句要如高山转石,一去无回。'"④成书于南宋理宗淳祐四年(1244)左右的《诗人玉屑》卷十二有"金针诗格"条云:"第一联谓之'破题',欲如狂风卷浪,势欲滔天,又如海鸥风急,鸾凤倾巢,浪拍禹门,蛟龙失穴。第二联谓之'颔联',欲似骊龙之珠,善抱而不脱也。亦谓之'撼联'者,言其雄赡遒劲,能捭阖天地,动摇星辰也。第三联谓之'警联',欲似疾雷破山,观者骇愕,

---

① 曾慥辑《类说》,《北京图书馆古籍珍本丛刊》本,书目文献出版社,1987,第873页。
② 曾慥辑《类说》,《北京图书馆古籍珍本丛刊》本,书目文献出版社,1987,第873页。
③ 陈应行编,王秀梅整理《吟窗杂录》,中华书局,1997,第555页。
④ 丁福保辑《历代诗话续编》,中华书局,1983,第137页。

搜索幽隐，哭泣鬼神。第四联谓之'落句'，欲如高山放石，一去不回。"① 这里的"四联"较之他人的记载，增加了许多修饰与描摹。今考《金针诗格》中其他内容，并没有如此华丽繁缛的句子，所以笔者怀疑这些话乃是后来者所加。到了元代，旧题杨载《诗法家数》"律诗要法"中也沿袭了"四联"这种说法，但在原有内容上亦有所增益："破题。或对景兴起，或比起，或引事起，或就题起。要突兀高远，如狂风卷浪，势欲滔天。颔联。或写意，或写景，或书事，用事引证。此联要接破题，要如骊龙之珠，抱而不脱。颈联。或写意，写景，书事，用事引证。与前联之意相应相避，要变化，如疾雷破山，观者惊愕。结句。或就题结，或推开一步，或缴前联之意，或用事。必放一句作散场，如剡溪之棹，自去自回，言有尽而意无穷。"② 和《诗人玉屑》中的增益不同，《诗法家数》主要增加的是"或对景兴起，或比起，或引事起，或就题起"这样指示写作方法的句子，而不是比喻修饰的句子，《诗法家数》的这种写作为的是显示其操作性与指导性。此外，明代赵㧑谦《学范》、顾龙振《诗学指南》、黄省曾《名家诗法》等都对"四联"有所记载。考索"四联"被记载的情况，应该感谢曾慥《类说》的保存之功。

十一 姜夔《白石诗说》一卷

《白石诗说》一卷，南宋姜夔撰。是书又名《白石道人诗说》或《姜氏诗说》。

姜夔（1155～1221?），字尧章，饶州鄱阳（今属江西）人。姜夔曾卜居苕溪之上，与弁山白石洞天为邻，遂自号白石道人。他曾北游淮楚，南历潇湘。戴雪诣石湖，授范成大以咏梅之《暗香》《疏影》新声两阕。绍熙四年（1193）起，姜夔出入贵胄张鉴（字平甫）之门，依之十年。六十岁以后，旅食金陵、扬州等地，以布衣终身。杨万里称他"文无不工，甚似陆龟蒙"③，范成大称其"翰墨人品皆似晋、宋之雅士"④。姜夔为南宋开宗立派的词家巨擘之一，与北宋周邦彦并称"周姜"。著有

---

① 魏庆之著，王仲闻点校《诗人玉屑》，中华书局，2007，第379页。
② 张健：《元代诗法校考》，北京大学出版社，2001，第17～18页。
③ 夏承焘校，吴无闻注释《姜白石词校注》，广东人民出版社，1983，第200页。
④ 夏承焘校，吴无闻注释《姜白石词校注》，广东人民出版社，1983，第199页。

《白石诗集》一卷、《白石诗说》一卷、《白石道人歌曲》六卷、别集一卷、《续书谱》一卷、《绛帖平》二十卷等著作十三种。

《诗说》各本皆附刻在姜夔的词集或诗集之后，也有列入丛书中的，如《学海类编》本、《历代诗话》本、《诗话楼瑣刻》本、《诗触丛书》本、《谈艺珠丛》本、《诗法萃编》本、《学诗津逮》本、《榆园丛刻》本、《南宋群贤小集》本、《娱园丛书》本、《萤雪轩丛书》本、《艺圃搜奇》本、《一瓻笔存》本等。通行有1981年中华书局版《历代诗话》本、人民文学出版社1962年版《白石诗说》郑文校点本。

《四库全书总目提要》卷一六二著录此书为二十七则，而《四部丛刊》影印江都陆氏校刻本、《榆园丛刻》本及《历代诗话》本中收录的《白石道人诗说》都是三十则，大概"短章片语，分合不同，才有这样差异"①。《诗说》全书才一千三百多字，但在宋代诗学文献中独树一帜，例如有学人论述道："就内容言，它已和欧派（指欧阳修《六一诗话》）诗话的重述事，尚考据完全不同，重在诗道、诗法、诗病诸方面的理论阐述，明显属于钟派（指钟嵘《诗品》）；但从外部体制看，仍采用欧派诗话闲谈随笔的形式，由一条一条内容似不关联的论诗条目连缀而成，只言词组，轻松活泼，但却于闲谈随笔之中显出内在的理论体系。……这种构思独具匠心，在宋代诗话中并不多见。因此，《白石诗说》从形式到内容和内在体系，都是诗话之体成熟的标志，成为宋代诗话由'论诗及事'向'论诗及辞'转变的关键。"② 以上的说法已经看到了《白石诗说》的独特属性，但还未点中肯綮。本文认为《白石诗说》之所以"在宋代诗话中并不多见"，乃是因为它是一本更具有诗法属性的书，这也是本书收录《白石诗说》的原因。

首先，《白石诗说》托名于高人以增加其书的说服力，这种写作手法和唐五代以来的诗法著述一脉相承。据书前《自序》，是书成于南宋淳熙丙午年（1186）。姜夔说这本书来自南岳衡山上的一位高人隐士，此人出生于北宋庆历年间，那么年纪当在140余岁：

---

① 郑文：《白石诗说·前记》，载《白石诗说》，人民文学出版社，1962，第23页。
② 赵晓岚：《白石诗论探微》，《中国文学研究》1992年第2期。

淳熙丙午立夏，余游南岳，至云密峰，徘徊禹溪桥下上，爱其幽绝，即屏置仆马，独寻溪源，行且吟哦。顾见茅屋蔽亏林木间，若士坐大石上，眉宇闿爽，年可四五十。心知其异人，即前揖之，相接甚温。便邀入舍内，煎苦茶共食。从容问从何来？适吟何语？余以实告，且举似昨日《望岳》"小山不能云，大山半为天"之句。若士喜，谓余可人，遂探囊出书一卷，云："是《诗说》。老夫顷者常留意兹事，故有此书。今无作矣，径以付君。"余益异之，然匆匆不暇观，但袖藏致谢而已。问其年，则庆历间生。始大惊，意必得长生不老之道。再三求教，笑而不言，亦不道姓名。再相留啜黄精粥，余辞以与人偕来，在官道上相候。告别出，至桥上马。偏询土人，无知者。惟一老父叹曰："此先生久不出，今犹在耶！"欲与语，忽失所在，怅然而去。晚解鞍，细读其书，甚伟。常置枕中，时时玩味。好事者有闻，间来取观，亦不靳也。昔轩辕弥明能诗，多在南山，若士岂其俦哉！白石姜夔尧章序。①

有人认为这位庆历年间出生的高人乃是黄庭坚："陈谱谓黄庭坚生庆历五年，自序'问其年，则庆历间生'，异人实指庭坚。"② 现在学界一般都认为姜夔《自序》中的说法乃是为了自高其说。例如夏承焘《姜白石行实考·著述》称："白石自序谓淳熙丙午游南岳云密峰，得异人传授，盖其托辞。姜虬绿录入年谱，张羽以之为传，皆误信为实事。……白石甚重黄庭坚，而不满当时西江派之流弊，其故为廋辞，殆以此耶？"③ 郭绍虞亦云："此书《自序》谓淳熙丙午（一一八六）得之于南岳云密峰头一老翁，其为托辞固不待言。"④

为何姜夔要将辛苦写就的《诗说》托名于一位衡山高人？难道是他对自己的名声还不够自信吗？实际上，将诗法著述托名于高人或名人，是历代诗法著述的撰著特点之一。从唐五代诗法著述的撰著情况来看，许多作品喜欢以名人为依托，例如《诗格》旧题魏文帝撰，《评诗格》旧

---

① 姜夔著，郑文校点《白石诗说》，人民文学出版社，1962，第27页。
② 夏承焘笺校《姜白石词编年笺校》，上海古籍出版社，1981，第239页。
③ 夏承焘笺校《姜白石词编年笺校》，上海古籍出版社，1981，第239页。
④ 郭绍虞：《宋诗话考》，中华书局，1979，第92页。

题李峤撰,《金针诗格》《文苑诗格》旧题白居易撰,《续金针诗格》旧题梅尧臣撰等。当今学界一般认为这些题名作者并不可靠。例如张伯伟认为:"《笔札华梁》约亡佚于北宋中叶,其后伪托者杂取散佚文字,拼凑成帙,并诡题'魏文帝'之名。惟此书题名虽伪,内容则皆有所本,实可以初唐人诗论视之。"① 再有题名白居易的《金针诗格》卷首云:

> 居易贬江州,多游庐山,宿东西二林,酷爱于诗。有《闲吟》云:"自从苦学空门法,销尽平生种种心。惟有诗魔降未得,每逢风月一闲吟。"自此味其诗理,撮其体要,为一格目,曰《金针集》。喻其诗病而得针医,其病自除。诗病最多,能知其病,诗格自全也。金针列为门类,示之后来,庶览之者犹指南车,而坦然知方矣。②

陈振孙《直斋书录解题》著录《文苑诗格》时云:"称白氏,尤非也。"③ 陈振孙著录题名梅尧臣的《续金针格》时云:"大抵皆假托也。"④ 为何原作者要托名他人呢?其实就是想利用他人名号来达到传播的目的,也就是希望书中的诗法能够广泛地为人所重、为人所用。

这种托名的情况直到元代依然十分流行。例如题名杨载的有《诗法家数》《诗解》两部,题名虞集的有《虞侍书诗法》《诗法正宗》两部,题名范德机的有《木天禁语》《诗学禁脔》《诗家一指》三部,再有《总论》《吟法玄微》《诗法源流》,旧题"范德机门人集录"或"傅与砺述范德机意",其实也是在利用范德机的影响力。元代题名杨载的《诗解》卷首有杨载《序》一篇,言其少年时从叔父杨文圭游西蜀,从杜甫九世孙杜举处得到此书:

> 予年少从叔父杨文圭游西蜀,间抵成都,过浣花溪,求工部杜先生之祠而观焉。有主祠者,曰工部九世孙杜举也,居于祠之后。予造而问之曰:"先生所藏诗律之重宝,不犹有存者乎?"举曰:

---

① 张伯伟:《全唐五代诗格汇考》,江苏古籍出版社,2002,第99页。
② 张伯伟:《全唐五代诗格汇考》,江苏古籍出版社,2002,第351页。
③ 陈振孙撰,徐小蛮、顾美华点校《直斋书录解题》,上海古籍出版社,1987,第642页。
④ 陈振孙撰,徐小蛮、顾美华点校《直斋书录解题》,上海古籍出版社,1987,第645页。

"吾鼻祖审言,以诗鸣于当世。厥后言生闲,闲生甫,甫又以诗鸣,至于今源流益远矣。然甫不传诸子,而独于门人吴成、邹遂、王恭传其法。故予得传之三子者,虽复先世之重宝,而得之亦不易也。今子之自远方而来,敢不以三子所授者为子言之?子其谨之哉。"余遂读之,朝夕不置,久之恍然有得,益信杜举所云非妄也。京城陈氏子有志于诗,故书举之传余戒余者以贻之。时至治壬戌初元四月既望杨仲弘序。①

对于著者不惜远借杜甫旗号的做法,明人许学夷《诗源辩体》卷三十五批评道:"此宋人伪撰相欺,而举不知,仲弘又深信而传之。宋元人浅陋,大率类此。或疑仲弘论诗,多有可观,此序当为伪撰,盖因文圭曾游西蜀故也。当时虞、杨、范、揭俱有盛名,故浅陋者托之耳。"②《四库全书总目·诗法源流》也认为这一故事"极为荒诞"。即便是真实的,杨载这样记录下来其实也是看重名人的作诗成就与文坛影响力,为的是增加诗法的权威性,以便推动其书的传播。

姜夔《自序》中所述偶遇这位活了140多岁的衡山高人的故事也是"极为荒诞"的,但联系历代诗法著述的特点看来,《诗说》也只是不能免俗罢了。也有学人指出:"通过对姜夔及其友人的诗词分析,可知姜夔在淳熙丙午遇见隐士一事为真。《白石道人诗说》有可能是姜夔在他人的诗学思想影响下完成的。"③无论遇见隐士之事是真是假,《自序》中这段记录都说明了姜夔是把此书当成诗法秘籍来传播于世间的。姜夔假托为北宋庆历年间的高人所著,就是希望增加此书的说服力,以起到加快传播的作用。

其次,《白石诗说》中的内容大量参考唐五代的诗法著述。

有学者认为,《诗说》中很多句子是纯粹的理论阐释,所以不具备诗法性质。但事实上诗法著述从产生之初,就包含着大量的理论阐释。即便是在题名为"诗格"的纯粹诗法著述中,理论性的创作

---

① 张健:《元代诗法校考》,北京大学出版社,2001,第48~49页。
② 许学夷:《诗源辩体》,人民文学出版社,1987,第345页。
③ 王睿:《〈白石道人诗说〉伪托说考辨与南宋诗坛风气演变》,《贵州文史丛刊》2012年第2期。

论也一直都是普遍存在的。《诗说》就从唐五代的诗法著述中获益良多。

例如《白石诗说》中第二十二则云:"波澜开阖,如在江湖中,一波未平,一波已作。如兵家之阵,方以为正,又复是奇;方以为奇,忽复是正;出入变化,不可纪极,而法度不可乱。"① 这一则纯理论性的句子似乎并不是在讲诗法,但如果寻本溯源,这一条却来自中唐皎然的《诗式》。《诗式》"明势"条云:"高手述作,如登衡、巫,觑三湘、鄢、郢山川之盛,萦回盘礴,千变万态。文体开阖作用之势。或极天高峙,崒焉不群,气腾势飞,合沓相属。奇势在工。或修江耿耿,万里无波,欻出高深重复之状。奇势互发。古今逸格,皆造其极妙矣。"② 对比一下就可以看出两者的论述何其相似。

又有《白石诗说》第十四则:"诗有出于《风》者,出于《雅》者,出于《颂》者。屈宋之文《风》出也,韩柳之诗《雅》出也,杜子美独能兼之。"③ 这一说法在唐五代诗格中更是并不新鲜,几乎所有的诗格著作中都有"六诗""诗有六义"之类的论述,其中解说的远比姜夔此处要详细得多。例如齐己《风骚旨格》:

六诗
一曰大雅。二曰小雅。三曰正风。四曰变风。五曰变大雅。六曰变小雅。
一曰大雅。诗曰:"一气不言含有象,万灵何处谢无私。"
二曰小雅。诗曰:"天流皓月色,池散芰荷香。"
三曰正风。诗曰:"都来消帝力,全不用兵防。"
四曰变风。诗曰:"当道冷云和不得,满郊芳草即成空。"
五曰变大雅。诗曰:"蝉离楚树鸣犹少,叶到嵩山落更多。"
六曰变小雅。诗曰:"寒禽粘古树,积雪占苍苔。"④

---

① 姜夔著,郑文校点《白石诗说》,人民文学出版社,1962,第31~32页。
② 张伯伟:《全唐五代诗格汇考》,江苏古籍出版社,2002,第222~223页。
③ 姜夔著,郑文校点《白石诗说》,人民文学出版社,1962,第30页。
④ 张伯伟:《全唐五代诗格汇考》,江苏古籍出版社,2002,第399~400页。

第四章　宋代诗法著述二十一种

诗有六义

一曰风。诗曰："高齐日月方为道，动合乾坤始是心。"

二曰赋。诗曰："风和日暖方开眼，雨润烟浓不举头。"

三曰比。诗曰："丹顶西施颊，霜毛四皓须。"

四曰兴。诗曰："水谙彭泽阔，山忆武陵深。"

五曰雅。诗曰："卷帘当白昼，移榻对青山。"又诗："远道擎空钵，深山踏落花。"

六曰颂。诗曰："君恩到铜柱，蛮款入交州。"①

再有《白石诗说》第二十六则："意格欲高，句法欲响，只求工于句字，亦末矣。故始于意格，成于句字。句意欲深、欲远，句调欲清、欲古、欲和，是为作者。"② 这一观点在唐五代诗格著作中也常有论及，例如徐夤《雅道机要》"叙磨炼"条："凡为诗须积磨炼。一曰炼意。二曰炼句。三曰炼字。意有暗钝、粗落。句有死机、沉静、琐涩。字有解句、义同、紧慢。以上三格，皆须微意细心，不须容易。一字若闲，一联句失，故古诗云：'一个字未稳，数宵心不闲。'"③

还有《白石诗说》中第二十七则：

> 诗有四种高妙：一曰理高妙，二曰意高妙，三曰想高妙，四曰自然高妙。碍而实通，曰理高妙；出事意外，曰意高妙；写出幽微，如清潭见底，曰想高妙；非奇非怪，剥落文采，知其妙而不知其所以妙，曰自然高妙。④

这种"一曰""二曰""三曰""四曰"的句式在诗格著作中比比皆是，例如王昌龄《诗格》：

---

① 张伯伟：《全唐五代诗格汇考》，江苏古籍出版社，2002，第400~401页。
② 姜夔著，郑文校点《白石诗说》，人民文学出版社，1962，第32页。
③ 张伯伟：《全唐五代诗格汇考》，江苏古籍出版社，2002，第446页。
④ 姜夔著，郑文校点《白石诗说》，人民文学出版社，1962，第32~33页。

诗有三境

一曰物境。二曰情境。三曰意境。①

诗有三思

一曰生思。二曰感思。三曰取思。②

诗有三不

一曰不深则不精。二曰不奇则不新。三曰不正则不雅。③

又《白石诗说》中第一则论气象、体面、血脉、韵度，第二则论诗歌首尾如何、腰腹如何，第二十八则讲诗歌最后一句要言有尽而意无穷等，都能在唐五代诗法著述中找到极其相似的论述。姜夔还很重视"诗病"：

花必用柳对，是儿曹语；若其不切，亦病也。④

不知诗病何由能诗？不观诗法何由知病？⑤

之前的唐五代诗格著作，几乎篇篇都讲病犯。目前存世最早的诗法著述《笔札华梁》中有"文病""笔四病"，初唐《文笔式》中又有"文病"十四则、"文笔十病得失"，旧题魏文帝《诗格》中讲"八病"，元兢《诗髓脑》中讲"文病"八则，佚名《诗式》中讲"六犯"，崔融《唐朝新定诗格》中有"文病"六则，旧题王昌龄《诗中密旨》中有"诗有六病例""犯病八格"等。所以姜夔的许多说法在诗法著述中都是老生常谈。这充分说明了《白石诗说》和前代诗法著述的紧密联系。

最后，《白石诗说》十分重视诗法，有度人金针的写作目的。

---

① 张伯伟：《全唐五代诗格汇考》，江苏古籍出版社，2002，第172页。
② 张伯伟：《全唐五代诗格汇考》，江苏古籍出版社，2002，第173页。
③ 张伯伟：《全唐五代诗格汇考》，江苏古籍出版社，2002，第173页。
④ 姜夔著，郑文校点《白石诗说》，人民文学出版社，1962，第28页。
⑤ 姜夔著，郑文校点《白石诗说》，人民文学出版社，1962，第29页。

第四章 宋代诗法著述二十一种

《白石诗说》不以"诗话"为名，而名以"诗说"，这是因为姜夔十分清楚这本书和诗话作品的区别：书中不考据诗人生平，不探究诗歌本事，不涉记事，也不评析具体的诗歌作品，而全是诗学理论和写诗技巧，主要论述辨体、立意、布局、措词、说理、用事、写景等作诗之法。其中，姜夔又十分注重"诗法"："守法度曰诗"①"出入变化，不可纪极，而法度不可乱"。②

从姜夔自己的叙述中，也可见此书的写作目的乃是"度人金针"。《白石诗说》最后第三十条类似于全书"后记"：

> 《诗说》之作，非为能诗者作也，为不能诗者作，而使之能诗；能诗而后能尽吾之说，是亦为能诗者作也。虽然，以吾之说为尽，而不造乎自得，是足以为能诗哉？后之贤者，有如以水投水者乎？有如得兔忘筌者乎？噫！吾之说已得罪于古之诗人，后之人其勿重罪余乎！③

按照姜夔的意思，本书不是"以资闲谈"④的，而是写给不会写诗的人看的，即便是会写诗的人，此书也有很多参考价值。这种说法在唐五代北宋的诗格、诗式中屡见不鲜，例如中唐皎然《诗式》云："命曰《诗式》，使无天机者坐致天机。若君子见之，庶几有益于诗教矣。"⑤ 姜夔所言和皎然这一说法十分相似。再如北宋梅尧臣《续金针诗格》云："予爱乐天作《金针诗格》，乃续之，以广乐天之用意，得者宜绎而思之。"⑥ 此言与姜夔也是同样的意思。后来元明清诗法著述的序言中也多继承这种论调。

为了实现"诗学指南"的著书目标，姜夔在体系上颇下功夫，对此有学人说道："《诗说》内容大致有十端，即：立法度，树妙境，尚自

---

① 姜夔著，郑文校点《白石诗说》，人民文学出版社，1962，第30页。
② 姜夔著，郑文校点《白石诗说》，人民文学出版社，1962，第31~32页。
③ 姜夔著，郑文校点《白石诗说》，人民文学出版社，1962，第33页。
④ 欧阳修《六一诗话》："居士退居汝阴而集以资闲谈也。"（欧阳修著，郑文校点《六一诗话》，人民文学出版社，1962，第5页。）
⑤ 张伯伟：《全唐五代诗格汇考》，江苏古籍出版社，2002，第222页。
⑥ 张伯伟：《全唐五代诗格汇考》，江苏古籍出版社，2002，第519页。

然,倡含蓄,崇意格,辨诗体,重精思,贵独创,主温厚,讲涵养。尽管它对各个问题的谈论多是蜻蜓点水,三言两语,但综合起来考察,却又相当全面和完备。白石讲此书是为'不能诗'的初学者写的,此书倒可以说是一部粗具梗概的《诗学入门》。"① 还有学人论述道:"《诗说》三十则,开篇总论诗道,末尾点明写作目的,中间二十八则分论诗教、诗法、诗体、作者、风格、妙境等有关诗歌创作、欣赏、评论中的若干理论与实践问题,呈现出一个'总—分—合'的结构形态,这种构思独具匠心,在宋代诗话中并不多见。"② 这就是说,《白石诗说》不是像诗话类作品那样兴之所至、率尔操觚,而是为了实现"度人金针"的写作目的,并苦心构建了一个完整的诗学体系。约成书于南宋淳祐四年(1244)的《诗人玉屑》中比较早地对诗学结构进行了体系化的设置,而《白石诗说》比《诗人玉屑》成书早五十多年,它算得上是国内关于建构古典诗法体系第一次较有规模的尝试。

潘德舆以《沧浪诗话》、《岁寒堂诗话》与《白石诗说》为"鼎足"的"金绳宝筏"(潘德舆《养一斋诗话》卷八);③ 鲍廷博以《白石诗话》为与《沧浪诗话》《麓堂诗话》"鼎峙骚坛"的"风雅指南"(《麓堂诗话跋》);④ 郭绍虞以《石林诗话》、《沧浪诗话》与《白石道人诗话》为"鼎足三"(《宋诗话考》卷首题《石林诗话》)。⑤ 以上这些说法有相同的部分,那就是一致承认《白石诗说》与《沧浪诗话》的并立地位。笔者认为这恰恰是因为《白石诗说》与《沧浪诗话》具有鲜明的诗法属性。因为《白石诗说》具有鲜明的诗法属性,所以它才能以短小的篇幅在中国诗学史上占有重要的地位。

但值得注意的是,姜夔在书中并不讲具体的操作方法,所以《白石诗说》中并没有诗法名目,而是让读者"圣处要自悟"⑥ (《白石诗说》第二十三则)。相比于唐五代诗格的"有定之法",《白石诗说》讲的是"无定之法";相对于唐五代诗格的"死法",姜夔的诗法有"活法"的

---

① 贾文昭:《〈白石道人诗说〉述评》,《唐都学刊》1986年第4期。
② 赵晓岚:《白石诗论探微》,《中国文学研究》1992年第2期。
③ 参见郭绍虞编选,富寿荪校点《清诗话续编》,上海古籍出版社,1983,第2131页。
④ 参见丁福保辑《历代诗话续编》,中华书局,1983,第1400页。
⑤ 参见郭绍虞《宋诗话考》,中华书局,1979,第4页。
⑥ 姜夔著,郑文校点《白石诗说》,人民文学出版社,1962,第32页。

味道；相比于"以意从法"，姜夔更讲"以意役法"。① 所以我们看到"整部《诗说》重点在说诗法，但又与唐人诗格、诗例、诗句图一类诗学入门书不同，他时时超越诗法技巧的范围"②。所以，笔者认为姜夔《诗说》是一部从唐五代诗格中"升华"出来的书，是一本比较"高级"的诗法著述。

综上，姜夔的《诗说》之所以能够在宋诗话中独树一帜，得人称赞，第一点是由于作者能诗善词，是一代大家，所以他的诗学理论都是他的经验之谈，很容易得到大众的信任，例如郭绍虞《宋诗话考》云："顾沧浪论诗不免故作高谈，有英雄欺人之态，而白石犹是于甘苦备尝之后，发为体会有得之言。"③ 又有赵晓岚论道："是甘苦备尝之后发为体会有得之言，即使是一得之见，也片言中肯，极富亲切感和实用价值，具有创作家所写的文艺批评的特色。"④ 第二点，很大程度上是因为《白石诗说》综合了唐五代诗格著作中的经典言论，又摒弃了对具体写作方法的记录和梳理，看起来既谈创作，又不涉教条，所以既满足了大众对于诗歌创作方法的强烈需求，又不像部分唐五代诗格那样教条化而流于浅俗。而这第二点才是姜夔《诗说》名噪一时更为重要的原因。

十二　陈应行《吟窗杂录》五十卷

《吟窗杂录》五十卷，南宋陈应行编。

然马端临《文献通考·经籍考》作《吟窗杂咏》，⑤ 明人毛晋跋《风骚旨格》云："莆田蔡氏著《吟窗杂咏》，载诸家诗格诗评类三十余种，大略真赝相半，又脱落不堪读。"⑥ 则《吟窗杂录》或有异名为"吟窗

---

① 姜夔讲法却超越于法，其讲"妙悟"要比《沧浪诗话》更早，郭绍虞曾作《题〈宋诗话考〉效遗山体得绝句二十首》论姜夔《白石道人诗话》说："恒蹊脱尽启禅宗，衣钵传来云密峰。若认丹邱开妙悟，固应白石作先锋。"可谓中之论。（郭绍虞：《宋诗话考》，中华书局，1979，第5页。）
② 赵晓岚：《白石诗论探微》，《中国文学研究》1992年第2期。
③ 郭绍虞：《宋诗话考》，中华书局，1979，第94页。
④ 赵晓岚：《白石诗论探微》，《中国文学研究》1992年第2期。
⑤ 参见马端临《文献通考》，中华书局，1986，第1965页。
⑥ 丁福保辑《历代诗话续编》，中华书局，1983，第112页。

杂咏"。

关于《吟窗杂录》的作者，历史上也有不同的记载。《吟窗杂录序》记载为"浩然子"，《吟窗杂录》卷首"门类"下记载为"状元陈应行"，各卷卷尾记载为"陈学士"。南宋魏庆之《诗人玉屑》记载为"陈永康"。清人顾龙振《诗学指南》中收录《吟窗杂录》题为"浩然子陈应行编"。据上文所引毛晋之语，知其作者或姓蔡。南宋陈振孙《直斋书录解题》卷二十二也记载为："莆田蔡傅撰。君谟之孙也。取诸家诗格、诗评之类集成之，又为《吟谱》，凡魏、晋而下能诗之人，皆略具其本末，总为此书。麻沙尝有刻本，节略不全。"①

张伯伟《论〈吟窗杂录〉》认为《直斋书录解题》中的"傅"实为"传"的繁体字"傳"之讹。② 蔡传，字永翁，福建仙游人。《兴化府莆田县志》卷十七"人物志"蔡襄传后附其传云："襄三子，匀、旬、旻皆早世。襄卒，朝廷录其子孙，以旬之子传守将作监簿。时方二岁，母刘氏抚教之。志在学古务实。以养母不游场屋而学行益力。历朝奉郎通判南京留守司。年四十三即乞致仕。著述颇多。"③ 蔡传乃蔡襄的孙子，"著述颇多"，在福建颇有名望。但张伯伟认为《吟窗杂录》只不过假托蔡传所作而已，"题名蔡传编的《吟窗杂录》，是由他人利用其声望假托其名而成的一部书，这并非是不可能的"④。

王梦鸥检索了《宋史》《续通鉴长编》《宋会要辑稿》《历代鼎甲录》《高科考》《宋中兴学士院题名》等书，发现并没有"状元陈应行""陈学士"的相关记载，所以断定陈永康"必非状元，尤非学士"。⑤ 张伯伟《论〈吟窗杂录〉》认为陈应行字季陵，福建建安人；陈应行和陈永康为同一人，浩然子也即陈永康之号；"其编者或者就是某个书商陈永康（浩然子）。以此书错谬之多，即可知编集者见识之低。至于书名冠以'状元陈应行编'或'陈学士'《吟窗杂录》，显然是坊贾出于牟利的目

---

① 陈振孙撰，徐小蛮、顾美华点校《直斋书录解题》，上海古籍出版社，1987，第647页。
② 参见张伯伟《论〈吟窗杂录〉》，《中国文化》1995年第2期。
③ 汪大经等修《兴化府莆田县志》，清乾隆二十三年（1758）刻光绪五年（1879）增补本。
④ 张伯伟：《论〈吟窗杂录〉》，《中国文化》1995年第2期。
⑤ 参见王梦鸥《初唐诗学著述考》，台湾商务印书馆，1977，第35页。

的而诡题"。① 现在学界一般认为《吟窗杂录》的初编本托名莆田蔡传，重编本托名陈应行。

《吟窗杂录》卷首有浩然子所作之《吟窗杂录序》：

> 余于暇日，编集魏文帝以来，至于渡江以前，凡诗人作为格式纲领以淑诸人者，上下数千载间所类者，亲手校正，聚为五十卷。胪分鳞次，具有条理，目曰《吟窗杂录》。……此皆诗人剖肝析胃、呕心倾胆而后仅得，今皆登载焉，岂易得哉？学者诚能以心源为炉，锻炼元本，以笔端为刃，雕龙群形，于此集也，随取随得，若入沧溟，万宝萃聚，莫不充其所欲。若夫天资秀拔，经造诸处，不假古人之糟粕，不诗前编之筌蹄者，又不在此。然天下万法，未有自虚空入者，发轫导源，非有所资益，则伤于妄行。余编此集，是亦琴谱、棋式之类也。有意于学诗者，其可舍旃。绍熙五禩重阳后一日浩然子序。②

由此可见，《吟窗杂录》成书于南宋光宗绍熙五年（1194），其中的内容为"编集魏文帝以来，至于渡江以前，凡诗人作为格式纲领以淑诸人者，上下数千载间所类者，亲手校正，聚为五十卷"，则该书是李淑《诗苑类格》之后的一部诗法汇编总集。

《吟窗杂录》的版本主要有二十卷本、三十卷本及五十卷本三种。二十卷本的记载见《莆阳比事》和《仙游县志》卷四六"艺文志"，题蔡传编。三十卷本的记载见陈振孙《直斋书录解题》卷二十二。陈振孙在著录《杂句图》一卷下注云："自魏文帝《诗格》而下二十七家已见《吟窗杂录》。"③ 由此可知，三十卷本的《吟窗杂录》内容当包括二十七家诗格、《杂句图》和《历代吟谱》。但现在流传下来的《吟窗杂录》只有五十卷本，题陈应行编，应该是在三十卷本基础上的增删重编本。

张伯伟《论〈吟窗杂录〉》中钩沉了几种刻本和抄本。刻本有明嘉靖戊申年（1548）版、明嘉靖辛酉年（1561）版、日本文政九年（1826）昌平

---

① 参见张伯伟《论〈吟窗杂录〉》，《中国文化》1995年第2期。
② 陈应行编，王秀梅整理《吟窗杂录》，中华书局，1997，第9～14页。
③ 陈振孙撰，徐小蛮、顾美华点校《直斋书录解题》，上海古籍出版社，1987，第647页。

版。抄本另有两种。这些明抄本和明刻本或藏中国台湾地区，或藏日本，或藏中国国家图书馆，流传极少，读者很难看到。《四库全书存目丛书》（齐鲁书社1997年版）集部第415册收录有吉林省图书馆藏明嘉靖刻本（卷一至卷五配抄本）《陈学士吟窗杂录》五十卷。中华书局1997年据明抄本缩微胶片（原书现藏台湾地区"中央"图书馆）影印出版，大大方便了读者阅读研究。整理者王秀梅又用以下几种本子做了校勘。（1）明抄本《陈学士吟窗杂录》五十卷，目录三卷，八册。此本有"铁琴铜剑楼"印章，每半页十二行，行二十字，无格。现藏中国国家图书馆（简称明抄本）。（2）明刻本《陈学士吟窗杂录》五十卷，十册。此本序后署有"嘉靖戊申孟夏吉旦崇文书堂家藏宋本重刊"，知为嘉靖二十七年崇文书堂据宋本刊刻，每半页十二行，行二十字，白口，左右双边。现藏北京大学图书馆。（3）明刻本《陈学士吟窗杂录》五十卷，十六册，卷六至卷十为抄配。此本有"虞山汲古阁主毛晋图书"印章，前有序，分门类，无细目，行格与北京大学所藏本相同，文字也相同，但版框高广略异，抄配部分文字也略有异文。

中华书局影印出版的明抄本《吟窗杂录》的内容如下：

卷一魏文帝《诗格》。卷二钟嵘《诗品》。卷三贾岛《二南密旨》。卷四白乐天《文苑诗格》、王昌龄《诗格》。卷五王昌龄《诗格》。卷六王昌龄《诗中密旨》、李峤《评诗格》。卷七僧皎然《诗议》、僧皎然《中序》。卷八僧皎然《诗式》。卷九僧皎然《诗式》。卷十僧皎然《诗式》、李洪宣《缘情手鉴诗格》、徐衍《风骚要式》。卷十一齐己《风骚旨格》。卷十二文彧《诗格》。卷十三保暹《处囊诀》、释虚中《流类手鉴》、淳大师《诗评》。卷十四李商隐《梁词人丽句》、王玄《诗中旨格》。卷十五王叡《诗格》、王梦简《诗要格律》。卷十六陈子昂《琉璃堂墨客图》、徐寅《雅道机要》。卷十七至卷十八上徐寅《雅道机要》。卷十八上、下白居易《金针诗格》、梅尧臣《续金针诗格》《诗评》。卷十九至二十九《历代吟谱》。卷二十九至卷三十一古今才妇。卷三十二古今诗僧。卷三十三、卷三十四上古今武夫、夷狄、本朝诗人。卷三十四下古今杂体诗。卷三十五古今杂体诗、句图、句对。卷三十六、卷三十七杂体、续句图。卷三十八至卷四十评品。卷四十一杂序、叙录。卷四十二、卷四十三续句图。卷四十四、卷四十五续句图、续事志。卷四十六寄赠、神仙。卷四十七高逸、梦、幼悟。卷四十八讥愤、嘲戏、歌曲。卷四十九琴、棋、书、画、香、乐、茶、酒、砚、纸、笔、杂题。卷五十杂题、杂咏、契真、诗余。

从以上的内容设置上看，《吟窗杂录》主要可以分为三部分：一是诗格、诗评（卷一至卷十八）；二是《历代吟谱》（卷十九至卷三十四下）；三是句图（卷三十五至卷五十）。其中收录文献的时间从初唐一直延续到北宋后期。

《历代吟谱》原在《吟窗杂录》中，后来的单行本当是从《吟窗杂录》中辑出的，但辑录的卷数和作者与《吟窗杂录》所收的却有一些差异。《历代吟谱》的内容是从西汉至北宋初年的诗人姓氏与诗句。"从这类书的系列来看，《历代吟谱》是其中稍具系统的首作，对后来的著作具有示范意义。"①

"句图"也就是摘秀句。《吟窗杂录》中所收的秀句，据陈振孙《直斋书录解题》卷二十二的考证，当来自宋太宗《御选句图》、李洞《句图》、《林和靖摘句图》、黄鉴《杨氏笔苑句图》、《续句图》、《惠崇句图》、《孔中丞句图》、《杂句图》等书。

《吟窗杂录》的价值主要体现在三方面。一是此书保留了很多珍贵的唐五代的诗法文献，例如旧题魏文帝《诗格》、贾岛《二南密旨》、白居易《文苑诗格》、王昌龄《诗格》、王昌龄《诗中密旨》、李峤《评诗格》、僧皎然《诗议》、僧皎然《诗式》、李洪宣《缘情手鉴诗格》、齐己《风骚旨格》、虚中《流类手鉴》、王叡《炙毂子诗格》、白居易《金针诗格》等。五代现存的五种诗法著述徐夤《雅道机要》、徐衍《风骚要式》一卷、王玄《诗中旨格》一卷、王梦简《诗格要律》一卷、僧神彧《诗格》一卷都是由于被《吟窗杂录》收录，才得以保存下来。而且《吟窗杂录》成书于南宋中叶，所收诸书也由自古本。张伯伟认为："到了北宋后期，这类书中的不少种类已经亡佚。《吟窗杂录》中所辑录的这部分文献，有些是当时仍然流传于世的原本，有些则是编者摭拾他书而改头换面之作。……这一部分诗格类的书，尽管有不少是出于伪托，但由于各有其文献来源，并非完全凿空乱道，所以将其渊源梳理清晰之

---

① 张伯伟：《论〈吟窗杂录〉》，《中国文化》1995年第2期。

后，还是可以为人们善加利用的。"① 现在看来，《吟窗杂录》的最大贡献就是保存了许多南宋之前的诗法佚书，要想研究唐五代的诗法著述不可能绕过《吟窗杂录》。日僧空海的《文镜秘府论》虽然成书于中唐时期，却是将诸种诗法之书打散后重新编辑，而《吟窗杂录》却是尊重诸书的原貌将其依次汇编，所以其文献价值颇高。

二是《吟窗杂录》汇编历代诗法著述的写作体例为人们所重视。《吟窗杂录》是目前存世最早的汇编类诗法著述，其诗学地位很高。明清两代，人们非常热衷于汇编诗法之书，例如史潜校刊《新编名贤诗法》三卷乃是辑录元代名家诗法著述；怀悦刊《诗家一指》收录《诗家一指》《诗代》《品类之目》《当代名公雅论》《木天禁语》《严沧浪先生诗法》等诸诗法之书；杨成编《诗法》（又题《群公诗法》）五卷为宋元诗法著述的汇编；王用章编集《诗法源流》三卷录诗法五种；吴默编《翰林诗法》十卷中收录唐宋元三代的诗法之书；胡文焕编《诗法统宗》为历代诗格、诗法、诗评类著作汇编，所收著作凡四十五种。而宋代的《吟窗杂录》则是这些诗法汇编著作的源头。

三是《吟窗杂录》中采集了不少诗例，可以作为辑佚之资。"近年出版的《全唐诗补编》，其《续拾》部分遍采群书，其中仅据《吟窗杂录》一书便辑诗九首，残句八十二联。可见此书的辑佚价值。"②

但不可否认的是，《吟窗杂录》作为一本通俗的诗法普及类著作，其中也有不少谬误。《四库全书总目·吟窗杂录》直斥之为"伪书"：

> 旧本题状元陈应行编。前有绍兴五年重阳后一日浩然子序。序末有"嘉靖戊申孟夏崇文书堂家藏宋本刊"字，盖伪书也。前列诸家诗话，惟钟嵘《诗品》为有据，而删削失真。其余如李峤、王昌龄、皎然、贾岛、齐己、白居易、李商隐诸家之书，率出依托，鄙倍如出一手。而开卷魏文帝《诗格》一卷，乃盛论律诗，所引皆六朝以后之句，尤不足排斥，可谓心劳日拙者矣。③

---

① 张伯伟：《论〈吟窗杂录〉》，《中国文化》1995 年第 2 期。
② 张伯伟：《论〈吟窗杂录〉》，《中国文化》1995 年第 2 期。
③ 纪昀等：《钦定四库全书总目》，中华书局，1997，第 2765 页。

四库馆臣对诗法类著作一贯评价不高，对诗法汇编著作《吟窗杂录》的批评也是可以想见的。王士禛《渔洋诗话》卷下云："今世俗所传《吟窗杂录》最纰缪可笑。"① 瞿镛《铁琴铜剑楼藏书目录》卷二十四说它："乃宋末麻沙本窜易姓氏，重编卷第以眩人也。"② 傅增湘《藏园群书经眼录》卷十九谓此书乃"坊贾射利所为"③。张伯伟说："今本《吟窗杂录》，问题最多的也在于人名和诗题，往往有阙漏、误题或张冠李戴之处。"④ 内容错误的确是很多诗法著述中难以掩饰的缺陷，这和诗法著述的作者群体、写作目的、面向对象还有编撰与流传情况有关，所以，我们对待诗法著述需要具备"沙里淘金"的研究精神。

十三　孙奕《诗说》二卷

　　《诗说》二卷，南宋孙奕编著。此书并未单行，一直保存在孙奕《履斋示儿编》的卷九、卷十中。"诗说"乃卷九、卷十之名。

　　孙奕，字季昭，号履斋，吉州庐陵（今江西吉安）人。主要活动在南宋孝宗、光宗、宁宗三朝（1162～1225），与周必大、谢谔等有所交往。著有《九经直音》十五卷、《履斋示儿编》二十二卷、《决疑赋》二卷（已佚）、《孟子明解》十四卷（已佚）等。

　　《履斋示儿编》二十二卷是孙奕所撰的一部学术笔记。据作者自序，是书成于宋宁宗开禧元年（1205）。书中内容包括七部分：总说、经说、文说、诗说、正误、杂记、字说。其中辨经传之同异、核文辞之是非，奇闻奥旨，兼收并蓄。作者在《自序》中自谦道："大抵论焉而不尽，尽焉而不确，非敢以污当代英明之眼，姑以示之子孙耳，故名曰《示儿编》。"⑤ 则其写作目的是教授儿孙。现代学人认为"其于此书用心劬勤，时见功底，绝非一般蒙学读物可比"⑥。

　　《诗说》为该书的卷九、卷十，主要内容包括：假对、偏枯对、倒

---

① 王夫之等撰，丁福保辑《清诗话》，上海古籍出版社，1963，第213页。
② 瞿镛：《铁琴铜剑楼藏书目录》，光绪间常熟瞿氏家塾刻本。
③ 傅增湘：《藏园群书经眼录》，中华书局，1983，第1578页。
④ 张伯伟：《论〈吟窗杂录〉》，《中国文化》1995年第2期。
⑤ 孙奕：《履斋示儿编》，《丛书集成初编》本，商务印书馆，1935，第1页。
⑥ 侯体健：《〈履斋示儿编〉的学术得失与版本流传考略》，《图书馆杂志》2011年第8期。

用字、双字、递相祖述、用古今句法、类前人句、杜诗转字音、韩诗转字音、柳诗转字音、出奇、屡用字、练字、属对不拘、尔汝、安得、呜呼、知见、用方言、诗酒、花妥、寺残、锦宫城、落英、绿杨垂手、甜酒、禽水、溪声山色、鸭绿鹅黄、白雪黄云、四印、意相反、风雅不继、杀风景、向上人、花竹无香、老而诗工、周益公评诗、贺生日、省题诗更须留意、春猿秋鹤、韵书脱字、康节诗无施不可，共四十三条。

其中大部分为孙奕所独创，但也有来自他人诗话的总结，例如"落英"条自注"详见《西清诗话》"，"绿杨垂手"条引自《洪驹父诗话》，"甜酒"条出自《三山老人语录》，"禽水"条出自《苕溪渔隐丛话》。这四十三条大部分为诗法的总结，但也有诗话之体。例如"锦宫城"条并不是诗法的总结，而是考证杜甫《春夜喜雨》中到底是"锦官城"还是"锦宫城"。"周益公评诗"条则是绍熙年间作者在春华楼听闻周必大谈诗的记录。具体情况列表如下。

表1　《诗说》内容整理

条目	内涵	对应的诗法
假对	诗律有借对法	借对法
偏枯对	诗贵于的对而病于偏枯	偏枯对法
倒用字	诗中倒用字，独昌黎为多	颠倒用字法
双字	诗人下双字不一，然各有旨趣	叠字法
递相祖述	句法得自前人	模仿前人句法
用古今句法	模仿前人诗句	化用法
类前人句	模仿前人诗句	化用法
杜诗转字音	四声皆有可通押者	转音法
韩诗转字音	四声皆有可通押者	转音法
柳诗转字音	四声皆有可通押者	转音法
出奇	一字出奇、倒用一字	练字法、倒字法
屡用字	愈用而愈新之字	练字法
练字	诗人嘲弄万象，每句必须练字	练字法
属对不拘	偏对，非的对也	偏对法
尔汝	尔汝群物前此	用尔汝字法
安得	或有以安得二字结尾	用安得字法

续表

条目	内涵	对应的诗法
呜呼	以呜呼结其篇末	用呜呼字法
知见	以知见二字相配；随题著句，转移一字	练字法
用方言	方言里谚点化入诗	用方言法
诗酒	以诗酒相配	用字法
花妥	妥与堕同声，当作堕字，传写之误也	
寺残	皆是二字三字体也，亦有二字五字体（诗句的意义节奏不符合常见的诗歌韵律节奏）	折腰句法
锦宫城	杜甫《春夜喜雨》中当是"锦官城"而非"锦宫城"	
落英	秋英不比春花落	
绿杨垂手	评论"绿杨垂手舞"之句	
甜酒	唐人好甜酒	
禽水	一句内二字相叠	换字法
溪声山色	评"溪声便是广长舌"句	
鸭绿鹅黄	"鸭绿鹅黄"经两诗人道之	
白雪黄云	评"白雪黄云"之句	
四印	化用前人诗句	夺胎换骨法
意相反	意自相反	翻案法
风雅不继	化用前人诗句	化用法
杀风景	诗用奇语	用煞风景句
向上人	化用前人诗句	化用法
花竹无香	花竹无香而赋之	
老而诗工	论诗人老而诗后工	
周益公评诗	记周必大论诗之言	
贺生日	论生日诗	
省题诗更须留意	省题诗尤当用老杜句法	
春猿秋鹤	论"春猿秋鹤"之正误	
韵书脱字	论"韵书脱字"	
康节诗无施不可	论康节诗	

按上表，孙奕《诗说》中共总结了二十七种诗法。这些诗法多来自前人的诗法总结，但不少诗例都是孙奕自己读书所得。

孙奕在解释每种诗法时，一般用简短的句子解释其内涵，而重点放在列举诗例上面。例如：

用古今句法

杜诗"刈葵莫放手，放手莫伤根。（一作伤葵根）"，用古诗"采葵莫伤根，伤根葵不生"。《江边小阁》云："薄云岩际宿，孤月浪中翻"，用何逊《入西塞》云："薄云岩际出，初月波中上"。……此皆取古人之句也。至于《戏题画山水图》云："焉得并州快剪刀，剪取吴松半江水"，即白乐天《听曹纲琵琶示重莲》云："谁能截得曹纲手，插向重莲细袖中"。"眼前无俗物，多病也身轻"即乐天"眼前无俗物，身外即僧居"，……又同时人之句也。①

练字

诗人嘲弄万象，每句必须练字，子美工巧尤多。如《春日江村》诗云："过懒从衣结，频游任履穿"，又云"经心石镜月，到面雪山风"……皆练得句首字好也。《北风》云："爽携卑湿地，声拨洞庭湖"，《壮游》云："气劘屈贾垒，目短曹刘墙"……皆练得第二字好也。《复愁》云："野鹡翻窥草，村船逆上溪"，《移居东屯》云："子能渠细石，吾亦沼清泉"，《收稻》云："谁云滑易饱，老藉软俱匀"……皆练得句腰字好也。《写怀》云："无贵贱不悲，无富贫亦足"，《风疾舟中伏枕书怀》云："鸟几重重缚，鹑衣寸寸针"，《桥陵》诗云："王刘美竹润，裴李春兰馨"……皆练得句尾字好也。至于"绿垂风折笋，红绽雨肥梅""雪岭界天白，锦城曛日黄""破柑霜落爪，尝稻雪翻匙""雾交才洒地，风逆旋随云"……皆练得五言全句好也。"无边落木萧萧下，不尽长江滚滚来"（《登高》）"旁见北斗向江底，仰看明星当空大""返照入江翻石壁，归云拥树失山村"……皆练得七言全句好也。②

---

① 孙奕：《履斋示儿编》，《丛书集成初编》本，商务印书馆，1935，第83～84页。
② 孙奕：《履斋示儿编》，《丛书集成初编》本，商务印书馆，1935，第90～91页。

安得

或有以"安得"二字结尾,盖杜公窃有望于当时天下后世者不浅也。故《喜雨》诗云:"安得鞭雷公,滂沱洗吴越",《遣兴》云:"安得廉耻将,三军同晏眠",《雪》诗云:"愁边有江水,焉得北之朝",……《茅屋为秋风所破歌》云:"安得广厦千万间,大庇天下寒士俱欢颜",《洗兵马》云:"安得壮士挽天河,净洗甲兵长不用"……凡此皆含不尽之意。①

呜呼

欧阳公伤五季之离乱,故作《五代史》也。《序论》则尽以"呜呼"冠其篇首。杜公伤唐末之离乱,故作诗史也,于歌行间以"呜呼"结其篇末。《折槛行》云:"呜呼!房魏不复见,秦王学士时难羡",《白马》诗云:"丧乱死多门,呜呼涕如霰"……《茅屋为秋风所破歌》云:"呜呼!何时眼前突兀见此屋,吾庐独破受冻死亦足"……今古诗翁以"呜呼"二字寓于诗歌者稀,公独有伤今思古之意。②

由此可见,孙奕特别喜欢杜甫的诗歌,大部分诗法都是从老杜那里总结来的,所选择的诗例也以老杜的居多。有学人指出:"特别是卷九'假对''用古今句法',卷十'出奇'、'屡用字'、'知见'等条,独具慧眼,切中肯綮,将潜藏在杜诗中的各种艺术蕴奥总结发掘出来,对研究杜诗具有启发意义。"③很多诗法著述都是陈陈相因,相互转抄,而孙奕《诗说》却能够以独创为主,显示了作者多读多思的治学特点,所以《诗说》在历代诗法著述中算是较有特色的一种。

《诗说》的版本传承比较复杂,大略可分为元刘氏学礼堂刻本系统、明潘膺祉如韦馆刻本系统和四库全书抄本系统三种。④《诗说》常见版本

---

① 孙奕:《履斋示儿编》,《丛书集成初编》本,商务印书馆,1935,第92~93页。
② 孙奕:《履斋示儿编》,《丛书集成初编》本,商务印书馆,1935,第93页。
③ 侯体健:《〈履斋示儿编〉的学术得失与版本流传考略》,《图书馆杂志》2011年第8期。
④ 详细论述可参见侯体健《〈履斋示儿编〉的学术得失与版本流传考略》,《图书馆杂志》2011年第8期。

为中华书局2014年出版的侯体健、况正兵校点本《履斋示儿编》，该书以元刘氏学礼堂刻本为底本，校以鲍廷博知不足斋丛书本、文渊阁《四库全书》本、明潘膺祉刻本。此外还有知不足斋丛书第二十五集《履斋示儿编》（中华书局1999年版）、《履斋示儿编》（商务印书馆1935年版）等。

十四　魏庆之《诗人玉屑》二十一卷

《诗人玉屑》二十一卷，南宋魏庆之编著。

魏庆之，字醇甫，号菊庄，建安（今属福建）人，约活动在宋理宗时期（1224～1264）。他一生无意仕途，又种菊千丛，常与诗人逸士在菊园中吟诵。著有《诗人玉屑》二十一卷。

该书卷首有《原序》，署名为："淳祐甲辰长至日，玉林黄升叔旸序。"①从"淳祐甲辰"可知，《玉屑》成书当在南宋理宗淳祐四年（1244）左右。王国维曾以日本宽永本校宋本，并有跋文云："宋本于宋讳惟贞字皆缺末笔，余如曙、桓、构、眘、惇等均未尝避。然如十九卷第五页姬作姖，乃避度宗嫌名，则欹厥当在咸淳德祐间，或竟在宋亡以后。于故主之外，但避贞字，仁宗德泽入人之深如此。"②在这里，王国维据对避讳字的考察，认为此书刊刻当在咸淳、德祐间，甚至在宋亡之后。

该书卷首有黄升《原序》云：

> 诗之有评，犹医之有方也。评不精，何益于诗；方不灵，何益于医！然惟善医者能审其方之灵，善诗者能识其评之精，夫岂易言也哉！诗话之编多矣，《总龟》最为疏驳，其可取者惟《苕溪丛话》；然贪多务得，不泛则冗，求其有益于诗者，如披砂简金，闷闷而后得之，故观者或不能终卷。友人魏菊庄，诗家之良医师也，乃出新意，别为是编。自有诗话以来，至于近世之评论，博观约取，科别其条；凡升高自下之方，繇粗入精之要，靡不登载。其格律之明，可准而式；其鉴裁之公，可研而核；其斧藻之有味，可咀而食

---

① 魏庆之著，王仲闻点校《诗人玉屑》，中华书局，2007，第2页。
② 魏庆之著，王仲闻点校《诗人玉屑》，中华书局，2007，第701页。

第四章 宋代诗法著述二十一种

也。既又取三百篇、骚、选而下,及宋朝诸公之诗,名胜之所品题,有补于诗道者,尽择其精而录之。盖始焉束以法度之严,所以正其趋向;终焉极夫古今之变,所以富其见闻。是犹仓公、华佗,按病处方,虽庸医得之,犹可藉以已疾,而况医之善者哉!方今海内诗人林立,是书既行,皆得灵方,取宝囊玉屑之饭,瀹之以冰瓯雪盌,荐之以菊英兰露,吾知其换骨而仙也必矣。姜白石云:不知诗病,何由能诗;不观诗法,何由知病?人非李杜,安能径诣圣处!吾党盍相与懋之!……淳祐甲辰长至日,玉林黄升叔旸序。①

从序言中可见,有感于《诗话总龟》《苕溪渔隐丛话》的驳杂泛冗,魏庆之"博观约取,科别其条"而"别为此编"。他博采诸家论诗之说,将其中"有补于诗道者",根据他自己对诗歌理论的见解,进行分类排比以成卷。

《诗人玉屑》在宋代诗学史上的地位甚高,但对于这本书的误解也有很多。在结构体例上,有学人认为"《玉屑》博观约取,去芜存菁,重视诗学原理,不废诗作品藻,偶涉诗歌本事,都是时代(按:指宋代)使之然"②,实际上《诗人玉屑》既谈诗学原理,又谈诗歌品藻,不是宋代的独创,而是继承了唐代的诗法著述。在材料汇集上,《诗人玉屑》和《诗话总龟》《苕溪渔隐丛话》被认为是宋代诗话史上先后出现的三大诗话汇编,③又有文章认为《苕溪渔隐丛话》编录北宋诸家的诗话较多,《诗人玉屑》则注重于编录南宋诸家的诗话,将两书互相参证,约可见宋代诗话的全貌。④ 但事实上,《诗人玉屑》从唐五代北宋诗法著述中辑录的内容甚多,也继承了诗法著述的体例,它和《苕溪渔隐丛话》等诗话类编之书有明显不同。之所以会出现对《诗人玉屑》的种种误解,皆是因为读者没有看出这部书与历代诗法著述紧密的联系。笔者试分析之。

---

① 魏庆之著,王仲闻点校《诗人玉屑》,中华书局,2007,第1~2页。
② 叶当前、曹旭:《论宋代诗话汇编的三种编排体例》,《江淮论坛》2009年第5期。
③ 参见叶当前、曹旭《论宋代诗话汇编的三种编排体例》,《江淮论坛》2009年第5期。
④ 参见中华书局编辑部《〈诗人玉屑〉出版说明》,载《诗人玉屑》,中华书局,2007,第1页。

其一，《诗人玉屑》全书整体结构远绍中唐皎然的诗法著述《诗式》。

《诗人玉屑》可分为前后两部分，前十一卷是诗法统编，第十二卷到第二十一卷是诗人与诗歌品评。前十一卷具体分条目为：诗辨、诗法、诗评、诗体、句法、唐人句法、宋朝警句、风骚句法、口诀、初学蹊径、命意、造语、下字、用事、压（押）韵、属对、锻炼、沿袭、夺胎换骨、点化、托物、讽兴、规诫、白战、含蓄、诗趣、诗思、体用、风调、平淡、闲适、自得、变态、圆熟、词胜、绮丽、富贵、寒乞、知音、品藻、诗病、碍理。第十二卷之后的内容则包括：品藻古今人物、古诗、律诗、三百篇、楚词、两汉、建安、六代、靖节、谪仙、李杜、草堂、王维、韦苏州、孟浩然、韩文公、柳仪曹、孟东野贾浪仙、玉川子、李长吉、刘宾客、常建、白香山、玉溪生、王建、杜牧之、杜荀鹤、韩致元、晚唐、西昆体、六一居士、苏子美、梅都官、石曼卿、西湖处士、邵康节、半山老人、雪堂、涪翁、陈履常、秦太虚、张耒、张文潜、韩子苍、王逢原、蔡天启、俞秀老清老、袁世弼、郭功甫、贺方回、张子野、谢无逸、邢敦夫、潘邠老、胡少汲、徐仲车、杨公济、唐芸叟、唐子西、王仲至、中兴诸贤、禅林、方外、闺秀、灵异、诗余、中兴词话。前引南宋黄升序言中可见，黄升深刻了解魏庆之的编纂方法，明确此书开始是讲"格律""法度"的，之后是讲诸家的品题。但这种结构并不是魏庆之所独创，早在中唐时期，诗僧皎然的诗法著述《诗式》就是这样编排的。

《诗式·序》云："洎西汉以来，文体四变，将恐风雅浸泯，辄欲商较以正其源。今从两汉已降，至于我唐，名篇丽句，凡若干人，命曰《诗式》。"[①] 学界一般以"中序"为界，将《诗式》分为两大部分：卷一"中序"以前的内容为"诗之作法"，"中序"以后部分加上卷二、卷三、卷四、卷五则是对重要诗人诗作或诗歌问题发表评论，主要内容是"评诗"。[②] 如此看来，《诗人玉屑》前半部分论作诗之法、后半部分品评诗人与诗句的结构安排，和皎然《诗式》的结构大致相仿。

唐五代的诗格、诗式等诗法著述多有散佚，而皎然的《诗式》在历

---

① 张伯伟：《全唐五代诗格汇考》，江苏古籍出版社，2002，第222页。
② 参见许连军《皎然〈诗式〉研究》，上海师范大学博士学位论文，2004，第33页。

代书目中皆有著录，从未佚失。魏庆之编写《诗人玉屑》时杂取百家论诗之书，其卷五"四不"下注云："下八条并释皎然述。"① 即其下八条正是来自皎然的《诗式》。所以《诗人玉屑》的体系设置，很有可能是受《诗式》的启发。如此一来，《诗人玉屑》的结构既不是魏庆之的独创，也不是宋代文化氛围的使然。②

其二，《诗人玉屑》近承宋代诗法著述《诗苑类格》《瑶溪集》。

《诗人玉屑》在宋代诗学著作中享有盛名，除了由于自身的优秀，还有一个重要原因是它的同类著作都佚失了。

宋元之际的学者方回就注意到了《诗人玉屑》与其他著作之间的某些相似性，他在《诗人玉屑考》中直言道："其诗体、句法之类，与李淑、郭思无异。"③ 李淑指李淑的佚书《诗苑类格》三卷，郭思指郭思的佚书《瑶溪集》（又名《瑶池集》）十卷。实际上，《诗人玉屑》不仅在诗体和句法上和《诗苑类格》《瑶溪集》相同，在整体结构安排上，和这两本书也很相似。

《诗苑类格》已佚，但从其佚文与书目著录看来，这部书是汇纂唐五代诗格的诗法著述。④ 它成书于宋仁宗宝元二年、三年间（1039～1040），原书三卷，上卷是宋真宗诗选与古人的诗论，中卷是诗体三十门，下卷是诗格六十七门。它是一部摘录秀句，汇总诗评与诗论、各种诗体、诸家诗格的综合性诗法汇编著作。这就和《诗人玉屑》的内容很相似，只不过《诗苑类格》将诗论的内容放在前半部分，将诗法的内容放在后半部分，而《诗人玉屑》与之正相反。

《瑶溪集》十卷，约成于北宋神宗之季，元代以后亡佚。据方回《〈瑶池集〉考》所言，全书分为十五卷，卷一至卷五为诗法的内容，卷六至卷十五为诗评的内容。其中诗体一卷和李淑的《诗苑类格》很相似，一共分为八十一体。诗式一卷，一共分为二十九式。方回是亲眼见过《诗人玉屑》《诗苑类格》《瑶溪集》三本书的人，从方回对这两部佚

---

① 魏庆之著，王仲闻点校《诗人玉屑》，中华书局，2007，第148页。
② "《玉屑》博观约取，去芜存菁，重视诗学原理，不废诗作品藻，偶涉诗歌本事，都是时代（按：指宋代）使之然。"叶当前、曹旭：《论宋代诗话汇编的三种编排体例》，《江淮论坛》2009年第5期。）
③ 方回：《桐江集》，《宛委别藏》本，江苏古籍出版社，1988年影印版，第439页。
④ 具体分析可见本书第四章第一节"李淑《诗苑类格》三卷"部分。

书的描述中，我们可以得知，这三本书在结构上也是相类的，都是一半内容为辑录格法，另一半内容为论诗评诗。

《诗人玉屑》卷五"三偷"条有注："李淑《诗苑类格》。"① 卷七"六对"条下注："《诗苑类格》。"② 那么，成书于南宋时的《诗人玉屑》在编纂时，肯定是参考了北宋时期的《诗苑类格》。而无论魏庆之是否参考了《瑶溪集》，将诗评与诗法结合在一书之中，都不是《诗人玉屑》在宋代的独创。从整个诗学发展史来考察，《诗人玉屑》的结构安排其实是在吸取诸多前人经验的基础之上形成的。

其三，《诗人玉屑》收录的部分内容与设置标题的方法直接来自前代诗法著述。

《诗人玉屑》中注明采录的诗法之书有题名白居易的《金针诗格》、北宋惠洪的《天厨禁脔》、北宋李淑的《诗苑类格》、南宋陈永康的《吟窗杂录》等。值得注意的是《吟窗杂录》是一部诗法汇编总集，其卷一至卷十八共收录诗法著述二十六部，③ 基本上囊括了现存唐五代北宋的绝大部分诗法著述。

例如《诗人玉屑》卷五的"口诀"下面有"三不可""八句法""四不""四深""二要""二废""四离""六至""七德"等，共十七条。其"四不"下注云："下八条并释皎然述。"④ "十难"下注："下四条并陈永康《吟窗杂录序》。"⑤ 而且，这种数词加名词的小标题设置方式正是初唐以来诗法著述最初的编辑方法。例如初唐上官仪《笔札华梁》中有"八阶""六志""属对""七种言句例""文病""笔四病"等。王昌龄《诗格》卷上为：调声、十七势、六义、论文意；卷下为：诗有三境、诗有三思、诗有三不、起首入兴体十四、常用体十四、落句体七、诗有三宗旨、诗有五趣向、诗有语势三、势对例五、诗有六式、诗有六贵例、诗有五用例。所以张伯伟在《诗格论》中总结说："诗格在形式上经常是由若干个小标题构成，这些小标题往往是以一个数词加上一个

---

① 魏庆之著，王仲闻点校《诗人玉屑》，中华书局，2007，第150页。
② 魏庆之著，王仲闻点校《诗人玉屑》，中华书局，2007，第229页。
③ 详细内容可见本节"陈应行《吟窗杂录》五十卷"部分。
④ 魏庆之著，王仲闻点校《诗人玉屑》，中华书局，2007，第148页。
⑤ 魏庆之著，王仲闻点校《诗人玉屑》，中华书局，2007，第150页。

名词或动词而构成的片语，如'十七势'、'十四例'、'四得'、'五忌'之类。"① 这种由以数词和名词构成的若干条目罗列成书的撰写形式，深刻影响了以后的部分诗法著述。例如中唐皎然《诗式》中设置有"诗有四不""诗有四深""诗有二要""诗有二废""诗有四离""诗有六迷""诗有七至""诗有七德""诗有五格"等条目，晚唐齐己的《风骚旨格》中有"诗有六义""诗有十体""诗有十势""诗有二十式""诗有四十门"等条目，宋代梅尧臣《续金针诗格》一卷也是由"诗有三本""诗有四得""诗有五忌"等小标题排列成书。《诗人玉屑》中的这种标题正是诗法著述特有的标志之一。直到元代陈绎曾、石柏的《诗谱》，全书依然采用这种标题方式，其中包括"一本""二式""三制""四情""五景""六事""七意""八音""九律""十病"等。明清两代依然有不乏相类者。

再例如《诗人玉屑》卷二的"诗体下"，收录有江左体、蜂腰体、隔句体、偷春体、折腰体、绝弦体、五仄体、回文体、五句法、六句法、促句法、平头换韵法、促句换韵法、拗句、七言变体、绝句变体、第三句失粘、八句仄入格、进退格、平侧各押韵、双声叠韵、扇对法、蹉对法、离合体、人名、药名共二十六种诗法名目，其中大部分内容均来自北宋惠洪的诗法著述《天厨禁脔》。而且每种诗法名目的著录体例都是相同的，例如：

江左体
引韵便失粘，既失粘，则若不拘声律；然其对偶特精，则谓之骨含苏李体。"浣花流水水西头，主人为卜林塘幽。已知出郭少尘事，更有澄江销客愁。无数蜻蜓齐上下，一双鸂鶒对沉浮。东行万里堪乘兴，须向山阴上小舟。"杜子美卜居

蜂腰体
颔联亦无对偶，然是十字叙一事，而意贯上二句，及颈联，方对偶分明。谓之蜂腰格，言若已断而复续也。"下第唯空囊，如何住

---

① 张伯伟：《全唐五代诗格汇考》，江苏古籍出版社，2002，第7页。

帝乡？杏园啼百舌，谁醉在花傍？泪落故山远，病来春草长。知音逢岂易，孤棹负三湘。"贾岛下第诗①

这种先标示诗法名目，再予以具体解释，最后附上相关诗例的写作形式，恰恰是中唐以来各种诗格、诗法著述的标准体例。题名白居易的《文苑诗格》便以各种诗法名称作为构书条目，例如"创结束""依带境""菁华章""宣畅骚雅""影带宗旨""雕藻文字""联环文藻"等。晚唐以后的诗法著述一般都是这种以诗法名称作为小标题来罗列成书的，例如王叡《炙毂子诗格》中有"三韵体""连珠体""侧声体""六言体""三五七言体""一篇血脉条贯体""互律体"等。《诗人玉屑》"诗体下"的构书体例也是一脉相承的。

其四，《诗人玉屑》的采录方式体现出魏庆之对诗话作品的诗法改造。

不可否认，《诗人玉屑》中的大部分材料来自宋代诗话著作。但值得注意的是，魏庆之会对诗话材料进行编辑加工，使之成为诗法著述的话语形式。所以《诗人玉屑》中"以格法分类"②的特征历来引人注目。

即便是在直录诗话文字时，魏庆之也会给每段文字加上一个提示诗法性质的小标题，来指示诗歌的具体写作方法。例如："诗下双字极难。须使七言、五言之间，除去五字、三字外，精神兴致全见于两言，方为工妙。唐人记'水田飞白鹭，夏木啭黄鹂'，为李嘉祐诗，摩诘窃取之，非也。此两句好处，正在添'漠漠'、'阴阴'四字。此乃摩诘为嘉祐点化，以自见其妙。如李光弼将郭子仪军，一号令之，精彩数倍。不然，嘉祐本句，但是咏景耳，人皆可到。要之，当令如老杜'无边落木萧萧下，不尽长江衮衮来'，与'江天漠漠鸟双去，风雨时时龙一吟'等，乃为超绝。"③ 这段话选自叶梦得《石林诗话》，原并没有标题，只是一条随笔。但魏庆之却将之放在"下字"一节，并为此条概括了一个小标题"下双字极难"，目的是提示诗歌创作中叠字的运用方法。再有卷一的"诚斋翻案法"云：

---

① 魏庆之著，王仲闻点校《诗人玉屑》，中华书局，2007，第 42 页。
② 《四库全书总目·诗人玉屑》："庆之书以格法分类，与仔书体例稍殊。"（纪昀等：《钦定四库全书总目》，中华书局，1997，第 2750 页。）
③ 魏庆之著，王仲闻点校《诗人玉屑》，中华书局，2007，第 197~198 页。

孔子老子相见倾盖，邹阳云：倾盖如故。孙侔与东坡不相识，以诗寄，东坡和云："与君盖亦不须倾。"刘宽为吏，以蒲为鞭，宽厚至矣，东坡云："有鞭不使安用蒲。"杜诗云："忽忆往时秋井塌，古人白骨生苍苔，如何不饮令心哀！"东坡云："何须更待秋井塌，见人白骨方衔杯！"此皆翻案法也。余友人安福刘浚，字景明，重阳诗云："不用茱萸子细看，管取明年各强健。"得此法矣。①

"翻案法"这则材料直录于杨万里的《诚斋诗话》，但在原来诗话中并没有题目，而魏庆之直录时将之命名为"诚斋翻案法"，可谓指示诗法，一目了然。

除了直录前人文字，魏庆之更多的是节录其他诗话中的内容，从他的节录中，我们也可以看出他鲜明的诗法意识。对此，有学人论道："《诗人玉屑》的节录有几种情况，第一，省去多余之语，突出主题（略）；第二，直取原材料中的某些内容，其他不相关的言论省去，这种处理后的结果可能和原诗话论述的重点、主题有所不同（略）。由此我们可以发现，魏庆之重视的是诗歌的创作方法、原则和艺术效果，突出的是诗话的诗法理论意义。"② 魏庆之将各色诗话中关于诗法的论述摘抄出来，给予提示诗法意义的小标题，又放在他苦心经营安排的诗法体系中。这正体现了他对诗法名目的重视与归纳。

魏庆之认为《苕溪渔隐丛话》"贪多务得，不泛则冗，求其有益于诗者，如披砂简金，闷闷而后得之，故观者或不能终卷"，所以他"乃出新意，别为是编"。③ 这个"新意"就是对诗话作品进行诗法改造，为的是帮助读者"披砂简金"。《诗人玉屑》前十一卷的结构和小标题正是诗法著述的结构特色，只不过其中的内容来源于各种各样的诗话著作。所以元人方回在《诗人玉屑考》中才会说："《渔隐》编次有法，先书前贤诗话、文集，然后间书己见，此为得体。他人与《玉屑》，往往刊去前贤标题，若己所言者，下乃细注出处，使人读之如无

---

① 魏庆之著，王仲闻点校《诗人玉屑》，中华书局，2007，第7页。
② 管雯：《论〈诗人玉屑〉的汇编方法》，《九江学院学报》2009年第4期。
③ 参见魏庆之著，王仲闻点校《诗人玉屑》，中华书局，2007，第1页。

首然。又或每段立为品目，殊可憎厌。"① 所谓的 "刊去前贤标题" 改为自己的话，或者 "每段立为品目"，正是魏庆之将诗话中的材料改造为指示诗法的具体名目之努力。如果注意到魏庆之想做一位 "诗家之良医师"② 的明确意识、《诗人玉屑》与历代诗法著述的紧密联系，方回所谓的 "殊可憎厌"，其实应该是 "殊可赞赏"。

其五，《诗人玉屑》前十一卷的体系安排启发了《冰川诗式》等诗法著述。

《诗人玉屑》前十一卷具体的分类方法在诗学史上也有重要贡献：魏庆之抛弃了之前唐五代诗法之书简单罗列诗法名目的成书方法，而是架构起了一个较为系统的诗法框架③，然后再用历代诗法著述中的条目，还有宋代诗话中的一些论及诗法的材料予以填充。

将前十一卷梳理之后可见，《诗人玉屑》卷一和卷二上半部分主要在谈诗法的规律层面（形而上），如诗辨、诗法、诗评。接下来便是诗

---

① 方回：《桐江集》，《宛委别藏》本，江苏古籍出版社，1988 年影印版，第 438~439 页。
② 魏庆之著，王仲闻点校《诗人玉屑》，中华书局，2007，第 1 页。
③ 关于魏庆之前十一卷的体系设置，学界有不同的解说，但都阐明了其有意识地建构诗法体系的重要特征。例如，"这个体系又可归纳为七大部分。第一部分，诗学本体论，包括诗辨、诗法、诗评、诗体四个大类；第二部分，诗歌句法论，包括句法、唐人句法、宋朝警句、风骚句法四个大类，第三部分，诗歌初学途径论，有口诀、初学蹊径两个大类，第四部分，诗歌技法论，有命意、造语、下字、用韵、属对、锻炼、沿袭、夺胎换骨、点化十个大类，第五部分，诗歌题材论，有托物、讽兴、规诫、白战四个大类，第六部分诗歌风格论，有含蓄、诗趣、诗思、体用、风调、平淡、闲适、自得、变态、圆熟、词胜、绮丽、富贵、寒乞十四个大类；最后，诗歌批评与鉴赏论，有知音、品藻、诗病、碍理、考证五个大类。一共四十三个大类，每个大类下又分细目，如 "命意" 门下就有总说、以意为主等二十五个小目。每一小目或收一条，或收数条诗评，或在标目上点明出处，或在引文末尾注明出处。整个理论部分犹如一部诗学原理概论，面面俱到，于时人于后人都有较高的指导价值。"（叶当前、曹旭：《论宋代诗话汇编的三种编排体例》，《江淮论坛》2009 年第 5 期。）"卷一到卷四论证宏观上的诗学理论。开篇《诗法》总论诗歌创作 "以古为范，以创新为贵，以含蓄为美" 的基本原则。然后在《诗评》部分选择了同时代（南宋）著名诗论家对具体诗作、诗人的评价作为论据来阐明自己的诗学主张。最后，对律诗的各种诗体、诗格、句法这些规则进行梳理。卷五到卷十一讲解微观上的创作方法。其创作方法的编排上则是按照诗歌创作的客观规律依次分为创作前、创作中和创作后三个阶段。首先，创作前先熟悉基本口诀和初学方法。然后，创作中先命意后造语，接着运用 "用事"、"押韵"、"属对" 这些古典诗歌的基本技巧，创作完成后对写成的作品进行反复的修改、锤炼，使得作品要有所寄托、有所讽喻，以符合儒家诗教的正统要求。最后，通过长期的训练以形成属于自己的文学风格。"（李悦：《〈诗人玉屑〉之诗法考论》，华中师范大学硕士学位论文，2009。）

法的具体技巧层面（形而下），如诗体上、诗体下、句法、命意、造语、下字、用事、压（押）韵、属对、锻炼、沿袭、夺胎换骨、点化、托物、讽兴、规诫等。虽然卷五的"初学蹊径"也当属于诗法的形而上层面，虽然诗法的形而下层面略显凌乱，分类又过细，但魏庆之前十一卷的这种结构安排，算得上是对古典诗法体系设置的一次早期尝试。因为在此之前，唐五代诗格尚未重视诗法体系的建构，只是诗法名目的简单罗列而已。

《诗人玉屑》这种诗法体系的设置方法，被后来的系统性诗法著述所继承。例如明代诗法专著中最引人瞩目的是梁桥《冰川诗式》十卷，虽然它的内容也是援引各种宋元诗法类著作，但作者着意重新编排引申。作者的主要分类方式便是继承自《诗人玉屑》的前十一卷：先讨论诗歌的形而上规律问题，接下来讨论诗歌形而下的操作问题：诗体、字法、韵法、平仄法、句法、篇法等。正如朱观炽《重刻冰川诗式后序》中所言："自钟参军《诗品》之后，诗法、诗格、诗谈诸书各树门户，而《玉屑》稍备，亦漫无统纪。冰川梁公乃独合千余年诸家之体裁，而针砭之；采千百家议论之得失，而折中之；集章法、句法、字法，而类分之；指入门入室之肯綮，而明示之。"[①] 序言中点出"《玉屑》稍备"，就是看到了《诗人玉屑》的诗法设置体系的特征，也说明了《冰川诗式》章节分明、逻辑明晰的篇章安排一定程度上继承了魏庆之的《诗人玉屑》。

而后，在清代乃至近代的诗法著述中，《诗人玉屑》的体例设置不断被继承模仿。例如清代张潜的《诗法醒言》十卷，卷一为本源、支派、统论，为全书总纲。卷二分说各体，附有炼字、炼句、命意、用事几门。卷三为平仄之法、句法与对仗法。卷四为各体的起、对、结法。诸种诗法皆附诗例以为证，并加按语给予指示。卷五至卷七为诗品。卷八为各杂体诗。卷九辑古今诗话。卷十收诗体、诗题之名目。可见此书的结构与《诗人玉屑》、《冰川诗式》一脉相承，所以蒋寅指出："此书采辑前人之说甚富，编次亦颇严谨，各注名氏，后以己意平章之，体例

---

① 周维德集校《全明诗话》，齐鲁书社，2005，第1763页。

于清人同类书中为善。"① 近现代以来，许多诗法著述依然选择了《诗人玉屑》这种先统后分的结构设置方法，例如上海中华书局民国 7 年（1918）印行的谢无量《诗学指南》等。

统看历代的诗法著述，唐五代诗格尚未重视诗法体系的建构，宋元时期诗法著述开始尝试体系建设，明代诗法著述的体系设置加强，清代以来诗法体系设置出现多样化的面貌。② 而《诗人玉屑》前十一卷的诗法体系设置，在其中具有承上启下的重要地位。

综上，不可否认魏庆之是在充分研读历代诗法著述的基础上撰写此书的，在写作过程中，他一直怀着明确的"度人金针"的诗法意识。梳理《诗人玉屑》和历代诗法著述的紧密关系，有助于我们重新认识《诗人玉屑》这部诗学著作的性质与地位。

《诗人玉屑》作为"诗学指南"在域外获得了很高评价。对此，卞东波论述道："《玉屑》不但建构了魏氏的诗学体系，而且提供了一套具体可行的诗歌创作指南，故其出版后，受到中国士子的欢迎，并很快就东传到日本，对日本汉诗学也产生了一定的影响，同时在日本被多次翻刻。"③ 在日本，《诗人玉屑》被认为是和日僧空海（弘法大师）的《文笔眼心》同一类型的诗法著述。例如日本花园天皇日记《花园天皇宸记》中元弘二年（1332）三月二十四日条，花园天皇与藤原为基的谈话中提到了《诗人玉屑》："弘法大师《文笔眼心》并《玉屑》，能述奥义，又俊成卿所抄古来风体，尤得和哥（歌）之意。见彼等书，自可察也。"④ 再有，《花园天皇宸记》卷三《史料纂集》"古记录编"中还有这样的记载："弘法大师《文笔眼心》，专为兼之哥（个）义，所依凭也。近代有新渡书，号《诗人玉屑》，诗之髓脑也，与和哥（歌）义全不异，见此等之书，哥（歌）义自可披蒙。"⑤ 花园天皇将《诗人玉屑》比作"诗之髓脑"是值得注意的。唐代元兢有诗法著述《诗髓脑》，是书于中国历代书目未有著录，但幸在中唐时由日僧空海携归日

---

① 蒋寅:《清诗话考》，中华书局，2005，第 323 页。
② 具体论述可参见张静《论历代诗法著作中的体系建构》，《天中学刊》2017 年第 2 期。
③ 卞东波:《京都大学附属图书馆藏正中元年（1324）跋刊本〈诗人玉屑〉考论——兼论〈诗人玉屑〉在日本的流传》，《中山大学学报》2016 年第 4 期。
④ 〔日〕村田正志校订《花园天皇宸记》，东京续群书类从完成会，1986，第 165～166 页。
⑤ 〔日〕村田正志校订《花园天皇宸记》，东京续群书类从完成会，1986，第 165～166 页。

本，所以日本学者藤原佐世于宽平年间（889～897）编纂的《日本国见在书目录》"小学家"类著录有："《诗髓脑》一卷。""《注诗髓脑》一卷。"① 但原书在日本今亦不存，今其佚文散见于空海的《文镜秘府论》一书中。"髓脑"一词，乃是佛典用语，如《大方等大集经》卷二十三："观于内身，皮肤、肌肉、筋骨、髓脑，如空中云。"② 可见"髓脑"为人体最为重要之部分，可引申为关键、要旨等义。"诗髓脑"指其中论述的是作诗之关键与要旨。花园天皇在此指出《诗人玉屑》也是和元兢《诗髓脑》一样，指示的是作诗的方法。这都是说明了《诗人玉屑》作为诗法著述的特点所在。除了天皇的日记，日本其他文人日记、文集、诗话中对《诗人玉屑》的引用甚多，③ 日本诗话有所谓"诗格化"的特色，即日本诗话以指导写作汉诗为主，所言多为诗歌创作技巧，④"而《玉屑》'格律之明，可准而式'（黄升《诗人玉屑序》）的特色比较符合日本诗话便于初学的要求，其被多次引用，也在常理之中"⑤。

此外，日本宽永本《诗人玉屑》卷后保存了朝鲜本卷末朝鲜人尹炯的题识云："古之论诗者多矣，精炼无如此编，是知一字一句皆发自锦心，散如玉屑，真学诗者之指南也。"⑥ 由此可见，《诗人玉屑》无论在朝鲜人还是日本人心目中，都是一本具有写诗指南性质的书。卞东波曾从几个方面考察了《诗人玉屑》在日本从镰仓时代一直到明治时代的流传，最后指出："可见《玉屑》在日本流传之广，这与《玉屑》具有诗学教科书的性质息息相关。"⑦

---

① 〔日〕藤原佐世：《日本国见在书目录》，日本内阁文库藏写本。
② 释智𫖮：《四教义》，明崇祯六年（1633）刻本。
③ 具体论述可参见卞东波《京都大学附属图书馆藏正中元年（1324）跋刊本〈诗人玉屑〉考论——兼论〈诗人玉屑〉在日本的流传》，《中山大学学报》2016年第4期。
④ 参见张伯伟《论日本诗话的特色——兼谈中日韩诗话的关系》，《外国文学评论》2002年第1期。
⑤ 卞东波：《京都大学附属图书馆藏正中元年（1324）跋刊本〈诗人玉屑〉考论——兼论〈诗人玉屑〉在日本的流传》，《中山大学学报》2016年第4期。
⑥ 转引自卞东波《京都大学附属图书馆藏正中元年（1324）跋刊本〈诗人玉屑〉考论——兼论〈诗人玉屑〉在日本的流传》，《中山大学学报》2016年第4期。
⑦ 卞东波：《京都大学附属图书馆藏正中元年（1324）跋刊本〈诗人玉屑〉考论——兼论〈诗人玉屑〉在日本的流传》，《中山大学学报》2016年第4期。

《诗人玉屑》的主要版本有国内二十卷本与日韩二十一卷本的区别。二十卷本有钱塘丁氏善本书室藏书志著录之明武林谢氏刻本，铁琴铜剑楼藏书目、皕宋楼藏书志著录之明刻本，北京图书馆之明嘉靖六年刻本，清四库全书本及道光古松堂重刻宋本；二十一卷本有国家图书馆藏日本宽永十六年刻本，京都大学附属图书馆藏正中元年（1324）跋刊本，还有闻傅增湘氏曾藏有高丽刊本等。关于《诗人玉屑》详细的版本考证，可参唐玲《〈诗人玉屑〉版本考》①及日本学者住吉朋彦《〈诗人玉屑〉版本考》②。

　　目前《诗人玉屑》通行本为王仲闻校点本，它以古松堂本为底本，校以日本宽永十六年刻本，参酌明嘉靖本，并全部移录王国维据宋本校宽永本的校语，使读者既可窥见宋本之面目，又可获见王国维在校勘上的成就。该本于1958年由古典文学出版社出版，之后分别由中华书局上海编辑所1961年重版、上海古籍出版社1982年重印，2007年又经中华书局订正讹误、调整体例后再版，是目前较全较精的本子。

十五　严羽《沧浪诗话》五卷

　　《沧浪诗话》五卷，南宋严羽著。

　　严羽（1191？~1245？），字丹丘，一字仪卿，自号沧浪逋客，世称严沧浪。邵武莒溪（今属福建）人。约生活于理宗在位期间，一说至度宗即位时仍在世。一生未曾出仕，大半隐居在家乡，所著《沧浪诗话》对后世有很大的影响。长期以来，《沧浪诗话》都被视为诗话著作，但实际上《沧浪诗话》的诗法性质更加明显，所以在本书中笔者将之视为诗法著述，理由如下。

　　第一，"沧浪诗话"这个名字并不是一开始就有，而是后起的。张健考证云："《沧浪诗话》并非严羽所编。《诗辩》等五篇原本并不是一部诗话，而只是一些单篇的著作，这些著作由严羽的再传弟子元人黄清老汇集在一起，到明代正德年间才被胡珽冠以《沧浪诗话》之名，而其

---

① 唐玲：《〈诗人玉屑〉版本考》，载《中国文论的思想与情境——古代文学理论研究第三十四辑》，华东师范大学出版社，2012。
② 住吉朋彦：《〈诗人玉屑〉版本考》，《斯道文库论集》第四十五辑，2012。

定名为《沧浪诗话》则是在明末。"①

从现有的文献来看,《沧浪诗话》的内容最早收录在严羽的同乡后辈魏庆之所编的《诗人玉屑》中,而正如前文所论,《诗人玉屑》具有非常明显的诗法性质,书中设计出一整套的学诗法门。②《诗人玉屑》之所以收录《沧浪诗话》,正是因为看中了严羽所论的诗法属性。"《诗人玉屑》与《沧浪诗话》的时代非常接近,作者魏庆之又是严羽同乡,可以相信,他至少是严羽作品的第一批读者。因此他看待《沧浪诗话》的眼光,就不是简单地以'时代风气使然'能说明的了。这很容易直接让人想到《沧浪诗话》的本身。唯其本身就带有诗法的性质,才有可能使它的同时代读者作出这样的判断。"③ 这说明,在南宋人的心目中,严羽《诗辨》等五篇著作并不是诗话著作,而是探究学诗法门的诗法文字。

第二,在元代,是书是以"严沧浪先生诗法"的书名存世的。在元代人心目中,这本书被当成诗法著述。

元人张以宁《翠屏集》卷三有《黄子肃诗集序》云:

> 昭武严氏(按指严羽)痛矫于议论援据、烂熳支离之余,亦以禅而喻诗,不堕言筌,不涉理路,一主于悟矣。然而生宋氏之季,其才其气其学,类未能充其言也,君子惜之。逮于我朝盛际,若樵水黄先生。噫!其志于悟之妙者乎。盖先生之于诗,天禀卓而涵之于静,师授高而益之以超。由李氏(按指李白)而入,变为一家。其论具《答王著作书》及衷严氏诗法。其自得之髓,则必欲蜕出垢氛,融去渣滓,玲珑莹彻,缥缈飞动,如水之月、镜之花,如羚羊之挂角,不可以成象见,不可以定迹求。非是莫取也。噫!何其悟之至于是哉!④

黄清老(1290~1348),字子肃,号樵水,邵武人(今属福建)。元

---

① 张健:《〈沧浪诗话〉非严羽所编——〈沧浪诗话〉成书问题考辨》,《北京大学学报》1999年第4期。
② 详细内容可参见本节"魏庆之《诗人玉屑》二十一卷"部分。
③ 任家贤:《〈沧浪诗话〉诗法性质新探》,中山大学硕士学位论文,2009,第9页。
④ 张以宁:《翠屏集》,《文渊阁四库全书》第1226册,台湾商务印书馆,1983,第590页。

泰定四年（1327）举进士。曾任翰林供奉，累官翰林国史院。著有《黄子肃诗集》及《黄子肃诗法》一卷。他是严羽的再传弟子，对传承严羽诗学发挥了重要作用。张以宁（1301~1370），字志道，福建古田人。元代泰定四年（1327）进士，与黄清老为同年，且交往密切。张以宁所说的"裒"是裒辑、汇集之意。所谓"裒严氏诗法"是说黄清老曾汇辑严羽诗法。这里所说的"诗法"并非指现在流传的《沧浪诗话》中的《诗法》一篇，而是指现在的《沧浪诗话》一书。这说明在元代人心目中，现今严羽《沧浪诗话》中的那些内容都属于诗法的范畴，否则张以宁为何不说"裒严氏诗话"呢？

　　该序中提及的《答王著作书》，即黄清老所著的《黄子肃诗法》。书中详细谈论了诗歌意、句、字的具体操作问题。"黄清老对严羽'妙悟'说的接受是落到诗歌创作的具体方法上，细化到意、句、字三个层次上的。《诗法》全篇一方面从诗美本质上承袭了严羽尊唐抑宋的师法取向，另一方面显示了对严羽诗学观念的应用，其侧重由意而句而字，从而把握作诗的能力，不再超超玄著，也脱离了熟读熟参的准备，将严羽诗法理论细化为作诗技巧的探讨，变得简单易行。"① 黄清老是从诗法的角度来谈论诗歌的，他热衷于"裒严氏诗法"，还写了一篇谈论具体作诗技巧的诗法文章，这些都说明黄清老诗学兴趣的出发点和落脚点都是诗法，这也恰恰证明了《沧浪诗话》所具有的诗法属性。

　　明代怀悦刻本的诗法汇编《诗家一指》及明人谢天瑞辑的《诗法》中在"诗体"前都有一段题记，明确说明严羽这本书名叫"严沧浪先生诗法"：

　　　　严沧浪先生诗法
　　　　要论多出《诗家一指》中，有印本，此篇取其要妙者。盖此公于晚宋诸公石屏辈同时，此公独得见《一指》之说，所以制作非诸人所及也。自家立论处依旧有好者。今摘写于此，其余出《一指》者，兹不再编矣。然诸家论诗多论病而不处方，卒无下手处。②

---

① 陈芳：《〈沧浪诗话〉明代接受研究》，复旦大学博士学位论文，2013。
② 谢天瑞辑《诗法》，《续修四库全书》第1695册，上海古籍出版社，2002，第348页。

第四章 宋代诗法著述二十一种

张健曾考证怀悦编集的诗法汇编《诗家一指》及杨成本诗法汇编《诗法》的初编当在元末，此处的编者题记也当在元末。这则题记表明，元末曾有《严沧浪先生诗法》的刻本，张健认为："这个刻本与张以宁所说的黄清老'裒严氏诗法'的说法相合。因而这个《严沧浪先生诗法》应就是黄清老所汇辑的严羽论诗著作的单刻本。"① 这说明在元代，该书是以《严沧浪先生诗法》书名存世的，在当时人心目中，它就是一本诗法著作。

而且，现存的元代诗法著述中摘引承袭了《沧浪诗话》中的很多内容。张健编撰的《元代诗法校考》收录了元人二十五种诗法，其中直接引用《沧浪诗话》句子的就有五种。② 例如黄清老的《诗法》，全篇都是严羽《沧浪诗话》的"遗迹"。旧题范德机《诗家一指》中很多篇幅都是檃栝严羽的句子。佚名《诗家模范》对严羽《沧浪诗话》的化用贯穿了首尾。例如《诗家模范》云："诗无他技，一才学，二妙悟尔。学要力，悟要识。譬如学禅者不加向上一步工夫，安能觉得本来真性？直至顶门透彻，则信手拈来，头头是道矣。"③ 这段话来自《沧浪诗话》中的"诗辨""诗法"篇：

  工夫须从上做下，不可从下做上。……此乃是从顶颞上做来，谓之向上一路，谓之直截根源，谓之顿门，谓之单刀直入也。④（《诗辨》）

  大抵禅道惟在妙悟，诗道亦在妙悟。⑤（《诗辨》）

  学诗有三节：其初不识好恶，连篇累牍，肆笔而成；既识羞愧，始生畏缩，成之极难；及其透彻，则七纵八横，信手拈来，头头是

---

① 张健：《〈沧浪诗话〉非严羽所编——〈沧浪诗话〉成书问题考辨》，《北京大学学报》1999 年第 4 期。
② 参见任家贤《〈沧浪诗话〉诗法性质新探》，中山大学硕士学位论文，2009，第 30 页。
③ 张健：《元代诗法校考》，北京大学出版社，2001，第 419 页。
④ 严羽著，郭绍虞校释《沧浪诗话校释》，人民文学出版社，1961，第 1 页。
⑤ 严羽著，郭绍虞校释《沧浪诗话校释》，人民文学出版社，1961，第 12 页。

道矣。①（《诗法》）

对比以上即可发现《诗家模范》对严羽文字的因袭。旧题虞集撰《虞侍书诗法》中的"三造"讲"一观、二学、三作"，也是化用严羽的说法。

所以张健认为："事实上，就笔者目前所掌握的资料看，元人并没有把《诗辩》等五篇视为诗话，而是将这五篇论诗著作当作诗法来看待的。黄清老的密友张以宁称这些著作为'诗法'，就是如此。张以宁是个进士，又是个有相当名气的诗人，他的看法应该说具有相当的代表性。元代汇编诗法的人也称'严沧浪先生诗法'，而不称诗话，也证明了这一点。"②

第三，以严羽之书为诗法著述的这种认识，甚至一直持续到明清时期。

虽然，自明代以来，因为有《唐诗品汇》与前后七子的鼓吹，使得严羽的文字开始变身为诗话，但仍有不少人还是将其作为诗法著述来看待的。例如明代张浼《冰川诗式序》云："诗有式，则始于沈约，成于皎然，著于沧浪。若集大成，则始于今公济甫（梁桥）云。"③ 这则序言中，明确将严羽的著述列为历代诗法著述的承前启后之作。梁桥在《冰川诗式·附录》中也自言道："尝备览往名家诗式，若诗话矣。达几入妙，莫能缕悉，而于式则容有未尽然者。迨《枒山诗式》《诗苑类格》《天厨禁脔》《诗人玉屑》《金针集》《续金针集》《沧浪诗法》《木天禁语》《诗家一指》等集，格目虽互见，则又无统纪次第，乃初学何述焉。肆予鄙人，僭拟此式。"④ 梁桥明确称此书为《沧浪诗法》，并且以之作为自己纂集诗法著述《冰川诗式》的主要参考之书。清人许印芳在谈到《沧浪诗话·诗法》时也说："全书皆讲诗法，此又择其切要者，示人法门耳。"⑤

---

① 严羽著，郭绍虞校释《沧浪诗话校释》，人民文学出版社，1961，第131页。
② 张健：《〈沧浪诗话〉非严羽所编——〈沧浪诗话〉成书问题考辨》，《北京大学学报》1999年第4期。
③ 周维德集校《全明诗话》，齐鲁书社，2005，第1597页。
④ 周维德集校《全明诗话》，齐鲁书社，2005，第1645页。
⑤ 转引自严羽著，郭绍虞校释《沧浪诗话校释》，人民文学出版社，1961，第108页。

再者，明清不少诗法著述中收录了严羽《沧浪诗话》的文字。例如明代周叙（1392～1453?）于其诗法著述《诗学梯航》最末篇《通论》中，多处征引严羽《沧浪诗话》中"学诗有三节"等诗学论点：

> 初时好恶未辨，连篇累牍，肆笔而成，不暇改抹，既识羞愧，始生畏缩，成之极难。及其透彻，纵横纷错，随吾所用，天人一矣。
>
> 词忌直，意忌浅，脉忌露，味忌短，音韵忌散缓，亦忌迫促。篇章忌堆积，亦忌贴衬。发端忌作举止，收拾贵有出场。意贵通透，语贵脱洒，语忌须除，语病必去。
>
> 须是本色，须是当行。
>
> 难处尤在收拾，譬若番刀，须用北人结裹，南人便非本色。
>
> 中间必能状写物之景，如在目前；含不尽之意，见于言外。①

清代顾龙振所编的《诗学指南》是一部诗法汇编的著作，其中便收有今天《沧浪诗话》的各部分内容。顾龙振正是看到了《沧浪诗话》的诗法属性，所以才有此举。

第四，从《沧浪诗话》的具体内容来看，"《沧浪诗话》系统全面地论述了对学习者的要求、学习诗歌创作方法等，可以说是宋代论述最全面、体系最严密的一部诗法传授论著"②。

《沧浪诗话》第一部分"诗辨"乃是讲学诗者需要具备识、辨、悟的个人素养：

> 夫学诗者以识为主：入门须正，立志须高；以汉、魏、晋、盛唐为师，不作开元、天宝以下人物。若自退屈，即有下劣诗魔入其肺腑之间；由立志之不高也。行有未至，可加工力；路头一差，愈骛愈远；由入门之不正也。故曰，学其上，仅得其中；学其中，斯为下矣。又曰，见过于师，仅堪传授；见与师齐，减师半德也。工

---

① 吴文治主编《明诗话全编》，江苏古籍出版社，1997，第987～988页。
② 王德明：《从诗法传授的角度看〈沧浪诗话〉》，载《新国学》第八辑，四川出版集团·巴蜀书社，2010。

夫须从上做下，不可从下做上。先须熟读《楚词》，朝夕讽咏以为之本；及读《古诗十九首》，乐府四篇，李陵、苏武、汉、魏五言皆须熟读，即以李、杜二集枕藉观之，如今人之治经，然后博取盛唐名家，酝酿胸中，久之自然悟入。虽学之不至，亦不失正路。此乃是从顶颡上做来，谓之向上一路，谓之直截根源，谓之顿门，谓之单刀直入也。①

试取汉、魏之诗而熟参之，次取晋、宋之诗而熟参之，次取南北朝之诗而熟参之，次取沈、宋、王、杨、卢、骆、陈拾遗之诗而熟参之，次取开元、天宝诸家之诗而熟参之，次独取李、杜二公之诗而熟参之，又取大历十才子之诗而熟参之，又取元和之诗而熟参之，又尽取晚唐诸家之诗而熟参之，又取本朝苏、黄以下诸家之诗而熟参之，其真是非自有不能隐者。倘犹于此而无见焉，则是野狐外道，蒙蔽其真识，不可救药，终不悟也。②

开篇即云"学诗者"应该如何如何，这段话中的讲授意义何其明显。严羽认为学习诗歌写作应该从经典入手，熟读、熟参，以便达到自我领会。接下来的"诗之法有五""诗之品有九""其用工有三""其大概有二""诗之极致有一"等论述都是历代诗法著述中的常见言论，并不新鲜。例如"诗之品有九：曰高，曰古，曰深，曰远，曰长，曰雄浑，曰飘逸，曰悲壮，曰凄婉"③ 这句，中唐僧皎然《诗式》中就有"辩体有一十九字"，分别是："高、逸、贞、忠、节、志、气、情、思、德、诚、闲、达、悲、怨、意、力、静、远。"④ 严羽的说法，不过是其缩略而已。

尽管《沧浪诗话》的"诗辨"篇在"兴趣""妙悟""禅道""理路""别材"的支撑中看起来高深莫测，但还是有学人指出，"诗辨"一篇乃是一套完整的学诗法门。"'识'是要读出古人诗作中的佳处，是能

---

① 严羽著，郭绍虞校释《沧浪诗话校释》，人民文学出版社，1961，第1页。
② 严羽著，郭绍虞校释《沧浪诗话校释》，人民文学出版社，1961，第12页。
③ 严羽著，郭绍虞校释《沧浪诗话校释》，人民文学出版社，1961，第7页。
④ 张伯伟：《全唐五代诗格汇考》，江苏古籍出版社，2002，第242页。

选取佳作以资学习的保证；'悟'是要悟诗之道，这是读诗所要达到的目的；至于读书穷理，是积累诗材的，这是作诗的准备工作，而'五法'等等，则是作诗的具体法门了。至此，一套诗法由如何读诗到如何作诗，由本至末，井然有序。"①

其实，就连"诗辨"篇中很有名的那句"盛唐诸人惟在兴趣，羚羊挂角，无迹可求。故其妙处透彻玲珑，不可凑泊，如空中之音，相中之色，水中之月，镜中之象，言有尽而意无穷"②，也并非严羽独创，而是来自一本名副其实的诗法著述。早在宋初僧人景淳的诗法著述《诗评》中就说："诗之言为意之壳，如人间果实，厥状未坏者，外壳而内肉也。如铅中金、石中玉、水中盐、色中胶，皆不可见，意在其中。使天下人不知诗者，视至灰劫，但见其言，不见其意，斯为妙也。"③ 景淳所论的这种诗中言与意的关系，在严羽那里得到了充分的发挥，以至于人们只知道严羽，而不知道景淳。但这也说明严羽对之前诗法著述的充分研读与继承。

《沧浪诗话》第二部分是"诗体"，这部分堪称一部简明诗歌体裁形式的流变史——自"诗三百"起至南宋诗歌，对不同句式、体式、家数（"以时""以人"分）等各种诗歌形式，作了简略但系统的梳理。严羽所列的诗体名多达150种，堪称集古今诗体之大成。其实，讨论诗体是初唐以来诗法著述的固定内容。严羽在总结完诸种诗体之后说道："近世有李公《诗格》，泛而不备，惠洪《天厨禁脔》，最为误人。今此卷有旁参二书者，盖其是处不可易也。"④ 所谓的"李公《诗格》"就是李淑的《诗苑类格》，它和惠洪的《天厨禁脔》都是宋代很有代表性的两部诗法著述。严羽这句小注，说明了"诗体"这一部分内容对诗法著述《诗苑类格》与《天厨禁脔》有重要的借鉴。

《沧浪诗话》第三部分是"诗法"，主要讨论了除俗、语病、句法、开端、结尾、着题、押韵、用事、下字、用意、用语、律诗、家数等具体而微的问题。例如：

---

① 任家贤：《〈沧浪诗话〉诗法性质新探》，中山大学硕士学位论文，2009，第19页。
② 严羽著，郭绍虞校释《沧浪诗话校释》，人民文学出版社，1961，第26页。
③ 张伯伟：《全唐五代诗格汇考》，江苏古籍出版社，2002，第501页。
④ 严羽著，郭绍虞校释《沧浪诗话校释》，人民文学出版社，1961，第101页。

> 发端忌作举止,收拾贵在出场。①
> 不必太着题,不必多使事。②
> 押韵不必有出处,用事不必拘来历。③
> 下字贵响,造语贵圆。④
> 律诗难于古诗;绝句难于八句;七言律诗难于五言律诗;五言绝句难于七言绝句。⑤

《诗人玉屑》卷一"诗法第二"有"沧浪诗法"一条,便收录了《沧浪诗话》"诗法"的全部内容。可能很多人都注意到了严羽笔下"妙悟"与"诗法"的矛盾,例如"《诗法》斤斤于讲用字、造语、起句、结句、押韵、用典,而'妙悟'却正是排斥这些,讲的是'玲珑透彻,无迹可求'"⑥。实际上,严羽笔下的"诗法"和之前的诗法著述中的诗法有一定的区别,那就是他没有逐条讲作诗的具体技巧,而是偏重于谈论细致的创作法则。例如:

> 意贵透彻,不可隔靴搔痒;语贵脱洒,不可拖泥带水。⑦
> 最忌骨董,最忌趁贴。⑧
> 语忌直,意忌浅,脉忌露,味忌短,音韵忌散缓,亦忌迫促。⑨
> 诗难处在结裹。譬如番刀,须用北人结裹,若南人便非本色。⑩
> 须参活句,勿参死句。⑪

---

① 严羽著,郭绍虞校释《沧浪诗话校释》,人民文学出版社,1961,第113页。
② 严羽著,郭绍虞校释《沧浪诗话校释》,人民文学出版社,1961,第114页。
③ 严羽著,郭绍虞校释《沧浪诗话校释》,人民文学出版社,1961,第116页。
④ 严羽著,郭绍虞校释《沧浪诗话校释》,人民文学出版社,1961,第118页。
⑤ 严羽著,郭绍虞校释《沧浪诗话校释》,人民文学出版社,1961,第127页。
⑥ 詹萍萍:《〈沧浪诗话〉"妙悟"与"诗法"的矛盾及其解析》,《理论界》2010年第7期。
⑦ 严羽著,郭绍虞校释《沧浪诗话校释》,人民文学出版社,1961,第119页。
⑧ 严羽著,郭绍虞校释《沧浪诗话校释》,人民文学出版社,1961,第121页。
⑨ 严羽著,郭绍虞校释《沧浪诗话校释》,人民文学出版社,1961,第122页。
⑩ 严羽著,郭绍虞校释《沧浪诗话校释》,人民文学出版社,1961,第124页。
⑪ 严羽著,郭绍虞校释《沧浪诗话校释》,人民文学出版社,1961,第124页。

从以上这些论述中，我们得不到作诗的具体技巧，得到的是诗歌创作的规律与法则。实际上，历代诗法著述中也有许多谈论"法则"的内容，例如王昌龄《诗格》"诗有三不"中提出："一曰不深则不精。二曰不奇则不新。三曰不正则不雅。"① 白居易《金针诗格》"诗有三本"中论诗的审美要素："一曰有窍。二曰有骨。三曰有髓。以声律为窍；以物象为骨；以意格为髓。凡为诗须具此三者。"② 齐己《风骚旨格》"诗有三格"论诗的高低品次："一曰上格用意。二曰中格用气。三曰下格用事。"③ 以上这些见解都是整体性的经验与理论，并没有什么具体的技巧可供模拟。古典诗法著述虽然以具体技巧为主要内容，但"法则"层面的内容也会有所涉及。随着诗法著述的成熟，到明清之后，一般的诗法著述都将这些"法则"层面的内容，单独作为"总论""综述""统论"一卷而置于书首，体现出鲜明的诗法体系意识。从"诗法"篇中可见，严羽更多地谈论了"法则"而不是"技巧"，这也是严羽的高明之处，具体而微的方法因为其形而下的原因，容易被诗论家所鄙夷，而谈论创作的"法则"便显得更具有理论性。这也是为什么《沧浪诗话》讲了那么多诗法，却依然引人喜爱了。

严羽《沧浪诗话》专辟第三卷为"诗法"，这部分内容后来被明人杨成的《诗法》、黄省曾的《名家诗法》、周履靖的《骚坛秘语》等专谈诗法的著作大规模地辑录。晚清许印芳《诗法萃编》又对此全文著录并加按语云："全书皆讲诗法，此又摘其切要者，示人法门耳。"④

《沧浪诗话》第四部分"诗评"评论了历代的诗人诗作。其实，在诗法著述中评论历代诗人诗作早有渊源。唐代皎然的诗法著述《诗式》"中序"以后部分，加上卷二、卷三、卷四、卷五都是对重要诗人诗作或诗歌问题发表评论，主要内容是"评诗"。皎然诗法著述《诗议》开篇的"论文意"部分，既是一部诗歌源流史，也是对历代诗人的评论。具有诗法著述性质的《诗人玉屑》十二卷之后便是重点评论作家作品。严羽"诗评"一篇也是未能免俗之作。

---

① 张伯伟：《全唐五代诗格汇考》，江苏古籍出版社，2002，第173页。
② 张伯伟：《全唐五代诗格汇考》，江苏古籍出版社，2002，第352页。
③ 张伯伟：《全唐五代诗格汇考》，江苏古籍出版社，2002，第415页。
④ 严羽著，郭绍虞校释《沧浪诗话校释》，人民文学出版社，1961，第108页。

《沧浪诗话》第五部分"考证"是对一些诗篇的文字、篇章、写作年代和作者进行考辨,内容比较琐碎驳杂。相比较来说,整个《沧浪诗话》也就这一部分最有诗话写作的特点。而这一部分在后世的影响力其实是最小的。

另外,王德明曾从诗法传授的角度研究《沧浪诗话》,他指出:"我们再从《沧浪诗话》的用词来看,在'学习'这一意义上使用的'学'字达二十余处。由此可见,其创作的目的在于教导后学如何学习诗歌创作,也就是诗法传授。"[①] 他认为严羽这些文字的写作目的,就是教人写诗。所以,王德明得到这样的结论:"殊不知,《沧浪诗话》既是一部文学理论著作,同时也是一部阐述诗法传授的理论著作。它在表现严羽关于诗歌的发展、诗歌的特点、诗歌的价值等问题的看法的同时,也表现了严羽关于如何学习诗法的思想。在某种程度上,他关于中国古代诗歌的一系列看法其实是为诗法传授的这一目的服务的。从这个意义上看,《沧浪诗话》与其说是一部诗歌理论著作,还不如说是一部诗法传授理论著作;而严羽,他作为诗歌理论家虽然也有一定的创见,但是,作为诗法传授家则显示出了他的更多的非同寻常之处。"[②]

但严羽的高明之处还在于,他在传授诗法的同时,对如"悟""辨""识""法"等问题都进行了深入的理论阐述,尤其篇中出现了"兴趣"与"妙悟"两大理论,颇为引人注目,这就使得《沧浪诗话》具备了浓重的理论色彩,"决定了严羽的诗法传授理论具有了形而上的高度和广度,使其超越了宋代大多数的诗法传授著作"[③]。所以,任家贤《〈沧浪诗话〉诗法性质新探》中总结说道:"《沧浪诗话》是在宋代江西诗法盛行的背景下诞生的一部诗法性质的著作。……《沧浪诗话》在其声名并未彰显的南宋末及元代文人心目中,仍然是以诗法的面目出现并刊行流传,这期间的众多诗法类著作,都直接或间接地接受了它的影响。直至明代,经过《唐诗品汇》、前后七子等的鼓吹后,严羽的理论大行于世,

---

① 王德明:《从诗法传授的角度看〈沧浪诗话〉》,载《新国学》第八辑,四川出版集团·巴蜀书社,2010。
② 王德明:《从诗法传授的角度看〈沧浪诗话〉》,载《新国学》第八辑,四川出版集团·巴蜀书社,2010。
③ 王德明:《从诗法传授的角度看〈沧浪诗话〉》,载《新国学》第八辑,四川出版集团·巴蜀书社,2010。

地位也大大提升，其诗法的面目遂隐而不见了。这一定程度上既是后人对他的不虞之誉，但同时也是它本身话语的模糊性以及理论的丰富性所决定的。"①

第五，从版本流传上看，直到明代正德年间才有《沧浪诗话》之名。张健《沧浪诗话校笺》中详细梳理了严羽《沧浪诗话》流传至今的三种文本系统：《诗人玉屑》文本、《沧浪严先生吟卷》文本和单行文本。张健指出：单行文本系从《吟卷》分离出来，即"通行本"，而《诗人玉屑》文本则是流传至今最早的文本，其宋刊本为现存最早的刊本；《沧浪吟卷》不存在宋本，现可见最早的是元刊本；最早以"诗话"命名的《严沧浪诗话》为明正德本，此乃《沧浪诗话》得名之始。这样看来，只是到了明代，人们才将严羽的这些著作视为诗话著作。厘清了《沧浪诗话》的写作性质与归属流变，有利于我们正确梳理中国诗学史的发展过程："学术界所谓《沧浪诗话》是一部有严密理论体系的诗话著作的论断就不能成立，所谓《沧浪诗话》是宋代诗话发展的总结及高峰的说法也是不能成立的。这样以（一）来，诗话发展史就有重新认识的必要。"②

郭绍虞《沧浪诗话校释》（人民文学出版社 1961 年版）是目前最通行的版本，主要以明代正德间赵郡尹嗣忠校刻本为底本，参考《诗人玉屑》所引加以校订。张健《沧浪诗话校笺》（上海古籍出版社 2012 年版）所用底本则是比明刻本更早的元刊本《沧浪吟卷》。在"解题"、"校勘"、"笺注"和"总说"方面皆后出转精，读者可参。

十六　周弼《唐诗三体家法》三卷

《唐诗三体家法》三卷，南宋周弼编著。

《唐诗三体家法》一书的题名很多。集注本题名为"诸家集注唐诗三体家法"，增注本名"诸家集注唐诗三体家法诸例"，《故宫珍本丛刊》影印故宫藏元刻本名为"笺注唐贤绝句三体诗法"，日本早稻田大学图书馆藏明甲寅（1494）刻本名为"增注唐贤绝句三体诗法"。其他的名

---

① 任家贤：《〈沧浪诗话〉诗法性质新探》，中山大学硕士学位论文，2009，第 34 页。
② 张健：《〈沧浪诗话〉非严羽所编——〈沧浪诗话〉成书问题考辨》，《北京大学学报》1999 年第 4 期。

字还有"三体唐诗""唐诗三体""唐贤三体诗""唐贤三体诗法""唐三体笺注""笺注三体唐诗""笺注唐贤三体诗法""增注唐贤三体诗法"等。但因为最早有周弼的自序题为"唐诗三体家法",所以本书以之作为它的本名。

周弼(1194~1255?),字伯弜,又作伯弼、正卿,汝阳(今河南汝南)人,祖籍汶阳(今山东汶上),南宋江湖诗人周文璞之子。嘉定间进士,宦游吴楚江汉间,曾任江夏令。嘉定甲申年(1224)解官归里。早稻田大学藏明永历三年(1657)刊《(首书)增注唐贤三体诗法》卷一首页"三体诗"条注谓:"宋朝第十四代理宗皇帝淳祐十年庚戌秋八月,周伯弜选集《三体集》。"① 则《唐诗三体家法》当成书于淳祐十年(1250)。

一般认为《唐诗三体家法》是一本唐诗选集,而实际上它是一部将诗选与诗法紧密结合在一起的诗学著作,所以笔者将之放在本书中论述。

查屏球曾经在元人吴澄(1249~1334)《吴文正集》卷十九中发现了周弼的《唐诗三体家法序》:②

> 言诗本于唐,非固于唐也。自河梁之后,诗之变至于唐而止也,于一家之中则有诗法,于一诗之中则有句法,于一句之中则有字法,谪仙号为雄拔,而法度最为森严,况余者乎?立心不专,用意不精,而欲造其妙者,未之有也。元和盖诗之极盛,其体制自此始散,僻事险韵以为富,率意放辞以为通,皆有其渐,一变则成五代之陋矣。异时厌弃纤碎,力追古制,然犹未免阴蹈元和之失,大篇长什未暇深论,而近体三诗法则先坏矣。"一鸠双燕"或者方且谦逊,而"落木长江"得意之句,自谓于唐人活计得之,眩名失实,是时昧者之过耳。永嘉尝有意于变体,姚、贾以上盖未之思。故今所编摭阅诵数百家,择取三体之精者,有诗法焉,有句法焉,有字法焉。大抵皆规矩准绳之要言。其略而不及详者,欲夫人体验自得,不以言而玩也。③

从周弼自己写的序言中可以发现,周弼十分肯定诗法对于写诗的重要

---

① 转引自陈斐《〈三体唐诗〉版本考》,《齐鲁学刊》2010年第2期。
② 参见查屏球《周弼〈唐诗三体家法序〉辑考》,《古典文学知识》2009年第4期。
③ 李修生主编《全元文》第14册,江苏古籍出版社,1999,第323~324页。

性。他有感于诗法的崩坏，所以选择唐诗中具有法度的三体，来教授写诗方法。所以，这本诗选的写作目的就是传播诗法、教授诗法。关于本书的写作动机，又有学人认为："该书是南宋后期'以诗行谒'之风兴起后，为适应广大江湖诗人的需求而编纂的众多'诗法'中影响较大的一部。"①这样看来，与其说本书是唐诗的选本，还不如说它是诗法著述。

三体者，七言绝句、七言律诗、五言律诗也。《唐诗三体家法》所选的唐诗在不同版本中的数目不尽相同，五律约201首、七律约110首、七绝约173首。书中每种体裁下按作法分为诸体。每体前有解说，后附诗例。周弼又按诗法将五律分为"四实、四虚、前虚后实、前实后虚、一意、起句、结句"七体；七律分为"四实、四虚、前虚后实、前实后虚、结句、咏物"六体；七绝分为"实接、虚接、用事、前对、后对、拗体、侧体"七体。所以，书的名字叫作"唐诗三体家法"是非常切合其内容设置的。全书的具体安排如下表所示。

表2　《唐诗三体家法》内容整理

卷数	分卷	诗数	诗总数
卷一　七绝	卷一之一：实接	94	173
	卷一之二：虚接	44	
	卷一之三：用事	11	
	卷一之四：前对	6	
	卷一之五：后对	5	
	卷一之六：拗体	7	
	卷一之七：侧体	6	
卷二　七律	卷二之一：四实	27	150（110）
	卷二之二：四虚	14	
	卷二之三：前虚后实	36	
	卷二之四：前实后虚	23	
	卷二之五：结句	4	
	卷二之六：咏物	6	

---

① 陈斐：《以诗行谒、诗法和江湖诗——以〈唐诗三体家法〉为中心的考察》，《文艺研究》2012年第7期。

卷数	分卷	诗数	诗总数
卷三　五律	卷三之一：四实	63	201
	卷三之二：四虚	24	
	卷三之三：前虚后实	72	
	卷三之四：前实后虚	30	
	卷三之五：一意	4	
	卷三之六：起句	4	
	卷三之七：结句	4	

资料来源：张智华：《从〈唐三体诗法〉看周弼的诗学观——兼论南宋后期宗唐诗学思潮的演变》，《文学遗产》1999年第5期。

从表2中可见，周弼主要谈的是虚实之法、起结之法、一意法、前对后对法、拗体法、侧体法、用事法、咏物法，但谈得最多的还是虚实法，如七绝有实接、虚接，律诗有四实、四虚、前虚后实、前实后虚。从周弼的论述看来，实指写景、叙事，虚指抒情、议论。

如卷一之一七绝"实接"云："绝句之法，大抵以第三句为主，首尾率直而无婉曲者，此异时所以不及唐也。其法非惟久失其传，人亦鲜能知之。以实事寓意而接，则转换有力，若断而续，外振起而内不失于平妥，前后相应，虽止四句，而涵蓄不尽之意焉。此其略尔，详而求之，玩味之久，自当有所得。"[①]

卷一之二七绝"虚接"云："谓第三句以虚语接前两句也。亦有语虽实而意虚者，于承接之间略加转换。反与正相依，顺与逆相应，一呼一唤，宫商自谐，如用千钧之力而不见形迹，绎而寻之，有余味矣。"[②]

卷三之一五律"四实"云："谓四句皆景物而实，开元大历多此体，华丽典重之间，有雍容宽厚之态，此其妙也。稍变然后入于虚，间以情思，故此体当为众体之首。昧者为之，则堆积窒塞，寡于意味矣。"[③]

---

① 周弼选，元至注《笺注唐贤绝句三体诗法》，《四库全书存目丛书》第289册，齐鲁书社，1997，第292页。
② 周弼选，元至注《笺注唐贤绝句三体诗法》，《四库全书存目丛书》第289册，齐鲁书社，1997，第306页。
③ 周弼选，元至注《笺注唐贤绝句三体诗法》，《四库全书存目丛书》第289册，齐鲁书社，1997，第343页。

卷一之三七绝"用事"云："诗中用事，既易窒塞，况于二十八字之间，尤难堆叠，若不融化以事为意，更加以轻率，则邻于里谣巷歌，可击筑而讴矣。凡此皆用事之妙者也。"①

卷三之六五律"起句"云："发首两句平稳者多，奇健者少，予所见惟两篇，然声太重，后联难称。后两篇发句亦佳，声稍轻，终篇均停，然奇健不及前两篇远矣，故著以为法，使识者自察焉。"②

从以上的论述中可见周弼的"循循善诱"。清康熙刻本《碛砂唐诗》王谦序云："惟见此集例类有则裨益。"③元刻《笺注唐贤绝句三体诗法》卷末有清人何煌（何焯之弟）朱笔跋云："《鼓吹》《三体》二编，嘉靖以前儿童皆能倒诵，如宋人读郑都官诗也。自王、李盛，几无能举其名者，然所论诗法亦多阴窃伯弼余唾云。此书当不逮范德机《诗学禁脔》。"④清康熙朗润堂刻本《三体唐诗》高士奇序云："其持论未必尽合于作者之意，然别裁规制，究切声病，辨轻重于毫厘，较清浊于呼吸，法不可谓不备矣。"⑤叶德辉则评曰："视明前后七子，貌袭盛唐，流为空调，又不如此（指周弼选本）之别具手眼，浚发灵思。初学读之易寻诗径，世以比刘克庄《千家诗选》、方回《瀛奎律髓》，此则校胜一筹矣。"⑥现代学人则说："他继承了唐人诗格、诗法的精华，并结合宋代诗坛状况加以发展。"⑦

值得讨论的是周弼的"一意"格。其卷三之五五律"一意"格云："唯守格律，揣摩声病，诗家之常。若时出度外，纵横放肆，外如不整，中实应节，则又非造次所能也。"⑧从周弼所解释的格法内容看，他所谓

---

① 周弼选，元至注《笺注唐贤绝句三体诗法》，《四库全书存目丛书》第289册，齐鲁书社，1997，第312页。
② 周弼选，元至注《笺注唐贤绝句三体诗法》，《四库全书存目丛书》第289册，齐鲁书社，1997，第368页。
③ 周弼辑，元至注，盛传敏、王谦纂释《碛砂唐诗》，清康熙刻本。
④ 周弼选、释圆至注《笺注唐贤绝句三体诗法》，《故宫珍本丛刊》第609册，海南出版社，2000，第83页。
⑤ 周弼：《三体唐诗》卷首，清康熙朗润堂刻本。
⑥ 叶德辉：《郋园读书志》，上海澹园1928年刊本。
⑦ 张智华：《从〈唐三体诗法〉看周弼的诗学观——兼论南宋后期宗唐诗学思潮的演变》，《文学遗产》1999年第5期。
⑧ 周弼选，元至注《笺注唐贤绝句三体诗法》，《四库全书存目丛书》第289册，齐鲁书社，1997，第367页。

的"一意"格当是指故意变化固定的声律格式。但"一意"在古典诗法中并不少见。元代旧题范德机《诗学禁脔》中就有"一意格",所举诗例为刘禹锡《江陵道中》:"三千三百江西水,自古如今要路津。月夜歌谣有渔父,风天气色属商人。沙村好处多逢寺,山叶红时绝胜春。行到南朝征战地,古来名将必为神。"下有注云:"起联以古今言之,有感慨奋厉之意。次联以景物而言。颈联见胜概之无穷。落联言神庙见古之名臣,随世立功而庙食,叹今人何如哉。一句生一句,而全篇旨趣,如行云流水,篇终激厉。"① 明代梁桥《冰川诗式》卷六中亦有"一意格",列举唐李群玉《古词》为例:"一合相思泪,临江洒素秋。碧波如会意,却与向西流。"又有长孙翱《宫词》:"一道甘泉接玉沟,上皇行处不曾秋。谁言水是无情物,也到宫前咽不流。"②《冰川诗式》卷七解释云:"一意者,自首联以至末联,一句生一句,而全篇旨趣如行云流水。"③再举诗例有杜甫《捣衣》:"亦知戍不返,秋至拭青砧。已近苦寒月,况经长别心。宁辞捣衣倦,一寄塞垣深。用尽闺中力,君听空外音。"这种全篇诗句环环相扣,谋篇布局意脉贯通的诗法,在唐人王叡《炙毂子诗格》中叫"一篇血脉条贯体",在元明时期这一诗法出现了命名多样化的现象,主要名称有"节节生意格""一意格""钩锁连环格""顺去格""顺流直下格"等。再考察周弼"一意"格下所举的诗例王维《终南别业》、孟浩然《晚泊浔阳望卢峰》、陆龟蒙《茶人》、皎然《寻陆羽不遇》等,谋篇构思都显示出了一气直下的特点。这说明周弼此处对"一意"格的解释出现了偏差。

再有《唐诗三体家法》卷一之六七绝"拗体"云:"此体必得奇句,时出而用之,姑存此以备一体。"④ 卷一之七七绝"侧体":"其说与拗体相类,然发兴措词则奇健矣。"⑤ 拗体所举诗例为李颀《旅望》、韦应物《滁州西涧》等,侧体所举诗例为高适《营州歌》、柳宗元《夏昼偶作》

---

① 张健:《元代诗法校考》,北京大学出版社,2001,第194页。
② 周维德集校《全明诗话》,齐鲁书社,2005,第1688页。
③ 周维德集校《全明诗话》,齐鲁书社,2005,第1705页。
④ 周弼选,元至注《笺注唐贤绝句三体诗法》,《四库全书存目丛书》第289册,齐鲁书社,1997,第317页。
⑤ 周弼选,元至注《笺注唐贤绝句三体诗法》,《四库全书存目丛书》第289册,齐鲁书社,1997,第318页。

等。周弼所论的拗体与侧体也和其他诗法著述中所论的不同，不是指律诗的声律方面的拗，而是指遣词造句出其不意。实际上，古人一般把格律诗中故意不合律的现象叫作"拗"。例如宋人吴可《藏海诗话》中说："苏州常熟县破头山有唐常建诗刻，乃是'一径遇幽处'。盖唐人作拗句，上句既拗，下句亦拗，所以对'禅房花木深'。'遇'与'花'皆拗故也。"① 这是讨论拗句较早的例子。南宋吴沆《环溪诗话》卷中论黄庭坚拗体云："盖其诗以律而差拗，于拗之中又有律焉。此体惟山谷能之。……然诗才拗，则健而多奇，入律，则弱为难工。"② 方回《瀛奎律髓》卷二十五设"拗字类"，对拗律进行了较有规模的论述。元代佚名的《沙中金集》中又专设了"眼用拗字""拗句换字"条来介绍这种诗法，并举出了大量的诗例。③ 其后，在明清两代的诗法著述中几乎都有关于拗句的归纳与总结。但这些"拗"都是指声律方面的特殊安排，没有如周弼这种指遣词造句上的出其不意。

造成以上这几点矛盾的，或许是周弼本人的观点特殊，更有可能是该书在流传过程中产生了某些传抄错误，出现了张冠李戴的现象。

范晞文《对床夜语》卷二中保留了一段较为早期的对南宋周弼《唐诗三体家法》的评价："周伯弜选唐人家法，以四实为第一格，四虚次之，虚实相半又次之。其说'四实'，谓中四句皆景物而实也。于华丽典重之间有雍容宽厚之态，此其妙也。昧者为之，则堆积窒塞，而寡于意味矣。是编一出，不为无补后学，有识高见卓不为时习熏染者，往往于此解悟。间有过于实而句未飞健者，得以起或者窒塞之讥。然刻鹄不成尚类鹜，岂不胜于空疏轻薄之为，使稍加探讨，何患不古人之我同也。"④ 从这段议论可见，范晞文认为周弼此书有助于学习诗歌的创作方法，即便是有人拿这些格法来生搬硬套，也胜过那些空疏无聊的写作。对于诗法著述，古人或者认为其有补于诗教，或者认其为私塾死法，范晞文这里的态度应该说是比较客观实际的。

四库馆臣对诗法类著作一向少有好感，但对周弼此书还是有所肯定

---

① 丁福保辑《历代诗话续编》，中华书局，1983，第329页。
② 吴沆撰、陈新点校《环溪诗话》，中华书局，1988，第131页。
③ 参见张健《元代诗法校考》，北京大学出版社，2001，第381~382页。
④ 丁福保辑《历代诗话续编》，中华书局，1983，第420~421页。

的："而其时诗家授受，有此规程，存之亦足备一说。……乃知弼撰是书，盖以救江湖末派油腔滑调之弊。与《沧浪诗话》各明一义，均所谓有为言之者也。"① 同时认为周弼此书中所列的诗格并不全面："所列诸格，尤不足尽诗之变。"② 周弼所论之二十格其实主要谈的是诗歌的构思法与章法，大概其编写初衷也并非求大求全。

周弼《唐三体诗法》的宋本已佚，元明清的版本现在皆有，而且还保存有日本、朝鲜的多种版本。有学人梳理其版本系统有三：二十卷本、三卷本和六卷本。二十卷本系统现存最早为元大德刊本，何小山、袁漱六对其进行了评点，叶德辉有明翻元本，明本还有嘉靖吴春刻本、明十一行十九字本、明广陵钱元卿刻本、明内府刻本、明州府刻本，其后有日本安政三年本。三卷本最早亦为元刊裴庾增注本，明清有明嘉靖本和清黄文光刻本，另朝鲜及日本有多种版本。六卷本有清高士奇补注本，光绪年间泸州盐局刻本据其重刻。③ 从这些众多版本可见，《唐三体诗法》对后世的影响力是比较大的。正如明人朱国祯《涌幢小品》曰："南宋以来，民间风行刘克庄所选《千家诗》、周弼《三体唐诗》，元及明初尚然。"④ 叶德辉亦云："盖此书在元、明两朝三家村授徒课本，颇自风行，故流传至今尚非稀见。"⑤ 清人高士奇又在周弼的基础上专辑五言古诗、七言古诗及五言排律为《续唐三体诗》六卷，也可以见出《唐诗三体家法》的影响力。

此书的常见版本有《故宫珍本丛刊》（海南出版社 2000 年版）第 609 册影印故宫藏元大德九年（1305）刻本圆至注的《笺注唐贤绝句三体诗法》。《四库全书存目丛书》（齐鲁书社 1997 年版）第 289 册所收的是中国社会科学院文学研究所藏明嘉靖二十八年吴春刻本。

十七　谢维新《诗律》一卷

《诗律》一卷，南宋谢维新编撰。此书并未单行，一直保存在谢维

---

① 纪昀等：《钦定四库全书总目》，中华书局，1997，第 2623 页。
② 纪昀等：《钦定四库全书总目》，中华书局，1997，第 2623 页。
③ 参见张倩《周弼〈三体唐诗〉版本源流考》，载《中国诗歌研究》第十一辑，社会科学文献出版社，2015。
④ 朱国祯：《涌幢小品》，明刊本。
⑤ 叶德辉：《郋园读书志》，上海澹园 1928 年刊本。

新《古今合璧事类备要》前集卷四四"儒业门"中。"诗律"乃这一部分内容之名。

《古今合璧事类备要》又称《事类合璧》《合璧事类》，是南宋宝祐丁巳年（1257）成书的一部大型类书，分为前集六十九卷，后集八十一卷，续集五十六卷，别集九十四卷，外集六十六卷，共计三百六十六卷。是书内容极其丰富，分天文、地理、节序、人物、宗教、技艺、礼仪、职官、草木、鱼虫、鸟兽、器物等众多子目，保存了大量早已散佚的文献资料，具有很高的史料价值。此书旧题宋谢维新撰。谢维新，字去咎，建安人。此人生平资料稀少，其自序云"胶庠进士建安谢维新去咎父序"①，"胶庠进士"，盖太学生也。谢维新原序云："今友人刘兄以类书见嘱，且以合璧事类备要名。"② 《四库全书总目·古今合璧事类备要》云："是书成于宝祐丁巳，前有维新自序，后有莆田守黄叔度跋，称维新应友刘德亨之托。盖当时坊本。"③ 则是书由书商刘德亨请谢维新修撰而成。实际上，《合璧事类》的编撰者有两位，前三集为谢维新编撰，而别集和外集则由虞载编撰。

该书每一集先分为若干大门类，其下再分若干子目，然后对每一子目按"事居于前，文列于后"的体例进行编撰。每一子目下事类的大字往往都是从原文中总结出的约定俗成的成语、典故或关键词。《四库全书总目·古今合璧事类备要》云："每目前为事类，后为诗集。所收皆兼及宋代。虽不及《太平御览》《册府元龟》诸书皆根柢古籍，原原本本，而所采究皆宋以前书，多今日所未见。……惟此书《后集》，条列最明，尤可以资考证。在类事之家，尚为有所取材者矣。"④

《古今合璧事类备要》前集卷四四"儒业门"专列"诗律"一类，下有各种诗学典故与诗学关键词，涉及诗法的内容有"蹉对""假对""八句法""郑谷诗格""蜂腰""鹤膝""两节""双声""叠韵""响字""形容""体用""交股""拗句""折句""促句"共十六个条目，

---

① 谢维新：《古今合璧事类备要》，《文渊阁四库全书》第 939 册，台湾商务印书馆，1983，第 3 页。
② 谢维新：《古今合璧事类备要》，《文渊阁四库全书》第 939 册，台湾商务印书馆，1983，第 2 页。
③ 纪昀等：《钦定四库全书总目》，中华书局，1997，第 1785 页。
④ 纪昀等：《钦定四库全书总目》，中华书局，1997，第 1785 页。

并附有解说、诗例与出处：

蹉对
《九歌》云："蕙殽蒸兮兰藉，奠桂酒兮椒浆。"今倒用之谓之——（蹉对）。（《笔谈》）

假对
"自朱邪之猖獗，至赤子之流离。"朱邪，李克用祖姓，猖獗，兽名，流离，亦禽名。又如"厨人具鸡黍，稚子摘杨梅"。此乃——（假对）格。（《笔谈》）

八句法
贺方回学诗于前辈得———（八句法）。平淡不流于浅俗。奇古不流于怪僻。题咏不窘于物象。叙事不用于声律。比兴深通于物理。用事工者如己出。格见于成篇，浑然不可涯。气出于言外，浩然不可屈。（《王直方诗话》）

郑谷诗格
——（郑谷）与齐己、黄损等定今体—（诗格）云："一曰葫芦，二曰辘轳，三曰进退格。葫芦韵者，先三后四。辘轳韵者，双出双入。进退韵者，一进一退。如李师中《送唐介诗》两韵中用韵进退格也。"（《青箱杂记》）

蜂腰
沈约曰："诗有八病，三曰——（蜂腰）。"谓第二字不得与第五字同声。如"闻君爱我甘，窃欲自修饰。"君、甘皆平声，欲、饰皆入声也。（《诗苑类格》）

鹤膝
四曰——（鹤膝）。谓第五字不得与第十五字同声。如"客从远方来，遗我一札书。上言长相思。下言久别离"。来、思皆平声。（同上）

两节

句内作——（两节）者。老杜诗云："不知西阁意，肯别定留人。"肯别耶？定留人耶？山谷犹爱其深远闲雅也。（《诗话》）

双声

王融——（双声）云："园蘅眩红葩，湖荇晔黄华。"又杜甫云："卑枝低结子，接叶暗巢莺。"乐天云："量大嫌甜酒，才高笑小诗。"（《诗话》）

叠韵

上官仪曰："诗有六对，四曰双声对。黄槐对绿树是也。五曰——（叠韵）对，彷徨对放旷是也。"（《诗话类格》）

响字

潘邠老云："七言诗第五字要响，如'反照入江翻水石，归云拥树失山村'，翻字、失字皆响。五言诗第三字要响，如'圆荷浮小叶，细麦落轻花'，浮字、落字皆——（响字），谓致力处也。"（《童蒙训》）

形容

李义山《雨》诗："槭槭度瓜园，依依傍水轩。"此不待说雨，自然知是雨也。后来诸人咏物，不待分明说尽，只仿佛——（形容），便见好处。梅圣俞诗："猬毛苍苍砾不死，铜盘蠢蠢钉头生。吴鸡斗败绛绡碎，海蚌决出真珠明。"诵此，别知是芡。苏东坡诗："海上仙人绛罗襦，红绡中单白玉肤。不须更待妃子笑，风骨自是倾城姝。"诵此则知是荔枝。张文潜诗："平地碧玉秋波莹，绿云引扇摇青柄。水宫仙子斗新妆，轻步凌波踏明镜。"诵此则知是莲花。又"雕虫蒙记忆，烹鲤问沉绵"，不说作赋而说雕虫；不说寄书，而说烹鲤；不说病，而说沉绵。又"颂椒添风味，禁火减欢娱"，不说岁节，但云颂椒。不说寒食，但云禁火。亦文章之工也。此谓仿佛——（形容）格。（出《吕氏童蒙训》）

体用

陈本明论诗云:"前辈作诗言用不言体,若言冷则曰可咽不可漱。言静,则云不闻人声闻履声。"(《漫斋诗话》)又用事琢句,妙在言其用不言其名,惟荆公、东坡、山谷知之。荆公云:"含风鸭绿鳞鳞起,弄日鹅黄袅袅垂。"山谷云:"管城子无食肉相,孔方兄有绝交书。"荆公又云:"缲成白雪桑重绿,割尽黄云稻正青。"(《冷斋夜话》)

交股

王介甫诗云:"春残叶密花枝少,睡起茶多酒盏疏。"惠洪谓多字当作亲字,盖欲以少对密,疏对亲。江朝宗谓:"惠洪不晓古人意格,此一联以密对疏,以多对少,正——(交股)用之,所谓蹉对也。"(出《艺苑雌黄》)

拗句

七言第五字反其平侧,欲其气挺然。如"田中谁问不纳履,坐上适来何处蝇""负盐出井此溪女,打鼓发船何处郎",今俗谓之换字——(拗句)法。(《禁脔》)

折句

欧公诗云:"静爱竹时来野寺,独寻春偶过溪桥。"俗谓之——(折句)。卢元赞《雪诗》:"想行客过梅桥滑,免老农忧麦陇干。"效此体也。(《苕溪诗话》)

促句

《禁脔》有——(促句)格,三句一换韵,三叠而止。山公《观李伯师画马》用此格云:"仪鸾供帐饕风行,翰林湿薪爆竹声。风帘官烛泪纵横,木穿石盘未渠透。坐窗不遂令人瘦,贪马百段逢一豆。眼明见此玉花骢,经思着鞭随诗翁,城西野桃寻小红。"是也。(出《苕溪诗话》)[1]

---

[1] 谢维新:《古今合璧事类备要》,《文渊阁四库全书》第939册,台湾商务印书馆,1983,第353~356页。

从中可见，谢维新著录诗法一般先解释其诗法内涵，然后举出诗例来进行说明，最后注上文献出处。他的材料一部分来自《诗苑类格》（其中《诗话类格》或为《诗苑类格》之误）、《天厨禁脔》等专门的诗法著述，一部分来自《梦溪笔谈》《苕溪渔隐丛话》《王直方诗话》等诗话著作，还有一部分来自《吕氏童蒙训》这样的家塾刻本。而实际上《梦溪笔谈》《苕溪渔隐丛话》《王直方诗话》《吕氏童蒙训》等著作中的诗法记载也是来自唐五代的诗格著作，所以谢维新总结的十六种诗法都是诗歌写作中的常见诗法，在唐五代的诗格著作中都是常见论述，并不新鲜。

《古今合璧事类备要》自南宋宝祐年间刊刻以来，流传的刊本主要有宋刊本、宋建刊本、元刊本、明弘治十一年锡山华氏会通馆活字本、明嘉靖三衢夏相摹宋刻本、明嘉靖三十五年锡山秦氏刊本、明万历刻本和四库全书本八种。①

十八　佚名《诗宪》三则

《诗宪》作者未知，亦不见诸家书目著录。

黄公绍《在轩集》卷一《诗集大成序》云："盛唐而降，诗评、诗话之且千；近世所传，《诗总》《诗宪》之有二。"② 考黄公绍乃是宋元之际邵武（今属福建）人，字直翁。咸淳进士，入元不仕，后隐居樵溪。则《诗宪》当为南宋之书。郭绍虞云："又案黄氏以《诗宪》与《诗总》对举而言，疑二书性质不同，如以《诗总》为诗话论事之代表，则《诗宪》或为诗话论辞之代表。"③ 而笔者认为，宪乃法之意，《尔雅》云："宪，法也。"④ "诗宪"从名字上看是"诗法"的意思。黄公绍将《诗宪》与《诗总》对举而言，应该是把《诗宪》看作是与《诗总》（宋人阮阅《诗话总龟》）截然不同的诗法类著作。

《诗宪》已经亡佚，其佚文保留在元代王构编著的《修辞鉴衡》中。《修辞鉴衡》共两卷，上卷论诗，下卷论文，乃采宋人诗话、文集及杂

---

① 参见朱晓蕾《〈古今合璧事类备要〉初探》，上海师范大学硕士学位论文，2009。
② 黄公绍：《在轩集》，《四库全书珍本初集》本，商务印书馆，1935，第2~3页。
③ 郭绍虞：《宋诗话考》，中华书局，1979，第218页。
④ 郭璞注，叶白本纠讹，陈赵鹄重校《尔雅》，《丛书集成初编》本，商务印书馆，1937，第3页。

记而成。其卷一收录了《诗宪》三条:

布置 含蓄

布置者,谓诗之全篇用意曲折也。《诗眼》云:"山谷尝言文章必谨布置。每见后学多告以《原道》命意曲折,尝以概考古人法度,如《赠韦左丞诗》,前贤录为压卷,盖布置最得正体。《原道》与《书》之《尧典》盖如此。其他皆为变体。"含蓄者,言不尽意也。《冷斋夜话》云:"有句含蓄者,如'勋业频看镜,行藏独倚楼'。有意含蓄者,如'天阶夜色凉如水,卧看牵牛织女星'。有句含蓄者,如'明年此会知谁健,醉把茱萸仔细看'。"(《修辞鉴衡》卷一)

因袭 转意

因袭者,用前人之语也。以陈为新,以拙为巧,非有过人之才,则未免以蹈袭为丑。魏道辅云:"诗恶蹈袭。古人亦有蹈袭而愈工,若出于己者,盖思之精则造语愈深也。"转意者,因袭之变也。前者既有是语矣,吾因而易之,虽语相反,皆不失为佳。(《修辞鉴衡》卷一)

夺胎 换骨

夺胎者,因人之意,触类而长之,虽不尽为因袭,又□不至于转易,盖亦大同而小异耳。《冷斋夜话》云:"规摹其意而形容之,谓之夺胎。"换骨者,意同而语异也。《冷斋》云:"不易其意而造其语,谓之换骨。"朱皡逢年云:"今人皆拆洗诗耳,何夺胎换骨之有!"(《修辞鉴衡》卷一)①

从仅剩的这三条残文看来,《诗宪》中的内容和它的名字相合,是一本讲作诗方法的书。其写作方式为以诗法的关键词作为小标题,然后解释关键词,再引用宋人诗话中的内容进行补充或深入说明。这种写作方法可谓别出心裁,应该是受唐五代诗格的启发而来。唐五代的诗法著述往往以一种诗法的名字为标题,而后对这一诗法进行解释,最后引用

---

① 郭绍虞辑《宋诗话辑佚》,中华书局,1980,第534页。

相关诗句来加以解说与佐证。《诗宪》的三条残文非常整齐地使用了这种写作方法，不得不说是受到了唐五代诗法著述的影响。可惜现在我们看不到《诗宪》的全文了，否则这本著作将给我们很多的惊喜。

第二节 宋代诗法著述佚书考

一 林越《少陵诗格》一卷

《少陵诗格》一卷，林越著。

此书明代尚存，明初《文渊阁书目》卷十、明人钱溥《秘阁书目》、明人叶盛《箓竹堂书目》卷四皆著录此书。清代乾隆年间四库馆臣曾从《永乐大典》中将之辑出，著录于诗文评类存目。《四库全书总目提要》卷一九七著录："《少陵诗格》一卷，宋林越撰。"① 但后来此书亡佚。

林越，一作林绒，字不详，括苍人。约宋高宗绍兴年间在世。生平事迹亦无考。著有《少陵诗格》一卷、《汉隽》十卷。

五代有佚书《杜氏十二律诗格》一卷，作者无考。张伯伟认为："旧题林越《少陵诗格》专就杜甫律诗发明诗格，或在此书基础上改头换面之作。"②《四库全书总目·少陵诗格》云：

> 是编发明杜诗篇法，穿凿殊甚。如《秋兴》八首，第一首为接项格，谓"江间波浪兼天涌"为巫峡之萧森；"塞上风云接地阴"为巫山之萧森，已牵合无理。第二首为交股格，三首曰开合格，四首曰双蹄格，五首曰续后格，六首曰首尾互换格，七首曰首尾相同格，八首曰单蹄格。随意支配，皆莫知其所自来。后又有《咏怀古迹》《诸将》诸诗，亦间及他家。每首皆标立格名，种种杜撰，此真强作解事者也。③

据四库馆臣的描述，林越《少陵诗格》主要是针对杜甫的诗歌总结

---

① 纪昀等：《钦定四库全书总目》，中华书局，1997，第2763页。
② 张伯伟：《全唐五代诗格汇考》，江苏古籍出版社，2002，第574页。
③ 纪昀等：《钦定四库全书总目》，中华书局，1997，第2763页。

诗法的。该书将杜甫的《秋兴》八首、《咏怀古迹》、《诸将》等诸诗，每一首都标示了诗法名目，例如标示《秋兴》第一首为接项格，第二首为交股格，第三首为开合格，第四首为双蹄格，第五首为续后格，第六首为首尾互换格，第七首为首尾相同格，第八首为单蹄格。四库馆臣认为这些内容"穿凿殊甚""此真强作解事者也"，对该书评价不高。

根据《四库全书总目提要》中对《少陵诗格》的描述，程千帆《杜诗伪书考》认为题作元人杨仲弘的《杜陵诗律》就出自南宋林越的《少陵诗格》："其引《秋兴》为例，有接顶（项）、双蹄、单蹄等格，每首标立格名，皆两书所同。疑元时妄人，获此旧籍，伪造新序，用骇世俗。苦林书今未之见，不能取证耳。"① 题作元人杨仲弘的《杜陵诗律》也即现在所说的佚名《杜陵诗律五十一格》一卷。张健《元代诗法校考》中曾以日本天保十一年（1840）翻刻朝鲜尹春年刊《木天禁语》为底本，校以《诗法大成》本，整理出《杜陵诗律五十一格》。张健认为："就《四库总目》提要所述的内容看，《少陵诗格》与前面所言朝鲜刊本诗法汇编《木天禁语》中《杜陵诗律五十一格》可能比较接近。"② 笔者在此录出佚名《杜陵诗律五十一格》一部分，以便读者能够想象林越《少陵诗格》之面貌：

《秋兴》八首

  接项格 第三第四袭接第二句

    玉露凋伤枫树林，起兴于秋而生七句。巫山巫峡气萧森。上四字承枫树，下三字承玉露凋伤。江间波浪兼天涌，上四字承巫峡，下三字承气萧森。塞上风云接地阴。上四字承巫山，下三字承气萧森。此联共承第二句，如首项之相接。丛菊两开他日泪，孤舟一系故园心。寒衣处处催刀尺，此句复应第三联，而生下句。白帝城高急暮砧。

  交股格 第一、第三、第六句，第二、第四、第五句，各相起应，词意通贯，交错如股。第七句设为问答以结之，是曰归题。

---

① 程千帆：《程千帆全集》第八卷，河北教育出版社，2000，第484页。
② 张健：《元代诗法校考》，北京大学出版社，2001，第47页。

夔府孤城落日斜，每依南斗望京华。听猿实下三声泪，奉使虚随八月槎。画省香炉违伏枕，山楼粉堞隐悲笳。请看石上藤萝月，已映洲前芦荻花。①

二 夏侯籍《诗评》一卷

《宋秘书省续编到四库阙书目》"文史类"著录："夏侯籍《诗评》一卷。"②《直斋书录解题》与《文献通考·经籍考》均著录有《诗评》一卷，但不著作者，或即此书。

夏侯籍其人未详，孙光宪《北梦琐言》卷十一记载夏侯籍为唐宣宗相国夏侯孜之子，人颇猥琐：

唐相国夏侯公孜，富贵后得彭素之术，甚有所益。出镇蒲中，悦一娼妓，不能承奉，以致尾闾之泄，因而致卒。有夏侯长官者，本反初僧也，曾依相国门庭，乱离后挈家寄于凤州山谷，寻亦物故，惟寡妻幼子而已。夏姬献此术于节使满存相公，大获濡济。其子名籍，学吟诗，入西川依托勋臣，为幕下从事，时人号为夏侯驴子，乃世济其鄙猥也。仆闻之于强山人甚详，亦尝与籍相识。籍子婿罗峤与仆相知，亦多蓄姬妾，疑其染夏氏之风。然夏侯长官者，得非相国之师乎。③

据上文，孙光宪曾与夏侯籍相识，孙光宪（901~968）为五代宋初之人，则夏侯籍也当活跃于此际。再据诸家目录所著录夏侯籍《诗评》之位置，或为宋初时的作品。联系到北宋僧景淳有《诗评》一卷，乃是诗法著述，则本书以夏侯籍《诗评》亦为同类著作，姑系于此。

三 胡源《声律发微》一卷

《宋史·艺文志八》著录："胡源《声律发微》一卷。"④

---

① 张健：《元代诗法校考》，北京大学出版社，2001，第118页。
② 《宋秘书省续编到四库阙书目》，《丛书集成续编》本，台湾新文丰出版公司，1985，第269页。
③ 孙光宪撰，贾二强点校《北梦琐言》，中华书局，2002，第236页。
④ 脱脱等：《宋史》，中华书局，1977，第5411页。

胡源其人不详，据《宋史·艺文志八》著录之位置，或为宋代人。《声律发微》当为解说诗律之书，涉及的是诗歌的声法问题。自唐代以来，四声八病等声律问题都在诗法著述中有所讨论，笔者遂将此书姑系于此。

第三节 宋代诗法著述的总体特征

罗根泽《中国文学批评史》在著录惠洪《天厨禁脔》、林越《少陵诗格》之后认为："这时已经不是诗格的时代，而他们（按：指惠洪与林越）还在大作诗格书，大半是由于过去历史的领导，不是由于当时社会的需要，就著作的动机而言，也只有附述于五代前后的诗格书，为比较恰当。"[①] 笔者认为这一说法并不全面。诗格著作从初唐兴起后，一直绵续不绝，从五代到两宋，到元明清，一直延续到民国。在白话文通行之前，诗歌创作在整个社会中有很高的需求度，那么诗歌创作方法的书籍就是不可或缺的。宋代虽然新出现了诗话类的书籍，但诗法书籍依然在文坛活跃着。

宋代的诗法著述据笔者考索共有二十一种，其中存世之书十八种，佚书三种。它们在宋代显示出一定的总体特征：宋代诗法著述的数量不比唐五代，显示出了一定的衰微局面；两宋的诗法著述一方面继承了唐五代诗法著述的撰著特征，另一方面又显示出很多新变，主要表现为诗法之书的题名首次出现"法"字，诗法名目的命名不断深化成熟，诗法著述的内在形式越来越完备，首次出现了诗法汇编著作《吟窗杂录》；在宋代诗法之书不复流行的背景之下，诗法著述往往和其他诗学批评形式相结合以行世，所以宋代诗法著述出现了"一书而兼二体"的特殊现象，例如将诗法著述与诗话著作杂糅，将诗法与品评合编，将诗法与诗选结合等。

一 诗法著述进入衰微期

宋代诗法著述的数量不比唐五代。唐五代的诗法著述连同佚书约有

---

① 罗根泽：《中国文学批评史》，上海书店，2003，第509页。

四十七种，而整个两宋具有诗法性质的著作连同佚书只有二十一种，这说明入宋后，诗法著述显示出了一定的衰微局面。

唐代科举考试以诗赋为主，宋代却以策论和大义为主，诗法著述一定程度上失去了应试举子这一重要的需求群体，造成的结果就是整个社会不再对诗法著述大加追捧。在两宋时代，也便没有那么多人主动投身到诗法著述的编撰事业中来，同时也造成了不少唐五代的诗法著述在宋代纷纷亡佚。

再者，诗法著述的衰微跟诗话著作在宋代的崛起有很大关系。吴文治的《宋诗话全编》是目前集宋代诗话之大成之作，共收录宋代诗话五百六十二家，其中原已单独成书的有一百七十余种，相比之下，宋代诗法著述二十一种的数量显得那样微不足道。所以罗根泽说："'诗话'是对于'诗格'的革命。"① 的确在宋代，自从欧阳修《六一诗话》开创了"诗话"之体之后，人们普遍发现了诗话写作的随意性和形式上的灵活性，"使论诗的方面广，又能成为方便法门"②，并不需要有多大的文学成就或者多高的社会地位，只要对诗歌及其相关方面有任何感悟，都可以写一本诗话著作。相反，如果在诗歌创作方面没有深刻的体验与熟练的操作技巧，则很难写一本原创性的诗法著述（摘抄或者辑录他人诗法著述的情况除外）。因为总结出诗歌创作的内在方法，并不是一件容易的事情。而且即便是一些名家、大家总结出了诗歌创作的技巧与方法，他们也可以在诗话著作中记载下来，例如《苕溪渔隐丛话》《王直方诗话》《冷斋夜话》《西清诗话》《诚斋诗话》等诗话之书中都包含着不少的诗法总结。这是因为诗话的功能越来越泛化，北宋末年许𫖮《许彦周诗话》云："诗话者，辨句法，备古今，纪盛德，录异事，正讹误也。"③ 其中"辨句法"便是直指古典诗学中的"诗法"领域。这说明在北宋时，诗话著作已经可以承担诗法著述的功能了。在这种背景下，诗法著述的衰微是不言而喻的。

在诗法著述衰微的背景下，一些诗法著述只能依附于类书或者大型

---

① 罗根泽：《中国文学批评史》，上海书店，2003，第517页。
② 郭绍虞：《清诗话·前言》，载《清诗话》，上海古籍出版社，1978，第5页。
③ 许𫖮：《许彦周诗话》，《丛书集成初编》本，商务印书馆，1939，第1页。

学术笔记而行世。在曾慥所编的《类说》卷五十一中就保存了多条诗法内容。孙奕大型学术笔记《履斋示儿编》的卷九、卷十中又有《诗说》二卷，主要内容包括：假对、偏枯对、倒用字、双字、递相祖述、用古今句法、类前人句、杜诗转字音、韩诗转字音、柳诗转字音、出奇、屡用字、练字、属对不拘、尔汝、安得、呜呼、知见、用方言、诗酒、花妥、寺残、锦宫城、落英、绿杨垂手、甜酒、禽水、溪声山色、鸭绿鹅黄、白雪黄云、四印、意相反、风雅不继、杀风景、向上人、花竹无香、老而诗工、周益公评诗、贺生日、省题诗更须留意、春猿秋鹤、韵书脱字、康节诗无施不可，共四十三条；其中很多就是诗法的内容。谢维新的大型类书《古今合璧事类备要》前集卷四四"儒业门"中还有《诗律》一卷，涉及诗法的内容有"蹉对""假对""八句法""郑谷诗格""蜂腰""鹤膝""两节""双声""叠韵""响字""形容""体用""交股""拗句""折句""促句"共十六个条目，并附有解说、诗例与出处。这说明诗法著述虽然在宋代式微，但有识之士还是能够认识到这类书存在的必要，所以在编纂类书或者学术笔记时能够为之单独开辟篇章、总结记载。

二 诗法著述在宋代的新变

两宋的诗法著述一方面仍然继承了唐五代诗法著述的撰著特征，例如梅尧臣《续金针诗格》一卷，其书依然采用以数词和名词构成的词组为小标题排列成书，如"诗有三本""诗有四得""诗有五忌"等。保暹《处囊诀》一卷与之相类。释惠洪的《天厨禁脔》三卷，"是编皆标举诗格，而举唐、宋旧作为式"①，具体的内容安排上还是采用罗列诗法名目的方式。景淳《诗评》一卷与《天厨禁脔》体例相仿，其中依次列举了"象外句格""当句对格""假色对格""璞玉格""雕金格"等诗法名目。但另一方面，两宋的诗法著述又显示出很多新变。

（一）诗法之书的题名首次出现"法"字

唐五代并没有出现直接命名为"法"的诗法之书，诗法著述多是被命名为"格""式""范"等，而到了宋代这一情况出现了新变。南宋周弼《唐诗三体家法》的书名中首次出现"法"字，这是诗法著述发展史

---

① 纪昀等：《钦定四库全书总目》，中华书局，1997，第2763页。

上的一个标志性事件。

虽然在宋代直接题名为"诗法"的著作并不曾面世，但严羽《沧浪诗话》已经专辟一章为"诗法"，这部分内容后来被明人杨成的《诗法》、黄省曾的《名家诗法》、周履靖的《骚坛秘语》等专谈诗法的著作大规模地辑录。晚清许印芳《诗法萃编》又对此全文著录并加按语云："全书皆讲诗法，此又摘其切要者，示人法门耳。"[①] 所以《沧浪诗话》可以算作是"诗法"类著作的"先驱"。魏庆之《诗人玉屑》中也有明确的大小标题来记载诗法，如"诚斋翻案法""诚斋又法""赵章泉诗法""沧浪诗法"等。这些都反映了宋人对"诗法"概念认识的加深。"从中唐到北宋，经过一段曲折的发展，传统诗法论的理论系统趋向于完善。"[②]

到了元代，题名为"诗法"的著述如雨后春笋般涌现，例如旧题杨载《诗法家数》、旧题傅与砺述范德机意的《诗法源流》、旧题虞集的《虞侍书诗法》、旧题揭曼硕的《诗法正宗》、黄清老的《诗法》、题傅若川的《傅与砺诗法》等。这说明，从唐五代多命名诗法著述为"诗格""诗式"，到元明清时代统一书名为"诗法"，宋代是重要的过渡环节。

（二）诗法名目的命名不断深化成熟

早期，许多诗法名目在唐五代被总结时，还是不够成熟的，等到了宋代，这些诗法名目都得到了一定的完善。例如约产生于中唐的《金针诗格》中有"十字句"，晚唐的《二南密旨》中指出其内涵是"二句显意"，其中又有两大类"对或不对"。之后《炙毂子诗格》中又提到了"两句一意体"，直接使用其内涵来命名。但从理论总结的角度来看，这个名称相对于"十字句"来说是不够概括的，所以后来的人们还是选择了"十字句"这一名称。如五代徐夤《雅道机要》中便径直称呼为"十字句"。等到北宋时，僧景淳《诗评》中明确提到"十字句格""十字对格"，将"十字句"中"对仗而两句一意""不对仗而两句一意"的两种情况明确分类。惠洪《天厨禁脔》中进一步对"十字对句"和"十字句"进行了辨析。到南宋严羽《沧浪诗话》时，这种"十字对句"和

---

① 严羽著，郭绍虞校释《沧浪诗话校释》，人民文学出版社，1961，第108页。
② 钱志熙：《杜甫诗法论探微》，《文学遗产》2001年第4期。

"十字句"的称谓已经很固定了。这反映了诗法名目从最初的感性直观印象到形成文字化的描述,再到最后给予命名、定义和例证的理论形式,是要经历一个艰难的认识过程的。人们对诗法名目的总结和认定,是一个不断选择、不断深化的过程。

(三) 诗法著述的内在形式越来越完备

从唐五代到两宋,诗法著述的形式越来越完备。唐五代诗法著述中罗列的诗法名目并没有统一的格式,或是"某某格""某某体",或是"某某势",或者如《文苑诗格》中直接叫作"创结束""依带境""菁华章""宣畅骚雅""影带宗旨""雕藻文字""联环文藻""叙旧意""重叠叙事"等。到了北宋,惠洪《天厨禁脔》一书中的四十多种诗法名目除最后的"古诗秀杰之句""古诗奇丽之气""古诗有醇酽之气"之外,都直接叫作"某某法",如"错综句法""折腰步句法""绝弦句法""影略句法"等;诗法名目的体例统一,使得全书显得非常整齐。

在中唐时代的《金针诗格》中,只有诗法名目却没有相关解释,例如"诗有四格"条下,何谓"有窍",何谓"十字句格",何谓"十四字句格"等,作者并没有进一步展开阐释。晚唐《风骚旨格》等书中,对其标举的诸多名目均无具体的解释,只是附上了诗例,还需要读者自己推导出具体的诗法技巧,例如:

> 诗有六断
> 一曰合题。二曰背题。三曰即事。四曰因起。五曰不尽意。六曰取时。
> 一曰合题。诗曰:"可怜半夜婵娟月,正对五侯残酒卮。"
> 二曰背题。诗曰:"寻常风雨夜,应有鬼神看。"①

但到了北宋惠洪的《天厨禁脔》中,每个诗法名目之下既有解释又有诗例,格式十分统一,如:

---

① 张伯伟:《全唐五代诗格汇考》,江苏古籍出版社,2002,第 414~415 页。

遗音句法

《扇》:"玉斧修成宝月团,月边仍有女乘鸾。青冥风露非人世,鬓乱钗横特地寒。"《宿东林寺》:"溪声便是广长舌,山色岂非清净身。夜来八万四千偈,他日如何举似人。"前舒王作,后东坡作。此所谓读之令人一唱而三叹,譬如朱弦发越,有遗音者也。秦少游欲效之,作一首曰:"猕猴镜里三身现,龙女珠中万像开。争似此堂人散后,水光清泛月华来。"终若不及也。①

这就说明到了宋代,诗法之书的内在形式已经非常完备了,随后的元明清诗法之书就延续《天厨禁脔》中的体例,基本上没有更多的变化。

(四) 首次出现了诗法汇编著作

在南宋,还出现了汇编唐五代北宋诗法之书的著作。汇集诸家诗法之书的努力,最早可见于成书于中唐的日僧空海的《文镜秘府论》。但是《文镜秘府论》是将诸种诗法之书打散后重新编辑,而南宋的《吟窗杂录》却是尊重诸书的原貌,将前人的诗法著述原封不动地依次汇编。

《吟窗杂录》汇集的前人诗法著述有旧题魏文帝《诗格》、贾岛《二南密旨》、白乐天《文苑诗格》、王昌龄《诗格》、王昌龄《诗中密旨》、李峤《评诗格》、僧皎然《诗议》、僧皎然《中序》、僧皎然《诗式》、李洪宣《缘情手鉴诗格》、徐衍《风骚要式》、齐己《风骚旨格》、文(按:当为"神")彧《诗格》、保暹《处囊诀》、释虚中《流类手鉴》、淳大师《诗评》、王玄《诗中旨格》、王叡《炙毂子诗格》、王梦简《诗要格律》、徐寅(按:当为"夤")《雅道机要》、白居易《金针诗格》、梅尧臣《续金针诗格》及《诗评》等。这部诗法汇编著作的出现,代表了宋人总结唐五代诗法之学的努力。

《吟窗杂录》是目前存世最早的诗法汇编类著作,其诗学地位很高。该书汇编历代诗法著述的写作体例也为后世所重视。明代史潜校刊《新编名贤诗法》三卷、怀悦刊《诗家一指》、杨成编《诗法》(又题《群

---

① 张伯伟:《稀见本宋人诗话四种》,江苏古籍出版社,2002,第137页。

公诗法》)、王用章编集《诗法源流》三卷、吴默编《翰林诗法》十卷、胡文焕编《诗法统宗》等书都是诗法汇编类著作,清代顾龙振《诗学指南》八卷采用的主要编写体例也是存其全篇,次之以类。《吟窗杂录》是明清两代诗法汇编之书的源头。

三 诗法著述"一书而兼二体"

宋代诗法著述出现了"一书而兼二体"的特殊现象。

第一种是将诗法著述与诗话著作杂糅。正如前文所论,姜夔《白石诗说》乃是一本具有鲜明诗法属性的著述,但它同时具有诗话著作的某些特点,以至于长期以来被当成一部诗话著作。如果将《白石诗说》同唐五代的诗格、诗式一一对照,就会发现,这是一部从唐五代诗法著述中"升华"出来的书,是一本比较"高级"的诗法著述。

第二种是将诗法与品评合编。例如《诗人玉屑》可分为前后两部分,前十一卷是诗法统编,第十二卷到第二十一卷是品藻古今人物与诗歌。但我们不能因为《诗人玉屑》中有品评诗人诗歌的内容,就否定这本书的诗法属性。

第三种是将诗法与诗选结合。一般认为《唐诗三体家法》是一本唐诗选集,而实际上它是一部将诗选与诗法紧密结合在一起的诗学著作。周弼自己写的《唐诗三体家法序》云:"于一家之中则有诗法,于一诗之中则有句法,于一句之中则有字法,谪仙号为雄拔,而法度最为森严,况余者乎?……故今所编摭阅诵数百家,择取三体之精者,有诗法焉,有句法焉,有字法焉。大抵皆规矩准绳之要言。其略而不及详者,欲夫人体验自得,不以言而玩也。"① 从周弼的序言中可以发现,他选择的诸多唐代诗作乃是为了配合解释他所归纳总结的实接、虚接、用事、前对、后对、拗体、侧体等二十一种诗法。所以,与其说该书是唐诗的选本,还不如说是诗法著述。

正如李江峰所论,"宋代以后也有诗格著作,但已逐渐吸收融合了诸如选本、诗话以及评点等批评形式某些方面的特点,体裁形式不再典

---

① 李修生主编《全元文》第14册,江苏古籍出版社,1999,第323~324页。

型"①。出现这种"一书而兼二体"的情况,原因之一是古人的著述体例往往并不严格;原因之二是虽然宋代诗法著述进入衰微期,但作诗离不开方法,诗法讨论依然是宋代人绕不过去的领域。在宋代诗法之书不复流行的背景之下,诗法著述往往和其他诗学批评形式相结合以行世。

---

① 李江峰:《晚唐五代诗格研究》,人民出版社,2017,第1页。

第五章 总论

第一节 诗法著述的编著特征

一 伴随着一定的神秘性

诗法著述伴随一定的神秘性，是唐代以来诗法写作与传授过程中的突出现象。

例如初唐元兢《诗髓脑》在谈到对仗方法时说："以前八种切对，时人把笔缀文者多矣，而莫能识其径路。于公义藏之于箧笥，不可示于非才。深秘之，深秘之。"① 五代徐衍在《风骚要式》中说："夫诗之要道，是上圣古人之枢机。故可以颂，可以讽。'迩之事父，远之事君'。今之辞人，往往自讽自刺而不能觉。前代诗人亦曾微露天机，少彰要道。白乐天云：'鸳鸯绣出从君看，莫把金针度与人。'禅月亦云：'千人万人中，一人两人知。'以是而论，不可妄授。"② 从中可见，他们都把诗法当成了不可轻授的神秘之物。这就使得诗法著述犹如一本武功秘籍，一旦拥有，便诗技大增，所以徐衍又说："今之词人循依此格，则自然无古无今矣。"③ 唐人的这种说法有一定的道理，这是因为唐代诗法著述刚刚兴起，又多是行家里手总结诗法，所以这些诗法著述有一定的稀缺性和珍贵性。

唐代之后，这种以诗法为秘宝的观点一直延续而成为传统，例如后代的诗法著述《天厨禁脔》（北宋惠洪）、《木天禁语》（元代旧题范德机）、《吟法玄微》（元代旧题范德机门人集录）、《诗宗正眼法藏》（元代旧题揭曼硕）、《艺苑玄几》（明代邵经邦）、《骚坛秘语》（明代周履

---

① 张伯伟：《全唐五代诗格汇考》，江苏古籍出版社，2002，第118页。
② 张伯伟：《全唐五代诗格汇考》，江苏古籍出版社，2002，第451页。
③ 张伯伟：《全唐五代诗格汇考》，江苏古籍出版社，2002，第454页。

靖)、《骚坛千金诀》(明代李贽)、《诗文秘要》(清代佚名)等,书名都有秘藏以为珍宝之意。诗法著述乃是来源于大量的创作实践,是对优秀创作经验的总结与技巧的提炼。诗法之书中对优秀诗法的总结的确可以指导写作。如元人陶宗仪《南村辍耕录》卷四记载:

> 虞伯生先生集、杨仲弘先生载同在京日,杨先生每言伯生不能作诗。虞先生载酒请问作诗之法,杨先生酒既酣,尽为倾倒。虞先生遂超悟其理,继有诗送袁伯长先生梅匦驾上都,以所作诗介他人质诸杨先生。先生曰:"此诗非虞伯生不能也。"或曰:"先生尝谓伯生不能作诗,何以有此?"曰:"伯生学问高,余曾授以作诗法,余莫能及。"①

杨载的诗法都可以指导大诗人虞集,那对普通人的指导价值自不待言。对于写诗重诗的古代社会来说,诗法著述的确有一定的指导作用,所以,诗法之书在命名与叙述中强调其神奇性,也就不足为怪了。

作者往往故意强调这些诗法著述的神秘性与珍贵性,为的是增加其权威性与说服力,以便让著作获得更多的传播与关注。例如元代旧题范德机的《木天禁语》内篇卷首云:

> 兹集开元、大历以来,诸公平昔在翰苑所论秘旨,述为一编,以俟后之君子贤士大夫之后好学俊彦子弟有志者之告。所谓天地间之宝物,当为天地间惜之。切虑久而泯没,特笔之于楮,以与天地间乐育者共之。授非其人,适足招议,故又当慎之。得是说者,犹寐而寤,犹醉而醒。外则用之,以观古人之作,万不漏一;内则用之,以运自己之机,闻一悟十。若夫动天地,感鬼神,神而明之,则又存乎其人也。是编犹古今《本草》,所载无非有益寿命之品。②

《木天禁语》又在"结句"法之后注云:"作者深造博学,始能著

---

① 陶宗仪:《南村辍耕录》,中华书局,1959,第50页。
② 张健:《元代诗法校考》,北京大学出版社,2001,第140页。

心，必将有得。谨之慎之，不可妄授。"① 这种"故弄玄虚"的说法一出，或许在社会上可以形成一定的号召力与传播力，却降低了其学术品格，所以在四库馆臣那里，诗法著述的神秘性也被当成批判的对象。如《四库全书总目·木天禁语》有言："又云'十三格犹六十四卦之动，不出八卦。八卦之生不离奇偶，可谓神矣。目曰屠龙绝艺，此法一泄，大道显然'云云。殆类道经授法之语。"② 其实，这些强调诗法著述神秘性的叙述跟书坊营销也有一定的关系。

二 诗法名目的命名自有其特点

古典诗法著述的主体内容是一个个诗法名目。首先，这些诗法名目的命名显示出形象性的特征。

如律诗首联对仗而颔联不对，惠洪《天厨禁脔》卷上将之名为"偷春格"："言如梅花偷春色而先开也。"③ 同时，《天厨禁脔》中将颔联无对偶、至颈联方对偶的对仗方式称为蜂腰格："言若已断而复续也。"④ 还有明代杨良弼《作诗体要》中概括的"流水体"曰："前四句不拘对偶，如水之流，故名之。"⑤ 由此可见，古代诗论家在发现诗歌技巧之后，能够根据自己的理解，形象化地概括、艺术化地创造出贴切的诗法名目。

又有南宋魏庆之《诗人玉屑》卷四总结了不少"风骚句法"。一些常见的五言诗歌技巧如"上接下下连上"被概括成"万象入壶"；"上下接连"被概括成"重轮倒影"；"上接下"名之曰"新月惊兔"；"下连上"名之为"衣衮乘龙"；"高步清虚"的内容被概括为"真人御风"。七言的情况如：

> 绿树吟莺景对物
> 巢燕养雏浑去尽，江花结子已无多。乐意相关禽对语，生香不

---

① 张健：《元代诗法校考》，北京大学出版社，2001，第181页。
② 纪昀等：《钦定四库全书总目》，中华书局，1997，第2767页。
③ 张伯伟：《稀见本宋人诗话四种》，江苏古籍出版社，2002，第111页。
④ 张伯伟：《稀见本宋人诗话四种》，江苏古籍出版社，2002，第111页。
⑤ 周维德集校《全明诗话》，齐鲁书社，2005，第1557页。

断树交花。

  彩禽入鉴 物对景

  映阶碧草自春色，隔叶黄鹂空好音。寺隔江声秋月上，楼依野色夕禽还。

  龙吟云起 比附对

  夜栖少共鸡争树，晓浴先饶凤占池鹤。若非琥珀休为枕，不是琉璃莫作屏簟。

  虎啸风生 比类对

  初分隆准山河秀，乍点重瞳日月明画。翼薄乍舒宫女鬓，蜕轻全解羽人尸蝉。

  兰艾同畦 爱憎对

  蛇蝎性灵生便毒，蕙兰根异死犹香。风却有情偏动竹，雨浑无赖不饶花。①

  从中可见，魏庆之发现了这些"景对物""物对景""比附对""比类对"的诗歌技巧之后，还要进一步给它们起一个"风骚"的名字，如"绿树吟莺""彩禽入鉴""龙吟云起"等，这些都反映了作者将诗法名目形象化、生动化、图画化的特点。

  其次，一些作者为了追求形象性，可能会穿凿附会，以至于不少诗法的命名也具有模糊性。例如晚唐齐己《风骚旨格》中首次列出了十种"诗势"；随后五代徐夤《雅道机要》列"八势"；五代神彧《诗格》列"诗有十势"；北宋佚名的《诗评》中又有"诗有四势"，总结出"芙蓉映水势""龙潜巨浸势""龙行虎步势""狮子返掷势""寒松病枝势"等势名。这些势名因为缺乏相关的解释，令人难以索解，也引来了很多批评的声音。再例如元人诗法《木天禁语》中关于七言律诗的篇法有"一字血脉""二字贯穿""三字栋梁""数字连序""中断""钩锁连环""顺流直下""双抛""单抛""内剥""外剥""前散""后散"等诗法名目，因为指示的内涵并不明显，所以王士禛对此不以为然，认为失之穿凿。

---

① 魏庆之著，王仲闻点校《诗人玉屑》，中华书局，2007，第143~144页。

最后，在历代诗法著述中，因为著书者的理解不同，同一诗歌技巧会有不同的诗法名称。

例如扇对格又名隔对句。《沙中金集》"扇对格"云："又名隔对句。此格出于白氏《金针》，以第一句对第三句，第二句对第四句也。"① 明代梁桥《冰川诗式》则名其为"隔句扇对"。清人冒春荣《葚原诗说》卷一又称它"开门对"："（律诗）有以第三句对首句，第四句对次句者，谓之开门对。"② 清人朱绍本《定风轩活句参》十一卷中对一些诗法常有自己的独特命名，例如卷一"综参"中云："扇对体者，第一句对第二句，第二句对第四局，即余所谓遥对是也。如'几思闻静语，夜雨对禅床。未得重相见，秋灯影照堂。'"③

再例如出句使用叠语，对句也在相同的位置使用叠语，《金针诗格》中将之命名为"叠语字对"，同时又称呼其为"连珠"；日僧空海《文镜秘府论·二十九种对》称之为"重字对""赋体对"；元代佚名《杜陵诗律五十一格》称其为"双字格"；明代徐师曾《文体明辨序说》称其为"叠字体"；明代费经虞《雅伦》卷九称其为"叠字格"，同书卷十二称其为"绵连对"；明人谭俊《说诗》卷上叫作"二句对叠""隔句间叠"；明人梁桥《冰川诗式》卷三叫作"叠字次第法"。如此，一种诗法的种种异名就有十几个之多。这反映了诗论家在总结时往往各自命名，以至于形成了名异实同的混乱局面。

与之相对的另一种情况是，同一名称也可以指示不同的诗歌技巧，即名同实异，这反映的是人们对同一事物的不同理解。例如重复用事，唐佚名的《诗式》中称之为"相滥"，而在唐代崔融的《唐朝新定诗格》中，"相滥"却指约定俗成的一组同义名词出现在同一诗歌节奏句中。

三 也有一些理论的探索

虽然诗法著述以总结罗列技巧为主，但其中也有一定的理论探索与突破。

如王昌龄《诗格》中有"三境"说：

---

① 张健：《元代诗法校考》，北京大学出版社，2001，第384~385页。
② 郭绍虞编选，富寿荪校点《清诗话续编》，中华书局，1983，第1574页。
③ 朱绍本：《定风轩活句参》，国图藏清抄本。

> 诗有三境
>
> 一曰物境。二曰情境。三曰意境。
>
> 物境一。欲为山水诗，则张泉石云峰之境，极丽绝秀者，神之于心。处身于境，视境于心，莹然掌中，然后用思，了然境象，故得形似。
>
> 情境二。娱乐愁怨，皆张于意而处于身，然后驰思，深得其情。
>
> 意境三。亦张之于意，而思之于心，则得其真矣。①

这一番论述虽然简短，却是中国古代意境论的奠基性学说，它使王氏成为"意境"论的主要开创者之一。② 张伯伟《诗格论》又认为："(皎然)《诗式》是继钟嵘《诗品》之后的又一部较有系统的诗论专著，在这部书中，皎然揭示了诗歌创作的若干法则，对诗歌的艺术风格、审美特质等问题颇有探讨，尤其是关于'物象'和'取境'的理论，在诗论史上影响深远。"③ 还有著名的"磨炼"理论，是唐五代诗学中独具特色的理论之一，也是来源于唐五代诗格著作。其发展线索为"从王昌龄《诗格》开始，经皎然《诗式》，到旧题白居易《金针诗格》最后成熟，并在晚唐五代以至宋初的诗格中蔚为大观"。④ 再有诗论中的南北宗理论，就形成于唐代的诗法著述，这比明人董其昌以南北宗论画早八九百年。"从王昌龄《诗格》到贾岛《二南密旨》和虚中《流类手鉴》，南北宗理论的美学内涵经历一定的发展演变后趋于定型。作为一个动态的诗学理论，它的发展演变反映了不同时期的诗学宗尚。"⑤ 所以，对于这些看起来相当"芜杂"的诗格、诗式著作来说，"时代还会赋予它另外一个功能，即建立诗学。实际上，唐代诗格确实显现出了由基本诗格

---

① 张伯伟：《全唐五代诗格汇考》，江苏古籍出版社，2002，第 172~173 页。
② 具体论述可参见贺天忠《王昌龄〈诗格〉的学术回溯与"三境"说新论》，《孝感学院学报》2010 年第 1 期。
③ 张伯伟：《全唐五代诗格汇考》，江苏古籍出版社，2002，第 14 页。
④ 具体论述可参见李江峰《皎然〈诗式〉"作用"与唐五代诗格的"磨炼"理论》，《中国文学研究》2012 年第 1 期。
⑤ 具体论述可参见李江峰《唐五代诗格南北宗理论探析——以王昌龄〈诗格〉和贾岛〈二南密旨〉为中心》，《长江学术》2007 年第 3 期。

发展为诗学体系的过程"①。

江西诗派著名理论纲领的"换骨法""夺胎法"的产权也应属于北宋惠洪。② 著名的"起承转合"之说，其实来源于元代题名杨载的《诗法家数》与傅若金的《诗法正论》，后来人所共知的八股文法就是出自诗法中的这一结构论。③ 还有学人指出，"起承转合"三要素可以追溯到唐五代诗格甚至更早："唐五代诗格中已出现将律诗分为四段、重视诗歌各部分与诗题（意）关系等观念。"④ 再例如，一般认为是明初高棅的《唐诗品汇》最早提出初、盛、中、晚四唐说，但元代佚名的《诗家模范》中就有言曰："大抵学者要分别得初唐、盛唐、中唐、晚唐及宋、元人诗，某也如何，某也如是。"⑤ 这样看来，高棅或许是受到元代诗法的影响。⑥

由此看来，诗法著述虽为"器用"，但对诗歌之"道"也有不少理论贡献。

第二节　诗法著述的体系建构⑦

众所周知，中国古代文论的理论性相对薄弱，无论是具体议论，还是体系的设置，都偏重于感性体验。就中国古典诗法之学来说，它的内容本来就琐屑零散，颇难归类，但古典诗法著述在由唐到民国的漫长发展过程中，却显示出一定的理论性。这主要体现在古典诗法著述缓慢而艰难地按照一定有效的形式排比编辑其诗法内容，显示出体系建构的努力。

---

① 李利民：《王昌龄〈诗格〉——唐代诗格的转折点》，《湖北社会科学》2006年第7期。
② 具体论述可见周裕锴《惠洪与换骨夺胎法——一桩文学批评史公案的重判》，《文学遗产》2003年第6期。
③ 具体论述可参见蒋寅《起承转合：机械结构论的消长——兼论八股文法与诗学的关系》，《文学遗产》1998年第3期。
④ 具体论述可参见吴正岚《宋代诗歌章法理论与"起承转合"的形成》，《南京大学学报》2003年第2期。
⑤ 张健：《元代诗法校考》，北京大学出版社，2001，第420页。
⑥ 参见张健《元代诗法校考·前言》，载《元代诗法校考》，北京大学出版社，2001，第4页。
⑦ 本节的部分内容修改为《论历代诗法著述中的体系建构》，发表于《天中学刊》2017年第2期。

一 唐五代尚未重视诗法体系的建构

早期的诗法著述，例如那些唐五代的诗格、诗式作品多已散佚，原书面目已不得见。从现存辑佚的文字看来，它们大多是条目罗列式的，例如上官仪《笔札华梁》中有"八阶""六志""属对""七种言句例""文病""笔四病"等。王昌龄《诗格》卷上为：调声、十七势、六义、论文意；卷下为：诗有三境、诗有三思、诗有三不、起首入兴体十四、常用体十四、落句体七、诗有三宗旨、诗有五趣向、诗有语势三、势对例五、诗有六式、诗有六贵例、诗有五用例。可以看到，唐五代的诗法著述在形式上经常由若干小标题构成，倘若进一步推敲这些小标题的编排顺序，则并没有一定的逻辑可循。或许因为文献的散佚，现在我们所看到的并不是这些著作的本来面目，但从后代诗法著述艰难的体系建构进程来看，早期诗法著述大概只是罗列条目，并没有一定的体系可言。

中唐皎然的《诗式》保存相对完整，学界一般以《诗式》里的"中序"为界，将《诗式》分为两大部分："中序"以前部分的内容为"诗之作法"；"中序"以后主要内容是"评诗"。① 其中的"诗有四深"条是带有纲领性质的：

> 气象氤氲，由深于体势；意度盘礴，由深于作用；用律不滞，由深于声对；用事不直，由深于义类。②

这里的"体势"主要指作品的体裁样式与风格之间的关系。"作用"可以看作是文学家的艺术构思。"声对"指诗歌的声律、属对等形式技巧问题。"义类"指在诗歌创作中运用典故或援引故事。如此看来，皎然头脑中已经存在一个诗法的体系，曰：体势、作用、声对、义类。这是目前可见最早的诗法体系说，但是在《诗式》实际的章节安排上，这一体系体现得还不是十分明晰。

应该说，整个唐五代最具有体系论意义的是日僧空海的《文镜秘府

---

① 参见许连军《皎然〈诗式〉研究》，上海师范大学博士学位论文，2004，第33页。
② 张伯伟：《全唐五代诗格汇考》，江苏古籍出版社，2002，第224页。

论》。空海将他在唐朝所收集的大量诗格、诗式类著作带回日本后,进行了编排整理,于是就有了此书。其中最为引人注目的是他在书中设立的诗法体系。书中以天、地、东、西、南、北分为六卷。天卷为:调四声谱、调声、诗章中用声法式、七种韵、四声论;地卷为:论体势等、十七势、十四例、十体、六义、八阶、六志、九意;东卷为:论对、二十九种对、笔札七种言句例;西卷为:论病、文二十八种病、文笔十病得失;南卷为:论文意、论体、定位、集论;北卷为:论对属、句端、帝德录。王运熙分析道:"遍照金刚所编《文镜秘府论》六卷,其中天卷、西卷论声律病犯,地卷着重论体势,东卷论对偶,南卷论构思立意、结构篇章等,主要内容也在声律、对偶、体势、构思立意诸方面。和《诗式》的上述四方面大致相同。"① 空海的这种分卷方法,相对于皎然《诗式》那模糊的观念来看,在篇章安排上更加具有体系建构的自觉性与逻辑性。这一体系,正如日本文艺理论家所评价的那样,的确是公元8世纪前中国所仅见的。② 然而是书一直流传于海外,并没有影响到中国诗法著述的体系建构。

值得指出的是,五代僧神彧《诗格》一卷的内容安排很有新意,分"论破题""论额联""论诗腹""论诗尾""论诗病""论诗有所得字""论诗势""论诗道"八部分。前四条紧扣诗歌的具体写作展开,依次论述了诗的首联、领联、颈联、尾联的写作方法,第五条又补充以"诗病",主要是讨论篇章安排上的重叠之病。③ 第六条"论诗有所得字",依然是从篇章角度来考虑某一字于整诗的意义。④ 第七条"论诗势",提出"先须明其体势,然后用思取句"⑤,列举了"芙蓉映水势""龙潜巨

---

① 王运熙、顾易生主编,王运熙、杨明著《中国文学批评通史》(隋唐五代卷),上海古籍出版社,1996,第332页。
② 参见黄道立《中日友好的先驱日本著名高僧空海》,商务印书馆,1984,第25页。
③ "论诗病。夫为诗者,难得全篇造于玄妙。《送人宰蓝田》:'瘦马稀餐粟,羸童不识钱。如君清苦节,到处有人传。'或问此诗病在何处?曰:有上两句了,又言'清苦节',是重叠也。贾岛《赠蓝田主簿》:'久别丹阳浦,时时梦钓船。'如此断句,方为佳矣。"(张伯伟:《全唐五代诗格汇考》,江苏古籍出版社,2002,第492页。)
④ "论诗有所得字。冥搜意句,全在一字包括大义。贾岛诗:'秋江待明月,夜语恨无僧。'此'僧'字有得也。郑谷《咏燕诗》:'闲几砚中窥水浅,落花径里得泥香。'此'香'字有得也。"(张伯伟:《全唐五代诗格汇考》,江苏古籍出版社,2002,第493页。)
⑤ 张伯伟:《全唐五代诗格汇考》,江苏古籍出版社,2002,第493页。

浸势""龙行虎步势"等。第八条则总论诗道：

> 至玄至妙，非言所及，若悟诗道，方知其难。诗曰："未必星中月，同他海上心。"禅月诗："万缘冥目尽，一衲乱山深。"薛能诗："九江空有路，一室掩多年。"周朴诗："尘世自碍水，禅门长自关。"此乃诗道也。①

这一条可谓总结全篇。如此看来，神彧的《诗格》内容纯粹、分类规整，主要讨论了字法、句法、篇章、体势之法，可见作者对诗法内容的清晰认识与整合。可惜这部作品每一部分论述得比较简略，整体字数统共二千字左右，所以历来也不受重视。

二 宋元时期开始尝试体系建设

宋代除了专门的诗法著述如僧保暹《处囊诀》、僧景淳《诗评》、僧惠洪《天厨禁脔》之外，严羽《沧浪诗话》、周弼《三体唐诗》、魏庆之《诗人玉屑》等书也具有诗法著述的意义。② 从这三种著述中，可以见到宋代已经开始尝试建设诗法体系。

严羽《沧浪诗话》"诗辨"中有一条谓："诗之法有五：曰体制，曰格力，曰气象，曰兴趣，曰音节。"③ 这便试图为诗法的范畴确立一个体系，可惜严羽并没有进一步展开论述。具体分析严羽这一分类，其中的格力、气象、兴趣都指向的是诗歌创作中的风格部分，所以严羽的诗法分类主要是分成体制、风格、音韵三方面，这也算是当时比较有见地的认识。

此外又有南宋周弼的《三体唐诗》。三体，指七言绝句、七言律诗、五言律诗。是书于每种体裁下按作法分为诸体，每体前有解说，后附诗例。七言绝句分七格，曰：实接、虚接、用事、前对、后对、拗体、侧体。七言律诗分六格，曰：四实、四虚、前虚后实、前实后虚、结句、咏物。五言律诗分七格，前四格与七言律诗同，后三格曰：一意、起句、

---

① 张伯伟：《全唐五代诗格汇考》，江苏古籍出版社，2002，第494~495页。
② 具体论述可见本书第四章第一节。
③ 严羽著，郭绍虞校释《沧浪诗话校释》，人民文学出版社，1961，第7页。

结句。这本书在成书体例上较有新意，涉及的具体诗法大致有字法、对仗、声律、题材、结构等方面，并且尝试将种种诗法放置在诗歌体裁的体系之下，有一定的启发意义，清代诗法著述体系建构的主流情况就是按照题材分类安排。

魏庆之《诗人玉屑》乃是博采两宋诸家论诗之说，将其中"有补于诗道者"，根据自己对诗歌理论的见解进行分类排比以成卷，其中一至十一卷（"品藻古今人物"之前）侧重于诗法的汇编，有写诗指南的性质。梳理其中的小标题后可见，其中有诗法的规律层面（形而上），如：诗辨、诗法、诗评；有诗法的具体技巧层面（形而下），如：诗体上、诗体下、句法、命意、造语、下字、用事、压（押）韵、属对、锻炼、沿袭、夺胎换骨、点化、托物、讽兴、规诫。虽然略显凌乱，分类又过细，但魏庆之的这种排比，也算得上是关于古典诗法第一次较有规模的体系尝试。

元代开始出现了专门的诗法汇编类著作，这些著作虽然具体叙述上仍然是条目式的，但是能用一定的大标题将其统率起来，这说明作者们开始普遍有了建构体例的意愿。如《诗家一指》设名目有"十科""四则""二十四品"。陈绎曾、石柏《诗谱》设条目为：一本、二式、三制、四情、五景、六事、七意、八音、九律、十病、十一变、十二范、十三要、十四格、十五体、十六情、十七性、十八音、十九调、二十会。其下的条目也相对清晰，例如"二式"中有"十八名"谓：诗、歌、吟、行、曲、谣、风等；又有"二十三题"谓：送、别、逢、寄、酬、赠、答、游、宴等。前者为诗之体裁，后者为诗之题材。"三制"中有"三停"谓：起、中、结；"十一变"谓：抒情、立意、写景、设事、叙事、论事、用事、拟人、比物、咏物、论理；"八用"谓：入、序、转、折、出、归、警、超。这三者分别指示的是篇法、表达方式和句式。由此不难发现，作者用来统摄诸多条目的大标题仍是唐代诗法著述中那种"数词+名词"的词组，而且大标题的设置也略显随意，例如《诗谱》中统率抒情、立意、写景、设事等表达方式问题的大标题"十一变"，为何要用"变"字？再有《诗家一指》中各个大标题之间的逻辑层次也很难说得明白，如"十科""四则""二十四品"之间就是如此。

第五章　总论

　　元代的诗法类编著作中也出现了不少论述，指示了一些诗法体系的内在层次。例如《诗法家数》中的"作诗准绳"条分为"立意""炼句""琢对""写景""书事""用事""押韵""下字"八门，分类简练而明晰；"总论"条中又说："结体、命意、练句、用字，此作者之四事也。"① 又有《虞侍书诗法》中的"四则"指的是：一句、二字、三格、四律。旧题范德机门人辑录《总论》云："一诗之中，须是先练意，意思要通畅；然后练句，句要精警；次又练字，字要圆活。"② 又云："何谓三宜？一宜意远，二宜句佳，三宜字当。"③ 黄清老《诗法》云："总而言之，一诗之中，必先得意；一意之中，必先得句；一句之中，必先得字。"④《诗法源流》中提出："盖诗有体、有义、有声。以体为主，以义为用，以声合体。"⑤《诗法正宗》中提出学诗五事：诗本、诗资、诗体、诗味、诗妙。以上这些论述，虽然有的是来自宋人诗论，但出现在诗法著述中却具有提纲挈领的意义，可惜作者皆没有进一步展开。

　　唯一一部将以上的论述大致演化成编书体系的著作，算的上是旧题范德机的《木天禁语》。其在序言之后便明确指出诗有"六关"："篇法、句法、字法、气象、家数、音节。右一篇诗成，必须精研，合此六关，方为佳作。"⑥ 然后整部书便围绕着这六个方面依次展开。⑦ 例如篇法中分为七言律诗篇法、五言长古篇法、七言长古篇法、五言短古篇法、七言短古篇法、乐府篇法、绝句篇法，其中具体有一字血脉、二字贯穿、三字栋梁、双抛、单抛、内剥、外剥等诸多名目。句法中有问答、当对、上三下四、上四下三、上二下五、行云流水、颠倒错乱、直书句等名目。虽然气象、家数、音节篇则较为简略，但此书可以看作是元代诗法著述中最具有建构诗法系统意义的作品了。

---

① 张健：《元代诗法校考》，北京大学出版社，2001，第33页。
② 张健：《元代诗法校考》，北京大学出版社，2001，第200页。
③ 张健：《元代诗法校考》，北京大学出版社，2001，第203页。
④ 张健：《元代诗法校考》，北京大学出版社，2001，第339页。
⑤ 张健：《元代诗法校考》，北京大学出版社，2001，第232页。
⑥ 张健：《元代诗法校考》，北京大学出版社，2001，第142页。
⑦ 通行本中又有凡例（明暗二例）、起句、结句四法，张健《元代诗法校考》认为"事实上，此'四法'非原著所有，乃是后人所加"。（参见张健《元代诗法校考》，北京大学出版社，2001，第136页。）

三　明代诗法的体系设置加强

明初的许多诗法著述都是纂集元代诗法而成，体系的设置上多是直接利用元代诗法的书名，或者是其中的大小标题。例如朱权的《西江诗法》分为诗体源流、诗法源流、诗家模范、诗法大意、作诗骨格、诗宗正眼法藏、诗法家数、诗学正源、律诗准绳、律诗要法、字眼、古诗要法、五言古诗法、七言古诗法、绝句诗法、讽谏诗法、荣遇诗法等。这里面既有元人诗法著述的书名，如元人诗法著述有《诗法源流》《诗宗正眼法藏》《诗法家数》等，又有元人杨载《诗法家数》一书内的具体条目。再有怀悦编集的《诗法源流》包括四部分：一是范德机的《诗法正论》；二是傅与砺述的《诗法家数》；三是《诗解》乃节选自杨载《诗法家数》；四为《诗格》杂取众书，共列三十六格。如此看来，明初的诗法著述只是纂辑章节，并没有新的树立，总体上并无体系可言。

随后出现的自著性诗法著述则理论性有所加强，大多数作品皆是按一定的形式加以排比结构，编辑成书，呈现出纲目分明的特点。有的以诗之题材分，如皇甫汸的《解颐新语》分叙论、述事、考证、诠藻、矜赏、遗误、讥评、杂纪八门。有的以诗之时代分，如王世贞的《艺苑卮言》、许学夷的《诗源辩体》、冯复京的《说诗补遗》等，都是以时代先后为序，排比论述。[①] 从诗歌内在层次分类的则有黄子肃《诗法》，其主要从立意、造句、遣字三个方面论述；周履靖《骚坛秘语》上卷和中卷分为本、式、制、情、景、事、意、音、律、病、变、范、要、格、体等，卷下分为总论诗、五言长篇古诗法、七言长篇古风法、句法、字法、气象等。谭浚《说诗》三卷，卷上分总辨、得式、失式、经体、时论五类八十门，综述诗之作用、风格、命意、布局等；卷中分章句、对偶、声韵、词义、名目、题目六类一百六十七门，综述诗之分类、声对、体式诸形式；卷下分世代、正编、杂录、人物、附说五类五十一门。[②] 这几部著作所涉及的内容和分类方法，和南宋魏庆之的《诗人玉屑》有所相类。

[①] 具体论述可见周维德《论明代诗话的发展与专门化》，《浙江大学学报》2003 年第 5 期。
[②] 具体论述可参见孙小力《明代诗学书目汇考》，载《中国诗学》第九辑，人民文学出版社，2004。

第五章 总论

明代的诗法专著中最引人瞩目的是梁桥《冰川诗式》十卷，它的内容虽然也是援引《木天禁语》《诗法源流》等宋元诗法类著作，但作者着意重新编排引申。《附录》中作者自言道："尝备览往名家诗式，若诗话矣。达几入妙，莫能缕悉，而于式则容有未尽然者。迨《梣山诗式》《诗苑类格》《天厨禁脔》《诗人玉屑》《金针集》《续金针集》《沧浪诗法》《木天禁语》《诗家一指》等集，格目虽互见，则又无统纪次第，乃初学何述焉。肆予鄙人，僭拟此式。"① 从这段话中可以看出，作者有意要建立一个诗法体系，以便统摄古来诸书。此书具体章节设置如下。

卷首为"诗原"，主要论述诗的性质、功用、风格等形而上的规律性问题。

卷一、卷二为"定体"，论述五言绝句、七言绝句、三言诗、九言诗等不同诗歌体裁的体式与面貌。

卷三为"炼句"，其中分诗眼用响字法、炼字次第法、诗眼用拗字法、子母字妆句法、句中自对法等，主要讨论的是字法问题。

卷四为"贞韵"，例如五言绝句平头、五言绝句仄韵、绝句两韵、绝句后三句一韵、古诗平头换韵法等，主要讨论的是诗歌的用韵方法。

卷五为"审声"，其中设五言绝句平仄式、七言绝句平仄式、五言律平仄式，主要探讨的是平仄问题。

卷六、卷七为"研几"，其中设实接格、虚接格、一意格、四意格、折腰格、三字栋梁格、抑扬格等，主要讨论的是句法问题。

卷八为五言长古篇法、七言长古篇法等，侧重于篇章构造之法。

综上，作者的主要分类方式乃是：诗歌的形而上规律问题、诗体、字法、韵法、平仄法、句法、篇法。可见全书章节分明、逻辑明晰，正如朱观炡《重刻冰川诗式后序》所言："自钟参军《诗品》之后，诗法、诗格、诗谈诸书各树门户，而《玉屑》稍备，亦漫无统纪。冰川梁公乃独合千余年诸家之体裁，而针砭之；采千百家议论之得失，而折中之；集章法、句法、字法，而类分之；指入门入室之肯綮，而明示之。"② 这种篇章安排是明代以来诗法著述发展乃至专门化③的重要结果，在之后

---

① 周维德集校《全明诗话》，齐鲁书社，2005，第1645页。
② 周维德集校《全明诗话》，齐鲁书社，2005，第1763页。
③ 具体论述可见周维德《论明代诗话的发展与专门化》，《浙江大学学报》2003年第5期。

的清代乃至近代的诗法著述中,《冰川诗式》的这一体系都显得较为突出。但该书也有缺陷,比如韵法、平仄法都是属于诗歌的声音内容,可以合二为一。另外,关于诗歌创作构思的层面该书还没有涉及。

四 清代以来诗法体系设置的多样化

清代的诗法著述数量繁多,然自著者少,编纂者多。例如叶弘勋《诗法初津》三卷,取前贤诗法诸书"分类编排,纯为初学启蒙而作,是现存清代最早之蒙学诗法"①。其体系设置为:卷一规式部,卷二意匠部,卷三结构部、申说部、指摘部。这一结构也有新意,但远不足以涵盖诸多的诗法内容。

在清人的诗法著述中,按照诗之体裁分类是最常见的手法。例如朱绍本《定风轩活句参》的体系设置为:卷一"综参"统论诗法,卷二《诗》参,卷三《骚》参,卷四乐府参,卷六近体参,卷七绝句参,卷八句参,卷九字参,卷十小令参,卷十一别参。朱燮《古学千金谱》二十五卷、谢鸣盛《范金诗话》二卷在体系设置上皆是分体而论,例如《范金诗话》上卷论五七古、五律,下卷论七律、五七绝。方世举《兰丛诗话》一卷也以论体裁为主,先陈说各体作法之要势,再举大家可法者以示所学。还有按照题材来分类的,例如郑锡瀛《分体试帖法程》三卷将诗法分十九类:描景、写情、诠意、刻画实字、刻画虚字、双关、串合、繁碎、板实、枯窘、空阔、铺叙、映衬、典制、冠冕、咏古、性理、学问、政治。但这种分类也显得芜杂,其中既有表现手法与修辞方面的内容,也有风格等方面的内容。

此外还有其他的分类方法,如李畯《诗筏囊说》四卷,曰体、人、法、式。其序云:"俾人辨其体而知源流,且知其体之为某人擅长,并知其人所由擅长之作法何在,然后依其式而效之,不至于迷津,洵哉初学之宝筏也。"② 蒋寅认为"全书体例在清代汇辑诗话中颇为独特"③。又有邬启祚《诗学要言》三卷,卷上论学诗之纲领,卷中论作诗之精神,卷下论作诗之形体。

---

① 蒋寅:《清诗话考》,中华书局,2005,第237页。
② 李畯辑《诗筏囊说》,乾隆二十三年(1758)醉古堂刊本。
③ 蒋寅:《清诗话考》,中华书局,2005,第352~353页。

体系设置较为优秀的有张潜《诗法醒言》十卷。卷一本源、支派、统论,为全书总纲。卷二分说各体,附有炼字、炼句、命意、用事几门。卷三为平仄之法、句法与对仗法。卷四为各体的起、对、结法。诸种诗法皆附诗例为证,并加按语予以指示。卷五至卷七为诗品。卷八为各杂体诗。卷九辑古今诗话。卷十收诗体、诗题之名目。"此书采辑前人之说甚富,编次亦颇严谨,各注名氏,后以己意平章之,体例于清人同类书中为善。"① 又有王楷苏《骚坛八略》二卷,中有溯源流、明体裁、详法律、辨家数、列学殖、指教习、导领悟、标款式八门。其中的"详法律"概论篇法、句法、字法、笔法、韵法、命意法、一切法。"统观全书,思路清晰,条理井然,亦古代诗话中所罕见也。"②

涉及对诗法系统的理论论述的则有李重华《贞一斋诗说》一卷,是书由"论诗答问三则"与"谈诗杂录"一百条构成。其认为诗有音、象、意三要素,有神运、气运、巧运、词运、事运五种能事。方东树《昭昧詹言》二十一卷,其中的二十八条"学诗之法"分别揭示出创意、造言、选字、隶事、避陈言等。

近现代以来,古典诗法的著述还是继承传统的写作方法,诗法的分类以及系统的建构方面没有大的突破。上海中华书局民国7年(1918)印行的谢无量《诗学指南》第一章为诗学通论,中有诗之渊源、诗体论、诗法论;第二章为古诗,中含乐府及古诗体势论、古诗实用格式;第三章为律诗,中有声韵与律体之渊源、句法、律诗实用格式。该书章节设置上颇为显豁,而对具体诗法的体系建构主要为句法与韵律之法。例如律诗句法中包括:诗眼用实事式、诗眼用响字式、练字次第式、诗眼用拗字式、子母字妆句式、句中自对式、巧对式、交股对式、借字对式、错综句式、折腰句式等。古诗实用格式与律诗实用格式主要谈各种韵律之法,例如古诗每句用韵式、古诗用古韵式、古诗二叠促句换韵法、古诗三叠促句换韵法、古诗平头换句法、五言绝句平仄正格、五言绝句平仄偏格、失粘格、拗句格、各为平仄格、四句平仄不变格、五言律重韵、七言律变格等条目。

---

① 蒋寅:《清诗话考》,中华书局,2005,第323页。
② 蒋寅:《清诗话考》,中华书局,2005,第412页。

第三节　历代对诗法著述的肯定

现在学界对于诗法著述的一般看法是:"中国传统诗学的知识谱系里,对诗歌创作方法在民间蒙学的热衷与诗论家漠视、疏远的两种不同态度形成了技法研究的独特景观。"① 实际上,这一独特景观并不是这样简单,中国古代对于诗法著述有不少肯定与推崇的评价。

一　唐代对诗法著述的重视

在诗法刚刚兴起的唐代,诗法著述是很受重视的。当时的诗法都是著名学者或诗坛名家撰著的,如上官仪撰《笔札华梁》、元兢撰《诗髓脑》、崔融撰《唐朝新定诗格》、王昌龄撰《诗格》等。这些名流的大力参与客观上使得诗法之书的地位较高,在民众中会产生一定的权威性。元兢《诗髓脑》"文病"条云:"兢于八病之(外)别为八病,自昔及今,无能尽知之者,近上官仪识其三,河间公义府思其余事矣。"② 又"龃龉病"下云:"此例文人以为秘密,莫肯传授。上官仪云:'犯上声是斩刑,去入亦绞刑。'"③ 从这些叙述中,可见上官仪的《笔札华梁》在后辈心中的地位与影响力。

中唐时代,日僧空海漂洋过海、历经九死一生带回日本的书籍中就有大量的诗法著述。归国后,空海还将王昌龄的《诗格》献给嵯峨天皇。其《性灵集》卷四《书刘希夷集献纳表》云:"王昌龄《诗格》一卷,此是在唐之日,于作者边偶得此书。古诗格等,虽有数家,近代才子,切爱此格。"④ 从中可见空海对王昌龄《诗格》的赞誉,也可见唐朝当时人对王昌龄《诗格》的推崇。后来,空海将这些唐代诗格编纂为一书,命名为"文镜秘府论",就是认为是书乃文章写作应该借鉴的宝镜,是值得藏入秘府的珍贵典籍,他还说要将此书"配卷轴于六合,悬不朽

---

① 徐向阳:《理论的旅行:中国诗法知识谱系论》,《山花》2009 年第 6 期。
② 张伯伟:《全唐五代诗格汇考》,江苏古籍出版社,2002,第 120 页。
③ 张伯伟:《全唐五代诗格汇考》,江苏古籍出版社,2002,第 121 页。
④ 转引自卢盛江《文镜秘府论汇校汇考·前言》,载《文镜秘府论汇校汇考》,中华书局,2006,第 3 页。

于两曜"①，这些都说明了唐代诗法著述在空海心目中的崇高地位。《文镜秘府论》成书后，在日本获得了较高的声誉。《日本诗话丛书·文镜秘府论解题》云："此书于我邦为诗文话中之最早者。书中论四声、举八病，或论格式，或辨体裁。我邦韵镜之学，实起于此。"② 此书在20世纪初传入我国后，也得到了研究界的热切关注与肯定，如任学良指出："本书以《文镜秘府论》为号，确乎名称其实，善读者得此宝镜，自必入于文章之奥府矣。"③ 对《文镜秘府论》的称赞，其实也就是对唐人诗法著述的肯定。

二　宋元对诗法著述的肯定

在宋代，主流批评家们也广泛阅读、著录诗法著述，例如南宋陈振孙《直斋书录解题》集部文史类著录了二十二部唐宋诗格。诗学家们也对诗法著述中不少内容给予肯定。例如严羽在《沧浪诗话·诗体》中论道："近世有李公《诗格》，泛而不备，惠洪《天厨禁脔》，最为误人。今此卷有旁参二书者，盖其是处不可易也。"④ 严羽一方面指出这两本宋代诗法著述的固有缺陷，一方面大量地参考了这两部书中的许多论述。再如胡仔在《苕溪渔隐丛话》中也多次摘引前代诗格著作中的诗法，如前集卷三十一引《缃素杂记》云：

> 余按《倦游杂录》载唐介为台官，廷疏宰相之失，仁庙怒，谪英州别驾。朝中士大夫以诗送行者颇众，独李师中待制一篇为人传诵，诗曰："孤忠自许众不与，独立敢言人所难。去国一身轻似叶，高名千古重于山。并游英俊颜何厚，未死奸谀骨已寒。天为吾君扶社稷，肯教夫子不生还。"此正所谓进退韵格也。按《韵略》难字第二十五，山字第二十七，寒字又在二十五，而还字又在二十七，一进一退，诚合体格，岂率尔而为之哉。近阅《冷斋夜话》载当时

---

① 〔日〕遍照金刚撰，卢盛江校考《文镜秘府论汇校汇考》，中华书局，2006，第24页。
② 〔日〕池田胤：《日本诗话丛书》，东京文会堂书店，1921，第215页。
③ 〔日〕弘法大师原撰，王利器校注《文镜秘府论校注》，中国社会科学出版社，1983，第20页。
④ 严羽著，郭绍虞校释《沧浪诗话校释》，人民文学出版社，1961，第101页。

唐、李对答语言，乃以此诗为落韵诗。盖渠伊不见郑谷所定诗格有进退之说，而妄为云云也。①

再有南宋严有翼《艺苑雌黄》云：

僧惠洪《冷斋夜话》载介甫诗云："春残叶密花枝少，睡起茶多酒盏疏。""多"字当作"亲"，世俗传写之误。洪之意盖欲以"少"对"密"，以"疏"对"亲"。予作荆南教官，与江朝宗汇者同僚，偶论及此，江云："惠洪多妄诞，殊不晓古人诗格，此一联以密字对疏字，以多字对少字，正交股用之，所谓蹉对法也。"②

从"盖渠伊不见郑谷所定诗格有进退之说""殊不晓古人诗格"等言说中，可见这两位批评家对唐五代诗格中的内容是持肯定态度的。

范晞文《对床夜语》卷二中保留了一段比较早的对南宋周弼《唐诗三体家法》的评价："周伯弜选唐人家法，以四实为第一格，四虚次之，虚实相半又次之。其说'四实'，谓中四句皆景物而实也。于华丽典重之间有雍容宽厚之态，此其妙也。昧者为之，则堆积窒塞，而寡于意味矣。是编一出，不为无补后学，有识高见卓不为时习熏染者，往往于此解悟。间有过于实而句未飞健者，得以起或者窒塞之讥。然刻鹄不成尚类鹜，岂不胜于空疏轻薄之为，使稍加探讨，何患不古人之我同也。"③从这段议论中可以见出，范晞文认为周弼此书有助于诗歌创作方法的学习，即便是有人拿这些格法来生搬硬套，也胜过那些空疏无聊的写作。

---

① 胡仔纂集，廖德明校点《苕溪渔隐丛话·前集》，人民文学出版社，1962，第215页。
② 胡仔纂集，廖德明校点《苕溪渔隐丛话·后集》，人民文学出版社，1962，第183页。按：蹉对是指诗歌对仗中对应词位置不同，参差为对。沈括《梦溪笔谈·艺文二》云："如《九歌》：'蕙肴蒸兮兰藉，奠桂酒兮椒浆。'当曰蒸蕙肴，对奠桂酒，今倒用之，谓之蹉对。"（沈括：《梦溪笔谈》，《丛书集成初编》本，商务印书馆，1935，第101页。）其实这一诗法也可以是"子母字妆句式"，指一句之内一组反义词相互对仗。谢无量《诗法指南》中有"子母字妆句式"："竹疏烟补密，梅瘦雪添肥；晓荷重映晚，秋草碧如春。"（谢无量：《诗法指南》，上海中华书局，1918，第89页。）明梁桥《冰川诗式》"七言炼句法"中"子母字妆句法"中又举"社日雨多晴较少，春风晚暖雨犹晴""曲风吹巷凉偏劲，圆月窥窗影却方"为例。
③ 丁福保辑《历代诗话续编》，中华书局，1983，第420~421页。

范晞文这里的态度应该说是比较客观实际的。

元代于济、蔡正孙编选的《连珠诗格》专选唐宋绝句立为三百格，如四句全对格、起联平侧对格、起联叠字对格、后联散用人事格、前二句问答格等，此书的影响力甚至远及日本、朝鲜。如山本信有（1752～1812）《新刻唐宋联珠诗格序》称："元大德中，蔡蒙斋广于默斋蓝本，篇选《唐宋联珠诗格》二十卷，诸格皆有焉。世学诗者，能从事于斯书，得是格，然后下笔，则变化自在，出格入格，格不必拘拘，可以庶几唐宋真诗矣。……尔来江户书贾某某等七家，相谋戮力×资，更新镂版，托校订于天民，求题辞于余。天民之裒爱日楼所藏元刻本、绿阴茶寮朝鲜本、平安翻刻元版本、朝鲜版翻刻本、活字本、正德本、巾箱本、别版巾箱本及唐宋诗人本集、总集、选集、别集数十百部，彼此校雠。"① 从这段话中提到的众多版本也可见此书在中土以外的受欢迎程度。再有日本延文四年（1359）的五山刊本《诗法源流》乃是据元末刻本重刊，可见这一著作在元末流传较广，而且远播域外。②

三 明清对诗法著述的需求

在明初社会，"这些诗法在主流文人学者中流传。而且刊刻这些诗法的恰恰不是为了射利的坊贾，而是一些主流文人"③。例如赵㧑谦是明初著名学者，曾参与官方《洪武正韵》的编纂工作，宋濂也曾延聘他为自己儿子的老师。赵氏就曾在《学范·作范》中大量抄录元代的诗法著述，如《木天禁语》《诗法家数》等，又在"当看诗评"中列《木天禁语》与杨仲弘的《诗格》。高棅在明初既是著名诗人也是评论家，其《唐诗品汇·历代名公叙论》中收录了元代《诗法源流》《名公雅论》中的一些论述，可见他对元代诗法的重视与推崇。明人许学夷虽然以对诗法著述批评激烈而著名，但其还是认为傅与砺述范德机意的《诗法正论》中，论诗之发展演变、诗之性质与分体等问题"甚当"或者"庶得其大体矣"。此外，谢榛的《四溟诗话》中也引及《木天禁语》中的言论。

再者，元代诗法在明代被反复刊刻，形成了明代诗法之学的独特景

---

① 转引自张伯伟《元代诗学伪书考》，《文学遗产》1997年第3期。
② 具体论述可参见张健《元代诗法校考》，北京大学出版社，2001，第226页。
③ 张健：《元代诗法校考》，北京大学出版社，2001，第7~8页。

观。明人杨成《重刊诗法序》云："唐宋以来诗人所著诗法非一家，近世板行者，范德机《木天禁语》、杨仲宏《古今诗法》贰集，人皆宝之，不啻拱璧。"①"人皆宝之，不啻拱璧"可以说明明代人对诗法著述的重视。明代梁桥编著的《冰川诗式》十卷也在隆庆、万历年间数度重刊。这些都反映了诗法著述在明代有较高的社会需求。

清初较有影响力的冯舒、冯班兄弟也受元人诗法影响甚多，冯武《二冯先生评阅才调集凡例》云："默庵（冯舒）得诗法于清江范德机，有《诗学禁脔》一编，立十五格以教人，谓起联必用破，颔联则承，腹联则转，落句则或紧结或远结。"②诗坛领袖王士禛与弟子论诗时也曾论及许多诗法、诗格著作中的内容。③吴乔的《围炉诗话》也引述了元人《诗法源流》中的论述。

第四节　古人对诗法著述的批评④

如前文所论，历代的诗法著述得到不少肯定，但不可否认，这些肯定之语最终还是很大程度上被淹没于批评的洪潮之中。梳理历代对诗法著述批评的声音，其主要观点无外有四：曰穿凿附会、妄立格法；曰浅稚谬误、品格低下；曰假托名人、伪书伪撰；曰画地成牢、书塾死法。笔者认为这些批评的声音，有一定的道理，但也值得进一步商榷。

一　批评之一：穿凿附会、妄立格法

目前可见，最早对诗法著述展开批评的乃是北宋《蔡宽夫诗话》：

晚唐诗格
唐末五代，流俗以诗自名者，多好妄立格法，取前人诗句为例，

---

① 谢天瑞辑《诗法》，《续修四库全书》第1695册，上海古籍出版社，2002，第321页。
② 纪昀：《删正二冯评阅才调集》，《丛书集成三编》本，台湾新文丰出版公司，1997，第564页。
③ 具体论述可参见张健《元代诗法校考·前言》，载《元代诗法校考》，北京大学出版社，2001，第23~24页。
④ 本节的部分内容发表为《为诗法辩护——重新思索古人对诗法著作的认识》，载《中国诗学》第二十四辑，人民文学出版社，2017。

议论锋出，甚有师子跳掷，毒龙顾尾等势，览之每使人抚掌不已。大抵皆宗贾岛辈，谓之贾岛格，而于李、杜特不少假借。李白："女娲弄黄土，抟作愚下人。散在六合间，濛濛若埃尘"，目曰调笑格，以为谈笑之资。杜子美："冉冉谷中寺，娟娟林外峰。栏干更上处，结缔坐来重"，目为病格，以为言语突兀，声势謇涩。此岂韩退之所谓"蚍蜉撼大木，可笑不自量"者邪？①

这则批评直指诗法中的各种"名目"，认为其中不少乃是穿凿附会、任意立格，有些名称也不甚确切、不知所以。这一批评观点，一直以来都是诟病诗法的重点所在。

明代的诗法批评以许学夷为最强音。他在《诗源辩体》卷三十五中也多次认为诗法著述中的各种名目乃是"穿凿附会"：

皎然《诗式》有"百叶芙蓉"、"菡萏照水"例，"龙行虎步"、"气逸情高"例，"寒松病枝"、"风摆半折"例，率皆穿凿附会；又有"不用事"、"作用事"、"直用事"等格，其所引诗句，亦多谬妄。大抵皆论句，不论体，故多称齐梁而抑大历耳。②

齐己有《风骚旨格》，虚中有《流类手鉴》，文或亦有《诗格》。齐己"十势"之说，仿于皎然，虚中仿于《二南密旨》，文或"十势"又仿于齐己。大抵皆穿凿浅稚，互相剽窃。《桂林诗评》略言大体，较前三家稍为有见，中有象外句格、当句对格、当字对格、十字句格、十字对格，虽非本要，未为穿凿；又有假色对格、假数对格、盘古格、腾骧格，则又穿凿鄙陋矣。③

清代对诗法著述的批评以《四库全书总目提要》为代表，纪昀等四库馆臣对"备陈法律"的诗法类著述评价皆不高，从诸家诗法著述都被放在诗文评的"存目"部分就可见其态度。而在具体的提要书写中贬也

---

① 郭绍虞辑《宋诗话辑佚》，中华书局，1980，第 410~411 页。
② 许学夷著，杜维沫校点《诗源辩体》，人民文学出版社，1987，第 334 页。
③ 许学夷著，杜维沫校点《诗源辩体》，人民文学出版社，1987，第 334 页。

是远大于褒。其中的主要批评观点也是"强立名目""穿凿殊甚":

> 是编皆标举诗格,而举唐、宋旧作为式。然所论多强立名目,旁生支节。如首列杜甫《寒食对月诗》为偷春格,而谓黄庭坚《茶词》叠押四山字,为用此法,则风马牛不相及。又如苏轼"芳草池塘惠连梦,上林鸿雁子卿归"句;黄庭坚"平生几两屐,身后五车书"句;谓射雁得苏武书无鸿字,故改谢灵运"春草池塘"为"芳草五车书",无"身后"字,故改阮孚"人生几两屐"为"平生",谓之用事补缀法,亦自生妄见。①(《天厨禁脔》)

> 所载凡五言律诗九首,七言律诗四十三首,各有吴成等注释。标立结上生下格、拗句格、牙镇格、节节生意格、抑扬格、接顶格、交股格、纤腰格、双蹄格、续腰格、首尾互换格、首尾相同格、单蹄格、应句格、开合格、开合变格、叠字格、句应句格、叙事格、归题格、续意格、前多后少格、前开后合格、兴兼比格、兴兼赋格、比兴格、连珠格、一意格、变字格、前实后虚格、藏头格、先体后用格、双字起结格,凡三十三格。其谬陋殆不足辨。②(《诗法源流》)

> 是编发明杜诗篇法,穿凿殊甚。如《秋兴》八首,第一首为接顶格,谓"江间波浪兼天涌"为巫峡之萧森;"塞上风云接地阴"为巫山之萧森;已牵合无理。第二首为交股格,三首曰开合格,四首曰双蹄格,五首曰续后格,六首曰首尾互换格,七首曰首尾相同格,八首曰单蹄格。随意支配,皆莫知其所自来。后又有《咏怀古迹》《诸将》诸诗,亦间及他家。每首皆标立格名,种种杜撰,此真强作解事者也。③(《少陵诗格》)

应该说,一些诗法名目的确有"妄立"之嫌,例如齐己《风骚旨格》中的"狮子返掷势""猛虎踞林势""丹凤衔珠势""毒龙顾尾势"

---

① 纪昀等:《钦定四库全书总目》,中华书局,1997,第2763页。
② 纪昀等:《钦定四库全书总目》,中华书局,1997,第2762页。
③ 纪昀等:《钦定四库全书总目》,中华书局,1997,第2763页。

"孤雁失群势"等。元代佚名的《杜陵诗律五十一格》中对《秋兴》八首一一分析章法，予以名目，实际上也没有必要，因为并不是每一首诗都使用了特殊的章法安排。但不能因为有这些情况就以偏概全，将诗法名目全盘否定。如果从深层分析，所谓"穿凿附会""妄立格法"主要在于批评者认为这些诗法乃是"作者之心未必然"，诗法编著者乃"强作解事"。如清代吴大受《诗筏》中亦云："梅圣俞有《金针诗格》，张无尽有《律诗格》，洪觉范有《天厨禁脔》，皆论诗也。及观三人所论，皆取古人之诗穿凿扭捏，大伤古作者之意。"①

的确，杜甫写作的时候并非心中先有种种诗法名目，但杜甫肯定是有种种方法的，否则黄庭坚就不会说"杜之诗法出审言，句法出庾信，但过之耳"②。例如人们可以发现很明显的一个现象是"老杜多欲以颜色字置第一字，却引实字来"③，像"红入桃花嫩，青归柳叶新""青惜峰峦过，黄知橘柚来""碧知湖外草，红见海东云""绿垂风折笋，红绽雨肥梅""红浸珊瑚短，青悬薜荔长""翠深开断壁，红远结飞楼""翠干危栈竹，红腻小湖莲""紫收岷岭芋，白种陆池莲""白摧朽骨龙虎死，黑入太阴雷雨垂"等。这些诗句明显是有意为之，这在杜甫心中就是一种诗法，只是他没有给予明确的总结与归纳。后世的学诗者将这种方法总结归纳为"颜色字置第一字"，清晰明了，以便于后学，何错之有呢？何况杜甫一手好诗的背后还存在着不少诗法，都是需要总结提炼的。

其实，在历代的诗话著作中也经常会论及诗法。例如北宋王直方《诗话》云："'璧门金阙倚天开，五见宫花落古槐，明日扁舟沧海去，却将云气望蓬莱。'此刘贡甫诗也，自馆中出知曹州时作，旧云'云里'，荆公改作'云气'，又云：'五见宫花落古槐，此诗法也。'"④《诗人玉屑》引《小园解后录》云："'打起黄莺儿，莫教枝上啼。几回惊妾梦，不得到辽西。'此唐人诗也，人问诗法于韩公子苍，子苍令参此诗以为法。'汴水日驰三百里，扁舟东下更开帆。旦辞杞（杞）国风微北，夜泊宁陵月正南。老树挟霜鸣窣窣，寒花承露落毿毿。茫然不悟身何处，

---

① 吴大受：《诗筏》，吴兴刘氏嘉业堂民国 11 年（1922）吴兴丛书本。
② 陈师道：《后山居士诗话》，《丛书集成初编》本，商务印书馆，1939，第 2 页。
③ 范晞文：《对床夜语》，《丛书集成初编》本，商务印书馆，1937，第 17 页。
④ 胡仔纂集，廖德明校点《苕溪渔隐丛话·前集》，人民文学出版社，1962，第 378 页。

水色天光共蔚蓝。'此韩子苍诗也。人问诗法于吕公居仁，居仁令参此诗以为法。后之学诗者，熟读此二篇，思过半矣。"① 王安石、韩子苍、吕居仁都认为这些诗作使用了诗法，但究竟是什么诗法呢？诗话著作中没有给予概括。而在诗法著述中对这两种诗法都有总结与归纳，王安石所说的那一诗句运用了"错综句法"（倒装句法），真正的顺序当是"古槐落宫花"。金昌绪与韩子苍所用的诗法乃是"一篇血脉条贯体"。批评家所指责的"标立格名"其实是一种理论创造，对事物进行命名，是人们认识、理解世界的重要步骤，给诗法加一个确切的名称，恰恰是人们对诗歌技巧的深入理解与总结，而且便于学诗者迅速有效地掌握语言技巧。

如果再进一步直击本质，所谓"妄立格法"的批评最根本还在于批评家认为诗歌写作中不应该总结方法，不应该受方法的指导。其实也就是诗法的客观性、固定性和诗歌本身的艺术属性形成了一定的对抗。南宋胡仔曰："梅圣俞有《续金针诗格》，张天觉有《律诗格》，洪觉范有《禁脔》，此三书皆论诗也。……余谓论诗若此，皆非知诗者。善乎山谷之言曰：'彼喜穿凿者，弃其大旨，取其发兴，于所遇林泉人物，草木鱼虫，以为物物皆有所托，如世间商度隐语者，则诗委地矣。'"② 其中的担忧还是在于诗歌天机随发的特性是否会被诗法的教条性所损害。因为批评者内心的这一矛盾没有得到合理的解决，所以必然会导致这一现象：诗歌的结尾能够"言有尽而意无穷"最妙，这一点没人反对，而"含思落句势"③（诗歌的最后以景物结尾）这一诗法却就是"妄立"。诗歌艺术是要通过语言技巧来达到的，而技巧本身却是客观的，经典的技巧自然可以被总结成方法，所以承认诗歌的艺术属性，本不必反对诗法的存在。

二 批评之二：浅稚谬误、品格低下

第二种主流批评观点认为诗格、诗式的内容浅稚，谬误不少，品格

---

① 魏庆之著，王仲闻点校《诗人玉屑》，中华书局，2007，第180页。
② 胡仔纂集，廖德明校点《苕溪渔隐丛话·后集》，人民文学出版社，1962，第259～260页。
③ 王昌龄《诗格》："含思落句势者，每至落句，常须含思，不得令语尽思穷。或深意堪愁，不可具说，即上句为意语，下句以一景物堪愁，与深意相惬便道。仍须意出感人人始好。昌龄《送别诗》云：'醉后不能语，乡山雨雾雾。'又落句云：'日夕辨灵药，空山松桂香。'又：'墟落有怀县，长烟溪树边。'又李湛诗云：'此心复何已，新月清江长。'"（张伯伟：《全唐五代诗格汇考》，江苏古籍出版社，2002，第156页。）

低下。

如明人许学夷认为不少诗法著述内容浅稚卑鄙，恐怕是村学盲师所作：

> 世传魏文帝《诗格》，其浅稚卑鄙无论，乃至窃沈约"八病"之说，又引齐梁诗句为法，盖村学盲师所为，不足辩也。①

> 《沙中金》一书，亦出于元人。其法有实字作眼、响字作眼、拗字作眼、倒字押韵、虚字妆句、流水句、错综句、折腰句、句中对、扇对、巧对等，既非本要；又有交股对、借韵对、歇后句等，则又涉于浅稚矣。②

前文已云，很多诗法著述的著书目的就是指引后学、教课家塾、应试科举，从这样的著述目的出发，著述的内容自然需要相对浅显。诗法著述教育初学者的功利性与应试性自然也为上层文人所不齿。

而且，批评者用学术的标准来衡量通俗类的诗法著述，难免会觉得其浅稚粗疏。《四库全书总目提要》认为《冰川诗式》"杂录旧说，不著所出"③，认为《诗学权舆》列入"采摭虽广，考证多疏"。许学夷亦这样批评道：

> 黄澄济《诗学权舆》二十二卷，皆类次晚唐、宋、元人旧说，而多不署其名，其署名者又多谬误，盖彼但见纂集之书，初未见全书也。其论以名物为义者既多穿凿，以字句相尚者又入细碎，其他卑鄙，不能一一悉举。间有一二正论，又与前后相反，盖彼但类次旧说，初未有己见也。④

的确，部分诗法著述具有教科书的性质特点，很难得到学者的青眼。

---

① 许学夷著，杜维沫校点《诗源辩体》，人民文学出版社，1987，第331页。
② 许学夷著，杜维沫校点《诗源辩体》，人民文学出版社，1987，第341页。
③ 纪昀等：《钦定四库全书总目》，中华书局，1997，第2771页。
④ 许学夷著，杜维沫校点《诗源辩体》，人民文学出版社，1987，第342页。

但隔着千年的光阴，面对古典诗歌的衰落，我们再来看这些诗法著述，其意义早已不同于当年。

再有就是针对诗法著述谬误的批评。《四库全书总目提要》在批评诗法著述中的谬误方面用力甚勤，例如：

> 是编开卷标"内篇"二字，然别无外篇，不知何故独名为内。其体例丛脞冗杂，殆难枚举。……其七言律诗一条称："唐人李淑有《诗苑》一书，今世罕传。所述篇法止有六格，今广为十三格。"考晁公武《读书志》，《诗苑类格》三卷，李淑撰。宝元三年豫王出阁，淑为皇子傅，因纂成此书上之。然则淑为宋仁宗时人，安得称唐。明华阳王宣墡作《诗心珠会》，全引此条，亦作唐字。知原本实误以为唐人，非刊本有误。其荒陋已可想见。①（《木天禁语》）

张健《元代诗法校考》一书曾对此条提要进行了辩驳。② 但内容错误这一点的确是很多诗法著述难以掩饰的缺陷，这和诗法著述的纂辑、翻刻、散佚等情况有关。其实，诗话著作中也常常漏洞百出，例如明代谢榛的《四溟诗话》（又名《诗家直说》）也有不少硬伤，四库馆臣对这本书评价极低，但我们现在却没有因为个别的错误与缺陷就把此书一棒子打死，而是把《四溟诗话》看作是明代乃至整个诗学史上卓有影响力的诗话之一。同样，我们对诗法著述其实也要具备"沙里淘金"的研究精神。

因为诗法著述论述的重点是形而下的器用与技术层面，所以在一些诗论家眼中它们的品格相对低下。南宋陈振孙《直斋书录解题》卷二十二著录"《文章玄妙》一卷"，其解题便云：

> 唐任藩撰。言作诗声病、对偶之类。凡世所传诗格，大率相似。余尝书其末云："论诗而若此，岂复有诗矣。唐末诗格污下，其一时名人，著论传后乃尔，欲求高尚，岂可得哉？"③

---

① 纪昀等：《钦定四库全书总目》，中华书局，1997，第 2766~2767 页。
② 参见张健《元代诗法校考》，北京大学出版社，2001，第 139 页。
③ 陈振孙撰，徐小蛮、顾美华点校《直斋书录解题》，上海古籍出版社，1987，第 645 页。

同样还有四库馆臣批评梁桥的《冰川诗式》："又参以臆见，横生名目，兼增以杜撰之体。盖于诗之源流、正变，皆未有所解也。"① 诗法之书本来就不是以揭示诗歌"源流正辩"作为著书目的的，为什么要用这一标准去要求它呢？例如写一本版本考证的书，可以评价其"盖于文艺理论，皆未有所解也"吗？这正反映了中国传统诗学重理论轻技术的主流观念。所以郭绍虞《宋诗话考》云："窃以为宋人诗话之所以胜于唐人论诗之著者，由于宋人之著重在理论批评，而唐人之著则偏于法式也。重在评论，则学诗者与能诗者均可肄习；偏于法式，则只便初学，为举业作敲门砖耳，不则亦僧侣学诗者妄立名目以欺人耳，故其书多不传。"②

当代学者张伯伟又指出诗法著述多自我宣传之语，因而显得品格低下。例如明人黄省曾《名家诗法》前有小序云："清江范德机以诗名天下，编集唐人之诗具为格式，其若公输子之规矩，师旷之六律乎？无规矩，公输子之巧无所施；无六律，师旷之聪无所用。学诗者得此编而详味之，庶乎可造唐人之间奥灸。"③ 张伯伟认为这些话"如同书贾广告"。④ 又认为《木天禁语》"立律诗之格十三，并自诩为'屠龙绝艺'，完全是出于浅薄不学之徒的口气"⑤。《木天禁语·序》云："诗之说尚矣。古今论著，类多言病，而不处方，是以沉痼少有瘳日，雅道无复彰时。兹集开元、大历以来，诸公平昔在翰院所论秘旨，述为一编，以俟后之君子贤士大夫之后好学俊彦子弟有志者之告。……是编犹古今《本草》，所载无非有益寿命之品。服食者莫自生狐疑，坠落外道。"⑥ 张伯伟指出："这些话，皆类似于今日之'广告术语'，诗坛之巨擘大家，岂能为此类汲汲于自我推销之言？"⑦ 其实这些话很有可能是在诗法传抄、翻刻的过程中后人或书坊所加，但不可否认，这些夸大其辞的自我宣传之语的确降低了诗法著述的品格。

---

① 纪昀等：《钦定四库全书总目》，中华书局，1997，第2771页。
② 郭绍虞：《宋诗话考》，中华书局，1979，第67页。
③ 黄省曾：《名家诗法》，明刊本。
④ 参见张伯伟《元代诗学伪书考》，《文学遗产》1997年第3期。
⑤ 张伯伟：《元代诗学伪书考》，《文学遗产》1997年第3期。
⑥ 张健：《元代诗法校考》，北京大学出版社，2001，第140页。
⑦ 张伯伟：《元代诗学伪书考》，《文学遗产》1997年第3期。

三 批评之三：假托名人、伪书伪撰

最早提出诗法著述乃是伪书的或是南宋陈振孙。其《直斋书录解题》著录唐宋诗格时一般只是著录书名、卷数和作者，亦常论述伪撰问题：

> 《诗格》一卷。题魏文帝，而所述诗或在沈约后，其为假托明矣。
>
> 《评诗格》一卷。唐李峤撰。峤在昌龄之前，而引昌龄《诗格》八病，亦未然也。
>
> 《二南密旨》一卷。唐贾岛撰。凡十五门，恐亦依托。
>
> 《文苑诗格》一卷。称白氏，尤非也。
>
> 《续金针格》一卷。梅尧臣撰。大抵皆假托也。
>
> 《文章玄妙》一卷。唐任藩撰。言作诗声病、对偶之类。凡世所传诗格，大率相似。余尝书其末云："论诗而若此，岂复有诗矣。唐末诗格污下，其一时名人，著论传后乃尔，欲求高尚，岂可得哉？"①

陈振孙认为书中所引的诗句或者观点乃是后世所出，所以这些书是"依托""假托"。的确，不少诗法著述乃是依托名人所出，例如约南宋时有人杂取初唐诗法著述残存的散佚文字拼凑成帙，题名为《诗格》，假托魏文帝之名以行世。张伯伟指出："校以《文镜秘府论》，十之八九出于《笔札华梁》和《文笔式》，并能与李淑《诗苑类格》引述上官仪之说相印证。"② 实际上，唐五代的诗格、诗式著作多有散佚，在后人重新纂集刊刻的过程中，混入一些新的内容是不可避免的。张健就认为"只要我们深入研究这些诗法的版本流传情况，就会发现，元代诗法在流传过程中有被增删改动的情况"③。张健举例证明道：

---

① 陈振孙撰，徐小蛮、顾美华点校《直斋书录解题》，上海古籍出版社，1987，第642～645页。
② 张伯伟：《全唐五代诗格汇考》，江苏古籍出版社，2002，第55页。
③ 张健：《元代诗法校考·前言》，载《元代诗法校考》，北京大学出版社，2001，第11页。

如题名杨载撰的《诗法家数》在朱权编《西江诗法》中不同于杨成本《诗法》，《西江诗法》本中没有杨成本的抄撮前人论诗语的"总论"部分，而就是"总论"部分，杨成本也不同于黄省曾《名家诗法》本、胡文焕《格致丛书》本，后两者的内容多于前者。这种情况表明，《诗法家数》原本可能没有"总论"部分，这些内容可能是后人增添。①

同样，《木天禁语》《诗家一指》等诗法著述也有部分内容并非原著所有，而是后人改动加增的，所以并不能根据这些增删改窜的现象，就判断这些书是伪撰伪作。

晚明许学夷对诗法的批评一直都比较激烈，他甚至认为大多数唐代诗格都是伪撰：

> 世传上官仪、李峤、王昌龄各有《诗格》，昌龄又有《诗中密旨》，白居易有《金针集》、又有《文苑诗格》，贾岛有《二南密旨》，浅稚卑鄙，俱属伪撰。予曩时各有辩论，以今观之，不直一笑。盖当时上官仪、李峤、王昌龄、白居易俱有盛名，而贾岛为诗，晚唐人亦多慕之，故伪撰者托之耳，亦犹今世刻《诗学大成》托名李攀龙也。宋人言之而有未尽，今更详之。②

此外，他又认为"宋梅尧臣有《续金针诗格》，又有《梅氏诗评》，亦属伪撰"③，认为题为范德机撰《木天禁语》《诗学禁脔》亦是伪作：

> 范德机《木天禁语》，论七言律有十三格，谓"一字血脉、二字贯穿、三字栋梁、数字连叙、中断、钩锁连环、顺流直下、双抛、单抛、内剥、外剥、前散、后散"，其所引诗，率皆穿凿浅稚。又云"用字琢对之法，先须作三字对、或四字对，然后妆排成句，不可逐

---

① 张健：《元代诗法校考·前言》，载《元代诗法校考》，北京大学出版社，2001，第11～12页。
② 许学夷著，杜维沫校点《诗源辩体》，人民文学出版社，1987，第333页。
③ 许学夷著，杜维沫校点《诗源辩体》，人民文学出版社，1987，第335页。

句思量",其浅陋为甚,伪撰无疑。又有《诗学禁脔》,论七言律有十五格,其所引诗,多晚唐庸劣之作,亦伪撰也。观卞傅与砺述德机之意为《正论》,则二书之伪可知。①

许学夷的出发点主要是这些诗法之书内容"浅稚卑鄙""穿凿浅稚""浅陋为甚",所以"伪撰无疑"。

这一观点也为四库馆臣所继承。《四库全书总目提要》卷一九七中认为《木天禁语》《诗学禁脔》《诗法家数》等皆是书坊伪撰,主要理由是:"其浅陋尤甚,亦必非真本"(《诗学禁脔》)②,"杨载序俚拙万状,亦必出伪托"(《诗法源流》)③,"其体例丛脞冗杂,殆难枚举。……盖与杨载《诗法家数》出一手伪撰。考二书所论,多见赵㧑谦《学范》中。知庸妄书贾,剽取《学范》为之耳"(《木天禁语》)④。再如《四库全书总目·诗法家数》云:

> 旧本题元杨载撰。载有《杨仲弘集》,已著录。是编论多庸肤,例尤猥杂。如开卷即云:"夫诗之为法也,有其说焉。赋、比、兴者,皆诗制作之法。然有赋起,有比起,有兴起"云云。殆似略通字义之人,强作文语,已为可笑;乃甫隔一页,忽另标一题曰"诗学正源",题下标一纲曰"风、雅、颂、赋、比、兴"。纲下之目又曰"诗之六义,而实则三体。风、雅、颂者,诗之体;赋、比、兴者,诗之法。故兴、比、赋者,又所以制作乎风、雅、颂者也。凡诗中有赋起,有比起,有兴起,然风之中有赋、比、兴,雅、颂之中亦有赋、比、兴"云云。载在元代,号为作手,其陋何至于是?必坊贾依托也。⑤

四库馆臣的这些批评大有盖棺论定之效,随后人们普遍以伪书视之,

---

① 许学夷著,杜维沫校点《诗源辩体》,人民文学出版社,1987,第339~340页。
② 纪昀等:《钦定四库全书总目》,中华书局,1997,第2767页。
③ 纪昀等:《钦定四库全书总目》,中华书局,1997,第2762页。
④ 纪昀等:《钦定四库全书总目》,中华书局,1997,第2766~2767页。
⑤ 纪昀等:《钦定四库全书总目》,中华书局,1997,第2766页。

认为诗法著述乃是为童蒙所设，无甚价值。

四库馆臣的这些观点并没有影响当代学者正确的判断，张伯伟指出："如《四库提要》'诗文评类存目'曾指出《诗法家数》、《木天禁语》、《诗学禁脔》为'坊贾依托'，但只是就其议论庸陋而加以判断，缺乏具体考论，给人以虽言之成理，而未必持之有故的印象。所以今人出版的元诗研究或元代批评史著作，在涉及此类文献时，仍然作为元代名家的诗学观点加以引用或阐发。"① 张健也指出："《四库总目》所谓伪书之说影响极大，然实不足据。"② 其中主要原因在于："这些判定都是就内容作出的，属于主观的价值判断，因为不同的人对同一部著作可以作出完全不同的价值判断，如上所云，明初以来对元代诗法著述就有高度评价。这些主观评价并不能作为判定真伪的依据。"③

不可否认，不少诗法著述的确显示出内容疏陋、体例猥杂的缺憾，试看元代《诗家一指》中的一段：

> 大历以来，高者尚失盛唐，下者已入晚唐，下者以有宋气也。唐与宋未论工拙，直是气象不同。盖不知病，何由能作，不观家法，何由知病，大醇小疵，差可耳。学竟无方作无略，子结成阴花自落。声律为最，物象为骨，意格为髓。须先立大意，长篇曲折须三致意，方可成章。圆熟多失之平易，老硬多失之干枯。含蓄天成为上，破碎雕镂为下。百炼成字，千镂成句。用事要如禅家语，水中著盐，饮水方知盐味。④

张伯伟认为："就是将《沧浪诗话》、《白石道人诗说》、《金针诗格》语、黄庭坚语、皮日休语、《西清诗话》语（以上四语均见《诗人玉屑》）杂凑而成。……类似的段落有十二则，即使出于一人之作的文字，也是次序颠倒、错落失真。这种杂乱无章的编排，只可能出于无识

---

① 张伯伟：《元代诗学伪书考》，《文学遗产》1997 年第 3 期。
② 张健：《元代诗法校考·前言》，载《元代诗法校考》，北京大学出版社，2001，第 10 页。
③ 张健：《元代诗法校考·前言》，载《元代诗法校考》，北京大学出版社，2001，第 9 页。
④ 张健：《元代诗法校考》，北京大学出版社，2001，第 300~301 页。

庸妄之徒，焉能'发学者之关钥'？"①

因为有这些问题就一概否定诗法著述，当然也是不客观的。即便部分诗法著述不是名人所作而是书坊依托，它们也是当时人总结的诗歌技巧，也反映了一定的诗学观念与诗艺成绩，不能完全被看成糟粕。虽然作者有伪，或部分内容为窜入，②但书中内容对于今天来说已经是历史的遗留，对于我们研究当时社会对于诗歌技巧的看法与观念，是有很大意义的。

四 批评之四：画地成牢、书塾死法

明末清初的王夫之是一位较为反对诗法的诗论家，但他的批评观点与他人不同：

> 诗之有皎然、虞伯生，经义之有茅鹿门、汤宾尹、袁了凡，皆画地成牢以陷人者，有死法也。死法之立，总缘识量狭小。如演杂剧，在方丈台上，故有花样步位，稍移一步则错乱。若驰骋康庄，取途千里，而用此步法，虽至愚者不为也。③

> 又其下，更有皎然《诗式》一派，下游印纸门神，待填朱绿者，亦号为诗。④

> 有皎然《诗式》而后无诗，有《八大家文抄》而后无文。立此

---

① 张伯伟：《元代诗学伪书考》，《文学遗产》1997年第3期。
② 王士禛《带经堂诗话》卷十八："偶于故书肆买得《诗法源流》一帙，乃元人傅与砺若金述范德机语也，后附《杜诗律格》，（有接项、纤腰、充股、连珠、单蹄、双蹄等。）有元至治壬戌杨仲宏序，略云：……按（杜）举之名不见于书传，吴、邹、王三子亦不见于诸家志序中，且子美全家避乱下峡，不应复有裔孙留居成都；又所拈《秋兴》、《燕子来》、《舟中》等篇，载三子之说，大抵如村学究语。如'仙侣同舟晚更移'一句，解为明皇与贵妃诸臣泛舟渼陂，可笑至此，余可例推。第不知仲宏之序何人伪造，如醉人梦呓，可恨也。"（王士禛著，张宗柟纂集，戴鸿森校点《带经堂诗话》，人民文学出版社，1963，第502页。）
③ 王夫之著，舒芜校点《姜斋诗话》，人民文学出版社，1961，第149页。
④ 王夫之著，舒芜校点《姜斋诗话》，人民文学出版社，1961，第157页。

法者,自谓善诱童蒙;不知引童蒙入荆棘,正在于此。①

王夫之极为反对皎然《诗式》与茅坤《唐宋八大家文抄》,主要原因在于他认为方法的确立乃是"画地成牢""死法陷人",是塾师赚童子的死法。

再看王夫之针对一些具体诗法的批评:

> 近体中二联,一情一景,一法也。"云霞出海曙,梅柳渡江春。淑气催黄鸟,晴光转绿蘋。""云飞北阙轻阴散,雨歇南山积翠来。御柳已争梅信发,林花不待晓风开",皆景也。何者为情?若四句俱情,而无景语者,尤不可胜数。其得谓之非法乎?夫景以情合,情以景生,初不相离,唯意所适。截分两橛,则情不足兴,而景非其景。且如"九月寒砧催木叶",二句之中,情景作对;"片石孤云窥色相"四句,情景双收:更从何处分析?陋人标陋格,乃谓"吴楚东南坼"四句,上景下情,为律诗宪典,不顾杜陵九原大笑。愚不可瘳,亦孰与疗之?②

其实在辞严义正的背后,王夫之的话根本经不起推敲:一句情一句景是一种诗法没错,在诗法著述中标示这种方法,并非否认有其他方法的存在。王夫之在此举出四句皆情、四句皆景(这两种均有诗法)或者情景不分明的情况,就可以证明"一情一景"方法的错误吗?至于杜甫《岳阳楼》"昔闻洞庭水,今上岳阳楼。吴楚东南坼,乾坤日夜浮。亲朋无一字,老病有孤舟。戎马关山北,凭轩涕泗流",的确是上景下情,而且这种先景后情的写法在诗歌中所占的比重非常大,说成"律诗宪典"稍有夸张,但也没有特别大的问题。不知道王夫之为何这样激动?再看这一段议论:

> 起承转收,一法也。试取初盛唐律验之,谁必株守此法者?法

---

① 王夫之著,舒芜校点《姜斋诗话》,人民文学出版社,1961,第169页。
② 王夫之著,舒芜校点《姜斋诗话》,人民文学出版社,1961,第150~151页。

莫要于成章；立此四法，则不成章矣。且道"卢家少妇"一诗作何解？是何章法？又如"火树银花合"，浑然一气；"亦知戍不返"，曲折无端。其他或平铺六句，以二语括之；或六七句意已无余，末句用飞白法飏开，义趣超远：起不必起，收不必收，乃使生气灵通，成章而达。至若"故国平居有所思"，"有所"二字虚笼喝起，以下曲江、蓬莱、昆明、紫阁，皆所思者，此自《大雅》来；谢客五言长篇，用为章法；杜更藏锋不露，拚合无垠：何起何收？何承何转？陋人之法，乌足展骐骥之足哉？近世唯杨用修辨之甚悉。用修工于用法，唯其能破陋人之法也。①

不可否认"起承转收"的确是一种好的方法，也造就了不少名篇。但标示这种方法的存在难道就是要求必须篇篇固守这一方法吗？就是说不用这种方法写的文章都是差文章吗？在任何诗法著述中，笔者都没有见到这种观点。这种联系完全是王夫之不合逻辑的想象与主观的推断。蒋寅在文章中曾谈到王夫之的文艺批评"不免有名士的浮夸气，常偏激而河汉其言""见识疏阔而又很自以为是"，②这种习气在他对诗法的批评中也可见一斑。

其实，王夫之主要还是因为担心学诗者会全盘根据诗法来作诗，造成只见树木不见森林的恶果，所以才有上述不无偏激的结论。他的担心也不无道理，因为的确有死塾师以此来教劣弟子，王夫之对此痛心疾首：

> 起承转收以论诗，用教幕客作应酬或可。其或可者，八句自为一首尾也。塾师乃以此作经义法，一篇之中，四起四收，非蠡虫相衔成青竹蛇而何？两间万物之生，无有尻下出头，枝末生根之理。不谓之不通，其可得乎？③

试取曹子桓《典论·论文》、范蔚宗《后汉书引》语、张思光

---

① 王夫之著，舒芜校点《姜斋诗话》，人民文学出版社，1961，第151页。
② 参见蒋寅《理论的巨人，批评的矮子——漫说王夫之诗学的缺陷》，《文史知识》2010年第3期。
③ 王夫之著，舒芜校点《姜斋诗话》，人民文学出版社，1961，第151～152页。

《自序》读之，古人作文字，研虑以悦心，精严如此。而欲据一"虚起实承"、"反起正倒"、"前钩后锁"之死法，填腔换字，自诧宗工，何其易也！①

钩锁之法，守溪开其端，尚未尽露痕迹；至荆川而以为秘密藏。茅鹿门所批点八大家，全恃此以为法，正与皎然《诗式》同一陋耳。本非异体，何用环纽？摇头掉尾，生气既已索然。并将圣贤大义微言，拘牵割裂，止求傀儡之线牵曳得动，不知用此何为！②

所以，王夫之对诗法之书的不满，是着眼于机械运用诗法来说的。诗歌应该具备个性与自由气质，倘若无诗情而只是按部就班、以法就法，那就是"造诗"，而非"作诗"了，严羽在《沧浪诗话·诗体》中说"惠洪《天厨禁脔》，最为误人"也是针对这一层面。诗法本来无所谓死活，在人们运用的过程中，便产生了死与活的区别。可以联系王力所说的："形式美与形式主义的区别，就在于诗人驾驭形式还是形式束缚诗人。"③ 学习诗法也有境界的高下，上者驾驭诗法，下者为诗法所束缚。人驾驭诗法，这个法便是活的；被诗法所束缚，这个法就是死的。正如俞成《萤雪丛说》云："文章一技，要自有活法。若胶古人之陈迹，而不能点化其句语，此乃谓之死法。死法专祖蹈袭，则不能生于吾言之外，活法夺胎换骨，则不能毙于吾言之内。毙吾言者，生吾言也，故为活法。"④ 所谓的"死法"不是方法的过错，而是使用者的过错，正所谓"技艺什么都不排斥，排斥的只是膜拜技艺的匠人"⑤。

诗法只是参考，只是途径，而不是唯一的标准、最终的目的。其实，这一观点在很多诗法著述的序言中都有强调。文章的确有法，但是不能执着于法度，那些"活法""无法而妙""至法无法"的主张，都是希望自由运用法则，而不是反对法则本身。南宋吕本中《夏均父集序》云：

---

① 王夫之著，舒芜校点《姜斋诗话》，人民文学出版社，1961，第170页。
② 王夫之著，舒芜校点《姜斋诗话》，人民文学出版社，1961，第169页。
③ 王力：《龙虫并雕斋文集》，中华书局，1980，第459页。
④ 俞成：《萤雪丛说》，《左氏百川学海》本，中国书店，1990，第7页。
⑤ 树才：《诗歌技艺究竟是什么》，《鸭绿江》2001年第2期。

"学诗当识活法。所谓活法者，规矩备而能出于规矩之外，变化不测而亦不背于规矩也。是道也。盖有定法而无定法，而无定法而有定法。知是者，则可以与语活法矣。"① 就是要求学诗者全面而娴熟地掌握诗歌创作的规矩法度，然后在自由地驾驭"法"的基础上超越"法"，最终变化莫测、游刃有余。我们不能因为害怕执着于法则就去反对总结法则。因为个别人学习诗法邯郸学步、亦步亦趋，就去围剿诗法，实在是不合逻辑。

对于诗法著述的衰落原因，张伯伟曾说过："由于其（诗法著述）内容多为作诗的格、法，不免琐屑呆板；再加上此类书的时代、真伪、书名、人名等方面，又存在着种种疑问，所以向来问津者寡。"② 其实，诗法著述历代传承下来的编纂缺点与体例缺陷只是其部分原因，更主要的还在于诗法的客观性、固定性和诗歌本身的艺术属性必定会形成一定的对抗性；某些人机械运用诗法的流弊与诗歌创作应该具备的个性与自由气质也充满矛盾；诗法著述面向初学者与科举应试者的著述目的与批评者的学术高度与质量要求之间当然会有一定的距离。正是这些原因的存在，使得古人对诗法著述有众多批评的声音。

---

① 《后村先生大全集》，《四部丛刊》本，上海涵芬楼民国间影印旧抄本。
② 张伯伟：《元代诗学伪书考》，《文学遗产》1997 年第 3 期。

参考文献

一 著作

刘昫等：《旧唐书》，中华书局，1975。

薛居正等：《旧五代史》，中华书局，1976。

欧阳修撰，徐无党注《新五代史》，中华书局，1974。

欧阳修、宋祁：《新唐书》，中华书局，1975。

脱脱等：《宋史》，中华书局，1977。

王尧臣等编次，钱东垣等辑释《崇文总目》，《丛书集成初编》本，商务印书馆，1939。

《宋秘书省续编到四库阙书目》，《丛书集成续编》本，台湾新文丰出版公司，1985。

萧统编，李善注《文选》，上海古籍出版社，1986。

元结、殷璠等选《唐人选唐诗（十种）》，上海古籍出版社，1958。

陈振孙撰，徐小蛮、顾美华点校《直斋书录解题》，上海古籍出版社，1987。

晁公武著，孙猛校证《郡斋读书志校证》，上海古籍出版社，1990。

郑樵撰，王树民点校《通志二十略》，中华书局，1995。

欧阳修著，郑文校点《六一诗话》，人民文学出版社，1962。

陈应行编，王秀梅整理《吟窗杂录》，中华书局，1997。

葛立方：《韵语阳秋》，《学海类编》本，上海涵芬楼民国9年（1920）影印清道光十一年（1831）安晁氏木活字版。

姜夔著，郑文校点《白石诗说》，人民文学出版社，1962。

孙奕：《履斋示儿编》，《丛书集成初编》本，商务印书馆，1935。

周弼选、释圆至注《笺注唐贤绝句三体诗法》，《故宫珍本丛刊》本，海南出版社，2000。

胡仔纂集，廖德明校点《苕溪渔隐丛话》，人民文学出版社，1962。

魏庆之著，王仲闻点校《诗人玉屑》，中华书局，2007。

王若虚著，霍松林、胡主佑校点《滹南诗话》，人民文学出版社，1962。
胡应麟：《诗薮》，上海古籍出版社，1958。
梁桥：《冰川诗式》，《四库存目丛书》本，齐鲁书社，1997。
谢天瑞辑《诗法》，《续修四库全书》本，上海古籍出版社，2002。
许学夷著，杜维沫校点《诗源辩体》，人民文学出版社，1987。
王夫之著，舒芜校点《姜斋诗话》，人民文学出版社，1961。
黄溥：《诗学权舆》，明成化五年（1469）刻本。
《全唐诗》，中华书局，1980。
黄叔琳注，李详补注，杨明照校注拾遗《增订文心雕龙校注》，中华书局，2000。
蔡钧：《诗法指南》，乾隆二十三年（1758）匠门书屋刊本。
顾龙振：《诗学指南》，乾隆二十四年（1759）敦本堂刊本。
纪昀等：《钦定四库全书总目》，中华书局，1997。
孙涛：《全宋诗话》，清嘉庆二十二年（1817）抄本。
许印芳：《诗法萃编》，《云南丛书》本，民国间赵藩、陈荣昌等辑刻本。
徐英著，汪茂荣点校《诗法通微》，黄山书社，2011。
丁福保辑《历代诗话续编》，中华书局，1983。
郭绍虞：《宋诗话考》，中华书局，1979。
郭绍虞：《中国文学批评史》，百花文艺出版社，1999。
郭绍虞辑《宋诗话辑佚》，中华书局，1980。
郭绍虞编选，富寿荪校点《清诗话续编》，上海古籍出版社，1983。
严羽著，郭绍虞校释《沧浪诗话校释》，人民文学出版社，1961。
罗根泽：《中国文学批评史》，上海古籍出版社，1984。
王梦鸥：《初唐诗学著述考》，台湾商务印书馆，1977。
钱锺书：《管锥编》，中华书局，1979。
钱锺书：《谈艺录》，生活·读书·新知三联书店，2001。
〔日〕弘法大师原撰，王利器校注《文镜秘府论校注》，中国社会科学出版社，1983。
王运熙、顾易生主编《中国文学批评通史》，上海古籍出版社，1996。
傅璇琮：《唐代科举与文学》，陕西人民出版社，2003。
傅璇琮主编《唐才子传校笺》，中华书局，1987。

方回选评，李庆甲集评校点《瀛奎律髓汇评》，上海古籍出版社，2005。
吴文治主编《明诗话全编》，江苏古籍出版社，1997。
吴文治主编《宋诗话全编》，江苏古籍出版社，1998。
蔡镇楚编《中国诗话珍本丛书》，北京图书馆出版社，2004。
刘德重、张寅彭：《诗话概说》，安徽教育出版社，2009。
皎然著，李壮鹰校注《诗式校注》，人民文学出版社，2003。
周维德集校《全明诗话》，齐鲁书社，2005。
〔日〕遍照金刚撰，卢盛江校考《文镜秘府论汇校汇考》，中华书局，2006。
韩经太：《中国诗学与传统文化精神》，四川人民出版社，1990。
韩经太：《诗学美论与诗词美境》，北京语言文化大学出版社，2000。
王兆鹏、邵大为、张静、唐元：《唐诗排行榜》，中华书局，2011。
王兆鹏：《宋代文学传播探原》，武汉大学出版社，2013。
蒋寅：《大历诗风》，上海古籍出版社，1992。
蒋寅：《中国诗学的思路与实践》，广西师范大学出版社，2001。
蒋寅：《清诗话考》，中华书局，2005。
蒋寅：《学术的年轮（增订本）》，凤凰出版社，2010。
张伯伟：《全唐五代诗格汇考》，江苏古籍出版社，2002。
张伯伟：《稀见本宋人诗话四种》，江苏古籍出版社，2002。
张伯伟：《中国诗学研究》，辽海出版社，2000。
张健：《元代诗法校考》，北京大学出版社，2001。
汪梦川主编《民国诗词作法丛书》，凤凰出版社，2016。
易闻晓：《中国古代诗法纲要》，齐鲁书社，2005。
李江峰：《晚唐五代诗格研究》，人民出版社，2017。
张静：《器中有道——历代诗法著作中的诗法名目研究》，凤凰出版社，2017。
〔日〕藤原佐世：《日本国见在书目录》，日本内阁文库藏写本。
〔日〕释圆仁原著，〔日〕小野胜年校注，白化文、李鼎霞、许德楠修订校注《入唐求法巡礼行记校注》，花山文艺出版社，1992。
〔日〕池田胤：《日本诗话丛书》，东京文会堂书店，1921。

二　论文

罗根泽：《文笔式甄微》，《国立中山大学文史学研究所月刊》1935年第

3 卷第 3 期。

贾文昭：《〈白石道人诗说〉述评》，《唐都学刊》1986 年第 4 期。

赵晓岚：《白石诗论探微》，《中国文学研究》1992 年第 2 期。

蔡镇楚：《唐人诗格与宋诗话之比较》，《中国文学研究》1994 年第 3 期。

张伯伟：《论〈吟窗杂录〉》，《中国文化》1995 年第 2 期。

张伯伟：《元代诗学伪书考》，《文学遗产》1997 年第 3 期。

卢盛江：《日本人编撰的中国诗文论著作——〈文镜秘府论〉》，《古典文学知识》1997 年第 6 期。

张寅彭：《评〈全唐五代诗格校考〉》，《文学评论》1998 年第 3 期。

金陵生（蒋寅）：《论诗分南北宗》，《文学遗产》1998 年第 3 期。

张健：《〈沧浪诗话〉非严羽所编——〈沧浪诗话〉成书问题考辨》，《北京大学学报》1999 年第 4 期。

张智华：《从〈唐三体诗法〉看周弼的诗学观——兼论南宋后期宗唐诗学思潮的演变》，《文学遗产》1999 年第 5 期。

蒋寅：《至法无法：中国诗学的技巧观》，《文艺研究》2000 年第 6 期。

王发国、曾明：《李淑〈诗苑类格〉考略》，《西南民族学院学报》2000 年第 1 期。

胡淑慧、李刚：《关于唐五代诗格中的诗歌体式研究》，《内蒙古社会科学》2001 年第 3 期。

钱志熙：《杜甫诗法论探微》，《文学遗产》2001 年第 4 期。

钱志熙：《"诗学"一词的传统涵义、成因及其在历史上的使用情况》，载《中国诗歌研究》第一辑，中华书局，2002。

韩经太：《道义、滋味和技艺——中国古典文学思想与新世纪文学理念》，《中国文化研究》2002 年春之卷。

周裕锴：《惠洪与换骨夺胎法——一桩文学批评史公案的重判》，《文学遗产》2003 年第 6 期。

吴正岚：《宋代诗歌章法理论与"起承转合"的形成》，《南京大学学报》2003 年第 2 期。

孙小力：《明代诗学书目汇考》，载《中国诗学》第九辑，人民文学出版社，2004。

卞东波：《李淑〈诗苑类格〉辑考》，载《中国诗学》第十辑，人民文学出版社，2005。

李利民：《王昌龄〈诗格〉——唐代诗格的转折点》，《湖北社会科学》2006年第7期。

李江峰：《唐五代诗格南北宗理论探析——以王昌龄〈诗格〉和贾岛〈二南密旨〉为中心》，《长江学术》2007年第3期。

卢盛江：《王昌龄〈诗格〉考》，《江西师范大学学报》2008年第2期。

李江峰：《晚唐五代诗格的著作群体》，《广西师范学院学报》2009年第2期。

段宗社：《叶燮〈原诗〉的诗法论》，《青海师范大学学报》2009年第5期。

张静：《"生煞回薄势"——一种富有魅力的诗歌创作技巧》，《古典文学知识》2009年第5期。

卢盛江：《皎然〈诗议〉考》，《南开学报》2009年第4期。

谢琰：《论徐夤〈雅道机要〉的理论意义及实践品格》，《中州学刊》2009年第3期。

查屏球：《周弼〈唐诗三体家法序〉辑考》，《古典文学知识》2009年第4期。

管雯：《论〈诗人玉屑〉的汇编方法》，《九江学院学报》2009年第4期。

叶当前、曹旭：《论宋代诗话汇编的三种编排体例》，《江淮论坛》2009年第5期。

王德明：《从诗法传授的角度看〈沧浪诗话〉》，载《新国学》第八卷，四川出版集团·巴蜀书社，2010。

詹萍萍：《〈沧浪诗话〉"妙悟"与"诗法"的矛盾及其解析》，《理论界》2010年第7期。

卢盛江：《〈文笔式〉体势论与创作论原典考》，《井冈山大学学报》2010年第3期。

侯体健：《〈履斋示儿编〉的学术得失与版本流传考略》，《图书馆杂志》2011年第8期。

李娟：《初唐诗学理论著述论析》，《浙江工业大学学报》2012年第4期。

卢盛江：《〈文笔式〉——初唐一部重要的声病说著作》，《文学遗产》2012年第4期。

陈斐：《以诗行谒、诗法和江湖诗——以〈唐诗三体家法〉为中心的考察》，《文艺研究》2012 年第 7 期。

李成富：《郭思事迹考述》，《南京艺术学院学报》2012 年第 1 期。

张静、唐元：《古典诗法的方法、规则及其研究价值》，《中国文化研究》2013 年春之卷。

张静：《"诗法"的概念、载体与内涵》，载《中国诗学》第十七辑，人民文学出版社，2013。

张静：《翻案诗与宋代诗学关系的辨析》，《上海大学学报》2013 年第 6 期。

卢盛江、杨宝珠：《〈文笔式〉"论体"和"定位"研究》，《河南师范大学学报》2014 年第 2 期。

张倩：《周弼〈三体唐诗〉版本源流考》，载《中国诗歌研究》第十一辑，社会科学文献出版社，2015。

张静：《论古典诗法著作的编著特征》，《兰台世界》2015 年 5 月下旬刊。

卞东波：《京都大学附属图书馆藏正中元年（1324）跋刊本〈诗人玉屑〉考论——兼论〈诗人玉屑〉在日本的流传》，《中山大学学报》2016 年第 4 期。

张静：《论历代诗法著作中的体系建构》，《天中学刊》2017 年第 2 期。

张静：《为诗法辩护——重新思索古人对诗法著作的认识》，载《中国诗学》第二十四辑，人民文学出版社，2017。

张静、唐元：《论经典诗法"流水对"的历史发展源流》，《中国韵文学刊》2017 年第 2 期。

〔日〕船津富彦：《诗式校勘记》，《东洋文学研究》1952 年第 1 号。

〔日〕中沢希男：《唐元兢著作考》，《东洋文化》1965 年 9 月复刊第 11 期。

三 硕博论文

许连军：《皎然〈诗式〉研究》，上海师范大学博士学位论文，2004。

刘伏玲：《佛教对全唐五代诗格影响之研究》，江西师范大学硕士学位论文，2008。

李悦：《〈诗人玉屑〉之诗法考论》，华中师范大学硕士学位论文，2009。

朱晓蕾:《〈古今合璧事类备要〉初探》,上海师范大学硕士学位论文,2009。

任家贤:《〈沧浪诗话〉诗法性质新探》,中山大学硕士学位论文,2009。

王珍:《晚唐五代诗格与中国诗学的再度自觉》,山西大学硕士学位论文,2012。

陈芳:《〈沧浪诗话〉明代接受研究》,复旦大学博士学位论文,2013。

杨星丽:《唐五代诗格理论研究》,南京大学博士学位论文,2013。

高晓成:《从"法之格"到"意之格"——唐五代"诗格"理论核心的转移》,中国社会科学院研究生院博士学位论文,2014。

后　记

　　2008年，我在北京师范大学跟随蒋寅老师攻读博士学位，每周老师都会带我们在中国社会科学院文学所举行读书会。有一学期，读书会安排的是和同门共同阅读师伯张伯伟教授的《全唐五代诗格汇考》一书，那是我第一次接触诗法类著述。每周，我都会和师兄师姐们背着书包辗转地铁去位于建国门的文学所。读书会上，大家围坐一桌，分人讲解，疑义相析；若遇难点，蒋老师总能切中肯綮，为诸生拨开迷雾。读书会结束后，老师再带我们去建国门周围的大小馆子改善生活。那时，同学少年，都还年轻。

　　2011年，我来到北京语言大学跟随韩经太老师做博士后。在拜读韩老师的多种论著后，有感于老师屡屡强调中国诗学的技巧属性颇为重要、却少有问津，我开始尝试着研究古典诗法。无需提前约定，每当我去求教韩老师时，他一定是坐在办公室里刻苦著述。老师总是面带微笑，温文尔雅地解答我的那些学术问题。彼时，我虽然居住在"宇宙中心"五道口，但因为无金消费，所以对满目的灯红酒绿漠不关心，只记得窗外有一排高大的椿树。树影斑驳中，两年的光阴须臾变幻。我的博士后出站报告就是关于经典诗法名目的技巧研究。早在攻读硕士学位时，才情出众的王兆鹏老师就教弟子们写诗填词，我急切地想写出诗来，却不识有诗法著述；而多年以后再研究古典诗法时，已经没有多余的情思来作诗了。青春小鸟和诗情画意就这样一起飞走了，让人无从寻觅，只留下生活的琐屑鸡毛，狼狈一地。

　　2013年，我来到京郊的防灾科技学院成为一名苦苦煎熬的教书匠。迫于评职称的压力，我夜以继日地"著书立说"、不停地填表申请项目；先以专著《器中有道——历代诗法著作中的诗法名目研究》完成了省社科基金项目，但国家社科基金项目数年来屡击而不中，内心颇为沮丧。几年过去了，手中的书稿已经积累盈筐，幸得最后入选国家社科基金后期资助项目，得以自慰。

后　记

　　去年夏，我在异国旅行，只为在酷暑中享受中央空调，最终放弃了游览而在学业上颇为勤勉，每天早出晚归，在岚山下学而馆中奋起修订书稿，再因为远离俗务，竟然思如泉涌，效率出奇之高。写到这里，我已经开始怀念那一段平静而凉爽的著书时光。如今，书稿有幸在社会科学文献出版社付梓，责任编辑李艳芳老师不辞劳苦、多方帮助。这一切，都将成为美好记忆，点缀人生之旅。

　　回首十年光阴，无大悲，无大欣，可谓平淡无奇。七情六欲，缠绕人心，在渺渺茫茫的芸芸众生之中，难逃命运。我的萌猫依然很萌，可怜我的爱犬虎子在陪伴我十八年之后，在五月的早晨离开了人世间。每当想起虎子，我的内心都会特别地想念。就这样，哭哭笑笑，人到中年。此际，站在人生历程的中间部分，当有篇后记可以任自己尽情许愿时，竟然无欲亦无求。

　　愿前程一如往昔。

张　静

己亥岁末于京郊

图书在版编目(CIP)数据

唐五代两宋诗法著述研究/张静著. -- 北京：社会科学文献出版社，2020.6
国家社科基金后期资助项目
ISBN 978 - 7 - 5201 - 6455 - 9

Ⅰ.①唐… Ⅱ.①张… Ⅲ.①古典诗歌 - 诗歌创作 - 创作方法 - 研究 - 中国 Ⅳ.①I207.21

中国版本图书馆 CIP 数据核字(2020)第 051781 号

国家社科基金后期资助项目
唐五代两宋诗法著述研究

著　　者 / 张　静

出 版 人 / 谢寿光
组稿编辑 / 任文武
责任编辑 / 王玉霞　李艳芳
文稿编辑 / 张　翔

出　　版 / 社会科学文献出版社·城市和绿色发展分社 (010) 59367143
　　　　　　地址：北京市北三环中路甲29号院华龙大厦　邮编：100029
　　　　　　网址：www.ssap.com.cn
发　　行 / 市场营销中心 (010) 59367081　59367083
印　　装 / 三河市龙林印务有限公司

规　　格 / 开　本：787mm×1092mm　1/16
　　　　　　印　张：23.5　字　数：370千字
版　　次 / 2020年6月第1版　2020年6月第1次印刷
书　　号 / ISBN 978 - 7 - 5201 - 6455 - 9
定　　价 / 88.00元

本书如有印装质量问题，请与读者服务中心 (010 - 59367028) 联系

版权所有　翻印必究